HEYNE
BÜCHER

Von Victoria Holt
sind unter dem Pseudonym Jean Plaidy
als Heyne-Taschenbücher erschienen:

Der scharlachrote Mantel · Band 01/7702
Die Schöne des Hofes · Band 01/7863

Von Victoria Holt sind als
Heyne-Taschenbücher erschienen:

Die geheime Frau · Band 01/5213
Die Rache der Pharaonen · Band 01/5317
Das Haus der tausend Laternen · Band 01/5404
Die siebente Jungfrau · Band 01/5478
Der Fluch der Opale · Band 01/5644
Die Braut von Pendorric · Band 01/5729
Das Zimmer des roten Traums · Band 01/6461

JEAN PLAIDY
besser bekannt als
VICTORIA HOLT

IM SCHATTEN DER KRONE

Roman

Deutsche Erstausgabe

WILHELM HEYNE VERLAG
MÜNCHEN

HEYNE ALLGEMEINE REIHE
Nr. 01/8069

Titel der Originalausgabe
THE LADY IN THE TOWER
Aus dem Englischen übersetzt
von Dr. Maria Rauschenberger

Printed in Germany 1990
Umschlagfoto: ZEFA/Becker, Düsseldorf
Umschlaggestaltung: Atelier Ingrid Schütz, München
Satz: IBV Satz- und Datentechnik GmbH, Berlin
Druck und Bindung: Presse-Druck Augsburg

ISBN 3-453-04190-9

Die Gefangene

Hier liege ich in meinem düsteren Gefängnis. In der Nacht höre ich Stimmen – die Stimmen derer, die vor mir hier waren, die gelitten haben, wie ich jetzt leide, starr vor Furcht, ohne Hoffnung, Gefangene des Königs.

Gestern haben sie mich geholt, und wir sind über den Fluß geglitten bis hin zu dem großen, grauen Tower. Viele Male zuvor schon hatte ich ihn gesehen, doch noch nie mit solch erschreckender Klarheit. Einst war ich in großer Pracht und Herrlichkeit hierher gekommen – erst drei Jahre sind seitdem vergangen –, und nicht einen Augenblick lang hätte ich es damals für möglich gehalten, daß ich eines Tages als Gefangene hierher gebracht werden würde.

Es war Mai damals, wie heute, und die Menschen drängten sich an den Flußufern, um mich vorbeifahren zu sehen. Ich war stolz, so zuversichtlich, meiner Macht so sicher. Am Bug meiner Staatsbarkasse prangte der goldenen Stiel mit Zweigen roter und weißer Rosen, Symbol der Häuser York und Lancaster, die der König bei jeder Gelegenheit zur Schau stellte, um das Volk daran zu erinnern, daß die Tudorherrscher die sich befehdenden Parteien vereint hatten. Und unter diesen Rosen befand sich mein ganz persönliches Symbol, der weiße Falke, mit dem Motto *Mir und den Meinen*.

Was war geschehen, daß ich im Laufe dreier kurzer Jahre Schmeichelei und bittere Ablehung erfahren hatte? War es meine Schuld? In gewissem Maße muß ich mir wohl selbst die Schuld geben. Wann hörte ich auf, die Angebetete zu sein? Wann wurde ich zur Ausgestoßenen?

Selbst zur Zeit meines Triumpfes hatten mir die Menschen nicht zugejubelt. Sie mochten mich nicht. Ihre ganze Zuneigung galt Königin Katharine. Mich akzeptierten sie nicht. »Wir wollen sie nicht«, riefen sie, »Königin Katharine ist unsere wirkliche Königin.« Sie hätten mich beschimpft, wenn sie es gewagt hätten. Das Volk stand mir feindlich gegenüber, aber ich hatte noch größere und mächtigere Feinde.

Jetzt würden sie sich offen gegen mich zusammenrotten. Selbst in den Tagen meines Triumphes hatten sie versucht, mich zu vernichten; um wieviel eifriger würden sie nun gegen mich vorgehen! Und sie hatten es geschafft, denn ich war ja nun die Gefangene des Königs.

Als ich das Tor passierte, schlug die Uhr gerade fünf, und jeder Schlag war wie das Läuten der Totenglocke.

Sir William Kingston, der Kommandant des Tower, erwartete mich bereits. Ich sagte leise: »O mein Herrgott, hilf mir, denn ich bin des Verbrechens unschuldig, dessen ich angeklagt werde.«

Dann wandte ich mich William Kingston zu und sagte: »Herr Kingston, komme ich nun in ein Verlies?«

Und er antwortete: »Nein, Madame, in Euer Quartier, das Ihr anläßlich Eurer Krönung bewohnt hattet.«

Dorthin brachten sie mich, und ich mußte lachen. Ich konnte gar nicht aufhören zu lachen, denn ich, die ich vor gerade drei Jahren in solcher Pracht und Herrlichkeit hierher gekommen war, war nun wieder in demselben Gemach – als Gefangene.

Hatten sie mich absichtlich hierher gebracht, um Erinnerungen in mir wachzurufen? War das eine Kostprobe jener ausgeklügelten Folter, die so viele meiner Feinde so gut anzuwenden verstanden?

Meine Hofdamen versuchten, mich zu beruhigen. Sie kannten dieses wilde Gelächter, und bald darauf war ich still.

Ich dachte: Ich werde ihm schreiben, ich werde ihn mit meinen Worten rühren, ich werde ihn daran erinnern, wie es einst zwischen uns stand.

Ich schrieb und vernichtete, was ich geschrieben hatte. Immer wieder griff ich zur Feder und versuchte, ihn anzuflehen.

»Euer Gnaden Unwille und meine Verhaftung sind mir so unerklärlich, daß ich ganz und gar nicht weiß, was ich schreiben oder welche Entschuldigung ich vorbringen soll...«

Das stimmte nicht. Ich wußte es sehr wohl, und ich wollte es ihm nicht leicht machen. Ich kannte ihn genau – seine Gedankengänge, seine scheinheiligen Ausreden, sein gemeines, heuchlerisches Wesen, seine leidenschaftlichen Begierden, verborgen unter dem Deckmantel der Frömmigkeit. Nein, ich würde es ihm nicht leicht machen.

Zornig flog meine Feder über das Papier. Meine Unbesonnenheit hatte mir oft Feinde gemacht, aber ich war nun einmal leichtsinnig. Jetzt kämpfte ich um mein Leben. Ich wollte ihn wissen lassen, daß ich den wahren Grund kannte, weshalb er mich loswerden wollte.

»... damit Euer Gnaden sowohl vor Gott als auch den Menschen das Recht erlange, nicht nur mich als untreue Ehefrau angemessen zu bestrafen, sondern auch Euch selbst zu Eurer Liebe zu bekennen, die bereits derjenigen zuteil geworden ist, derentwegen ich mich in meiner jetzigen Lage befinde...«

Ich schrieb voller Zorn – um so leidenschaftlicher vielleicht, weil nun ich es war, die sich in der Lage der verstoßenen Ehefrau befand.

Er würde wütend sein. Er würde versuchen, so zu tun, als sei der Grund, weshalb er mich loswerden wollte, nicht der, daß er eine andere Frau begehrte. Er war ein Könner – nicht im Täuschen anderer, denn die Menschen seiner Umgebung durchschauten seine Äußerungen und sein eitles Gehabe ebenso klar wie ich, sondern in der Täuschung seiner selbst.

Er war abergläubisch und fürchetete sich vor Unglück. Wenn er sündigte, hielt er stets ein wachsames Auge auf den Himmel, denn er hoffte, Gott und seine Engel genauso hinters Licht zu führen wie – so glaubte er – seine Minister und Höflinge.

»Doch falls ihr bereits beschlossen habt, daß nicht nur mein Tod, sondern niederträchtige Verleumdung Euch in den Genuß Eures ersehnten Glücks bringen soll, dann bitte ich Gott, er möge Euch Eure große Sünde verzeihen und ebenso die meiner Feinde, Eurer Werkzeuge in dieser Sache, und er möge Euch nicht strenge Rechenschaft darüber abverlangen, daß Ihr mich grausam und in einer Weise behandelt, die eines Fürsten unwürdig ist....«

Ich war erneut am Rande des hysterischen Gelächters. Ich mußte mich beruhigen. Andere hatten vor mir genauso gelitten. Dieser Ort war erfüllt von den Geistern der Märtyrer. Was zählte da einer mehr?

Ich versiegelte den Brief. Ich würde ihn dem König schikken. Als Absender schrieb ich: »Von der Dame im Tower«.

Ich mußte ihm Gewissensbisse beibringen. Sein Gewissen war ihm wichtig. Er erwähnte es ständig, und da ich ihn gut kannte, war ich sicher, daß es dieses Gewissen gab.

Ich konnte ihn vor meinem geistigen Auge so deutlich sehen – damals in Hever und bei Hofe – seine kleinen Augen, die vor Verlangen nach mir leuchteten, seinen grausamen Mund, der mir zuliebe plötzlich sanft und zärtlich werden konnte. Wie sehr er mich doch begehrt hatte! Er hatte mit der Zähigkeit um mich gekämpft, die Teil seiner Natur war; er war entschlossen gewesen, mich zu bekommen. Um meinetwillen hatte er die Kirche in ihren Grundfesten erschüttert. Und wie oft er auch erklärt hatte, aus Gewissensgründen so zu handeln – die ganze Welt wußte, daß er es für mich getan hatte.

Wann änderte sich dann seine Einstellung? Es muß einen Zeitpunkt gegeben haben, von dem an es mit mir bergab ging. Doch wann? Vielleicht hätte ich diesen Sturz verhindern können.

Ich erinnerte mich an längst vergangene Tage in Blickling und Hever und später dann am königlichen Hof, wo ich von Menschen umgeben war, die mich liebten. Mein geliebter Bruder George, meine Freunde Thomas und Mary Wyatt, Norris, Weston, Brereton – die geistreichen Hofdichter. Wir hatten über Leben und Tod, über Ehrgeiz und Erfüllung gesprochen und waren zu dem Schluß gelangt, daß wir alle selbst Herr unseres Schicksals seien. Der Kluge verstehe es, die Gefahr zu erkennen, bevor sie ihn erreiche, und ihr aus dem Wege zu gehen. Wir seien das, wozu wir uns machten.

Das war Georges Theorie. Einige der anderen bestritten sie, und an einem Hof, an dem das Leben gefährlich war und ehemals Große innerhalb einer Stunde zu Fall gebracht werden konnten, war dies in der Tat eine anfechtbare Schlußfolgerung.

Aber im Grunde meines Herzens glaubte ich, daß sie einen wahren Kern enthielt, denn wenn ein Mann oder eine Frau sich keiner Gefahr aussetzen wollten, brauchten sie nur dem Ort fernzubleiben, an dem die Gefahr mit größter Wahrscheinlichkeit anzutreffen war – und das war nirgendwo im Lande wahrscheinlicher als am königlichen Hofe.

Wo also habe ich einen Fehler gemacht? Wann war dieser Augenblick, in dem ich die Gefahr hätte abwenden können?

Ich hätte einen Sohn zur Welt bringen können, aber das lag nicht in meiner Macht. Ich hatte meine niedliche Tochter Elizabeth, und ich liebte sie von Herzen, obgleich ich nicht an sie denken wollte, denn ich machte mir große Sorgen, was aus ihr werden würde. Sie hatte ihre Erzieherin, eine gute Freundin von mir. Ich vertraute Lady Bryan, denn sie hatte das Kind gern, und ihr Mann war außerdem ein Verwandter meiner Familie. Solange ich im Besitz der Macht war, hatte ich mich immer um meine Familie gekümmert.

Aber ich durfte jetzt nicht an Elizabeth denken. Es war zu kummervoll und führte zu nichts.

Aber wenn ich einen Sohn bekommen hätte, wäre das alles nicht geschehen. Henry wäre zwar untreu geworden, aber den ehrgeizigen Brüdern Seymour wäre es nicht gelungen, den Aufstieg ihrer albernen Schwester in dem Maße voranzutreiben. Sie wäre zweifellos Henrys Geliebte geworden und von mir wäre erwartete worden, das hinzunehmen. Ich hätte vor Wut getobt. Ich hätte mich beleidigt und gedemütigt gefühlt. Aber ich säße jetzt nicht in diesem trostlosen Gefängnis im Tower.

Nein. Irgendwo hatte ich einen falschen Schritt getan. Während all der Jahre des Wartens war es mir – mit äußerstem Geschick, wie mir alle versicherten – gelungen, ihn mir vom Leibe zu halten, mich ihm so lange zu verweigern, bis ich eine ehrbare Rolle an seiner Seite spielen konnte. Angenommen, ich hätte das nicht getan? Dann wäre ich jetzt eine verstoßene Geliebte und nicht eine Königin in einem Gefängnis des Tower.

Ich berührte mit den Fingern meinen Hals. Er war lang und schlank. Er verlieh meiner Erscheinung zusätzliche Eleganz. Ich betonte ihn, wie ich alle meine Vorzüge betonte und meine Schwächen verbarg, mit Erfolg, glaube ich. Ich konnte fast schon das Schwert dort spüren.

Während all der Jahre des Wartens war mir klar gewesen, daß ich Henry hinhalten mußte. Ich kannte ihn als Jäger und wußte von seiner Freude an der Verfolgung. Solange die Jagd andauerte, war er entschlossen zu siegen. Die Freuden der Eroberung jedoch waren von kurzer Dauer.

Ich hätte es wissen müssen. Selbst in dem Moment, als mir die Krone aufgesetzt wurde, hätte ich wissen müssen, daß sie unsicheren Ruhm versprach.

Ich kannte den Mann genau, von dem mein Schicksal abhing. Niemand kannte ihn besser. Ich hätte erkennen müssen, daß mein Leben von jemandem abhing, auf den kein Verlaß war. Die Zuneigungen, die er faßte, verloschen so schnell, wie sie entstanden. Ich war betört gewesen, weil er mich so leidenschaftlich und so hartnäckig verfolgt hatte. Die Jahre der Jagd waren lang gewesen, die des Genusses kurz. Wann hatte er begonnen, meiner überdrüssig zu werden? Wann hatte er begonnen, sich darüber klar zu werden, was er alles für mich getan hatte, und sich zu fragen, ob es sich gelohnt hatte? Wie dachte er nun über seinen öffentlichen Streit mit dem Papst und der Macht Roms – all das für eine Frau, die aufgehört hatte, ihn zu interessieren?

Ich hätte mich nie mit ihm einlassen sollen. Ich hätte fliehen sollen, solange noch Zeit war. Ich hätte Henry Percy heiraten sollen. Ich hätte am Schweißfieber sterben sollen. Dann hätte sich alles niemals ereignet.

Irgendwo in der Reihe der Jahre, die meinen bisherigen Lebensweg darstellten, mußte die Schuld bei mir liegen. Wo? Ich würde sie suchen. Es würde mich in meinem Gefängnis beschäftigen. Es würde meinen Gedanken erlauben, in der Vergangenheit zu verweilen, weit weg von der Auseinandersetzung mit der schrecklichen Zukunft.

Ich würde jene glücklichen Tage in Blickling und Hever noch einmal erleben, den Glanz des französischen Hofes, meine Rückkehr nach England als junges Mädchen, das am kultiviertesten und elegantesten Königshof der Welt erzogen worden und gemessen an seinem Alter ungewöhnlich klug war. Das war es, was mich zu dem gemacht hatte, was ich war, und letztendlich zu meiner jetzigen Lage geführt hatte. Ich wollte es mir in allen Einzelheiten vergegenwärtigen, und das würde ich tun, während ich hier in meinem Gefängnis wartete.

Der Tod eines Königs

Zum ersten Mal sah ich den König in der Kavalkade auf dem Weg nach Dover, wo seine Schwester, Prinzessin Mary, die Reise nach Frankreich antreten sollte, um den König jenes Landes zu heiraten. Zu meiner Überraschung war ich – wenn auch ein ganz unbedeutendes – Mitglied dieser glanzvollen Gesellschaft. Es war bislang das aufregendste Erlebnis meines jungen Lebens, und ich schwebte in ständiger Angst, etwas zu tun, das gegen die Anstandsregeln verstoßen und dazu führen könnte, daß ich noch vor Auslaufen des Schiffes nach Hause geschickt würde, weil man irgendwelche Unzulänglichkeiten – meine Jugend, meine Unerfahrenheit – an mir entdeckt hatte oder weil ich mich in Anwesenheit der Herrschaften von Rang nicht mit dem erforderlichen Sinn für die Etikette benehmen konnte. Sicher, ich war von meiner Erzieherin Simonette gründlich vorbereitet worden und sprach auch einigermaßen fließend Französisch. Aber ich erkannte, daß der schützende Kokon, der mich in Blickling und Hever umgeben hatte, hier nicht mehr existierte. Ich hatte meine Kindheit für immer zurückgelassen.

Und da war ich nun in unmittelbarer Nähe des Königs selbst. Er war stattlich – gewiß der stattlichste Mann, den ich jemals gesehen hatte, eben so, wie ein König sein sollte. Damals war er dreiundzwanzig Jahre alt. Sein Haar glänzte golden im Septembersonnenschein; er trug es kurz und glatt nach einer Mode, die aus Frankreich gekommen war, von wo Simonette mir sagte, die besten Modeschöpfungen kamen. Niemandem hätte gesagt werden müssen, daß er der König war; alle hätten es bei seinem bloßen Anblick gewußt. Er glitzerte. Die Juwelen an seiner Robe blendeten das Auge. Er lachte und scherzte, als er daherritt, und das Lachen der Menschen, die ihn begleiteten, schien jede seiner Bemerkungen zu unterstreichen.

An seiner einen Seite ritt die Königin und an der anderen die Prinzessin Mary. Neben ihm sah die Königin fast farblos aus – eine Pfauhenne neben einem prächtigen Pfau. Sie hatte ein ernstes, freundliches Gesicht, und das Kreuz, das sie an einer Halskette trug, lenkte die Aufmerksamkeit auf ihre

Frömmigkeit, die, wie wir alle wußten, ihre herausragende Eigenschaft war.

Prinzessin Mary sah ihrem Bruder sehr ähnlich. Sie war von beeindruckender Schönheit, hatte jedoch zur Zeit einen eher mürrischen Gesichtsausdruck, der zu erkennen gab, daß sie über Ihre Heirat nicht gerade entzückt war, so sehr sich andere auch dafür begeistern mochten.

Ich dachte daran, wie beängstigend es sein mußte, zu einem Ehemann geschickt zu werden, den man noch nie gesehen hatte und der schon zwei Frauen gehabt hatte, von denen die letzte noch nicht lange tot und die erste verstoßen worden war, weil sie verwachsen und unansehnlich war und keine Kinder zur Welt bringen konnte. Ich wußte darüber Bescheid, weil Simonette es für notwendig gehalten hatte, mich über alles aufzuklären, was um mich herum in der Welt geschah, und da ich als altklug galt und, wie Simonette sagte, für mein Alter eine erstaunliche Reife besaß, hörte ich genau zu, was man mir erzählte, und prägte es mir ein.

Die Heirat der Prinzessin war arrangiert worden, um die Freundschaft zwischen den Ländern Frankreich und England zu besiegeln, die bis vor kurzem noch Krieg miteinander geführt hatten. Englands Verbündete waren Kaiser Maximilian und Ferdinand von Spanien gewesen, aber Maximilian und Ferdinand waren unsichere Verbündete und Louis von Frankreich war ein kluger Mann, der die Unnötigkeit des Krieges erkannte und bemüht war, ihn zu beenden. Er tat dies, indem er seine Tochter Renée Maximilians Enkel als Braut anbot und dadurch das Bündnis auflöste; Ferdinand bot er Navarra an, auf das jener seit langem ein Auge geworfen hatte. Damit blieb England als Frankreichs einziger Gegner übrig, doch Louis war darauf vorbereitet. Warum heiratete er nicht Henrys Schwester und verwandelte so eine Feindschaft in Freundschaft? Es muß unserem König schwergefallen sein, einen so verlockenden Preis auszuschlagen. Seine Schwester Königin von Frankreich! Also stimmte er zu, zumal er noch unter der Demütigung litt, die der Verrat Maximilians und Ferdinands ihm zugefügt hatte, und er ein gutes Geschäft erkannte, wenn sich ihm ein solches bot. Es war zu reizvoll, als daß er ihm hätte widerstehen können, und so wurde eine äußerst widerstrebende Prinzessin Mary zum Traualtar geführt. Es war kein Wunder, daß sie mürrisch aussah.

Als wir in Dover eintrafen, tat sich ein stürmischer Wind auf, und ein Gefühl von Besorgnis ergriff die Reisegesellschaft. Niemand von uns freute sich darauf, jene Meerenge zu durchqueren, die uns vom europäischen Festland trennte. Stürme entstanden ganz plötzlich, und ich hatte Menschen voll Entsetzen berichten hören, was man auf einem sturmgepeitschten Schiff durchmachen mußte.

So kamen wir zu der Burg, in der wir uns aufhalten sollten, bis die See wieder so ruhig wäre, daß wir die Überfahrt würden antreten können.

Die große Festung mit ihren in den massiven Felsen eingegrabenen Fundamenten ragte vor uns auf. Sie war als das »Tor Englands« bekannt – ein gewaltiges Bauwerk, das zweitausend Soldaten beherbergen konnte und seit Jahrhunderten dem Meer zugewandt dort stand. Man sagte, bereits der legendäre König Arthur habe die Burg bewohnt und William der Eroberer habe Mühe gehabt, sie einzunehmen. Natürlich hatte sie sich seit jenen Tagen verändert; sie war restauriert und erweitert und so zu der großen Festung gemacht worden, die sie heute war. Und hier mußten wir nun bleiben, um des Königs und Meeres Willen abzuwarten.

Als ich im Bett lag und dem Wind lauschte, der um die Burgmauern heulte, mußte ich daran denken, wie schnell sich mein Leben verändert hatte. Mit dem Tod meiner Mutter vor zwei Jahren hatte es angefangen.

Ich glaubte, ich würde jenen Tag in Blickling nie vergessen. Die Wyatts, Thomas und Mary, waren zusammen mit meiner Schwester Mary, meinem Bruder George und mir im Garten. Wir trafen uns oft mit den Wyatts, weil unser Vater und ihr Vater gemeinsam zu Constables des Schlosses von Norwich ernannt worden waren; und wenn wir in Kent waren – sie in Allington und wir in Hever –, waren wir nächste Nachbarn. Wir waren enge Freunde. Ich fand Thomas' Gesellschaft aufregend und Marys wohltuend.

Thomas war ein lebensprühender Mensch. Er schrieb Gedichte, die er uns vorzulesen pflegte; manchmal brachten sie uns zum Lachen, manchmal stimmten sie uns auch nachdenklich. Ich war immer froh, Thomas zu sehen, und seine Schwester Mary war ein Mädchen, das nie ein unfreundliches Wort über andere verlor; sie war ernst und recht klug. Ich glaube, ich mochte Thomas lieber als irgend jemanden sonst, mit Ausnahme meines Bruders George, der ebenfalls Dichter war und großes Redetalent besaß.

Ich liebte die Gesellschaft beider, obwohl man von mir erwartete, daß ich nur zuhörte; ich durfte nicht viel sagen, da sie um so vieles älter waren als ich.

Meine Schwester Mary hingegen gab freimütig zu, daß sie nie zuhörte, wenn George und Thomas etwas sagten. Ihre Gedanken schweiften gewöhnlich ab, um sich leichteren Themen zuzuwenden, zum Beispiel der Frage, welches Haarband sie tragen oder ob sie ein blaues oder ein rosarotes Kleid anziehen solle. Das war Mary – weniger dumm als vielmehr unfähig sich zu konzentrieren. Aber sie war gutmütig, und wir alle hatten sie gern.

Ich war nocht nicht ganz sechs Jahre alt, aber ich wirkte wesentlich älter, vielleicht, weil mein Vater darauf bestanden hatte, daß Mary und ich eine bessere Erziehung als die meisten Mädchen unseres Standes genießen sollten, und ich zog Nutzen daraus, auch wenn Mary es nicht tat. Töchter aus niederen Adelsfamilien wurden gewöhnlich in ganz jungen Jahren aus ihrem Elternhaus fort zu einer Familie des Hochadels geschickt, wo sie Lesen und Schreiben, Singen, Tanzen und das Lautenspiel, das Reiten im Damensattel und den Hofknicks ebenso lernten wir vor und nach einer Mahlzeit die Hände zu waschen, anmutig mit einem Messer umzugehen, es geschickt in das Salzfäßchen einzutunken und eine bescheidene Portion Fleisch* zu nehmen, ohne sie mit den Fingern anzufassen. Das war meinem Vater nicht gut genug. Also wurden wir so lange zu Hause behalten, bis sich der richtige Platz für uns fände, was nicht so einfach war, da die Ziele meines Vaters hochfliegend und günstige Gelegenheiten rar waren.

* Im 16. Jahrhundert war es üblich, bei Tisch Fleischgerichte auf breiten, flachen Messern zu servieren. (Anm. d. Übers.)

Ich wußte natürlich, warum das so war. Ich hatte mitbekommen, wie George sich mit Thomas Wyatt unterhalten hatte. Wir brauchten in der Familiengeschichte nicht weit zurückzublättern um festzustellen, welch große Fortschritte wir gemacht hatten. Unser Urgroßvater, der Begründer unseres Wohlstandes, war ein einfacher Kaufmann gewesen, der mit Seide und Wollstoffen handelte. Er war allerdings ein ganz besonderer Kaufmann, denn er hatte einen Titel erworben und war Oberbürgermeister von London geworden. Seine größte Klugheit hatte er jedoch bei seiner Eheschließung bewiesen, denn seine Frau war die Tochter von Lord Hoo – und ihres Vaters Erbin obendrein. Sie hatten einen Sohn, William, der mein Großvater war und der die Tochter des Grafen von Ormond geheiratet hatte; auf diese Weise mischte sich noch mehr blaues Blut dem Kreislauf der Boleyns bei. Mein Vater hatte es am besten von ihnen allen gemacht, denn er hatte Elizabeth Howard, die Tochter des Grafen von Surrey, geheiratet, der zu gegebener Zeit Herzog von Norfolk wurde; und die Herzöge von Norfolk waren der – äußerst gefährlichen – Ansicht, sie seien königlicher als die Tudors.

Das sei das Prinzip, sagte George, und unser Vater plane für uns alle, damit fortzufahren. Deshalb müsse seinen Kindern auch eine besondere Erziehung zuteil werden. Sie müßten darauf vorbereitet werden, den Höchsten im Lande gleichgestellt zu sein. Sie sollten daher nicht nur gute Umgangsformen erlernen, sondern auch die Ausbildung genießen, die im allgemeinen königlichen Kindern vorbehalten war.

Unsere Erzieherin, Simonette, wußte das. Sie war eine weltzugewandte Frau und besaß sowohl die Schicksalsgläubigkeit als auch den Realitätssinn ihres Volkes. Ich war ihr Liebling, was seltsam war, weil Mary nicht nur liebenswerter als ich, sondern auch außergewöhnlich hübsch war. Sie war jedoch ein hoffnungsloser Fall, was die Unterrichtsstunden betraf, weil sie sich einfach nicht auf sie konzentrieren wollte – oder konnte. Daher vermutete ich, daß das der Grund sei, weshalb Simonette mich vorzog.

Ich mußte tanzen, wie die Franzosen tanzten, mich bewegen, wie man sich in Frankreich bewegte, und Französisch so sprechen, wie es in jenem Land gesprochen wurde. Ich mochte Simonette gern, weil sie mich bewunderte und ich mich schon immer danach gesehnt hatte, bewundert zu werden. Ich war mir durchaus bewußt, daß ich weniger hübsch als Mary war, und ich gestand dies Simonette.

»Nein, nein, nein«, rief sie, »du hast die Anmut, du hast den Charme! Du wirst es einmal weit bringen, kleine Anne. Mary – o ja...sehr hübsch... man liebt sie eine Zeitlang, weil sie großzügig ist... zu großzügig... und das kann fade werden. Oh, *mon amour*, ich möchte dich erleben, wenn du älter bist... ein wenig älter, ja. Diese Augen – sie sind *magnifique*... ja, *magnifique*. Und ich sage dir eins: Du verstehst es, sie zu gebrauchen. Das ist etwas, das dir in die Wiege gelegt worden ist, denn das brauche ich dich nicht zu lehren... Sie werden verführerisch sein, diese Augen.«

Ich sah sie mir kritisch an. Sie waren groß und ließen das übrige Gesicht verhältnismäßig klein erscheinen. Sie und mein dickes, dunkles Haar waren die Entschädigung für das Muttermal vorne an meinem Hals und für den Ansatz eines Nagels seitlich an meinem kleinen Finger, der mich zu der Vermutung veranlaßte, Gott habe ursprünglich die Absicht gehabt, mir einen sechsten Finger zu geben, dann aber seine Meinung geändert und mir nur den Nagel gelassen.

Ich haßte diesen Nagel. Ich begriff nicht, wieso ich ihn hatte. Ich ertappte mich dabei, daß ich fasziniert auf anderer Leute Hände starrte.

Mein Bruder George sagte: »Mach dir nichts daraus. Es macht dich anders als andere. Wer will schon genauso sein wie jeder andere?«

»Ich«, erwiederte ich mit Inbrunst.

Simonette versuchte ebenfalls, mich zu trösten. »Manchmal ist es geradezu *chic*, eine kleine Unvollkommenheit zu haben..., menschlicher..., aufregender..., faszinierender. Du wirst schon sehen.«

Dann kam jener Sommertag, an dem wir alle im Garten waren. Ich erinnere mich noch so genau an das Gefühl drohenden Unheils. Ich wußte, daß etwas Furchtbares geschehen würde. Im ganzen Haushalt wurde im Flüsterton gesprochen. Sogar George und Thomas Wyatt waren still, Mary versuchte, die Bedrohung abzuwehren, indem sie – wie gewöhnlich – so tat, als gäbe es sie nicht.

Aber wir wußten, daß etwas nicht stimmte, denn man hatte nach meinem Vater geschickt und ihn vom königlichen Hof nach Hause geholt, und das war etwas, das niemand wagen würde, es sei denn, es ging um etwas sehr Wichtiges.

Meine Mutter lag im Sterben. Diese Krankheit war nicht bloß eine jener Krankheiten, die ihr jährlich zu schaffen machten. Es war auch nicht das, was sie so oft eine »erneute Enttäuschung« nannten. Dies war mehr. Die Ärzte waren mit der Hebamme da.

Ich mußte an meine Mutter denken. Sie war zärtlich und liebevoll zu uns Kindern, aber wir hatten sie selten gesehen. Wenn es ihr gut ging, begleitete sie unseren Vater an den Hof, und nur wenn er sich auf diplomatischer Mission im Ausland aufhielt, kehrte sie zu ihrer Familie zurück. In den letzten Monaten ihrer Schwangerschaften war sie gewöhnlich bei uns; dann kam die Niederkunft und die kurze Ruhepause, bevor sie wieder unseren Vater aufsuchte. Es war ein Ablauf, der sich endlos zu wiederholen schien.

Weder George noch Thomas Wyatt konnten an jenem Tag wie gewohnt reden. Wir warteten und blickten von Zeit zu Zeit nur stumm zum Haus hinüber.

Es war Simonette, die kam, um es uns mitzuteilen. Ich wußte Bescheid, sobald ich sie über den Rasen kommen sah, zögernd, als erreiche sie uns nur ungern.

Seine Mutter zu verlieren, wenn man noch keine sechs Jahre alt ist, ist nicht nur eine tragische, sondern auch eine lehrreiche Erfahrung. Es lehrt einen, daß das Leben nicht so erfreulich berechenbar ist, wie man geglaubt hatte. Es überkommt einen ein schreckliches Gefühl der Einsamkeit und die beängstigende Einsicht, daß nichts je wieder so sein wird, wie es vorher war.

Unser Vater reiste in diplomatischer Mission in die Niederlande und war ein ganzes Jahr lang fort, und als er zurückkam, erfolgten weitere Veränderungen in unserem Haushalt. Er war offensichtlich recht zufrieden mit sich. George erzählte uns, er habe den Auftrag gehabt, mit Margarete von Savoyen, der Erzherzogin von Österreich, einen Vertrag abzuschließen, in dem sich Kaiser Maximilian, Papst Julius und Ferdinand von Spanien mit England zum Krieg gegen Frankreich verbündeten. Es war ein Vertrag, der schon bald darauf scheitern sollte; zu jener Zeit war mein Vater noch überzeugt, daß sein Abschluß ein großer Erfolg für ihn war. Noch etwas anderes freute ihn gleichermaßen. Meine Schwester Mary sollte an den Hof in Brüssel geschickt werden, über den Margarete als Regentin der Niederlande herrschte.

George sagte: »Das ist es, was unser Vater immer gewollt hat – seine Kinder in königliche Kreise einführen.«

So velor ich Mary, und da George – zusammen mit Thomas Wyatt – bald nach Cambridge gehen sollte, schrumpfte unser kleiner Kreis beträchtlich, und Mary Wyatt und ich taten unser Bestes, uns gegenseitig zu trösten.

Ich erinnere mich gut an die langen Sommertage, an denen ich in Hever war oder nach Allington hinüberritt und mit Mary Wyatt die Tauben fütterte. Ich war fasziniert von den Tauben. Sie hatten – im Unterschied zu den gewöhnlichen grauen – hellbraunes Gefieder. Ich fand den Grund dafür, daß sie da waren, so romantisch. Ich hatte die Geschichte zum ersten Mal von Thomas gehört, der sie so schön – wie übrigens alles, was er formulierte – erzählen konnte.

Sein Vater, Sir Henry, war von Richard III., dessen Thronfolge er nicht bereit war zu unterstützen, gefangengenommen und in den Tower geworfen worden. Dort wurde grausam gefoltert, und jedesmal, wenn er vor Schmerzen in Ohnmacht fiel, flößte man ihm gewaltsam Senf und Essig ein, um ihn wieder zu sich zu bringen. Als er sich dennoch weigerte, seine Standhaftigkeit aufzugeben, wurde er in eine Zelle gesperrt und dem Hungertod überlassen.

Sir Henry hatte schon geglaubt, daß sein Ende nahe sei, aber eines Tages sah er eine Katze auf dem Fensterbrett. Er taumelte zum Fenster, beglückt über die Gesellschaft eines anderen Lebewesens. Er steckte die Hand durch das Gitter, um das Fell der Katze zu streicheln. Statt ihn abzuweisen, schnurrte die Katze. Er fühlte sich dadurch schon besser. Dann lief die Katze fort, kam aber kurz darauf mit einer

Taube zurück, die sie gefangen und getötet hatte. Die Taube war für Sir Henry. Es war Nahrung und er war halb verhungert. Also aß er die Taube.

Am nächsten Tag erschien die Katze wieder mit einer neuen Taube, und auf diese Weise hielt die Katze Sir Henry während der ganzen Zeit seiner Gefangenschaft am Leben. Dadurch erlebte er die Niederlage Richards bei Bosworth Field und die Ankunft Henry Tudors, der den Wunsch hatte, ihn für seine Treue zum Hause Lancaster zu belohnen, ihn sogleich befreite und ihm seine Besitztümer zurückgab.

Sir Henry vergaß das nie. Immer wenn ich ihn in Allington sah, hatte er eine Katze bei sich – nicht dieselbe, die ihn am Leben erhalten hatte, aber eine ihrer Nachkommen. Seine Katze war wie ein treuer Hund; sie folgte ihm, wohin er auch ging, schlief auf seinem Bett und war ständig in seiner Gesellschaft. Und um nicht zu vergessen, wie er gerettet worden war, ließ er Tauben nach Allington bringen, und er sagte, sie würden so lange dort bleiben, wie es Wyatts im Schloß gebe. Und das Merkwürdige war, daß die Katze und die Tauben von Allington sich anfreundeten. Sie lebten im Schloß freundschaftlich beieinander – Symbole des Überlebens von Sir Henry, der den Tudorkönigen weiterhin in Treue diente.

Mary Wyatt und ich waren oft zusammen in Allington oder Hever, bis ich erfuhr, daß ich nach Frankreich gehen sollte, um in den Dienst der Schwester des Königs zu treten.

Und hier war ich nun, im Begriff, mich auf dieses große Abenteuer einzulassen.

Als wir in der Burg von Dover ankamen, fegte vom Meer her ein heftiger Sturm über das Land, und mit einer wütenden Hingabe, die mich vor Furcht erschauern ließ, warfen sich die Wogen wie weiße Rösser den weißen Klippen entgegen.

Lady Guildford, der wir anvertraut waren, kam in den Raum, in dem wir untergebracht waren, und teilte uns mit, daß wir zwar noch nicht in See stächen, uns aber darauf einrichten sollten aufzubrechen, sobald die See ruhiger werde, was, so betonte sie, jederzeit der Fall sein könne.

Nachdem sie sich vergewissert hatte, daß wir es uns in unserem Raum bequem gemacht hatten, ging sie wieder zur

Prinzessin, und ich blieb in der Gesellschaft der anderen Damen zurück, die dazu neigten, ihre aristokratischen Nasen über mich zu rümpfen. Ich galt als Außenseiterin unter meinen Begleiterinnen Anne und Elizabeth Grey, den beiden Schwestern des Marquis von Dorset, der Schwester von Lord Grey und der Tochter von Lord Dacre. »Wer sind schon diese Boleyns?« sagten sie. Sicher, ich war die Enkelin des Herzogs von Norfolk – des Mannes, der sich für königlicher hielt als die Tudors –, und er war auch tatsächlich zusammen mit seinem Sohn, dem Grafen von Surrey, in der Kavalkade geritten. Aber beide hatten meinen Vater geflissentlich übersehen, als ob sie jede verwandtschaftliche Bindung leugnen wollten, und ich vermutete, daß diese Damen sich nach dem Herzog richteten. Ich hatte immer gewußt, daß er die Einheirat meiner Mutter in eine Familie mißbilligte, die im Handel verwurzelt war. Folglich war ich von geringer Bedeutung – nicht nur wegen meiner Jugend.

Sie unterhielten sich über meinen Kopf hinweg, als sei ihnen meine Gegenwart gar nicht bewußt. Das machte mich wütend. Wer waren sie denn schon, fragte ich mich. Die Greys waren Nachkommen von Elizabeth Woodville, und wer war die, bevor der König sie zur Frau nahm? Mir hatte immer schon die Geschichte gefallen, wie er ihr zufällig im Wald begegnete, sich in sie verliebte und sie heimlich heiratete, und wie er, als die Heirat ein *fait accompli* war, seine Minister darüber in Kenntnis setzte, was er getan hatte. Das war der großartige Edward IV., der Großvater unseres jetzigen Königs, und wie einige Leute behaupteten, waren sich die zwei sehr ähnlich.

Edward hatte zwar im Rosenkrieg den Sieg davongetragen, war aber als der lasterhafteste Mann Englands bekannt, und seine Mätressen waren zahllos. Unser König hatte noch nicht denselben Erfolg in der Schlacht gehabt und war, wie ich Tom Wyatt hatte sagen hören, seiner Königin einigermaßen treu. Also bezog sich ihre Ähnlichkeit vielleicht nur auf die äußere Erscheinung.

Ich hörte wißbegierig zu, was um mich herum erzählt wurde. »Mir tut die Prinzessin leid«, sagte Anne Grey. »Sie ist so verärgert.«

»Wer wäre das nicht, herumgeschoben zu werden wie eine Schachfigur, erst mit dem einen verlobt, dann mit einem anderen. Und ausgerechnet die Prinzessin! Wir kennen doch ihr Temperament.«

»Ich nahm an, der König werde vielleicht im allerletzten Moment nachgeben. Er ist ja bekanntlich sehr nachsichtig mit ihr.«

»Das ist nun einmal die Politik. Es muß sein. Ich glaube, sie ist sogar ein wenig froh, Karl zu entkommen. Nach allem, was man hört, wäre er kaum der richtige Bräutigam für sie gewesen.«

Gelächter brach aus. »Und du glaubst, der arme alte Louis wäre das?«

»Psst. *Lèse majesté*. Du sprichst vom König von Frankreich!«

»Nun ja, wenn schon, aber jeder weiß doch, daß er immerhin zweiundfünfzig Jahre alt ist. Stellt euch nur unsere schöne Mary mit dem alten Mann vor.«

»Sie wird ihm schon beibringen, nach ihrer Pfeife zu tanzen.«

»Natürlich wird sie das. Aber wie verärgert sie ist... und wie sie sich nach Suffolk sehnt!«

»Eine Zeitlang war ich sicher, der König werde ihr nachgeben.«

»O nein, nicht einmal seiner geliebten Schwester. Es ist alles Teil des Vertrages. Das ist das einzige, worum es bei königlichen Heiraten geht.«

»Ich wüßte zu gern, was sie tun wird, wenn sie ihn sieht.«

»Das wirst du schon noch. Sie wird es uns sicher wissen lassen. Sie wird es alle wissen lassen.«

»Wenn ihr Temperament mit ihr durchgeht...«

»Was sicher der Fall sein wird.«

»Aber der König hat sie gern. Darum wartet er auch hier um sich von ihr zu verabschieden.«

»Vielleicht«, sagte Elizabeth Grey, »befürchtet er auch, daß sie an den Hof zurückkehrt... oder mit Suffolk durchbrennt, wenn er sich nicht persönlich von ihr verabschiedet.«

»Wie gerne sie das täte.«

»Und meinst du, sie könnte es versuchen? Du kennst sie schließlich.«

Und so setzten sie ihre Unterhaltung fort, nachdem wir längst zu Bett gegangen waren; ich war jedoch so müde, daß ich schon bald fest eingeschlafen war.

Am nächsten Tag begegnete ich der Prinzessin persönlich. Sie nahm mein Kinn in ihre Hände und sah mich prüfend an. Offensichtlich war sie wieder guter Laune. »Die kleine Boleyn, nicht wahr?« fragte sie und fügte hinzu: »Schöne Augen hast du, mein Kind.« Und dann gab sie mir einen leichten Klaps auf die Wange. Das, sagten die Damen, sei in der Tat ein Zeichen der Anerkennung! Ich sagte, ich sei erstaunt, daß sie mich überhaupt bemerkt habe. »Ach, das ist nur, weil du so jung bist«, wurde ich von Anne Grey belehrt. »Lady Guildford ist in Wirklichkeit sehr verstimmt darüber, daß du hier bist. Sie sagte, man erwarte wohl von ihr, daß sie Kinder hüte.« Ich hörte, wie eine von ihnen im Flüsterton etwas über Thomas Boleyn sagte, das sich so anhörte, als halte er ständig Ausschau nach Begünstigungen. Trotzdem beunruhigte mich die Tatsache, daß sie meine Anwesenheit übelnahmen, nicht übermäßig. Alles war ja so neu für mich, und ich fand es sehr spannend, hier in der Burg zu sein, darauf zu warten, daß der Wind sich drehte und auf Abruf bereit zu sein, in See zu stechen.

Der Zeitpunkt kam um vier Uhr früh am Morgen des 2. Oktober. Je länger wir in der Burg verweilt hatten, um so unbehaglicher war uns allen zumute geworden, denn das Jahr schritt fort und der Oktober war bekannt für seine Stürme. Eigentlich hätten wir auf das Frühjahr warten sollen, aber Staatsangelegenheiten müssen nun einmal zum Abschluß gebracht werden, zu welcher Jahreszeit auch immer.

Ich werde diese Reise nie vergessen. Ich glaubte schon, das Ende meines Lebens sei gekommen und ich solle Frankreich nie erreichen. Wir waren noch nicht mehr als ein paar Meilen fort, als ein Sturm losbrach, der die Flotte in alle Winde zerstreute. Nicht einmal in meine wildesten Fantasien hatte ich mir so etwas je ausgemalt. Die Damen waren zutiefst verängstigt, und Lady Guildford wich nicht von der

Seite der Prinzessin, die jedoch einen weniger bekümmerten Eindruck machte als wir anderen.

Da wurde mir klar, wie sehr ihr vor ihrer Heirat grauen mußte, denn sie rief unter ziemlich wildem Lachen aus: »Ich freue mich, Mutter Guildford, denn vielleicht werde ich nun doch nicht Königin von Frankreich!« Sie nannte Lady Guildford immer ›Mutter‹, weil sie zusammen waren, seit die Prinzessin ein Kind war.

Wie unglücklich muß jemand sein, der den Tod willkommen heißt. Aber später stellte ich fest, daß sie, die so voller Leben war, mit allen Fasern ihres Herzens am Leben hing. Prinzessin Mary konnte einfach nicht still trauern; sie mußte es auf dramatische Art und Weise tun und jeden wissen lassen.

Wir wurden also hin und her geschleudert und hatten solche Angst, daß wir nicht einmal die schreckliche Übelkeit spürten, unter der die meisten von uns begonnen hatten zu leiden. Wir konnten nur an eins denken, an den Tod auf dieser tobenden See.

Wir nahmen gerade Kurs auf Boulogne – später hörte ich, daß einige der Schiffe in Calais eingelaufen waren und es einige sogar nach Flandern verschlagen hatte – und die Qual schien kein Ende zu nehmen, als plötzlich jemand »Land!« rief.

Doch damit waren unsere Nöte nicht vorüber. Der Kapitän konnte das Schiff nicht in den Hafen steuern, und wir liefen außerhalb des Hafens auf. Aber zumindest fühlten wir uns dort verhältnismäßig sicher, denn obwohl wir noch immer vom Meer umgeben waren, konnten wir erkennen, wie vom Ufer aus Leute zusahen.

Wir waren alle an Deck, bis auf die Haut durchnäßt und mit wild wehenden Haaren, und bald darauf schickte man kleine Boote, die uns an Land holen sollten. Ein galanter Herr watete voraus und rief, er werde die Königin ans Ufer tragen. Mary wurde hinabgelassen, und wir verfolgten, wie er sie auf seinen Armen zum Festland trug. Dann waren wir an der Reihe, aber kein Kavalier kam, um uns zu holen. Wir mußten unter großer Mühe in die kleinen Ruderboote klettern und uns erneut den Wellen anvertrauen.

Aber schließlich war die Tortur vorüber. Wir waren angekommen. Es war ein furchterregendes Abenteuer gewesen.

Prinzessin Mary war in Wirklichkeit bereits Königin von Frankreich, denn die Eheschließung war als Ferntrauung in Greenwich vorgenommen worden; der Herzog von Longueville hatte dabei den König von Frankreich vertreten und in Frankreich hatte unpassenderweise der Graf von Worcester Marys Rolle übernommen. Dennoch neigte wir noch immer dazu, sie als unsere Prinzessin zu betrachten und würden es auch weiterhin tun, bis die Zeremonie zwischen ihr und König Louis stattgefunden hätte. Das sollte in zwei Tagen der Fall sein.

Am Tag nach unserer Ankunft sollten wir die Reise nach Abbéville antreten, wo der König warten würde, um seine Braut zu begrüßen.

Es war erstaunlich, wie schnell wir uns von den Strapazen der Überfahrt erholten. Kaum jemand hätte in der bezaubernden Gesellschaft, die sich anschickte, die neue Königin auf ihrem Weg zu ihrem Bräutigam zu begleiten, die schmutzigen und durchnäßten Wesen wiedererkannt, die in den Ruderbooten an Land gekommen waren.

Ich hatte viel über die Prinzessin nachgedacht und darüber, wie tragisch es für eine so schöne Frau war, eine Ehe ohne Liebe eingehen zu müssen, zumal sie – wie ich den Gesprächen entnommen hatte – einen anderen Mann liebte. Wäre ich älter gewesen und hätte ich über die Menschenkenntnis verfügt, die ich mir später aneignen sollte, so hätte ich vielleicht weniger Mitgefühl empfunden. Gewiß war Mary in Suffolk verliebt und, da sie eine Tudor war, extremen Gefühlen unterworfen; sie liebte und haßte intensiver als die meisten Menschen. Gewiß wurde sie zur Ehe mit einem alten Mann gezwungen, den sie möglicherweise abstoßend fand. Aber Mary besaß die glückliche Gabe, jede Situation zu ihrem Vorteil zu nutzen und, entschlossen, letzten Endes doch ihren Willen durchzusetzen, unbeschadet zu überstehen. Was sich dann auch bewahrheitete.

Wie schön sie in ihrem silberweißen Kleid mit der juwelenbesetzen Haube auf ihrem wunderschönen Haar aussah! Ihre

Haut war glatt und rosig wie die ihres Bruders. Ich beneidete sie um ihre Blondheit.

Unsere Garderobe, die für diese Gelegenheit sorgfältig ausgewählt worden war, war sicher an Land gebracht worden, wofür wir dankbar waren. Unsere Kleider waren aus rotem Samt. Ich freute mich darüber, denn das war eine Farbe, die besonders gut zu meinen dunklen Haaren und Augen paßte. Ich bemerkte, wie eine oder zwei der Damen mich ansahen; sie sagten nichts, aber ich konnte an ihren Blicken erkennen, daß sie mich – wenn auch widerstrebend – bewunderten, was mir sehr gefiel.

Der König hatte Reiter und Bogenschützen geschickt, die uns begleiten sollten – zweifellos eine Anspielung auf unsere Kampfkraft* obwohl wir durch diese Heirat die freundlichsten Nachbarn geworden waren.

Wir verließen gerade Boulogne, als ein Reitertrupp auf uns zukam. An seiner Spitze ritt einer der beeindruckendsten Männer, die ich je gesehen hatte. Er war groß – so groß wie der König von England, und man traf selten so hochgewachsene Menschen. Aber während Henry strahlend blond war, hatte dieser Mann dunkles Haar. Er war äußerst elegant gekleidet, und an seinem Gewand glitzerte nur hier und da ein Edelstein, was darauf schließen ließ, daß er guten Geschmack protziger Prachtentfaltung vorzog. Seltsamerweise ertappte ich mich dabei, daß ich ihn vom ersten Augenblick an mit dem König von England verglich.

Er war eindeutig eine Person von hohem Rang. Das erkannte man am Verhalten der Menschen, die bei ihm waren. Ich erfuhr bald, wer er war. Er war François von Valois, der Graf von Angoulême – und Frankreichs Thronfolger. Ich hatte schon von ihm gehört, denn Simonette hatte oft mit mir über ihr Land gesprochen. Falls der alte Louis keine Söhne bekommen sollte, würde François König von Frankreich werden.

Ich fragte mich, was wohl in François vorgehen mochte,

* Entscheidende Siege der Engländer in früheren Kriegen mit Frankreich waren auf den Einsatz von Bogenschützen zurückzuführen. (Anm. d. Übers.)

als er dieses bezaubernde Mädchen sah, das in sein Land kam, um den König zu heiraten. Falls aus der Ehe Kinder hervorgingen, wäre das das Ende von François Hoffnungen.

Er hatte etwas Verschlagenes, fand ich, obwohl seine Manieren so erlesen waren wie seine Kleidung. Er sprang vom Pferd und verneigte sich tief, als er Marys Hand nahm. Seine Augen betrachteten sie genau, und es gelang ihm, mit seinen Blicken eine Menge auszusagen. Wenn er ausgesprochen hätte, daß er sie schön, charmant, aufregend und überaus begehrenswert fand, hätten seine Worte nicht beredter sein können als seine Blicke.

Er sprach sie in wohlklingendem Französisch an und versicherte ihr seine große Freude über ihre Ankunft. Er heiße sie in Frankreich willkommen und sei stolz, die Ehre zu haben, sie nach Abbéville zu geleiten.

Sein Blick schweifte über die Damen und schloß sogar mich ein, obwohl er mich zu jung und uninteressant gefunden haben muß. Dann ritt er an Marys Seite, und wir begaben uns nach Abbéville.

Als wir nicht mehr weit von der Stadt entfernt waren, näherte sich uns ein Trupp von Reitern. Sie hielten abrupt an und einer von ihnen löste sich von der Gruppe und kam auf die Prinzessin zu. Ich erriet, wer er war, denn der Thronfolger war vom Pferd gesprungen, nahm seine Kappe ab, verneigte sich und nahm eine respektvolle Haltung an. Dabei bemerkte ich ein leicht sardonisches Lächeln auf seinem gewinnenden Gesicht. Stellte er sich gerade vor, daß die Braut den König von Frankreich mit dem Thronfolger verglich? Der König sah neben François klein und unscheinbar aus. Seine Augen waren groß und etwas hervortretend; sein Hals war geschwollen – vermutlich infolge irgendeiner Krankheit. Aber er hatte etwas Freundliches an sich und deswegen mochte ich ihn. Er schaute Mary an und nahm uns andere, glaube ich, gar nicht wahr.

Sie saß auf ihrem Pferd, das blühende Leben und die Schönheit in Person, rosig von Gesicht, in Weiß und Gold gekleidet – und mit einem Hauch Tudor-Arroganz. Sie war sehr selbstsicher und, wie mir schien, ein wenig glücklicher angesichts solch offenkundiger Bewunderung.

»Der Kronprinz hat sich hoffentlich zufriedenstellend um Euch gekümmert«, sagte der König.

Mary antwortete in französischer Sprache und mit einem ganz bezaubernden Akzent, daß er das allerdings getan habe und daß alle sich vorbildlich um sie bemüht hätten, seit sie französischen Boden betreten habe.

Der König nahm ihre Hand und küßte sie. »Man hat mich getäuscht«, sagte er. »Man hat mir gesagt, Ihr seiet schön – aber nicht, wie schön.«

Mary entgegnete, Seine Hoheit sei zu liebenswürdig.

Der König fuhr fort, er habe seinen Höflingen angekündigt, er wolle auf die Jagd gehen, habe es dann aber doch nicht fertiggebracht, seine Ungeduld zu zügeln. Daher müsse er sie jetzt verlassen und dem Thronfolger die Aufgabe übertragen, sie nach Abbéville zu begleiten. So könne sie auch sicher sein, daß der Jubel der Menschen ihr allein gelte.

Er ritt fort. François schwang sich in den Sattel und führte sein Pferd dicht an das ihre heran. Es war nicht zu übersehen, daß er sich zu ihr hingezogen fühlte.

Und so kamen wir nach Abbéville.

Am nächsten Tag fand die Hochzeit statt. Mein Großvater, der Herzog von Norfolk, und der Marquis von Dorset ritten mit der Prinzessin zum *Hôtel de la Gruthuse*.

Ich fragte mich, was sie wohl von ihrem kränklichen Bräutigam mit den hervortretenden Augen und dem geschwollenen Hals halten mochte. Natürlich hatte er ihr eine Krone zu bieten. Ob sie wohl der Ansicht war, daß es sich lohne? Ich wußte, daß dem nicht so war, denn sie sehnte sich nach dem Herzog von Suffolk. Alle wußten es, denn sie machte kein Geheimnis daraus. Ich war froh, daß ich noch nicht zu heiraten brauchte, und ich überlegte, wen man wohl für mich aussuchen würde. Ich würde protestieren, wenn ich mit der Wahl nicht einverstanden wäre. Aber zum Glück war ich nicht königlicher Abstammung. Ich war dankbar dafür, keine Klausel in einem Vertrag sein zu müssen.

Die Zeremonie fand im großen Saal des *Hôtel de la Gruthuse* statt, der aus diesem Anlaß prächtig hergerichtet worden war. Die Wände waren mit Gold- und Silberstoffen und schönen Wandteppichen ausgekleidet. Die Glasfenster waren nach einem Entwurf gestaltet, der Szenen aus dem Leben des Heiligen der Stadt, Wulfran, darstellte; sie warfen ein getöntes Licht auf den Gold- und Silberstoff und bewirkten ein Schimmern, das die eleganten Möbel, die für diese besondere Gelegenheit eigens in dem Saal aufgestellt worden waren, in eine ganz zauberhafte Atmosphäre hüllte.

Ein Baldachin wurde über die Braut gehalten; einer seiner Träger war der Thronfolger, der andere der Herzog von Alençon, der Ehemann der Schwester des Thronfolgers, Marguerite.

So wurde aus Mary Tudor wirklich die Königin von Frankreich.

Bei dieser Feierlichkeit sah ich zum ersten Mal Prinzessin Claude, die Tochter des Königs; ich hatte zu meiner Verwunderung erfahren, daß sie die Frau des faszinierenden Thronfolgers war. Welch ein ungleiches Paar! Sie hatte eine leichte körperliche Mißbildung, hinkte und sah kränklich aus. Offensichtlich war ihre Ehe durch einen Vertrag zustande gekommen. François, der zukünftige König Frankreichs – vorausgesetzt, Louis zeugte keinen männlichen Erben – war natürlich gezwungen gewesen, die Tochter des derzeit herrschenden Königs zu heiraten. Es war alles sehr logisch, aber ich hätte doch gern gewußt, was in Claude vorging als sie ihren betörenden Mann beobachtete, und noch lieber hätte ich gewußt, was in François vorging. Daß er ehrgeizig war, darüber bestand kein Zweifel. Was empfand er in diesem Augenblick, als er miterlebte, wie der König – offensichtlich verliebt – diesem schönen jungen Mädchen angetraut wurde? Wenn aus der Ehe Kinder hervorgingen, was würde dann aus den Hoffnungen, die François sich auf die Krone machte?

Es war eine interessante Situation, und nun, da ich mich von der schrecklichen Überfahrt erholt hatte, begann ich wieder, ich selbst zu sein und den Aufenthalt hier amüsant zu finden – weit weg von den Provinznestern Blickling und Hever, inmitten der großen Welt, in der außergewöhnliche und spannende Ereignisse stattfanden.

An jenem Abend gab es viel Gekicher und Geflüster in unseren Räumen. Alle redeten über die neue Königin von Frankreich und den alten König.

Lady Guildford war sehr traurig. Sie war seit der Kindheit der Prinzessin mit ihr zusammen gewesen und betrachtete sie praktisch als ihr eigenes Kind. Sie ermahnte die Damen in scharfen Ton, denn sie konnte sich denken, worum es in ihrer Unterhaltung ging, und es empörte sie.

»Sie werden das Bett mit Weihwasser besprengen«, sagte Anne Grey. »Sie werden es segnen und beten, es möge fruchtbar sein.«

»Stell sie dir nur vor..., wie sie sich das alles anhören wird. Man sagt, es sein ein schönes Bett, mit einem Baldachin aus Samt und reich verziert mit den goldenen Lilien Frankreichs. Die Franzosen verstehen etwas von Eleganz.«

»Das entschädigt nicht für den Mann mit dem sie es teilen muß.«

»Nun ja, wie wäre es mit François...«

Sie flüsterten miteinander.

»Psst. Vergeßt die kleine Boleyn nicht. Warum haben sie uns Babys mitgeschickt!«

»Ihr Vater läßt sich keine Gelegenheit entgehen. Offenbar wittert er hier einen Vorteil.«

»Er ist sehr gerissen. Das hat er von den Seidenhändlern.«

Ich hatte Lust, sie zu schlagen. Ich wünschte, ich hätte es gekonnt. Ich war oft impulsiv und handelte, ohne weiter nachzudenken, aber ich vergaß nicht, daß ich auf der Stelle nach Hause geschickt würde, wenn ich durch unhöfliches Benehmen auffiele. Lady Guildford wäre nur zu froh über einen solchen Grund mich loszuwerden. Simonette hatte mir oft gesagt, daß ich zuerst handelte und dann nachdächte und daß das sehr unklug sei. Folglich, da nach Hause geschickt zu werden das letzte war, was ich mir wünschte, senkte ich bescheiden den Kopf und hörte einfach weg. Ich lag im Bett und dachte über den König von Frankreich und seine neue englische Königin nach.

Am nächsten Tag erwartete uns ein großer Schock. Die Damen, die aus England gekommen waren, um der Königin zu dienen, sollten alle heimgeschickt werden.

In unseren Gemächern herrschte große Bestürzung. Lady Guildford war zu erschüttert, um irgend etwas zu sagen. Die anderen schnatterten und spekulierten.

»Ist das die Art und Weise, wie er sie zu behandeln gedenkt? Das wird sie sich nie gefallen lassen. Sie wird wüten und toben.«

Ich fand, daß sie recht hatten. Aber andererseits besaß der König große Würde und Autorität. Ich hatte früher schon einmal gehört, daß, wenn Angehörige königlicher Familien ins Ausland heirateten, ihre Bedienten ausnahmslos ersetzt würden.

Lady Guildford war erbost, nachdem sie sich von ihrem ersten Schrecken erholt hatte. Betreute sie nicht die Prinzessin schon, seit diese ein Kind war? Wie sollte Mary ohne sie zurechtkommen?

Aber Mary kam ohne sie zurecht. Ihr blieb gar nichts anderes übrig.

Das Seltsamste jedoch war, daß der König Mary gestattet hatte, ein Mitglied ihres Gefolges bei sich zu behalten – das kleine Mädchen. Ich konnte es nicht glauben. Ich war ausgewählt worden, als einzige zu bleiben! Der Grund war natürlich mein sehr jugendliches Alter; man war offenbar der Ansicht, daß ich zu jung sei, um mich an politischen Intrigen zu beteiligen. Und so war ich sicher.

Vielleicht war Mary gar nicht so betrübt, ihre Hofdamen loszuwerden – abgesehen von Lady Guildford, die sie bestimmt von Herzen gern hatte. Mary, die ich nach der Abreise der anderen näher kennenlernen sollte, war von Natur aus stürmisch. Sie konnte wütend aufbrausen und kurz darauf bereits ihren Zorn vergessen haben. Sie war manchmal großzügig, dann wiederum kleinlich. Aber sie besaß einen gewissen Scharfsinn, der sie nie wirklich vergessen ließ, was für sie von Vorteil war; in welch impulsive Handlung sie auch verwickelt wäre, sie würde immer zur Vernunft kommen, bevor es zur Katastrophe käme.

Ich hatte den Eindruck, daß sie zu der Überzeugung gelangt war, der König von Frankreich werde nicht mehr lange leben. Was auch immer ihr bevorstand, konnte nicht von Dauer sein. Aus diesem Grunde war sie umgänglicher, als sie es normalerweise gewesen wäre, denn wenn sie erst ihre Freiheit zurückgewonnen hätte, würde sie selbst über ihre Angelegenheiten bestimmen können. Überdies hatte sie anstelle ihrer Damen die Herzogin von Alençon, die sehr begabte und faszinierende Schwester François, und deren Gesellschaft war, wie ich später erfahren sollte, wesentlich erfreulicher als die der entlassenen Hofdamen. Auch Prinzessin Claude wurde zu ihr geschickt, um sie zu trösten, und ich glaube, Claude mißfiel ihr ebensowenig. Sie war schließlich ihre Stieftochter, und die Tatsache, daß sie mit dem interessanten François verheiratet war, reizte Mary durchaus, sie näher kennenzulernen.

Ich freute mich festzustellen, daß sie so großen Gefallen an mir fand.

»Du bist alles, was sie mir gelassen haben!« rief sie und sah mich seltsam spöttisch an.

»Es tut mir leid, Euer Hoheit«, sagte ich.

»Leid! Daß du mir dienen sollst?«

»O nein, nein..., leid, daß ich alles bin, was Euch geblieben ist. Ich meine, es tut mir leid für Euer Hoheit – mich freut es.«

Diese Antwort schien sie zu amüsieren.

»Nun, kleine Boleyn, dann müssen wir das beste daraus machen, nicht wahr?«

Es gab Zeiten, da war sie fast liebevoll zu mir. Da zeigte sie mir die Juwelen, die der König ihr geschenkt hatte.

»Der Arme«, sagte sie, »er bemüht sich so sehr, mir zu gefallen.«

Sie hatte es gern, wenn ich ihr Haar bürstete. Dann lächelte sie mich an und ließ ihren Gedanken freien Lauf. Ich hatte manchmal den Eindruck, daß sie mein Alter ganz vergaß. Es dauerte nicht lange und sie erzählte mir von ihrem Geliebten, dem unvergleichlichen Charles Brandon, dem Herzog von Suffolk.

»Einen vollkommeneren Mann hat es nie auf Erden gegeben«, erklärte sie. Sie gebrauchte ständig überschwengliche Worte. »Er ist immer absolut der Beste beim Turnier.«

»Ist er besser im Turnier als Euer Bruder, der König, Madame?« frage ich unschuldig.

»Nun, für einen Untertan empfiehlt es sich, immer etwas weniger gut als ein König zu sein. Das solltest du wissen.«

»Aber was ist die Wahrheit?«

»Ach, die Wahrheit! Die Wahrheit ist, daß mein Charles der wunderbarste Mensch auf der Welt ist und alles besser macht als irgend jemand sonst.«

»Also – läßt er den König gewinnen?«

»Kleine Boleyn, du verlangst von mir, etwas auszusprechen, das Verrat an meinem Bruder wäre.«

Ich blickte erschrocken drein, daher nahm sie mir die Bürste aus der Hand legte den Arm um mich.

»Ich werde dich nicht verraten«, sagte sie und ihr lachendes Gesicht war dicht an meiner Wange. »Ich werde dich nicht in den Tower werfen lassen. Ich werde dich nicht einmal foltern lassen. Na, na, kleine Boleyn. Ich glaube, nun habe ich dir wirklich Angst gemacht. Nun aber ernsthaft. Unter uns in diesen vier Wänden: Charles ist der großartigste Mensch auf der Welt, und niemand, niemand hält einem Vergleich mit ihm stand.«

Dann saß sie gewöhnlich mit einem verträumten Blick in den Augen da und dachte an ihn, doch dann plötzlich schien sie sich wieder zu erinnern, daß sie mit dem König verheiratet war, und ihre Augen wurden dunkel vor Zorn.

Ich pflegte bei ihr zu sitzen und sie zu beobachten, während ich auf Anweisungen von ihr wartete; aber manchmal schien sie zu vergessen, daß ich anwesend war.

Dennoch hatte sie mich damals auf ihre Art gern; sie schickte oft nach mir. Es gefiel ihr, glaube ich, wenn ich allein kam, so daß sie ungehemmt Selbstgespräche führen konnte – denn genau das war es, was sie tat. Ich war zu jung, um ernsthaft beachtet zu werden. Ich vermute, sie fühlte sich gelegentlich ein wenig einsam in dem fremden Land. Schließlich war ich die einzige englische Bediente, die bei ihr bleiben durfte. Ich hörte gern zu, wenn sie von ihrer Liebe zu Charles Brandon sprach. Ein- oder zweimal, als ich sie verträumt ins Leere starren sah, hatte ich sie sogar ganz vorsichtig dazu gebracht, über ihn zu reden; ich hatte etwas gefragt, was den Herzog von Suffolk betraf, und sie war nur allzu bereit gewesen zu reden.

»Schon als ich ihn zum ersten Mal sah, wußte ich, daß er der Richtige für mich war.«

»Wußte er davon?« fragte ich.

»Er weiß es jetzt.«

Dann wandte sie sich mir zu ergriff meinen Arm.

»Eines Tages, kleine Boleyn, wird Charles mein Ehemann sein. Wenn eine Prinzessin heiratet, verstehst du, geschieht das aus Gründen der Staatsraison..., aber wenn sie das einmal gemacht hat, sollte sie beim nächsten Mal selbst frei wählen dürfen. Meinst du nicht auch?«

»O ja, Madame.«

»Das werde ich auch..., wenn... wenn...« Sie legte den Finger an die Lippen. »Der König ist schon sehr alt.«

»Ja, Madame.«

»Und ich bin jung. Weißt du, bevor ich an diesen Hof kam, pflegte er um sechs Uhr zu Bett zu gehen... und jetzt kommt er nie vor Mitternacht ins Bett. Dafür sorge ich schon. Meinst du, ich habe Lust, schon um sechs Uhr zu Bett zu gehen... mit ihm?«

»Ich glaube nicht, Madame.«

»Nein. Nun gibt es Feste. Wir tafeln... und es gibt Bälle, Ballettvorstellungen und dergleichen..., das weißt du doch, nicht wahr? Der arme Louis, er hat mit seiner tugendhaften Anne von der Bretagne ein so ruhiges Leben geführt, aber mit ihr ist er jetzt nicht mehr verheiratet, nicht wahr? Er ist mit Mary Tudor verheiratet, und das ist etwas ganz anderes.«

»Die Heirat mit Euer Hoheit hat sein Leben verändert.«

»Und meins auch, meine Kleine.« Sie kam mit ihren Lippen dicht an mein Ohr heran. »Wir leben lustig..., doch was meinst du, wie lange noch?« Ich war zu überrascht um zu antworten, und sie fuhr schnell fort: »Was glaubst du, wie lange es dauern wird? Nicht ewig. Und dann... bin ich frei. Und beim zweiten Mal treffe ich meine eigene Wahl.«

Ich erfuhr eine Menge von ihr.

Sie erzählte mir vom König, der so sehr in sie verliebt war.

»Er ist ja so in mich verliebt«, sagte sie und lächelte mit selbstgefälligem Stolz ihrem Spiegelbild zu. »Ich komme ihm wie ein Kind vor. Er hat zwei Ehefrauen vor mir gehabt... und nie eine wirklich schöne, der Arme. Manchmal tut er mir richtig leid. Er ist rührend in seiner Anhänglichkeit. Aber wenn ich ihm mit meinem Charles vergleiche... Doch dem Vergleich würde keiner standhalten. Louis ist ein guter König. Das Volk schätzt ihn. Er ist auch ein einigermaßen moralischer Mensch – soweit man das von den Franzosen behaupten kann. Sie haben einige ziemlich wilde Könige gehabt. Natürlich ist er nicht wie Louis der Heilige. Heilige kommen sehr selten vor. Aber er ist nicht so ausschweifend wie Charles VII. oder so grobschlächtig wie Louis XI. oder so hochgradig unmoralisch wie Charles VIII. Weißt du, es ist einfach, solchen Herrschern auf den Thron zu folgen. Daher ist meinem Louis auch der Respekt seines Volkes sicher. Sie lieben ihn nicht gerade; dafür ist er nicht schön und auch nicht romantisch genug. Es ist seltsam, kleine Boleyn, daß Könige nicht immer wegen ihrer guten Eigenschaften geliebt werden. Aber sie werden ihretwegen respektiert. Mein Vater wurde respektiert, aber nicht geliebt. Doch wie sie meinen Bruder lieben! Und warum? Weil er eine stattliche Erscheinung ist und gut aussieht und lustig ist. Mein Vater hat viel Gutes für England getan, aber sie lieben meinen Bruder, der bisher noch gar keine bedeutenden Reformen durchgeführt hat.«

»Er ist ja auch noch nicht lange auf dem Thron, erst fünf Jahre.«

»Tatsächlich? Wie klug du bist, meine Kleine!«

»Ich hatte eine sehr gute Erzieherin.«

»Und diese großen Augen haben alles gesehen..., ich könnte schwören, auch oft Dinge, die nicht für sie bestimmt waren. Und diese kleinen Ohren waren immer gespitzt. Das ist es. Und ich erzähle dir zuviel, Mademoiselle Boleyn. Jetzt halte ich meinen Mund ganz fest verschlossen und erzähle dir nichts mehr.«

Ich war niedergeschlagen. Es war dumm von mir gewesen, mein Wissen zur Schau zu stellen und sie daran zu erinnern, daß ich fähig war zu behalten, was ich gehört hatte. Aber natürlich hörte sie nicht auf, mich ins Vertrauen zu ziehen, und was sie in einem Augenblick sagte, hatte sie im nächsten bereits vergessen.

Sie erzählte mir von Louis' früheren Frauen. »Jeanne

mußte er heiraten. Sie war die Tochter von Louis XI. Sie war sehr häßlich und hatte einen Buckel. Aber sie war eine sehr gute Frau, fast eine Heilige. Vermutlich ist es leicht, gut zu sein, wenn man häßlich ist.« Sie seufzte. »Ich werde nie eine Heilige sein. Warum lächelst du? Ich sage dir eins: Du wirst auch nie eine sein.« Dann lachte sie und nahm mich einen Augenblick in die Arme. Sie war sehr ungezwungen, wenn wir allein waren. Sie fuhr fort: »Du amüsierst mich mit deinen großen, staunenden Augen. Weißt du, du bist überhaupt nicht hübsch. Aber du hast etwas an dir. Ich bin sicher, du wirst das Leben sehr vergnüglich finden. Du wirst nicht wie die fromme Jeanne werden, das verspreche ich dir. Das arme Mädchen, sie konnte keine Kinder bekommen. Welchen Wert diese Könige doch auf Kinder legen! Söhne, Söhne, Söhne – das ist alles, was sie wollen. Es ist eine Beleidigung unseres Geschlechts, nicht wahr? Louis hofft, daß ich einen Sohn bekomme. François, seine Mutter und seine Schwester leben in täglicher Furcht, daß ich einen bekommen könnte – denn wenn das der Fall wäre, was würde dann aus François' kühnem Traum von der Krone, hm? Das verrate mir! Söhne, Söhne... Nun, die arme kleine bucklige Jeanne konnte keine bekommen und Louis – mein jetziger Mann – bat den Papst um eine Annullierung ihrer Ehe.« Sie hielt inne und lachte.

Ich wartete gespannt und sagte dann: »Und bekam er sie, Madame?«

»Aber sicher bekam er sie. Schau, dieser Papst war der berühmt-berüchtigte Alexander VI., Roderigo Borgia. Er hatte einen Sohn. Ah, sagst du jetzt, aber Päpste heiraten nicht. Nein, Kleines, du hast ganz recht. Aber man braucht nicht zu heiraten, um Söhne zu haben, und dieser Papst hatte einen Sohn, namens Cesare Borgia. Er liebte ihn sehr und war bemüht, ihm stattliche Vorteile zu verschaffen. Louis wiederum war in der Lage, diesem jungen Mann sehr nützlich zu sein, und als Gegenleistung für Begünstigungen für Cesare wurde die Annullierung der Ehe gewährt.«

»Was geschah mit Jeanne, Madame?«

»Was glaubst du? Sie nahm ihre Zurückweisung mit stiller Resignation hin. Hättest du das getan? Ich nicht. Aber wir gehören auch nicht zu diesem Verein würdevoller weiblicher Wesen. Louis war also frei und heiratete eine zweite Heilige – Anne von der Bretagne –, die Witwe seines Vorgängers. Aber sie war nicht ganz vollkommen. Sie soll gehbehindert, ansonsten aber hübsch gewesen sein, dazu sehr geistreich und klug. Louis und sie empfanden große Achtung für einander; und obwohl sie ihm – zum Glück für François – keine Söhne schenken konnte, brachte sie zwei Töchter zur Welt, Mesdames Claude und Renée, die du bei Hofe gesehen hast.«

Sie machte eine Pause, und ich hielt fast den Atem an. Ich hatte immer Angst, sie könne merken, daß sie zu viel redete, und aufhören. Zum ersten Mal in meinem Leben war ich froh, unbedeutend zu sein.

»Sie waren fünfzehn Jahre verheiratet«, fuhr sie verträumt fort. »Fünfzehn Jahre – stell dir das vor! Anne war eine gute Königin, obgleich behauptet wird, sie habe mehr für die Bretagne als für Frankreich übrig gehabt. Aber sie war weithin geachtet, und Louis war sehr betrübt, als sie starb.«

»Jetzt kann er darüber nicht mehr betrübt sein, denn er hätte Euer Gnaden nicht heiraten können, wenn sie nicht gestorben wäre.«

»O nein, nun ist er nicht mehr betrübt! Er lebt, wie er nie zuvor gelebt hat.«

Dann lachte sie und betrachtete sorgfältig ihr Gesicht im Spiegel. »So viel Fröhlichkeit«, flüsterte sie. »Ich sage zu ihm: ›Warum zieht sich mein Gebieter nicht früh zurück? Ich werde an Eurer Stelle am Festmahl teilnehmen. Ich werde Euch vertreten!‹ Aber er sagt: ›Nein, nein, meine Königin, ich werde dabei sein.‹ Der arme, müde alte Mann! Und nachts kommt er dann so müde ins Bett, daß er zu nichts anderem mehr in der Lage ist, als den Schlaf der Erschöpften zu schlafen.« Sie lächelte. »Er hat nämlich Angst, weil...«

Sie sah mich lange an, und ich senkte den Blick und gab mir Mühe, unschuldig auszusehen und meine heftige Begierde, mehr zu erfahren, zu verbergen.

»Weißt du..., er hat Angst vor François. Ich glaube, François ist in mich verliebt... ein wenig.«

»Ihr seid so schön, daß das nicht verwunderlich ist«, sagte ich zu ihr.

Sie schüttelte den Kopf. »François ist in alles Schöne leidenschaftlich verliebt. Schöne Gebäude, schöne Musik, Dichtung, Gemälde, Statuen und schöne Frauen. Aber vor allem ist er in sich selbst verliebt. Und da, meine kluge kleine Boleyn, bliebe nicht sehr viel Liebe für eine einzige Person übrig. Er hätte nur zu gern ein Verhältnis mit mir, und diese Aussicht ist um so verlockender, weil ihm das Angst machen würde. Was wäre, wenn ich schwanger würde... von ihm! Welch eine Situation! Es würde die Götter zum Lachen bringen. Er will mich – sehr sogar. Er sagt es mit den Augen. Ich weiß es. Aber was wäre, wenn ich von ihm ein Kind bekäme. Dieses Kind würde König von Frankreich, weil alle dächten, es sei das Kind des Königs. Sein Sohn würde König – dabei ist er es selbst, der die Krone will.«

Sie verstummte plötzlich. »Was rede ich da? Du bist eine Hexe. Du dringst in meine geheimen Gedanken ein. Geh! Du bist entlassen.« Dann ergriff sie meinen Arm und hielt ihn so fest, daß ich vor Schmerz hätte aufschreien können. »Wenn du jemals irgend jemandem gegenüber auch nur ein Wort von dem erwähnst, was ich gesagt habe..., dann sorge ich dafür, daß du in den Tower kommst. Ja, ich lasse meinen Bruder benachrichtigen und ihm sagen: ›Die kleine Boleyn soll in den Tower geworfen werden; sie ist eine Verräterin.‹«

»Ich werde nie auch nur ein Wort sagen.«

»Geh. Ich will dich nicht wiedersehen. Ich will nach Hause zurück. Ich will Charles wiedersehen.«

Ich schlich mich davon. Ich war untröstlich, denn ich wußte nicht, was ich getan hatte, um ihren Unwillen zu erregen.

Die Zeit verging schleppend, wenn ich nicht bei ihr war.

Jene Monate waren für mich voller Offenbarungen. Ich glaube, ich wurde damals erwachsen. Der königliche Hof war eher glanzlos, denn der König stand in dem Ruf, knauserig zu sein. Er war ein guter König, der sein Volk nicht für die Kosten seiner Verschwendungssucht aufkommen lassen wollte, indem er ihm Steuern auferlegte – eine Angewohnheit, die sich bei den meisten Königen großer Beliebtheit erfreute; und deshalb bezeichneten sie ihn als kleinlich. Er haßte den Krieg, und deshalb warfen sie ihm vor, es fehle ihm an Unternehmungsgeist. Frankreich erlebte unter ihm eine größere Blütezeit als unter seinen Vorgängern, aber die Menschen liebten ihn nicht, weil er nicht die strahlende Erscheinung war, als die sie ihre Könige gern sahen. Ich dachte oft daran, wie schwer es sein mußte, es den Menschen recht zu machen; was immer man war, was immer man tat, immer würde die Kehrseite der Medaille zu Klagen führen.

Natürlich sah ich ihn nur aus der Ferne, aber ich bemerkte durchaus, wie vernarrt er in seine schöne junge Königin war. Er sah oft blaß und erschöpft aus; seine Augen schienen dann noch stärker hervorzutreten und sein Hals wirkte noch geschwollener. Abends bei den Festgelagen, an denen ich gelegentlich teilnehmen durfte, sah er so aus, als benötige er nichts dringender als Schlaf. Aber die Königin war ja dort und tanzte – oft mit François –, lachte und kokettierte. Ich fand das nicht sehr nett, aber ich wußte seit jenen Selbstgesprächen am Frisiertisch, wie sehr sie sich nach ihrem Charles sehnte und wie sehr sie von der Idee besessen war, ihn zu bekommen. Ich konnte dieses Bedürfnis verstehen, und mir kam der Gedanke, daß sie diese Feste und Gelage in der Absicht plante, ihren Mann so zu ermüden, daß er schließlich zu erschöpft war, um in dem großen, mit Lilien verzierten Himmelbett irgend etwas anderes zu tun als zu schlafen..., und daß sie möglicherweise vorhatte, sein Ende zu beschleunigen.

Es gab drei Frauen am königlichen Hof, die mich interessierten. Vielleicht lag das an ihrer Verbindung mit François, der nicht nur der interessanteste, sondern auch der attraktivste Mann bei Hofe war. Diese drei waren François' Ehefrau Claude, seine Schwester Marguerite von Alençon und seine Mutter, Louise von Savoyen.

Claude war gut und freundlich. Sie war ihrem Vater insofern ähnlich, als sie schnell ermüdete; sie war von zarter Gesundheit, und das Gehen erschöpfte sie aufgrund ihres Hinkens. Sie nahm von mir Notiz, weil ich so jung war und sie der Ansicht war, daß es verkehrt sei, ein Kind meines Alters aus seiner Heimat fortzuschicken und unter Fremden aufwachsen zu lassen. Ich sagte ihr, daß ich sehr froh sei, hier zu sein und der Königin zu dienen.

»Ja, die Königin«, seufzte sie. »Welch eine schöne und gesunde Frau sie doch ist!«

Sie war nicht boshaft veranlagt – und doch muß sie es gehaßt haben mitanzusehen, wie ihr Mann der Königin den Hof machte. Ich fragte mich, was das wohl für ein Gefühl sei, mit solch einem Mann verheiratet zu sein. Sie nahm die Untreue ihres Mannes als selbstverständlich hin. Zweifellos hatte die großartige Anne von der Bretagne sie in dem Bewußtsein erzogen, ihre Pflicht zu tun, gleich welcher Art diese sein mochte, und da sie die Tochter des regierenden Königs war, hatte sie die Pflicht, den mutmaßlichen Thronerben zu heiraten – und das hatte sie auch getan.

Sie waren kaum jemals zusammen; er befand sich gewöhnlich in Gesellschaft irgend einer bezaubernden Schönen. Er behandelte sie jedoch liebenswürdig. François' erlesene Manieren hätten nicht zugelassen, daß er sich anders verhielte, aber gleichzeitig muß er ihr das Leben sehr schwer gemacht haben.

Ich unterhielt mich gern mit ihr, und es war in der Tat eine große Herablassung ihrerseits, von mir Notiz zu nehmen. Sie ließ mich ihr vorlesen und legte Wert darauf, meinen leichten Akzent zu verbessern. Sie bestand darauf, daß ich die feine Stickerei und *Petit-point*-Stickerei erlernte, was mir viel Freude machte. Sie war sehr sanft, und ich mußte sie einfach gern haben.

Aber sie war nicht so interessant wie François' Schwester. Das war eine Frau, die mich verblüffte. Sie war sehr schön und außerordentlich gebildet. Sie war bekannt für ihre Klugheit; sie schrieb Verse und interessierte sich für alle neuen Ideen, die ihr vorgetragen wurden. Ich sah sie oft eng umschlungen mit ihrem Bruder. Man hätte glauben können, sie sei seine Frau. Sie liebten einander mit glühender Leidenschaft. Die Königin erzählte mir, daß Marguerite jeden, der auch nur mit einem Wort François kritisiere, am liebsten erschlagen würde. »Natürlich«, fügte sie hinzu, »äußert niemand auch nur ein Wort der Kritik an François…, mit Ausnahme des Königs, und den könnte selbst Marguerite nicht erschlagen. Der König macht sich wirklich Sorgen um François. Dabei denkt er weniger an die Gegenwart als an die Zeit, wenn er einmal nicht mehr da ist. Du weißt ja, wie sehr dem König das Volk am Herzen liegt. Er will nicht, daß es Besteuerung und Unannehmlichkeiten ausgesetzt oder in Kriege verwickelt wird. Ich hörte ihn neulich zu einem seiner Minister sagen: ›Wir bemühen uns vergebens; der unverbesserliche Junge wird alles zunichte machen, wenn ich einmal nicht mehr da bin.‹ Der unverbesserliche Junge ist natürlich François. Marguerite hat das nicht gehört; sonst wäre sie in das königliche Empfangszimmer gestürmt, um den König zu züchtigen.«

Marguerite hatte mich ebenso wie Claude bemerkt. Sie sagte, genau wie Claude: »Du bist jung für ein Leben an einem ausländischen Königshof.« Dann stellte sie mir Fragen, und sie muß mit meinen Antworten zufrieden gewesen sein, denn sie gab mir ein Buch zum Lesen. Ich las es begierig, und als ich es ihr zurückbrachte, befragte sie mich zu seinem Inhalt. Ich freute mich darüber, denn ich konnte sehen, daß ich sie mit meiner Intelligenz beeindruckt hatte.

Sie war zu der Zeit zweiundzwanzig Jahre alt – zwei Jahre älter als François. Im Alter von siebzehn Jahren war sie mit dem Herzog von Alençon verheiratet worden, aber allen war klar, daß ihre Gefühle für ihn bei weitem nicht mit denen zu vergleichen waren, die sie für ihren Bruder hegte. Alle huldigten ihr – nicht nur wegen ihrer Geistesschärfe, Bildung und Schönheit, sondern weil sie die Schwester des Mannes war, den sie bereits auf dem Königsthron sahen, und wenn er erst diesen höchsten Rang innehätte, würde sie seine wichtigste Beraterin sein; sie würde in der Tat an seiner Seite regieren.

Die dritte, die mein Interesse weckte, war Louise von Savoyen. Sie hatte mich immer übersehen; offen gestanden glaube ich nicht, daß sie meine Existenz überhaupt wahrnahm. Sie war eine sehr vornehme Dame, die sich ihrer Verbindung zum Königshaus durchaus bewußt war. Sie hatte Charles, den Sohn des Jean von Angoulême, geheiratet, dessen Großvater Charles V. gewesen war – von daher auch François' Anspruch auf den Thron.

Louise liebte François mit derselben abgöttischen Liebe, die ihm Marguerite entgegenbrachte. Mutter, Tochter und Sohn wurden respektlos als ›die heilige Dreifaltigkeit‹ bezeichnet. Und so war es auch. Vom Tage von François' Geburt an hatte Louise gehofft, er werde eines Tages den Thron besteigen. Man sagte, sie habe, nachdem sie Witwe geworden sei, alle Heiratsanträge abgelehnt, um ihre ganze Aufmerksamkeit ihrem Sohn zu schenken.

Als François noch eine kleiner Junge war, muß die Wahrscheinlichkeit seiner Thronfolge sehr gering gewesen sein, und es muß Louise wie ein Wunder erschienen sein, als König Charles VIII. sich auf dem Weg zu einem Tennisspiel, dem er mit seiner Königin Anne zuschauen wollte, an einem steinernen Torborgen den Kopf stieß und an den Folgen des Unfalls starb. Folglich wurde aus Louis von Orléans König Louis XII. – und Louis war zu der Zeit mit der verwachsenen Jeanne verheiratet, für die keinerlei Hoffnung bestand, ein Kind zur Welt zu bringen. Aus dem Grunde beschloß er, sich von ihr zu trennen, was ihm mit Hilfe des Borgia-Papstes auch gelang; und dann heiratete er die Witwe des verstorbenen Königs, Anne von der Bretagne.

Nach allem was ich von Louise von Savoyen gesehen hatte, konnte ich mir vorstellen, daß sie frohlockte. Sie gehörte zu den Frauen, die sich durch nichts von ihren ehrgeizigen Zielen abbringen lassen, und ihr Ehrgeiz galt ihrem Sohn, ihrem Cäsar, wie sie ihn nannte. In ihren Augen war er vollkommen. All sein unüberlegtes Handeln, seine verwegenen Unternehmungen, seine Liebesaffairen, seine Untreue gegenüber seiner Frau – all das wurde von der hingebungsvollen Mutter und Schwester nachsichtig beurteilt. Sie waren in der Tat eine Dreifaltigkeit – wenn auch keine heilige.

Ich war belustigt – und ich wußte, die Königin war es sicher auch –, Zeugin der ängstlichen Besorgnis dieser hochmütigen Dame zu sein, nun da der König eine junge Frau geheiratet hatte; ihre Hoffnungen und ihre ehrgeizigen Pläne standen so sehr auf dem Spiel, daß es ihr nicht gelang, ihre Gefühle zu verbergen.

Die Königin sagte zu mir: »Sie befürchtet, ich könne bereits schwanger sein. Und wenn ich es nun wäre? Wenn ich nun den Sohn des Königs erwartete? Was würde dann aus François' Hoffnungen? Ich glaube, es würde seine Mutter umbringen.«

»Stimmt es...?« entfuhr es mir unüberlegt,

Sie schaute mich an, nahm meine Wange zwischen Finger und Daumen und kniff mich heftig.

»Du darfst dir keine Freiheiten herausnehmen, kleine Boleyn, nur weil ich dir wohlgesinnt bin.«

Ich schlug die Augen nieder und hatte das Gefühl, daß es nicht leicht war, sich im Umgang mit königlichen Hoheiten richtig zu verhalten. Aber dennoch war ich ganz gefesselt vom Leben am königlichen Hof, und wovor ich am meisten Angst hatte, war, nach Hause geschickt zu werden.

Die Königin wurde allmählich unruhig. Es war Dezember geworden, und der König nahm, obwohl er oft müde aussah, noch immer an den Maskenspielen und Lustbarkeiten teil, die Marguerite und François sich ausgedacht hatten. Ich war überzeugt, daß sie wie die Königin darauf bedacht waren, ihn zur Erschöpfung zu treiben.

Der arme Mann, dachte ich. In gewisser Weise ist das eine sanfte Art von Mord. Wie schrecklich, daß es Menschen gibt, die sich so sehr danach sehnen, einen loszuwerden, daß sie nicht einmal davor zurückschrecken, einen zu töten..., wenn auch auf die sanfte Tour. Und welche Ziele diese Leute hatten! Für die ›Dreifaltigkeit‹ war es die Krone. Für die Königin war es Charles Brandon, der Herzog von Suffolk.

Ich fragte mich, ob Louis wohl Bescheid wußte. Er war ein sehr scharfsinniger Mann, daher mag ihm der Gedanke durchaus gekommen sein.

Ich glaube, er wünschte sich sehr, die Königin möge schwanger sein, denn dann würde er François' Pläne durchkreuzen können. Wenn es stimmte, was ich gehört hatte, war ihm nicht wohl bei dem Gedanken, François die Krone zu überlassen. Er war ein guter König, dem das Wohl seines Landes am Herzen lag. Ich wünschte, ich hätte mehr Ahnung von der französischen Geschichte gehabt. Ich wußte zwar, daß es einen Hundertjährigen Krieg gegeben hatte, den die Engländer verloren hatten, und daß einer der Könige namens Charles – Charles VII., glaube ich – dank des Erfolges von Jeanne von Arc gekrönt worden war, die man dann später als Hexe verbrannt hatte. Es war jedoch die Gegenwart, für die sich zur Zeit alle interessierten, und sie schien so ereignisreich zu sein wie jede der vorausgegangenen Epochen.

In dem Maße, wie die Wochen vergingen, schien die Spannung zuzunehmen. Die Königin war sich dessen bewußt und unternahm alles, um sie zu erhöhen. Es machte ihr Spaß, andere an der Nase herumzuführen. Das hatte ich bald bemerkt. Ich hatte festgestellt, daß sie sich in Gegenwart der Herzogin Louise völlig darüber im klaren war, daß die ältere Frau sie genau beobachtete, und miterlebt, wie sie deshalb die eine oder andere Andeutung gemacht hatte, die als Anspielung verstanden werden konnte, sie sei *enceinte*.

Sie lachte darüber. »Nun ja, warum denn nicht?« sagte sie. »Laß uns doch der Dame etwas bieten, worüber sie sich ereifern kann. Hast du gesehen, wie sie mich gemustert hat? Am liebsten hätte sie mich mit ihren Blicken durchbohrt. ›Ist sie es? Ist sie es nicht?‹ Die Frage steht in ihren Augen geschrieben. ›Und wenn sie es ist..., *mon dieu,mon Francçois*..., mein Gott, mein Cäsar... der Krone beraubt! Der gütige Gott kann so grausam nicht sein. Welch ein König er abgeben wird! Und der arme, schwache alte Mann hört nicht auf, um sein Leben zu kämpfen, obwohl doch mein unvergleichlicher François da ist...‹«

Sie ahmte die Herzogin so gekonnt nach, daß ich lachen mußte.

Ich glaube, sie hatte allmählich das Gefühl, daß wir auf eine Krisis zusteuerten, denn sie sprach jetzt offener. Charles! Immerzu ging es um Charles. Ich hätte nicht gedacht, daß ein so temperamentvolles Geschöpf so treu, so unbeirrbar im Verfolgen eines Zieles sein könnte. Wie flatterhaft sie auch in ihrer Begeisterung für alles mögliche war, Charles war sie immer treu.

»Ich wäre in einem kleinen Haus glücklicher«, vertraute sie mir versonnen an. »Weit weg von allen Leuten..., wenn nur Charles bei mir wäre. Diese schönen Kleider, diese Juwelen, diese Schmeichelei, diese Liebesdienerei..., ich würde das alles hergeben für ein ruhiges Leben mit Charles.«

Ich war mir nicht sicher, ob ich ihr glauben sollte. Sie schien für ihre gesellschaftliche Stellung ebenso geboren zu sein wie ihr Bruder für die seine.

Sie redete immer häufiger von Charles. Ich bürstete ihr Haar, und dann schloß sie die Augen. Einmal hörte ich, wie sie murmelte: »Wie lange noch?«

Fast hätte ich gesagt: Madame, es ist erst acht Wochen her, seit wir hier angekommen sind. Aber ich hatte meine Lektion gelernt. Es war unklug, Stellung zu nehmen; und gelegentlich sprach sie wirklich mit sich selbst.

Manchmal schien sie niedergeschlagen zu sein, und dann erzählte sie mir von Charles, wie er zum ersten Mal am königlichen Hof erschienen war, mit geringer Aussicht auf eine Karriere, wäre da nicht ein glücklicher Umstand gewesen, der für ihn sprach.

»Sein Vater war in der Schlacht von Bosworth Field der Bannerträger meines Vaters gewesen. Sein Vater starb, als er meinen Vater verteidigte. Wir Tudors vergessen unsere Freunde nicht... und ebensowenig unsere Feinde. Als mein Vater zum rechtmäßigen König erklärt wurde und der unrechtmäßige Machthaber Richard tot war, erinnerte er sich an den treuen Bannerträger und sandte seiner Witwe eine Nachricht, in der er ihr mitteilte, daß ihr Sohn an seinem Hofe willkommen sei. Und so kam Charles an den Hof. Er wurde im Hause des Herzogs von York untergebracht. Vielleicht hätte er das des Prinzen von Wales vorgezogen, Aber das Schicksal nimmt oft verschlungene Wege, nicht wahr? Der Prinz von Wales heiratete nämlich Katharine von Aragon und starb bald darauf, und aus seinem Bruder Henry, dem Herzog von York, wurde Henry, der Kronprinz... und nun ist er König geworden, statt eine kirchliche Laufbahn einzuschlagen, wie es ursprünglich für ihn geplant war. Ich muß jedesmal lachen, wenn ich mir Henry als Kardinal vorstelle. Denn, ihm war die Krone bestimmt, und das paßte auch viel besser zu ihm. Und Katharines Schaden sollte es auch nicht sein. Sie war Arthurs Witwe, und nun ist sie Henrys Frau. Du siehst also, Charles war letztlich doch zur rechten Zeit am rechten Ort.«

Sie schwieg eine Weile, in Gedanken versunken.

»Sie sind sich ähnlich. Beide so groß – mein Bruder und und der Mann, den ich liebe. Natürlich liebe ich sie beide. Henry steht mir sehr nahe, aber keiner ist so wie Charles. Charles ist sechs Jahre älter als mein Bruder. Mein Geliebter ist also kein unreifer, bartloser Jüngling mehr.«

»Er ist wirklich ein großartiger Mann«, sagte ich, denn ich hatte das Gefühl, etwas sagen zu müssen.

»Und was für ein Mann! Noch nie hat es einen wie ihn gegeben. Am königlichen Hof lernte er das Reiten, den Turnierkampf und die Fechtkunst, und da er Charles war, war er besser als alle anderen. Er und mein Bruder wurden die engsten Freunde. Sie sind sich so ähnlich. Sie könnten Brüder sein – beide so groß und blond und hervorragend in allen Sportarten. Es kann dich nicht überraschen, daß ich ihn liebe.«

»Nein, Madame«, sagte ich.

»Bürste weiter. Es beruhigt mich. Du fragst dich jetzt sicher, warum er nicht verheiratet ist, wenn er sechs Jahre älter ist als der König.«

Ich traute mich nicht, ja zu sagen, obwohl ich genau das dachte.

»Nun, er war verheiratet. Zweimal. Aber das ist belanglos für mich. Ich hätte kein Interesse an einem dummen, unerfahrenen Jungen.«

»Natürlich nicht, Madame.«

»Was verstehst du denn von solchen Dingen?«

»Nur soviel, wie Euer Hoheit mir erzählen.«

»Ich glaube, in deinem Kopf geht mehr vor, als du bereit bist zuzugeben.«

»O nein, Madame«, versicherte ich ihr, ein wenig bestürzt.

»Nun, das sollte es aber«, sagte sie. »Dumme kleine Mädchen will ich nicht um mich haben.«

Ich wußte nicht recht, was ich darauf entgegnen sollte. Aber sie lächelte mir zu.

»Er hat mir alles über seine Ehen erzählt«, fuhr sie fort. »Zwischen uns gibt es keine Geheimnisse. Wußtest du, daß Margarete von Savoyen ihn heiraten wollte?«

»Das wußte ich nicht«, sagte ich.

»O ja, das wollte sie. Als er einmal in diplomatischer Mission dort war, verliebte sie sich in ihn. Wir können das verstehen, nicht wahr? Sie hätte ihn vielleicht geheiratet – welch eine Katastrophe! Aber das Schicksal hat es gut gemeint – oder vielleicht war es auch der Kaiser. Er hätte es nie zugelassen, wie sehr sie ihn auch wollte. Und daß sie ihn wollte, darauf kannst du dich verlassen! Jede Frau wäre verrückt, Charles nicht zu wollen.«

Ich traute mich nicht, darauf etwas zu sagen, aus Angst, es könne ihr mißfallen. Ich empfand diese Begegnungen mit ihr in hohem Maße einschüchternd und beglückend zugleich. Ihr Geplauder war so geistsprühend und voller Pikanterie. Ich war sicher, daß viel von dem, was sie mir erzählte, übertrieben war, aber das machte es um so spannender.

Sie fuhr fort: »Als er noch sehr jung war, verliebte er sich – oder glaubte es zumindest – in die Tochter des Statthalters von Calais. Natürlich war er nicht wirklich verliebt. Er hat nie jemanden außer mir geliebt, aber wenn man jung ist und die Minnesänger von Liebe singen hört, verliebt man sich in die Liebe – um der Liebe willen. So war es auch bei Charles. Dieses Mädchen, Anne Browne, war natürlich bis über beide Ohren in ihn verliebt; aber sie war noch sehr jung, und die Heirat wurde aufgeschoben. Und nach einiger Zeit erkannte Charles, daß es nur ein Strohfeuer gewesen war und er ein Narr gewesen wäre, jemanden aus solch bescheidenen Verhältnissen zu heiraten, denn zu der Zeit war mein Bruder bereits König und Charles sein ständiger Begleiter. Es ist durchaus nicht dasselbe, ob man König von England ist oder ein Prinz von Wales, den ein strenger Vater in Schach hält. Verstehst du mich?«

»O ja, ich verstehe.«

»Charles ist auch nur ein Mensch, und alle jungen Männer haben ein bestimmtes Verlangen. Das müssen sie befriedigen, denn es kann gut sein, daß sie der einzigen und wahren Liebe, die irgendwo auf der Welt auf sie wartet, erst begegnen, wenn sie die erste Jugend bereits hinter sich gelassen haben. So war es auch bei Charles...«

Sie schwieg eine Weile. Dann schickte sie mich unvermittelt fort, und das war zunächst einmal das Ende der Vertraulichkeiten.

Doch später nahm sie die Geschichte an der Stelle wieder auf, an der sie sie unterbrochen hatte.

»Er besuchte gerade seinen Großvater, als er Margaret Mortymer traf. Sie war jung, lebenslustig und verwitwet, und es fiel ihr daher schwer, ohne Ehemann zu leben. Sobald sie Charles sah, wollte sie ihn natürlich haben. Er war jung. Ihm kann man keine Vorwürfe machen. Es war nur natürlich, daß er die Stituation ausnutzte. Der wäre ein armseliges Exemplar von einem Mann, der das nicht täte. Er war damals noch ein sehr unerfahrener Junge – und sie war alles andere als unerfahren. Sie weihte ihn sozusagen ein. Nun, es mußte so kommen. Begreifst du überhaupt, wovon ich spreche, kleine Boleyn? Manchmal vergesse ich, daß du noch ein Kind bist. Deine dunklen Augen scheinen so voller Weisheit zu sein. Vielleicht rede ich zu viel.«

»O nein..., nein, Madame.«

Sie lachte und gab mir eine Klaps auf die Hand. »Du mußt erwachsen werden. Und wenn du länger an diesem Hof bleibst, mußt du deinen Verstand beisammen haben. Es wird nicht mehr lange dauern, bis die Männer auf dich aufmerksam werden...« Ihre Augen nahmen wieder einen verträumten Ausdruck an. »Diese Frau stammte aus einer besseren Familie als die arme kleine Anne Browne; ihr Vater war ein Marquis. Jedenfalls heiratete Charles sie. Ihm war zwar sehr unwohl bei dem Gedanken an die kleine Anne, die davon ausging, er werde sie heiraten, aber er ließ sich von der lüsternen Witwe den Kopf verdrehen. Damals wußte er noch nicht, daß man einer Beziehung überdrüssig wird, deren Bestand allein von erotischen Reizen abhängt. Es sollte Liebe im Spiel sein, meine Kleine. Nichts anderes zählt..., Juwelen, Macht..., nichts. Schlag alles in den Wind, wenn es um Liebe geht. Mein Bruder interessierte sich sehr für Charles' Angelegenheiten; er war schließlich sein Vertrauter. Daher schlug er vor, die Ehe annullieren zu lassen, was, wie er sagte, so schwierig nicht sein könne, da ein vertraglich festgelegtes Eheversprechen gegenüber Anne Browne vorliege. Zum Glück für Charles war Margaret zu demselben Schluß gelangt, was ihre Ehe betraf; daher gab es zwischen ihnen keinen Streit. Charles war bald darauf frei. Und dann heiratete er Anne. Du siehst, er war sehr impulsiv.«

Ich befürchtete schon, sie würde aufhören, aber sie seufzte nur und fuhr fort: »Man sagt, für jeden von uns gibt es auf der Welt einen idealen Partner, und Glückspilze sind die, die diese andere Hälfte finden – zur richtigen Zeit am richtigen Ort. Ich habe Charles gefunden und er hat mich gefunden..., aber wir müssen noch viele Hindernisse überwinden.«

»Euer Gnaden werden sie überwinden.«

»Du hast recht. Denn nun ist er frei. Anne ist tot. Sie war von zarter Gesundheit. Er hat zwei kleine Töchter, Anne und Mary. Er liebt sie von Herzen, und das werde ich auch tun. Ich werde ihnen zu gegebener Zeit ein gute Mutter sein. Schon bald...«

Sie sah mich an und lächelte, aber selbst sie sah ein, daß es nicht klug war auszusprechen, was sie innerlich bewegte.

Sie war plötzlich nachdenklich geworden; ihre Stimmungen wechselten schnell.

»Wir haben glückliche Tage bei Hofe verlebt, mein Bruder, Charles und ich. Wir waren immer zusammen. Wenn ein Maskenspiel aufgeführt werden sollte, war es unsere Aufgabe, es auszudenken. Wir planten es immer zusammen. Henry wußte, wie es um Charles und mich stand. Oh, er ist mein lieber Bruder, aber es gibt Zeiten, da besinnt er sich darauf, daß er der König ist; und ich als seine Schwester bin natürlich eine nützliche Schachfigur in dem Spiel, das er spielen muß. So sehr er Charles auch mag – wenn er seine Krone aufsetzt, sagt er: ›Meine Schwester muß in eine Königsfamilie einheiraten.‹«

Mir fiel ein, was Simonette gesagt hatte: »Die Tudors haben es nötig, auf Schritt und Tritt auf ihre königliche Würde hinzuweisen, weil sie ihnen erst vor kurzer Zeit zugefallen ist. Wenn man aus einem alten Königsgeschlecht stammt, ist einem die Königswürde anzusehen. Nur Ruhm, der von kurzer Dauer ist, muß betont werden, und es muß dafür gesorgt werden, daß ihn niemand vergißt.«

»Mein Bruder wollte Charles reicher und mächtiger machen, daher ernannte er ihn zum Verwalter des königlichen

Schlosses und des Parks von Wanstead, zum Aufseher über den New Forest und dann zum Ritter der Königlichen Leibwache. Vorher war er nur ein einfacher Landedelmann gewesen. Henry jedoch wollte ihm einen noch eindrucksvolleren Titel verschaffen und dachte daher an Elizabeth Grey, ein kleines Mädchen, das Alleinerbin ihres Vaters, Viscount Lisle, war. Er plante, sie zu Charles' Mündel zu machen und, sobald sie alt genug wäre, mit Charles zu verheiraten, so daß Charles den Titel würde übernehmen können. An diesen Titel war ein reicher Besitz geknüpft.« Sie seufzte. »Du siehst, wie das Schicksal immer gegen uns war.«

»Und hat er...?« wagte ich einzuwerfen und verstummte. Sie hatte es nicht gern, wenn ich Fragen stellte. Vielleicht, weil ihr nicht sonderlich viel daran lag zu antworten. Ich war der Ansicht, er hätte dem König nur zu sagen brauchen, daß er eine andere liebe und daß ihn Titel und Reichtum kaltließen, die ihm zufielen, wenn er das Mädchen heiratete.

»Natürlich wagte er nicht, den König zu beleidigen. Du weißt ja, daß es ungehobelt ist, keine Dankbarkeit zu zeigen, wenn einem ein Geschenk gemacht wird. Charles hat das junge Mädchen besucht. Er ist froh, daß sie noch ein Kind ist und daß Jahre vergehen werden, bevor an eine Heirat überhaupt zu denken ist. Und so ist er erst einmal sicher..., lange Zeit..., und wenn erst...«

Sie lächelte bei dem Gedanken an die Zukunft.

»Er ist so tapfer und ein so guter Mensch. Er hat einmal ein Kind vor dem Ertrinken gerettet, ein kleines Ding von erst zwei Jahren, und als er herausfand, daß sie eine Waise war und unerwünscht im Hause einer Tante, die eine Horde eigener Kinder hatte, ließ er sie holen und zusammen mit seinen Kindern aufziehen. Solch ein Mann ist Charles.«

»Wie edel«, sagte ich.

»Ja, du hast recht. Um die Zeit wurde er in die Niederlande geschickt.«

»Meine Schwester ist dort, am Hof der Herzogin von Savoyen.«

Aber sie interessierte sich nicht für meine Schwester.

»Margarete verliebte sich in ihn und wollte ihn heiraten. Wie du siehst, gibt es viele Frauen, die ihn heiraten wollen.

Wohin er auch geht, es ist unvermeidlich. Charles war während des Angriffs auf Frankreich bei meinem Bruder gewesen und von ihm zum Herzog ernannt worden..., zum Herzog von Suffolk. Aber es wird keine Heirat mit Margarete von Savoyen geben, auch keine Heirat mit Elizabeth Grey, denn wenn Charles heiratet, dann mich.«

Sie legte den Finger an die Lippen; dann stand sie auf, faßte mich bei den Schultern und schüttelte mich sanft.

»Mit dir reden ist wie mit sich selbst reden. Du bist zu jung um zu verstehen, wovon ich spreche, nicht wahr? Antworte mir.«

»Ja, Madame«, sagte ich.

Da lachte sie und warf mir einen warnenden Blick zu. »Vergiß nicht«, sagte sie »daß du nur ein Kind bist.«

»Ja, Madame«, erwiderte ich.

Weihnachten und Neujahr wurden im *Palais des Tournelles* gefeiert. Die Königin wurde immer leichtsinniger. Sie vertraute sich mir jetzt weniger häufig an, aber ich konnte dennoch die zunehmende Spannung bei Hofe spüren.

Mary war ständig in Gesellschaft des Thronfolgers. Es wurde gemunkelt, er vernachlässige seine Geliebte und denke nur noch an die Königin. Ich war darüber beunruhigt, denn ich kannte ihr impulsives Naturell. Und hätte sie mir gegenüber nicht mit so glühender Leidenschaft von Charles Brandon gesprochen, mir wäre der Verdacht gekommen, sie könne ein Verhältnis mit dem Dauphin haben.

Er war eindeutig die führende Persönlichkeit bei Hofe. Die Maskenspiele, die er und seine Schwester ausdachten, waren elegant und geistreich; und er war stets ihr Mittelpunkt. Aber er hatte die Königin mit in das Spiel einbezogen, damit sie die Huldigungen mit ihm teilen konnte.

Ich merkte, wie seine Mutter und Schwester ihn besorgt beobachteten. Louise von Savoyen war eine derart respekteinflößende Dame. Vorher hatte solche Harmonie zwischen ihr, Marguerite und François bestanden; sie hatten den Eindruck erweckt, wie eine Person zu denken. Wie treffend die Bezeichung ›Dreifaltigkeit‹ doch war! Und nun ging François eigene Wege und gab zu größter Sorge Anlaß. Ich verstand ihre Gefühle durchaus. Sie kannten das Wesen ihres Lieblings. Wie man erzählte, hatte er sich schon als ganz junger Mann von kaum fünfzehn Jahren auf Liebesabenteuer eingelassen. Sie gehörten zu seinem Leben. Und nun war er nicht in der Lage, das Verlangen zu verbergen, das er für die junge Königin empfand. Mary wußte das und genoß es. Ich hatte gesehen, wie sie ihre Hand leicht auf seinen Arm gelegt und ihn strahlend und mit glänzenden Augen angeschaut hatte. Ich fragte mich, was wohl der König von dem skandalösen Verhalten des in die schöne, junge Königin vernarrten ›unverbesserlichen Jungen‹ halten mochte. Ich wußte, was Louise und Marguerite empfanden. Nichts konnte sie davon überzeugen, daß Mary nicht heillos in François verliebt war, denn sie waren überzeugt, daß jede Frau in ihn verliebt sein mußte. Sie hatten nicht wie ich die Selbstgespräche gehört, in den Mary deutlich gezeigt hatte, daß es nur einen Mann für sie gab. Aber wie Mary nun einmal war, genoß sie die Situation; und ich war sicher, daß jene Monate dadurch für sie erträglich wurden.

Unterdessen blieben die bestürzte Mutter und Schwester wachsam, überzeugt, daß Mary ihrem Cäsar nicht würde widerstehen können. Und wenn François der erfolgreiche Liebhaber war, was würde dann erst werden, wenn ein Kind unterwegs wäre? Sie mußten davon ausgehen, daß im Fall ihres Ausbundes an Männlichkeit die Wahrscheinlichkeit eines solchen Ereignisses groß war. François' Sohn König von Frankreich! Nein! Nein! Das wollten sie nicht, denn dieser Sohn würde nie als François Kind anerkannt werden, und was hätte dann die ›Dreifaltigkeit‹ davon?

Ich fragte mich, ob sie ihn insgeheim anflehten aufzupassen.

Und der König? Louis war kein Narr. Merkte er, was vor sich ging? Ich wunderte mich, daß er kein Machtwort sprach und diesen Flirt – denn nichts anderes konnte es sein – beendete, der zwischen seiner Frau und dem Thronfolger stattfand.

Ich glaube, er war von Mary betört. Sie war ja auch in der Tat ein bezauberndes Geschöpf, so jugendfrisch und mit jenem prachtvollen rotblonden Haar und den schönen blauen

Augen. Aber es war ihre Lebendigkeit, die ihren größten Liebreiz ausmachte. Louis war mit der armen, verwachsenen Jeanne und später mit Anne von der Bretagne verheiratet gewesen, und zu denen stand dieses eigensinnige, aber schöne und lebhaft junge Mädchen in krassem Gegensatz.

Er strengte sich an, mit ihrem Lebensstil mitzuhalten, obgleich es ihn umzubringen drohte. Er pflegte lächelnd zuzusehen, wenn François sie mit seiner geistreichen Konversation becircte. Er schaute gütig zu, während sie miteinander tanzten oder Seite an Seite ausritten. Manchmal schien es so, als freue er sich darüber, daß François da war, um sie auf seine durch und durch französische Art zu betören. Es war, als ob er sagen wollte: Schaut, das ist Frankreich. So sind unsere Herren – höflich, geistreich, charmant. Wenn es irgend jemanden gab, der ihr diese Eigenschaften vor Augen führen konnte, dann war es François.

Ich erfuhr, daß König Louis seine Lebensweise vollkommen geändert hatte. Mit Anne von der Bretagne hatte er sich früh am Abend zurückgezogen. Es mußte ein ruhiger, immer gleichbleibender Tagesrhythmus gewesen sein, ohne jede Aufregung. Vermutlich hatten sie einen großen Teil der Zeit, die sie zusammen gewesen waren, damit zugebracht, Staatsangelegenheiten zu erörtern. Gewiß, es waren zwei Töchter geboren worden, aber keine von beiden war ganz gesund. Mary mußte ihm ganz bezaubernd vorkommen. Aber er war unübersehbar ein alter Mann, der sich verzweifelt bemühte, mit einer jungen und lebhaften Ehefrau Schritt zu halten.

Es gab einen kleinen Vers, den er vor Marys Ankunft gerne zitiert hatte:

Um sechs Uhr aufstehen, um zehn zu Mittag essen,
um sechs zu Abend essen, um zehn schlafen gehen
das läßt einen Menschen zehn mal zehn Jahre alt werden.

Der Regel war er gefolgt. Jetzt war es kaum noch wahrscheinlich, daß er hundert Jahre alt werden würde.

Ich hatte das Gefühl, daß alle ihn beobachteten. Wie lange noch? schienen sie sich zu fragen, vor allem während jener Weihnachtsveranstaltungen. Ich fragte mich, ob er wohl Schmerzen hatte. Er saß zwar lächelnd da, aber er wirkte sehr müde; seine Augen schienen noch stärker hervorzutreten und sein Hals schien noch dicker zu sein als sonst.

Wie allen am Hofe war mir bewußt, was vor sich ging, und ich überlegte, welches Ende wohl alles nehmen werde. Ich kannte meine Herrin vielleicht besser als die meisten Menschen und war überzeugt von ihrer Treue – weniger zu dem König als zu Charles Brandon. Ich glaubte nicht an eine Liebesbeziehung zwischen ihr und François. Vielmehr glaubte ich, daß der Schalk in ihr sie veranlaßte, alle zu diesem Schluß zu verleiten. Ich glaube, sie genoß es, François zu ermutigen und zu beobachten, wie seine Mutter und Schwester sich beunruhigten.

François war fast am Ziel. Jetzt konnte er nicht mehr getäuscht werden. Und Mary amüsierte sich über die lauernden Blicke, mit denen er sie so aufmerksam beobachtete, ohne je ganz sicher zu sein. War sie schwanger? War sie es nicht? War dies das Ende des Traums der ›Dreifaltigkeit‹?

Mary war von Natur aus nicht boshaft; aber ihre einzige Möglichkeit, die unerträgliche Situation zu ertragen, die ihr aufgezwungen worden war, bestand darin, ihr ein wenig Spaß abzugewinnen. Sie hatte nichts gegen den König; das wäre ihr auch schwergefallen, denn er war ein sehr liebenswürdiger Mensch. Er konnte nichts dafür, daß sie sein Aussehen abstoßend fand und sich unentwegt nach dem gutaussehenden Charles Brandon sehnte. Der König hatte schon gekränkelt, bevor sie kam – und sie sehnte sich nach Freiheit.

Im Augenblick war Charles frei. Doch für wie lange? Die richtige Zeit..., der richtige Ort... Es war wichtig für die Liebenden, dort zu sein, wenn der Zeitpunkt gekommen wäre.

Es geschah am Neujahrstag. Sie hatten sich in ihr Schlafgemach zurückgezogen. Es war Mitternacht. Der König lag völlig erschöpft in seinem Bett. Seine letzten Worte waren der Wunsch, an der Seite seiner Königin, Anne von der Bretagne, beigesetzt zu werden.

Mary weinte ein wenig, und ihre Tränen waren echt. »Er war ein guter Mensch«, sagte sie. »Aber es mußte sein.« Dann breitete sich ein Strahlen über ihr Gesicht aus. Ich wußte, daß sie dachte: Ich bin frei. Ich habe einmal aus Gründen der Staatsraison geheiratet. Nun werden meine Gründe meine eigenen sein.

In der ganzen Hauptstadt herrschte tiefe Trauer. Die *clocheteurs des trépassés* zogen, wie es Brauch war, durch die Straßen und läuteten ihre Totenglocken. Klagend sprachen sie vom Dahinscheiden des ›Vater seines Volkes‹. Sie erinnerten daran, daß es seit Louis dem Heiligen keinen König gegeben hatte, der sich so wie dieser König um sein Volk gekümmert hatte. Seine Genügsamkeit und Sparsamkeit, die zu seinen Lebzeiten als Knauserigkeit und Geiz bezeichnet worden waren, wurden nun zu Tugenden erklärt. Man erinnerte sich an Reformen, die er eingeleitet, an Mißstände, die er beseitigt hatte. Selbst wenn man von den schwankenden Sympathien des Volkes einmal absah und sich die bloßen Tatsachen vergegenwärtigte, so bestand kein Zweifel, daß es im ganzen Land genügend Beweise dafür gab, daß Louis einer der besten Könige gewesen war, die Frankreich je gehabt hatte. Er hatte alles versucht, das Land aus Kriegen herauszuhalten, und wenn ihm das nicht immer gelungen war, so lag es nicht an mangelndem Bemühen. Die Menschen hatten unter seiner Herrschaft eine wahre Blütezeit erlebt; sie hätte Louis XII. dafür dankbar sein müssen – und diesmal waren sie es, obwohl sein Tod nötig gewesen war, um ihnen seine Vorzüge vor Augen zu führen. Überall im Land herrschte daher aufrichtige Trauer.

Mary zog ins *Hôtel de Cluny*, um dort die traditionell vorgeschriebene sechswöchige Trauerzeit zu verbringen, und mich nahm sie mit.

Das *Hôtel de Cluny* war das Stammhaus der Cluniazenser-Mönche gewesen – daher der Name. Es lag in der *rue des Mathurins*. Während der Trauerzeit erwartete man von der Königin, daß sie sich hauptsächlich in der *chambre de la reine* aufhielt, einem Zimmer, in dem eigens zu diesem Zweck eine düstere Atmosphäre geschaffen wurde, in das Tageslicht verbannt und Wachskerzen als einzige Lichtquelle zugelassen waren.

Mary selbst war ganz in Weiß gekleidet.

Ihr Gewissen plagte sie ein wenig. Das war unvermeidlich. Der König war tot, und sie hatte es so gewollt. Jetzt fielen ihr seine guten Eigenschaften ein. Er war immer so nachsichtig gewesen. Er hatte so sehr den Wunsch gehabt, ihr zu gefallen. »Er war immer freundlich zu mir«, sagte sie. »Es ist traurig, daß es so kommen mußte.«

Aber bald besann sie sich wieder auf ihre Freiheit.

»Sechs Wochen«, sagte sie. »Es kommt mir vor wie lebenslänglich. Und man erwartet, daß ich dieses düstere Zimmer so lange nicht verlasse, bis die Zeit um ist. Sag, Kleine, was glaubst du, wer am sehnsüchtigsten darauf wartet, mich zu sehen?«

Ich war froh, wieder den Schalk in ihren Augen blitzen zu sehen.

Sie fing an zu lachen. »Sie werden es nicht abwarten können. Sie sind alle schon ganz nervös. Wie lange wird es noch dauern, bis sie Klarheit haben? Du bist zu jung, um von diesen Dingen etwas zu verstehen, meine kleine Neunmalkluge. Aber du kannst dich darauf verlassen, daß Madame Louise und Madame Marguerite ganz außer sich sind vor Angst, was die Zukunft ihrem Liebling bringen mag. Und der Liebling selbst? Die Krone ist für ihn zum Greifen nahe. Wird sie sich um Haaresbreite seinem Zugriff entziehen? Ich könnte mich totlachen.«

Ich war so froh über diesen Stimmungsumschwung in ihr. Ich lachte mit ihr.

Sie wurde zunehmend glücklicher, je mehr Tage verstrichen. Ihr Gewissen hatte aufgehört, sie zu plagen. »Er war alt«, sagte sie. »Er stand schon mit einem Bein im Grab, bevor ich kam.«

Obwohl sie sich vom öffentlichen Leben zurückgezogen hatte, durften einige Menschen sie besuchen; und natürlich gehörte der Thronfolger zu denjenigen, denen dieses besondere Privileg zustand. Er verlor keine Zeit.

Sie sah sehr schön in ihrer weißen Trauerkleidung aus, als sie sich auf den Weg machte, ihn zu empfangen, und als sie von der Unterredung zurückkehrte, war sie ihr altes quirliges Selbst.

»Seine große Befürchtung war, ich könne ein Kind des Königs erwarten«, sagte sie. »Der Arme, seine Gedanken kreisten immer nur um diese Frage. Oh, er ist ja so klug und höflich, seine Ausdrucksweise ist ja so gewählt. Er konnte die Frage nicht geradeheraus stellen, wie mein Bruder oder die meisten Engländer es getan hätten. Das wäre ungehobelt und vulgär gewesen. Ist es nicht erstaunlich, daß diese Franzosen – die wohl lasterhaftesten Männer der Welt, die mit prahlerischer Arroganz Schlafzimmer für Schlafzimmer erobern und uns Frauen anschließend in allen Einzelheiten diskutieren – uns nach außen hin mit solchem Zartgefühl behandeln? Oh, ich habe meinen Spaß mit François, kleine Boleyn. Ich lasse ihn in dem Glauben, daß ich möglicherweise... ›Wie ist Euer Befinden?‹ erkundigt er sich besorgt. Und ich sage zu ihm – jetzt hör gut zu, das ist einfach genial –, ich sage zu ihm: ›es geht mir den Umständen entsprechend gut.‹ Du hättest sein Gesicht sehen sollen. Selbst François mit all seinen erlesenen Manieren konnte sein Entsetzen nicht verbergen. Was hatte das zu bedeuten? Bezog meine Bemerkung sich auf meine Witwenschaft... oder auf meine bevorstehende Mutterschaft? Ich werde bestimmt meinen Spaß haben, solange ich gezwungen bin, mich an diesem trübseligen Ort aufzuhalten. Noch sechs Wochen... und dann bin ich frei.«

Und sie hatte ihren Spaß.

Louise und Marguerite kamen sie besuchen. Sie konnten ihre Besorgnis nicht verbergen. Schließlich war dies der wichtigste Abschnitt ihres Lebens. Seit Cäsars Geburt hatte seine Mutter mit der Krone geliebäugelt, und obwohl seine Aussicht auf den Thron anfangs nichts als eine entfernte Möglichkeit zu sein schien, war Louise offenbar der Ansicht, daß sogar Gott die Berechtigung des Anspruchs einsehen müsse. Er mußte einfach diesem unvergleichlichen Jungen zuliebe ein paar Wunder geschehen lassen. Sie verließen das Trauerhaus in fieberhafter Erregung. Und als Mary mich zu sich rief, war sie so vergnügt, daß sie sogar das Trauerhaus erträglich fand.

Sie teilte ihr Geheimnis mit mir. Sie hatte Angst, irgend jemand anderen einzuweihen. Ich fühlte mich durch ihr Vertrauen geschmeichelt, obwohl es, glaube ich, nur meine Jugend war, die sie veranlaßte, sich mir anzuvertrauen. Überdies faßte sie mich wiederholt bei den Schultern und drohte mir an, mich für den Rest meines Lebens in ein Verlies des Tower werfen zu lassen, falls ich auf die Idee käme, sie zu verraten.

Ich hätte sie nie verraten.

Sie war dazu übergegangen, zusätzliche Unterröcke zu tragen. »Wie sieht das aus?« fragte sie. »Es darf nicht übertrieben wirken. Ich könnte jetzt im dritten Monat sein. Oder sagen wir lieber, im zweiten. Das wäre wahrscheinlicher. Wie sieht man im zweiten Monat aus? Ich fürchte, da sieht man noch nicht viel. Also doch besser der dritte Monat. Immerhin ist es nicht ausgeschlossen, und meinem Mann ging es zur Zeit meiner Ankunft gesundheitlich besser als danach. Oh, wie werden wir sie an der Nase herumführen!«

Als die Herzogin von Alençon sie besuchen wollte, ließ sie ausrichten, sie fühle sich nicht wohl. Sie fügte hinzu: »... wie zu erwarten ist«, und ließ sie dadurch im ungewissen, ob sie den Tod ihres Mannes oder ihre Schwangerschaft meinte.

Sie erzählte mir jedesmal, was sie zu ihr gesagt hatte.

»Wir machen uns um Eure Gesundheit Sorgen«, sagte die Herzogin von Savoyen. »Marguerite würde gern herkommen, um in Eurer Nähe zu sein. Oh, ich weiß, daß Ihr allein sein müßt, aber Marguerite könnte in Cluny wohnen..., für den Fall, daß Ihr das Bedürfnis hättet, sie zu sehen.«

»Liebe Herzogin«, entgegnete sie. »Ihr seid zu liebenswürdig. Mir geht es recht gut – so gut, wie es unter den gegebenen Umständen zu erwarten ist. Dann und wann ein leichter Schwächeanfall... und zugegebenermaßen das Bedürfnis, mehr als sonst zu ruhen.«

Mary fuhr fort: »Sie war in heller Panik. Ich glaubte schon, sie würde mich jeden Moment packen und schütteln. O je, die ›Dreifaltigkeit‹ macht etwas durch, das kann ich dir sagen. Und was so lustig daran ist, ist die Ungewißheit, falls ich wirklich schwanger sein sollte – wessen Kind ist es nun, das des Königs oder das von François? Fest steht, daß er mein Geliebter werden wollte, und seine Mutter und Schwester in ihrer blinden Verehrung glauben nicht, daß irgend jemand ihm widerstehen könnte. Oh, es ist eine amüsante Situation. Ich wünschte, du wärst älter..., dann könntest du verstehen, wie amüsant.«

Es lag mir auf der Zunge, ihr zu sagen, daß ich sehr wohl verstünde. Ich wußte, wie Kinder in die Welt gesetzt wurden; ich hatte am französischen Königshof bereits eine Menge gelernt. Dort gab es immer irgendwelchen Klatsch; und da ich viel von der Sprache aufgeschnappt hatte, konnte ich das meiste von dem, was gesprochen wurde, verstehen. Und ich war für mein Alter außerordentlich klug.

Das Spiel machte Mary Spaß; und Louises und Marguerites Besuche waren häufig. Sie war jedesmal sehr fröhlich, wenn die beiden wieder fort waren; manchmal erzählte sie mir von den Begegnungen, manchmal hüllte sie sich auch in Schweigen.

Aber wie sie nun einmal war, trieb sie das Spiel zu weit.

Ihr Leibesumfang nahm zu schnell zu. Ich mußte sie mit wattiertem Stoff auspolstern; ich war die einzige, die in das Geheimnis eingeweiht war.

Des Ende vom Lied war gekommen, als eines Tages die Herzogin zu Besuch kam und die Polster verrutschten, während Mary gerade mit ihr sprach. Im vollen Bewußtsein ihrer neuen Würde als Mutter des Königs faßte Louise die Königin und schüttelte sie, bis die Polstereinlagen herausfielen.

Das Spiel war aus.

Es war eine der Gelegenheiten, bei denen Mary einfach nicht für sich behalten konnte, was geschehen war. Sie beschrieb mir die Szene unter nahezu hysterischem Gelächter.

»Die Herzogin war außer sich vor Wut. Oh, kleine Boleyn, du bist wirklich gemein! Du hast mich nicht sorgfältig genug zurechtgemacht. Die Polstereinlagen sind mir bis unter die Knie gerutscht. Sie hat sich darauf gestürzt. Sie hat mich geschüttelt. Sie hat mich wutschnaubend angefahren: ›Ihr habt uns getäuscht!‹ Es wäre wirklich furchterregend gewesen, wenn es nicht so lustig gewesen wäre. Marguerite hat gelacht. Aber Madame Louise verzeiht so schnell nicht. Ich mußte mir schnell etwas einfallen lassen. Wie sollte ich mich nur aus einer so heiklen Situation herausreden? Es würde nicht einfach sein. Sie hatte ja recht. Ich hatte sie getäuscht – und in dem Augenblick wurde ihnen bewußt, welche Bedeutung sie erlangt hatten. Ich sagte: ›Madame, ich weiß nun – und Ihr wißt es ebensogut –, daß ich kein Kind des Königs zur Welt bringen werde. *Vive François Premier*!‹ Und sieh da! Da sieht man einmal wieder, wie wichtig es ist, die richtigen Worte zu wählen. Da stand ich nun – bloßgestellt. Ich hatte sie wochenlang hereingelegt und nun standen wir plötzlich der Wahrheit gegenüber. Doch das waren die magischen Worte, auf die sie zwanzig Jahre lang gewartet hatte – und sie konnte nicht umhin, erfreut zu sein, sie mit so viel Überzeugung ausgesprochen zu hören. Und mir, deren Boshaftigkeit soeben entlarvt worden war, wurde verziehen, weil ich Vive François Premier gesagt hatten.«

Der französische Hof

So wurde er letzten Endes doch König.

Er suchte Mary in Cluny auf. In ihm war eine kaum merkliche Veränderung vorgegangen. Die Tage der ängstlichen Besorgnis waren für ihn vorüber; er saß sicher auf dem Thron.

Ich fragte mich, was er Mary wohl zu sagen habe und ob er ihr wohl Vorwürfe wegen des Streiches machen werde, den sie ihm gespielt hatte, indem sie ihm die gute Nachricht wochenlang vorenthalten und statt dessen in fieberhafte Verzweiflung gestürzt hatte.

Er war einige Zeit bei ihr, und als er ging, ließ sie mich holen. Sie war sehr nachdenklich und, wie mir schien, bestürzt, daher dachte ich, er müsse seinem Unwillen Ausdruck gegeben haben. Später erfuhr ich jedoch, daß das nicht der Fall war. François' Sinn für Galanterie würde ihm nie erlauben, einer schönen Frau Vorhaltungen zu machen.

Mary konnte ihre Besorgnis nicht für sich behalten, und ich war die einzige, der sie bedenkenlos ihr Herz ausschütten konnte.

Sie sagte zu mir: »Es soll nicht sein. Nun habe ich all das durchgemacht, nicht wahr? Und doch wohl unter der Bedingung, das ich, nachdem ich eine Ehe aus Gründen der Staatsraison eingegangen bin, die zweite nun aus Gründen des Herzen schließen darf. Der dämliche kleine Prinz von Kastilien! Daß sein Name auch noch Charles ist, ist empörend. Ich lasse es mir nicht gefallen. Ich will es nicht.«

Ich stand stumm dabei. Sie legte mir die Bürste in die Hand und gab mir zu verstehen, daß ich ihr Haar bürsten solle. Irgendwie beruhigte sie das. Dann drehte sie sich um und schaute mich an. »Mein Bruder handelt soeben eine Heirat zwischen mir und dem Prinzen von Kastilien aus.«

»Euer Gnaden werden sich doch nicht fügen...«

»Ich doch nicht!«

»Und der König von Frankreich?«

Sie lachte. »Der Trick, den ich angewandt habe, hat ihn amüsiert..., seine Schwester ebenfalls. Madame von Savoyen weniger. Ich glaube, sie würde mich am liebsten hart bestrafen..., und das würde sie bestimmt tun, wenn sie es könnte.«

»O nein, Euer Gnaden.«

»O doch, aber sie kann es nicht, nicht wahr? Sie würde Gefahr laufen, meinen Bruder zu beleidigen, wenn sie mir in irgendeiner Weise Schaden zufügen sollte. Sie wird sich damit begnügen, mich loszuwerden..., unverzüglich..., für immer aus Frankreich fort. Aber der König von Frankreich hat andere Pläne mit mir, Findest du, daß ich sehr schön bin, Kleines?«

»O ja, Madame.«

»Er auch. Oh, diese eleganten Formulierungen! Ich wünschte, ich könnte sie besser verstehen. Ich werde froh sein, wieder Englisch sprechen zu können. Das ist so schön an deiner Gesellschaft. Wir können uns unterhalten..., vernünftig unterhalten. Wie es aussieht, haben der König von England und der König von Frankreich gemeinschaftlich über meine Zukunft entschieden. Ganz so, als ob ich ein Gepäckstück wäre. Sollen wir sie dem Prinzen von Kastilien schicken, oder sollen wir sie hierbehalten für den König von Frankreich? Ich lasse es nicht zu. Das habe ich auch François gesagt. Er ist zutiefst in mich verliebt. Der Streich, den ich ihm gespielt habe, hat nichts an den Gefühlen geändert, die er für mich hegt, seit er mich zum ersten Mal gesehen hat. Er hat sie eher noch vertieft. Er mag gewitzte Frauen. Wir haben gemeinsam über die ausgepolsterten Kleider gelacht. Ich habe ihm verraten, daß du die einzige warst, die in das Geheimnis eingeweiht war, und er hat gesagt: ›Oh, die Kleine mit den großen, dunklen Augen.‹ Was sagst du nun?«

»Ich... ich bin überrascht, daß er von mir Notiz genommen hat.«

»Oh, er sieht alle Frauen, genauso, wie er ein Gemälde oder ein Bauwerk wahrnimmt..., aber ganz besonders fallen ihm Frauen auf; und wenn du auch noch ein Kind bist, so bist du doch gleichzeitig eine Frau. Er sagt, er sei unsterblich in mich verliebt und wäre ganz untröstlich, wenn ich Frankreich verließe. Statt dessen plant er, daß ich mich hier verheiraten soll. Sogar einen Bräutigam hat er für mich ausgesucht. Er denkt an den Herzog von Savoyen..., schon wieder ein Charles, stell dir vor. Er wird ein toleranter Ehemann sein, und François und ich werden die idyllische Liebesbeziehung beginnen, die uns vorherbestimmt war, seit unsere Wege sich kreuzten. Er sagt, es sei ein Jammer, daß er mich nicht zu seiner Königin machen könne! Das wäre eine Wiederholung des Präzedenzfalles geworden, den mein verstorbener Ehemann durch seine Heirat mit Anne von der Bretagne geschaffen hatte. Aber beklagenswerterweise ist er bereits mit Claude verheiratet. Claude ist jedoch die nachsichtigste aller Ehefrauen. Wer wäre nicht nachsichtig mit dem gutaussehenden, charmanten, geistreichen König von Frankreich? So arrangiert man sich in Frankreich. Aber da gibt es eine, die nicht bereit ist, bei diesen charmant vorgeschlagenen Arrangements mitzumachen. Ich glaube, er war ein wenig verblüfft. Er ist es nicht gewohnt, abgewiesen zu werden... und ich habe ihm unverblümt meine Meinung gesagt.«

Sie schwieg einige Sekunden lang. Dann fuhr sie fort: »Ich habe ihm erklärt, daß es einen Grund gebe, weshalb ich nicht in ihn verliebt sei. Ich hätte mein Herz bereits an einen anderen verloren. Ich sagte ihm, daß einzig und allein das der Grund sein könne, denn ich sei wie alle Welt vom Charme des attraktivsten Mannes in ganz Frankreich beeindruckt. Oh, es war ein Spiel mit dem Feuer, nicht wahr? Aber irgendwie machte es mir Spaß, mit dem Feuer zu spielen. Er war so bezaubernd; er gäbe zu, meinen Charles zu beneiden. Er sprach – sinngemäß – davon, daß er am liebsten seine Krone zum Tausch anbieten würde, um an Charles' Stelle zu sein, was ich so lustig fand, daß ich fast gelacht hätte. Dachte er wirklich, ich würde das glauben? Aber er war nett. Er mußte seinem Ruf, ein ritterlicher Mann zu sein, gerecht werden. Er sagte, da ich diesem Mann mit meiner Liebe eine große Ehre habe zuteil werden lassen, müsse auch er seine Freundschaft erlangen. Das sei das mindeste..., und wenn er irgend etwas tun könne, um meinen Bruder dazu zu bewegen, meinen Wünschen nachzugeben, werde er es tun. Was hältst du davon?«

»Das ist allerdings freundlich von ihm.«

»Der springende Punkt, meine Kleine ist nur: Ist es ihm auch ernst damit? Oft verbirgt sich etwas hinter diesen blumigen Worten. Aber ich denke schon, daß er mir wohl will..., das heißt, solange mein Wohl für ihn kein Übel ist. Zu einem bin ich jedenfalls fest entschlossen: Niemals werde ich diesen rotznasigen kleinen Jungen aus Kastilien nehmen.«

Sie schickte mich kurz darauf fort, und als ich sie wiedersah, strahlte sie. Sie konnte die gute Nachricht einfach nicht für sich behalten: Ihr Bruder hatte von Louis' Tod erfahren und bereits Gesandte nach Frankreich geschickt, die sein Beileid übermitteln und mit dem neuen König reden sollten; und der Leiter dieser Gesandtschaft sollte Charles Brandon, der Herzog von Suffolk, sein.

Sie würde ihn bald wiedersehen. »Und dieses Mal«, schwor sie, »werde ich ihn nicht eher fortgehen lassen, als bis wir verheiratet sind.«

Während der ganzen Zeit machte ich mir Sorgen um meine eigene Zukunft. Ich hatte erlebt, wie sang- und klanglos Marys Hofdamen in den Tagen nach ihrer Heirat entlassen worden waren. Nur ich war geblieben, und das hatte ich meiner Jugend und meiner Bedeutungslosigkeit zu verdanken. Ich fragte mich, was aus mir werden würde, wenn sie Charles Brandon heiratete. Würde man mich nach Hause schicken?

Der Gedanke, in den Alltag von Hever oder Blickling zurückzukehren, war alles andere als erheiternd. Ich hatte mich an den französischen Königshof gewöhnt. Ich hörte gern dem Klatsch und Tratsch zu und schnappte auch hier und da etwas auf, wenn geschwätzt und gelästert wurde. Ich mochte auch die Kleider sehr. Ich interessierte mich für Mode und hatte Freude daran, der Königin beim Ankleiden zu helfen. Sie sagte, ich hätte Sinn für Farben, und fragte mich oft: »Soll ich dies hier anziehen, kleine Boleyn? Was meinst du?« Dabei tat sie zwar so, als sei die Frage rein rhetorischer Natur, aber gelegentlich achtete sie doch auf das, was ich sagte.

Ich wurde schnell erwachsen. Wenn ich zur Zeit meiner Ankunft bereits altklug war, so war ich es jetzt erst recht. Mir entging wenig. Ich wußte, wann ein Mann und eine Frau ein Liebespaar waren, obwohl viele von ihnen überzeugt waren, ihre Liebschaften geheimzuhalten. Dann und wann faßte ich mir ein Herz und trug der Königin Aufgeschnapptes aus kursierenden Skandalgeschichten zu, was sie sehr amüsierte.

Ich veränderte mich allmählich. Ich war nicht mehr das unschuldige Kind. Diese Umgebung wirkte wie ein Treibhaus auf mich. Die Damen am Hof nahmen wenig Notiz von mir; für sie war ich ein Kind, und sie benahmen sich oft so, als sei ich Luft für sie. Das waren die Gelegenheiten, bei denen ich bruchstückhaft den neuesten Klatsch erfuhr. Sie merkten gar nicht, daß ich ihre Sprache besser verstand als sprach – obwohl mein Französisch von Tag zu Tag fließender wurde.

Ich war außerordentlich interessiert an allem, was um mich herum geschah, und meine große Sorge war, es könne mich täglich die gefürchtete Nachricht erreichen, ich müsse diesen abwechslungsreichen Schauplatz verlassen und nach England zurückkehren.

Die Königin unterhielt sich nicht mehr so viel mit mir. Ihre Gedanken kreisten nur noch um ein Thema, das Wiedersehen mit ihrem Geliebten. Sie war oft schweigsam und starrte ins Leere, ein bezauberndes Lächeln auf ihrem schönen Gesicht; dann wußte ich, daß sie von dem Wiedersehen träumte.

François war natürlich erpicht darauf, zum König von Frankreich gekrönt zu werden. Jeder Monarch fühlt sich erst dann sicher in seiner neuen Würde, wenn er gekrönt ist. Er befand sich jedoch in einem Dilemma: Die Krönung zu beschleunigen würde den Eindruck mangelnden Respekts gegenüber dem verstorbenen König hervorrufen; andererseits konnte er die Krönung kaum erwarten.

François griff zu einem Kompromiß. So viel ihm auch an dem glanzvollen Schauspiel einer prunkvollen Krönung gelegen war, beschloß er doch, sich mit einer einfachen Zeremonie zu begnügen, die dafür unverzüglich stattfinden konnte. Es war Brauch, daß Frankreichs Könige im Reims gekrönt wurden. Wäre er jedoch dieser Tradition gefolgt, hätte das Volk ein überaus prunkvolles Ereignis erwartet. Also begab er sich zwar nach Reims, aber nur, um sich dem Zeremoniell der Königsweihe, das heißt, der Salbung durch die *sainte ampoule*, zu unterziehen, die in der Kathedrale St. Remi vorgenommen wurde. Dieses Zeremoniell fand in der Nacht statt, und anschließend ging er nach Saint Denis – wo zuvor nur die französischen Königinnen gekrönt worden waren –, um die Krönung ohne viel Aufhebens abzuschließen.

Damit war François der gekrönte König von Frankreich.

Zu der Zeit hörten wir, daß die englische Gesandtschaft in Frankreich eingetroffen war. François hatte sich mit dem Herzog von Suffolk getroffen, und ich erfuhr später, daß Suffolk François im Namen von König Henry für den Trost gedankt hatte, den er seiner armen, verwitweten Schwester habe zuteil werden lassen. François hatte geantwortet, er hoffe, die Königin werde ihren Bruder wissen lassen, wie liebevoll er sich um sie gekümmert habe. Natürlich bezog sich diese Bemerkung nicht auf die unsittlichen Anträge, die er ihr gemacht hatte, aber wie ich die Königin kannte, würde ihr Bruder davon zu gegebener Zeit schon noch erfahren. François versicherte Suffolk auch, er habe gehofft, der glücklichen Ehe der Königin möge eine lange Dauer beschieden sein; ich konnte mir sein sardonisches Lächeln vorstellen, das diese schamlose Lüge begleitete.

Das Treffen hatte in Noyon stattgefunden, und als es beendet war, machten sich die englischen Besucher auf den Weg nach Paris, wo sie dem feierlichen Einzug des Königs in seine Hauptstadt beiwohnen sollten.

War die Krönungszeremonie selbst auch nicht anders als schlicht zu nennen, so traf diese Bezeichnung auf die nachfolgenden Feierlichkeiten keineswegs zu.

Die Krönung hatte am 25. Januar stattgefunden – knapp mehr als drei Wochen nach Louis' Tod; aber seinen Einzug in die Hauptstadt zögerte François bis zum 13. Februar hinaus. Zu diesem Zeitpunkt hatte die Königin soeben ihre sechswöchige Zurückgezogenheit vom öffentlichen Leben aufgegeben und konnte, obwohl noch in Trauer, wieder in Erscheinung treten; sie durfte allerdings noch nicht an den Feierlichkeiten teilnehmen und konnte die festlichen Umzüge nur von einem Fenster aus verfolgen. Ich war natürlich an ihrer Seite.

Es bestand kein Zweifel darüber, daß die Franzosen ihren neuen König willkommen hießen. Louis mag für das Land ein Gewinn gewesen sein, aber er hatte nicht die glanzvolle Ausstrahlung, das einnehmende Äußere, die Jugendlichkeit und sprühende Lebhaftigkeit besessen, die ihre Wirkung auf die Menschen nie verfehlten und die sie nun mit Stolz erfüllten und veranlaßten, der Zukunft unter einem so prächtigen Wesen hoffnungsvoll entgegenzusehen.

Die Straßen waren mit Damaststoff und Gobelins ausgeschmückt worden, und die Menschen waren zu Tausenden im Freien versammelt. Sie kletterten unbekümmert auf die Dächer der Gebäude, um eine bessere Aussicht zu haben, und ließen sich nicht von dort vertreiben.

Welch einen herrlichen Anblick er doch bot! François war in weiße Seide und silbernen Damast gekleidet; darüber trug er einen silbernen Mantel, der mit einer silbernen Borte eingefaßt war. Seine weiße Samtkappe funkelte von Edelsteinen und auf ihr prangte ein Busch weißer Federn.

Ehrfürchtige Stille trat ein, als er erschien. Ich war überzeugt, daß niemand unter diesen Menschen jemals jemanden wie ihn gesehen hatte. Sehr groß, athletisch gebaut und dennoch von vollendeter Anmut, muß er ihnen wie ein Gott vorgekommen sein. Er war in der Tat der Inbegriff der Männlichkeit – im Unterschied zu den meisten Angehörigen früherer königlicher Familien, die klein, kränklich und zum Teil sogar in irgendeiner Form mißgestaltet gewesen waren.

Die Angewohnheit der Franzosen, ihre Säuglinge fest zu wickeln, erklärte vermutlich den gewissermaßen verkümmerten Wuchs, der, wie ich bemerkte, im Lande verbreitet war. Zu Louis mit seinem dicken Hals und seinen vorstehenden Augen stand François in strahlendem Gegensatz. Louise muß dafür gesorgt haben, daß ihr Cäsar als Baby nicht fest gewickelt wurde; seine Gliedmaßen müssen die Bewegungsfreiheit gehabt haben, die sie brauchten, um sich so zu entwickeln, wie die Natur es vorgesehen hatte. Auf jeden Fall gab er eine prächtige Erscheinung ab. Er besaß eine natürlich Eleganz, die auch viele der Adligen kennzeichnete, die ihn begleiteten. Das war etwas, das ich später in England vermißte, wo die Eleganz deutlich zu kurz kam und die Menschen sich mit funkelnden Edelsteinen behängten, statt sich sparsam, aber wirkungsvoll ihrer zu bedienen, wie François und die Mitglieder seines Hofes es taten. Ich lernte, mir die französische Lebensweise anzueignen, und das war, glaube ich, einer der Gründe, die mich später zur Außenseiterin werden ließen.

Die Jubelrufe, die dem König galten, der Klang der Trompeten, Violen und Oboen war ganz ohrenbetäubend und nicht immer harmonisch, aber es war unmöglich, von der allgemeinen Erregung nicht angesteckt zu werden.

Die Mitglieder des Kronrates in ihren Roben aus Goldstoffen und Damast, der Adel in Karmesinrot und Gold, die Damen in ihren Sänften – sie alle zogen unter uns vorüber. Ich sah Louise mit der kleinen Renée, der Tochter des verstorbenen Königs, und in einer anderen Sänfte Marguerite von Alençon mit der alten Madame von Bourbon, der Tochter von Louis XI.

All dies sollte erst der Anfang eines sechs Wochen dauernden Festprogramms sein. François wollte dem Volk zu verstehen geben, daß es unter seiner Herrschaft keine Knauserei geben werde. Den Auftakt seiner Herrschaft mußte dieser erste Vorgeschmack des guten Lebens bilden, das er den Menschen in Aussicht stellte. Es war nicht zu übersehen, daß sie es zu würdigen wußten.

Während des Umzugs saß Mary neben mir, gespannt und erwartungsvoll.

Und schließlich kam der entscheidende Augenblick, denn Bestandteil dieser glanzvollen Kavalkade war auch die englische Gesandtschaft, die gekommen war, dem König Beileid und Glückwünsche auszusprechen und zweifellos den Grundstein für weitere Freundschaft zwischen den beiden Ländern zu legen.

Der Herzog von Suffolk ritt an der Spitze. Er sah unbestreitbar gut aus – so groß wie der König von Frankreich und ebenso blond, wie François dunkel war. Er ähnelte tatsächlich Henry VIII., und ich konnte sehr wohl verstehen, daß Mary von ihm hellauf begeistert war.

Er schaute, während er vorüberritt, zum Fenster herauf, und ich sah die Blicke, die sie sich zuwarfen. Mary strahlte. Sie atmete tief und faltete die Hände auf ihrem Schoß.

Ich wünschte ihr Glück. Vielleicht würde sie mich mit nach England nehmen und dort in ihre Hofhaltung aufnehmen. Das wäre nichts außergewöhnliches. Junge Mädchen fanden oft Anstellung im Hause adliger Damen, und ich hatte den Eindruck, daß sie mich gern mochte.

Danach ging alles sehr schnell. Noch an demselben Tag trafen sich Mary und Suffolk. Nach diesem Treffen war sie sehr erregt; ihre Gemütsverfassung schwankte zwischen unbändigem Optimismus und Verzweiflung. Sie hätte so wenig Zeit miteinander verbracht, erzählte sie mir, aber das werde sich ändern. »Diese Übereinkunft mit Elizabeth Grey hat nichts zu bedeuten, gar nichts. Und ich bin nun frei. Und ich sage dir eins: Nichts wird uns aufhalten.« Dann versank sie in Melancholie. »So viele sind gegen uns. Sie wissen, wie wir füreinander empfinden.«

Ich dachte: Wer könnte wohl daran zweifeln, Madame, wenn man Euch so sieht? Aber ich sprach es nicht aus.

»Sie hassen ihn. Sie sind auf ihn eifersüchtig. Sie werden versuchen, meinen Bruder gegen ihn aufzuhetzen. Ich glaube schon, daß Henry unserer Heirat zustimmen könnte..., wenn da nicht diese Leute um ihn wären. Sie glauben, er könne als Ehemann der Schwester des Königs zu viel Bedeutung erlangen. Überall wird intrigiert..., wohin man auch schaut. Er liebt mich... genauso, wie ich ihn liebe. Er sagte, es könne ihn seinen Kopf kosten, wenn er mich heirate. Allerdings ist Wolsey nicht gegen die Verbindung ... und Wolsey und mein Bruder zusammen – wer würde es wagen, nein zu sagen, wenn sie ja sagen?«

Sie ging ruhelos im Zimmer auf und ab. Ich wünschte, sie würde sich beruhigen, denn ich war sicher, daß das klüger wäre.

»François hat mit ihm gesprochen. Weißt du, was er zu ihm gesagt hat? Das sind haargenau seine Worte: ›Mylord Suffolk‹, hat er gesagt, ›es geht in diesem Lande das Gerücht, daß Ihr gekommen seiet, um die Königin, die Schwester Eures Gebieters, zu heiraten.‹ Der arme Charles. Er war ganz bestürzt, denn er begriff nicht, wie François von unserer Beziehung erfahren haben konnte. Aber natürlich war ich es gewesen, die es ihm gesagt hatte. François versprach, uns zu helfen, wenn er könne, denn er sei mir sehr zugetan und wisse, wie stark meine Gefühle seien. Das war nett von ihm. Aber ich traue ihm nicht. Ich wünschte, ich könnte mit meinem Bruder reden. Ich werde ihm schreiben. Genau. Das mache ich. Ich werde ihn daran erinnern, daß ich einmal geheiratet habe, um ihm einen Gefallen zu tun, und dafür das Versprechen erhalten habe, das nächste Mal tun zu können, was ich wolle. Ich werde ihn vor den Leuten an seinem Hof warnen, die meine Feinde sind und versuchen werden, mir zu schaden.«

Ich brachte ihr die Schreibutensilien, und sie schrieb.

Ich teilte ihre Nervosität, denn auch meine Sorge um die Zukunft wuchs. Sie verlor kein Wort darüber, was aus mir werden würde; ich verstand durchaus, daß ihre Gedanken um nichts anderes als ihre eigenen Probleme kreisten.

Solange die Turniere, Bälle und Bankette andauerten und der Jubel über die neue Herrschaft anhielt, war Mary zwischen Hochstimmung und Verzweiflung hin- und hergerissen. Sie nahm selbstverständlich nicht an den Festlichkeiten teil, denn obwohl die sechs Wochen um waren, wurde von ihr weiterhin erwartet, daß sie um den verstorbenen König trauere.

Sie traf sich noch ein- oder zweimal mit Suffolk, und diese Wiedersehen stimmten sie völlig euphorisch; dann wiederum verfiel sie in Melancholie.

»Charles hat Angst«, verriet sie mir. »Er sagt, unsere Liebe werde noch unser beider Ende sein. Mein Bruder weiß von unserer Liebe zueinander. Er hat Charles, bevor er England verließ, schwören lassen, daß er mich nicht überreden werde, mich mit ihm zu verloben, und daß er darauf verzichten werde, die Gelegenheiten auszunutzen, die sich durch seinen Aufenthalt hier zwangsläufig ergäben.«

»Und hat er es versprochen, Madame?«

»Mein Bruder bestand darauf. O ja, er ist auf seine derbe Art gutmütig und herzlich, aber er kann auch skrupellos sein wenn etwas gegen seinen Willen geht. Ich kenne sein Temperament. Ich sollte es zumindest kennen, denn es ist meinem eigenen sehr ähnlich. Aber genauso, wie ich ihn kenne, sollte er mich kennen, und wenn ich mir etwas in den Kopf setze, bekomme ich es gewöhnlich auch..., genauso wie er. Uns beide verbindet ein starkes Gefühl, weil wir einander so ähnlich sind. Wir kennen einander genau.«

»Aber wenn Mylord Suffolk versprochen hat...«

»Ich bin es, der man etwas versprochen hat. Mein Bruder selbst hat mir nämlich versprochen, daß ich, nachdem ich einmal eine Ehe aus Gründen der Staatsraison geschlossen habe, beim nächsten Mal frei wählen dürfe.«

Ich konnte ihre Gefühle verstehen. Sie war gewillt, dem Zorn ihres Bruders entgegenzutreten; sie war seine geliebte Schwester. Aber Suffolk war nur ein Untertan, wie freundschaftlich seine Beziehung zu dem König auch sein mochte.

Dann geschah etwas, das sie ziemlich aus der Fassung brachte; erschütternder jedoch als das Vorkommnis selbst war die Tatsache, daß es deutlich machte, wie mächtig diejenigen waren, die ihre Heirat zu verhindern suchten.

Ihr Beichtvater suchte sie auf und berichtete ihr, daß ein gewisser Mönch, Bruder Langley, aus England eingetroffen sei und sie unbedingt sofort sprechen müsse.

Ich war dabei, als er hereingeführt wurde.

Ich knickste und machte Anstalten, den Raum zu verlassen, als sie zu mir sagte: »Nein, du kannst hierbleiben.«

Der Mönch betrachtete mich mit Mißfallen, schien dann

aber zu dem Schluß zu gelangen, daß meine Gegenwart unwichtig sei. Mein jugendliches Alter war immer der Grund gewesen, daß ich vieles als Augenzeugin miterleben durfte.

Mary sagte herablassend: »Was habt Ihr mir zu sagen?«

»Ich bin gekommen, um Euer Gnaden zu warnen.«

»Mich zu warnen? Wovor?«

»Vor einem, der in einer Gesandtschaft hierher gekommen ist.«

»Ich verstehe Euch nicht, Bruder.«

»Ich bin gekommen, um Euch die Wahrheit über den Herzog von Suffolk zu sagen.«

Mary schoß die Zornesröte ins Gesicht. »Was ist mit dem Herzog von Suffolk?« fragte sie ihn hochmütig.

»Ich glaube, Euer Gnaden sind von diesem Mann, dem Ihr große Gunst erwiesen habt, getäuscht worden. Mir ist ausdrücklich aufgetragen worden, hierher zu kommen, um Euch zu sagen, daß er mit dem Teufel paktiert.«

Sie kochte vor Wut, aber es gelang ihr besser als sonst, sich zu beherrschen.

»Und wer, wenn ich fragen darf, hat Euch das ausdrücklich aufgetragen?«

Er versuchte sich herauszureden, weil er offenbar davor zurückschreckte, diejenigen zu verraten, die ihn geschickt hatten.

»Es ist allgemein bekannt, daß Sir William Compton – ein Nebenbuhler des Herzogs, was das Wetteifern um die Gunst des Königs betrifft – an einem bösartigen Geschwür des Beins leidet«, sagte er.

»Mir ist nicht klar, was das mit dem Herzog von Suffolk zu tun hat.«

»Der König hat eine Salbe herstellen lassen, die solche Geschwüre heilt. Aber sie wirkt bei Sir William nicht.«

»Tatsächlich?« Ihr Stimme klang gefährlich ruhig, und ich dachte: Sie wird jeden Moment auf ihn losgehen. Offensichtlich kannte er ihr Temperament nicht.

Der Mönch begann zu flüstern. »Der Herzog von Suffolk ist mit Wolsey befreundet, und jedermann weiß, daß der ein Anhänger des Teufels ist. Wie hätte ein Metzgerssohn sonst solche Macht im Staat erlangen können?«

»Mit Intelligenz, Klugheit und außergewöhnlichen Begabungen, die andere nicht haben.«

»Nein, Madame, mit Hilfe des Teufels.«

»Ihr solltet Euch gut überlegen, verehrter Mönch, wie Ihr von meinen Freunden sprecht.«

»Nur weil ich um Eure Sicherheit besorgt bin, bin ich gekommen, Euch zu warnen.«

Sie ging dicht auf ihn zu. »Geht zurück zu Euren Freunden«, sagte sie leise, »und sagt ihnen, daß ich über ihre Motive genau Bescheid weiß. Und macht ihnen eins klar: Wenn ich nach England zurückkehre, werde ich dafür sorgen, daß der König von Eurem gemeinen Verrat an denen, die er liebt, erfährt... Und wenn Ihr auch nur einen Funken Verstand in Eurem Hohlkopf habt, dann macht Ihr, daß Ihr auf der Stelle von hier verschwindet. Ich möchte Euer dämliches, hinterhältiges Gesicht nie wiedersehen. Und wenn Ihr auf die Idee kommt, irgendeine der Lügen zu verbreiten, die Ihr soeben vorgetragen habt, dann werde ich Euch in den Tower werfen lassen, und dort wird man schon herausfinden, wer Euch zu dieser Wahnsinnstat angestiftet hat.«

»Madame...«

»Verschwindet!« schrie sie.

Er verschwand.

Sie schaute mich an und sagte: »Du siehst also, daß ich Feinde habe. Und die werden alles unternehmen, was sie können, um meine Heirat zu verhindern. Sie würden bedenkenlos mein Glück zerstören..., wenn sie könnten. Aber das wird ihnen nicht gelingen.«

Es gelang ihnen auch nicht. Glücklicherweise hatte François beschlossen, Mary zu helfen. Wenn ich so zurückblicke, habe ich das Gefühl, daß er ihr im Grunde gern geholfen hat – nicht etwa aus Zuneigung zu ihr, denn François' Gefühle ihr gegenüber waren nichts als sinnliche Begierde. Er mag durchaus pikiert darüber gewesen sein, daß sie einen anderen Mann vorzog; aber ich glaube, er bewunderte ihre Hartnäckigkeit. Im Grund seines Herzens war er ein Romantiker; zumindest gefiel er sich von Zeit zu Zeit in dieser Rolle. Man konnte nie ganz sicher sein, was in François vorging; dennoch bin ich der festen Überzeugung, daß es ihm Spaß machte, die Pläne des Königs von England zu durchkreuzen.

Zwischen ihnen bestand eine Rivalität, die um so ausgeprägter war, als beide sich ähnlich waren – beide waren jung, sahen gut aus und waren Herrschern auf den Thron gefolgt, die ernst waren und auf Prachtentfaltung keinen Wert legten. Es muß François amüsiert haben sich vorzustellen, daß Henry nach außen hin gezwungen war, die Heirat seiner Schwester mit einem Mann aus eher bescheidenen Verhältnissen zu mißbilligen, weil eine solche Verbindung den angesehensten Familien Englands, deren Gunst zu verlieren er sich nicht leisten konnte, ein Dorn im Auge sein würde.

Und so kam es, daß Mary mit François' Hilfe in der Kapelle des *Hôtel de Cluny* heimlich getraut wurde.

Ich sah sie kurz, nachdem die Zeremonie vorüber war, und obwohl ich mir wegen meiner eigenen Zukunft Sorgen machte, mußte ich mich einfach mit ihr über ihr Glück freuen. Sie stand da in ihrem einfachen Kleid, nicht zu vergleichen mit der prächtig geschmückten Braut, die vor nicht allzu langer Zeit im *Hôtel de la Gruthuse* getraut worden war – und sie strahlte vor Freude.

Nur zehn Personen waren in der kleinen Kapelle versammelt und eine davon war der König von Frankreich persönlich.

Es war eine kühne Tat, aber sie war typisch für Mary. Ich war sicher, daß die Heirat ohne ihre Entschlossenheit nie zustande gekommen wäre, denn Suffolk war sich über die Feindseligkeit, die sie auslösen würde, im klaren.

Der König von England war sehr erbost, und eine Zeitlang hatten die beiden Angst, nach England zurückzukehren.

Viel später, als ich selbst nach England zurückgekehrt war, lernte ich den König von einer ganz anderen Seite kennen. Er war ausgesprochen sentimental und liebte seine Schwester wirklich. Suffolk mochte er ebenfalls, und so wurde nach kurzer Zeit ein Kompromiß geschlossen. Natürlich konnte das Paar nach einem derartig offenkundigen Akt des Ungehorsams nicht ungestraft davonkommen. Daher kündigte der König an, Marys Tafelsilber und Juwelen zu beschlagnahmen – er hatte sich nämlich in große Unkosten gestürzt, als er sie mit einer ansehnlichen Mitgift nach Frankreich geschickt hatte, und diese Auslagen wollte er erstattet haben. Außerdem sollten sie ihm jährliche Raten von 24000 englischen Pfund zahlen, und natürlich durften sie sich einige Zeit nicht bei Hofe blicken lassen.

Ich hielt das für eine harte Strafe, aber Mary schien sie nichts auszumachen. Sie schwebte im siebten Himmel der Glückseligkeit, was mich vermuten ließ, daß sie sich in Suffolk nicht getäuscht hatte.

»Wir werden arm sein«, sagte sie, »und auf dem Lande leben. Wie mir das Spaß machen wird! Ich habe ja so genug von königlichen Höfen. Ich werde mit meinem Charles zusammen sein, und wir werden wie einfache Landedelleute leben. Das habe ich mir mehr als alles in der Welt gewünscht, und nun habe ich es erreicht.«

Königin Claude schickte nach mir.

Sie war sehr sanft und freundlich – gar nicht wie eine Königin. Sie war von Damen umgeben, die so waren wie sie selbst. Sie verbrachten die meiste Zeit damit, Gutes zu tun, wie zum Beispiel für die Armen zu nähen oder Klöster zu besuchen, und sie beteten viel. Sie war grundverschieden von ihrem aufsehenerregenden Ehemann, so daß man sich unwillkürlich darüber wunderte, daß ihre Ehe als einigermaßen glücklich galt – vielleicht lag es an der realistischen Lebenseinstellung, die bezeichnend für die Franzosen ist.

»Komm her, Anne«, sagte sie. »Ich muß dir etwas mitteilen.«

Ich wartete, zitternd vor Angst und überzeugt, sie werde mich auffordern, mich auf die Heimreise vorzubereiten.

Sie lächelte mir auf ihre sanfte Art zu und sagte: »Ich habe eine Nachricht von deinem Vater erhalten. Er hofft, daß dein Betragen während deines Aufenthaltes an unserem Hof keinerlei Anlaß zu Klagen gegeben hat. Ich glaube, Königin Mary kann das bestätigen, denn sie hat dich zu ihrer engsten Vertrauten gemacht.«

Ich schwieg, aber mein Herz begann, schneller zu schlagen.

»Dein Vater ist der Ansicht, daß dein Aufenthalt an unserem Hof deiner ... Bildung dient und allem förderlich ist, was du darüber hinaus lernen mußt. Er bittet mich deshalb, dich hier unterzubringen, so daß du bleiben kannst, auch wenn die Königin – die jetzige Herzogin – nach England zurückkehrt, was in Kürze der Fall sein wird. Daher habe ich beschlossen, dich in meine Hofhaltung aufzunehmen.«

Ich war so beglückt, daß man es mir angesehen haben muß, denn sie schien erfreut zu sein und streichelte mir übers Haar.

»Eine meiner Damen wird dir sagen, wo du schlafen wirst, und dich über deine Pflichten aufklären. Deine neuen Aufgaben werden sich möglicherweise ein wenig von denen unterscheiden, die du bei der früheren Königin, der Herzogin von Suffolk, zu erfüllen hattest.«

»Vielen Dank, Madame.«

Sie lächelte und nickte mir zu, und ich verließ sie ganz verwirrt. Man hatte mir eine Gnadenfrist gewährt. Und so trat ich zu Beginn des Monats April in Königin Claudes Hofhaltung ein, und Mary und ihr Mann gingen nach England zurück.

Mein Leben änderte sich gründlich. In Königin Claudes Diensten zu stehen war in der Tat etwas ganz anderes, als meiner früheren, temperamentvollen Herrin aufzuwarten. Claude schien von unerschütterlicher Ruhe umgeben zu sein; sie war so freundlich und durch und durch gut, daß man sie zwar bewunderte, gleichzeitig aber eine gewisse Abneigung gegen die Tugenden entwickelte, die sie verkörperte – vielleicht, weil man das Gefühl hatte, daß einem durch sie die eigenen Unzulänglichkeiten vorwurfsvoll vor Augen geführt wurden. Ich lernte, die feinsten Stickereien anzufertigen, ich machte Fortschritte in der französischen Sprache, und obwohl ich zum Gefolge der Königin gehörte, bekam ich mit, was außerhalb unseres Kreises vor sich ging.

Der königliche Hof wurde, wie gewohnt, von François' dominierender Persönlichkeit geprägt. Er zeichnete sich auf allen Gebieten aus. Er war immer Sieger im Turnier, er war der geschickteste Fechter des Landes, niemand übertraf ihn beim Ringen. Möglicherweise war ihm dabei hin und wieder sein königlicher Rang von Nutzen, aber das konnte nur vermutet werden. Ich glaube, daß er es begrüßt hätte, einem Konkurrenten auf diesen Gebieten zu begegnen, statt sich darüber zu ärgern. Verglichen mit dem König von Frankreich erschien König Henry wie ein unfertiger Junge. François schien die Weisheit in die Wiege gelegt worden zu sein; aber vielleicht hatte er sie sich auch in der Gesellschaft seiner Schwester angeeignet, die von allen Personen am Hofe – ob männlich oder weiblich – sicherlich die klügste war. François war nicht nur der herausragendste Sportler, er war auch die Autorität in Fragen des guten Geschmacks. Er bestimmte die jeweilig Mode, die ausnahmslos seine eigenen Vorzüge zur Geltung brachte. Er war eine blendende Erscheinung. Es schien, als sei er im Besitz aller äußeren Attribute, die einen Monarchen ausmachen. Die Franzosen konnten nicht umhin, ihren neuen Herrscher zu bewundern.

Seine Liebesaffären waren zahlreich. Überhaupt war die Liebe das alles beherrschende Thema am königlichen Hof. Die Dichter schrieben davon, die Musikanten sangen davon, die Höflinge redeten davon. François war stets zuvorkommend und charmant, und er umgab sich mit Männern, die den gleichen Geschmack hatten wie er. Man sagte, er betrachte jeden Mann mit Mißtrauen, der keine Geliebte habe. Er unterhielt sich gern mit anderen Männern über Frauen und ließ sich gern berichten, wie ihre Affären sich entwickelten. Er interessierte sich brennend für intime Einzelheiten, konnte allerdings wütend werden, wenn er den Eindruck hatte, daß jemand die Frauen nicht mit gebührender Hochachtung behandelte.

Mir erschien das alles recht verwirrend. Später wurde mir jedoch klar, wie entscheidend diese Jugendjahre dazu beigetragen hatten, mich zu der Frau zu machen, die ich schließlich wurde.

Trotz seiner weithin bekannten Untreue gegenüber meiner Herrin, der Königin Claude, war François immer galant zu ihr und erwies ihr den Respekt, der einer Königin zukam. Sie war ununterbrochen schwanger. Ich glaube, er war froh darüber, sie ständig in diesem Zustand zu sehen, denn dann brauchte er so lange nicht seine Nächte mit ihr zu verbringen, bis das Kind geboren war und es an der Zeit war, für weiteren Nachwuchs zu sorgen. Es war schon alles sehr dekadent, und als schlimmster Verstoß gegen die guten Sitten galt nicht die charakterliche Schlechtigkeit, sondern die Vulgarität.

Es ging alles ganz anders zu als am englischen Königshof, den ich später so gut kennenlernen sollte.

Königin Claude selbst nahm sich meiner Erziehung an, und schon bald ging ich ganz in dem neuen, ruhigen Leben auf. Jene Monate, die ich mit Königin Mary verbracht hatte, schienen weit zurückzuliegen. Ich dachte oft an sie und erfuhr, daß sie nun tatsächlich zurückgezogen auf dem Lande lebte, da der königliche Hof für sie und ihren Mann in Anbetracht ihrer Schulden ein zu teueres Pflaster geworden war. Ich war der Ansicht, der König müsse sie bald von der Schuldenlast befreien, denn sie würde zweifellos zum Glanz des Hoflebens beitragen. Ich erfuhr außerdem, daß sie mit ihrem Leben restlos zufrieden war, und ich freute mich mit ihr. Ihre Ehe schien eine der wenigen zu sein, die wirklich glücklich waren.

Was mich betraf, so gelang es mir – wahrscheinlich aufgrund meiner Jugend –, mich mühelos an das neue Leben zu gewöhnen. Kurze Zeit nachdem ich in Königin Claudes Hofhaltung aufgenommen worden war, brach der König in einen Krieg auf. Er wollte seinen Untertanen beweisen, daß er nicht nur ein gutaussehender Kavalier, sondern auch ein Eroberer war. Ich war dabei, als über diesen Feldzug gesprochen wurde, und spitzte die Ohren, um möglichst viel mitzubekommen. Auf diese Weise erfuhr ich, daß François entschlossen war, zusätzliche Gebiete für Frankreich zu erobern. Er stellte ein Heer unter dem Vorwand zusammen, Burgund gegen Angriffe der Schweiz zu sichern, es kursierte jedoch das Gerücht – und das schien der wahre Grund zu sein –, er plane in Wirklichkeit eine Invasion der italienischen Staaten. Daher drängte Ferdinand von Spanien den Papst, die Schweiz, den Kaiser Maximilian und den Herzog von Mailand, Maximilian Sforza, sich zu einer Liga zur Verteidigung Italiens zusammenzuschließen. Dies allerdings lehnte der Papst mit der Erklärung ab, daß er in seiner Eigenschaft als Papst ohnehin ihrer aller Vater sei.

Italien zu unterwerfen, war bereits der Plan der beiden vorigen französischen Könige gewesen, und François war entschlossen, diese Politik fortzusetzen. Er ernannte seine Mutter zur Regentin Frankreichs und zog in den Krieg.

Schon bald traf die Nachricht von dem großartigen Sieg ein, den er bei Melegnano über die Schweiz davongetragen hatte. François hatte alles erreicht, was sein Land von ihm erwartet hatte. In einem kurzen Gefecht hatte er die Schweizer geschlagen, seine Feinde aus der Fassung gebracht und im Triumph Mailand eingenommen. Maximilian Sforza, der in dem dortigen Schloß Zuflucht gesucht hatte, ergab sich und erklärte sich einverstanden, sich mit einer Abfindung nach Frankreich zurückzuziehen. Als der Papst sich darüber klar wurde, welchen Lauf die Dinge genommen hatten, lud er François ein, sich mit ihm in Bologna zu treffen, damit sie dort als die gute Freunde, die ein Papst und ein Allerchristlichster König zu sein hatten, Überlegungen über die Zukunft anstellen könnten.

Damals verstand ich noch nicht alles, was sich zu der Zeit ereignete, aber später fügten sich die Einzelheiten wie Mosaiksteine zu einem Ganzen zusammen, und wenn ich zurückschaue, wird mir bewußt, in welchem Maße die damaligen Ereignisse meine Zukunft bestimmten.

François war hingerissen vom Zauber der italienischen Kunst und freundete sich mit Papst Leo an. Papst Leo war ein überaus kultivierter Mann, wie es von dem Sohn Lorenzos des Prächtigen nicht anders zu erwarten war. Als Intellektueller, geistreicher Gesprächspartner, schlauer Staatsmann und Förderer der Künste verfügte er über alle Eigenschaften, die auf François Eindruck machten. Zudem liebte er die Musik und begeisterte sich für das Theater; er unterstützte Schriftsteller und Künstler, wie sein Vater es getan hatte. Es war kein Wunder, daß François nur zu gern am päpstlichen Hof verweilte; umgeben von Kunstwerken befand er sich in seinem natürlichen Element, und ihm gefiel die Schönheit der italienischen Frauen, denen er ausnahmslos und voller Entzücken seine Aufmerksamkeit schenkte.

Ferdinand von Spanien herrschte über Neapel, auf das François begehrliche Blicke geworfen hatte. Aber Ferdinand wurde, wie Leo hervorhob, allmählich alt und er war leidend. Er konnte nicht mehr lange leben. Wäre es daher nicht klüger, den Plan, Neapel zu erobern, aufzuschieben und statt dessen Ferdinands Tod abzuwarten? Danach würde es für François ein leichtes sein, sich seinen Wunsch zu erfüllen, ohne Krieg führen zu müssen.

Da François sein militärisches Talent inzwischen bewiesen hatte, war er gern bereit, diesen Rat zu befolgen; und als er nach Frankreich zurückkehrte, brachte er den großen Künstler Leonardo da Vinci mit – er war so überwältigt von dessen Werk, daß er den Wunsch hatte, ihn für sich arbeiten zu lassen. Er gab Leonardo das Schloß Cloux in der Nähe von Amboise in der Touraine als Wohnsitz. Leider konnte der große Maler sich nicht sehr lange daran erfreuen, denn er starb vier Jahre später, im Jahre 1519, und sein Tod war wohl auch nicht ganz unerwartet, denn er war immerhin siebenundsechzig Jahre alt. François empfand für alle Künstler größte Hochachtung. Er sagte einmal: »Die Menschen machen aus Menschen Könige, aber nur Gott macht aus Menschen Künstler.«

Während der folgenden Jahre wuchs ich so sehr in das Leben am französischen Hof hinein, daß ich ganz vergaß, daß ich Engländerin war. Ich wurde erwachsen und hatte kaum noch etwas mit der Siebenjährigen gemein, als die ich in dieses Land gekommen war. Es machte mir Spaß, dem Treiben am Hofe zuzusehen, ohne selbst darin verwickelt zu sein. Es war, als ob ich durch ein Fenster blickte, und ich war in gewisser Weise erleichtert darüber. Ich durchschaute, wie leicht man in Angelegenheiten hineingezogen werden konnte, die einen letztlich seiner Würde beraubten. Ich achtete sehr auf Würde. Aber vielleicht kam das auch erst später, nachdem ich erlebt hatte, was mit meiner Schwester Mary geschehen war.

Ich genoß meine Zuschauerrolle. Ich spürte, daß sie meiner Vorbereitung auf den Tag diente, an dem ich an der Reihe wäre, in Erscheinung zu treten und am Geschehen teilzunehmen. Die Favoritin unter den Geliebten des Königs war zu der Zeit Françoise von Foix, eine der schönsten Frauen, denen ich je begegnet bin. Viele beneideten sie um ihre Stellung bei Hofe. Man sagte, François sei ihr wie ein Sklave ergeben, und sein Verhalten ließ unbestreitbar darauf schließen, daß er sie vergötterte. Aber er war ihr nicht treu, und mir kam alles wie ein Maskenspiel ohne Bezug zur Wirklichkeit vor. Ich erkannte, daß mir trotz all der schmeichlerischen Verehrung, die ihr zuteil wurde, nichts daran lag, eine Françoise von Foix zu werden. Morgen schon wäre alles vorbei. Alles hing von dem unberechenbaren König ab, und der spielte die meiste Zeit ein Spiel. Aber es war interessant zu beobachten.

François' Thronbesteigung war von Glanz und Glorie begleitet gewesen. Er schien alle Eigenschaften eines Königs zu besitzen, aber sein verschwenderischer Lebensstil kostete Geld, und der Tag mußte kommen, an dem die Menschen einsähen, daß ein Herrscher, der schön war wie ein Gott und sie mit seinen ausschweifenden Abenteuern erheiterte, ihnen nicht das sorgenfreie Leben bescheren konnte, das ein kranker alter Mann ihnen ermöglicht hatte, dem das Wohl seines Volkes am Herzen lag. Unter Louis mag das Leben der Einwohner von Paris ereignislos gewesen sein, aber es herrschte Ruhe auf den Straßen; die Menschen waren dem Beispiel des Königs gefolgt und früh zu Bett gegangen, und wenn jemand gezwungen war, sich zu später Stunde außer Haus aufzuhalten, konnte er ohne Furcht unterwegs sein. Das war anders geworden. Horden lärmender junger Männer trieben sich auf den Straßen herum. Es war seit langem vorgeschrieben, daß alle, die nach Einbruch der Dunkelheit nach draußen gingen, eine kleine Handlaterne bei sich trügen; diese jedoch wurde ihren Eigentümern nun mutwillig aus der Hand geschlagen. Sittenlose junge Männer belästigten, während sie krakelend und betrunken durch die Straßen zogen, die Frauen und nahmen sich ihnen gegenüber Unverschämtheiten heraus. Gelegentlich kam es vor, daß die Raufbolde erkannt wurden, und es stellte sich heraus, daß sich unter ihnen auch Adlige befanden; und sogar das bekannteste Gesicht der Stadt war dabei gesehen worden – das attraktive, langnasige, sardonisch grinsende Gesicht des Allerchristlichsten Königs.

Die ernüchterten Bürger waren schockiert; sie waren enttäuscht; sie begannen, sehnsüchtig von der guten alten Zeit zu sprechen.

Eine Gruppe von Schauspielern war durch das Land gezogen und hatten die Menschen mit ihren Lustspielen erheitert. In der Vergangenheit hatten sie häufig ihre kleinen Stücke am königlichen Hof aufgeführt. Bezeichnend war, daß es sich bei diesen Stücken um satirische Darstellungen bekannter Persönlichkeiten handelte. Der verstorbene Louis hatte sie sich oft angesehen, belustigt darüber, daß er keineswegs immer schmeichelhaft porträtiert und meist als geiziger Alter dargestellt wurde, der sein Geld zählt – der sparsame Monarch, der die Staatskasse immer gern gut gefüllt sah, und von dem alle wußten, daß er dabei nicht an seinen eigenen Vorteil, sondern an das Wohl des Landes dachte.

Nun kam in den Stücken ein neuer Herrscher vor – eine elegante Erscheinung, für die der Schnitt einer Robe von höchster Wichtigkeit war und die von *amour* zu *amour* eilte; es konnte nur eine Parodie François' sein. Doch peinlicher als die Darstellung François' war die seiner Mutter, der Herzogin Louise. Das Volk brauchte einen Sündenbock, und François, der jung und charmant war, konnte man seine Schwächen verzeihen. »Es ist der Übermut, die Jugend«, sagten die Leute verständnisvoll. Doch die Schuld an den Ausschweifungen, die dieser jugendliche Übermut zur Folge hatte, schob man der Herzogin Louise zu, die sich seit Antritt ihrer Regentschaft in einem solchen Maße in die Angelegenheiten des Landes eingemischt hatte, daß das Volk sich beklagte, daß in Wirklichkeit sie über Frankreich herrsche. In dem Stück war sie die *Mère Sotte* und man erlebte sie, wie sie die Staatskasse plünderte und ihren jugendlichen Sohn vom rechten Weg abbrachte.

François hätte das vielleicht mit einem Achselzucken abgetan – nicht so Louise. Sie war außer sich vor Zorn. Die Kritik richtete sich gegen sie, und sie verlangte Rache. Dies sei ein himmelschreiendes Beispiel für *lèse majesté*, erklärte sie, und damit von Rechts wegen strafbar.

Folglich wurden die Schauspieler festgenommen und nach Blois gebracht, wo sie in den Schloßgefängnissen landeten.

Dort wären sie, glaube ich, auch elend zugrunde gegangen, wenn Königin Claude nicht gewesen wäre. Sie war über den Zwischenfall sehr bekümmert. Ich hatte das Gefühl, daß sie auf ihre stille Art sehr klug war, obwohl ich hin und wieder dazu neigte, sie wegen der Sanftmut zu verachten, mit der sie ihr Los hinnahm. Schließlich war sie die Tochter eines Königs. Wäre ich an ihrer Stelle gewesen, ich hätte darauf bestanden, mit mehr Respekt behandelt zu werden. Ich hätte mich geweigert, angesichts von François' Liebesaffären Gleichgültigkeit vorzutäuschen, denn nur um vorgetäuschte Gleichmut konnte es sich handeln. Es mußte ihr doch etwas ausmachen. Sie mußte sich gedemütigt fühlen. Und dennoch – wenn es dann wieder einmal so weit war, stimmte sie ergeben seiner Rückkehr ins Ehebett zu und setzte still und sanft ihre guten Werke fort.

Sie stellte viele Fragen bezüglich der Schauspieler und meinte, es sei ganz und gar falsch, sie für das einzusperren, was sie unter dem letzten König ungestraft hätten tun dürfen. »Es wird dem Volk nicht gefallen«, sagte sie. »Ich muß mit dem König sprechen.«

Das tat sie auch. Sie war wie viele Menschen, die nach außen hin schwach erscheinen; sie zeigte sich gleichgültig gegenüber Dingen, die ihr nicht besonders wichtig waren, aber wenn sie wirklich gefühlsmäßig beteiligt war, konnte sie mit großer Entschiedenheit für eine Sache eintreten.

François bewunderte sie – nicht wegen ihres Äußeren, aber wegen ihres Charakters. Die Menschen liebten sie. Obwohl sie dem König ihre Vergnügungen verdankten, zollten sie allen, die ein moralisch vorbildliches Leben führten, ihre Hochachtung; und sie achteten Claude.

Ich konnte mir die Szene gut vorstellen, obwohl ich natürlich nicht dabei war. Claude würde in aller Deutlichkeit darauf hinweisen, daß ihrer Ansicht nach die Schauspieler freigelassen werden sollten. Sie würde den Grund dafür erläutern, und da François klug war, würde ihm die Logik der Begründung einleuchten. Er wußte, daß seine Mutter wütend sein würde, wenn er ihnen die Freiheit schenkte, und er kränkte sie nur äußerst ungern, aber er sah ein, daß Claude recht hatte. Galant und in wohlgesetzten Worten teilte er ihr mit, er könne seiner Frau die Bitte nicht abschlagen; und ausnahmsweise einmal konnte Louise nichts dagegen tun. Ich war überzeugt, daß sie insgeheim vor Zorn tobte und sich die

Frage stellte, ob Claude wohl im Begriff sei, sich zwischen sie und ihren Cäsar zu drängen.

Wie dem auch sei, die Schauspieler wurden ohne weiteres freigelassen, zur Zufriedenheit aller außer Louise.

François war zu intelligent, um nicht zu merken, daß die Sympathien, die er bei seinem Volk genoß, im Schwinden begriffen waren, und er wußte, daß es immer klug war, das Volk mit Vergnügungen zu überhäufen. Die alten Römer waren auf diese Idee gekommen und hatten ihre Zirkusspiele eingeführt. François, der Belesene und in geschichtlichen Dingen Bewanderte, beschloß, das gleiche zu tun.

Königin Claude, die sich nach jener Angelegenheit mit den Schauspielern einer größeren Beliebtheit erfreute als je zuvor, war nie gekrönt worden. Diese Ehre mußte ihr nun zuteil werden; gleichzeitig würde die Krönung die Menschen von ihrer zunehmenden Unzufriedenheit mit der neuen Regierung ablenken.

Die Vorbereitungen dafür stürzten unseren kleinen Kreis in große Geschäftigkeit. Auch ich sollte an dem Umzug teilnehmen; es wurden herrliche Gewänder aus kostbarem Samt für uns geschneidert, und wir sollten Kappen aus goldenem Stoff tragen, die die Form von Kronen hatten.

Und so ritten wir auf kunstvoll herausgeputzten Maultieren nach Saint Denis.

Selbst Claude sah schön aus und nahm den Beifall mit derselben Gelassenheit hin, mit der sie ihre Vernachlässigung hingenommen hatte. Die Menschen jubelten ihr begeistert zu und nannten sie ›heilige Claude‹. Sie besannen sich darauf, daß sie die Tochter des Königs war, den sie zu seinen Lebzeiten nicht angemessen zu würdigen vermocht hatten, doch jetzt erkannten sie seine Verdienste; und ihre Mutter war die große Anne von der Bretagne gewesen, die sie alle verehrt und geliebt hatten, ich freute mich, daß sie Anerkennung erfuhr.

Dann fanden die Vegnügungen statt, die immer auf solche Umzüge folgten und die dem König Gelegenheit gaben, einen Teil seines verlorengegangenen Ansehens zurückzugewinnen, indem er die Turniere mit Anmut und Geschicklichkeit bestritt.

Nachdem die Veranstaltungen beendet waren, rief die Königin mich zu sich. Sie bat mich, Platz zu nehmen, und dann sagte sie: »Ich habe Neuigkeiten für dich. Ich habe Briefe von deinem Vater erhalten.«

Mein Herz sank. Ich sollte nach Hause geschickt werden. Doch sie fuhr fort: »Er ist sehr froh, daß du hier bist, und ich habe ihm auch eine gute Beurteilung deines Verhaltens zukommen lassen.«

»Oh, danke, Madame.«

Sie nickte. »Du bist ein wohlerzogenes Kind, und du bist begabt. Deine Sprachkenntnisse haben sich deutlich verbessert, seit du zu mir gekommen bist, und auch deine Handarbeiten sind gut.« Ich dankte ihr erneut. »Dein Vater macht sich in letzter Zeit ein wenig Sorgen um deine Schwester – Mary, glaube ich.«

»Ja, Madame, Mary.«

»Er hat mich gefragt, ob ich hier eine Stelle für sie finden könne, in deiner Nähe.«

Ich sah sie erstaunt an. Sie lächelte ihr sanftes, liebenswürdiges Lächeln.

»Ich habe ihm schriftlich mitgeteilt, daß ich bereit bin, sie hier unterzubringen. Also wirst du, Anne, bald deine Schwester wiedersehen. Genaugenommen ist sie bereits auf dem Weg zu uns.«

Ich war verblüfft. Mary kam also nach Frankreich! Es war so lange her, seit ich sie zum letzten Mal gesehen hatte; jene Tage, die wir mit meinem Bruder George und den Wyatts im Garten von Blickling und Hever verbracht hatten, schienen längst der Vergangenheit anzugehören. Es würde herrlich sein, Mary wiederzusehen. Ich lächelte, und die Königin schenkte mir einen ihrer gütigen, wohlwollenden Blicke.

Ich murmelte: »Ich danke Euch, Madame.«

Mary und ich ließen unseren Gefühlen freien Lauf, als wir uns trafen. Es war genau vier Jahre her, seit wir getrennt wurden, und zuerst erkannten wir einander nicht wieder. Sie hatte sich sehr verändert und war nicht mehr das kleine Mädchen, das nach Brüssel geschickt worden war; sie war rundlicher, verführerischer geworden. Sie mußte zwölf Jahre alt sein, aber sie sah älter aus.

Sie erzählte mir, wie froh sie sei, an den französischen Hof zu kommen. Der von Brüssel sei ziemlich langweilig gewesen, und sie habe gehört, daß seit Beginn der Herrschaft des neuen Königs das Leben in Frankreich sehr lustig sei. Ihre Augen leuchteten bei dem Gedanken daran, aber ich beraubte sie schnell dieser Illusion. Wir gehörten zum Gefolge von Königin Claude, und das sei ein kleiner Kreis für sich. Sie machte einen Schmollmund und meinte, es gebe vielleicht eine Möglichkeit, aus diesem Kreis auszubrechen.

Sie lachte viel. Ich fragte sie nach der Lage der Dinge in Brüssel, aber das einzige, worüber sie mir Auskunft geben konnte, war, was die Menschen dort anhatten; und als ich ihr erklärte, daß König François in den Krieg gezogen war und sich mit dem Papst getroffen hatte, schaute sie mich nur mit ausdruckslosem Gesicht an und ich merkte, daß ihre Gedanken abgeschweift waren. Sie hatte sich doch nicht verändert; sie war dasselbe Mädchen, das bei uns im Garten gesessen hatte und kein Wort jener interessanten Gespräche zwischen George und Thomas Wyatt mitbekommen hatte.

Sie war unbekümmert und leichtlebig, und nach einigen Tagen stellte ich fest, daß sie sich mehr für die Männer als für die Frauen interessierte. Als sie François einmal flüchtig zu sehen bekam, war sie von Bewunderung überwältigt.

»Bestimmt hat es noch nie so einen Mann wie ihn gegeben«, sagte sie.

»Ich denke schon, daß er einzigartig ist«, sagte ich.

»Ich glaube, er hat mir zugelächelt.«

»Er lächelt allen weiblichen Wesen zu.«

»Oh..., ich hatte aber den Eindruck, daß er mir speziell zugelächelt hat.«

Mir kam der Gedanke, daß sie zur Unvernunft neigte, aber dennoch war es schön, jemanden aus der eigenen Familie in der Nähe zu haben. Ich war ganz erstaunt darüber, wieviel Spaß es machte, wieder Englisch reden zu können.

Nach kurzer Zeit hatte Mary sich eingelebt, wie, so schien es mir, von ihr auch nicht anders zu erwarten war.

Bald nach ihrer Ankunft ereignete sich etwas Bedeutungsvolles. Es wurde eine Menge darüber geredet, und die Schwester des Königs, Marguerite von Alençon, bekundete lebhaftes Interesse.

Einige behaupteten, es handele sich um einen Angriff auf die Kirche, der die Religion selbst an der Wurzel treffe; aber Marguerite sagte, jede neue Theorie verdiene es, daß man ihr Aufmerksamkeit schenke.

Es ging darum, daß ein Priester namens Martin Luther so empört war über den Verkauf von Ablässen – das bedeutete, daß Männer und Frauen sich gegen eine gewisse Summe Geld die Vergebung ihrer Sünden erkaufen konnten–, daß er fünfundneunzig Thesen zu dem Thema ausarbeitete und an der Tür der Kirche von Wittenberg anschlug. Das hatte überall in der katholischen Welt Bestürzung hervorgerufen. In Martin Luthers Augen war der Hauptschuldige ein Dominikanermönch namens Johannes Tetzel, der sich in Jüterborg niedergelassen hatte und dort praktizierte, was Luther ›diesen schändlichen Handel‹ nannte. »So Gott will, werde ich ein Loch in seine Werbetrommel schlagen«, erklärte Martin Luther. Es hatte Zeiten gegeben, da wäre Luther festgenommen worden, und niemand hätte je wieder etwas von ihm gehört, doch die Zeiten änderten sich. Luther hatte seine Anhänger, und Tetzel wurde gezwungen, sich nach Frankfurt zurückzuziehen. Dies erregte in höfischen Kreisen ziemliches Aufsehen, und man glaubte, Martin Luther versetze damit der Staatskirche selbst einen gezielten Schlag. Wer war dieser Emporkömmling schon? fragten sich die Leute und äußersten die Ansicht, man solle ihm eine Lektion erteilen.

Marguerite jedoch blieb dabei, daß es sich lohne, der Frage nachzugehen. Der Mann habe zweifellos einige interessante Punkte angesprochen, und es sei Unsinn zu behaupten, der Kirche würden Neuerungen nicht von Nutzen sein.

Manchmal ging sie in den Gärten spazieren. Dann pflegte eine kleine Gruppe sich um sie zu scharen, und es entwikkelte sich eine interessante Diskussion. Ich hatte mich zu Marguerite hingezogen gefühlt, seit ich sie zum ersten Mal gesehen hatte. Sie war sehr schön, aber man beachtete sie wegen ihrer Klugheit. Der König stand ihr so nahe wie niemandem sonst, nicht einmal seiner Mutter. Ich hatte munkeln hören, die Beziehungen zwischen ihnen seien inzestuöser Art, aber das glaubte ich nicht. François mag vielleicht fähig gewesen sein, sich auf derartiges einzulassen, aber Marguerite traute ich es nicht zu. Ihre abgöttische Liebe zu ihrem Bruder hatte nichts Physisches, obgleich man das hätte denken können, wenn man sie eng umschlugen im Garten spazierengehen sah. Obwohl François der König war, war es mit Sicherheit Marguerite, die die Art ihrer Beziehung zueinander bestimmte, und ich hatte immer den Eindruck, daß ihre Beziehung eben deshalb viel intensiver und beständiger war, weil ihr die sexuelle Komponente fehlte. Jeder von beiden war vollkommen in den Augen des anderen, und obwohl nicht zu übersehen war, daß Marguerite mehr für ihren Bruder als für ihren Ehemann übrig hatte, hätte ich schwören können, daß der körperliche Kontakt keine Rolle spielte.

Marguerite besaß eine Eigenschaft, die den beiden anderen Angehörigen der ›Dreifaltigkeit‹ fehlte, Bescheidenheit. Und ich glaube, diese war auf ihre größere Klugheit zurückzuführen. Sie und François waren zusammen aufgewachsen. Sie war zwei Jahre älter als er; sie war es, die ihn lesen gelehrt und ihm Geschichten großer Helden erzählt hatte, die ihn in gewissem Maße zu dem Mann gemacht hatte, der er war. Für ihn war sie immer die große Schwester, die größte Liebe seines Lebens. Obgleich seine Liebe zur Mutter stets unerschütterlich blieb, konnte François, realistisch und hochintelligent wie er nun einmal war, die Fehler an Louise nicht übersehen; an Marguerite konnte er keine entdecken.

Marguerite schrieb unaufhörlich. Ich hatte sie gelegentlich in Gesellschaft des Königs gesehen – nur die zwei, denn François hatte klare Anweisung gegeben, daß er im Augenblick mit niemand anderem als seiner Schwester zusammen zu sein wünsche–, und er hatte seinen Arm um ihre Schulter gelegt, während sie ihm ihre Gedichte vorlas. Ich hatte sie zusammen lachen oder in lebhafte Unterhaltung vertieft gesehen; selten hatte ich solche Freundschaft zwischen zwei Menschen erlebt.

Ich erinnere mich an einen Vers, den sie in ihrer Jugend geschrieben hatte. Übersetzt lautete er etwa so:

Es stimmt mich froh, die Liebe zu erleben,
die Gott uns'rer Dreifaltigkeit gegeben,
in der auch ich, zwar an Verdiensten klein,
darf der Zahl drei bescheid'ner Schatten sein.

Meiner Meinung nach jedoch – und vielleicht werden spätere Generationen den Beweis dafür erbringen – war es Marguerite, die das klügste Mitglied der ›Dreifaltigkeit‹ war.

François hatte jegliche Sympathie für Martin Luther an seinem Hof verboten. War er schließlich nicht der Allerchristlichste König? Doch Marguerite stand über solchen Verordnungen; sie mußte ihre Aufmerksamkeit Menschen und Dingen zuwenden, die sie für wichtig hielt, und dem König würde nicht im Traum einfallen, ihr zu verbieten, das zu tun, was sie für richtig hielt. Und Martin Luther hielt sie allerdings für jemanden, der ihre Aufmerksamkteit verdiente.

Eines Tages sah ich, wie sie mit einigen Leuten sprach; ich ging ein wenig näher auf die Gruppe zu und blieb dann stehen, um ihnen zuzuhören.

Sie sagte gerade: »Der Papst neigt augenblicklich dazu, das Ganze mit einem Achselzucken abzutun. Er meint, Luther sei einfach ein schlauer Priester..., ein interessanter Mann... mit neuen Ideen. Aber die Kardinäle sehen in ihm eine Gefahr. Sie glauben, Luther sei im Begriff, die Kirche in ihren Grundfesten zu erschüttern. Das mag ja durchaus sein, aber warum sollten wir unverändert fortfahren, uns nach den alten Gesetzen und Traditionen zu richten? Sollten wir sie nicht aus ihren dunklen Ecken hervorholen und sie uns einmal genauer ansehen? Das ist schon interessant. Ich glaube nicht, daß die Dinge so einfach liegen, wie manche Menschen denken. Es steckt mehr hinter diesem Mönch. Ich gehe jede Wette ein, daß man ihn vorladen..., nach Rom bestellen wird, und wenn er hingeht, kann es sein, daß wir nichts mehr von Martin Luther hören werden, denn er sorgt in gewissen Kreisen mit Sicherheit für Unruhe.«

Alle hörten aufmerksam zu – darunter auch ich –, und einige legten ihre Meinung dar. Sie muß mich bemerkt haben, denn als sie aufstand um zu gehen, rief sie mich zu sich.

»Du bist, glaube ich, Anne Boleyn«, sagte sie. »Die Kleine

die mit Königin Mary hierblieb und nun Königin Claude dient.«

Ich bestätigte das, und sie fuhr fort: »Du hast unsere Unterhaltung belauscht.«

»Madame, es tut mir leid..., ich dachte, es sei nicht schlimm...«

Sie lachte. »Du hast gute Ohren, wie mir scheint«, sagte sie und zog zum Scherz an einem von ihnen. »Sag, was hältst du von diesem Luther?«

»Ich... ich habe die Thesen nicht gelesen.«

Das amüsierte sie. »Viele Leute geben ein Urteil ab, ohne sie gelesen zu haben.«

»Ich ... ich meine, man sollte sie zuerst lesen.«

Sie neigte sich zu mir herab und sagte: »Wir denken gleich.«

Dann schickte sie mich fort, aber nach dieser Begegnung sprach sie mich gewöhnlich an, wenn sie mich sah, und manchmal plauderten wir auch miteinander – nur wir beide –, und ich fand das außerordentlich aufregend.

Die Aufmerksamkeit, die sie mir schenkte, blieb nicht ohne Wirkung, und ich wurde allgemein etwas respektvoller behandelt als zuvor.

Es war um diese Zeit, als Raphaels Meisterwerk, *Der heilige Michael*, in Frankreich eintraf. Nachdem es François gelungen war, Leonardo da Vinci zu überreden, sich unter seine Obhut zu begeben und sich in Frankreich niederzulassen, hatte er alles versucht, Raphael zu veranlassen, dasselbe zu tun. Raphael lehnte das Angebot jedoch ab; aber zumindest erreichte François, daß zwei seiner Bilder nach Frankreich gebracht wurden. *Der heilige Michael* kam, und die *Heilige Familie* sollte folgen.

Als der *Heilige Michael* eintraf, wurde er mit einer Verehrung behandelt, die an Abgötterei grenzte. François ließ das Bild in seiner prächtigsten Galerie aufhängen. Es wurde hinter einem kostbaren Samtvorhang versteckt, und nur diejenigen, die nach Ansicht François' fähig waren, große Kunstwerke zu würdigen, wurden zur Enthüllung des Gemäldes eingeladen. »Es ist ein Frevel«, sagte François, »große Kunst vor Leuten zur Schau zu stellen, die sie nicht verstehen.«

Daher war es für mich ein großes Privileg, bei der Zeremonie anwesend zu sein.

Marguerite schickte nach mir, und eilig suchte ich sie auf. Ich hatte meine Scheu vor ihr verloren und genoß diese Begegnungen, bei denen ich dicht bei ihr auf einem Schemel saß und zuhörte, wie sie Gedichte vorlas, oft ihre eigenen. Sie hatte in mir eine Liebe zu allem Künstlerischen entdeckt. Ich hatte mich immer schon für Mode interessiert und durfte meine Kleider selbst entwerfen, was ich im Rahmen meiner bescheidenen Möglichkeiten auch tat; ich erfand einen besonderen Ärmel, der bis über meine Hand fiel und so den sechsten Nagel verbarg.

Marguerite hatte meine Entwürfe bewundert, und als sie die Hintergründe erfuhr, bewunderte sie sie noch mehr. Sie fand, daß ich würdig sei, der Enthüllung des Gemäldes beizuwohnen; und so kam es, daß ich bei diesem bedeutenden Anlaß anwesend war. Es war spannend, als der Vorhang zur Seite gezogen und das Meisterwerk sichtbar wurde.

Später suchte François seine Schwester auf, und ich hörte, wie er zu ihr sagte: »Wer ist dein kleiner Gast?«

»Anne Boleyn«, antwortete sie ihm.

»Ein Schützling von dir?«

»Ein interessantes Kind.«

Er blickte mich prüfend an, und ich senkte den Blick. Er nahm mein Kinn in die Hand und hob es an, so daß ich ihm ins Gesicht schaute. Er streichelte sanft meine Wange.

»Bezaubernd«, sagte er, und sein Lächeln machte mir ein wenig Angst. Marguerite merkte es; sie legte ihre Hand auf meine Schulter und zog mich so von ihm fort. Danach galt sein Lächeln ihr allein.

»Ihre Schwester ist jetzt auch hier«, sagte Marguerite. »Anne ist schon seit einiger Zeit bei uns.«

Er nickte und schien mich zu vergessen. Ich war froh darüber.

Kurz darauf geschah etwas, das mich ein wenig beunruhigte. Mary begann, häufig für längere Zeit unauffindbar zu sein, und sie hatte sich auch verändert. Ich sah sie oft, wie sie vor sich hin lächelte, als finde sie etwas sehr lustig.

Als ich sie fragte, was mit ihr sei, kicherte sie nur. Plötzlich merkte ich, daß andere über sie tuschelten.

Eines Tages sagte ich zu ihr: »Mary, was ist geschehen? Ich weiß doch, daß etwas nicht stimmt.«

»Nicht stimmt?« Sie schaute mich aus großen blauen Augen an und ich konnte das Lachen darin erkennen. Es war in gewisser Weise ein selbstgefälliges Lachen.

»Bitte erzähl es mir«, sagte ich. »Es scheint etwas zu sein, das dir großes Vergnügen bereitet. Laß mich an deinem Vergnügen teilhaben.«

Das bewirkte nur, daß sie in einen Lachanfall ausbrach.

»Du bist noch zu jung«, sagte sie.

Da kamen mir die schlimmsten Befürchtungen, denn ich kannte die Moral, die bei Hofe herrschte. Mary war zwölf Jahre alt..., fast dreizehn. In dem Alter wurden junge Mädchen oft schon verheiratet.

Ich sagte: »Du hast dir einen Geliebten angelacht.«

»Genauer gesagt«, verbesserte sie mich, »hat er mich angelacht.«

»O Mary,«, erwiderte ich, »das wird dir kein Glück bringen.«

»Aber natürlich! Warte nur ab, bis du weißt, wer es ist.«

»Bitte sag es mir.«

»Rate doch.«

»Nein, ich kann es nicht erraten. Sag es mir.«

»Du wirst es niemals glauben.«

»Doch, wenn du es mir sagst.«

»Der König.«

»François?«

»Ich wüßte nicht, welchen König Frankreich sonst noch hat.«

»O Mary..., du dummes Mädchen!«

Mary versuchte, ärgerlich zu sein; es fiel ihr nicht leicht. Sie wunderte sich, daß ich so einfältig war, nicht zu begreifen, daß dies – wie sie meinte – eine Ehre war. Sie schien zu glauben, das ganz große Los gezogen zu haben, weil der lasterhafteste Mann in ganz Frankreich sie verführt hatte.

»Er ist begeistert von mir.«

»Und für wie lange?«

»Was meinst du damit?«

»Weißt du denn nicht, daß er so häufig Mädchen verführt wie er Mahlzeiten einnimmt?«

»Er mag mich sehr. Er nennt mich seine kleine englische Stute.«

Mir war ganz elend vor Scham. Ich dachte an die elegante, geistreiche Françoise von Foix und an die anderen Hofdamen, die ihn für kurze Zeit bezaubert hatten. Was glaubte Mary denn nur, wie lange sie ihn würde fesseln können?

Ich sagte: »Du hast dem Namen Boleyn Schande gemacht.«

Doch dann mußte ich fast über mich selbst lachen. Wer waren die Boleyns schon? Nachkommen von Kaufleuten, die einen blühenden Handel betrieben und in den Adel eingeheiratet hatten. Aber wie bescheiden auch immer ihre gesellschaftliche Stellung, eine Familie sollte stets auf ihre Ehre bedacht sein.

Noch heute ziehe ich es vor, die Erinnerung an jene Zeit zu verdrängen. Meine Schwester Mary gehörte zu den Frauen, deren vorrangiges Lebensziel in der Befriedigung sexueller Bedürfnisse zu bestehen schien – eine Veranlagung, an der sich auch später nichts ändern sollte. Ich hatte keine Ahnung, ob sie noch Jungfrau war, als François diese... ich nenne es einmal Schwäche... an ihr entdeckte, aber er war der Typ Mann, der sie sofort erkennen und versuchen würde, sie auszunutzen.

Mary muß einen angeborenen Sinn für Erotik gehabt haben; sie beherrschte die Spielregeln der Verführung und Befriedigung. Ich vermute, das war ihr Lebenszweck, ihre *raison d'être*. Damals war dieser Trieb schon vorhanden, ich hatte ihn nur nicht erkannt. Vielleicht war er Mary selbst nicht bewußt gewesen.

Sie amüsierte François einige Wochen lang, was länger war, als ich erwartet hatte. Alle redeten über seine neue Geliebte, ein junges Mädchen..., sehr jung..., aber nicht zu jung. Wie lange wohl? Diese Frage beschäftigte alle.

Es dauerte nicht sehr lange. Seine Glut erlosch sehr schnell, und Marys Besuche im königlichen Schlafzimmer wurden seltener. Dies konnte Marys ausgeprägte Triebhaftigkeit nicht verkraften, und schon bald gab es einen neuen Liebhaber, der sich zweifellos geehrt fühlte zu übernehmen, was den König einmal entzückt hatte.

Mary war leichtsinnig. Sie nahm den Verlust der königlichen Gunst mit Gleichmut hin. Es gab andere – viele andere.

Feingefühl war Mary fremd. Sie genoß ihre Bettgeschichten ebenso wie die Männer, mit denen sie sie erlebte, und ihrer Meinung nach hatte das niemanden zu kümmern. Vielleicht hätte es auch niemanden gekümmert, wenn nicht der erste, der an ihr Gefallen gefunden hatte, der König gewesen wäre. Jetzt nannte man sie nicht mehr die Stute des Königs, sondern die Stute, die jedermann jederzeit nach Lust und Laune reiten konnte. Sie war eine sehr willige kleine englische Stute.

Marguerite konnte nachvollziehen, wie sehr ich mich schämte.

»Deine Schwester ist ein dummes Mädchen«, sagte sie. »Sie versteht unsere Lebensart nicht so wie du.«

»Ich habe mit ihr geschimpft«, erwiderte ich.

Marguerite mußte lächeln. »Arme kleine Schwester. Du bist so viel klüger als sie. Du wirst aus ihren Fehlern lernen. Du würdest dich nie so benehmen wie sie, das weiß ich.«

»Nein«, sagte ich mit leidenschaftlicher Überzeugung. »Nie.«

»Wie ich schon sagte, deine Schwester versteht uns nicht. Sie ist im Grunde genommen gar nicht unmoralisch. Sie ist unschuldig – so seltsam das auch klingt, wenn man ihren Lebenswandel betrachtet. Sie ist wie ein gieriges Kind, das nicht genug bekommen kann von dem, was ihm verlockend erscheint, und das keinen Gedanken an die Folgen verschwendet. Es gibt viele, die so sind wie sie. Denk nicht, sie sei einzig in ihrer Art. Doch wo bleibt ihre Diskretion? fragt man sich. Wie viele haben die Stute des Königs schon geritten? Das arme Kind. Das ist es, was sie ruiniert. Der König kann nicht zulassen, daß die Moral seines Hofes so verdorben wird.«

Ich sah sie erstaunt an, und sie lachte.

»Was so verhängnisvoll ist, ist gar nicht die Tatsache, daß

sie sich viele Liebhaber zugelegt hat; es ist die Art und Weise, wie sie es getan hat. Sie genießt ihre Affären mit geradezu marktschreierischer Aufdringlichkeit. Es ist fast so, als sei ihr Treiben ein öffentliches Schauspiel geworden. Die Leute machen obszöne Späße über sie. Und das wird mein Bruder nicht dulden. Er erklärt, er verehre alle Frauen und lasse es nicht zu, daß unser Geschlecht in den Schmutz gezogen werde..., genau das aber tut deine Schwester.«

Ich war verstört, und wie immer, wenn wir miteinander sprachen, legte Marguerite Wert darauf, daß ich meine Gedanken erläutere.

Ich sagte: »Aber es war doch der König selbst, der sie verführt hat. Er war es, der sie seine Stute genannt hat.«

»Er hat all das getan – diskret. Es lag in der Natur der Dinge, daß sie ihn unwiderstehlich finden würde, und auch, daß er sie eines Tages leid werden würde. Dann hätte sie sich einem neuen Liebhaber zuwenden können – diskret. Zu gegebener Zeit hätte der König dann vielleicht auch einen Ehemann für sie gefunden. Das geschieht in solchen Fällen häufig. Aber Mary konnte nicht abwarten. Sie mußte unverzüglich in das nächste freie Bett springen. Sie hätte verhandeln sollen.«

»Das hört sich noch schlimmer an.«

»Ist es auch... in gewisser Hinsicht..., aber das sind die Anstandsregeln, und laß mich dir eins sagen, Anne, mein liebes Kind: Wichtig ist nicht, was am Hofe meines Bruders geschieht; wichtig ist, wie es geschieht.«

»Aber Mary würde nie wegen etwas verhandeln. Sie gibt ganz einfach.«

»Das stimmt. Aber zu freigiebig zu sein ist kein gutes Benehmen. Es kompromittiert unser Geschlecht. Du bist verwirrt, und das ist auch verständlich. Aber so liegen die Dinge nun einmal am Hof meines Bruders.«

»Mary ist jung..., sie ist in Wirklichkeit naiv.«

»Siehst du, genau das ist es. Sie ist zu naiv, um am französischen Hof akzeptiert zu werden.«

»Was wird nun mit ihr geschehen?«

»Sie soll nach England zurückgeschickt werden.«

»Zurückgeschickt – mit Schimpf und Schande!«

»Ihre Anwesenheit ist am französischen Hof nicht mehr erwünscht.«

Ich bedeckte mein Gesicht mit den Händen. »Und ich?« fragte ich.

»Mein liebes Kind, du bist für deine Schwester nicht verantwortlich. Ja, du bist sogar noch jünger als sie. Ich habe dich ins Herz geschlossen. Du interessierst mich. Auch meinem Bruder bist du aufgefallen.« Sie sah mich eindringlich an. »Du wirst immer an deine Schwester denken und nie, aber auch nie die Fehler machen, die sie gemacht hat.«

Ich nickte.

»Wir möchten, daß du an unserem Hof bleibst. Ich bin sicher, daß dein Vater damit einverstanden sein wird – auch wenn deine Schwester gehen muß.«

Und so ging Mary.

Mein Vater war entsetzt über die Tatsache, daß sie nach Hause zurückgeschickt werden sollte – und über den Grund. Später erfuhr ich von ihr, daß man ihr sehr zugesetzt und eine Zeitlang großen Kummer bereitet hatte. Aber sie hatte am französischen Hof so viel Aufregendes erlebt, daß sie immer davon zehren würde.

Mein Vater hatte wieder geheiratet, und Mary war in seinem Hause nicht willkommen. Sie war in Ungnade gefallen. Aber es lag nicht in Marys Natur, lange zu trauern, und ein Jahr nach ihrer Verbannung hörte ich, daß sie verheiratet sei. Ihr Ehemann war ein William Carey, ein verarmter Edelmann, der aus einer guten Familie aus dem Westen Englands stammte – nicht gerade die Partie, die mein Vater für seine Tochter erhofft hatte. Er muß das Gefühl gehabt haben, daß alle seine Bemühungen um Mary umsonst gewesen waren. Doch Mary war glücklich und vielleicht würde ihr diese Ehe mit einem Mann, der ihr gefiel, Zufriedenheit bringen – zumal sie nicht auf große Reichtümer aus war.

Marys Erfahrungen hatten eine ungeahnte Wirkung auf mich – eine, die ich nie vergessen sollte. Ich wußte nicht, welche Pläne mein Vater mit mir hatte, aber ich vermutete, daß es Pläne gab. Ich war die einzige Tochter, die noch da war, um die Boleyn-Tradition der vorteilhaften Heiraten aufrechtzuerhalten.

Und ich wurde erwachsen.

Dabei hätte ich am liebsten die Zeit angehalten. Ich wollte weiterhin Königin Claude in der fast klösterlichen Abgeschiedenheit ihrer Gemächer dienen, aus denen ich mich von Zeit zu Zeit fortstehlen konnte, um Marguerite von Alençons anregende Gesellschaft zu genießen. Ich wollte, daß meine Mädchenjahre nie zu Ende gingen.

Niemals, niemals durfte ich in Marys unehrenhafte Fußstapfen treten. Vergiß es nie, sagte ich zu mir.

Wenn historische Ereignisse stattfinden, sind wir uns oft nicht darüber im klaren, in welchem Maße sie unser Leben beeinflussen.

Im Jahre 1520 war ich dreizehn Jahre alt und näherte mich dem gefährlichen Zeitpunkt, an dem man mich für heiratsfähig erklären würde. Das war etwas, worüber ich mich weigerte nachzudenken.

Folgenschwere Ereignisse kündigten sich an. Kaiser Maximilian, der so lange Zeit eine der führenden Persönlichkeiten in der europäischen Politik gewesen war, starb. Sogleich meldete François gegenüber seinem Rivalen Karl von Österreich, der zur Zeit König von Spanien war, seinen Anspruch auf den vakant gewordenen Kaiserthron an. In Marguerites Kreis gab es darüber viele Diskussionen. Ich bekam mit, wie erwähnt wurde, daß auch der König von England glaube, einen Anspruch zu haben. Die Wahl lag bei einem Rat deutscher Fürsten und Erzbischöfen sowie ferner bei dem Herzog von Sachsen, dem Markgrafen von Brandenburg, dem König von Böhmen und dem Pfalzgrafen bei Rhein. Sie waren die einzigen, die eine Wahl treffen konnten. Ihr Urteil war ein schwerer Schlag für François. Er hatte geglaubt, eine Chance zu haben, wenn auch keine überwältigend große. Gewählt wurde Karl von Österreich und Spanien, der daraufhin als Kaiser Karl bekannt wurde.

Dieses Ergebnis hatte zur Folge, daß die enttäuschten Bewerber – Frankreich und England – einander näherkamen, und es wurde ein Treffen zwischen beiden vereinbart.

Es fanden zahlreiche Gespräche zwischen den beiden Ländern statt. Jedes war entschlossen, dem anderen seine Macht und Größe zu beweisen. Und nun sollten die beiden Könige sich treffen; sollte ich mit den übrigen Mitgliedern des Hofstaats anwesend sein, so wäre es das zweite Mal, daß ich dem König von England begegnete, und ich war schon sehr gespannt.

Das Thema wurde in Marguerites Kreis, dem ich inzwischen zu meiner Freude angehörte, häufig erörtert. Königin Claude legte mir dabei keine Steine in den Weg; sie war der Ansicht, daß es für mich eine großartige Chance sei, in eine solche intellektuelle Gesellschaft aufgenommen zu sein, mit der ich unter ihrer Obhut nie in Berührung gekommen wäre.

Natürlich interessierte mich, was über England gesagt wurde. Alle sprachen vor mir ganz offen. Ich glaube, sie hatten vergessen, daß ich Engländerin war – so französisch war ich geworden.

Marguerite pflegte über König Henrys Eitelkeit zu lachen. Wir hörten viele Geschichten über ihn, weil ständig Gesandte von Aufenthalten am englischen Hof an den Hof von Frankreich zurückkehrten, und sie liebten den Klatsch. Marguerite bestärkte sie darin. Wir wußten, daß der König von England eine Schwäche für kindliche Spiele hatte und daß er bei Maskenspielen gern verkleidet auftrat, obwohl es niemals schwer war, diese Verkleidungen zu durchschauen, weil er immer an seiner Körpergröße und seinem rotblonden Haar zu erkennen war. Er hatte eine kindliche Freude daran, sich mit kameradschaftlicher Ungezwungenheit behandeln zu lassen, um sich dann plötzlich mit den Worten zu erkennen zu geben: »Ich bin Euer König.«

Es wurde viel gelacht unter Marguerites Freunden – und nicht immer war dieses Lachen frei von Schadenfreude.

Henry war ein wenig naiv in der Art und Weise, auf die er sein Interesse an François verriet. Sie waren etwa gleichaltrig und von vergleichbarem Rang. Henry hatte vermutlich von François' gutem Aussehen und seiner Eleganz gehört. Auch er wurde für gutaussehend gehalten – ein Bild von einem König –, und er wollte sichergehen, François in nichts nachzustehen oder – besser noch – ihn zu übertreffen.

Als der venezianische Gesandte dem Hof einen Besuch abstattete, war er gerade aus England zurückgekehrt und berichtete von einer Unterhaltung, die zwischen ihm und Henry stattgefunden hatte und die typisch war.

Henry wollte wissen, ob der König von Frankreich genauso groß sei wie er. Der venezianische Gesandte erwiderte, er könne das nicht mit Bestimmtheit sagen; beide seien von ungewöhnlich hohem Wuchs und dürften ungefähr gleich groß sein.

»Ist er stämmig wie ich?« fragte Henry.

»Nein«, antwortete der Gesandte. »Er ist schlank.«

»Was hat er für Beine?« fragte der König von England.

»Sehr schlanke.«

»Schlanke!« rief der König. »Dann können sie nicht wohlgeformt sein. Schaut her, Mann.« Er hob sein Bein hoch. »Seht Euch nur diese Wade an. Schaut sie Euch nur mal an.«

Der Gesandte tat, wie ihm befohlen wurde, und mußte zugeben, daß das Bein des Königs von England in der Tat sehr schön war.

Die Geschichte rief große Heiterkeit hervor. Die Frage: »Und was habt Ihr für Beine?« wurde eine Zeitlang zum geflügelten Wort bei Hofe.

Doch die zunehmende Macht Kaiser Karls machte es erforderlich, daß die Könige von Frankreich und England – welcher Art auch immer ihre Rivalität sein mochte – gemeinsam den Kaiser im Auge behielten, und die Diplomatie verlangte von ihnen, daß sie zumindest nach außen hin Freundschaft bekundeten.

Diese drei Männer beherrschten Europa – Kaiser Karl, der König von Frankreich und der König von England. Alle drei waren jung. Henry von England, der drei Jahre älter war als François, war der älteste, und François war vier Jahre älter als der Kaiser. Alle drei waren bestrebt, sich zu beweisen, alle drei leidenschaftlich dem Kampf um die Macht verschrieben.

In Anbetracht dieser Situation entsandte der König von England eine Delegation nach Paris, die das Treffen der beiden Könige vorbereiten sollte. Mit einiger Besorgnis nahm ich die Nachricht auf, daß mein Vater Mitglied dieser Delegation sein würde.

Unsere Begegnung verlief eher peinlich. Mein Vater sah mich prüfend an. Ich merkte sofort, daß er nicht unzufrieden mit mir war, doch die Schande, die Mary über die Familie gebracht hatte, warf einen Schatten auf unser Wiedersehen.

Ich machte einen Knicks und hielt den Blick gesenkt.

Er sagte: »Meine Tochter, es ist lange her, seit wir uns zuletzt gesehen haben.«

»Ja, Vater.« Mir war unbehaglich zumute, und ich fragte mich, ob er wohl von mir verlangen werde, mit ihm nach England zurückzukehren.

»Ich habe gute Beurteilungen über dich erhalten«, sagte er, und ich hatte den Eindruck, daß er erfreut darüber war. Ich hätte viel um ein Zeichen väterlicher Zuneigung gegeben, aber das wäre natürlich zu viel verlangt gewesen. Ich ertappte mich dabei zu wünschen, George wäre anstelle meines Vaters hergeschickt worden. Wie anders wäre diese Begegnung ausgefallen!

Ich glaube, er war nicht absichtlich unfreundlich, sondern vielmehr unfähig, uns Kindern seine Zuneigung zu zeigen – als ich allerdings heimkehrte und ihn zusammen mit meiner Stiefmutter sah, stellte ich fest, daß er offenbar doch in der Lage war, zu jemanden liebevoll zu sein. Es war insofern eine merkwürdige Ehe, als die Stiefmutter aus keiner bedeutenden Familie stammte und er mit dieser Heirat gegen die Boleyn-Tradition verstoßen hatte. Mit der Zeit sollte ich lernen, die neue Frau zu lieben, denn sie war ein wunderbarer Mensch – auch wenn sie nicht adliger Abstammung war; und wenn ich sie mit meinem kalten Großvater, dem Herzog von Norfolk, und meinem gleichgültigen Onkel, dem Grafen von Surrey, verglich, war ich froh, daß mein Vater dieses eine Mal seinen Gefühlen erlaubt hatte, sich über seinen Familienstolz hinwegzusetzen.

Es schien aber so, als könne er seinen Kindern gegenüber keine Gefühle zeigen; dennoch muß Marys Verhalten ihn zutiefst geschmerzt haben.

»Du bist jetzt eine junge Frau... fast«, sagte er. »Wie alt bist du?«

Seltsam, daß er als mein Erzeuger sich nicht erinnern konnte. »Ich bin dreizehn Jahre alt, Vater.«

»Fast schon erwachsen. Fast schon erwachsen. Behandelt man dich gut am französischen Hof?«

»Sehr gut.«

»Und wie ich höre, hat die Herzogin von Alençon sich deiner angenommen.«

»Sie ist sehr freundlich zu mir.«

»Du wirst nach Hause zurückkehren... zu gegebener Zeit.«

Ich senkte den Blick. Ich wollte nicht, daß er die Angst in meinen Augen sah. Ich fürchtete mich vor dieser Aufforderung zurückzukehren. Es bedeutete entweder ein Leben voller Langeweile in Hever oder Blickling ... oder die Ehe. Oder vielleicht auch eine Stellung am königlichen Hof? Ich wußte es nicht. War es möglich, daß Mary uns alle so blamiert hatte, daß das kein Thema mehr war?

»Ich bezweifle, daß ich zur Gruppe des Königs und seines Gefolges gehören werde«, sagte mein Vater.

Ich war erleichtert.

»Ich werde die Vorbereitungen treffen. Ich habe einige Gespräche mit dem französischen Außenminister zu führen..., und dann kehre ich nach Hause zurück.«

»Ja, Vater.«

»Wird hier noch viel über ... über deine Schwester geredet?«

»Sie wird kaum noch erwähnt. Ich glaube, es ist vergessen.«

»Diese dumme Gans«, sagte er. »Nun denn, ich bin sie jetzt los. Cary...« Er schnitt eine verächtliche Grimasse. »Sie kann von Glück reden, ihn bekommen zu haben, nach ihrem ehrlosen Verhalten.«

»Ich glaube nicht, daß ihr klar war...«

»Ich weiß nicht, womit ich Gott so sehr erzürnt habe, daß er mich mit solch einem Kind gestraft hat.«

Ich merkte, daß es sinnlos war, ihm Marys Handeln zu erklären. Was ihn betraf, so sah er in ihr eine bittere Enttäuschung, ein unvorstellbares Unglück.

Ich sah ihn noch ein- oder zweimal bei Hofe; er eilte meist zu irgendeinem Treffen. Ich war erleichtert, als er abreiste.

Das Treffen der beiden Könige, das wegen seiner verschwenderischen Prachtentfaltung oft als ›Feld des goldenen Tuchs‹ bezeichnet wird, ist bereits in die Geschichte eingegangen.

Ich war alt genug, um mir der Unaufrichtigkeit des Lebens am königlichen Hof – nicht nur am Hof des französischen Königs – bewußt zu werden. Ich hatte das Gefühl, daß alle Höfe mehr oder weniger gleich waren. Dieses Treffen war nicht ausgedacht worden, damit zwei Herrscher mit vergleichbaren Zielen in aller Freundschaft zusammenkommen und den Frieden unter den Völkern erörtern könnten. Es war eine Begegnung zweier Rivalen, von denen jeder erpicht darauf war, dem anderen seinen Reichtum und seine Macht vor Augen zu führen. Während sie über Freundschaft redeten, planten sie Verrat, und das eigentliche Ziel des Treffens war, ihrem gemeinsamen erfolgreichen Gegner, Kaiser Karl, zu zeigen, daß sie bereit waren, sich gegen ihn zu verbünden.

Mein Vater hatte dafür gesorgt, daß das Treffen der beiden Könige in Frankreich stattfand. Das hatte ein gewisses Maß an taktischem Geschick erfordert, denn Henry von England befürchtete, sich etwas zu vergeben, wenn er den Ärmelkanal überquerte; François ging es zweifellos genauso.

Nach langen Verhandlungen entschied man sich für die Picardie als Ort der Begegnung; das Hauptquartier des Königs von England sollte jedoch in der Stadt Guines aufgeschlagen werden, die nicht weit von Calais entfernt war und sich auf englischem Territorium befand, während das des Königs von Frankreich in Ardres, also auf französischem Grund und Boden, errichtet werden sollte.

Die Vorbereitungen waren umfangreich. Wahscheinlich waren sie es in England ebenfalls, denn jeder der beiden Könige war entschlossen, den anderen zu übertreffen. Die Bestürzung war groß, als bekannt wurde, daß Kaiser Karl in England gelandet war, um sich vor Henrys Reise nach Frankreich mit dem englischen König zu beraten. Das zeigte deutlich, daß er wegen der bevorstehenden Demonstration der Freundschaft zwischen den Königen von Frankreich und England beunruhigt sein mußte.

Zwischen allen Ländern waren ständig zahlreiche Abordnungen in geheimer Mission unterwegs; dauernd kamen irgendwelche Besucher an unserem Hof an, die bestimmt

Spione waren, und sie brachten Nachrichten darüber, was sich in England ereignete. Wie es schien, hatte Henry sich nach Dover begeben, um Karl zu treffen, der, wie er erfuhr, im Begriff war, in England zu landen, und die beiden Herrscher waren nach Canterbury gereist, wo sie die Kathedrale und den Schrein des heiligen Thomas Becket besuchten.

Die Kathedrale erstrahlte im Glanz all der kostbaren Geschenke, die im Laufe der Jahre am Schrein niedergelegt worden waren, und allem Anschein nach war Karl sehr beeindruckt, daß dem Heiligen solche Ehre erwiesen wurde – ein Zeichen, wie er sagte, für die Frömmigkeit der Nation.

Es gab auch eine sehr beunruhigende Nachricht, von der ich aus Gesprächen Marguerites erfuhr, und diese Nachricht beinhaltete, daß Kaiser Karl mit Kardinal Wolsey Freundschaft geschlossen habe.

Wolsey war ein Name, den ich schon oft gehört hatte, wenn mein Heimatland erwähnt wurde. Wolsey, hieß es, genoß das Vertrauen des Königs, und Wolsey war es, der in England alle Fäden in der Hand hielt. Der König verlieh ihm Ehrungen; er war ein glänzender Staatsmann. Wann immer man Überlegungen anstellte, wie England wohl handeln werde, dachte man an Wolsey.

Wie es schien, hatte der Kaiser Wolsey seine Hilfe bei der Verwirklichung des ehrgeizigsten Wunsches seines Lebens zugesagt, und dieser Wunsch war, Papst zu werden. François hatte nichts Vergleichbares, womit er ihn hätte ködern können.

Alle redeten über die Vorbereitungen des Treffens der Könige. Schon vor Beginn an war die Rivalität offensichtlich. Henry hatte elfhundert Handwerker aus Flandern und Holland – die geschicktesten ihres jeweiligen Faches auf der ganzen Welt – ausgewählt, einen hölzernen Palast zu bauen, der die Form eines viereckigen, von Bauten eingefaßten Hofes haben sollte. An einer Seite des Eingangs war ein Brunnen, und in dessen Mitte war eine Statue des Gottes Bacchus aufgestellt worden. Jedoch nicht Wasser, sondern Wein floß in diesem Brunnen. Und er trug – in goldenen Lettern – die Aufschrift: *Gut speisen und trinken soll, wer mag*. An der anderen Seite des Eingangs befand sich eine Säule, die von vier Löwen gestützt wurde und die eine Statue des Liebesgottes Cupido schmückte, der sich anschickte, seinen Pfeil abzuschießen. Als sei dies alles noch nicht genug, hatte Henry noch eine riesige Statue gegenüber seinem Palast aufstellen lassen, die eine dem Herkules ähnliche Gestalt darstellte und die Aufschrift trug: *Gewinnen wird, wer meine Unterstützung hat.*

Nichts war geeigneter, Rivalitätsgefühle bei den Franzosen hervorzurufen, und sie machten sich sogleich daran, die Engländer auszustechen; allerdings hielten sie dem protzigen Gepränge guten Geschmack entgegen.

François hatte in der Nähe der Stadt Ardres ein großes Zelt errichten lassen, dessen Dach mit goldenem Tuch bespannt war. Das Innere des Zeltes war mit blauem Samt ausgeschlagen, der von Sternen übersät war und aussah wie der nächtliche Himmel. Zwar habe ich es selbst nicht gesehen, aber ich hörte, es sei großartig und ließe Henrys hölzernen Palast gewöhnlich erscheinen.

Einige Tage jedoch, bevor die Begegnung stattfinden sollte, tat sich ein Sturm auf, und der Wind, der nahezu Orkanstärke erreichte, riß die Zeltpflöcke aus dem Boden und zerstörte das goldene Tuch und vernichtete François' herrliches Zelt. Die Abergläubischen unter uns fragten sich, ob dies wohl ein böses Omen sei. François wich sogleich auf ein Schloß in der Nähe von Ardres aus und nahm den ominösen Vorfall auf die leichte Schulter.

Ich wünschte, ich wäre bei dem Treffen der Könige dabeigewesen. Es muß beeindruckend und gleichzeitig ein wenig komisch gewesen sein, diese beiden mächtigen Herrscher zu sehen, wie sie so argwöhnisch miteinander umgingen und sich doch solche Mühe gaben zu zeigen, welch gute Freunde sie waren – und dabei bewiesen, daß sie genau das nicht waren. Es hatte lange Diskussionen darüber gegeben, wie das Treffen verlaufen solle. Keiner der beiden Könige durfte dem anderen den Vortritt lassen. Nichts durfte darauf schließen lassen, daß eine Seite die schwächere sei.

Sie müssen prächtig ausgesehen haben; beide überragten die meisten Menschen um Hauptes Länge – und für keinen von beiden war die Thronfolge vorhersehbar gewesen. Henry hatte jahrelang im Schatten seines Bruders Arthur gestanden; François hatte sogar noch nach Louis' Tod in Angst und Ungewißheit leben müssen. Beiden muß daher die Krone doppelt kostbar erschienen sein. Sie sollten sich in einem Tal zwischen Ardres und Guines begegnen. Auf dem Weg dorthin geriet Henrys Pferd ins Straucheln. Ich kann mir vorstellen, welche Bestürzung dies im englischen Lager auslöste. War es ein Omen? Henry jedoch übersah den Vorfall genauso wie zuvor François die Zerstörung seines Zeltes – und ritt weiter, um seinen neuen Freund und alten Feind zu treffen.

Sie schauten einander eine Weile an. Jetzt, da ich Henry so gut kenne, kann ich mir vorstellen, wie seine kleinen Augen jede Einzelheit jener wahrhaft eleganten Erscheinung vor ihm registrierten; und da ich François ebenfalls kenne, kann ich mir auch ihn vorstellen, wie er seinen Rivalen mit kühlen Blicken maß. Die beiden Könige begrüßten einander und umarmten sich, bevor sie vom Pferd stiegen, und dann gingen sie Arm in Arm auf das Zelt zu, in dem Wolsey und von Bonnivet, François' Erster Minister, sie erwarteten.

Ihre Worte wurden natürlich von Beobachtern aufgezeichnet und weitergegeben.

»Mein lieber Bruder und Vetter«, sagte François, »ich habe einen weiten Weg zurückgelegt und keine Mühe gescheut, Euch persönlich zu begegnen. Ich hoffe, Ihr haltet mich für den, der ich bin, bereit, Euch mit den Königreichen und Hoheitsgebieten, die meiner Macht unterstehen, Beistand zu leisten.«

Henry erwiderte: »Es sind nicht Eure Königreiche oder Eure verschiedenen Besitztümer, an denen mir gelegen ist, sondern vielmehr die Zuverlässigkeit und redliche Befolgung der Abmachungen, die in den Verträgen, die wir beide miteinander geschlossen haben, schriftlich niedergelegt worden sind. Meine Augen haben nie einen Fürsten erblickt, der meinem Herzen näher sein könnte, und ich bin vom äußersten Ende meines Königsreichs aus über das Meer gefahren, um Euch zu besuchen.«

Im Zelt wurden Abkommen aufgesetzt, die die Heirat zwischen dem Kronprinzen und Henrys vierjähriger Tochter Mary betrafen.

Es war ein guter Anfang. Später, als ich Henry in der Tat sehr gut kannte, erfuhr ich, daß François' Aussehen ihn sehr beeindruckt und zugleich ein wenig deprimiert hatte, weil er stets das Bedürfnis hatte, strahlender dazustehen als alle anderen Menschen seiner Umgebung, und nun befürchtete, François könne als der attraktivere angesehen werden. Dann aber fiel ihm ein, daß François' Beine kurz waren. Er warf einen Blick auf sie und frohlockte. Natürlich gab François auf dem Rücken des Pferdes eine gute Figur ab! Während seine eigenen Beine, wie er meinte, schön proportioniert waren, fehlten François, der so schlank war, die wohlgerundeten Waden, auf die der König von England so stolz war. Jedesmal wenn – lange danach – das Gespräch auf François kam, pflegte er zu sagen: »Er hatte kurze Beine und große Füße. Er war nicht ganz vollkommen.«

Heute kann ich die Gefühle begreifen, die ihn während jener berühmten Begegnung bewegten, und diese Zeit sollte nicht ausschließlich den Begegnungen der beiden Herrscher gewidmet sein. Es sollten Turniere und Veranstaltungen stattfinden, wie es sie nie zuvor gegeben hatte. Beide Könige hatten weder Kosten noch Mühe gescheut, einander mit ihrem Reichtum und ihrer Macht zu beeindrucken. Man sagte, diejenigen Angehörigen des Adels, die den König nach Ardres und Guines begleitet hatten, hätten alles, was ihnen an Grundbesitz und Hausrat geblieben sei, mitgenommen, so sehr hätten sie sich in Unkosten und Armut gestürzt, um die Reise machen zu können.

Dennoch gab es während der glanzvollen Festlichkeiten Anzeichen, die auf die Spannung hindeuteten, die wir alle empfanden. Hinter all den Bekundungen des guten Willens verbarg sich so viel Falschheit.

Es war vereinbart worden, daß der König von England sich nach Ardres begeben solle, um mit Königin Claude zu speisen, während zur gleichen Zeit König François in Guines Königin Katharines Gast sein solle. Und solange die Könige sich im fremden Lager aufhielten, sollten sie einander als Geiseln betrachten. Der Vorschlag war von den Engländern gekommen, und François war lachend auf ihn eingegangen.

Am nächsten Morgen stand François sehr früh auf – was

untypisch für ihn war – und ritt zum Schloß von Guines hinüber; er nahm nur zwei Edelleute und einen Pagen mit. Die englischen Wachen waren erstaunt, daß er so gut wie allein mitten unter ihnen erschien. Vermutlich legten die Engländer weit größeren Wert auf Sicherheit als die Franzosen; sie waren schließlich in Frankreich, und mit Sicherheit trauten sie den Franzosen nicht. Mit seinem Verhalten an jenem Morgen wollte François ihnen zeigen, daß er ihre Gefühle gut nachvollziehen konnte.

Er forderte die Wachen auf, ihm den Weg zum Gemach des Königs von England zu zeigen.

»Seine Majestät ist noch nicht wach«, sagten ihm die Wachen.

François lachte und marschierte geradewegs in das Gemach Henrys, der noch im Bett lag.

Henry war sprachlos. Ihm war sofort klar, daß er selbst nicht in Gefahr war, daß François jedoch ein großes Risiko eingegangen war, als er sich mitten unter Leute begeben hatte, die sich zumindest theoretisch als Feinde hätten erweisen können. Henry erkannte sogleich, welches Vertrauen ihm da entgegengebracht wurde. Er sagte: »Bruder, Ihr habt mir einen größeren Freundschaftsbeweis erbracht als jemals einem Menschen zuteil wurde. Ich sehe, wie sehr ich Euch vertrauen kann. Ihr könnt mich ab sofort als Euren Gefangenen betrachten.« Henry trug eine mit Edelsteinen besetzte Halskette, die fünfzehntausend Engeltaler* wert war; er nahm sie ab und bat François, sie ihm zuliebe zu tragen. François, der darauf vorbereitet war, daß sich derartiges ereignen und es zu einem Austausch von Geschenken kommen würde, hatte eine Armspange mitgebracht, die er Henry mit der Bitte zum Geschenk machte, er möge sie ihm zuliebe tragen.

François hatte die Situation richtig eingeschätzt. Die Armspange, die er überreichte, hatte einen Wert von dreißigtausend Engeltalern. Die Franzosen mußten die Engländer in jeder Hinsicht überbieten. Hier zeigte sich ein Zug François', der typisch für ihn war.

* Es handelte sich um den *angel*, eine der größten und hochkarätigsten alten englischen Goldmünzen. (Anm. d. Übers.)

Dann sagte er, er wolle der Kammerdiener des Königs von England sein, wärmte Henrys Hemd und reichte es ihm.

Als François nach Ardres zurückkehrte, waren seine Minister in hellem Aufruhr darüber, daß er nahezu unbegleitet die englische Festung aufgesucht hatte, doch François lachte sie nur aus; und als er die Halskette berührte, die Henry ihm gegeben hatte, und an die Armspange dachte, die er Henry geschenkt hatte, empfand er große Belustigung.

Es gab einen weiteren Zwischenfall, der ein nicht ganz so freundschaftliches Ende nahm. Er ereignete sich anläßlich eines Ringkampfes, bei dem – wie bei allen Turnieren – die Rivalität zwischen Franzosen und Engländern die Spannung erhöhte.

Henry hatte die Besten dieser Sportart aus England mitgebracht, und sobald der Wettkampf begonnen hatte, stellte sich heraus, daß die Engländer den Franzosen an Geschicklichkeit überlegen waren. Unmut darüber wurde laut, daß die besten französischen Ringer, die aus der Bretagne kamen, nicht eingeladen worden waren, am Wettkampf teilzunehmen. Dies war ein Versehen, das für die Franzosen zwar sehr bedauerlich war, die Engländer jedoch hoch erfreute, denn sie gewannen alle Preise. Ich konnte sehen, daß François untröstlich war, als die Sieger sich zur Loge der Damen begaben, um die Preise aus der Hand Königin Claudes entgegenzunehmen.

Danach gingen die Könige gemeinsam in eins der Zelte, um sich mit einem Getränk zu erfrischen. Henry war begeistert vom Erfolg der Engländer und kam auf den Gedanken, selbst mit François in den Ring zu steigen und ihn zu besiegen und dadurch dem Triumph die Krone aufzusetzen. Er wandte sich François zu und sagte zu ihm: »Bruder, ich muß mit Euch ringen.« Daraufhin faßte er ihn und versuchte, ihn zu Fall zu bringen. Er muß jedoch vergessen haben – oder wußte vielleicht auch nicht –, daß François einer der besten Ringkämpfer Frankreichs war. Innerhalb weniger Sekunden lag Henry am Boden.

Henry erhob sich, betreten und verärgert.

»Noch einmal«, rief er, »noch einmal!«

Doch die Freunde des französischen Königs erinnerten ihn

daran, daß das Abendessen jeden Augenblick serviert werde und, da niemand ohne die Herrscher mit dem Essen beginnen könne, es gegen die Anstandsregeln verstoße, zu spät zu kommen. Der Ringkampf werde daher aufgeschoben werden müssen.

Ich kann mir vorstellen, wie François insgeheim verächtlich seine lange Nase über Henry rümpfte und sich ins Fäustchen lachte, und ebenso, wie gedemütigt sich Henry als Verlierer fühlen mußte. Zum Glück bemerkten es nur diejenigen, die sich in unmittelbarer Nähe der Könige befanden, aber Henry wußte genau, daß die Geschichte am nächsten Tag bereits am Hof die Runde machen würde – was auch der Fall war, denn auf diesem Wege erfuhr auch ich davon.

Aber obwohl François kurzfristige Genugtuung empfunden haben mag, nützte ihm der Zwischenfall wenig, denn schließlich war er ja bemüht, Henry in der Auseinandersetzung mit Kaiser Karl auf seine Seite zu ziehen; und Henry war ein Mann, der Kränkungen nicht vergaß.

Ich erinnere mich lebhaft an das Diner, das Königin Claude zu Ehren des Königs von England gab. Es war jene festliche Gelegenheit, bei der François mit Königin Katharine dinierte. Da ich zu Königin Claudes Gefolge gehörte, war auch ich anwesend und hatte so eine bessere Möglichkeit, König Henry zu beobachten als jemals zuvor in meinem Leben.

Er war außerordentlich liebenswürdig, und niemand konnte charmanter sein als er, wenn er dazu in Stimmung war. Ich hatte den Eindruck, daß François' Abwesenheit bewirkte, daß er sich ungezwungener fühlte. Er war bezaubernd und sehr aufmerksam gegenüber Claude; er sagte, er habe schon viel von ihrer Tugendhaftigkeit gehört, und das sei eine Eigenschaft, die er an einer Dame über alles schätze. Er fühlte sich geehrt, die Gesellschaft einer so vorbildlichen Dame genießen zu dürfen.

Ich weiß noch, welches Kleid ich zu diesem besonderen Anlaß trug. Es war aus rotem Samt – Rot war eine meiner Lieblingsfarben – und hatte einen langen Rock, der vorne geschlitzt war, so daß ein Unterkleid aus Brokat darunter zum Vorschein kam; in der Taille war es ganz eng, und seine langen, weiten Ärmel fielen anmutig und bedeckten meine

Hände, so daß jener sechste Fingernagel nicht zu sehen war, der mir ständiges Kopfzerbrechen bereitete.

Der König beglückwünschte die Königin zu den ausgezeichneten Speisen und Getränken, und nach dem Essen unterhielt er sich mit uns allen.

Er verweilte auch einen Augenblick bei mir – vermutlich, weil ich Engländerin war. Ganz besonders schien ihn die Auskunft zu erheitern, daß ich Sir Thomas Boleyns Tochter war.

»Ein treuer Diener, dieser Sir Thomas«, bemerkte er. »Und du bist eine kleine Engländerin.« Er schlug sich vor Vergnügen auf den Oberschenkel. »Ich hätte schwören können, du seiest Französin.«

»Ich bin schon lange am französischen Hof, Euer Gnaden.«

Er neigte seinen großen Kopf zu mir herab und sagte jovial: »Nun, dann mußt du aber noch ein ganz kleines Kind gewesen sein, als du hierher kamst.«

»Ich war sieben Jahre alt, Euer Gnaden.«

»Schöne Mädchen sollten da leben, wohin sie gehören«, sagte er. »In ihrem eigenen Land.«

Ich lächelte, und er wandte sich den anderen zu.

Ich fand, er war sehr freundlich, offenbar deshalb, weil ich meines Vaters Tochter war. Ich wußte, daß mein Vater es während der letzten Jahre am königlichen Hof erstaunlich weit gebracht hatte.

Das große Ereignis, das ›Feld des goldenen Tuchs‹, war am 24. Juni vorüber, und ich brach mit der königlichen Gesellschaft nach Abbéville auf, während König Henry und Königin Katharine mit ihrer Kavalkade den Weg nach Calais einschlugen, von wo aus sie über das Meer nach England zurückreisen sollten.

Am nächsten Tag war François außer sich vor Zorn, und dieser Zorn schien in jedem Winkel des königlichen Hofes widerzuhallen, denn der König von England war, statt sich nach Calais zu begeben, nach Gravelines gegangen, wo ihn Kaiser Karl zusammen mit seinem Bruder Ferdinand und seinem verschlagenen Minister Chièvres erwartete.

So viel waren also die Beteuerungen brüderlicher Zuneigung und Freundschaft wert gewesen! Kaum hatte der König von England sich von seinem Freund François verabschiedet, traf er sich mit Kaiser Karl; und der Himmel mochte wissen, was für Verträge sie gemeinsam aushandelten! Eines war jedoch sicher – für den König von Frankreich würden sie nichts Gutes bedeuten.

Das Jahr schien im Flug zu vergehen. Ich war vierzehn Jahre alt, und ich wußte im Grunde meines Herzens, daß mein Leben so nicht mehr lange würde weitergehen können. Man würde Pläne schmieden, mich zu verheiraten. Ich merkte bereits, daß mir die Blicke junger Männer folgten, wohin ich auch ging. Insgeheim nahm ich ihnen das übel, denn ich war sicher, daß einige von ihnen sich an Mary erinnerten und mich mit ihr verglichen.

Ich war schlagfertig, und diese Schlagfertigkeit sorgte dafür, daß ich – in Grenzen – bekannt wurde. Daraufhin begann ich, die Bewunderung der jungen Männer – die mich im übrigen völlig kalt ließ – deswegen zu genießen, weil sie mir Gelegenheit bot, ihnen einen Korb zu geben. Ich glaube, ich war so sehr darauf bedacht, ihnen zu beweisen, daß ich nicht wie Mary war, daß ich eine gewisse Gefühlskälte entwickelte. Wenn ich einige der Dienstmädchen sah, wie sie zusammen kicherten und sich von ihren Liebesabenteuern erzählten, fühlte ich mich angewidert. Ich war so entschlossen, nicht wie Mary zu sein, daß ich mich zu ihrem Gegenteil machte.

Seltsamerweise schien meine gewollte Gleichgültigkeit gegenüber den Annäherungsversuchen der jungen Männer deren Verfolgungslust anzustacheln, statt sie abzuschrecken.

Ich konnte sehr gut Laute spielen. Ich habe nie etwas von falscher Bescheidenheit gehalten und möchte daher behaupten, daß wenige Hofdamen sich hinsichtlich des Lautenspiels mit mir vergleichen konnten. Ich konnte gut singen und noch besser tanzen. Schließlich war ich in allen Bereichen des gesellschaftlichen Lebens unterwiesen worden, und ich war eine gelehrige Schülerin gewesen.

Ich hatte mich schon immer für Mode interessiert, und da ich zwei Schönheitsfehler zu verbergen hatte – meinen sechsten Nagel und das Muttermal an meinem Hals –, entwarf ich meine eigenen Kleider und entwickelte dabei zunehmend

Talent. Ich verstand es, mit künstlerischem Gespür Farben zu kombinieren; ich wußte genau, was mir stand, und das trug ich dann auch, obwohl ich dadurch manchmal gezwungen war, mich über das hinwegzusetzen, was gerade Mode war. Ich machte meine Sache so gut, daß es bald mein Stil war, der in Mode kam. Alle wollten meine Modelle tragen, aber ich hörte, wie gesagt wurde, daß sie an anderen doch nicht ganz so gut aussähen wie an der kleinen Boleyn.

Plötzlich war ich jemand. Ich war kein Kind mehr. Ich war eine heiratsfähige Frau. Ich gab den Ton an. Ich besaß Eleganz, und mein Aussehen unterschied sich von dem anderer Frauen am königlichen Hof. Schöne Frauen wie Françoise von Foix sahen letztlich alle gleich aus mit ihren großen blauen Augen, blonden Locken, geraden kleinen Nasen, roten Lippen und perlweißen Zähnen. Ich war keine Schönheit, aber ich war ich selbst. Ich hatte große, tiefliegende Augen, die voller Geheimnis waren, denn niemand wußte, was ich dachte; langes schwarzes Haar, das ich allen kunstvollen Frisuren zum Trotz gern offen über die Schultern hängend trug; eine blasse Haut, ein wenig vorstehende obere Zähne, ein ovales Gesicht und einen langen, schlanken Hals. Ich fiel den Menschen auf, bevor sie die Schönheiten bemerkten, die dem Ideal der Zeit entsprachen. Meine selbstentworfene Garderobe war anders als die der anderen, und wenn man sie kopierte, wechselte ich meinen Stil. O ja, allmählich nahm man am französischen Hof Notiz von mir.

Mein Verhalten gegenüber meinen Möchtegern-Verehrern verblüffte alle. Sie wußten ja nicht, daß der Schatten meiner Schwester mich immer verfolgte – ein überaus abschreckendes, warnendes Beispiel.

Sobald die Festlichkeiten, die das ›Feld des goldenen Tuchs‹ begleitet hatten, vorüber waren, begann für den Hofstaat die Sommersaison, in der Reisen quer durch das ganze Land unternommen wurden. Diese Zeit war fast so wie jene Wochen in Ardres; in jedem *château*, in dem wir uns aufhielten, gab es festliche Veranstaltungen und Turniere.

François war vielleicht ein wenig bedrückt. Er war zu klug, um sich etwas vorzumachen, und er wußte, daß ihm in der Person Kaiser Karls ein ernstzunehmender Feind gegenüberstand, der ihm auf Schritt und Tritt mit verächtlicher Herablassung zu trotzen schien. Es war nicht auszuschließen, daß all die Unkosten, die das Treffen mit Henry erfordert hatte, verschwendet waren, da Karl, der in Gravelines auf der Lauer lag, sich heimlich, still und leise ans Werk gemacht hatte, sämtliche günstigen Bedingungen, die François geschaffen hatte, zunichte zu machen. Sein Angebot an Wolsey, ihm zur Papstkrone zu verhelfen, war ein taktisches Meisterstück gewesen; nichts konnte das Herz dieses gerissenen Staatsmannes höher schlagen lassen als ein solches Angebot. François wußte, daß der Kaiser ihm trotz seiner Jugend überlegen war.

Doch zu der Zeit war ich voll und ganz mit meinen eigenen Angelegenheiten beschäftigt.

Kleine Zwischenfälle ereigneten sich, die mich beunruhigten. Mir wurde zunehmend bewußt, daß François' Aufmerksamkeit mir galt.

Er lobte mein Lautenspiel mit den überschwenglichsten Worten. Ich fand ihn wiederholt an meiner Seite. Beim Tanz war er oft mein Partner. Ein großes Kompliment, meinten einige, aber mich erfüllte seine Aufmerksamkeit mit ängstlicher Besorgnis.

Ich wußte, daß François nicht zimperlich war, wenn er einer Frau den Hof machte. Nach außen hin war er galant und ritterlich, aber er scheute sich nicht, alle möglichen hinterhältigen Methoden anzuwenden, wenn es ihm darum ging, ans Ziel seiner Wünsche zu gelangen. Es ging das Gerücht, seine frühere Geliebte, Françoise von Foix, sei ursprünglich eine sehr tugendhafte Dame gewesen. Sie war am sittenstrengen Hof der Königin Anne von der Bretagne erzogen und mit dem Grafen von Châteaubriand verheiratet worden, mit dem sie eine glückliche Ehe geführt haben soll. Dann soll François sie gesehen, begehrt und bedrängt haben, an den königlichen Hof zu kommen, sie aber soll auf die dringenden Bitten ihres Mannes gehört und ihren Landsitz nicht verlassen haben. François habe jedoch in Erfahrung gebracht, daß ihr Mann einen besonders auffälligen Ring besaß und daß die junge Ehefrau ihrem Mann versprochen hatte, sofort zu ihm zu kommen, falls sie je voneinander getrennt würden und er ihr den Ring schickte. Also habe François eine Kopie dieses Ringes anfertigen lassen und den Grafen auf eine diplomatische Mission geschickt. Dann habe er Françoise den Ring mit der Aufforderung zukommen lassen, sich unverzüglich an den Hof zu begeben.

Wenn Françoise eine wirklich tugendhafte Frau gewesen wäre, wäre sie sofort nach Hause zurückgekehrt, sobald ihr klar geworden wäre, daß man sie getäuscht hatte, und ich bin sicher, daß François' Ritterlichkeit ihn daran gehindert hätte, sie aufzuhalten. Aber man durfte nicht vergessen, daß François ein sehr attraktiver Mann war – von seiner Königswürde ganz zu schweigen, und die Faszination, die davon ausging, machte ihn unwiderstehlich. Wie dem auch sei, Françoise erlag der Versuchung. Zudem hatte sie drei Brüder, die versessen auf eine Karriere waren, und François konnte so vieles möglich machen. Das also war das Ende des tugendhaften Lebens der Françoise von Foix.

Es kursierten viele solcher Geschichten über François, und manche davon mögen erfunden gewesen sein, aber da ich ihn kannte, schloß ich nicht aus, daß sie einen wahren Kern enthielten. Folglich stand ich jedesmal Ängste aus, wenn ich merkte, daß seine Blicke mich trafen.

Wäre ich anders gewesen, so wäre ich vielleicht nicht abgeneigt gewesen. Schließlich war er der König. Natürlich würde ich nie so werden wie meine Schwester, aber hätte ich vielleicht doch der Versuchung nachgegeben, wenn ich ihr warnendes Beispiel nicht vor Augen gehabt hätte? Hätte es mir Spaß gemacht, als Geliebte des Königs meine Macht stolz am Hofe zur Schau zu tragen? Ich war mir nicht sicher.

Große Unterstützung wurde mir durch Marguerite zuteil.

Zwar liebte sie ihren Bruder über alles und hielt ihn in jeder Hinsicht für vollkommen, aber das hinderte sie nicht daran, sich in andere Menschen hineinzuversetzen.

Sie las mir ziemlich oft vor. Sie interessierte sich für mich. Eigentlich waren wir uns ähnlich. Ich besaß zwar nicht ihre Gelehrsamkeit und ihre intellektuelle Brillanz, aber ich fand großes Vergnügen daran, ihren Ausführungen zuzuhören.

Sie war es, die mich über das, was sich ereignete, auf dem laufenden hielt, und eine ihrer großen Befürchtungen damals war, es könne zu einem Krieg zwischen unseren beiden Ländern kommen. Das Treffen von Ardres und Guines? Sie tat es mit einem Achselzucken ab. Das sei nur die Begegnung zweier Könige gewesen, die ihren Reichtum und ihre Macht zur Schau gestellt hätten. So kämen keine Verträge zustande. Glaubte ich denn, es habe der Freundschaft gedient? Es sei die ganze Zeit nichts anderes als Rivalität gewesen. Was seien Turniere denn anderes als Wettkämpfe? Solange sie zwischen zwei Rittern stattfänden, seien sie gut und schön, wenn auch eine Quelle des Neides. Doch wenn sie von rivalisierenden Ländern ausgetragen würden, dann bestehe unmittelbare Gefahr.

»Wenn das so ist«, warf ich ein, »warum...?«

Sie schüttelte den Kopf. »Wer kann das beurteilen? Es war eine Geste..., solange es andauerte. Wäre es ein Treffen gewesen, das dem Gedankenaustausch gedient hätte... O ja, man sagt, das sei es gewesen, aber was war daran wirklich von Bedeutung? Wer die Turniere gewonnen hat? Wer Sieger im Ringen geworden ist? Wer der Stärkere war? Der Mächtigere? Der Reichere?... Und die ganze Zeit ist da dieser junge Mann..., der mächtigste Mann in Europa. Er ist zwar jung an Jahren, aber bereits so weise wie ein alter Mann. Ich hasse den Gedanken an Krieg.« Dann sah sie mich an und sagte: »Aber du, Anne, du siehst in letzter Zeit so geistesabwesend aus. Sag, was hast du auf dem Herzen?«

Ich zögerte, doch sie drängte mich, mich ihr anzuvertrauen.

Ich sagte: »Es ist der König.«

»François?«

»Er... er wirft mir interessierte Blicke zu.«

Sie nickte und lächelte. »Ja, ja, er ist ein lebenshungriger junger Mann. Er war es immer schon. Er ist so stark..., so männlich. Und er verehrt die Schönheit. Er ist im Begriff, überall im Lande herrliche *châteaux* zu errichten. Wie du weißt, hat er Leonardo da Vinci hierher gebracht. Der arme Mann, sein Aufenthalt bei uns war nur von kurzer Dauer. Dann hat er versucht, Raphael zu bekommen. Du siehst, er möchte am liebsten alle großen Maler, Schriftsteller und Architekten nach Frankreich holen, damit sein Land zum Zentrum der Kunst werde. Er lebt für die Schönheit, und die sieht er auch in den Frauen. Frauen sind für ihn unentbehrlich... wie die Kunst. Und an dir ist ihm etwas aufgefallen, das ihn anzieht.«

»Ich will aber nicht...«

Sie verstand, wie immer, was ich sagen wollte.

»Ich weiß. Du bist noch jung. Du bist nicht so sinnlich veranlagt wie deine Schwester.«

Es schauderte mich bei dem Gedanken.

Sie sagte: »Ja, Anne, ich verstehe dich. Die Angelegenheit hat dich zutiefst bestürzt. Du hast sie als große Schande und Demütigung empfunden. Natürlich war Mary jung und unschuldig. Es gibt hier genug Mädchen, die genau das tun, was sie getan hat..., sehr, sehr viele sogar..., und trotzdem leben sie hier als geachtete Mitglieder des Hofstaates. Deine Schwester war nicht klug genug. Unaufrichtigkeit war ihr fremd; sie war zu offen. Sie genoß sexuelle Abenteuer so sehr, daß sie nicht genug bekommen konnte. Es gibt solche Frauen. Sie wurde zum Gegenstand des Klatsches am Hof, und das konnte nicht hingenommen werden. Es gibt Frauen an diesem Hof, die die Betten gar nicht mehr zählen können, in denen sie schon gelegen haben..., so viele sind es gewesen. Aber sie sind hier und bleiben auch hier, während die arme, unschuldige kleine Mary fortgeschickt wird. Und erst die Herren..., ihnen allen voran der König... Wer keine Geliebte hat, wird mißtrauisch angesehen. Deine arme kleine Schwester dagegen wird als Prostituierte davongejagt.«

»Das war sie nie. Gewiß, sie hatte viele Liebhaber..., aber sie hat immer nur gegeben. Sie hat nie eine Gegenleistung verlangt.«

»Ich weiß. Und du glaubst, weil du ihre Schwester bist, könnten die Leute denken, du seist genauso wie sie.«

»Ja, ich glaube, das ist es.«

»Meine liebe Anne, niemand käme auf den Gedanken, du könntest so sein wie deine Schwester. Du bist du selbst. Ich kann es nicht zulassen, daß dich etwas beunruhigt. Es wundert mich nicht, daß der König sich zu dir hingezogen fühlt. Wie alt bist du?«

»Vierzehn.«

»Das ist ein bezauberndes Alter. Und du hast noch nie einen Geliebten gehabt?«

Ich wich entsetzt zurück.

Sie lachte und sagte: »Das war Antwort genug.« Sie nahm meine Hand. »Ja, du bist tatsächlich anders als so viele Mädchen deines Alters. Du besitzt Würde und Selbstachtung. Das ist es. Ich werde mit dem König reden.«

Das machte mir Angst.

»Oh, hab keine Furcht. Du weißt doch, daß wir uns besonders nahestehen. Wir können vertraulich über alles reden. Das war schon immer so. Ich war es, die François das Lesen gelehrt hat. Wir pflegten unter den Bäumen in Cognac zu sitzen, und ich erzählte ihm Geschichten, die ich für ihn erfunden hatte. Er war ein so schönes Kind ... und so klug. Wir vergötterten ihn, meine Mutter und ich. Ich hätte alles für ihn getan. Da gibt es eine kleine Geschichte aus unserer Kindheit, die ich dir erzählen muß und durch die du ihn von einer ganz besonderen Seite kennenlernen wirst. Ich war sechs Jahre alt, François vier. Ich spielte schon lange nicht mehr mit meinen Puppen. François schaute sie sich jedoch gern an, und er fragte mich, warum ich keine Lust mehr hätte, mit ihnen zu spielen. Ich sagte ihm, dazu sei ich inzwischen zu alt. Er entgegnete, der Grund sei wohl eher, daß ich ein richtiges Baby und nicht nur eine Puppe wolle. Dann sagte er, er wünsche sich auch eins..., ich solle die Mutter sein, er der Vater. Du machst ein schockiertes Gesicht. Es ist schwer, sich François als unschuldiges Kind vorzustellen, aber das war er zu der Zeit. Er glaubte, man brauche sich die Babys nur zu wünschen, und schon bekäme man sie. Damals war ihm bereits bewußt, daß er unser vergötterter Liebling war – meine Mutter nannte ihn ›mein ein und alles‹ und, so klein er auch noch war, ›meinen König‹ und ›meinen Cäsar‹. Daher war er überzeugt, er könne jederzeit ein Baby haben, wenn er es sich wünsche.«

Ich murmelte: »Wie sehr Ihr ihn liebt!«

»Er ist mein Leben«, sagte sie. »Nichts bedeutet mir so viel wie er. Ich will nur das Beste für ihn, heute wie damals. In unmittelbarer Nähe des *château* war eine Bauernhütte, und davor spielte ein kleines Kind im Gras. François sagte: ›Da ist unser Baby‹; also nahmen wir das Kind und brachten es ins Schloß. Wir wuschen es, weil es nicht sehr sauber war, und ich suchte ihm, ein paar von François' Kleidungsstücken aus. Die waren zwar reichlich groß, aber wir zogen sie dem Kind an. Bald darauf wurde das Kind vermißt und seine Spur bis zum Schloß verfolgt, und als man es nach Hause zurückbringen wollte, war François ganz unglücklich. Er bat inständig, es behalten zu dürfen. Es gehöre ihm, sagte er. Er sei sein Vater, ich seine Mutter. Es sei unser Baby. Die Geschichte endete damit, daß die Eltern des kleinen Mädchens – arme Leute – erkannten, wie gut das Kind es im *château* haben würde, und uns erlaubten, es zu behalten. Wir ließen Kindermädchen für die Kleine kommen und nannten sie Françoise, weil das François eigenem Namen am nächsten kam.«

»Welch eine entzückende Geschichte«, sagte ich. »Was wurde aus dem Mädchen?«

»Sie wuchs im *château* auf, und als sie etwas älter war, wurde sie bei wohlhabenden Leuten untergebracht. Aber das ist noch nicht das Ende der Geschichte. Sie fand eine sehr merkwürdige Fortsetzung. Dabei handelt es sich um einen jener Zufälle im menschlichen Leben, die uns oft befremdlich erscheinen, aber dennoch hin und wieder vorkommen. François zog gern inkognito durchs Land und gab sich dabei bevorzugt als Student aus. Eines Tages ging er in dieser Aufmachung in die Kirche und traf dort ein schönes junges Mädchen, in das er sich auf der Stelle verliebte. Sie war liebenswürdig und offensichtlich nicht wohlhabend, schien aber eine gute Erziehung genossen zu haben. Er ging ihr bis zu dem Haus nach, in dem sie wohnte – es machte einen sehr gepflegten, wenn auch eher bescheidenen Eindruck, verglichen mit dem, was er gewohnt war. Er sprach sie nicht sofort an, sondern beobachtete sie; es war für ihn ein aufregendes Spiel. Schließlich bemerkte sie ihn, und er sprach mit ihr. Er sagte ihr, daß er den Wunsch habe, ihr Freund zu sein, doch sie entgegnete, zwischen dem Thronfolger und einem einfachen Mädchen könne es keine Freundschaft geben. Du siehst also, sie kannte ihn. Dann verriet sie ihm, wer sie war. Sie war unser Baby Françoise. Sie bestand darauf, daß Liebe zwischen ihnen unmöglich sei, denn sie sei ein anständiges Mädchen und könne niemandes Geliebte werden. François war untröstlich. Wie immer, wenn ihn etwas bedrückte, kam er zu mir. Ich war ziemlich empört darüber, daß das Mädchen ihn abgewiesen hatte. Ich hatte immer den Wunsch, dafür zu sorgen, daß François bekam, was er wollte – und ich war der Ansicht, daß sie eigentlich stolz sein müsse, vom Thronfolger geliebt zu werden.«

Sie hielt inne und lächelte.

»Ich schlug ihm vor, sie entführen und ins Schloß bringen zu lassen. Wenn er sie erst einmal verführt hätte, würde sie ihre Skrupel schon vergessen. Er war in der Kunst des Liebens bewandert. Er würde schon einen Weg finden, sie glücklich zu machen. François war hingerissen. Er umarmte mich und sagte mir, ich hätte bisher noch immer eine Lösung für seine Probleme gefunden.«

Ich brachte nur schockiert heraus: »Das konntet Ihr ihm vorschlagen!«

»Ja. Schau, ich war überzeugt, daß sie hätte glücklich und stolz sein müssen, von François geliebt zu werden. Für mich waren ihre Bedenken kleinbürgerliche Vorbehalte, die sich angesichts der Wonnen, die sie bei ihm erwarteten, in Luft auflösen würden. Es wäre ein so schönes Ende unserer Geschichte. Es würde der ganzen Sache einen tieferen Sinn geben.«

»Ihr wolltet also die junge Frau entführen, wie Ihr das Kind entführt hattet.«

»Ich weiß, daß du nun denkst, ich sei der Meinung, das Königtum berechtige zu besonderen Privilegien. Nun, tut es das nicht tatsächlich?«

»Das Leben gehört jedem Menschen selbst. Jeder sollte selbst darüber entscheiden, was er aus ihm macht.« Das waren kühne Worte; Marguerite hatte mich immer darin bestärkt, frei heraus zu sagen, was ich dachte.

»Manchmal brauchen die Menschen aber ein wenig Führung, einen kleinen Schubs in die richtige Richtung. Soll ich dir erzählen, wie die Geschichte endete?«

»Bitte, Madame.«

»Sie wurde zu ihm gebracht, und er gestand ihr seine Liebe und seine Freude darüber, daß sie seine Françoise war, die er nach sich benannt hatte und die ihm solches Vergnügen bereitet hatte, als er ein kleiner Junge war. Dann versuchte er, sie zu verführen, sie im Sturm zu erobern. Sie weinte, sie bettelte, sie flehte ihn an. Wie du weißt, legt François großen Wert auf Ritterlichkeit. Er war immer schon der vollkommene Ritter. Sie erklärte leidenschaftlich, sie sehe keine Möglichkeit weiterzuleben, wenn er ihre Ehre beschmutze; eher werde sie sich umbringen. François glaubte ihr. Er erkannte, daß ihr Widerstreben nicht gespielt war. Sofort war er voller Reue und versicherte ihr, daß sie nichts von ihm zu befürchten habe. Er liebe sie und sie solle unbehelligt ihres Weges gehen. Da fiel sie vor ihm auf die Knie und dankte ihm. François war sehr gerührt. Sie ging fort, und er hat sie nie wiedergesehen, aber er erkundigt sich noch immer nach ihr und sorgt dafür, daß es ihr an nichts fehlt, solange sie lebt.«

»Welch ein glückliches Ende einer Geschichte, die auch traurig hätte ausgehen können. Ich bin so froh, daß es so gekommen ist.«

»Ich erzähle dir diese Geschichte, damit du ihn verstehst. Du weißt, wie sehr ich ihn liebe. Denkst du, ich brächte so viel Gefühl für jemanden auf, der meine Zuneigung nicht verdiente?«

»Nein, gewiß nicht«, erwiderte ich.

»Ich werde mit ihm über deine Angst reden.« Ich hob den Kopf, um Einspruch zu erheben, aber sie tat meinen Protest mit einer Handbewegung ab. »O doch, ich werde es ihm sagen. Ich werde ihm erklären, daß du nicht so bist wie viele Damen bei Hofe. Er wird das verstehen. Ich werde ihn daran erinnern, wie wir die kleine Françoise fanden. Ich werde ihm sagen, die kleine Boleyn sei noch sehr jung. Sie sei noch keine Frau; das denke er nur, weil sie für ihr Alter ungewöhnlich gescheit sei. So frühreif sie in intellektueller Hinsicht sei, so unreif sei sie noch in ihrer körperlichen Entwicklung. Sie wisse jedoch, was sie wolle; sie werde es immer wissen, und mit ihr dürfe man kein Spiel treiben.«

»Das könntet Ihr dem König sagen?«

»Er ist zuallererst mein Bruder, mein kleiner François – erst danach kommt der König.«

Ich sagte: »Ich danke Euch. Ich werde nie vergessen, wie gut Ihr zu mir seid.«

Sie schüttelte den Kopf. »Du interessierst mich. Ich werde deine Entwicklung auch in Zukunft im Auge behalten..., wo immer du sein wirst.«

Danach änderte sich François' Verhalten mir gegenüber. Ich bemerkte ein amüsiertes Glitzern in seinen Augen, wenn er mich ansah; gelegentlich sprach er auch mit mir, aber ich hatte den Eindruck, daß er es aufgegeben hatte, mich zu verfolgen, und ich empfand große Erleichterung.

Die Monate vergingen. Mehr als ein Jahr war seit den Begegnungen von Ardres und Guines vergangen, und in weiten Teilen des Landes herrschte ängstliche Unsicherheit, denn die Rivalität zwischen François und dem Kaiser nahm bedrohliche Ausmaße an. Es wurde häufig von König Henry gesprochen, denn viel hing davon ab, für wen er Partei ergreifen würde. Im Augenblick schwankte er zwischen den beiden Herrschern – ein sehr unzuverlässiger Verbündeter. Gewiß, der kleine Dauphin war mit Henrys Tochter, der Prinzessin Mary, verlobt, doch alle wußten, wie schnell solche Verträge gebrochen werden konnten.

Eines Tages suchte mich der englische Gesandte auf.

Er sagte: »Ich bringe eine Nachricht von Eurem Vater. Ihr wißt vermutlich, daß ein Krieg bevorsteht.«

»Ich habe davon gehört, und wie mir scheint, wird Frankreich bald in feindliche Auseinandersetzungen mit Kaiser Karl verwickelt sein.«

»Das ist sehr wahrscheinlich, und aus diesem Grunde hält Euer Vater es für vernünftig, wenn Ihr den französischen Hof verlaßt.«

Ich war darüber sehr niedergeschlagen. Ich war seit sieben Jahren hier; dies war mein Zuhause. Die Nachricht konnte nur eins bedeuten: England und Frankreich würden bald gegeneinander Krieg führen.

Ich stammelte: »Von hier fortgehen...«

»Es wäre sicher klug. Ich schicke auch alle Studenten heim. Euer Vater meint, ihr solltet zurückkommen, zumal Eure Erziehung nun abgeschlossen ist.«

»Wann?« fragte ich.

»Es wäre ratsam, sogleich mit den Vorbereitungen zu beginnen. Ihr solltet spätestens im Januar aufbrechen.«

Natürlich hatte ich es kommen sehen. Ich dachte an all die Jahre zurück, an meine Ankunft in Frankreich und daran, wie aufregend es gewesen war, Königin Mary zu dienen, und wie ich, nachdem sie fort war, in Königin Claudes Hofhaltung Aufnahme fand. Ich hatte Marguerites Gesellschaft lieben gelernt. Und nun sollte ich meiner Wurzeln beraubt werden.

Jene Tage waren unwiederbringlich dahin. Ich war untröstlich, aber ich konnte nichts tun. Ich mußte mich von meinen Freunden am französischen Hof verabschieden – von der gütigen Königin Claude, von dem gefährlichen François und von der, die mir am liebsten war, meiner Lehrerin und treuen Ratgeberin Marguerite von Alençon.

Da wurde mir vollends bewußt – obwohl ich es im Grunde immer gespürt haben mag –, daß ich, die ich so bemüht war, in mir ein eigenständiges Individuum zu sehen, nichts weiter war als eine Figur, die an die Stelle des Schachbretts geschoben wurde, an der sie denen, die am Zuge waren, den größten Vorteil brachte. Ich vermutete auch, meine Rückkehr könne etwas mit einer Heirat zu tun haben. Nun würde auch ich aufgefordert, meine Rolle in dem Familienspiel zu spielen.

Ich war ein wenig ängstlich und sehr traurig, Frankreich zu verlassen, aber es gab keinen Ausweg, und im Januar des Jahres 1522 trat ich die Heimreise nach England an.

Ein Besuch in Hever

Es war ein seltsames Gefühl, in ein Haus zurückzukehren, das mir vor langer Zeit so vertraut gewesen war und das ich seit sieben Jahren nicht gesehen hatte. Ich hatte das Gefühl der Sicherheit ganz vergessen, das ich jedesmal verspürt hatte, wenn ich den Burggraben überquert, das Fallgatter passiert und den eingeschlossenen Innenhof betreten hatte.

Wie oft hatte ich hier gesessen und meinem Bruder und Thomas Wyatt zugehört! Gespannte Vorfreude durchfuhr mich, denn ich sollte sie bald wiedersehen. Wie gut kannte ich doch die Strebepfeiler und Schießscharten, hinter denen Mary und ich Verstecken gespielt hatten! Eine Burg war eine herrliche Kulisse für solch ein Spiel.

Frankreich schien weit entfernt, und was immer ich später empfinden sollte, ich war daheim.

Eines der erfreulichsten Ereignisse, die meine Rückkehr mit sich brachte, war die Begegnung mit meiner Stiefmutter. Ich empfand vom ersten Augenblick an große Sympathie für sie. Sie war keine große Dame, aber sie hatte ein freundliches Gesicht und eine liebenswerte Art. Sie hatte nichts Modisches an sich, denn sie hatte auf dem Lande gelebt; ich glaube, sie stammte aus der Nähe von Blickling, und mein Vater war ihr begegnet, als er sich dort aufhielt.

Daß er ihren Wert erkannt und sie geheiratet hatte, erhöhte meine Sympathie für ihn; der Gedanke, daß er eine so uneigennützige Wahl getroffen hatte, stimmte mich froh. Ich war sicher, daß sie für ihn eine größere Bereicherung war, als Ländereien und eine blaublütige Abstammung es je hätten sein können. Vielleicht war er doch nicht der kalte, ehrgeizige Mann, für den ich ihn immer gehalten hatte – zumindest nicht in jeder Beziehung.

Sie war nervös, als sie mir vorgestellt wurde, was in mir den Wunsch hervorrief, sie zu beschützen. Vermutlich war es nicht leicht, in eine Familie mit erwachsenen Kindern einzuheiraten. Ich nahm ihr die Angst, indem ich sie Stiefmutter nannte und ihr zeigte, daß ich es ihr nicht übelnahm, daß sie den Platz meiner Mutter eingenommen hatte. Schließlich konnte ich mich kaum noch an meine Mutter erinnern. Sie war offensichtlich erleichtert und zu offen und freimütig, um diese Erleichterung zu verbergen.

Sie sagte: »Dein Zimmer ist fertig. Man sagte mir, welches es ist, und ich dachte mir, daß du es gern bewohnen würdest, solange du in Hever bist.«

Ich dankte ihr und sagte, daß ich mir genau das gewünscht hätte.

Ich saß in meinem Zimmer und betrachtete die getäfelten

Wände und die Möbel, an die ich mich so gut erinnerte – das Bett, die Stühle, den Tisch und den Sekretär. Alles erschien mir kleiner als früher, vielleicht deshalb, weil ich mich an die Weiträumigkeit der Paläste Frankreichs gewöhnt hatte.

Nach einer Weile kam meine Stiefmutter nach oben, um sich zu erkundigen, ob ich irgend etwas benötigte. Sie betrat den Raum und schaute mich, die Hände auf den Hüften, zaghaft an. Sie trug ein bräunliches Kleid, das ihr nicht besonders gut stand, und mein erster Gedanke war, daß ihr Kleid für ein Leben am königlichen Hof wenig geeignet wäre. Vermutlich war es für ein Leben auf dem Lande durchaus passend, aber sie würde meinen Vater ganz sicherlich zuweilen an den Hof begleiten müssen. Zur Zeit war sie jedoch auf dem Lande daheim, und sie sah entsprechend aus – gar nicht wie die Frau eines Mannes, der ein Gesandter des Königs war und am königlichen Hof zunehmend zu Amt und Würden gelangte. Doch mir gefiel ihr Aussehen, ihr frisches, offenes Gesicht ebenso wie ihr offensichtliches Bemühen zu tun, was richtig war, und Sympathien zu gewinnen. Ich lächelte ihr zu.

»Bist du sicher, daß du alles hast, was du brauchst?« fragte sie besorgt. Ich versicherte es ihr.

Sie setzte sich aufs Bett und schaute mich an. »Ich war ein wenig nervös, bevor ich dich kennenlernte«, sagte sie. »Ich kenne nun Mary und George...«

»Ich bin die jüngste«, sagte ich. »Vor mir braucht Ihr Euch nicht zu fürchten.«

Sie lächelte. »Ich weiß nicht recht. Du bist... ziemlich vornehm.«

»Vornehm?« Ich mußte lachen, und mir wurde klar, daß sie auf meine äußere Erscheinung anspielte. »So kleideten wir uns am französischen Hof.«

»Bist du froh, wieder zu Hause zu sein?«

Ich zögerte. Ich war mir nicht sicher. Ich sollte George und Thomas Wyatt wiedersehen; darauf freute ich mich mit Sicherheit. Aber ich würde erst dann aufhören, mich zu beunruhigen, wenn ich wüßte, aus welchem Grunde ich so plötzlich nach Hause zurückgeholt worden war.

Ich sagte zu ihr: »Es ist zuerst ein etwas seltsames Gefühl. Ich war so lange fort.«

»Das Leben hier auf dem Lande wird dir sehr ruhig vorkommen, aber ich könnte mir vorstellen, daß es nicht für lange sein wird.«

»Wißt Ihr, welche Pläne man mit mir hat?«

»Dein Vater wird dir alles erklären. Er wird bald hier sein..., dein Bruder und deine Schwester auch.«

»Geht es ihnen gut?«

»O ja. Dein Bruder sagte, er werde kaum wesentlich später als du hier eintreffen. Er ist schon sehr gespannt, dich zu sehen.«

»Ich bin es auch. Und meine Schwester?«

»Sie ist am königlichen Hof.«

»Mary am königlichen Hof!«

»Ja.« Sie schlug die Augen nieder. »Ihr Mann hat dort eine Stellung in der Hofhaltung des Königs.«

»O ich verstehe. Und geht es ihr gut? Ist sie glücklich?«

»Es geht ihr gut, und sie macht auch einen glücklichen Eindruck.«

»Da bin ich froh. Ich freue mich, sie alle wiederzusehen.«

»Wir müssen uns ausführlich unterhalten, solange du hier bist. Du mußt mir alles über den französischen Königshof erzählen. Es muß sehr interessant gewesen sein.« Ich nickte.

Sie errötete und lächelte mir ein wenig unsicher zu; dann ließ sie mich allein.

Ich dachte: Mary am königlichen Hof! Dann mußte ihre Ehre wohl wiederhergestellt sein. Meine Stiefmutter wußte auch etwas über mich, und wenn ich ihre Andeutungen richtig verstanden hatte, war sie der Ansicht, es stehe ihr nicht zu, es mir zu sagen. Nun, dann mußte ich mich eben in Geduld fassen und abwarten, bis man es mir mitteilte. Aber ich war entschlossen, mich nicht zu einer Heirat zwingen zu lassen, die ich nicht wollte.

Zu meiner großen Freude traf am Tag darauf George ein. Ich sah ihn von meinem Fenster aus, als er in den Hof ritt, und mein Herz hüpfte vor Freude. Mein geliebter Bruder! Wie gut er doch aussah, so groß und eine so vornehme Erscheinung... und doch derselbe alte George, dessen Lieblingsschwester ich in den Tagen unserer Kindheit gewesen war. Ich lief hinunter, um ihn zu begrüßen.

Er sprang vom Pferd, und wir fielen uns in die Arme. Ich berührte sein Gesicht. Ich lachte. Ich war so glücklich. Was die Zukunft auch immer bereithalten mochte, dies war ein Augenblick, den es zu genießen galt.

»Laß mich dich anschauen«, sagte er und trat einen Schritt zurück, um mich genau zu betrachten. »Ist diese elegante Dame wirklich meine kleine Schwester?«

»Und ist dieser gutaussehende Herr mein Bruder George?«

Dann lachten wir und fielen uns wieder um den Hals.

»Es ist lange her«, sagte ich.

»Ich hab immerfort an dich gedacht.«

»Und ich an dich. Es gibt so vieles, worüber wir reden müssen. Laß uns hineingehen, ja?«

Unsere Stiefmutter eilte herbei, um George zu begrüßen. Er gab ihr einen liebevollen Kuß, und ich konnte sehen, daß sie auf ihn denselben Eindruck gemacht hatte wie auf mich.

»Ich freue mich so, daß du da bist«, sagte sie. »Anne hat deine Ankunft schon ganz ungeduldig erwartet. Möchtest du etwas essen..., ein erfrischendes Getränk?«

»Später bitte«, sagte George. »Zuerst möchte ich mich mit meiner Schwester unterhalten.«

Arm in Arm gingen wir die Treppe zu der Galerie mit der kunstvoll verzierten Stuckdecke, vorbei an den Schießscharten – bevorzugte Verstecke aus der Zeit der Kinderspiele – und in den Raum, in dem wir uns immer mit unseren Freunden – gewöhnlich den Wyatts – getroffen hatten und in dem wir lange Gespräche geführt, Thomas' Gedichten gelauscht und Laute gespielt hatten.

»Da ist vieles, was ich wissen möchte«, sagte ich. »Was machst du zur Zeit, George? Und Mary – was ist mit Mary? Ich höre, sie ist am königlichen Hof?«

»O ja. Will Carey bekleidet dort eine Stellung – Edelmann der königlichen Leibwache.«

»Aber nach allem, was in Frankreich geschehen ist...«

»Du denkst an Mary. Oh, Marys Ehre ist wiederhergestellt. Inzwischen ist sie sogar jemand bei Hofe..., sofern man das von Mary überhaupt sagen kann. Nein, sie hat sich trotz alledem nicht verändert. Sie braucht nie um etwas zu bitten.«

»Was meinst du damit, George?«

»Ich dachte, es sei dir vielleicht zu Ohren gekommen. Es ist kaum anzunehmen, daß nicht darüber geredet worden ist. Mary genießt die Gunst einer hochrangigen Persönlichkeit.«

»Du willst doch nicht etwa behaupten...«

Er nickte. »Die hochrangigste Persönlichkeit überhaupt. Der König findet unsere Schwester bezaubernd. Er hat sie zu seiner kleinen Gespielin erkoren.«

»Oh... nein!«

Er nickte. »Die niedliche kleine Mary, Freundin der Könige! Ich frage mich, ob sie wohl Unterschiede zwischen dem König von England und dem König von Frankreich feststellt. Aber das würde man von Mary nie erfahren. Nicht, daß sie es wüßte. Mary hat nur eins im Kopf, und solange sie das bekommt, ist sie zufrieden.«

»Und was ist mit Will?«

»Oh, er ist recht beliebt beim König. Er ist ja auch ein so entgegenkommender Ehemann.«

»George, ich finde das... schamlos.«

»Aber nein, Schwesterchen. Derartige Techtelmechtel gelten nur in gewöhnlichen Kreisen als schamlos. Die Geliebte eines Bauern zu sein, das ist allerdings etwas Unehrenhaftes, aber die Geliebte eines Königs zu sein..., ich bitte dich, das ist doch eine große Ehre.«

»Sei nicht zynisch, George. Sie ist schließlich unsere Schwester, und nach allem, was sich am französischen Hof ereignet hat, hätte man denken sollen, sie sei nun klug genug, dafür zu sorgen, daß derartiges nicht noch einmal geschieht.«

»Der Hof des Königs von England ist nicht der des Königs von Frankreich. Hier wird Moral groß geschrieben. Mit *amours* geht man hier nicht hausieren. François' Affären waren zu zahlreich, um den Menschen verborgen zu bleiben. Unser König ist anders. Er wäre ein Heiliger – wenn seine Veranlagung es nur zuließe. François ist da realistischer; er weiß, daß er nie ein Heiliger sein könnte, selbst wenn er das wollte, was nicht der Fall ist. Dafür liebt er das Leben zu sehr. Henry geht es nicht anders. Aber, unter uns, Anne, er versteht es, sich selbst etwas vorzumachen. Er fühlt sich wie ein Heiliger, seit er sein Buch gegen Martin Luther geschrieben hat, *Assertio Septem Sacramentorum*. Es hat ihm den Tiel ›Verteidiger des Glaubens‹ eingebracht. Stell dir vor – ganz *entre nous* –, Wolsey hat daran mitgewirkt, und auch Thomas More zeichnet für einen beträchtlichen Teil verantwortlich, aber es wird als das Werk des Königs gefeiert und stellt ihn als Stütze der Kirche hin. Du siehst also, er wird der Welt beweisen, daß er ein guter Mensch ist. Zur Hälfte ist er das auch . . ., aber wir haben alle vielschichtige Charaktere . . ., du und ich und sogar Seine Majestät, der König. Also redet er sich ein, seiner Königin treu zu sein . . ., was er in Gedanken auch ist, wären da nicht diese kleinen Raubzüge durch verbotenes Territorium. Und in einen davon ist unsere Mary zutiefst verwikkelt.«

»Wie lange besteht das Verhältnis schon?«

»Fast seit dem Tag, an dem sie an den Hof kam. Er hat sie sogleich bemerkt. Sie fällt einfach sofort auf. Es hat weniger mit Schönheit zu tun . . ., eher mit Verheißung. Ja, ich glaube, das ist die Antwort. Das ist manchmal das Entscheidende an der Anziehung zwischen den Geschlechtern. Ich bin bereit – das ist es, was Mary signalisiert –, ich bin genauso ungeduldig vor Begierde wie du. Ich will nichts als unsere Vereinigung. Ich sehne mich nach nichts so sehr wie nach der Befriedigung, die ich dir verschaffe und die du mir verschaffst. Das ist es, Anne, das Geheimnis der Wirkung, die Mary auf alle Männer hat. Wer könnte ihr widerstehen? Der König ganz sicher nicht.«

»Hat sie denn nichts aus den Vorfällen in Frankreich gelernt?«

»Hier liegen die Dinge anders als in Frankreich. Dort nahm sie sich Liebhaber, als der König sie fallenließ . . ., x-beliebige . . ., in aller Öffentlichkeit. Die Männer prahlten damit, sich eine Geliebte mit dem König zu teilen. Aber es gab so viele davon, daß die Affären zum Gegenstand des Hofklatsches wurden. Das hielten die Franzosen für geschmacklos . . ., für schlechte Manieren . . ., für unfeines Benehmen.

Das ist dort drüben das eigentliche Vergehen. Hier ist Mary in ihrem natürlichen Element. Ich wüßte keinen Grund, weshalb sie sich nicht noch lange Zeit der Gunst des Königs erfreuen sollte.« Er lachte mich an. »Reg dich nicht auf«, fuhr er fort, »um Mary braucht man sich keine Sorgen zu machen; die läßt sich nicht unterkriegen, das liegt in ihrer Natur.«

»Unsere Schwester ist also die Geliebte des Königs. Und was sagt unser Vater dazu?«

»Er sagt: ›Gut gemacht, Mary.‹ Er kommt am königlichen Hof blendend zurecht. Er genießt das Wohlwollen des Königs. Er war als Gesandter erfolgreich. Mehr noch: Er hat eine Tochter in die Welt gesetzt, an der der König seine Freude hat.«

»Ich wünschte, er hätte seinen Erfolg anderen Leistungen zu verdanken.«

»Der Weg zum Erfolg ist dornig und steil. Und überall sind Fallen versteckt. Wer da nicht zugreift, wenn ihm eine Hand zur Hilfe gereicht wird, ist ein Narr.«

»O George, es tut gut, wieder bei dir zu sein und dir zuzuhören. Ich habe oft an früher gedacht. Weißt du noch, wie wir mit den Wyatts zusammen im Garten gesessen haben?«

»Ich weiß es noch.«

»Warum hat man mich nach Hause geholt? Weißt du es?«

»Sie haben einen Bräutigam für dich gefunden.«

»Wer ist es?«

»Nun ja…, du weißt vielleicht nicht, daß vor ein paar Jahren unser Urgroßvater, der Graf von Ormond, gestorben ist. Abgesehen von seinem Titel hat er große Ländereien in Irland hinterlassen. Die Familien seiner beiden Töchter – von denen eine unsere Großmutter ist – sollten das Erbe antreten; damit hat unser Vater auch seit langem gerechnet. Nun erhebt jedoch der Vetter zweiten Grades des Grafen, Sir Piers Butler, Anspruch auf den Besitz.«

»Aber wie ist das möglich? Er gehört doch gar nicht der direkten Linie an.«

»Es ist recht kompliziert, da es ein irischer Adelstitel ist. Der Graf hatte sich in England niedergelassen, weil er die ständigen Kämpfe leid war, die in Irland herrschten. Und Sir Piers ist eine Art Straßenräuber. Er steht sogar im Verdacht, ein Mitglied der Familie umgebracht zu haben, das möglicherweise Ansprüche auf den Besitz gehabt hätte; über seine Absichten bestehen also keinerlei Zweifel. Nun hatte er sich jedoch um die irischen Besitzungen des Grafen gekümmert und ist in der Tat einer der wenigen Lords dort, denen vertraut werden kann, daß sie die Interessen der Engländer gegen jene unangenehmen Leute vertreten, die in Irland immer wieder für Unruhe und Zwietracht gesorgt haben und wohl auch in Zukunft sorgen werden. Sir Piers genießt also bei Hofe großes Ansehen. In seinem Testament belohnte der Graf Sir Piers für seine Dienste, hinterließ seinen Besitz jedoch den Erben seiner Töchter. Der Fall wurde vorgebracht, und Sir Piers wurde aufgefordert, nach England zu kommen, um seine Ansprüche vor einem Gerichtshof vorzutragen. Seine Antwort war, daß er dazu viel zu beschäftigt sei, da er im Namen des Königs Kriege zu führen habe. Das stimmte, und da Irland sich wie immer am Rande der Rebellion befand und Sir Piers einer der wenigen Männer war, auf die Henry sich verlassen konnte, hatte der König wenig Lust, gegen ihn vorzugehen. Das Ergebnis war, daß die Angelegenheit auf die lange Bank geschoben wurde, während Sir Piers weiter über das Land und die Einkünfte verfügt, als ob sie ihm gehörten.«

»Und was hat das mit meiner Heirat zu tun?«

»Eine Menge. Sir Piers hat einen Sohn – James Butler. Der König möchte, daß Sir Piers weiterhin in Irland seine Interessen vertritt. Daher muß er ihn bei Laune halten. Das bereitete ihm solange Kopfzerbrechen, bis unser Onkel Surrey mit dem Vorschlag kam, daß eine Heirat die ideale Lösung zur Beilegung des Streites sei. Sir Piers haben einen Sohn, unser Vater eine Tochter. Wenn diese beiden miteinander verheiratet würden, gelangten ihre Nachkommen selbstverständlich in den Besitz des Erbes. Ganz einfach, dachten Surrey und ... der König. Der Vorschlag wurde beschlossen, und da auch Master Wolsey dem Plan zustimmt, gilt der Zweck als so gut wie erreicht.«

Ich war schrecklich wütend. Ich sagte: »Sie haben etwas abgemacht, ohne die beiden Menschen, die es am meisten betrifft, nach ihrer Meinung zu fragen.«

»So ist ist das nun einmal im Leben, Schwester.«

»George, ich will nicht. Ich lasse mit mir nicht solch einen Tauschhandel treiben.«

»Du wirst schwerlich etwas dagegen tun können, Anne.«

»Ich rede mit unserem Vater, wenn ich ihn treffe.«

»Es hängt nicht nur von unserem Vater ab. Das Ganze ist eine politische Angelegenheit geworden. Der König wünscht diese Heirat. Wolsey wünscht sie.«

»Was können sie mit mir machen, wenn ich mich weigerte?«

»Ich glaube nicht, daß es klug wäre, das herauszufinden.«

»Aber ich will nicht, George! Ich will nicht!«

Er versuchte, mich zu beruhigen. »Es gibt arrangierte Ehen, die schließlich ganz glücklich werden. Ein Mann ist doch wie der andere. Du wirst es schon schaffen, diesen James nach deiner Pfeife tanzen zu lassen, da bin ich ganz sicher.«

»In den irischen Sümpfen?«

Er mußte lachen. »Ganz schön weit weg vom französischen Königshof, soviel steht fest.«

»Ich mache das nicht mit.«

»Sei nicht verzweifelt. Es ist gar nicht so unmöglich, daß irgend etwas dazwischenkommt. Das kann man nie ausschließen. Das Leben verläuft oft anders als geplant.«

»Meins bestimmt nicht.«

Was ich soeben erfahren hatte, hatte meine Freude, wieder daheim zu sein, erheblich getrübt, obwohl ich mit etwas Ähnlichem durchaus rechnen mußte. Irland! Daran hatte ich nicht gedacht. Ich konnte mir einfach nicht vorstellen, in die Wildnis verbannt zu werden, nachdem ich mich an die Eleganz des französischen Hofes gewöhnt hatte. Ich hatte irgendwo gelesen, Irland werde von barbarischen Häuptlingen bevölkert, die barfuß und in safrangelben* Gewändern durch das Land zögen und einzig und allein aus dem Grunde Kriege führten, weil kämpferische Auseinandersetzungen ein Zeitvertreib seien, dem sie mit Begeisterung frönten.

* Safrangelbe Kleidung galt als aufdringlich und gewöhnlich und wurde oft mit Schurken in Verbindung gebracht. (Anm. d. Übers.)

Ich war schockiert darüber, daß mein Vater aus Marys würdelosem Verhalten Nutzen zog. Ich erinnerte mich daran, wie leidenschaftlich er in Frankreich ihren Lebenswandel verurteilt hatte, wie heftig er sie wegen ihrer Unmoral beschimpft hatte; nun, da sie ihm Vorteile brachte, schien er ihr Verhalten zu billigen.

Ich dachte an all die Vergünstigungen, die ihm die Schamlosigkeit seiner Tochter eingebracht hatte. Gewiß, sein Aufstieg bei Hofe hatte schon begonnen, bevor Mary auftauchte, um seiner Karriere förderlich zu sein. Ich erinnerte mich, gehört zu haben, daß er einer der vier Höflinge gewesen sein soll, die bei der Taufe von Prinzessin Mary den Baldachin getragen hatten. Das war eine ziemliche Ehre. Kurz danach war er zum obersten Grafschaftsverwalter von Kent ernannt worden. Alles vor Marys Zeit. Er hatte seine Aufgaben zur Zufriedenheit des Königs erfüllt und sich als fähiger Gesandter erwiesen.

Ich hatte plötzlich das Bedürfnis, dem Zynismus einer Lebenseinstellung zu entfliehen, die eine Handlung nur dann mißbilligte, wenn sie keinen materiellen Vorteil brachte.

Einige Tage später ritt Thomas Wyatt von Allington zu uns herüber. Ich war gerade im Burghof. Er stieg ab, kam auf mich zu, nahm mich in die Arme, hob mich hoch und sah zu mir auf.

»Anne! Die Dame, die ich verehre, geruht also schließlich zu uns zurückzukehren.«

»Du hast dich gar nicht verändert, Thomas«, sagte ich zu ihm.

»Hast du das erwartet? Dir gegenüber wäre ich immer der alte.« Er ließ mich herunter, und wir sahen uns eine Weile an.

Er war groß und wenn auch nicht unbedingt schön, so doch sehr attraktiv. Erinnerungen stürzten auf mich ein. Mir fiel ein, wieviel er mir bedeutet hatte.

»Sobald ich hörte, du seist hier, mußte ich kommen«, sagte er.

»Wie geht es euch allen in Allington? Wie geht es deiner Schwester Mary?«

»Mary geht es gut, Du wirst sie bald sehen. Aber ich war

ungeduldig; ich mußte sofort kommen.« Seine Augen nahmen meine ganze Erscheinung in sich auf. »Welche Eleganz«, sagte er. »Ganz die Hofdame. Das also haben die Franzosen aus dir gemacht.«

»Ich war lange dort, Thomas.«

»Für uns ein Verlust.« Er nahm meine Hand – die mit dem sechsten Nagel – und küßte sie. »Verlaß uns nie wieder«, sagte er.

»Komm mit ins Haus.«

»Einen Augenblick noch... Laß uns allein sein... nur für eine Weile.«

Wir setzten uns auf eine der Bänke nahe an der Mauer, wo der Efeu rankte. Mit Thomas dort zu sitzen war, als ob man mich in die Vergangenheit zurückversetzt hätte.

»Ist George schon hier? fragte er.

»Ja.«

»Und sicher froh, seine Schwester wieder bei sich zu haben.«

»Ja, das sagt er.«

»Wir waren eine vergnügte Gesellschaft, nicht wahr? Ich denke oft an die alten Zeiten in Kent und Norfolk.«

»Es war wie eine Fügung des Schicksals, daß unsere beiden Familien in den beiden Grafschaften benachbart und befreundet waren..., fast als ob jemand es mit Absicht so eingerichtet hätte.«

»Wer immer es so eingerichtet hat, hat in seiner Sorgfalt nachgelassen, als er dich nach Frankreich geschickt hat. Du darfst nie wieder fortgehen.«

»Man plant bereits, mich in Kürze fortzuschicken. Aber ich will nicht. Weißt du schon von dieser Butler-Angelegenheit?«

Er nickte. »Es ist keine bloße Familienangelegenheit. Es ist eine politische Angelegenheit. Der König will, daß die Butlers in Irland für ihn kämpfen.«

»Und deshalb sind dieser arme junge Mann und ich auserwählt worden, um die streitenden Parteien zu versöhnen.«

»Es ist die alte Geschichte, Anne.«

»Das mag schon sein, aber ich habe nicht die Absicht,

mich benutzen zu lassen, um der Geschichte zu ihrem gewünschten Ende zu verhelfen.«

»Wenn deine Schwester nicht geheiratet hätte, würde ihr jetzt diese Aufgabe zufallen.«

»Vielleicht hätte es Mary nichts ausgemacht«, warf ich bitter ein. »Dieser James Butler ist ein Mann – das ist doch alles, was sie verlangen würde.«

»Nun, Mary ist ihren Weg gegangen, und damit bist du an der Reihe. Freilich ausgerechnet Irland! Das ist eine wilde und unzivilisierte Gegend.«

»Ich habe beschlossen, nicht hinzugehen.«

»Ich fürchte, dein Vater wird seinen Willen durchsetzen.«

»Und ich den meinen.«

»Man wird dich zwingen, Anne.«

»Kann man Menschen zwingen, das Eheversprechen abzulegen?«

»Es ist alles schon vorgekommen. Denk nur an all die Prinzessinnen, die man ins Ausland verheiratet hat, und an all die jungen Männer, denen man Bräute präsentiert hat, die ihnen völlig fremd waren. Es ist der Fluch der Vornehmheit. Es ist einer der Nachteile, die Familien wie unsere genötigt sind in Kauf zu nehmen.«

»Aber ich nehme so etwas nicht in Kauf.«

»Hast du deinen zukünftigen Bräutigam denn schon gesehen?«

»Oh, das hat bisher noch niemand für nötig gehalten! Sie haben mich verlobt, ohne daß ich dabei war.«

Er wandte sich mir zu, nahm mein Kinn in die Hände und sah mir forschend in die Augen. »Du bist wie keine andere«, sagte er. »Vielleicht wirst du Erfolg haben, wo andere gescheitert sind.« Dann küßte er mich auf die Stirn. »Anne, warum bist du nicht eher zurückgekehrt?«

»Um noch früher zur Ehe gezwungen zu werden?«

»Nein. Damit ich die Möglichkeit gehabt hätte, denselben Mut zu beweisen wie du. Jetzt, wo du zurückgekommen bist, fällt mir so vieles wieder ein. Nach wem hielt ich jedesmal Ausschau, wenn ich hierher kam? Immer nach der Anne mit den ernsten, forschenden Augen und dem ungebändigten schwarzen Haar. George und ich waren immer die lärmenden Helden, nicht wahr? Wir sahen auf unsere kleinen Mädchen hinab..., aber mein Herz hat bei deinem Anblick immer gelacht..., und so wird es auch immer bleiben.«

»Ich glaube, ich habe auch immer nach dir Ausschau gehalten. Ich habe dich bewundert... und George natürlich auch. Ihr wart die Helden, wir Mädchen eure stillen Verehrerinnen. Deine Schwester Mary habe ich sehr gern gehabt. Ihre Gesellschaft war wohltuend, aber aufregend war nur deine Gesellschaft und die von George.«

»Wenn sie dich nicht fortgeschickt hätten..., dann wäre es nicht geschehen, dann hätte ich mich hartnäckig gewehrt. Die Verbindung brachte Vorteile, verstehst du. Mein Vater hielt sie für ideal. Ich war leichtsinnig und nachlässig im Umgang mit Erinnerungen... Ich dachte, es müsse irgendwann ja doch geschehen. Was ich versuche, dir beizubringen, Anne, ist, daß ich eine Frau habe.«

»Thomas! Du!«

Er nickte bedrückt.

»Seit wann?« fragte ich. »Und wer ist es?«

»Seit knapp mehr als einem Jahr. Es ist Elizabeth, die Tochter von Thomas Brooke, Lord Cobham.«

»Herzlichen Glückwunsch. Eine großartige Verbindung.«

»So sieht es meine Familie.«

»Und du – bist du glücklich?«

Er sah mich traurig an und sagte: »Es gibt nur eine, die mich glücklich machen könnte – wirklich glücklich.«

Ich antwortete nicht. Thomas' Worte hatten mich sehr bewegt. Ich war überzeugt, daß ich mich leicht in ihn hätte verlieben können, und ich empfand bittere Enttäuschung darüber, daß er verheiratet war. Wenn diese Butler-Geschichte eine unpolitische Angelegenheit gewesen wäre, hätte man Thomas Wyatt vielleicht für würdig befunden, mein Ehemann zu werden. Ich malte mir in Gedanken aus, wie vergnüglich die Wochen der Brautwerbung verlaufen wären, in denen Thomas von Allington herübergeritten wäre, um mir den Hof zu machen. Aber mein Vater hatte es in der Gunst des Königs weiter gebracht als Sir Henry Wyatt und hätte nach alter Boleyn-Tradition zweifellos eine vornehmere Heirat für seine Tochter angestrebt, obwohl die Wyatts alte

Freunde und gute Nachbarn waren und aus einer höchst angesehenen Familie stammten. Aber wozu darüber nachdenken? Thomas war verheiratet und ich war für James Butler bestimmt.

Thomas sagte gerade zum wiederholten Mal: »Warum bist du nur nicht eher zurückgekommen?«

»Wo wohnst du jetzt?« fragte ich ihn. »In Allington?«

»Ich halte mich die meiste Zeit bei Hofe auf. Ich habe dort eine Stellung.«

»Was ist das für eine Stellung?«

»Ich bin Edelmann der königlichen Leibwache.«

»Dann kennst du also Will Carey gut?«

»Ja.«

»Und du mußt meiner Schwester oft begegnen.«

Er nickte.

»Dann weißt du sicher Bescheid.«

»Daß sie die Geliebte des Königs ist? Alle wissen das, aber niemand spricht es aus. Der König liebt es, seine kleinen Fehltritte geheimzuhalten, und wie du weißt, müssen alle sich seinen Wünschen beugen.«

»Auf dem Lande ist das Leben einfacher«, sagte ich.

»Aber für dich wäre das einfache Leben nichts. Du wärst es bald leid. Die Intrigen des königlichen Hofes..., die Aufregung..., der Kampf um den gesellschaftlichen Rang und der noch erbittertere Kampf, ihn zu halten..., das ist es, was uns Spaß macht. Dann sind da die Maskenspiele, die ich mithelfe auszudenken... Nichts mag der König lieber als ein Maskenspiel, in dem wir verkleidet auftreten. Natürlich könnte keine Verkleidung seine Identität verbergen, aber er bildet es sich gerne ein und es bereitet ihm großes Vergnügen, sich zu erkennen zu geben. ›Es ist Euer König!‹ ruft er dann, und allen stockt vor gespieltem Erstaunen der Atem, alle tun so, als versuchten sie angestrengt, sich zu erinnern, ob sie sich der *lèse majesté* schuldig gemacht haben..., und wissen dabei doch ganz genau, daß sie nur das gesagt haben, was der König am liebsten hat hören wollen, weil ihnen die ganze Zeit völlig klar gewesen ist, mit wem sie gesprochen haben. Es ist eine Farce, ein Verstellungsspiel, aber es verschafft mir die Gelegenheit zu hören, wie meine Verse gesprochen und gesungen klingen. Du solltest an den Hof kommen, Anne. Dein Vater muß dich dort unterbringen.«

»Er hat mich doch schon untergebracht – in Irland.«

»Das muß so lange wie möglich aufgeschoben werden.«

»Ich fürchte, das wird nicht gehen. Deswegen hat man mich ja nach Hause geholt, aber ich werde es nicht zulassen. Ich lasse mir nicht vorschreiben, wen ich heiraten soll. Wenn ich heirate, dann suche ich mir meinen Ehemann selbst aus.«

»Anne..., hättest du mich genommen?«

Ich wich zurück. »Du hast es doch vorgezogen zu heiraten, wie hätte ich dich dann nehmen können?«

»Wenn du hier gewesen wärst...«

»Darüber nachzudenken ist es jetzt zu spät. Was spielt das schon für eine Rolle, was ich getan hätte, wenn ich es jetzt ohnehin nicht mehr tun kann?«

Er schüttelte traurig den Kopf, Dann sagte er: »Ich habe einen Sohn, Anne. Er ist noch kein Jahr alt.«

»Erneut herzlichen Glückwunsch, das ist sicher sehr erfreulich.«

»Ich gebe zu, daß ich das Kind gern habe.«

»Ich muß bald einmal nach Allington kommen, um mir das Kind anzusehen und deine Frau kennenzulernen.«

In dem Moment kam mein Bruder zu uns in den Hof.

»Ah, da bist du ja, Tom«, sagte er. »Was hältst du von meiner Schwester?«

»Eine sehr vornehme Dame mit durch und durch französischen Allüren.«

»Ich bin ganz deiner Meinung. Habt Ihr Erinnerungen an die alten Zeiten aufgefrischt?«

Thomas nickte. »Ich habe mit ihr geschimpft, weil sie so lange fortgeblieben ist.«

»Komm ins Haus«, sagte George. »Meine Stiefmutter hat dich kommen hören; sie möchte dir von ihrem selbstgemachten Wein anbieten. Aber, Tom, du mußt ihr zeigen, daß du ihn köstlich findest; sie ist ganz stolz auf ihr Gebräu.«

Und während wir ins Haus gingen, dachte ich an die alten Zeiten und an Thomas und an das, was nicht hatte sein sollen.

Als mein Vater in Hever eintraf, erwartete ich, daß der Sturm losbräche.

George war an den Hof zurückgekehrt und Thomas Wyatt ebenfalls. Ich hatte in Allington einen Besuch gemacht und meine Freundschaft mit Mary Wyatt erneuert. In unseren Gärten, die ich in der Vergangenheit so geliebt hatte, hatte ich ein wenig meinen inneren Frieden wiedergefunden. Ich ritt ziemlich oft aus und hätte eigentlich einen Pferdeknecht mitnehmen sollen. Meine Stiefmutter machte sich deswegen Sorgen, aber ich versicherte ihr, daß ich durchaus in der Lage sei, auf mich aufzupassen, und sie war jedesmal sehr bemüht, nicht den Eindruck zu erwecken, als wolle sie sich aufdrängen.

Sie machte sich meist in der Küche zu schaffen. Ich hatte das Gefühl, daß sie sich noch nicht daran gewöhnt hatte, in einem Haus wie dem unsrigen zu leben. Sie kam aus einer guten Familie kleinerer Gutsbesitzer – ihr Vater besaß Ländereien –, aber wir waren sehr vornehme Leute geworden, seit mein Vater am königlichen Hof so erfolgreich war und, so dachte ich voll Bitterkeit, seit Mary sich der besonderen Gunst des mächtigsten Mannes im Lande erfreute. Meine Stiefmutter verlor nie eine Bemerkung über diesen wunden Punkt in Marys Leben, obwohl sie sie genauso ins Herz geschlossen hatte wie uns alle.

Ich sah meinen Vater von meinem Fenster aus ankommen. Er reiste mit ziemlich großem Zeremoniell, wie es sich für einen Herrn seines Ranges schickte. Er stand sowohl mit Kardinal Wolsey als auch mit dem König auf freundschaftlichem Fuße. Er hatte die Franzosen im Ungewissen darüber gelassen, für welche Seite England Partei ergreifen werde, und in Oudenarde hatte er einen besonderen Auftrag, Kaiser Karl betreffend, erfolgreich ausgeführt. Er war reich; er war mit Ehrungen überhäuft worden. Das machte mich wütend. Konnte er dem Glück seiner Tochter zuliebe nicht auf das Butler-Vermögen verzichten? Offenbar nicht.

Als ich von seinen Erfolgen und seinem zunehmenden Reichtum erfuhr, war ich entschlossener denn je, mich seinen Versuchen zu wiedersetzen, mich als Mittel zu benutzen, diesen Reichtum noch zu vergrößern.

Ich war auf Anweisungen gefaßt, wie ich mich zu verhalten hätte, und war deshalb ganz erstaunt, als das Thema mit keinem Wort erwähnt wurde – bis ich den Grund herausfand.

Zu der Zeit beschäftigte meinen Vater nur ein einziger Gedanke, der verhinderte, daß er seine Aufmerksamkeit irgend etwas anderem zuwandte. Der König erwies uns die große Ehre, uns in Hever einen Besuch abzustatten. Das war der Grund, weshalb mein Vater nach Hause gekommen war. Er wollte die Vorbereitungen überwachen. Uns allen sollte bewußt werden, welch ein wichtiges Ereignis das war. Es gab so viel zu tun. Es war eine der größten Auszeichnungen, die einem Untertan überhaupt zuteil werden konnten. Es war ein Hinweis auf den aufsteigenden Stern des Thomas Boleyn.

Er begrüßte mich geistesabwesend. Ich hatte ihn während meines Aufenthaltes in Frankreich ein- oder zweimal gesehen, als er in diplomatischer Mission dort war und sich offenbar verpflichtet gefühlt hatte, ein wenig Zeit für seine Tochter zu erübrigen. Doch diese Besuche waren oberflächlicher Natur gewesen. Ich war damals zu jung, um ihn zu interessieren. Er bemerkte seine Töchter erst, wenn sie ins heiratsfähige Alter kamen.

Ich war überrascht über die Zuneigung, die zwischen ihm und meiner Stiefmutter bestand, und diese Überraschung veranlaßte mich, über die Rätselhaftigkeit der menschlichen Natur nachzudenken. Irgendwo hinter dieser granitartigen Fassade verbarg sich ein sanfter Kern, und meiner schlichten, bäuerlichen Stiefmutter war es gelungen, diese Sanftheit zu entdecken. Ich empfand etwas mehr Sympathie für ihn – viel jedoch nicht in Anbetracht der Pläne, die er mit mir hatte.

Meine Stiefmutter war ganz aufgeregt vor Bestürzung. Sie kam in mein Zimmer, um mit mir zu reden, denn wir waren bereits gute Freundinnen geworden.

»Der König... hierher... Was wird er nur von mir denken?«

»Er wird denken, was wir alle denken, daß Ihr freundlich, herzlich, sanft und gut seid..., und deswegen wird er Euch mögen.«

»Oh, Anne, du willst mich nur beruhigen. Ich habe ja nie im Traum daran gedacht... Was sollen wir ihm nur zu essen anbieten? Womit sollen wir ihn unterhalten? Wie können wir einem Vergleich mit dem Hof standhalten?«

»Wir brauchen uns nicht mit dem Hof zu vergleichen. Er entflieht doch dem Hof. Genau das tun Könige, wenn sie umherreisen. Ich bin sicher, er hat nie Speisen probiert, die köstlicher waren als die, die Ihr zubereitet. Ihr seid eine so einfallsreiche Köchin. Wir haben nie zuvor so gut gegessen wie seit dem Tag, als Ihr die Aufgabe übernommen habt, Euch um die Küche zu kümmern.«

»Ich... ich werde dabei sein müssen... als Gastgeberin... an der Seite deines Vaters.«

»Seid einfach Ihr selbst und denkt daran, daß er zwar der König sein mag, aber letzten Endes auch nur ein Mann ist.«

»Wie kannst du nur so etwas sagen!«

»Aus Überzeugung. Vergeßt nicht, ich war lange am französischen Hof. Ich habe den König von Frankreich gut gekannt. Er war sogar noch eleganter als dieser König..., und auch er war nur ein Mann.«

»Du tröstest mich.«

»Alles, was Ihr tun müßt, meine Teuerste, ist, Ihr selbst zu sein.«

»Ich werde sicher ganz aufgeregt sein.«

»Er wird es bemerken und Euch deswegen besonders mögen.«

»Wie ist denn das möglich?«

»Weil er es, nach allem, was ich über ihn weiß, genießen wird, wenn Ihr in Ehrfurcht vor ihm erstarrt. Er wird sehr freundlich sein. Eure Art wird ihm gefallen. Das kann ich beschwören, denn ich kenne mich mit königlichen Hoheiten aus.«

»Gott segne dich, liebes Kind. Ich bin so glücklich darüber, daß du hier bist.«

Welch eine rege Geschäftigkeit in der Küche herrschte! Bratenduft erfüllte die Burg. Da gab es Rindfleisch, Hammelfleisch, Spanferkel, Schweinsköpfe, Fisch aller Art, Obst, riesige Pasteten, aus denen die fantastischsten Figuren geformt werden würden, und alle sollten mit Tudorrosen verziert werden.

Er würde den Besuch mit einer Jagd verbinden, und wie es schien, konnte man keine zuverlässigen Vorhersagen machen. Meine Stiefmutter war in heller Verzweiflung. Wann sollte man mit dem Gebäck beginnen, damit es zum richtigen Zeitpunkt von vollendeter Köstlichkeit war? Auch mein Vater war nervös. Alles mußte in Ordnung sein. Keine Kosten durften gescheut werden. Ich hatte gehört, daß im ganzen Land adlige Familien die Ehre des königlichen Besuchs herbeisehnten und gleichzeitig fürchteten, weil sie sie an den Rand des finanziellen Ruins brachte.

Ich weigerte mich, mich in den Strudel der allgemeinen Aufregung hineinziehen zu lassen. Ich hatte in Guines flüchtig Gelegenheit gehabt, den König zu sehen, und ich hatte ihn in Ruhe beobachten können, als er mit Königin Claude speiste und ich als Mitglied ihres Gefolges anwesend war. Damals hatte er sogar mit mir gesprochen. Die Treffen mit Marguerite, die mir so viel von ihrem Bruder erzählt hatte, hatten mich in sehr engen Kontakt mit dem Königshaus gebracht, und ich hatte aufgehört, übermäßig beeindruckt zu sein. Daher regte ich mich wegen des bevorstehenden Besuchs weniger auf als offenbar alle übrigen Mitglieder des Haushaltes. Nachdem zwei Tage vergangen waren, ohne daß der königliche Gast erschienen war, kam mir der Gedanke, der König habe vielleicht beschlossen, nicht zu kommen – wobei mir bewußt war, daß das etwas war, was mein Vater befürchtete und meine Stiefmutter erhoffte.

Ich war zu der Überzeugung gelangt, daß das der Fall sein müsse. Jedenfalls wandte ich mich in Gedanken ganz der Butler-Geschichte zu.

Seit der Ankunft hatte mein Vater kaum von mir Notiz genommen, was unter den gegebenen Umständen auch verständlich war; ich war jedoch sicher, daß mir gleich im Anschluß an den königlichen Besuch mitgeteilt werden würde, was man von mir erwartete. Darauf wollte ich mich vorbereiten. Das beschäftigte mich weitaus mehr als der Besuch des Königs.

In Hever gab es einen kleinen, von einer Hecke umschlossenen Rosengarten – einer meiner Lieblingsplätze. Dort fand ich inneren Frieden. Ich saß dort oft stundenlang, dachte über die Vergangenheit und über die Zukunft nach und versuchte, mir auszumalen, wie mein Vater sich verhalten würde, wenn er erführe, daß ich mich weigerte, mich zur Ehe zwingen zu lassen.

Auch an jenem Nachmittag hielt ich mich dort auf. Ich erinnere mich genau, daß es ein warmer Frühlingstag war; im Garten war es ganz windstill. Ich saß auf der hölzernen Bank und schaute gedankenverloren auf den Teich mit der kleinen Statue des Gottes Hermes, während ich mir die passenden Worte zurechtlegte, die ich vorbringen wollte, wenn mein Vater das Thema James Butler zur Sprache brächte.

Und als ich so dort saß, hörte ich Schritte, und eine Gestalt kam durch die Öffnung in der Hecke. Mir stockte der Atem, und ich spürte, wie mein Herz plötzlich schneller schlug. Eine Verwechslung war völlig unmöglich. Er wirkte stattlicher, als ich ihn in Erinnerung hatte. Vielleicht war er ein wenig korpulenter geworden, seit ich ihn zuletzt gesehen hatte. Sein wattierter Mantel hatte bauschige Ärmel und war mit kunstvollen Applikationen verziert, die ihn sehr ausladend erscheinen ließen; er reichte ihm nur bis zu den Knien, so daß die wohlgeformten Waden, auf die er so stolz war, in ihrer ganzen Pracht zu bewundern waren. Sein Mantel war aus leuchtend purpurrotem Samt, sein Wams aus purpurfarbenem Satin mit einem aufgestickten Rosenmotiv – Tudorrosen natürlich; auf dem Kopf trug er einen Hut mit einer blaßgelben, gewellten Feder. Ich konnte die Edelsteine an seinem Gewand funkeln sehen. Er war eine prächtige, glitzernde Erscheinung.

Ich selbst war ganz einfach gekleidet. Mein Vater wäre sicher sehr aufgebracht gewesen, wenn er mich so hätte sehen können. Ich trug ein rotes Kleid, das von der Taille bis zum Saum geschlitzt war, so daß ein seidenes Unterkleid in einem perfekt abgestimmten helleren Rot zum Vorschein kam. Mein Haar hing offen über meine Schultern. Abgesehen von den weiten, langen Ärmeln, die ich immer trug und die meinem Kleid eine gewisse Eleganz verliehen, hätte ich ein einfaches Mädchen vom Lande sein können.

Teils verlegen, so überrascht worden zu sein, teils aber auch amüsiert, ließ ich meinem Übermut freien Lauf und beschloß, ihm einen Streich zu spielen. Es machte ihm doch solchen Spaß, sich zu verkleiden, so daß alle so lange im unklaren über seine Identität blieben, bis er sich als der König zu erkennen gab. Nun gut, dann würde ich eben so tun, als wüßte ich nicht, wer er sei.

Er blickte mich erstaunt an und kam auf mich zu. Ich blieb sitzen, bis er dicht vor mir stand. Ich glaube, er erwartete, daß ich vor ihm auf die Knie fiele. Statt dessen sagte ich kühl: »Sagt bitte, kommt Ihr vom königlichen Hof?«

Er war offensichtlich verblüfft, denn ich merkte, wie er stutzte. Dann zuckten – fast unmerklich – seine Lippen. Später machte ich die Erfahrung, daß es nicht schwer war, von seinem Gesichtsausdruck auf seine Laune zu schließen. Vermutlich hielt er es gewöhnlich nicht für nötig, seine Gefühle zu verbergen, da sein Wille Befehl war. In der Tat sollte ich noch erleben, wie ein Blick von ihm die Menschen in Angst und Schrecken versetzen konnte.

Er antwortete: »Allerdings.«

»Ah ja«, fuhr ich fort, »dann muß der König wohl eingetroffen sein.«

»Das würde ich auch sagen.«

»Und Ihr seid ein Mitglied seines Hofstaats? Jetzt sollte ich wohl sagen: ›Willkommen in Hever‹, aber Eure Verspätung hat große Unannehmlichkeiten verursacht. Wir hatten Euch früher erwartet.«

Er sah mich eindringlich an, und ich spürte, wie zunehmend Ärger in mir aufstieg, je mehr seine kleinen Augen zu leuchten begannen, während sie mich musterten. Es war derselbe zärtliche und zugleich lüsterne Blick, den ich bei anderen gesehen hatte. Ich mußte sogleich an meine Schwester Mary denken. Ob er wohl wußte, wer ich war? Er mußte es wissen. Schließlich war ich hier im Hause meines Vaters. Ich war ihm zweifellos seit der Butler-Angelegenheit ein Begriff. Auch das war etwas, was mich ärgerte. Ich war weniger ein menschliches Wesen als vielmehr ein Mittel zum Zweck – im Falle meines Vaters, um zu einem Vermögen zu kommen, im Falle des Königs, um nicht auf einen Krieger zu verzichten.

Er erinnerte sich sicher nicht an unsere erste Begegnung. Wie sollte er auch? Ich war ja nur ein kleines englisches Mädchen am Hof des französischen Königs gewesen..., fast noch ein Kind und viel zu jung, um ihn zu interessieren. Doch inzwischen war ich älter..., wahrscheinlich so alt wie Mary, als sie ihm zum ersten Mal aufgefallen war. Zu meinem Ärger kam Empörung hinzu. Dachte er etwa, ich sei wie meine Schwester?

«Hätte ich gewußt, daß ich Euch hier finden würde, mein Fräulein«, sagte er, »hätte ich meinem Pferd die Sporen gegeben.«

»Das ist sehr galant von Euch.«

»Sagt«, fuhr er fort, »seid Ihr die Tochter des Hauses?«

»Ja.«

»Dann seid Ihr Fräulein Anne Boleyn.«

»Ganz recht.«

»Und Ihr seid sicher überaus gespannt auf diesen Besuch des Königs.«

Ich zuckte gleichgültig mit den Schultern, schlug die Augen nieder und sah verstohlen zu ihm auf. Ärger blitzte in seinen Augen auf. Ich täte gut daran, vorsichtig zu sein. Aber nein. Ich hatte ja auch die Begierde in den blauen Augen aufleuchten sehen. Das hier würde schon nicht so schlimm sein.

»Etwa nicht?« fragte er.

»Ich war im Ausland. ich habe viele Jahre am französischen Hof verbracht, und der ist, glaube ich, noch viel glanzvoller als der von England.«

»Wer behauptet das?«

»Niemand, mein Her. Ich selbst bin zu diesem Schluß gelangt.«

Er setzte sich neben mich. Er war mir ganz nah, und der prachtvolle Brokatstoff seiner Hose berührte mein Kleid.

»Ihr seid ein vorlautes Geschöpf«, sagte er. »Was wißt Ihr denn schon vom Hof des Königs?«

»Ich kenne nur den französischen Königshof, und den sehr gut. Ich habe zum Gefolge der Königin von Frankreich gehört. Ich bin mit der Schwester unseres Königs nach Frankreich gekommen, als diese König Louis heiratete, und ich bin bei ihr geblieben, bis sie in ihre Heimat zurückkehrte. Danach war ich bei Königin Claude und der Herzogin von Alençon. Möglicherweise wußtet Ihr noch nicht, daß sie für die gebildetste Dame Frankreichs gehalten wird – vielleicht auch der ganzen Welt.«

»Was ich Euch übelnehme, ist, daß Ihr so abfällig über den Hof des Königs sprecht, ohne ihn zu kennen.«

»Ich habe nicht abfällig gesprochen, mein Herr. Und wenn ich angeblich den englischen Hof nicht kenne, was wißt Ihr dann vom französischen?«

Er rutschte ungeduldig auf der Bank hin und her. Ich hatte das Gefühl, daß er wütend wurde. Er hatte offenbar genug von dem Spiel. Jetzt wollte er wohl sagen: »Ich bin Euer König!« Und dann müßte ich, entsprechend den Spielregeln, ihm zu Füßen fallen und um Verzeihung für meine vorlauten Bemerkungen bitten. Er würde mich bitten und flehen lassen, und sein Unwille würde deutlich von seiner Stirn abzulesen sein. Dann aber würden die kleinen blauen Augen – kaum merklich – belustigt zwinkern, denn ich konnte merken, daß ihm trotz meiner einfachen Kleidung und meines lose herabhängenden Haars – oder gerade deswegen – mein Aussehen gefiel. Er würde sich daran erinnern, daß ich eine Schwester mit lockerer Moral hatte, und denken, ich sei genauso. Dann würde er mir gnädig verzeihen und mich vielleicht sogar küssen und erwarten, noch in derselben Nacht Einlaß in mein Schlafzimmer zu finden – mit Zustimmung meines Vaters selbstverständlich.

Ich brauchte nur daran zu denken und schon stieg in mir wieder der Zorn auf meinen Vater und auf alle Männer auf, die Frauen erniedrigten.

Also konnte das Spiel noch nicht enden.

»Ich mag die Franzosen nicht«, sagte er.

»Ich fand viele von ihnen ganz bezaubernd.«

»Franzosen sind hinterhältig..., Betrüger..., Verräter«, murmelte er.

»Oh, mein Herr, dasselbe könnten sie von den Engländern behaupten.«

»Du bist ein naseweises Gör«, sagte er. »Hast du keine Angst, ich könnte dem König zutragen, was du da von dir gibst?«

»Und wenn schon, das wäre mir gleich.«

»Denkst du, es würde ihm gefallen, wie du unsere Feinde rühmst?«

»Ich hoffe doch, er wäre klug genug, diese Feinde so zu sehen, wie sie wirklich sind.«

»Mein Fräulein, ich denke, Ihr solltet Euch in acht nehmen.«

»Wir sollten uns alle in acht nehmen. Aber manchmal ist es viel lustiger, ein wenig vorlaut zu sein. Findet Ihr nicht, mein Herr?«

Er schlug sich nachdenklich aufs Knie und sagte: »Das mag wohl sein.« Dann wandte er sich mir zu und legte seine Hand auf meinen Arm. Er griff ihn ganz fest und sagte: «Ich gebe dir einen guten Rat. Hüte deine Zunge, mein Schatz.«

»Bitte redet mich nicht so an. Ich bin nicht Euer Schatz.«

»Wenn Ihr es wärt«, entgegnete er, »würde ich Euch eine Lektion erteilen.«

»Sollte diese Unmöglichkeit möglich sein, könnte es eher sein, daß ich Euch eine erteile.«

Da lachte er und kam ganz nah an mich heran, aber ich rückte ein Stück von ihm weg.

»Was macht Ihr hier den ganzen Tag?« fragte er.

»Ich lese, singe, spiele Laute. Ich reite, gehe spazieren, schreibe ein wenig. Als ich noch bei Frau von Alençon war, las ich immer mit ihr. Habt Ihr schon einmal was vom *Decamerone* gehört, mein Herr?«

»Allerdings.«

»Aber ihn bestimmt nicht gelesen, möchte ich schwören.«

»Warum würdet Ihr das beschwören?«

»Weil Kavaliere wie Ihr ihre ganze Zeit darauf verwenden, sich mit hübschen Gewändern zu schmücken und Damen den Hof zu machen.«

»Du bist wahrhaftig ein freches Geschöpf.«

»Ich rede so, wie ich denke.«

»So also benahm man sich am Hof des Königs von Frankreich?«

»Einigen gegenüber schon.«

»Etwa dem König gegenüber?«

»Über dessen *amours* weiß doch jeder Bescheid. Es wird immer Frauen geben, die es für eine Ehre halten, die Geliebte eines Königs zu sein.«

»Und Ihr wärt nicht dieser Ansicht?«

»Allerdings nicht, mein Herr. Ich würde meine Ehre nicht so billig verkaufen.«

»Billig! Ich möchte wetten, daß besagte Damen nicht das Gefühl hatten, in dem Fall ihre Ehre zu verlieren.«

»Weshalb nicht?«

»Ihr solltet eigentlich wissen, daß es eine Ehre ist, vom König auserwählt zu werden.«

»Findet Ihr? Mir ist vielmehr beigebracht worden, daß eine Frau sich für ihren Ehemann aufheben sollte.«

»Eine Dame gewinnt an Würde, wenn ihr die Gunst des Königs zuteil wird.«

»Würde? Ihr meint doch wohl eher weltliche Güter, mein Herr!« Ich war wütend, denn ich dachte an Mary. »Die Ehre einer Dame ist etwas Unbezahlbares. Ich würde mich nie herablassen, die Geliebte irgendeines Mannes zu sein..., nicht einmal des Königs.«

Er erhob sich und schaute mich durchdringend an. Jetzt war er wirklich zornig. Ich war zu weit gegangen. Ich hatte mich von der Erinnerung an Marys Demütigung am französischen Hof hinreißen lassen. Nun würde er seinen geplanten Anschlag auf meine Tugend vergessen. Ich war meiner zu sicher gewesen. Schließlich waren die meisten Frauen nur allzu bereit, ihm jederzeit nachzugeben. Wer war ich denn schon, daß ich es mir erlauben konnte, mit diesem mächtigen Herrscher kindische Spiele zu treiben? Aber es war mir schwergefallen, den Wunsch, ihn zu hänseln, in mir zu unterdrücken, und ein wenig fühlte ich mich auch zu ihm hingezogen, weil er trotz seines königlichen Gehabes etwas Unschuldiges an sich hatte. Diese Freude an kindlichen Spielen..., das war der Zeitvertreib eines Menschen, der noch nicht ganz erwachsen war. Ich war auf dem besten Wege, ihm seine Liebesbeziehung mit Mary zu verzeihen. Schließlich ließ Mary sich mit jedem ein. Warum also sollte ich so übelnehmerisch sein?

»Ich fragte Euch, mein Herr, ob Ihr schon den *Decamerone* gelesen habt«, sagte ich schnell. »Habt Ihr ihn gelesen? Bitte sagt es mir.«

»Ich habe ihn gelesen, und wenn Ihr ein unschuldiges junges Mädchen wärt, hättet Ihr ihn nicht gelesen.«

»Ich habe es schon immer für falsch gehalten, seine Augen und Ohren dem gegenüber zu verschließen, was in der Welt geschieht. Wenn man das tut, wie kann man dann je dazulernen? Die Herzogin und ich haben ihn gemeinsam gelesen. Sie schreibt selbst gerade ein ähnliches Buch. Sie hat es mir gezeigt. Ich war fasziniert davon.« Ich zitierte ein paar Verse, die ich von Marguerite gelernt hatte.

Er hörte aufmerksam zu.

Ich sah ihn von der Seite an und sagte: »Dieser Vers hier ist vertont worden. Es ist eine einschmeichelnde Melodie.«

Ich begann zu singen. Seine Augen nahmen einen entrückten Ausdruck an. Musik bewegte ihn zutiefst.

Er sagte: »Ihr habt eine schöne Stimme.«

»Eigentlich gehört Lautenbegleitung dazu.«

»Sie hört sich auch ohne Laute gut an. Ihr müßt mir bald wieder etwas vorsingen.«

»Vielleicht..., falls unsere Wege sich noch einmal kreuzen sollten.«

»Dem könnte nachgeholfen werden. Erzählt mir mehr von diesem Königshof, vom dem Ihr so schwärmt. Ich garantiere Euch, ich kann Euch mit Geschichten darüber, was an unserem Hof geschieht, mühelos übertrumpfen.«

Ich beschrieb ihm also einige der Maskenspiele, die kunstvollen Tänze und Lieder, die geistsprühenden Gespräche. »Die Franzosen legen nämlich größten Wert darauf, geistreich zu sein«, sagte ich. »Geistreiche Bemerkungen müssen leicht sein wie Distelwolle und scharf wie ein Dolch. Der französische König liebt die Künste. Wußtet Ihr, daß er Leonardo da Vinci nach Frankreich geholt hat?«

»Den Italienern geklaut hat er ihn. O ja, und bei Raphael hat er es auch versucht! Der besaß jedoch genug Liebe zu seinem Vaterland, um der Bestechung zu wiederstehen.«

»Er hat einmal gesagt, daß die Menschen zwar andere Menschen zu Königen machten, aber nur Gott sie zu Künstlern machen könne.«

»Und das glaubt Ihr?«

»Ja, denn es stimmt doch, oder etwa nicht? Habt Ihr Raphaels *Heiligen Michael* gesehen? Es fand eine Zeremonie statt, als das Bild in Frankreich eintraf. Der König selbst enthüllte das Gemälde. Gewiß kann eine Begabung wie die des Malers Raphael nur von Gott stammen. Was die Könige betrifft..., so sind es zweifellos die Menschen, denen sie ihren Ruhm... und Ruin zu verdanken haben. Denkt doch nur an den bisherigen Lauf der Geschichte..., eine Schlacht hier..., ein Sieg da..., und die Entscheidung über eine einzelne Königskrone und ganze Königsgeschlechter ist gefallen.«

O das war gefährliches Terrain, auf dem ich mich da bewegte! Dachte er jetzt an Bosworth Field und daran, daß die Schlacht, die dort stattgefunden hatte, um Haaresbreite hätte anders ausgehen können? Was wäre dann aus Henry Tudor geworden?

Ich war überrascht über mein eigenes Verhalten. Ich war in unmittelbarer Nähe des Königs von Frankreich aufgewachsen, aber Henry von England war von ganz anderem Kaliber. Ich brachte mich leichtsinnig in Gefahr. Mein Vater wäre vor Furcht und Zorn außer sich, wenn er diese Unterhaltung hören könnte. Wenn nicht dieses lüsterne Leuchten in den kleinen Tudoraugen gewesen wäre, hätte ich es vielleicht selbst mit der Angst bekommen. Aber mein Instinkt sagte mir, daß darin meine Rettung lag. Ich würde mir einiges erlauben können, bevor sein Zorn unversöhnliche Ausmaße annähme.

Er schwieg und starrte finster vor sich hin.

Ich redete schnell weiter, bemüht, das Thema zu beenden: »Wäre eine bestimmte Schlacht nicht gewesen, könnten wir uns jetzt nicht der Herrschaft des ruhmreichen Hauses Tudor erfreuen. Was wäre das für eine Katastrophe!«

Ihm entging die leise Ironie meiner Worte. Er war wieder glücklich. Er hatte wirklich etwas Kindliches.

Ich sagte: »Ich habe also deutlich gemacht, worum es mir ging?«

Er brummte, das hätte ich, aber jetzt sei es genug.

»Ihr habt Euch mit mir unterhalten..., mir vorgesungen..., mir von Euch erzählt, und Ihr habt mich noch immer nicht nach meinem Namen gefragt.«

»Nun gut, dann frage ich jetzt, wie Euer Name ist.«

»Henry.«

»Henry! Ein guter englischer Name. Und einer, den Ihr mit einer großen und berühmten Persönlichkeit teilt.«

Er war aufgestanden. Ich blieb sitzen und sah zu ihm auf. Seine Augen hatten sich verengt; er stand breitbeinig vor mir. Etwas Majestätisches an ihm muß mich in dem Augenblick veranlaßt haben, mich zu erheben, und indem ich das tat, verriet ich mich.

»Ihr wißt genau, wer ich bin!« schrie er.

Jetzt war er wütend. Ich war zu weit gegangen. Er würde mich bestrafen. *Lèse majesté* – das Verbrechen, das die französischen Schauspieler ins Gefängnis gebracht hatte. Dieser Mann, fürchtete ich, würde grausamer als der König von Frankreich sein, wenn es darum ginge, seine königliche Würde zu verteidigen.

Fieberhaft suchte ich nach einer rettenden Antwort. Sie fiel mir zum Glück schnell ein.

Ich fiel auf die Knie, warf meine Haare zurück und sah zu ihm auf. Er schaute mich irgendwie fragend an, und ich dachte: Alles kann gut werden, wenn ich nur die richtigen Worte finde.

Ich fand sie: »Euer Gnaden, wem könnte in Eurer Gegenwart verborgen bleiben, wer Ihr seid?«

Er schien ein wenig besänftigt.

»Es war also ein Spiel, wie? Ihr habt gedacht, Ihr könntet ein Spiel mit mir spielen! Nun, dann laßt Euch gesagt sein, daß Ihr mich nicht habt täuschen können. Ich habe Euch nur deshalb keinen Einhalt geboten, weil ich sehen wollte, wie weit Ihr gehen würdet.«

»Ich kann nur hoffen, daß unser kleines Spiel Euer Hoheit nicht mißfallen hat. Ich weiß zum Glück, daß ich in dieser Hinsicht keine Befürchtungen zu haben brauche. Euer Hoheit hat einen viel zu ausgeprägten Sinn für Spaß ... Ich habe davon gehört und auch, wie sehr Ihr diese kleinen Maskeraden liebt.«

Er wippte auf seinen Fersen hin und her und ließ mich weiter vor ihm knien. Ich überlegte, welche Art von Strafe er sich wohl würde einfallen lassen. Aber noch war das kleine lüsterne Leuchten aus seinen Augen nicht verschwunden.

Ich hörte Stimmen. Es näherten sich Leute. Höchstwahrscheinlich suchte man ihn bereits. Ich sagte: »Ich muß gehen. Man darf mich hier nicht finden.«

Er streckte die Hand aus und erwischte noch eine Strähne von meinem Haar. Aber ich war bereits auf und davon.

Ich rannte, so schnell ich konnte, aus dem Garten und versteckte mich hinter den Sträuchern. Eine Gruppe von Leuten kam in Sicht, an ihrer Spitze mein Vater. Sie waren offensichtlich auf der Suche nach dem König.

Ich rannte in mein Zimmer und sah mich im Spiegel an. Meine Augen glänzten, meine Wangen waren – was selten vorkam – leicht gerötet, mein Haar war in Unordnung.

Was hatte ich getan? Was hatte mich nur dazu gebracht, mich so zu benehmen? Ich war in einer seltsamen Stimmung gewesen. Ich war so wütend wegen der Butler-Angelegenheit und entschlossen gewesen, der Welt zu beweisen, daß ich mich nicht wie andere Mädchen aus vornehmen Familien herumkommandieren ließ. Aber sich auf einen solchen Wortwechsel mit dem König einzulassen war heller Wahnsinn.

Ich fragte mich, wie er sich nun wohl verhalten werde. Er würde die Sache ganz sicher nicht auf sich beruhen lassen. Es hatte Augenblicke während unseres Gesprächs gegeben, da war er wirklich verärgert gewesen, aber irgend etwas an mir muß ihn auf unerklärliche Weise gerührt haben. Obwohl ich noch Jungfrau war, waren mir die Verhaltensweisen der Männer nicht unbekannt; ich wußte über ihre animalische Begierde Bescheid, die irgendwie unberechenbar, aber so intensiv war, daß sie alles andere vergaßen, wenn es sie überkam. François und die meisten Herren an seinem Hof waren jung und lebenshungrig, und sie jagten den Frauen genauso nach, wie sie dem Wild nachjagten. Sie brauchten nur eine von ihnen zu sehen, und schon stürzten sie los. Ihre Blicke waren ganz unmißverständlich. Bei Henry war das ein wenig anders. Ich erinnerte mich an das, was George über ihn gesagt hatte. Er prahlte nicht öffentlich mit seinen Liebesabenteuern, aber sie waren auch nicht so zahlreich wie die des Königs von Frankreich. Henrys Charakter hatte eindeutig so etwas wie einen moralischen und sentimentalen Zug. Außerdem hatte ich gespürt, daß er zur Grausamkeit neigte – ein

Charakterzug, der an François nicht zu entdecken war. François hätte meine Unverfrorenheit amüsiert; bei Henry war ich nicht so sicher.

Am heutigen Abend sollte ein großes Festmahl stattfinden, und mein Vater gab sich alle erdenkliche Mühe, den König so zu bewirten, wie es unter den Adligen üblich war, deren Schlösser der König auf seinen Reisen durch das Land besuchte. Als Tochter des Hauses würde ich aufgefordert werden, meine Talente unter Beweis zu stellen..., zu singen..., Laute zu spielen, und er würde mich dabei beobachten und denken: Für diese eine Nacht hier ist sie hübsch genug. Sicher ist sie ein wenig wie ihre Schwester. Immerhin fand er schon eine ganze Weile Gefallen an Mary. Sie erfreute sich nun schon länger der Gunst des Königs von England als sie dem König von Frankreich gefallen hatte.

Ich konnte heute abend einfach nicht dabei sein. Ich konnte es nicht ertragen. Ich würde mich diesen Leuten nicht ausliefern. Ich würde nicht so sein wie meine Schwester Mary.

Aber was konnte ich dann tun?

Ich zog mein Kleid aus und schlüpfte in ein Nachthemd. Dann lag ich in meinem Bett und lauschte der Betriebsamkeit, die in der Burg herrschte. Unter meinem Fenster hörte ich Stimmen. Ich erkannte an dem schmeichlerischen Gelächter, daß er dort war. Die Stimme meines Vaters klang salbungsvoll. Bat er gerade den König, seiner mißratenen Tochter zu verzeihen, oder sprach er die Hoffnung aus, sein bescheidenes Zuhause möge Seiner Hoheit nicht allzu unwürdig erscheinen?

Jemand klopfte leise an die Tür. Es war meine Stiefmutter. Sie schaute entsetzt drein, als sie mich im Bett liegen sah.

»Aber Anne«, rief sie, »der König ist da! Du mußt herunterkommen, damit du ihm vorgestellt werden kannst. Oje, ich bin ja so aufgeregt. Ich weiß gar nicht, was ich zuerst tun soll. Ich habe ja solche Angst. Er ist noch ehrfurchtgebietender, als ich gedacht hatte. Um Himmels willen, Anne, was hast du da im Bett zu suchen?«

»Ich bin krank«, sagte ich. »Ich kann nicht aufstehen.«

Sie war ganz mütterliche Besorgnis, und ich empfand zärtliche Freundschaft für sie.

»Was hast du denn? Was kann denn nur mit dir sein?«

»Ich bin erkältet. Ich glaube, ich habe Fieber. Ich könnte gar nicht herunterkommen. Der König würde uns nie verzeihen, wenn er sich bei einem Mitglied der Familie anstecken würde.«

»Ich muß dir einen Becher heiße Molke holen.«

»Nein, nein..., macht Euch keine Sorgen... Ich... ich hatte so etwas in Frankreich schon einmal.«

Das war gelogen, aber es half. »Alles, was ich jetzt brauche, ist Ruhe, dann geht es mir in ein oder zwei Tagen wieder gut. Ich brauche keinen Molkentrank. Ihr geht jetzt besser nach unten und macht Euch keine weiteren Sorgen um mich. Mich wird schon niemand vermissen.«

»Dein Vater...«

»Sagt ihm, daß ich krank bin; er fände es bestimmt nicht richtig, wenn ich in dieser Verfassung dort unten erschiene.«

Ich schloß die Augen und bemühte mich, krank auszusehen.

Meine arme Stiefmutter! Sie tat mir leid. Ich wußte, daß ich unnatürlich gerötete Wangen hatte, und das beunruhigte sie. Ich hätte eigentlich dort unten sein müssen, um ihr zu helfen. Aber ich wagte es nicht. Er würde sicher noch über einige meiner Bemerkungen beleidigt sein. Doch es war weniger sein Zorn, der mich beunruhigte, als vielmehr dieser Blick in seinen Augen. Ich hatte denselben Blick in François' Augen gesehen. Damals hatte Marguerite Verständnis für mich gehabt und mir geholfen. Das hier war etwas anderes. Jeder Instinkt, den ich besaß, warnte mich davor, den König wiederzusehen, solange er in Hever war.

Meine Stiefmutter beugte sich über mein Bett. Sie berührte meine Stirn.

»Du glühst wirklich«, sagte sie.

Ich nickte schwach.

»O, lieber Gott, daß so etwas ausgerechnet jetzt passieren mußte!«

»Macht Euch doch keine Sorgen. Vergeßt es einfach. Der

König wird Euch mögen. Ich bin sicher, daß er nicht nur eine prachtvolle Erscheinung, sondern auch ein freundlicher Mensch ist.«

Dann schloß ich erneut die Augen, und sie verließ das Zimmer.

Kurz darauf kam mein Vater herein. Er blieb vor meinem Bett stehen und starrte erbost auf mich herunter. Ich befürchtete schon, er werde mir befehlen, sofort aufzustehen, mich anzuziehen und mich der Gesellschaft unten anzuschließen.

Ich sagte mit schwacher, stockender Stimme: »Es tut mir leid, Vater. Ich habe solche Kopfschmerzen ... und mir ist so heiß.«

»Ausgerechnet jetzt!« fuhr er mich an.

Er hielt sich noch ein paar Sekunden bei mir auf, dann ging er fort.

Ich atmete erleichtert auf und schwor mir, in Zukunft mein impulsives Naturell zu zügeln. Das Bedürfnis, ihn zu verulken, hatte mich ganz plötzlich überkommen, und ich hatte ihm nachgegeben. Aber andererseits war das vielleicht ganz gut so, denn wenn er mich bei dem Bankett gesehen und singen und Laute spielen gehört hätte, wäre er vielleicht auf die Idee gekommen, darüber hinausgehende Unterhaltung von mir zu erwarten.

Ich lag also im Bett, während Musik und die Geräusche des unten stattfindenden Festes die Burg erfüllten. Ich dachte an die Zukunft und daran, was wohl geschehen werde, wenn ich James Butler vorgestellt würde. Ich wußte, daß ich eine gewisse Anziehungskraft auf das andere Geschlecht ausübte – ähnlich wie meine Schwester Mary. Irgend jemand hatte einmal Marys Wirkung auf Männer als Verheißung charakterisiert. Daran war etwas Wahres, denn wenn man sie nur ansah, merkte man deutlich, daß sie sexuelle Begegnungen genoß und nichts dagegen hatte, wenn das ganze romantische Vorspiel der höfischen Werbung entfiel und der Höhepunkt nicht lange auf sich warten ließ. Wie anders war ich da doch! Ich war Männern gegenüber eher kalt; ich empfand keine Spur Verlangen nach ihnen. Mir war der bloße Gedanke zuwider, dieselbe Erniedrigung zu erleiden, die Mary in Frankreich erfahren hatte. Wie kam es dann, daß ich in den Augen der Männer immer wieder Verlangen nach mir aufflackern sah? War es, weil ich anders als andere Frauen war? An mir war irgend etwas Besonderes... abgesehen von meinem sechsten Finger. Thomas Wyatt liebte mich – oder war zumindest bereit dazu; François hatte ein Auge auf mich geworfen; und nun hatte ich auch in den Augen des Königs von England etwas entdeckt, das mir Angst machte. Wer hätte es gewagt, so mit ihm zu sprechen, wie ich es an diesem Nachmittag getan hatte? Nur jemand, der seine Begierde geweckt hatte. Mir gefiel die Macht, die ich offenbar über die Männer besaß. Ich spürte, daß ich diese Macht wollte. Aber mir war auch klar, daß es nicht leicht sein würde, sie zu halten, wenn dem Wunsch erst einmal die Erfüllung gefolgt wäre.

Ich befand mich in einem Zustand ängstlicher Besorgnis und versteckte mich hinter meiner vorgetäuschten Krankheit. Und mir graute vor dem, was dieser Tag noch bringen würde.

Es war Mitternacht und die lärmenden Festlichkeiten dauerten noch immer an. Ich hoffte, der König möge mit der Gastfreundschaft, die ihm in Hever entgegengebracht wurde, zufrieden sein und darauf verzichten, seinem Gastgeber von dem schlechten Benehmen der Tochter des Hauses zu berichten.

Ich schlief in jener Nacht wenig, und als meine Stiefmutter am nächsten Morgen in mein Zimmer kam, war sie bestürzt über mein Aussehen. Es tat mir leid, daß ich ihr solche Sorgen bereiten mußte, und ich versuchte, sie zu beruhigen. Diese Anfälle seien nichts Neues, versicherte ich ihr. Sie gingen schnell vorüber. »Erzählt mir von gestern abend«, bat ich sie.

»Alles hat gut geklappt«, berichtete sie. »Das Personal hat sich selbst übertroffen, und es hat in der Küche keine Pannen gegeben. Ich hatte zwar allen Bediensteten Anweisungen gegeben, aber ich mußte ja schließlich zur Rechten Seiner Majestät sitzen, und ich war ein solches Nervenbündel, daß ich vor Aufregung gezittert habe wie mein selbstgemachtes Gelee. Er hat es bemerkt und meinen Arm getätschelt. Er hat gesagt: ›Ihr dürft vor Uns keine Angst haben. Wir tun zarten Damen nichts.‹ Dann hat er gelacht, und ich habe auch gelacht, und alles schien in schönster Ordnung zu sein. Er war ja so wunderbar, und das Spanferkel hat ihm besonders gut geschmeckt. Ich habe ihm verraten, daß es nach einem Rezept zubereitet wurde, das ich aus meinem Elternhaus mitgebracht hatte – und meine Nervosität schien ihn überhaupt nicht zu stören.«

»Sie hat seine Sympathie für Euch erhöht«, sagte ich. »Sie hat ihm gezeigt, welche Ehrfurcht Ihr vor ihm habt und daß Ihr von seiner Majestät überwältigt wart.«

Sie hörte mir gar nicht zu. Sie lächelte versonnen und war in Gedanken noch bei dem abendlichen Festmahl.

»Die Akrobaten waren sehr gut und die Sänger ebenfalls. Dein Vater hatte in kluger Voraussicht mit ihnen vereinbart, daß sie eins der Lieder des Königs singen sollten, was ihn ganz besonders gefreut hat.«

»Das glaube ich gerne«, sagte ich.

»Und stell dir nur vor..., er hat sich auch nach dir erkundigt.«

Ich zitterte vor Erregung. »Was hat er gesagt... über mich?«

»›Eure Tochter Mary lebt am Hofe‹, hat er gesagt, ›Euer Sohn auch. Aber wenn ich mich nicht täusche, ist da noch eine Tochter..., eine etwas jüngere...‹ Ich habe zu ihm gesagt: ›Euer Gnaden, das ist Anne. Sie muß leider das Bett hüten; es geht ihr nicht gut.‹ – ›Oh‹, hat er erwidert, ›was fehlt dem Mädchen denn?‹ ›Nichts Ernstes, wie sie mir versichert‹, habe ich geantwortet, ›nur Kopfschmerzen... und etwas Fieber.‹ – ›Ich hätte sie gern kennengelernt‹, hat er gesagt. ›Stimmt es, daß sie Laute spielt?‹ Ich habe ihm erzählt, wie schön du spielen und singen kannst und daß du in Frankreich gewesen bist und uns mit deinen erlesenen Umgangsformen und deinen schönen Kleidern nun alle in den Schatten stellst. Ich hatte den Eindruck, daß ihm das weniger gefallen hat, denn er hat gesagt: ›Es wäre gut, wenn sie Frankreich vergessen und sich an unsere englische Lebensart gewöhnen würde.‹ Ich habe schnell hinzugefügt, daß ich ganz sicher sei, daß dir das bald gelingen werde. Dann hat er gesagt: ›Kopfschmerzen, wie? Sagt ihr, sie muß sich wohl zu lange den Strahlen der Sonne ausgesetzt haben.‹«

»Das hat er wirklich gesagt?«

»Ja, sogar wörtlich. Ich war schon im Begriff zu bemerken, die Sonne scheine um diese Jahreszeit doch noch nicht sehr heiß, hielt mich dann aber zurück, weil ich das Gefühl hatte, es könne sich so anhören, als wolle ich ihm widersprechen.«

»Ist das alles, was er... über mich gesagt hat?«

»Ja, das war alles, denn der Tanz hatte begonnen. Du solltest ihn einmal tanzen sehen! Er macht höhere Sprünge als alle anderen. Jeder würde sofort merken, daß er der König ist, auch wenn es ihm keiner sagen würde. Welch ein Pech, daß du krank geworden bist... ausgerechnet jetzt.«

»Wann reist die königliche Gesellschaft wieder ab?« fragte ich.

»Noch heute. Dein Vater begleitet sie. Wie wird es mir hier still vorkommen, wenn sie alle fort sind!«

»Und friedlich«, sagte ich.

»Ruh dich nun aus, meine Liebe. Ich lasse dir eine Fleischbrühe nach oben bringen..., etwas Linderndes. Du mußt versuchen, sie zu trinken.«

»Ich versuche es«, sagte ich mit matter Stimme. »Euch zuliebe, liebste Stiefmutter.«

Sie waren fort. Als ich das Pferdegetrappel hörte, das den Aufbruch ankündigte, setzte ich mich in meinem Bett auf und lachte.

Es war ein ganz schönes Abenteuer gewesen, und ich hatte mich, wie ich meinte, sehr geschickt aus einer unangenehmen Lage befreit. Nun, da alles vorüber war, bereute ich nichts. Offensichtlich war er verstimmt gewesen. Er hatte bildlich gesprochen, als er bemerkt hatte, ich habe mich zu lange den Strahlen der Sonne ausgesetzt. Glaubte er die Geschichte von meiner plötzlichen Krankheit? Ich war mir nicht sicher. Aber inzwischen würde er die Angelegenheit bestimmt längst vergessen haben. Ich war für ihn nichts weiter als eine vorlaute Göre, die sich einen kleinen Spaß mit einer königlichen Hoheit erlaubt hatte. Aber Gören hatten sich keine Späße zu erlauben, besonders dann nicht, wenn sie ehrgeizige Väter hatten.

Ach, was! Das gehörte jetzt der Vergangenheit an.

Es war seltsam, daß mein Vater James Butler gar nicht erwähnt hatte. Vermutlich deshalb nicht, weil er durch den Besuch des Königs so in Anspruch genommen war, und der war zweifellos Anlaß genug, ihn alles andere vergessen zu lassen. Trotzdem, zumindest eine Anspielung auf eine so gewichtige Angelegenheit hätte er schon machen können.

Zunächst genoß ich jene friedlichen Tage in vollen Zügen. Ich saß oft im Rosengarten und ging die berühmte Szene in Gedanken noch einmal durch – Wort für Wort – und lachte darüber. Wie kühn ich doch gewesen war! Aber alles war ja noch einmal gutgegangen. Er verschwendete mittlerweile keinen Gedanken mehr an mich. Wahrscheinlich war ich für ihn nichts weiter als eine dumme Gans. Ich befürchtete vorübergehend, er habe vielleicht mit meinem Vater über mich gesprochen, aber wenn das der Fall gewesen wäre, hätte ich sicherlich davon gehört.

George und Mary lebten am königlichen Hof und Thomas Wyatt ebenfalls. Ich traf mich oft mit Mary Wyatt, und unsere Freundschaft knüpfte da an, wo sie in unserer Kindheit unterbrochen worden war. Ich hing mit zunehmender Zuneigung an meiner Stiefmutter, aber ihre Interessen konzentrierten sich auf den Kräutergarten und die Küche; sie war im Unterschied zu mir eine perfekte Hausfrau. Ich vermißte ein wenig das anregende Gespräch und dachte oft an Marguerite und an die Zeit, die ich in Frankreich mit ihr verbracht hatte, und mich überkam große Sehnsucht.

Täglich war ich auf die Nachricht gefaßt, daß James Butler auf dem Weg nach Hever sei und ich ihn kennenlernen solle. Aber nichts dergleichen geschah.

Ich leistete gewöhnlich meiner Stiefmutter Gesellschaft, während sie an ihrer Stickerei arbeitete, denn wie von einer hervorragenden Hausfrau nicht anders zu erwarten, war sie auch in der Nadelarbeit sehr geschickt; dann erzählte sie mir meist von ihrem früheren, bescheidenen Leben auf dem Lande und daß sie nun doch im Begriff sei, sich mehr und mehr an das Burgherrendasein zu gewöhnen.

»Es hat mich überrascht«, gestand sie, »daß dein Vater gerade mich gewählt hat.«

»Mein Vater ist eben ein kluger Mann«, erklärte ich ihr.

»Und daß er mich hierhergebracht hat... und ich hier tatsächlich dem König begegnet bin! Wer hätte so viel Glück für möglich gehalten.«

»Mich wundert das nicht – und ich finde, mein Vater ist derjenige, der Glück hat.«

»Und welch eine bezaubernde Familie ich geerbt habe! Du... eine so attraktive junge Dame..., so weltgewandt... und mit so feinen Kleidern und Manieren und solchem Talent im Singen und Muszizieren..., daß du dich herabläßt, dich mit mir zu unterhalten!«

Ich war gerührt und sagte: »Aber liebe Stiefmutter, Ihr seid es doch, die uns eine Ehre erweist.«

Und das meinte ich ganz ehrlich, denn sie war von einer Güte, die, wie mir schien, keinem von uns in dem Maße gegeben war.

»Dein Bruder George..., er ist so klug... und dabei immer nett zu mir. Und Mary...« Ihr Blick verdüsterte sich ein wenig, denn, so herzlich sie uns auch zugetan war, gestattete ihre strenge Erziehung es ihr doch nicht, Marys Lebenswandel gutzuheißen.

Ich sagte: »Mary ist die Geliebte des Königs.«

»Die arme Mary. Sie wird es noch bitter bereuen.«

»Mary nicht. Sie genießt... nicht so sehr ihre Situation als vielmehr ihre Liebesbeziehung. Ihr wißt sicher, daß sie auch schon die Geliebte des Königs von Frankreich war.«

»Der Skandal von damals..., ja, ich weiß Bescheid.«

»Verschwendet Euer Mitgefühl nicht an Mary. Die wird sich niemals ändern.«

»Es ist ein Jammer..., und bei einem so netten Ehemann.«

»Er ist ein Schwächling. Er steht daneben und tut nichts.«

»Dein Vater sagt, ihm bleibe nichts anderes übrig, wegen des Königs.«

»Er sollte aber etwas tun. Wenn er ein richtiger Mann wäre, würde er sich dann alles gefallen lassen?«

»Der König besitzt sehr viel Macht.«

»Ich bewundere Will Carey nicht«, sagte ich bestimmt. »Und was wißt Ihr über James Butler?«

»Wie man hört, ist er ein sehr sympathischer junger Mann.«

»Ich hatte nichts anderes erwartet, als daß man mir so etwas sagen würde. Aber ich mache bei diesem Tauschgeschäft nicht mit. Man wird sich nach einem anderen Opfer umsehen müssen. Ich bin kein Will Carey.«

»Oje, ich hoffe nur, es wird keinen Ärger geben.«

»Ihr habt in eine ehrgeizige Familie eingeheiratet, liebe Stiefmutter.«

»Ich wünschte, es gäbe weniger Ehrgeiz auf der Welt.«

»Wenn der Ehrgeiz nicht wäre, würde sich niemand um sein Fortkommen bemühen. Das Leben wäre friedlich…, aber ereignislos, liebe Stiefmutter. Ich glaube nicht, daß das nur zu unserem Vorteil wäre. Worum es vielmehr geht, ist, die vorhandenen Leidenschaften zu zügeln; wir müssen sie beherrschen – wenn sie erst anfangen, uns zu beherrschen, dann werden sie gefährlich.«

»Du bist zu klug für mich, meine Liebe. Aber es ist schön, dich so reden zu hören. Ich hoffe von ganzem Herzen, daß du einen netten Mann findest, den du liebst und der dich liebt…, und daß du glücklich sein wirst, solange du lebst.«

Ich gab ihr einen Kuß. Ich fand, daß sie mütterlicher zu mir war als damals meine eigene Mutter.

Sie machte Hever für die Dauer meines Aufenthaltes dort zu einem angenehmen Ort. Dieser Aufenthalt war jedoch nicht von langer Dauer.

Eines Tages traf ein Bote von meinem Vater ein. Er hatte mich in der Hofhaltung der Königin untergebracht. Ich sollte Hofdame bei ihr werden und mich unverzüglich auf die Abreise vorbereiten.

Die friedliche Zeit war vorüber, und ich war darüber nicht sonderlich traurig, denn für jemanden wie mich war Frieden etwas, das als Dauerzustand nicht unbedingt immer wünschenswert war. Ohne meinen Bruder und Thomas Wyatt fand ich die Atmosphäre von Hever eher langweilig. Und so sehr ich meine Stiefmutter auch liebte, wirkte ihre Gesellschaft doch kaum anregend auf mich.

Und so konnte ich nicht umhin, eine gewisse Vorfreude und Aufregung zu empfinden, als ich Vorbereitungen traf, Hever zu verlassen.

So kam ich also an den königlichen Hof, um Königin Katharine als Hofdame zu dienen.

Mir fiel sogleich auf, wie sehr sich der englische vom französischen Hof unterschied, obwohl merkwürdigerweise an beider Spitze ein junger, tatkräftiger, imposanter König regierte, dem eine zurückgezogen lebende, fromme Königin zur Seite stand. Die Umgangsformen, die an Henrys Hof herrschten, waren zwar galant, aber doch auf eine weniger gekünstelte Art und Weise, und das geistige Klima war weniger intellektuell als in Frankreich, wo das geistige Leben von Marguerite geprägt und von François gepflegt worden war. Die Kultur stand hier weniger im Mittelpunkt, obgleich der König die Musik, die Dichtung und die schönen Künste überhaupt liebte. Hier war alles robuster. Die Maskenspiele waren weniger spitzfindig, die Tänze anstrengender, denn sie zeichneten sich weniger durch Anmut als durch Hüftschritte, Luftsprünge und athletische Kunststücke aus. Am englischen Hof herrschte eine Vitalität, die im Gegensatz zur eher trägen Eleganz des königlichen Hofes von Frankreich stand.

Das alles war äußerst interessant für mich, und ich spürte, wie meine Lebensgeister erwachten, sobald ich dort eintraf. Deutlicher als je zuvor wurde mir bewußt, daß das Leben auf dem Lande für mich nicht das richtige war.

Ich lebte mich schnell in meine Rolle als Hofdame ein. Mir wurde ein Dienstbote – natürlich weiblichen Geschlechts – und ein Hund zugebilligt, der ein Spaniel zu sein hatte. Dann wurde mir für meinen Hund und für mich eine bestimmte Menge an Nahrungsmitteln zugeteilt, die jedoch unsere Bedürfnisse weit überstieg. Das Essen am Hofe war reichlich, und es wurde ohne die fantasievollen Saucen serviert, die die Franzosen so sehr liebten. Mein Dienstmädchen, mein Hund und ich bekamen zum Frühstück Brot und Rindfleisch, und wir wurden mit mehr Bier versorgt, als wir je hätten trinken können. Zum Mittag- und Abendessen gab es Huhn, Taube, Kaninchen und verschiedene Arten von Pasteten; freitags bekamen wir gesalzenen Aal, Scholle, Seehahn und Merlan . . ., fast jede Fischsorte, die man sich denken konnte. Ich hatte mich nie besonders für Speisen interessiert – aber was uns vorgesetzt wurde, ließ deutlich erkennen, daß man sich um unser leibliches Wohl sorgte.

Meine Schwester Mary war eine der ersten, die mich begrüßten. Sie war wohlauf und glücklich und wirkte durchaus nicht beschämt, obwohl ihre Beziehung zum König ein offenes Geheimnis war. Er hatte recht gehabt, als er gesagt hatte, es gelte als Ehre, von seinem Herrscher auserwählt zu werden.

Mary sah sehr hübsch aus und freute sich offensichtlich des Lebens. Wenn ich es mir recht überlegte, hatte sie das eigentlich immer getan. Selbst damals, als sie vom französischen Hof fortgejagt wurde, war sie nicht unbedingt am Boden zerstört gewesen. Mary nahm auf die ihr eigene philosophische Art alles gelassen hin.

Sie umarmte mich liebevoll und versicherte mir, sie freue sich, mich bei Hofe zu begrüßen.

»Die Königin wird dir ein wenig ... ernst vorkommen.« Sie schnitt eine Grimasse.

»Ich könnte mir vorstellen, daß sie ungefähr so ist wie Königin Claude.«

Mary nickte: »Sie ist ganz die Tochter des Königs und der Königin von Spanien ... und vergißt es nie. Und sie ist sehr religiös. Du wirst viele Gebete über dich ergehen lassen müssen. Deine Knie könnten dabei Schwielen bekommen.«

»Und wie geht es dir, Mary?«

Sie lachte. »Mir geht es gut.«

»Und Will?«

»Ihm geht es auch gut.«

»Ich weiß natürlich von dir und dem König.«

Sie lachte auf ihre unbekümmerte Art und ließ ihr hübsches Grübchen sehen. Ich dachte daran, welch eine seltsame Fügung des Schicksals es doch war, eine solche Schwester zu haben. Zwei unterschiedlichere Schwestern als Mary und mich konnte man sich kaum vorstellen.

»Der König ist sehr gut zu mir.«

»Mary ..., liebst du ihn denn?«

»Natürlich.«

»Und Will?«

»Will ist mein Mann. Natürlich liebe ich ihn.«

Mir wurde klar, daß es über diese Dinge keine Verständigung mit Mary geben konnte. Sie liebte alle Menschen – ganz besonders die Männer. Sie fand nichts dabei, Liebhaber zu haben, nahm ich an. Wie könnte etwas dagegen einzuwenden sein, Freude zu bereiten? Sie erfreute den König; sie erfreute auch ihren Mann. Natürlich mußte Will die Tatsache akzeptieren, daß der König ihr seine Gunst schenkte. Das tat er auch bereitwillig, denn da er nun einmal Will war, fehlte ihm die Charakterstärke, etwas anderes zu tun. Er war Edelmann der königlichen Leibwache. Eine bessere Position konnte Will nicht erwarten, und weder er noch Mary waren auf besondere Privilegien aus.

Es stimmte, daß unser Vater von Marys Verhältnis profitierte und in der Gunst des Königs stieg. Er war ein guter Gesandter und ein treuer und zuverlässiger Untertan, aber er wurde auch dafür belohnt, daß er eine schöne Tochter hatte, die dem König ganz außerordentlich gut gefiel.

Ich sagte zu Mary: »Hat der König dir gegenüber je eine Bemerkung über seinen Besuch in Hever gemacht?«

»Ja, er erwähnte Hever einmal. Er sagte, unsere Stiefmutter habe sich mit ihm über Rezepte unterhalten, und er führe die hervorragende Qualität der Speisen auf ihre tüchtige Haushaltführung zurück.«

»War das alles?«

»Er hielt Hever für ein schönes Fleckchen Erde. Mehr fällt mir nicht ein.«

Er hatte nach jenem seltsamen Gespräch also nicht mehr an mich gedacht. Doch vielleicht lag ihm auch zu viel an Mary, um sie mit einer Schilderung des beklagenswerten Benehmens ihrer Schwester zu behelligen.

Ich war sehr von der Königin beeindruckt, als sie mich – mit äußerster Liebenswürdigkeit – empfing. Sie strahlte eine natürliche Königswürde aus. Besonders ihre innere Ruhe fiel unmittelbar auf. Sie hatte ein ovales Gesicht mit recht groben Zügen. Ich bemerkte sogleich ihre hohe Stirn. Ihre Figur war eher kräftig und gedrungen; sie hatte viele Schwangerschaften durchgemacht, obwohl bislang das einzige Kind aus dieser königlichen Ehe die kleine Prinzessin Mary war, die zu jener Zeit etwa sechs oder sieben Jahre alt gewesen sein muß. Wenn Königin Katharine einmal schön gewesen war, so war davon nichts mehr zu sehen. Sie war in dunklen, blauen Samt gekleidet, der fast schwarz wirkte; ihre schmalen, glatten Ärmel waren an den Handgelenken gerüscht und geschlitzt, und um den Hals trug sie ein großes Kreuz. Sie hätte ihre Frömmigkeit nicht zu betonen brauchen – sie war unübersehbar. Außerdem war uns allen bekannt, daß sie freitags, samstags und an den Namensfesten aller Heiligen fastete. Sie suchte mindestens zweimal in der Woche ihren Beichtvater auf, obwohl man sich kaum vorstellen konnte, welche Sünden sie zu beichten hatte, und sie empfing jeden Sonntag die Kommunion. Jeden Tag nach dem Abendessen las ihr eine ihrer Bedienten zwei Stunden lang aus einem Erbauungsbuch vor – eine Aufgabe, die häufig mir zufiel, denn sie sagte, ich hätte eine wohlklingende Stimme.

Ich empfand große Hochachtung für sie, aber sie gehörte nicht zu den Menschen, denen man menschlich näherkommen konnte. Ich glaube, sie hatte immer noch das Gefühl, in einem fremden Land zu leben.

Maria von Salinas, die sie als Hofdame begleitet hatte, als sie Spanien verließ, um nach England zu kommen, und die mit Lord Willoughby d'Eresby verheiratet war, war eine der wenigen Freundinnen, die sie besaß. Uns andere schien sie eher auf ihre sanfte Art zu dulden. Aber sie war uns gegenüber immer aufmerksam und freundlich. Wir mochten sie, aber es fiel mir schwer, für sie die Zuneigung aufzubringen, die ich Königin Claude entgegengebracht hatte, oder gar die tiefere Freundschaft zu empfinden, die mich mit Marguerite verbunden hatte.

Ich kannte ihre Lebensgeschichte, und sie erschien mir in gewisser Weise geradezu tragisch. Sie war erst sechzehn Jahre alt gewesen, als sie nach England kam, um Prinz Arthur zu heiraten, der damals vierzehn war. Ich konnte mir ihre Kindheit und die strenge Erziehung vorstellen, die sie im spanischen Königshaus genossen hatte. Dort mußten ein Mangel an Herzlichkeit und eine Förmlichkeit geherrscht haben, die ein Kind nur eingeschüchtert haben konnten. Dennoch hing sie an ihrer Mutter, Königin Isabella, mit leidenschaftlicher Verehrung. Ihr Vater, Ferdinand, dagegen hatte sie nach dem Tod ihrer Mutter mit geradezu zynischer Gleichgültigkeit behandelt. Sie wurde also als unerfahrenes junges Mädchen von sechzehn Jahren mit Prinz Arthur verheiratet, der wenige Monate nach der Eheschließung starb. Die Ehe war nie vollzogen worden, weil alle sich große Sorgen um Arthurs Gesundheit gemacht und davor gewarnt hatten, die für ihn ungewohnte Erregung und körperliche Anstrengung könne ihn töten. Der arme Junge, er war dann doch gestorben – ohne jene Erregung erlebt zu haben, und für Katharine, die jungfräuliche Witwe, war mit seinem Tod eine Zeit großer Sorge und Ungewißheit angebrochen. Ihre Mutter, die sie verehrte und die sie sicherlich nach Spanien zurückgeholt hätte, war tot, und so blieb die arme kleine Witwe schutzlos in einem fremden Land zurück, in dem das einzige, das man an ihr schätzte, ihre Mitgift zu sein schien, um die König Henry VII. und Ferdinand von Spanien lange Zeit feilschten. Die Folge war, daß sie acht Jahre lang unter erbärmlichen Bedingungen und mit sehr wenig Geld in England lebte, bis der alte König starb und der neue König, der achtzehnjährige Henry VIII., die Herrschaft übernahm und sie in einer Anwandlung von romantischer Ritterlichkeit und fasziniert von ihrer Verbindung mit dem spanischen Königshaus heiratete.

Von da an hätte Katharine eigentlich ein glückliches und zufriedenes Leben führen müssen, doch das Unglück verfolgte sie. Der König wünschte sich sehnlichst einen Sohn, aber obwohl die Königin nicht unfruchtbar war, folgte, aus welchen Gründen auch immer, Enttäuschung auf Enttäuschung.

Noch vor Ablauf eines Jahres war es ihr gelungen, in ihrem Mann und ihrem Land Hoffnungen auf einen Thronerben zu wecken, denn sie hatte ein Kind zur Welt gebracht – allerdings nur eine totgeborene Tochter. Im Jahr darauf folgte ein Sohn, dessen Geburt alle mit großer Freude erfüllte – er starb schon nach einem Monat. Zwei Jahre später kam ein weiterer Sohn – tot – zur Welt, und ein Jahr danach erlitt sie eine Frühgeburt. Danach kam ein gesundes Kind, ein Mädchen; das war die Prinzessin Mary, das einzige Kind, das soweit überlebt hatte. Weitere Fehlgeburten folgten, und es hieß, der König habe in seiner Verzweiflung gesagt, ein grausames Schicksal wirke gegen ihn. Ich war sicher, daß die Königin darüber sehr unglücklich war. Aber sie hatte wenigstens die kleine Prinzessin Mary, an der sie sehr hing.

Vielleicht lag es an der Vergeblichkeit ihres Bemühens, die Kinder zur Welt zu bringen, die der König sich so sehr wünschte, daß ihre Frömmigkeit sich noch mehr vertiefte. Ich bemerkte, daß sie wenig Freude an den Maskenspielen und Banketten hatte, die ihrem Mann solches Vergnügen bereiteten; sie fand zweifellos großen Trost im Gebet und in frommen Büchern.

Sie interessierte sich darüber hinaus für ernsthafte Gespräche, und Persönlichkeiten wie Sir Thomas More, ein Mann von hoher Intelligenz, großem Charme und umfassender Bildung, waren bei ihr sehr beliebt. Ich bekam gelegentlich mit, wie sie mit ihm über irgendeine geistreiche Bemerkung lachte. Es war jedoch nicht zu übersehen, daß sie sich an den Festlichkeiten des Hofes nur halbherzig beteiligte, und obwohl sie sich nach Kräften bemühte, sich der fröhlichen Stimmung, die bei solchen Anlässen herrschte, anzupassen, gelang es ihr doch nicht so recht, die erwartete Überraschung zu zeigen, wenn der König sich seiner Verkleidung entledigte und sich als der Herrscher zu erkennen gab.

Sie brachte meiner Schwester Mary keinerlei Haß entgegen. Vielleicht war sie der Ansicht, daß – wenn es schon sein mußte, daß der König eine Geliebte hatte – ein Mädchen wie Mary einem raffgierigen Weibsbild vorzuziehen sei, das alle möglichen Forderungen stellen würde. Mary hing ihr Verhältnis wenigstens nicht an die große Glocke; sie war einfach da, lächelte sanft, hielt sich zur Verfügung für den Fall, daß sie gewünscht wurde, und gönnte sich, wenn sie nicht gewünscht wurde, gut gelaunt das Vergnügen, das Bett für ihren Ehemann zu wärmen.

Elizabeth Blount hatte sich, glaube ich, weniger diskret im Hintergrund gehalten; ihre große Zeit war jedoch bereits vorbei, bevor ich auf der Bildfläche erschien. Sie hatte vom König einen Sohn, auf den er sehr stolz war, weil er einmal ein Junge war und außerdem überlebt hatte. Ich glaube, daß er im Grunde seines Herzens befürchtet hatte, selbst dafür verantwortlich zu sein, daß es ihm nicht gelang, gesunde männliche Nachkommen zu zeugen; dieser Sohn von Elizabeth Blount war jedoch der lebende Beweis dafür, daß die Schuld bei Katharine lag.

Dadurch, daß ich eine so lange Zeit in Marguerites Gesellschaft zugebracht und ihren Vorträgen aufmerksam zugehört hatte, war mir bewußt geworden, welch große Bedeutung die politischen Entwicklungen eines Landes für die einzelnen Menschen haben; und ich interessierte mich auch jetzt für das, was sich politisch ereignete.

Unser Verbündeter war nun Kaiser Karl – eine Tatsache, über die die Königin sich besonders freute, denn sie war seine Tante. Für sie muß es sehr kummervoll gewesen sein mitanzusehen, wie Henry und François einander umwarben. Dennoch war es ihr in Guines und Ardres gelungen, ihre Gefühle zu verbergen. Jetzt begriff ich, was sie durchgemacht haben mußte, als vor ihren Augen die Verschwörungen gegen ihren Neffen im Gange gewesen waren. Inzwischen war jedoch Karl unser Freund und François unser Feind, und die Verlobung Prinzessin Marys mit dem französischen Kronprinzen, die auf dem ›Feld des goldenen Tuchs‹ beschlossen worden war, war gelöst worden. Zur Freude der Königin war nun die Rede von einer Verbindung mit dem Kaiser, obwohl die arme Prinzessin erst sieben, Karl dagegen dreiundzwanzig Jahre alt war.

Der Mann aber, von dem am häufigsten die Rede war, den die Menschen am meisten fürchteten und der, wie man sagte, in allen Fragen das Vertrauen des Königs genoß, war der große Kardinal Wolsey.

Es interessierte mich zu erfahren, wie es einem Mann von so bescheidener Herkunft gelungen war, so hoch aufzusteigen, daß er schließlich nicht nur über den Hofstaat, sondern sogar über den König selbst herrschte. Natürlich war er ein Mann, der über große und ungewöhnliche Intelligenz, ungeheure Zielstrebigkeit und einen gewissen Charme verfügte, den er mit größtem Erfolg auf den König anwandte. Ich wünschte, ich hätte ihn mit Marguerite diskutieren lassen können. Ich bin sicher, sie hätte das Geheimnis seines Erfolges gelüftet. Daß er außergewöhnlich klug war, war offenkundig – aber es steckte noch mehr dahinter.

Ich ließ mir so viel wie möglich über ihn erzählen – und es gab mehr als genug Leute am Hof, die sich bereitwillig über seine Herkunft ausließen. »Der Sohn eines Metzgers, sein Vater hatte einen Laden in Ipswich«, höhnten sie. Es war unvermeidlich, daß ein solcher Mann Neid hervorrief, und Neid war, wie ich allmählich begriff, nicht nur die tödlichste unter den sieben Todsünden, sondern auch die verbreitetste. Sollten sie ihn doch wegen seiner bescheidenen Herkunft verhöhnen; ich fand, daß sein spektakulärer Aufstieg dafür um so mehr Anerkennung verdiente. Er mußte fast zwanzig Jahre älter sein als der König, und man sagte, daß Henry zu ihm wie zu einem Vater aufschaue. Jedes Problem, das sich ergab, wurde Wolsey vorgetragen, und es kam selten vor, daß der König seinen Rat nicht befolgte.

Meiner Ansicht nach muß der Metzger ein einigermaßen vermögender Mann gewesen sein; wahrscheinlich besaß er sogar Land, auf dem er sein Vieh weiden ließ. Wie dem auch sei, Thomas Wolsey war für die Kirche bestimmt und machte, sobald er in den geistlichen Stand getreten war, erwartungsgemäß große und schnelle Fortschritte in der einmal eingeschlagenen Laufbahn. Noch bevor er vierzig Jahre alt war, war er Erzbischof geworden. Er hatte bereits mit fünfzehn Jahren den akademischen Grad eines Bakkalaureus der Schönen Künste erworben, wodurch er als ›der Bakkalaureus‹ bekannt wurde. Es folgte der Grad eines Magisters der Schönen Künste, und schließlich wurde er Kaplan bei Sir Richard Nanfan, dem Vizestatthalter von Calais, der ihn, beeindruckt von seiner glänzenden Begabung, König Henry VII. gegenüber erwähnte.

Das war der entscheidende Schritt, den Wolsey herbeigesehnt hatte. Henry VII. war zu klug, um sich in seinem Urteil von der Herkunft des Mannes beeinflussen zu lassen, und schon bald genoß Wolsey sein Vertrauen. Einflußreiche Männer begannen, auf ihn aufmerksam zu werden, und einer von ihnen war Richard Fox, der Bischof von Winchester. Wolsey näherte sich mehr und mehr dem Ziel seiner ehrgeizigen Pläne, und das war ganz klar die Papstkrone.

Eine Anekdote berichtet, daß Henry VII. beschlossen haben soll, Wolseys Fähigkeiten als Diplomat einer Prüfung zu unterziehen, und daß er ihn in diplomatischer Mission zu Kaiser Maximilian nach Flandern geschickt habe. Die Angelegenheit sei dringend, habe der König gesagt, und er wünsche, daß Wolsey schnell handele. Drei Tage später habe der König, als er aus dem Fenster schaute, Wolsey gesehen, der offensichtlich auf dem Weg zu dem Palast in Richmond war. Er habe ihn unverzüglich holen lassen, in der Absicht, ihn dafür zu tadeln, daß er die Abreise so lange hinausschiebe, aber Wolsey habe ihn geantwortet, er sei bereits aus Flandern zurück, habe den Auftrag ausgeführt und sei im Begriff gewesen, sich zum König zu begeben, um ihm Bericht zu erstatten, als man ihn aufgefordert habe, vor dem König zu erscheinen. Daß er so schnell und so erfolgreich gewesen war, habe den König verblüfft, und er habe von dem Moment an gewußt, daß er in Thomas Wolsey einen ganz außergewöhnlichen Diener gefunden hatte.

Es kursierten viele Geschichten über ihn – über seine glänzende Begabung, seine Entschlossenheit, seinen Ehrgeiz, seine Prunksucht. Seine Häuser seien so prächtig wie Paläste; er besitze dieselbe Macht wie der König. Er wurde Vorsitzender des Domkapitels von Lincoln, und als Henry VII. starb, machte sein Sohn Wolsey zum Lord Almosenpfleger und begann, ihn mit Ehrungen zu überhäufen. Im Jahre 1515 schickte Papst Leo Wolsey den Kardinalshut zusammen mit einem sehr kostbaren Ring, und es fand eine große Bischofsversammlung statt, als Wolsey in einer Zeremonie in der Westminsterabtei der Hut aufgesetzt wurde. Er war zum interessantesten und wichtigsten Mann am königlichen Hof geworden.

Mir gefiel das Leben hier. In Frankreich war ich mir die ganze Zeit über meiner Jugend bewußt gewesen, bis zu jenem letzten Jahr, in dem ich erwachsen wurde und mich dadurch vor Probleme gestellt sah, die ich fürchtete nicht bewältigen zu können. Hier war das anders. Ich war jetzt sechzehn Jahre alt und kein Kind mehr, und ich hatte das Gefühl, selbst auf mich aufpassen zu können. Da ich am französischen Hof erzogen worden war, unterschied ich mich von den anderen. Ich stellte fest, daß ich Aufmerksamkeit erregte, und ich hatte viele Bewunderer, was mir gefiel. Ich war nicht so hübsch wie viele der Mädchen hier, aber ich wußte, daß sie neben mir langweilig aussahen. Mein dunkles Haar, meine dunklen Augen und meine Auswahl an Kleidern, die ich selbst entworfen hatte, gaben mir etwas Besonderes; und obwohl manche versuchten, meinen Stil nachzuahmen, gelang es ihnen doch nicht – oder die Wirkung der Kleider war, wenn sie sie trugen, eine andere. Ich konnte besser tanzen als sie alle und Laute spielen, daß manch einem Tränen der Rührung kamen; mein Gesang hatte eine ähnliche Wirkung. Ich war ein Erfolg.

Ich sah den König ein- oder zweimal. Er schien mich nicht zu bemerken. Ich fragte mich, ob er sich wohl an unsere Begegnung im Garten von Hever erinnerte und ob dies seine Art war, sein Mißfallen auszudrücken. Aber auch wenn es so war – es war mir gleich.

Mitglied der Hofhaltung der Königin zu sein beinhaltete zahlreiche Pflichten, die nichts mit Vergnügen zu tun hatten. Ich hätte gern öfter an den Maskenspielen teilgenommen, aber es gab immer irgendwelche Aufgaben, die erledigt werden mußten. Wir mußten der Königin Gesellschaft leisten und uns dabei mit unseren Stickereien beschäftigen, während eine von uns aus einem religiösen Buch vorlas. Außerdem mußten wir Andachten besuchen.

Aber es kam auch vor, daß von der Königin und ihren Hofdamen erwartet wurde, daß sie an den Festlichkeiten teilnahmen, und diese Gelegenheiten gaben mir die Möglichkeit zu glänzen. Ich verwandte immer große Sorgfalt auf die Wahl der Kleider, die ich trug, und ich hoffte jedesmal, nicht zu viele Nachahmerinnen zu haben. Ich freute mich immer besonders auf das Tanzen, und wenn der König und seine Freunde mit den Damen tanzten, stellte ich mir oft die Frage, ob er mich wohl auffordern werde und, falls ja, worüber wir uns wohl unterhalten würden. Halb hoffte, halb befürchtete ich, daß das geschehen werde. Doch dann würde ich meine Zunge im Zaum halten müssen. Ich war nicht daran interessiert, vom königlichen Hof verbannt zu werden.

Bei dieser Gelegenheit bemerkte ich ein neues Gesicht unter den Herren – einen jungen Mann, der recht gut aussah, dem es allerdings ein wenig an Eleganz fehlte und dem anzusehen war, daß er nicht zum Hofstaat gehörte.

Ich konnte sehen, daß er mich aufmerksam beobachtete. Während des Tanzes richtete er es so ein, daß er in meine Nähe kam.

»Fräulein Anne Boleyn?« sagte er. Ich nickte und er fuhr fort: »Euer Diener James Butler.«

Ich spürte, wie mir die Röte ins Gesicht schoß; dann wurde mir kalt. Dieser etwas linkische, aber nicht unansehnliche junge Mann war der Ehemann, den sie für mich ausgesucht hatten!

»Ich meine«, sagte er, »wir sollten miteinander reden.«

Er nahm meine Hand und schaute in die Runde.

»Ziehen wir uns doch eine Weile vom Tanz zurück«, sagte er. »Wir könnten uns irgendwo hinsetzen..., dort drüben.«

Ich setzte mich und sah ihn an.

»Ich denke, es ist an der Zeit, daß wir uns kennenlernen«, fuhr er fort, »angesichts der Zukunftspläne, die man mit uns hat.«

»Ich muß Euch freiheraus sagen«, sagte ich, »daß ich nicht die Absicht habe, mich zur Ehe drängen zu lassen.«

»Es ist von unseren Familien so arrangiert worden.«

»Das weiß ich, aber ich gehöre nicht zu denen, die sich zwingen lassen, etwas zu tun, das gegen ihren Willen ist.«

»Es ist aber der Wille unserer Väter.«

»Ich weiß.«

»Es ist außerdem der Wunsch des Königs.«

Ich sagte: »Wenn ich heirate, muß es schon mein Wille sein.«

Er lächelte. »Oh, ich weiß, daß ich nicht so elegant bin wie die Kavaliere hier am Hofe, aber ich verspreche Euch, daß ich ein guter Ehemann wäre.«

»Das mag schon sein; ich fürchte nur, ich wäre keine gute Ehefrau.«

»Ich würde alles tun, um Euch glücklich zu machen. Ich wäre bereit zu warten..., Euch die Möglichkeit zu geben, mich kennenzulernen..., es hat mir zuerst selbst widerstrebt. Ich habe – wie Ihr – gesagt: ›Ich lasse mich nicht zur Ehe zwingen.‹ Aber jetzt, da ich Euch gesehen habe...«

Ich sagte: »Wir befinden uns in einer unglücklichen Lage,... wie so viele vor uns und zweifellos viele nach uns. Ich bin schon immer der Meinung gewesen, daß Männer und Frauen die Möglichkeit haben sollten, frei zu wählen, wenn es um so private Dinge geht.«

Die Musik hatte aufgehört. In der großen Halle waren keine Tänzer mehr zu sehen. Es herrschte Stimmengewirr. Der König saß neben der Königin an dem großen Tisch, und ich sah, daß er direkt zu mir herüberschaute. Ein paar Sekunden lang starrte ich ihm wie gebannt ins Gesicht. Sein Gesichtsausdruck war finster, als ob jeden Augenblick ein Donnerwetter ausbrechen würde. Kurz zuvor hatte er noch gelächelt und den Musikern applaudiert; dann hatte er mich erblickt und sich sicher an die Szene im Garten erinnert, und nun war er wütend.

Ich dachte: Er hat mich wiedererkannt; ihm ist plötzlich bewußt geworden, daß ich hier bin, und er ist verärgert darüber, daß ich der Hofhaltung seiner Frau angehöre.

Ich senkte den Blick.

James Butler sagte gerade: »Habt keine Angst, Anne. Wir werden uns mit der Zeit besser kennenlernen. Wir werden uns lieben lernen. Wir werden nach Irland gehen.«

Mich schauderte bei dem Gedanken.

»Ich versichere Euch, dort gibt es nicht nur Sümpfe und rohe Sitten.«

Ich sagte: »Ich möchte ehrlich zu Euch sein – ich würde mich nie zu einer Ehe zwingen lassen.«

Er berührte sanft meine Hand. »Wir haben ja noch Zeit...«, sagte er.

Ich erhob mich und schloß mich den Hofdamen an.

Ich war sehr beunruhigt – weniger wegen James Butler als wegen des Zorns, den ich in den Augen des Königs erblickt hatte.

Ich machte mich darauf gefaßt, fortgeschickt zu werden. Nichts geschah. Da atmete ich erleichtert auf. Vermutlich war es nur eine flüchtige Erinnerung gewesen. Der Vorfall war zu unbedeutend gewesen, um den König lange zu beschäftigen.

Als ich Mary sah, fragte ich sie, ob der König ihr gegenüber erwähnt habe, daß er über die Anwesenheit ihrer Schwester bei Hofe Bescheid wisse.

Sie sah mich überrascht an. »Warum sollte er?«

»Ich wüßte gern, ob ich ihm aufgefallen bin.«

Sie mußte laut lachen. »Ich weiß ja, daß du viele Verehrer hast, Anne, aber ich glaube nicht, daß der König dazu gehört.«

»Ich habe nicht gemeint, daß er mich verehrt. Ich habe mich nur gefragt, ob er dir gegenüber irgend etwas erwähnt hat. Immerhin bin ich deine Schwester.«

Sie schüttelte den Kopf. Ich schloß daraus, daß ich mir unnötig Sorgen gemacht hatte.

»Ich habe James Butler getroffen«, erzählte ich ihr, »den jungen Mann, mit dem sie mich verheiraten wollen.«

»Ah ja? Ist er nett?«

»Ich denke schon.«

»O Anne, ich freue mich für dich.«

»Freu dich nicht zu früh. Ich habe nicht die Absicht, ihn zu heiraten.«

»Aber warum denn nicht? Alle wünschen es doch.«

»Alle außer mir, und zufälligerweise betrifft es mich mehr als alle anderen.«

»Hat James Butler denn auch etwas dagegen?«

»Anscheinend nicht.«

»Ach, Anne, alles wird bestimmt gut werden. Du wirst dich daran gewöhnen.«

»Mary, ich bin nicht so wie du.«

»Das weiß ich wohl.«

»Ich kann nicht an jedem x-beliebigen Mann Gefallen finden.«

»Dann mußt du dich eben in ihn verlieben.«

»Ist das so einfach?«

»Oh, das ist sehr einfach.«

Mir wurde klar, daß es mir nicht gelingen würde, bei Mary auf Verständnis zu stoßen.

James Butler suchte mich wiederholt auf, um mit mir zu reden. Irgendwie mochte ich ihn. Er war freundlich und bemüht, mir zu gefallen. Ich konnte nicht umhin, die Bewunderung zu genießen, die er mir entgegenbrachte, obwohl alles vermutlich einfacher gewesen wäre, wenn er mich abstoßend gefunden hätte. Ich war jedoch eitel genug, mich darüber zu freuen, daß das nicht der Fall war, wenngleich es die Situation erschwerte. Er sprach über Irland und über das Leben, das er mir dort würde bieten können. Wir könnten England oft besuchen. Ich würde mich schnell an die irische Lebensweise gewöhnen.

Und ich saß die ganze Zeit dabei und dachte: Nie. Niemals.

Eines Tages kam er ganz verwirrt zu mir.

»Ist Euch irgend etwas mitgeteilt worden?« fragte er.

»Mitgeteilt? Worüber?«

»Über unsere Heirat.«

»Warum sollte mir jemand etwas über unsere Heirat mitteilen?«

»Sie ist nicht nur von unseren Familien, sondern auch vom König und vom Kardinal beschlossen worden. Ihr wißt sicher so gut wie ich, daß Eurem Onkel, dem Grafen von Surrey, sehr daran liegt, daß diese Heirat zustande kommt. Er war es schließlich, der den Vorschlag gemacht hat.«

»Ich habe ihn nie gemocht.«

»Ich habe gestern mit ihm gesprochen. Ich habe zu ihm gesagt: ›Ich habe jetzt Anne Boleyns Bekanntschaft gemacht. Ich liebe sie bereits und ich bin sicher, daß ich sie zu gegebener Zeit dazu bringen kann, auch mich zu lieben. Ich meine, die Angelegenheit sollte nicht länger hinausgezögert werden; man sollte Annes Zustimmung gewinnen, unsere Verlobung öffentlich bekanntzugeben.‹ Und was meint Ihr, was er gesagt hat?«

Ich schüttelte den Kopf.

»Er hat gesagt: ›Von dieser Heirat soll nun nicht mehr die Rede sein.‹«

Ich spürte, wie meine Lebensgeister erwachten. Aber ich war ebenso verwirrt wie James.

Er fuhr fort: »Ich habe gefragt, warum. Ich habe gesagt: ›Ich bin hergekommen, um Anne Boleyn den Hof zu machen, wie es mir von meinem Vater aufgetragen worden ist.

Warum soll jetzt plötzlich keine Rede mehr davon sein?‹ Da hat er zu mir gesagt: ›Ihr seid noch ein Junge und versteht nichts von solchen Dingen. Ich gebe Euch den Rat, nicht weiter davon zu sprechen. Aber von einer Heirat mit Anne Boleyn darf von jetzt an nicht mehr die Rede sein.‹ – ›Aber ich kann das nicht begreifen‹, habe ich ausgerufen. ›Was wird nun aus dem Grundbesitz?‹ Er hat mich stirnrunzelnd angesehen und ärgerlich gesagt: ›Könnt Ihr denn nicht verstehen, was ich sage? Ich habe Euch doch soeben mitgeteilt, daß das kein Thema mehr ist...‹ So sieht es also aus. Wie denkt Ihr darüber?«

»Ich denke, daß sie eine andere Lösung des Problems gefunden haben.«

»Ich denke nicht daran, mich damit zufriedenzugeben. Ich werde mich an den Kardinal wenden.«

»An den Kardinal! Glaubt Ihr, der große Mann würde sich mit unserem belanglosen Problem befassen?«

»Das ist kein belangloses Problem, Anne. Ich weiß, daß unsere Heirat unsere Familien vereinen, unseren Nachkommen Titel und Vermögen sichern und dadurch die Streitigkeiten zweier Parteien beilegen sollte; die Heirat war eine Staatsangelegenheit und von Eurem Onkel Surrey dem König und dem Kardinal vorgeschlagen worden, die auf die treuen Dienste meines Vaters in Irland nicht verzichten wollten. Daran hat sich nichts geändert. Sie brauchen meinen Vater, und sie wollen den Forderungen Eures Vaters entgegenkommen. Warum also der plötzliche Sinneswandel?«

»Ich weiß es nicht.«

»Ich werde diese Sache nicht auf sich beruhen lassen.«

Das tat dieser hitzköpfige junge Mann auch nicht. Er war so leichtsinnig, sich um eine Audienz bei Wolsey zu bemühen; er muß sehr hartnäckig gewesen sein, denn sie wurde ihm gewährt.

Er erzählte mir später, der Kardinal sei ihm gegenüber sehr kurz angebunden gewesen und habe ihm gesagt, er solle sich nicht einmischen; eine Heirat zwischen ihm und Anne Boleyn sei nicht mehr im Gespräch.

Für mich war das eine freudige Nachricht, aber James Butler tat mir doch leid. Er war sehr traurig, und kurze Zeit später ging er nach Irland zurück.

Eine große Last war von meinen Schultern genommen. Ich brauchte nicht mehr um meine Freiheit zu kämpfen. Ich war in meinem Element. Ich genoß mein Leben; das Leben am königlichen Hof gefiel mir. Auch war ich der ernsten Seite dieses Lebens nicht abgeneigt, wie das bei einigen Damen aus dem Gefolge der Königin der Fall war. Bei aller Liebe zu Tanz, Gesang und Maskenspiel las und schrieb ich gern. Ich versuchte mich an Versen, und obwohl sie keine große Dichtung darstellten, hatten sie doch einen gewissen Charme. Ich vermißte Marguerite und dachte darüber nach, was wohl aus jenen Veränderungen in der Kirche geworden sein mochte, die Martin Luther vorgeschlagen hatte. Marguerite war zweifellos über die jüngsten Entwicklungen auf dem laufenden. Hier aber gab es keine Möglichkeit, solche Dinge zu erörtern. Die Königin war voll und ganz der Kirche Roms ergeben und trotz ihres sanften Wesens der Überzeugung, daß Ketzer auf dem Scheiterhaufen verbrannt werden sollten, was genau das war, was die Inquisition, tatkräftig unterstützt von Katharines Mutter und Torquemada, in Spanien praktizierte. Der König hatte sein Buch geschrieben und galt nun als ›Verteidiger des Glaubens‹. Ich konnte mir lebhaft vorstellen, auf welche Ansichten ich stoßen würde, wenn ich versuchte, die Frage hier anzuschneiden.

Am Hof herrschte ziemliche Aufregung, weil Kaiser Karl gerade England besuchte, und natürlich würden unzählige festliche Veranstaltungen stattfinden müssen, um einen so bedeutenden Mann gebührend willkommen zu heißen.

François war nun unser Feind und der Kaiser unser Freund. Zum Entzücken der Königin stimmte Karl der Verlobung mit Prinzessin Mary zu. Es würde Maskenspiele in Hülle und Fülle geben, und wir Hofdamen sollten daran teilnehmen und so Gelegenheit haben, den religiösen Pflichten zu entgehen, die uns der Dienst bei der Königin auferlegte.

Ich gehörte zum Gefolge der Königin in Greenwich, wo die Prinzessin dem Kaiser vorgestellt werden sollte. Die arme Kleine! Sie war genauso alt wie ich damals, als ich nach

Frankreich geschickt wurde. Wie ihr wohl zumute sein mochte, den Mann kennenzulernen, der ihr Ehemann werden sollte und der so viel älter war als sie? Der französische Kronprinz wäre eher in ihrem Alter gewesen. Das ist das Schicksal von uns Frauen, dachte ich, hin- und hergeschoben zu werden, ganz so, wie es unseren Herrschern gerade am besten paßt. Ich würde mich nie so behandeln lassen. Ich war erneut dankbar für die unerwartete Schicksalsfügung, die bedeutete, daß ich wegen der Butler-Angelegenheit nun doch keinen Kampf ungewissen Ausgangs zu führen brauchte.

Wir standen am Portal der Empfangshalle des Palastes von Greenwich, und die Königin hielt die kleine Prinzessin an der Hand, als das Boot sich näherte. Da stand der König, groß und glitzernd, und seine beachtliche Statur wurde zusätzlich betont durch seine wattierten, von Edelsteinen funkelnden Gewänder aus prächtigem Samt in herrlichen Farben. Neben ihm wirkte der Kaiser beinahe unscheinbar.

Der König betrachtete die Szene mit Vergnügen; seine Blicke ruhten wohlwollend auf seiner sanften Königin und seiner hübschen kleinen Tochter, die er dem mächtigen Kaiser zum Zeichen der Freundschaft zwischen den beiden Ländern zur Braut gab.

Sein Blick schweifte über alle, die dort versammelt waren. Hielt er für den Bruchteil einer Sekunde inne, als er auf mich fiel? War es möglich, daß ich wieder Zorn in ihm sah? Würde er sich jedesmal, wenn er mich traf, an jenen Zwischenfall erinnern und vielleicht eines Tages, wenn er gerade schlecht gelaunt war, seinem Ärger Ausdruck geben? Was das bedeuten würde, war klar: Ende der Vorstellung für die Hofdame Anne Boleyn.

Dies hier aber war ein fröhlicher Anlaß.

Die kleine Mary benahm sich ganz so, wie ihre Mutter es ihr aufgetragen hatte, und nach der Begrüßung begaben wir uns in den Palast.

Drinnen unterhielten wir Hofdamen uns, und jemand bemerkte, die Prinzessin werde den Kaiser heiraten, sobald sie zwölf Jahre alt sei. »Vorausgesetzt, es kommt nichts dazwischen«, entfuhr es mir. »Still!« sagte man mir, »Ihr solltet Eure Zunge hüten, Anne Boleyn.«

War es nicht genau das, was der König zu mir gesagt hatte? Es stimmte. Ich sollte den Rat des Königs besser befolgen, wenn ich ein Mitglied des Hofstaats bleiben wollte, und daß ich das wollte, darüber bestand kein Zweifel.

Es sollten spannende Veranstaltungen zu Ehren des Kaisers stattfinden, obwohl er eher der Typ Herrscher war, der es vorzog, über Politik zu reden. Aber der König mußte ihm seine Hochachtung beweisen und ihm vor Augen führen, welch glänzendem Hof er vorstand. Daher würde es in reichem Maße Festlichkeiten geben.

Karl hatte eine große Schar Diplomaten mitgebracht, die möglicherweise den Vergnügungen etwas mehr Interesse entgegenbrachten als ihr Herr.

Es war für uns alle eine aufregende Zeit. Wir saßen bei der Königin und schauten den Turnieren im Schloßhof zu. Der König tat sich wieder einmal sehr hervor; er war immer der Sieger. Ich mußte lächeln. Wer würde es wagen, ihn auszustechen? Ich hatte es versucht – auf andere Art und Weise natürlich –, und hier saß ich nun und wartete ängstlich darauf, jeden Moment vom königlichen Hof verbannt zu werden.

Er bot wirklich einen prächtigen Anblick. Jedesmal, wenn ich ihn ansah, mußte ich an François denken. François glitzerte weniger; er trug nie so unerhört ausgepolsterte Roben; er kleidete sich in dezente Farben, die immer vollendet aufeinander abgestimmt waren. Henrys Purpur und Gold hätte er als vulgär abgelehnt. Er würde sagen, die Tudors seien *nouveau riche*, Neulinge auf dem Gebiet der Macht und des Ruhms und entschlossen, niemanden auch nur einen Augenblick vergessen zu lassen, daß sie nun über beides verfügten.

Turniere amüsierten mich, denn ihnen haftete immer ein Hauch romantischer Liebe an. Von den Rittern wurde erwartet, daß sie für die Ehre der Damen kämpften, die sie bei anderer Gelegenheit ungestraft verführen und bedenkenlos im Stich lassen würden. Henry selbst ritt ein silbern geschmücktes Pferd und präsentierte – in Schwarz und Gold – das Motto: *Elle mon cœur a navera.* Wer mochte sie sein, die sein

Herz gebrochen hatte? Gewiß nicht die Königin. Gewiß nicht meine Schwester Mary oder irgendeine der Damen, denen er seine Gunst schenkte. Es war nur ein Spiel, und er war für Spiele immer zu haben. In der Hinsicht wurde er nie erwachsen.

Natürlich war er der strahlende Sieger. Nach Beendigung des Turniers ging er auf die Königin zu und verneigte sich vor ihr und spielte den hingebungsvollen Ehemann, der ihr all die Jahre hindurch treu geblieben war, obwohl sie ihn bitter enttäuscht hatte, indem sie ihm den Sohn vorenthalten hatte, nach dem er sich sehnte.

Nach dem Turnier sollte ein Bankett im York-Palast stattfinden, dem großartigen Palast des Kardinals, der den königlichen Residenzen Konkurrenz machte. Danach sollte ein Maskenspiel aufgeführt werden, an dem auch ich teilnehmen sollte.

Es war ein überaus glanzvoller Anlaß. Der Festsaal war mit schweren Brokatstoffen und Tapisserien geschmückt, und es mußten wohl an die tausend Kerzen sein, die ihn erstrahlen ließen. Besonders faszinierend war der Fußboden, der mit einem grünen Stoff ausgelegt worden war, der wie Gras aussah, und an einem Ende des Raums war ein Bauwerk errichtet worden, das die haargenaue Miniaturausgabe einer Ritterburg war. Von den Türmen hingen Banner herab, und aus dem Innern der Burg erklang Musik. Bei ihrem Anblick stockte allen vor Bewunderung der Atem. Nur der Lord Kardinal könne sich den Luxus leisten, für die Lustbarkeiten einer einzigen Nacht eine solche Kulisse zu errichten, sagte man. Unter den Zinnen des nachgebildeten Turms saßen acht Damen, ganz in weißen Seidensatin gehüllt; sie waren wegen ihres blonden Haars, ihrer blauen Augen und ihrer sehr hellen Haut ausgewählt worden. Sie stellten die Tugenden dar und trugen alle Schilder, auf denen diese näher bezeichnet waren – Schönheit, Ehre, Sanftmut, Treue, Mitgefühl, Barmherzigkeit usw. Auf dem nachgemachten Rasen am Fuße des Burgturms saßen die Damen, die das Gegenteil der Tugenden, die Laster, verkörperten. Ich war amüsiert – und zugleich ein wenig pikiert – darüber, daß man Brünette ausgesucht hatte, um Verfehlungen wie Hochmut, Bedrohung, Hartherzigkeit, Eifersucht und andere negative Eigenschaften darzustellen.

Dann traten die Ritter, in blauen Satin und Goldstoff gekleidet, in den Saal. Auf ihren mit Federn und Edelsteinen besetzten Kappen trugen sie Aufschriften wie Treue, Freude, Jugend, und sie wurden von einem edlen Ritter angeführt, der prächtiger gekleidet war als sie alle und der zumindest an seiner Körpergröße sogleich zu erkennen war, von allen anderen Eigenschaften einmal abgesehen. Der König stellte die Verkörperung des ›glühenden Verlangens‹ dar; inwiefern das unbedingt eine Tugend sein sollte, war mir nicht ganz klar.

Er führte den Angriff auf die Burg an. Die blonden Damen hießen die Ritter willkommen – allem Anschein nach waren sie Gefangene der bösen Brünetten, die versuchten, die Ritter abzuwehren. Draußen vor dem Palast wurden Kanonen abgefeuert, die dem Schauspiel zusätzliche Dramatik verliehen. Eine glänzende Idee, sagten alle, und einmal etwas völlig Neues; das sehe Wolsey ähnlich. Die dunkelhaarigen Damen bewarfen die Ritter mit Rosenblättern und Süßigkeiten; die Ritter ihrerseits griffen mit Datteln und Orangen an. Offenbar waren die Datteln und Orangen die wirksameren Waffen; jedenfalls war die Burg schon bald in der Hand der tapferen Ritter, die ›Laster‹ waren besiegt und die ›Tugenden‹ gerettet.

Dann begann die Gaillarde.

Natürlich war der König der Mittelpunkt des Tanzes. Ich überlegte, was Karl und seine Botschafter wohl davon halten mochten. Sie blickten recht fröhlich drein; vielleicht dachten sie, daß jemand, der an dieser Art von Vergnügen solche Freude hatte, auf dem Feld der Diplomatie leicht zu überlisten sei. Vielleicht hatten sie recht. Aber den Kardinal konnten sie dabei vergessen.

Als eine der Damen, die zur Hofhaltung der Königin gehörten, nahm ich ebenfalls am Tanz teil. Ich befand mich in der Nähe des Königs und war mir erneut seiner Aufmerksamkeit bewußt. Eins stand damit für mich fest – er hatte die Szenen im Garten doch nicht vergessen und nahm sie mir übel.

Ich werde diese Nacht nie vergessen, denn in ihr begegnete mir zum ersten Mal Henry Percy.

Er gehörte der Hofhaltung Kardinal Wolseys an. Wir tanzten zusammen, und nach dem Tanz unterhielten wir uns miteinander. Es war nicht zu übersehen, daß er mich bewunderte, und irgend etwas an ihm sprach mich sogleich an. Er war zurückhaltend und sehr sanft. Er sagte mir, ich sei so ganz anders als die anderen Damen am Hofe, und er ließ in mir keinen Zweifel darüber aufkommen, daß ihm diese Andersartigkeit gefiel.

»Ihr könnt noch nicht lange am Hofe sein«, sagte er. »Ich habe Euch zwar schon einige Male gesehen, aber erst seit kurzer Zeit.«

»Haltet Ihr Euch oft hier auf?«

»Ich gehöre zum Gefolge des Kardinals und muß ihm täglich zu Diensten stehen. Das führt mich oft in den Palast des Königs.«

»Ich gehöre zum Gefolge der Königin.«

»Ja, ich weiß. Ihr seid Fräulein Anne Boleyn.«

»Woher wißt Ihr das?«

Er errötete ein wenig. »Ich... ich habe mich nach Eurem Namen erkundigt. Ich weiß, daß Ihr kürzlich erst aus Frankreich gekommen seid. Findet Ihr, daß der Hof hier anders ist als der in Frankreich?«

»In mancherlei Hinsicht, ja.«

»Bedauert Ihr, Frankreich verlassen zu haben?«

»Nur manchmal.«

»Bedauert Ihr es in diesem Augenblick?«

»Nein«, sagte ich wahrheitsgemäß, und wir mußten beide lachen.

»Ich bin schon sehr lange hier«, sagte er. »Mein Vater bestand darauf, mich zum Zwecke meiner Ausbildung in der Hofhaltung des Kardinals unterzubringen.«

»Es ist sicher eine gute Vorbereitung auf das Leben bei Hofe.«

»Das wird wohl mein Los sein. Danach kehre ich, wenn möglich, in den Norden zurück.«

»Ihr kommt also von dort? Ihr wißt, wie ich heiße. Wie heißt Ihr?«

»Henry Algernon Percy.«

»Ihr kommt aus dem Norden. Euer Name ist Percy. Dann müßt Ihr mit den Northumberlands verwandt sein.«

»Der Graf ist mein Vater.«

»Und sehnt Ihr Euch danach, nach Hause zurückzukehren?«

»Es ist schon so lange her, seit ich in Alnwick gelebt habe, daß es mir kaum noch wie mein Zuhause vorkommt. Ich bin natürlich zwischendurch immer wieder einmal dort; wenn ich dann wieder fort muß..., dann habe ich Heimweh. Die Luft dort ist anders..., frischer..., und man atmet freier.«

»Wie ist der Kardinal? Ich meine, als Vorgesetzter?«

»Er gibt sich nicht mit seinen Pagen ab.«

Ich mußte lachen. »Ihr stammt aus einer Adelsfamilie, während er der Sohn eines Metzgers ist, und trotzdem müßt Ihr es als Ehre betrachten, in sein Haus aufgenommen worden zu sein. Findet Ihr das nicht selbst merkwürdig?«

»Wenn man es so formuliert, vielleicht. Aber er ist ein großartiger Staatsmann, und ich bin nur der nicht besonders begabte Sohn des Hauses. Mein Vater hat keine übermäßig hohe Meinung von mir. Ich glaube, er wünschte, einer meiner Brüder wäre der Älteste.«

»Eltern sind selten mit ihren Kindern zufrieden. Andererseits – sind Kinder immer mit ihren Eltern zurfrieden? Welch ein Pech, daß wir einander nicht aussuchen können! Das wäre erfreulicher.«

»Aber schwierig zu bewerkstelligen.«

»Erzählt mir von Euch.«

»Interessiert Euch das wirklich?«

»Natürlich. Was sind das für Brüder, die so viel wohlgeratener sind als Ihr?«

»Thomas und Ingelram? Wir verstehen uns gut, wenn wir zusammen sind, was nicht oft der Fall ist, da ich hier unten dem Kardinal diene, während sie... die Glücklichen... dort oben im Norden leben.«

»Wie sehr Ihr Eure Heimat lieben müßt! Ich würde sie gern einmal kennenlernen.«

»Irgendwann einmal muß ich Euch Alnwick zeigen.«

»Den Familiensitz...«

»Seit Generationen der Stammsitz des Percy-Clans. Die Burg ist schon sehr alt. Natürlich ist sie vielfach erweitert und verändert worden, seit sie aus dem Felsgestein der tiefen Schlucht am Südufer des Flusses Alne herausgehauen wurde. Sie stand dort schon vor der Eroberung durch die Normanen und wurde damals von sächsischen Edelleuten bewohnt. Erst im Jahre 1309 gelangte sie in den Besitz der Percys. Und jetzt ist sie unser Zuhause; wir haben ihr ihr unverwechselbares Gepräge gegeben.«

»Ganz anders als Hever, mein Zuhause. Das wurde, glaube ich, von meinem Urgroßvater erworben, der Kaufmann und Oberbürgermeister von London war. Das ist zwar etwas besser als ein Metzger – aber letzten Endes auch nichts anderes als ein Handelstreibender.«

Er schaute mich bewundernd an. »Ich kann ihn nur dazu beglückwünschen, der Urgroßvater der bezauberndsten Dame am königlichen Hofe zu sein.«

»Ihr versteht es, Komplimente zu machen.«

»Eigentlich gar nicht. Aber jetzt brauche ich nur die Wahrheit zu sagen.«

»Der Tanz beginnt«, sagte ich. »Sollen wir mitmachen?«

»Ich bin ein jämmerlicher Tänzer.«

»Ich bin eine gute Tänzerin, und alles, was Ihr zu tun braucht, ist, mir zu folgen.«

Es stimmte, daß er ein schlechter Tänzer war, aber ich mochte ihn dafür um so lieber. Er war von einer erfrischenden Ehrlichkeit.

Er sagte: »Es hat mir besser gefallen, mit Euch zu reden; das ist während des Tanzens nicht ernsthaft möglich. Ich schaue Euch so gerne an, weil ich noch nie jemanden wie Euch gesehen habe. Wenn ich Euch nicht ununterbrochen anschauen würde, könnte ich gar nicht glauben, daß es Euch wirklich gibt.«

»Ich versichere Euch, ich bin kein Geist.«

Ich scherzte ein wenig mit ihm, aber er nahm unser Gespräch ganz ernst. Ich genoß seine Bewunderung und fühlte mich zu ihm hingezogen, wie ich mich noch nie zu jemandem hingezogen gefühlt hatte.

»Ich werde nach Euch Ausschau halten«, sagte er. »Ich

komme jeden Tag mit dem Kardinal in den Palast, um dem König meine Aufwartung zu machen, und so werde ich in Eurer Nähe sein. Der Kardinal zieht sich oft sehr lange mit dem König zu vertraulichen Gesprächen zurück.«

»Und seine Bedienten müssen dann auf ihn warten?«

»Sie können in den Gärten spazierengehen..., vorausgesetzt, sie entfernen sich nicht allzu weit.«

»Aha.«

»Und die Hofdamen der Königin?«

»Die gehen auch oft in den Gärten spazieren.«

»Ich werde nach Euch Ausschau halten«, sagte er.

Ich lächelte und dachte, wenn ich es auch nicht aussprach: Und ich werde nach Euch Ausschau halten.

Das war der Anfang. Unsere Freundschaft wuchs. Freundschaft? Es war mehr als das. Ich wachte jeden Morgen mit einem Glücksgefühl auf, das ich bis dahin nie gekannt hatte; ich fragte mich jeden Morgen, ob ich ihn wohl sehen würde. Ich begriff, daß ich das erlebte, was man ›sich verlieben‹ nannte.

Er war anders als die anderen jungen Männer. Er war ernst und aufrichtig. Es war nicht verwunderlich, daß ich an einem Hof des schönen Scheins solche Eigenschaften zu schätzen wußte.

Ich wäre nie auf den Gedanken gekommen, daß ich mich so Hals über Kopf verlieben könnte. Ich hatte zu viele Seiten der Beziehungen zwischen den Geschlechtern gesehen, um ihnen zu trauen. Da waren die blumigen Worte, die *billets doux*, die Komplimente, die Schmeicheleien... und dann war alles vorbei. Ich hatte nie geglaubt, daß etwas so unabänderlich Kurzlebiges der Mühe wert sei – bis jetzt.

Doch Henry Percy war nicht wie die anderen. Wenn er sagte, ich sei anders als all die anderen, dann meinte er es. Wenn er sagte, er habe an nichts anderes als an mich gedacht, seit wir einander begegnet seien, dann meinte er auch das. Es war wunderbar, zu einem anderen Menschen Vertrauen zu haben, und das hatte ich zu ihm.

Die Wochen gingen dahin. Ich pflegte nach Wolseys Ankunft im Palast Ausschau zu halten. Er kam oft mit dem Boot

– prächtig anzusehen in seiner Kardinalsrobe und umgeben von seinen Bedienten. Er reiste mit fast ebenso großem Zeremoniell wie der König. Meine Blicke schweiften dann über die jungen Männer seines Gefolges und machten bei einem von ihnen halt.

Sobald er mich sah, erhellte ein wunderschönes Lächeln seine Züge. Er war nicht auffallend schön, und dafür mochte ich ihn um so lieber. Er würde nie der strahlende Sieger eines Turniers sein, und darüber war ich froh. Er war ohne den Stolz, von dem ich ringsherum so viel sah. Ich liebte ihn, und diese Liebe war zum Teil Beschützerinstinkt. Ich wollte auf ihn aufpassen. Ich wollte all den bedeutungslosen Pomp, der mich umgab, hinter mir zurücklassen und mit ihm auf jene windgepeitschte Burg ziehen, wo, wie er sagte, die Percys so unumstritten den Norden regierten wie Henry England. »Könige unter Königen«, sagte er. »Aber die Menschen im Norden wollen keinen anderen Herrscher als die Percys.«

Er wollte mich in der Burg herumführen und mir das Ausfallstor zeigen, das einer der sechzehn Türme war, die die Burg umgaben. Er wollte mir die Stelle zeigen, die man das ›blutige Loch‹ nannte, einen Durchbruch, den die Schotten während der Grenzkriege, die in Abständen durch die Jahrhunderte hindurch gewütet hatten, in eine der Mauern geschlagen hatten. Er wollte mir Hotspurs Sitz zeigen, einen der Lieblingsplätze seines tapferen Vorfahren, des wilden ›Heißsporns‹, der in der Schlacht von St. Alban gefallen war. Er schilderte mir – so, als sähe ich es mit eigenen Augen – das Burgverlies, das Torhaus und die Kriegerstatuen, die entlang der Brustwehr aufgestellt waren, als ob sie alle Besucher an die Macht der Percys erinnern sollten. Und es schien, als bestehe zwischen uns unausgesprochenes Einvernehmen darüber, daß wir immer zusammen sein würden.

Verliebt zu sein änderte alles. Ich sah sogar anders aus. Ich war geistesabwesend. »Was ist mit Anne Boleyn?« fragten meine Gefährtinnen. »Ich glaube, sie ist verliebt.«

War es mir so deutlich anzusehen?

Immer wieder wartete ich auf den Kardinal, und wenn er

einmal aus irgendeinem Grunde nicht kam, war das für mich ein trauriger Tag, einer, den ich so schnell wie möglich hinter mich bringen mußte.

Wir saßen zusammen in den Gärten und unterhielten uns. Das blieb natürlich nicht unbemerkt.

Ich erzählte ihm, wie ich voll düsterer Vorahnung an den Hof gekommen war, weil ich befürchtet hatte, man würde mich zur Ehe mit James Butler zwingen; wie ich beschlossen hatte, dagegen Widerstand zu leisten, dann aber froh war, daß aus der Sache nichts geworden war; und daß James Butler den Hof inzwischen wieder verlassen hatte, vermutlich, um nach Irland zurückzukehren.

Dann erzählte er mir, daß sein Vater ihm, als er noch ein Kind war, angekündigt habe, ihn mit Lady Mary Talbot zu verheiraten, der Tochter des Grafen von Shrewsbury.

»Wahrscheinlich glaubte er, eine Verbindung Northumberlands mit Shrewsbury bringe Vorteile«, sagte ich.

Er antwortete: »Es gibt nur eine, die ich zur Frau nähme.« Daraufhin umarmten wir uns, und ich dachte: Das ist das vollkommene Glück. So wird es für alle Zeiten sein.

Wieviel ich doch noch zu lernen hatte!

Ich konnte mir nicht vorstellen, daß mein Vater uns Steine in den Weg legen würde. Es stand außer Frage, daß ich nicht länger bei dem Vorhaben benötigt wurde, das Butler-Vermögen der Familie zuzuführen, und mein Vater hatte sein – höhererseits vorangetriebenes – Interesse an der Heirat verloren, wahrscheinlich aufgrund irgendwelcher neuen Entwicklungen, die sich in bezug auf die Situation Irlands ergeben hatten. Er könnte gewiß keine Einwände gegen eine Verbindung mit den Northumberlands haben. Sie gehörten zu den vornehmsten und ältesten Familien des Landes. Zwar würden die Howards sich zweifellos als ihnen überlegen bezeichnen, aber dem würden die Northumberlands ganz sicher nicht zustimmen. Was die Begeisterung der Northumberlands für mich betraf..., nun ja, es war nicht zu leugnen, daß meine Herkunft nicht die allervornehmste war, aber mein Vater stieg unaufhaltsam in der Gunst des Königs, und meine Schwester war unbestreitbar eine einflußreiche Frau bei Hofe. Wie seltsam, daß ich Marys Affären plötzlich als segensreich empfand. Aber ich war verliebt, und ich war bereit, alles gutzuheißen, was mich dem Ziel näherbrachte, von dem mein Glück abhing.

In den Räumen der Hofdamen blühte der Klatsch, und natürlich interessierten sich alle für meine Freundschaft mit Henry Percy.

Ich war unvorbereitet, als der Sturm losbrach.

Eines Tages erschien Henry nicht in der Gefolgschaft des Kardinals, als der große Mann den König aufsuchte. Meine Enttäuschung war groß. Was war geschehen? War er krank? Das war mein erster Gedanke.

Ich fragte einen der jungen Männer, die ebenfalls dem Gefolge des Kardinals angehörten.

»Er ist nicht krank«, teilte er mir mit. »Wie ich hörte, hat er den heftigen Unwillen des Kardinals erregt.«

»Wo ist er denn?«

»Er dient dem Kardinal nicht mehr.«

Ich machte mir große Sorgen. Was würde nun geschehen? Würde man ihn nach Hause schicken? Den Unwillen des Kardinals zu erregen, das war oft gleichbedeutend damit, den Unwillen des Königs zu erregen. Wenn man ihn nach Northumberland zurückschickte, könnte ich mich vielleicht dort mit ihm treffen. Wir könnten heiraten. Aber Ehen wurden nicht so einfach geschlossen. Was konnte nur geschehen sein? Was mochte er getan haben?

Den Rest des Tages verbrachte ich in einem Zustand schrecklicher Unruhe. Es geht vorüber, sagte ich mir immer wieder. Schließlich muß selbst Wolsey sich gut überlegen, wie er den Sohn Northumberlands behandelt.

Am nächsten Tag erschien der Kardinal wieder, und ich hielt mich, ganz Auge und Ohr, in den Gärten auf. Einer von Henrys Freunden kam zu mir und sagte mir, daß Henry versuchen werde, mich zu treffen, aber es müsse geheim bleiben, und falls er nicht erscheine, müsse ich daraus den Schluß ziehen, daß sein Versuch, mich zu erreichen, fehlgeschlagen sei.

Jetzt war mir klar, daß irgend etwas ernsthaft nicht stimmte.

Es war schwierig, das Treffen zustande zu bringen, aber die Hofdamen waren, ebenso wie Henrys Freunde, immer bereit, Liebenden beizustehen, und indem sie geschickt zu Werke gingen, verhalfen sie uns zu unserem Rendezvous. Es war kurz und völlig niederschmetternd.

Er kam mit dem Boot nach Greenwich, und wir zogen uns in einen abgeschiedenen Teil der Gärten zurück. Ich konnte sehen, daß er sehr bedrückt war.

Er sagte: »Sie sind entschlossen, unserer Beziehung ein Ende zu machen. Der Kardinal rief mich zu sich und machte mir auf höchst anmaßende und beleidigende Art und Weise Vorwürfe. Er sagte, er wundere sich darüber, daß ich so töricht sein könne zu versuchen, mich an dich zu binden. Er fragte mich, ob ich vergessen hätte, in welchen Stand Gott mich berufen habe, und erinnerte mich daran, daß ich nach dem Tode meines Vaters einen der angesehensten Grafentitel im ganzen Königreich erben würde; wie könne ich daher daran denken, ohne die Einwilligung meines Vaters und auch die unseres Königs zu heiraten! Ich hätte in meiner Torheit nicht nur meinen Vater, sondern auch den König beleidigt. Dann deutete er noch an, der König habe ein besonderes Interesse an deiner Zukunft. Ich weiß nicht, was er damit gemeint haben kann.«

»Ich aber«, sagte ich mit Bitterkeit. »Er kann nicht vergessen, daß ich einmal einen kleinen Scherz mit ihm getrieben habe. Das hat ihm nicht gefallen, und seitdem ist er fest entschlossen, mir meine Dreistigkeit heimzuzahlen.«

»Dann sind alle gegen uns. Nie habe ich mit solchem Widerstand gerechnet. Dein Vater bekleidet doch eine hohe Stellung bei Hofe, und deine Mutter war eine Howard. Ich kann es nicht fassen. Ich könnte doch mein Erbe meinem Bruder überlassen. Ich wünschte, ich wäre nicht der älteste Sohn. Ich habe dem Kardinal gesagt, daß ich alt genug sei, mir selbst eine Frau auszusuchen, und daß ich den König um seine Zustimmung zu dieser Heirat bitten wolle. Ich sei sicher, daß, wenn er einwilligte, auch mein Vater sein Einverständnis geben würde.«

»Und dann?« fragte ich.

»Der Kardinal sah sehr schockiert drein. Ich war nicht mit

ihm allein; das machte alles nur noch schlimmer. Einige andere aus unserer Gruppe waren dabei und Zeugen meiner Demütigung. Er wandte sich ihnen zu und sagte: ›Ihr seht, wie unvernünftig sich dieser törichte Junge verhält. Ich dachte, Henry Percy, daß Ihr, nachdem Ihr über den Unwillen des Königs unterrichtet worden wart, Eure Unvernunft bereut und Euch unverzüglich bemüht hättet, sie zu beenden.‹ Ich sagte ihm, daß du und ich uns bereits verlobt hätten und ich dich nicht aufgeben könne. Daraufhin teilte er mir mit, daß er meinen Vater werde holen lassen. Und genau das hat er getan.«

Wir schauten einander verzweifelt an.

»Was können wir tun?« fragte ich.

Er schüttelte nur den Kopf. »Wir können nichts tun.«

»Gibst du so schnell auf, Henry Percy?«

»Liebste, wir könnten zusammen fortlaufen. Was meinst du wohl, wie weit wir kämen? Dafür würde man uns in den Tower werfen.«

»Warum behandelt man uns so? Bin ich dir so sehr unterlegen, was meine Herkunft betrifft?«

»Selbst wenn du ein Dienstmädchen wärst, würde mir das nichts ausmachen. Aber ich glaube nicht, daß dieser Fall so einfach ist.«

»Aber dein Vater wollte dich doch mit Mary Talbot verheiraten.«

»Es ist lange her, seit davon die Rede war. Ich werde meinen Vater aufsuchen. Ich werde mit ihm reden. Vielleicht gelingt es mir, ihm alles zu erklären. Vielleicht, wenn er dich sieht...«

»Aber der König...«

»Es kann sein, daß der Kardinal ihn nur erwähnt hat, um mich zum Nachgeben zu bewegen. Ich kann mir nicht vorstellen, welches Interesse der König an dem Fall haben könnte.«

»Ich glaube, er will sich an mir rächen.«

»Aber meine liebste Anne, wenn er das gewollt hätte, hätte er es längst auf vielerlei Art und Weise tun können. Er hätte es zum Beispiel ablehnen können, dich an den Hof zu holen.«

»Ich verstehe ihn nicht. Ich sehe ihn manchmal, wie er mich beobachtet, und dann ist Zorn in seinen Augen.«

»Das bildest du dir nur ein. Warte ab, bis ich mit meinem Vater gesprochen habe. Gib die Hoffnung nicht auf, meine Liebste.«

»Nein, ich werde mich an sie klammern. Ich könnte es nicht ertragen, etwas anderes zu tun.«

»Ich muß gehen. Der Kardinal darf nicht wissen, daß wir uns getroffen haben.«

Wir trennten uns.

Mich beschlich die schreckliche Vorahnung, daß eine unheilvolle Macht im Begriff sei, mich zu vernichten.

Ich sah ihn nicht wieder, wie ich gehofft hatte. Aber ich hörte, was geschehen war.

Es schien, als ob meine Feinde vor nichts zurückschreckten, um mein Leben zu zerstören.

Da die Begegnung zwischen dem Grafen von Northumberland und seinem Sohn nicht unter vier Augen stattfand, konnten die jungen Herren aus dem Gefolge des Kardinals den jungen Damen aus dem Gefolge der Königin darüber berichten, und von ihnen erfuhr ich, was sich zugetragen hatte.

Der Graf muß sehr überrascht gewesen sein, an den königlichen Hof bestellt zu werden, nur um sich Beschwerden über das schlechte Betragen seines Sohnes anzuhören, der sich mit einem Mädchen eingelassen hatte, das des Hauses Northumberland nicht würdig erachtet wurde.

Das Gespräch fand in dem großen Festsaal von Wolseys Palast statt. Zuvor hatte der Graf sich eine Zeitlang mit dem Kardinal beraten; dann betrat er die Galerie, wo sein Sohn zu ihm gerufen wurde. Der Graf beschimpfte Henry heftig und nannte ihn einen eingebildeten, liederlichen, gedankenlosen Taugenichts. Diese Vorwürfe waren, wie allen klar sein mußte, so unberechtigt, daß ich verblüfft und erbost zugleich war, sie zu hören. Sein Sohn habe, fuhr der erzürnte Graf fort, weder vor seinem Vater noch vor seinem König Respekt. Er habe um Haaresbreite Schande über seinen Vater und seine vornehme Familie gebracht. Er habe sein Bestes getan, beide zugrunde zu richten, und nur dem gütigen Schicksal sei es zu verdanken, daß sein Herrscher und der edle Kardinal es für angebracht gehalten hätten, ihm eine Warnung darüber zukommen zu lassen, was sein mißratener Sohn treibe; auf diese Weise habe er erfahren, welcher Kummer seiner Familie zugefügt werde. Er sei gekommen, um seinem Sohn zu sagen, daß er unverzüglich von seinem törichten Vorhaben Abstand nehmen müsse. Er ziehe ferner in Erwägung, Henry zu enterben und einen seiner Brüder zu seinem Nachfolger zu bestimmen, denn die Lords von Northumberland hätten vornehmste Pflichten im Norden zu erfüllen und denen könne ein sittenloser Taugenichts nicht gerecht werden.

Der arme Henry! Ich konnte mir vorstellen, wie verzweifelt er darüber sein mußte, dieser falschen Darstellung seines Charakters zuzuhören, und nur deshalb, weil er sich verliebt hatte und heiraten wollte. Ich wußte, daß er nicht so schlagfertig war wie ich; er war auch nicht so aufbrausend wie ich. Diese Unterschiede waren es gewesen, die mich angezogen hatten. Ich wünschte, ich wäre dabeigewesen. Ich hätte dem Grafen – und dem Kardinal ebenfalls – gesagt, was ich von ihnen hielt. Im Grunde meines Herzens wußte ich, daß mein armer Henry ihnen nicht gewachsen war.

Ich konnte mir gut vorstellen, wie er vor ihnen stand und die Beschimpfungen hinnahm, wie er ihnen stammelnd gestand, daß er mich liebe, und vor ihnen meine beispiellosen Vorzüge pries. Das war nicht die richtige Art, mit ihnen umzugehen.

Dann wandte sich der Graf an die Bedienten des Kardinals, die diese Tirade mitanhörten, und bat sie, keine Entschuldigungen für das Vergehen seines Sohnes vorzubringen und nötigenfalls scharf mit ihm ins Gericht zu gehen. Daraufhin verließ er den Raum und begab sich in großem Zorn zu seinem Boot.

Ich versuchte, mir Mut zuzusprechen. Das war noch nicht das Ende vom Lied. Den Bedienten des Kardinals war aufgetragen worden, keine Gnade walten zu lassen, und das bedeutete, daß er weiterhin dem Gefolge des Kardinals angehören würde. Wenigstens wäre er nicht weit fort.

Doch selbst diese Hoffnung wurde bald zunichte gemacht.

Wenige Tage später erfuhr ich, daß Henry vom Hofe verbannt worden war und sich bereits auf dem Weg nach Northumberland befand.

Ich wollte den Kardinal sprechen und ihn fragen, was das alles zu bedeuten habe. Warum lag allen so viel daran, mein zukünftiges Glück zu zerstören? Ich wollte sie wissen lassen, daß Howardblut in meinen Adern floß. Vielleicht würden sie dann gern dem Herzog von Norfolk ein paar Beleidigungen an den Kopf werfen. Insgeheim tobte ich. Ich raste vor Wut. Ich dachte mir Gespräche aus, die ich mit dem Kardinal führen wollte und in denen ich ihn mit Worten abkanzeln würde, bis er vor mir auf die Knie fiele. Aber es war nur mein eigenes zorniges Gesicht, das mir aus dem Spiegel entgegensah, nicht das milde lächelnde Gesicht des mächtigen Kardinals. In Gedanken stritt ich auch mit dem König. Warum mußtet Ihr mir das antun? Ich weiß, daß Ihr jenen Tag in Hever nicht vergessen habt. Ich sehe doch, wie Ihr mich beobachtet. Ist es möglich, daß ein großer König auf Rache sinnt, nur weil ein junges Mädchen ihn für wenige Minuten zum Narren gehalten hat?

Doch diese imaginären Unterhaltungen steigerten nur meine Wut.

Ich war sehr traurig, sehr verletzt und sehr zornig. Vermutlich litt ich an dem, was man ein gebrochenes Herz nannte, denn ich war lustlos und hatte an nichts Interesse.

Mein Vater bestellte mich zu sich.

Er sah mich kalt an. »Du hast dich also mit dem jungen Percy zum Gespött gemacht«, sagte er.

»Gespött! Wir wollten heiraten!«

»Du dummes Mädchen. Du solltest doch wissen, daß die Heirat des zukünftigen Grafen von Northumberland nur von seiner Familie beschlossen werden kann.«

»Wir sind ebenso gut wie sie... oder fast.«

»Du hast den Unwillen des Kardinals erregt.«

»Warum sollten meine Angelegenheiten seinen Unwillen erregen? Wenn ihn meine niedere Geburt so stört, dann soll er sich doch um seine eigene kümmern.«

»Du bist zu vorlaut. Dir fehlt es an Bescheidenheit. Deine Anwesenheit bei Hofe ist nicht länger erforderlich.«

»Wollt Ihr damit sagen...?«

»Was ich sagen will, ist, daß du sofort nach Hever zurückkehrst.«

Und damit war auch ich vom Hofe verbannt.

Es war mir ziemlich gleichgültig, wo ich war. Was nützte es mir, bei Hofe zu sein, wenn er nicht da war?

Der Burggraben, das Fallgatter, der vertraute Burghof... Ich war wieder daheim, vom Hofe verbannt, für immer von Glück und Freude ausgeschlossen.

Meine Stiefmutter begrüßte mich mitleidig und liebevoll. Sie wußte von der unglücklichen Liebesgeschichte. »Du wirst dich zu Hause erholen«, sagte sie zu mir. »Ich werde für dich sorgen.«

Ich fiel ihr in die Arme, und zum ersten Mal seit jenem verhängnisvollen Ereignis weinte ich. Ich glaube, das erschreckte sie, denn es war so untypisch für mich, und wie alles an mir heftiger schien – mein Zorn ebenso wie meine Freude –, flossen auch meine Tränen reichlicher und ungestümer als bei anderen Leuten.

Sie war mir ein großer Trost. Ich konnte mit ihr über alles reden. Sie verstand, wieviel er mir bedeutet hatte und warum. Ich erzählte ihr von unseren Verabredungen und unseren Plänen, und sie hörte mir zu und weinte mit mir.

Sie versicherte mir, ich würde mich mit der Zeit erholen. »Die Zeit ist unser Verbündeter in der Not«, sagte sie, »denn sie macht uns klar, daß der Kummer nicht ewig dauern kann.« Ich war sicher, meiner würde ewig dauern. »Ich werde ihn nie vergessen«, sagte ich zu ihr. »Er war nicht im entferntesten so wie der Mann, den ich mir immer als Ehemann vorgestellt hatte. Er war kein berühmter Krieger. Ich bin selbst überrascht, daß mir an jemandem wie ihm so viel liegen konnte..., aber sobald wir zusammen waren, wußte ich, daß ich für ihn und er für mich bestimmt war. Er war wie keiner der anderen und ich ebensowenig..., aber trotzdem waren wir sehr verschieden. Oh, es tut gut, von ihm zu sprechen..., mit jemandem, der offenbar Verständnis hat.«

»Sei ganz ruhig, mein liebstes Kind«, sagte sie. »Sprich mit mir. Erzähl mir alles. Und wenn du lieber nicht reden möchtest, dann bleiben wir einfach hier zusammen sitzen..., ganz nahe beieinander..., und du wirst spüren, daß ich in Gedanken bei dir bin.«

Ich weiß nicht, wie viele Wochen so vergingen. Ich verlor die Übersicht über die einzelnen Tage. Manchmal lag ich von Sonnenaufgang bis Sonnenuntergang im Bett; und meine Stiefmutter pflegte dann nach oben zu kommen und an meinem Bett zu sitzen.

»Es gibt nichts, für das es sich lohnte aufzustehen«, sagte ich zu ihr.

Und sie blieb bei mir, so daß ich mit ihr reden konnte, wenn mir danach zumute war, und wenn ich schwieg, war es auch nicht schlimm.

Ich habe nie vergessen, was sie damals für mich getan hat.

Dann kam eines Tages ein Bote meines Vaters vom königlichen Hof. Er brachte unter anderem einen Brief für meine Stiefmutter, in dem mein Vater sich nach mir erkundigte. Ob ich noch immer nicht den Schmollwinkel verlassen hätte, in den ich mich verkrochen hätte, wollte er wissen. »Sie sollte erfahren, daß Henry Percy inzwischen mit Lady Mary Talbot verheiratet ist, die sein Vater ihm seit langem als Ehefrau zugedacht hat.«

Es war also wirklich aus. Zuvor hatte ich noch wilde Hoffnungen gehegt, es könne doch noch ein Wunder geschehen und er werde eines schönen Tages in den Burghof geritten kommen.

Das war das Ende vom Lied..., und es war mir völlig gleich, was aus mir würde.

Ich weiß nicht mehr, wie ich die folgenden Wochen überstand. Eine Zeitlang war ich krank. Ich hatte Fieber. Ich lag im Bett und wußte zeitweise gar nicht, wo ich war; ich war dankbar dafür.

Mary Wyatt kam nach Hever herüber, um mich zu besuchen. Sie las mir vor, und wir sprachen viel von den alten Zeiten, als wir alle so glücklich gewesen waren.

»Thomas ist bei Hofe«, sagte sie. »Er schreibt jetzt mehr und inszeniert viele der Aufführungen dort. Dem König gefällt seine Arbeit.«

Ich wollte vom Hof des Königs nichts hören.

Mary kehrte nach Allington zurück, aber es war tröstlich zu wissen, daß sie in der Nähe war.

Meine Stiefmutter versuchte, mich für ein paar neue Stiche zu interessieren, die sie dazugelernt hatte; sie stickte gerade an einer Altardecke für die Kirche und wollte wissen, ob es mir Freude machen würde, ihr dabei zu helfen. Ich beteiligte mich lustlos an der Stickerei; sie interessierte mich nicht.

Und so verging Woche um Woche.

Dann erschien eines Tages ein Bote vom königlichen Hof. Wir sollten uns auf einen Besuch des Königs einrichten. Er sei mit einer Jagdgesellschaft in Kent und beabsichtige, da er sich in der Nähe von Hever aufhalte, eine Nacht in unserer Burg zu verbringen. Mein Vater hatte eine Liste von Anweisungen für meine Stiefmutter zusammengestellt. Es sei möglich, daß der Kardinal mit von der Partie sei.

Mir war ganz schlecht vor Wut.

»Ich werde sie nicht begrüßen«, sagte ich. »Ich werde auf meinem Zimmer bleiben, und man wird ihnen ausrichten müssen, ich sei krank..., was ich bei dem bloßen Gedanken, sie wiederzusehen, auch sein werde.«

Meine Stiefmutter versuchte, mir gut zuzureden. »Das kannst du doch nicht tun. Es geht doch nicht. Man wird dir befehlen herunterzukommen, um den König zu begrüßen.«

»Ich weigere mich aber.«

»Hast du vergessen, daß du schon einmal, als der König da war, auf deinem Zimmer geblieben bist und dich mit Krankheit hast entschuldigen lassen?«

»Ich erinnere mich gut daran«, antwortete ich grimmig.

»Du mußt dich zusammennehmen, Liebes. Es wird schon nicht so schlimm werden. Denk daran, es ist nur für eine Nacht. Es wird schnell vorbei sein.«

»Nein«, rief ich, »ich will nicht!«

Am nächsten Morgen war mein Fieber zurückgekehrt, und es war nicht vorgetäuscht. Ich muß es wohl heraufbeschworen haben. Ich lag in meinem Bett, glühend und voller Unruhe, und redete mir ein, daß ich der königlichen Gesellschaft unter gar keinen Umständen würde begegnen müssen.

Was wäre, wenn sie auf die Idee kämen, mich zu zwingen? Vermutlich könnten sie es. Sie hatten mir schon einmal bewiesen, welche Macht sie besaßen. Wenn sie fähig waren, mein Leben zu zerstören, konnten sie sicher auch verlangen, daß ich mein Bett verließ und ihnen Gesellschaft leistete.

Ich lag da, haßerfüllt. Ich war nicht ruhig und sanft wie meine Stiefmutter. Ich konnte mein Schicksal nicht ergeben hinnehmen. Jedesmal, wenn ich die Augen schloß, sah ich die unheimliche Gestalt des Kardinals vor mir. Wie sehr ich den Mann haßte! Wie konnte er es wagen, den Mann, den ich liebte, so zu demütigen! Wie konnte er es wagen, so von mir zu sprechen, wie er es getan hatte!

Wie gern würde ich mich an ihm rächen! Wenn sich je die Gelegenheit böte, würde ich sie frohen Herzens ergreifen. Ich würde niemals vergessen und niemals verzeihen.

Es war absurd zu glauben, der König interessiere sich für meine Angelegenheiten. Der Kardinal war es, der all den Ärger verursachte. Schließlich hatte Henry Percy seiner Hofhaltung angehört. Er wollte alle, die in seinen Diensten standen, bevormunden; er betrachtete sie alle als seine Günstlinge. Er war ein anmaßender Mann.

Und als ich so in meinem Bett lag, dachte ich: Es gibt nur eine Möglichkeit, sicher zu sein. Ich darf nicht dasein, wenn sie kommen.

Ich stand auf. Nun, da ich einen Plan gefaßt hatte, war mir gleich wohler. Das Fieber hatte wie durch ein Wunder nachgelassen; es muß mir ebenso gelegen zu Hilfe gekommen sein, wie es mich jetzt passenderweise verließ. Ich zog mein Reitkleid an und ritt zur Burg von Allington hinüber.

Mary begrüßte mich herzlich.

»Ich muß mit dir reden«, sagte ich. »Ich brauche deine Hilfe.«

»Du weißt doch, daß ich dir gerne helfe.«

»Die königliche Gesellschaft kommt nach Hever. Der Kardinal ist vielleicht auch dabei.«

»Welch eine Ehre!«

»Ich sehe es nicht als Ehre an, Mary. Ich kann an dem Tag nicht dort sein. Ich könnte ihren Anblick nicht ertragen. Ich glaube, wenn ich ihnen gegenüberstände, würde ich etwas tun... oder sagen, das auf ewig Schimpf und Schande über mich und meine Familie brächte.«

»Anne, du mußt dich beherrschen.«

»Mich beherrschen, nachdem sie mir den einzigen Mann weggenommen haben, den ich je lieben werde, nachdem sie mein Leben ruiniert haben!«

»Anne, beruhige dich doch. Erzähl mir von deinem Plan.«

»Ich beabsichtige, nicht zu Hause zu sein. Ich möchte gern zu dir kommen und hierbleiben, solange sie zu Besuch sind.«

»Würden sie dich nicht hier suchen?«

»Warum sollten sie?«

»Ich weiß es nicht. Dein Vater könnte verärgert sein und nach dir schicken.«

»Du hast recht. Dann wird meine Stiefmutter mir helfen. Sie ist großartig zu mir. Ich werde sie bitten zu sagen, ich sei bei dir und wir hätten vor, eine Freundin von dir zu besuchen, sie wisse aber nicht, wie diese Freundin heiße.«

»Dein Vater könnte jemanden herschicken, um festzustellen, ob du hier bist.«

»Dann könnten wir deine Leute überreden zu sagen, ich sei nicht hier. Meinst du, sie täten das?«

»Es würde sicher Gerede geben.«

»Ich weiß. Aber ich muß es wagen. Darf ich kommen und bleiben..., nur für ein paar Tage? Überlaß alles mir. Ich übernehme die Planung.«

Ich ritt nach Hever zurück.

Meine Stiefmutter war in heller Panik. »Ich hörte, du seist allein ausgeritten, Anne. Du weißt doch...«

»Liebste Stiefmutter, ich bin alt genug, um alleine auszureiten, und es ist hellichter Tag. Niemand täte mir etwas. Ihr müßt mir helfen.«

Wir gingen also auf mein Zimmer und besprachen meinen Plan. Ich sagte ihr, daß ich Mary Wyatt aufsuchen würde. Ihre Aufgabe sei es, den Gästen zu erklären, daß dieser Besuch bereits vereinbart worden sei, bevor der König seinen Besuch in Hever angekündigt habe. Solange die königliche Gesellschaft in Hever sei, befände ich mich also außer Haus. Sicherheitshalber müsse sie ihnen noch erzählen, daß Mary auch Vorkehrungen für einen Besuch bei Freunden getroffen habe, so daß wir uns nicht die ganze Zeit in Allington aufhielten. Wenn die königliche Gesellschaft dann abgereist sei, solle sie einen Diener nach Allington hinüberschicken, um mir Bescheid zu geben. Dann würde ich nach Hever zurückkehren.

Es bedurfte einiger Überredungskunst, sie für den Plan zu gewinnen. Es widerstrebte ihr zutiefst, meinen Vater zu belügen, aber sie machte sich große Sorgen um meine Gesundheit und befürchtete, ich könne erneut Fieber bekommen, wenn mein Vorhaben durchkreuzt werde. So stimmte sie schließlich zu.

Zu gegebener Zeit ritt ich nach Allington hinüber.

Mary hieß mich willkommen, und ich sprach mit ihr offen über den Haß, den ich für den Kardinal empfand, der, wie ich glaubte, meinen Kummer verursacht hatte.

Mary konnte nicht verstehen, warum ausgerechnet er, der so sehr mit der europäischen Politik beschäftigt war, sich so intensiv mit den Heiratsplänen zweier junger Leute bei Hofe befassen sollte. Ich konnte es auch nicht verstehen, aber ich wußte, daß er es war, der hinter all meinen Problemen steckte.

»Kardinäle dürfen selbst nicht heiraten; vielleicht haben sie deshalb etwas dagegen, wenn andere auf diese Weise glücklich werden.« Das war die beste Begründung, die uns einfiel, und irgendwie bewirkte sie, daß ich den Kardinal mehr denn je verabscheute.

Es waren Tage voller Furcht. Jedesmal, wenn ich im Burghof Pferdegetrappel hörte, war ich in Alarmbereitschaft. Aber kein Unheilsbote erschien.

Ich fütterte mit Mary die Tauben. Wir ritten zusammen aus, und sie zeigte mir einige von Thomas' Gedichten, die ich noch nicht kannte. Und so verging die Zeit.

Eines Tages traf ein Bote in Allington ein. Er kam von meiner Stiefmutter.

Die königliche Gesellschaft war in Hever gewesen und bereits wieder abgereist.

Ich konnte also nach Hause zurückkehren.

Aus Wochen wurden Monate, und ein Jahr verflog. Während dieses Jahres wurde meinem Vater mehrfach der Titel eines Haushofmeisters verliehen, und er war nun ein sehr reicher Mann. Er hatte als Gesandter beachtlichen Erfolg gehabt, aber ich war der Meinung, daß der König ihm mit all den Ehrungen sagen wollte: Habt Dank für Mary.

Niemand kann ewig trauern. Es gab Tage, an denen ich meine Liebe zu Henry Percy vergaß. Ich überlegte mir nicht mehr den ganzen Tag, was sich wohl in der Burg abspielte, an der er so hing. Ich fragte mich nicht mehr, wie Mary Talbot wohl aussehen mochte, ob er sie noch immer mit mir verglich und ob er noch an jene Zeit zurückdachte, als ich täglich darauf gewartet hatte, ihn zusammen mit dem Kardinal den königlichen Palast betreten zu sehen. Man muß den Schmerz überwinden. Aber die Narbe war da und sie würde immer bleiben. Gelegentlich riefen Kleinigkeiten Erinnerungen wach..., belanglose Einzelheiten wie der Tau auf dem Gras, die Form einer Wolke am Himmel, der Duft einer Blume..., Eindrücke und Gefühle, über die ich gestaunt hatte, als ich verliebt war..., und die Vergangenheit hatte mich wieder.

Meine Stiefmutter hatte großes Verständnis für mich, und sie bemühte sich so sehr, mich von meinem Unglück abzulenken, daß ich mich verpflichtet fühlte, darauf einzugehen und so zu tun, als vergäße ich allmählich – und das half mir, wirklich zu vergessen.

Sie holte meinen Rat ein, wenn es um die Organisation des Haushalts ging, und obwohl mir der Haushalt eigentlich gleichgültig war, bekundete ich ihr zuliebe Interesse. Ich ritt viel aus; ich ging spazieren; ich nahm an der Jagd und Falkenjagd teil. Ich war oft in Allington und Mary kam oft nach Hever.

Mein Vater kam selten zu Besuch. Er machte mir keine Vorwürfe, wie ich erwartet hatte, sondern benahm sich so, als sei die Angelegenheit erledigt. Aber er erwähnte auch meine Zukunft nicht mehr, und ich hatte allmählich das Gefühl, daß ich den Rest meines Lebens in Hever verbringen sollte. Hier war das Leben wenigstens friedlich, und ich hatte die Gegend um Hever lieben gelernt. Hever war mein Zuhause. Aber den königlichen Hof vermißte ich doch. Ich entwarf weiterhin meine Kleider selbst, aber was hatte das für einen Sinn, wenn niemand da war, sie zu bewundern – abgesehen von den Ortsansässigen und einigen Freunden, die auf dem Lande lebten? Sie verstanden nichts von Mode.

Mary kam einmal zu uns zu Besuch. Sie strahlte vor Vergnügen; das Leben meinte es sehr gut mit ihr. Meine Stiefmutter war ganz aufgeregt und vergewisserte sich immer wieder, daß alles den Ansprüchen einer so hochgestellten Persönlichkeit, wie meine Schwester es war, gerecht wurde. Ich mußte über die aufwendigen Vorbereitungen lachen. »Sie mag zwar die Geliebte des Königs sein«, sagte ich, »aber sie ist trotzdem immer noch unsere Mary.«

Mary neigte ebensowenig dazu, sich auf ihre Stellung bei Hofe etwas einzubilden, wie sich ihretwegen zu schämen. Sie lebte ihr Leben nach simplen Regeln, und es dauerte nicht lange, bis sie mir einige Geheimnisse anvertraute.

Sobald wir miteinander allein waren, schlüpfte sie schnell in die Rolle der Schwester, die zwar die ältere war, aber bis zu einem gewissen Grade immer in meinem Schatten gestanden hatte. Für Diskretion hatte sie noch nie viel Verständnis gehabt, und es war einfach, ihr zu entlocken, was man erfahren wollte.

Sie berichtete mir von einigen Ereignissen, die sich im Zusammenhang mit mir und Henry Percy zugetragen hatten. Da sie zur engsten Umgebung des Königs gehörte, hatte sie mitbekommen, welches Echo die Geschichte in königlichen Kreisen fand. Nicht daß Mary auch nur über die Spur kritischen Urteilsvermögens verfügte, aber selbst ihr konnte ein solcher *contretemps* nicht entgehen, zumal er ihre eigene Schwester betraf.

Sie sagte: »Der König hatte eine furchtbare Wut. Er schickte nach Wolsey. Ich weiß nicht, was er mit ihm besprach, aber Wolsey war lange bei ihm. Was ich mitbekam, war, daß der König etwas über ›diese Emporkömmlinge Boleyn‹ sagte. Ich dachte schon, das sei das Ende für mich. Er rief: ›Holt Northumberland her!‹ Der Kardinal verließ ihn, aber der König schickte nicht nach mir. Ich wußte nur, daß er sehr verärgert war, weil eine Boleyn es gewagt hatte sich einzubilden, sie könne in die Familie der mächtigen Northumberlands einheiraten. Für mich war sein Zorn eine Überraschung – nach allem, was er für unseren Vater getan hatte. Ich dachte schon, er habe plötzlich etwas gegen mich. Tatsächlich hat seine Aufmerksamkeit mir gegenüber seit einiger Zeit nachgelassen. Nun ja, ich habe mich lange halten können. Wenige schaffen es so lange.«

»O Mary«, sagte ich. »Ich wünschte, es wäre nicht so. Es ist so erniedrigend.«

»Die Geliebte des Königs zu sein? Meine liebe Anne, das ist eine Ehre. Die Damen wetteifern darum.«

»Warum, Mary? Warum du? Ich weiß, die meisten sind nur darauf aus, ihr Schäfchen ins trockene zu bringen. Sie haben es auf Ehrungen abgesehen..., auf Reichtümer..., aber du...«

Mary starrte gedankenverloren in die Ferne. »Er ist ein sehr feiner Mensch«, sagte sie.

»Gewiß, er hat eine schöne Krone.«

»Daran habe ich nie gedacht. Ich glaube, das hat er an mir gemocht. Niemand hat sich jemals so lange wie ich in seiner Gunst erfreut..., nicht einmal Elizabeth Blount.«

»Ich kann Will Carey nicht verstehen.«

»Er ist eine treue Seele. Er würde nie Ärger machen. Er ist ganz glücklich und zufrieden, solange er nicht zu viel erfährt.«

»Aber er muß doch Bescheid wissen... über alles. Alle wissen doch Bescheid.«

»Am Hof herrscht große Diskretion. Der König will nicht, daß alle es wissen. Er will, daß sie ihn für einen treuen Ehemann halten..., und das wäre er sicher auch, wenn er es fertigbrächte.«

»Die meisten von uns wären tugendhaft, wenn die Sünde nicht so verlockend wäre«, sagte ich.

»Sieh dir zum Beispiel die Königin an. Sie benimmt sich mir gegenüber, als sei ich nichts weiter als eine ihrer Hofdamen. Mit keinem Wort wird je erwähnt, daß ich ihn nachts aufsuche. Seine Bedienten verschwinden diskret, wenn ich ins Zimmer schlüpfe, und auch später, wenn ich gehe. Und niemand fragt, wenn ich in die Räume der Hofdamen zurückkehre: ›Wo seid Ihr gewesen?‹«

»Aber alle wissen es doch!«

»Aber man spricht nicht darüber..., und das macht es salonfähig.«

Ich lachte. »In Frankreich verhält man sich in solchen Dingen anders.«

»Nun, so wie es hier gehandhabt wird, ist es besser. Es macht es für alle einfacher. Jedenfalls dachte ich schon, ich sei nicht mehr gefragt. Er ließ mich so selten zu sich rufen, und die zeitlichen Abstände wurden immer größer. Unsere Begegnungen hörten sogar für einige Monate ganz auf. Ich glaubte, es sei aus zwischen uns. Und dann neulich fing es plötzlich wieder an. Er war sehr liebevoll. Er schien vergessen zu haben, daß wir Boleyns Emporkömmlinge sind und ein Mitglied unserer Familie versucht hat, in das Haus Northumberland einzuheiraten.«

Obwohl ich Marys Lebenswandel mißbilligte und es vorgezogen hätte, wenn unser Vater auf das verzichtet hätte, was ich seinen unrechtmäßig erworbenen Profit nannte, war es unmöglich, nicht mit Mary zu lachen, zumal mir das Leben in Hever unglaublich eintönig vorkam und ich einfach nicht umhin konnte, Mary zu drängen, über das Leben bei Hofe zu berichten.

Als sie wieder abgereist war, erschien mir das Leben eintöniger als je zuvor.

Nachdem etwa ein Jahr dieses ruhigen Landlebens vergangen war, kehrte George nach Hause zurück. Da war ich gleich viel fröhlicher. George und ich waren einander schon immer sehr ähnlich gewesen und wir hingen sehr aneinander. Nun hatte ich endlich Gesellschaft; wir ritten zusammen aus, wir nahmen zusammen an der Jagd und an der Falkenjagd teil, aber am liebsten unterhielten wir uns miteinander.

Einmal hatten wir Gäste aus den Niederlanden zu Besuch. George hatte sie auf einer seiner Auslandsreisen kennengelernt, und wir bewirteten sie ein paar Tage lang in Hever. Ich erinnere mich noch an den einen Abend, als wir nach dem Essen am Tisch sitzen blieben und uns bis spät in die Nacht hinein unterhielten. Unsere Gäste waren von den Werken

Martin Luthers fasziniert und sprachen begeistert von den Reformen, die in der Kirche dringend nötig seien. Sie sprachen auch von der wachsenden Besorgnis, die sich in allen Teilen der katholischen Welt ausbreite, und von den Versuchen, die unternommen worden seien, Luther zum Schweigen zu bringen. Bislang seien solche Versuche erfolglos geblieben und die Zahl der Anhänger dieses Kirchenmannes nehme ständig zu. Es werde zu einer Revolution innerhalb der Kirche kommen, mit dem Ergebnis, daß eine neue Lehre Protestierender Fuß fassen werde..., ein Zweig der alten Religion, aber eine verbesserte Version, die weitgehend frei sein werde von allem, was an der alten Religion schlecht gewesen sei.

Als sie abreisten, bedankten sie sich vielmals für unsere Gastfreundschaft und ganz besonders für unsere Beteiligung an jenen interessanten Diskussionen und ließen uns zwei Bücher von Martin Luther da, von denen das eine seine berühmte Ansprache *An den christlichen Adel deutscher Nation* und das andere seine Abhandlung *Von der babylonischen Gefangenschaft der Kirche* war. George und ich verbrachten manche Stunde damit, diese Schriften zu lesen und anschließend zu diskutieren.

George war das Rittergut Grimston in Norfolk übertragen worden, wofür er äußerst dankbar war.

»Der König hat sich unserer Familie gegenüber großzügig erwiesen«, sagte er. »Unser Vater hat durch seine Tochter stattliche Vorteile eingeheimst. Die Boleyns haben doch immer Mittel und Wege gefunden, ihr Los zu verbessern. Seltsamerweise haben dabei immer die Frauen eine führende Rolle gespielt.«

»Manchmal wäre ich, glaube ich, lieber ein bescheidener Untertan geblieben... im Hause unseres Londoner Kaufmanns. Er hat wenigstens seinen Stolz und seine Ehre bewahrt.«

George lachte mich aus. »Meine liebe Anne, du bist eine richtige Unschuld vom Lande geworden, mit deinem Gerede über Stolz und Ehre! Der König mag Mary..., sehr sogar. Dann laß ihn doch auch ihrer Familie seine Anerkennung beweisen. Was mich nur immer wieder amüsiert, ist, daß es ausgerechnet Mary ist. Weißt du noch..., wir haben sie immer ein klein wenig verachtet, als wir Kinder waren. Sie hat nie so recht begriffen, worum es bei unseren Gesprächen ging. Sie hat uns nie richtig folgen können, nicht wahr? Und heute... bitte sehr, da ist sie, unsere bezaubernde kleine Wohltäterin.«

»Du bist zynisch geworden, George.«

»Das ist die einzige Möglichkeit, am königlichen Hof zu überleben.«

»Dann ist es vielleicht besser, weit weg vom königlichen Hof zu leben.«

»Oh..., dir gefällt also das ruhige Leben?«

»Nein.« Ich wollte mir nicht länger etwas vormachen. »Ich will auch dort sein. Ich will tanzen und singen und bei den Maskenspielen mitmachen. Ich will wissen, was draußen in der Welt geschieht, und es nicht erst aus zweiter Hand erfahren, wenn zufällig einmal ein Besucher vorbeikommt. Ich will mich an dem allmächtigen Kardinal rächen.«

George mußte laut lachen. »Meine liebe Anne, wie willst du denn das schaffen?«

»Ich weiß es nicht.«

»Niemand wüßte das. Er genießt die besondere Gunst des Königs. Ich will dir etwas verraten: Henry ist ein Tudor, und die Tudors können ihrer Macht nie ganz sicher sein. Das ist verständlich. Henry kann nicht vergessen, daß sein Vater höchst zufällig zu seiner Krone kam. Wenn die Schlacht von Bosworth anders ausgegangen wäre, wie es leicht hätte geschehen können..., wenn Stanley nicht zum Verräter geworden wäre..., oh, dann hätte die Geschichte einen ganz anderen Verlauf genommen. Die Krone saß sehr locker auf dem Kopf von unseres Königs Vater, und das vergißt er nie. Wolsey ist einer von denen, die dafür sorgen, daß seine Krone fest sitzt.«

»Ich weiß, es ist albern. Aber ich hasse den Mann nun einmal.«

»Du gibst ihm die Schuld für das, was mit Percy geschah.«

»Er hat ihn vor vielen anderen auf eine höchst unfeine Art heruntergeputzt. Und weißt du, wie er mich genannt hat? ›Ein dummes Mädchen.‹ Ich möchte ihm beweisen, daß ich das nicht bin. Ich möchte ihm etwas antun, das ihn leiden läßt, wie er mich und meinen armen Henry hat leiden lassen.«

»Das ist aus und vorbei, Anne. Daran ist jetzt nichts mehr zu ändern. Percy hat sich schnell dem Druck der Familie gebeugt und Shrewsburys Tochter geheiratet. Ich hörte, es sei eine sehr unglückliche Ehe.«

Diese Nachricht hätte mir eigentlich eine gewisse Genugtuung verschaffen müssen, aber das war nicht der Fall. Meine Gefühle für Henry Percy überraschten mich. Sie hatten immer etwas Mütterliches gehabt. Ich hatte ihn immer beschützen wollen. Und wenn ich es auch nicht hätte ertragen können, wenn er mit Mary Talbot glücklich geworden wäre, so wollte ich doch auch nicht, daß er unglücklich werde.

»Das war von einer solchen Ehe nicht anders zu erwarten«, sagte ich.

»Er hätte mehr Kampfgeist beweisen sollen.«

»Ich glaube, er war einfach verzweifelt..., so wie ich.«

»Meine arme Anne! Aber du bist nicht dazu bestimmt, an gebrochenem Herzen zu sterben. Ich würde dich gern wieder bei Hofe sehen. Du würdest sie alle in den Schatten stellen.«

Nachdem ich mit George gesprochen hatte, erschien mir das selbst allmählich wieder wünschenswert.

George konnte nicht endlos lange bleiben. Er hatte in Norfolk seine Pflichten. Und als er fortging, war ich sehr betrübt.

Und dann eines Tages, als ich nach Allington hinüberritt, sah ich Thomas Wyatt wieder. Seine Augen strahlten vor Freude, als er mich sah. Er nahm meine beiden Hände und küßte mich auf die Wange.

»Anne..., wie wunderbar, dich zu sehen«, sagte er.

»Ich freue mich ebenso sehr, dich wiederzusehen.«

»Ich dachte, du seist vielleicht an den Hof zurückgekehrt.«

»Oh, nein. Ich bin für immer vom Hofe verbannt. Ich bin in Ungnade gefallen.«

»Ich habe von der Geschichte gehört. Welch ein Narr Percy doch war! Er hätte mit dir fliehen sollen.«

»Wußtest du, daß sogar sein Vater gekommen war? Der König selbst hatte ihn holen lassen. Sie waren alle gegen uns.«

»Es fällt mir schwer, darüber allzu traurig zu sein. Ich könnte alles, was dich aus Hever fortholte, nur als Unglück empfinden.«

»Bleibst du lange in Allington?«

»Nur für kurze Zeit.«

»Dann werde ich dich also gelegentlich sehen?«

»Oft sogar, hoffe ich.«

Und so geschah es dann auch. Jeden Tag war entweder er in Hever oder ich in Allington. Die Tage vergingen schnell in solcher Gesellschaft. Er war einer der attraktivsten Männer, die ich je kennengelernt hatte. Die Natur hatte Thomas Wyatt mit fast allen Vorzügen ausgestattet – außer mit Besonnenheit; davon hatte er nie viel besessen. Er war immer draufgängerisch gewesen. Ich glaube, es machte ihm sogar besonderen Spaß, Gefahren heraufzubeschwören. Er war groß und außerordentlich sportlich, ein geschickter Reiter, der bei Turnieren glänzte – das war es, was den König auf ihn aufmerksam gemacht hatte. Er war ein anmutiger Tänzer und hatte eine gute Singstimme; nicht viele verfügten über solche Talente. Aber Thomas' größter Vorzug war seine Gelehrsamkeit; er beherrschte mehrere Sprachen fließend, und er war ein anerkannter Dichter. Es kam selten vor, daß solch unterschiedliche Begabungen sich in einer Person verbanden, so daß er sich auf dem Turnierplatz ebenso mühelos zu Hause fühlte wie in der intellektuellen Gesellschaft. Seine Mimik war lebhaft, und seine Augen waren klar und blau; er hatte blondes, lockiges Haar, eine fein geschnittene Nase und einen sensiblen Mund. Er fiel unweigerlich auf durch sein vornehmes Äußeres. Er war in jeder Hinsicht ein Mann, der andere unvermeidlich bezauberte und die Aufmerksamkeit auf sich zog.

Der König hatte ihn schon bald in seinen engsten Freundeskreis aufgenommen. Er hörte sich gern Thomas' Gedichte an, denn er hielt sich selbst für einen nicht gerade unbedeutenden Dichter, und ich war ganz sicher, daß seine eigenen dichterischen Versuche auf größeres Lob stießen als Thomas' Werke. Thomas amüsierte das sicherlich, dem König hingegen mußte es wohl eher ein gewisses Unbehagen bereiten, denn er war – wie ich später herausfinden sollte – keineswegs ein einfacher Mensch. Einerseits würde er genau wissen, daß Thomas der bessere Dichter war, andererseits aber zu eitel und zu kindisch sein, es zuzugeben. Diese beiden Seiten seiner Persönlichkeit lagen in ständigem Konflikt miteinander. Hätte er etwas weniger intellektuelle Neigungen oder etwas mehr Eitelkeit besessen, wäre er leichter zu verstehen gewesen, und das hätte zur Folge gehabt, daß die Menschen, die mit ihm zu tun hatten und die von seinen Launen abhängig waren, sich um so vieles sicherer hätten fühlen können.

Damals jedoch hatte ich dieses Wissen noch nicht. Ich vergaß allmählich jene Szene, die sich im Garten von Hever abgespielt hatte, und war längst zu der Überzeugung gelangt, daß der König mir deswegen nicht wirklich böse sein konnte, denn wenn er mich für mein vorlautes Benehmen wirklich hätte bestrafen wollen, dann wäre ihm damals sicher eine passende Strafe eingefallen. Nein, versicherte ich mir, die gewaltsame Auflösung meiner Verlobung war das Werk des boshaften Kardinals gewesen. Er war derjenige, dem ich die Schuld geben mußte.

Und nun war Thomas Wyatt da, der bezaubernde Gefährte, der Licht in mein düsteres Leben brachte, indem er sich in mich verliebte.

Er sprach offen mit mir über seine Gefühle zu seiner Frau. Von Liebe zwischen ihnen konnte nicht die Rede sein. Ihre Heirat war eine arrangierte Heirat gewesen, und sie hatte für ihn ebensowenig übrig wie er für sie. Irgendwie beruhigte das mein Gewissen. Ich dachte oft: Wenn Thomas nicht geheiratet hätte, hätte ich vielleicht ihn geheiratet. Wie anders doch mein Leben verlaufen wäre, wenn das möglich gewesen wäre! Ich war nicht in ihn verliebt, aber er war der netteste Gefährte, den ich mir vorstellen konnte, und niemand – nicht einmal George – hatte mir so wie er geholfen, meinen Schmerz zu vergessen.

Er konnte jedoch nicht für immer in Allington bleiben, denn seine Pflichten riefen ihn an den Hof zurück. Der König hatte ihn, beeindruckt von seinen Glanzleistungen auf dem Turnierplatz, zum Edelmann der königlichen Leibwache ernannt, und nun hatte er noch eine neue Stellung inne: Verwalter der Kronjuwelen.

»Wie du siehst, ist mir der König gewogen«, erklärte mir Thomas. »Ich glaube, vor allem wegen meiner Verse und der Maskenspiele, die ich an seinem Hof habe aufführen lassen. Der König hat mich deswegen beglückwünscht; ich möchte schwören, er vermißt mich bereits.«

»Dann mußt du also an den Hof zurückkehren«, sagte ich betrübt.

»Ich muß mich von hier losreißen, Anne. Ich wünschte, du wärst auch dort. Du würdest einigen dort die Augen öffnen. Niemand dort könnte dir das Wasser reichen..., niemand könnte das überhaupt jemals, meiner Meinung nach.«

Er sah mich mit glühender Leidenschaft an, und ich wußte, daß er sich danach sehnte, mein Geliebter zu werden; aber so sehr ich seine leidenschaftliche Verehrung auch genoß, ich würde ihr doch nie nachgeben. Ich gehörte nicht zu den Frauen, die sich hinreißen ließen, nicht einmal von diesem gutaussehenden Dichter.

Er pflegte mir seine Gedichte vorzulesen; einige davon sprachen von Liebe, und die in ihnen ausgedrückten Gefühle galten mir. Ich sonnte mich in seiner Bewunderung. Sie tat mir gut. Aber mein Temperament war so grundverschieden von dem meiner Schwester Mary, wie es nur sein konnte. Sie war – wie ihre Liebhaber – daran interessiert, möglichst schnell zum Höhepunkt ihrer Liebesabenteuer zu gelangen; ich dagegen war entschlossen, ihn in unerreichbare Ferne hinauszuschieben. Vermutlich war ich gefühlskalt. Bei Henry Percy hatte ich das nicht so empfunden, doch auch in der Beziehung zu ihm wären sexuelle Kontakte vor der Heirat undenkbar gewesen. Marys Affären hatten mich nachhaltig beeinflußt, und die Schande ihrer Verbannung vom Hof des Königs von Frankreich sollte ich nie vergessen.

Folglich sonnte ich mich in der Liebe des betörenden Thomas Wyatt, felsenfest entschlossen, seinem Verlangen nicht nachzugeben. Aber diese Zeit mit Thomas half mir. Mir wurde wieder bewußt, daß das Leben in Hever mehr war als nur Einsamkeit und nagender Schmerz.

Meine Stiefmutter war erfreut, diesen Wandel in mir zu sehen, aber sie war gleichzeitig ein wenig besorgt. Sie kannte – wie alle – Thomas' geradezu unwiderstehlichen Charme, und natürlich wußte sie auch, wie sehr ich gelitten hatte. Ich empfand große Zärtlichkeit für sie; ihre selbstlose Liebe zu mir versetzte mich in Erstaunen, denn sie war etwas, das ich selbst bei meinen leiblichen Eltern nie erfahren hatte, und es erschien mir fast unglaublich, daß ich sie bei einer Stiefmutter finden sollte.

»Macht Euch meinetwegen keine Sorgen, liebe Mutter«, sagte ich zu ihr – die Herzlichkeit unserer Beziehung zueinander hatte mich veranlaßt, die Vorsilbe »Stief-« fallenzulassen, und ich glaube, sie empfand das als Belohnung für all die Freundlichkeit, die sie mir erwiesen hatte. »Ich werde immer ein abschreckendes Beispiel vor Augen haben, das mich nie vergessen lassen wird, wie ich am besten auf mich aufzupassen habe.«

Und ich meinte, was ich sagte.

Als Thomas an den königlichen Hof zurückkehrte, war ich untröstlich. Ich wandte mich erneut der Lektüre von Luthers Büchern zu, aber es war frustrierend, in ihnen Gesprächsthemen zu entdecken und niemanden zu haben, mit dem ich sie hätte erörtern können. Mary Wyatt war nicht immer in Allington anzutreffen, und bei aller Liebe zu meiner Stiefmutter war mir klar, daß derartige Fragen ihren Horizont überstiegen; sie hätte auch gar nicht den Wunsch gehabt, sich mit ihnen zu befassen.

Zu gegebener Zeit wurde meinem Vater eine noch größere Ehrung zuteil. Meine Stiefmutter mußte sich an den königlichen Hof begeben, um dem Zeremoniell beizuwohnen. Sie war sehr aufgeregt und äußerte den Wunsch, ich möge sie doch begleiten; ich teilte diesen Wunsch, aber ich war schließlich vom Hofe verbannt worden und eine Einladung zurückzukehren war nicht an mich ergangen. Ich mußte daher in Hever bleiben.

Als sie zurückkehrte, erfuhr ich, was geschehen war. Es muß sehr beeindruckend gewesen sein; sie war so stolz auf ihren Mann. Sie sagte, er sei unbestreitbar ein großer Mann, und nun sei aus ihm Viscount Rochford geworden, ein Angehöriger des englischen Hochadels. Die Zeremonie habe im Festsaal des Palastes von Bridewell stattgefunden. Die Wände seien mit solch herrlichen Tapisserien geschmückt gewesen, und Thomas sei die Stufen zu dem Podest hinaufgeführt worden, auf dem der König selbst unter einem goldenen Baldachin gestanden habe.

»Dein Vater ist hoch erfreut«, sagte sie zu mir. »Er hat für diese Auszeichnung hart gearbeitet. Er sagte mir, Kaiser Karl sei von den Diensten, die er seinem und unserem Land erwiesen habe, so angetan, daß er ihm eine Zuwendung bewilligt habe.«

»Ja«, sagte ich, »mein Vater hat es weit gebracht. Habt Ihr Mary gesehen?«

»Ja. Es geht ihr sehr gut, und sie macht einen glücklichen Eindruck. Bei ihr scheint alles in Ordnung zu sein.«

»Ich wette, mein Vater ist ihr sehr dankbar.«

»Dein Vater hat seinen Erfolg seinen treuen Diensten gegenüber dem König zu verdanken«, erwiderte sie mit einem leicht vorwurfsvollen Unterton; und ich verfolgte das Thema nicht weiter, da ich nicht die Absicht hatte, sie zu ärgern.

Sie erzählte mir später, es habe einiges Gerede um den neu ernannten Herzog von Richmond gegeben. Er war der Sohn von Lady Talboys, der früheren Elizabeth Blount, und die Leute fanden es offenbar aufschlußreich, daß ihm dieser Titel verliehen worden war.

»Er ist der Sohn des Königs«, sagte ich.

»O ja. Darüber besteht anscheinend kein Zweifel. Wie ich hörte, soll der König sehr stolz auf ihn sein. Es wird viel darüber geredet, wie traurig der König sein soll, daß die Königin keine Söhne zur Welt bringen kann.«

»Darüber ist immer schon geredet worden. Der Junge heißt Henry Fitzroy, und das sagt alles. Der König hat die Vaterschaft nie bestritten. In der Tat scheint er, nach allem, was man hört, stolz darauf zu sein. Sie beweist, daß er in der Lage ist, Söhne in die Welt zu setzen, auch wenn die Königin es nicht ist.«

»Ja, er hat ihn immerhin zum Herzog von Richmond gemacht, und manch einer glaubt, daß er noch einmal eine wichtige Rolle bei Hofe spielen wird.«

»Er ist noch nicht sehr alt, oder?«

»Etwa sechs Jahre, würde ich sagen. Aber es hat viel Gerede gegeben. Man sagt, die Königin sei nicht sehr glücklich über die Ernennung gewesen.«

»Vermutlich nicht, die Arme. Es ist wie ein Vorwurf ihr gegenüber.«

»Als ob man ihr die Schuld geben könnte! Solche Dinge liegen schließlich in Gottes Hand.«

»Nun ja, jedenfalls scheint Ihr den kleinen Ausflug genossen zu haben.«

»Es war halb so schlimm, wie ich befürchtet hatte. Du weißt ja, wie aufgeregt ich bei solchen Anlässen bin. Ich bin eben nicht dafür geschaffen, die Frau eines so bedeutenden Mannes zu sein.«

»Ich hoffe, er weiß es zu schätzen«, sagte ich.

Und so setzte mein Vater seinen Aufstieg fort.

Wir hatten oft Gäste in Hever. Leute vom Hof des Königs kamen uns auf Einladung meines Vaters besuchen. Nicht daß er sie begleitet hätte, aber er sagte ihnen, daß sie in Hever stets willkommen seien, wenn ihr Weg sie in die Gegend führe. Ich freute mich, meiner Stiefmutter dabei helfen zu können, sie zu bewirten. Es war eine angenehme Art und Weise, sich über das, was geschah, auf dem laufenden zu halten, denn ich war es leid, in einem hinterwäldlerischen Nest begraben zu sein und über den Lauf der Welt, wenn überhaupt, nur aus zweiter Hand unterrichtet zu werden. Ich hatte das Gefühl, so nicht mehr lange weiterleben zu können. In der Tat glaubte ich auch nicht, daß das auf Dauer mein Schicksal sein könne. Es war abzusehen, daß man einen Ehemann für mich finden würde..., vielleicht irgendeinen unbekannten Landedelmann, den man nach meinem unrühmlichen Abschied vom königlichen Hof in die engere Wahl ziehen würde – vorausgesetzt, er wäre wohlhabend genug, den finanziellen Forderungen meines Vaters nachzukommen.

Von den erwähnten Besuchern erfuhr ich von Zeit zu Zeit, in welche Kriege wir gerade verwickelt waren. Wir waren nun Verbündete des Papstes und des Kaisers. Die Belohnung, die letzterer meinem Vater hatte zukommen lassen, betraf dessen treue Dienste, die er geleistet hatte, um die Freundschaft zwischen ihm und König Henry zu festigen.

Ich dachte oft an die Zeit in Ardres und Guines, als die beiden Könige ihren so heuchlerischen Freundschaftsvertrag geschlossen hatten..., an die Turniere, die Ringkämpfe, an all den Pomp und schönen Schein. Was war das doch für eine beklagenswerte Verschwendung gewesen! Wie viel besser wäre es doch gewesen, wenn das Geld zum Nutzen der beiden Länder verwendet worden wäre, statt die Arroganz und den Egoismus der beiden Herrscher herauszustellen.

Und nun waren sie Feinde.

Ich war daher immer interessiert, wenn Freunde meines Vaters mit aktuellen Neuigkeiten vorbeikamen.

Ich erinnerte mich noch deutlich: Wir saßen in dem großen Saal am Tisch, um zu Abend zu essen, und meine Stiefmutter war eifrig damit beschäftigt, den Freunden meines Vaters eine Mahlzeit vorzusetzen, die seines Ranges würdig war. Während wir uns unterhielten, konnte ich sehen, daß ihre Blicke dem Personal folgten, das bei Tisch bediente, und ich war sicher, daß sie mit ihren Gedanken in der Küche war.

Und dann kam die entscheidende Nachricht: »Der König von Frankreich ist jetzt der Gefangene des Kaisers.«

»König François!« rief ich.

»Genau, Fräulein Anne. Er wurde von dem Konnetabel von Bourbon im Stich gelassen. Die päpstlichen Truppen hatten die Franzosen aus Italien vertrieben, und unsere Soldaten fielen zusammen mit denen des Kaisers in Nordfrankreich ein. Dem König von Frankreich gelang es, sich an all den verschiedenen Fronten, an denen er angegriffen wurde, tapfer – und eine Zeitlang auch erfolgreich – zu schlagen. Doch im Februar bereiteten die Truppen des Kaisers den Franzosen in Pavia eine endgültige Niederlage, und das Ergebnis ist, daß François der Gefangene des Kaisers ist. Er wird in Madrid gefangengehalten.«

Ich dachte mit großer Traurigkeit an ihn..., an sein galantes Benehmen, seine Intelligenz, seine Liebe zu allem Schönen, seine Selbstsicherheit. François ein Gefangener! Das konnte nicht sein! »Er wird zweifellos viele seiner eroberten Gebiete aufgeben müssen«, sagte ich.

Dann wollte ich mehr über die Geschehnisse erfahren. In gewisser Weise betrachtete ich Frankreich immer noch als meine Heimat, da ich dort aufgewachsen war. Die Menschen dort waren mehr als bloße Namen für mich. Ich fragte mich, wie Louise wohl die Tatsache aufnehmen mochte, daß ihr Cäsar nun der Gefangene des Kaisers war. Aber vor allem tat mir Marguerite leid; sie mußte vor Kummer am Boden zerstört sein.

Später erfuhr ich, daß François in seinem Gefängnis sehr krank geworden war und gestorben wäre, wenn Marguerite nicht nach Spanien gereist wäre, um ihn zu pflegen. Das Band der Liebe zwischen diesen beiden war etwas sehr Schönes, obwohl viele versuchten, es in den Schmutz zu ziehen, indem sie die Geschwister des Inzests beschuldigten. Ich habe das nie geglaubt. Ich konnte mir gut Beziehungen vorstellen, die nicht physischer Natur waren. Viele Leute konnten das nicht. Mir schien, diese Menschen gingen immer davon aus, wie sie selbst in bestimmten Situationen handeln würden, und schlossen dann von sich auf andere.

Ich dachte viel über François und Marguerite nach und bemühte mich, Näheres über sie zu erfahren. Aber kurz darauf begann mein eigenes Leben sich drastisch zu ändern, und alle meine Gedanken waren mit meinen eigenen Angelegenheiten beschäftigt.

Mein Vater kam nach Hever. Er schien mir diesmal etwas mehr Interesse entgegenzubringen und war recht freundlich. Der Wohlstand gefiel ihm. Für Viscount Rochford war das Leben noch erfreulicher als für Sir Thomas Boleyn.

Er sagte zu mir: »Du kannst hier nicht ewig wie ein Mädchen vom Lande leben.«

Ich dachte: Jetzt kommt es. Jetzt präsentiert er mir irgendeinen Landedelmann, und ich muß mir anhören, welch großartige Eigenschaften er hat und welch einen guten Ehemann er für eine Frau abgäbe, die am Hof des Königs in Ungnade gefallen ist und nun keine bessere Partie erwarten kann.

Aber es kam anders.

»Es kann sein«, fuhr er fort, »daß es mir gelingt, dich noch einmal in der Hofhaltung der Königin unterzubringen.«

Große Aufregung ergriff mich. Ich würde an den Hof zurückkehren. Thomas wäre dort. Und George wäre dort. Mary auch... und mein Vater ebenfalls.

Ich konnte also zurück. Meine Sünden waren mir vergeben. Ich war nicht länger die Ausgestoßene.

Die Verfolgung beginnt

Ich war neunzehn in jenem Jahr 1526, als ich an den königlichen Hof zurückkehrte. Ich hatte aus meinen Jahren der Verbannung gelernt. Ich war nicht mehr das harmlose junge Mädchen, das sich in Henry Percy verliebt hatte und glaubte, das große Glück werde ihm in den Schoß fallen. Die Erfahrung hatte mich hart gemacht, und ich nahm mir vor, mich nie wieder so verletzen zu lassen.

Ich würde mich falscher Bescheidenheit schuldig machen, wenn ich leugnete, daß meine Rückkehr an den Hof größtes Aufsehen erregte. Vom ersten Augenblick meines Erscheinens an fiel ich auf. Ich besaß ein natürliches Gespür für Mode, dem die Tatsache zugute kam, daß ich in Fragen des guten Geschmacks eine ausgezeichnete Lehre am französischen Königshof absolviert hatte, denn obwohl meine Kleider unmittelbare Aufmerksamkeit erregten, hatten sie doch nichts Grelles oder Übertriebenes. Es war ihr Stil, meine Art, sie zu tragen, durch die sie auffielen. Ich bevorzugte lang herabhängende Ärmel, die als ›Boleyn-Ärmel‹ bekannt wurden – nicht aus Vorliebe für diese Art Ärmel, sondern weil sie meinen sechsten Nagel verdeckten. Um den Hals trug ich ein Samtband mit einem kleinen Diamanten; dadurch wurde das Muttermal verdeckt, das mir so viel Kummer bereitet hatte. Es dauerte nicht lange, bis lang herabhängende Ärmel und samtene Halsbänder die große Mode waren, aber niemand erzielte damit so ganz die Wirkung, die ich hervorrief. Ich hatte diese Ärmel für mich entworfen und sie waren meine Kreation; sie sahen an niemand anderem so aus wie an mir. Außerdem übersahen diejenigen, die die Halsbandmode übernahmen, daß ich einen außergewöhnlich langen und schlanken Hals hatte, an dem das Samtband besonders gut zur Wirkung kam. Obwohl viele mich imitierten, gelang es ihnen, aus welchen Gründen auch immer, nie, so auszusehen wie ich.

Da ich so lange vom Hof verbannt gewesen war, erfüllte mich die Aufmerksamkeit, die ich erregte, mit besonderer Genugtuung. George und Thomas Wyatt waren ständig an meiner Seite. Aber es gab auch andere Bewunderer, meist Männer, unter ihnen Henry Norris, ein sehr attraktiver Mann und großer Favorit des Königs, der ihn mit Ehrungen überhäuft hatte, wie er es bei denjenigen zu tun pflegte, die er besonders mochte. Norris war mit Mary Fiennes, der Tochter von Lord Dacre, verheiratet und hatte einen Sohn; aber seine Frau lebte nicht am königlichen Hof und die Ehe schien auch nicht sehr glücklich zu sein, denn Sir Henry zeigte sich über ihre Abwesenheit wenig bekümmert.

Ein weiteres Mitglied unserer Gruppe war der junge Francis Weston. Er war gerade zum Pagen ernannt worden und erfreute sich des besonderen Wohlwollens des Königs, weil er in allen Spielen glänzte. Er war der Partner des Königs beim Tennis, und sie spielten auch Bowls und Würfelspiele zusammen. Der König verlor nie die gute Laune, wenn er gegen Weston verlor, und man sagte, der Junge häufe allein durch sein Glück im Spiel ein Vermögen an. Francis schaute mich immer mit unverhohlener Bewunderung an, und ich mußte zugeben, daß mir das nicht unlieb war.

Es machte mich wirklich sehr froh, nach der langen Zeit der Ächtung und Verbannung wieder so umschwärmt zu werden. Thomas Wyatt hatte mir seine Liebe gestanden, Norris' beredte Blicke verrieten, welche Gefühle er für mich hegte, und auch Francis Westons jugendliche Verehrung trug dazu bei, daß ich mich sehr geehrt fühlte.

Am Hofe wurde ständig irgendeine Art von Maskenspiel aufgeführt, und gewöhnlich stand ich mit meiner kleinen Schar von Verehrern im Mittelpunkt dieses Spiels. Tom Wyatt war mit Abstand der beste Dichter, obwohl auch mein Bruder ein recht guter Verskünstler war, und Norris war von großem Einfallsreichtum, was das Ausdenken von Szenen und Situationen anging. Seit wir zusammen waren, waren die Aufführungen klassischer geworden; wir übernahmen so manches Thema von den alten Griechen und entfernten uns von dem Lustspieltyp, den der König so liebte – die Geschichte von den weitgereisten Fremden, die in prächtigen

Gewändern aus dem Morgenland oder irgendeiner anderen märchenhaft-fremden Gegend kamen und sich unter die Tänzer mischten, bis daß ihre Identität entdeckt wurde und der Größte unter ihnen sich als der König zu erkennen gab. Zuerst hatten wir befürchtet, es könne ihm mißfallen, aber eine Seite seiner Persönlichkeit war der Literatur und guten Musik sehr zugetan und er besaß einen wachen Geist, der ihn befähigte, die klassischen Anspielungen zu verstehen. Folglich entwickelten sich unsere kleinen Stücke zu wahren Lieblingsstücken von ihm.

Mary war etwas wehmütig. Sie war sehr offen zu mir. Sie sagte mir, sie glaube, der König interessiere sich nicht mehr für sie. Ihre Herrschaft sei lang gewesen, aber nun scheine sie zu Ende zu sein.

»Gibt es eine Belohnung für langjährige Dienste?« fragte ich.

»Ich habe auf Belohnungen nie Wert gelegt, Anne«, antwortete sie ganz ernst.

»Nein. Vermutlich hast du dich deshalb so lange halten können.«

»Du bist so zynisch geworden. Wodurch, Schwester?«

»Lange Lebenserfahrung.«

»Du bist immer schon meinetwegen – und des Königs wegen – verbittert gewesen.«

Ich wandte mich ihr zu und sagte: »Ich hasse Demütigungen. Warum sollen wir Frauen es uns gefallen lassen, erst hofiert und dann fallengelassen zu werden..., ganz, wie es ihnen gerade gefällt? Wir sollten uns dagegen wehren. So sehe ich es. Und du, Mary, du hast dieser Unsitte noch Vorschub geleistet. Du hast nicht nur dich erniedrigt, sondern unser ganzes Geschlecht.«

»So hat noch nie jemand mit mir gesprochen.«

»Das glaube ich gerne. Man hat dir geschmeichelt, weil dein Partner bei dem ehebrecherischen Spiel der König war. Stell dir nur einmal vor, es wäre einer der Stallknechte gewesen, was dann?«

»Anne!«

»Das Prinzip ist dasselbe. Kannst du das denn nicht begreifen?«

Sie schüttelte den Kopf. »Jedenfalls ist jetzt alles aus«, sagte sie.

»Bist du sicher?«

Sie nickte. »Er grübelt über etwas..., er ist so geistesabwesend. Das letzte Mal, als ich ihm begegnet bin, hat er mich überhaupt nicht wahrgenommen. Er hat mich weggeschickt, bevor ich auch nur ein paar Worte mit ihm habe sprechen können. Ich glaube, er hat eine andere.«

»Wen denn?«

»Ich weiß es nicht.«

»Wir werden es sicher bald wissen«, sagte ich. »Solche Dinge schaffen es immer, die öffentliche Aufmerksamkeit zu erzwingen. Alle wußten ja auch von dir, trotz aller Geheimnistuerei.«

»Ja, es kann nicht lange geheim bleiben.«

»Du siehst nicht so aus, als ob du ein gebrochenes Herz hättest.«

»Oh..., es tut mir schon leid. Es war immer so lustig..., aber ich habe immer gewußt, daß es einmal zu Ende sein würde..., und Will ist so geduldig.«

»Wie es sich für einen toleranten Ehemann gehört.«

»Du brauchst gar nicht so verächtlich zu tun. Unseres Vaters Schaden ist es nicht gewesen. Und Georges auch nicht.«

»Nein. Das ist es ja gerade. Unser Vater kann nun stolz sagen: ›Gut gemacht, meine gute und treue Tochter.‹ Es tut mir leid, Mary, aber ich finde es nicht richtig.«

Sie war mir ein Rätsel. Sie hatte ein Temperament, das es ihr erlaubte, den Klippen des Lebens mühelos auszuweichen. Sie sah nichts Böses, dachte nichts Böses, sagte nichts Böses..., daher gab es für sie auch nichts Böses. Es war die gängige Lebenseinstellung. Vielleicht hätte ich von Mary lernen sollen.

Ich dachte oft über die Königin nach. Ich hatte bei meiner Rückkehr eine große Veränderung an ihr festgestellt. Sie war erheblich gealtert. Sie mußte sich schon vor langer Zeit damit abgefunden haben, mit ihrem Mann nicht mithalten zu können. Sie übersah geflissentlich seine Liebesabenteuer, so wie Claude es bei François getan hatte. Aber im Unterschied zu Claude hatte sie es mit einer Untreue zu tun gehabt, die kein offenes Geheimnis war. Zumindest war Henry – auf seine Art – diskret, und für Katharine war es leicht, so zu tun, als wisse sie nichts von seinen *amours*; für Claude wäre es absurd gewesen, Nichtwissen vorzutäuschen.

Königin Katharine war sanft und freundlich zu mir. Ich hatte das Gefühl, daß ich ihr ein wenig leid tat, weil meine Heiratspläne mit Henry Percy so gnadenlos durchkreuzt worden waren; andererseits hätte ich es verstehen können, wenn sie keine besondere Sympathie für unsere Familie gehegt hätte, der ja auch Mary angehörte. Dennoch zeigte sie keine Spur von Feindseligkeit, weder mir noch – von Anfang an – Mary gegenüber.

Ich hatte meine Pflichten in ihrer Hofhaltung, aber es blieb noch genügend Freizeit übrig, die ich den höfischen Veranstaltungen widmen konnte. Die Königin war, sofern eine Steigerung überhaupt möglich war, noch religiöser geworden als je zuvor und verbrachte viel Zeit mit Beichten und Beten. Außerdem schien sie an irgendeiner heimtückischen Krankheit zu leiden, die ihr Schmerzen und Erschöpfung verursachte. Sie war oft nicht in der Lage, an den abendlichen Veranstaltungen teilzunehmen, aber das bedeutete nicht, daß auch wir, ihre Hofdamen, den Vergnügungen fernbleiben mußten; unsere Teilnahme war oft sehr gefragt.

Ich denke jetzt häufig an Katharine. Damals, muß ich gestehen, tat ich das kaum. Damals war ich immer besonders froh, wenn ich ihrer düsteren Gegenwart entfliehen konnte.

Ich war glücklich zu jener Zeit, denn mir war bewußt geworden, daß ich mich von meiner Liebesenttäuschung erholt hatte, und ich hatte die Entdeckung gemacht, daß ich nicht, wie ich ursprünglich geglaubt hatte, für den Rest meines Lebens verzweifelt sein würde. Außerdem hatte ich eine Menge gelernt. Ich würde mich nie wieder von der Leidenschaft überwältigen lassen. Ich bezweifelte, daß ich jemals wieder jemanden so lieben würde, wie ich Henry Percy geliebt hatte. Das war eine Liebe gewesen, die mich selbst überrascht hatte, denn er war kein Adonis, kein strahlender Held gewesen; dennoch hatte ich ihn gerade wegen seiner Schwäche geliebt, und auch jetzt suchte ich die Schuld nicht bei ihm, sondern bei denen, die unsere Heirat verhindert hatten. Das

Leben, das ich mit ihm hatte führen wollen, blieb ein romantischer Traum für mich. Ich fragte mich oft, ob aus mir, wenn wir wirklich geheiratet hätten, wohl die sanfte, zärtliche Ehefrau geworden wäre, deren erster Gedanke – ungefähr so wie bei meiner Stiefmutter – Mann und Kindern galt und die in hingebungsvoller Fürsorglichkeit ihr friedliches Leben lebte, bis sie starb. Da ich mich kannte, erschien mir das recht unwahrscheinlich; dennoch gab es Zeiten, da hielt ich diesen Traum für gar nicht so unmöglich.

Und nun war ich hier – an Erfahrungen und neugewonnenen Einblicken in die menschliche Natur reicher, entschlossen, mich nie wieder verletzen zu lassen, bedacht darauf, Entscheidungen in Zukunft mit dem Kopf und nicht mit dem Herzen zu treffen, und grundsätzlich der Möglichkeit einer glänzenden Heirat nicht abgeneigt. Was letzteres betraf, so war ich mir nicht ganz sicher. Aber ich hatte endlich das Gefühl, seelisch nicht mehr verwundbar zu sein; ich war nun auf Schicksalsschläge vorbereitet. Ich würde mich selbst zu schützen wissen, und dieser Gedanke stimmte mich heiter.

Außerdem hatte ich noch etwas entdeckt. Ich besaß das unerklärliche Talent, Männer anzuziehen. Marys Anziehungskraft war offenkundig; irgend jemand hatte sie einmal als Verheißung charakterisiert. Mary trug ihre Freude an der Sexualität offen zur Schau, und das wirkte sofort wie ein Magnet. Es brachte ihr scharenweise Liebhaber ein – nicht unbedingt immer treue, aber wie viele waren schon treu? Dann war da mein Bruder George, der gut aussah und sehr viel für das andere Geschlecht übrig hatte. Es war nur natürlich, daß er bei Frauen beachtlichen Erfolg hatte. Ich dagegen war ganz anders. Ich stand Männern eher distanziert, ja sogar ablehnend gegenüber. Ich sehnte mich nach keinem Liebhaber; im Gegenteil, ich war entschlossen, mich auf keinen Flirt einzulassen. Man hätte meinen sollen, diese Einstellung hätte sich als Abschreckung erwiesen, wie ich es bei einigen anderen erlebt hatte, aber an mir wirkte sie wie ein Magnet. Ich schien für die Männer eine Herausforderung zu sein. Mein Äußeres war ungewöhnlich. Ich war nicht so hübsch wie Mary und besaß auch nicht Georges gutes Aussehen. Ich war wie ein Wechselbalg, dunkel und seltsam... mit meinen französisch anmutenden Kleidern und Manieren. Aber ich hatte bereits gelernt, daß meine Art die Menschen faszinierte.

Da war ich also nun – ich litt nicht mehr an den Wunden, die eine zerbrochene Liebe mir zugefügt hatte. Ich war umgeben von einer Schar von Verehrern. Ich tat mich beim Tanz und Lautenspiel hervor. Ich war zum strahlenden Mittelpunkt geworden.

Ich genoß diese neue Situation, die mir nach meinem langen Exil besonders reizvoll erschien. Ich würde sie voll auskosten.

Und dann wurde mir plötzlich klar, was sich wirklich abspielte.

Es war naiv anzunehmen, der König könne jemanden übersehen, der so oft im Mittelpunkt der Festlichkeiten stand.

Während eines Tanzes stand ich infolge des sich regelmäßig wiederholenden Wechsels der Tanzpartner auf einmal dem König gegenüber. Natürlich war er wieder die beherrschende Erscheinung am ganzen Hofe, nicht nur, was seine Körpergröße betraf. Er glitzerte. Er nahm meine Hand und sagte: »Ich freue mich, Euch an meinem Hofe zu begrüßen, Fräulein Boleyn.«

Ich verneigte mich.

»Euer Gnaden sind zu gütig.«

»Ich bin gern gütig... zu denen, die mir gefallen.«

Ich senkte den Blick. Mir schlug das Herz bis zum Hals hinauf. Es war unmöglich, diese Blicke zu mißdeuten. Ich hatte sie schon einmal in jenen kleinen blauen Augen gesehen – damals im Garten von Hever.

Er hielt meine Hand fest und lächelte mich an.

Wir tanzten, und ich wurde an meinen nächsten Tanzpartner weitergereicht. Ich war sehr verstört. Und ich wußte, was kam. Er hatte von der einen Schwester genug und wollte nun die andere ausprobieren.

Nein, schwor ich mir. Nie.

In jener Nacht schlief ich wenig. Ich versuchte, in Gedanken jene Szene im Garten zu rekonstruieren und mich dabei, soweit ich konnte, an jedes Wort zu erinnern, das gesprochen worden war. Er hatte das Spiel eine Zeitlang mitgemacht und war dann zornig geworden. Ich hatte ihn beleidigt, indem ich Kopfschmerzen vorgetäuscht hatte. ›Sagt ihr, sie sollte sich nicht zu lange den Strahlen der Sonne aussetzen.‹ Etwas in der Art hatte er gesagt.

Ich werde mich ihm nie fügen, sagte ich mir. Und dann? Erneute Verbannung. Zurück nach Hever.

Nun, das war immer noch besser als eine Weile ausgehalten und dann abgeschoben zu werden, wie Mary. War dies der Grund, weshalb sie ihren *congé* erhalten hatte? Vielleicht wollte er sich nicht mit beiden Schwestern gleichzeitig befassen.

Ich mußte gewappnet sein. Ich mußte stark sein.

Es dauerte nicht lange, bis er seine Karten auf den Tisch legte. Er schickte nicht nach mir – obwohl er das ohne weiteres hätte tun können –, denn ihm war klar, daß geredet werden würde, sobald bekannt würde, daß er nach mir geschickt hätte. Er redete sich ständig ein, die Angehörigen seines Hofstaats seien über sein Tun und Lassen nicht informiert, während sie in Wirklichkeit bestens informiert waren. Es war durchaus möglich, daß einige bereits die Blicke richtig gedeutet hatten, die er mir zugeworfen hatte, und nun sagten: ›Aha, Anne Boleyn soll also die nächste sein.‹ Ich hörte sie schon glucksen und prusten vor Lachen. ›So ist's recht! Weg mit der älteren Schwester, her mit der jüngeren!‹

Aber so weit sollte es nicht kommen.

Er richtete es so ein, daß er mir eines Tages über den Weg lief, als ich mich allein in einem Raum nahe den Gemächern der Königin aufhielt.

Er lächelte und schaute mich mit jenen Augen an, die in seinem großflächigen Gesicht viel zu klein wirkten, und die von einem so leuchtenden Blau waren, daß sie wie Aquamarine funkelten. Sein kleiner Mund, der zuweilen grimmig aussah, wirkte weich und freundlich.

»Ah«, sagte er. »Fräulein Boleyn.«

»Euer Gnaden«, antwortete ich und verneigte mich.

Er kam auf mich zu, glitzernd, gigantisch und – wie mir schien, bedrohlich.

»Ich habe Euch bei Hofe gesehen«, sagte er. »Das gefällt mir.«

»Euer Gnaden sind gütig.«

»Aber dies ist nicht unsere erste Begegnung, wie?«

»Nein, Euer Gnaden.«

Er drohte mir zum Spaß mit dem Finger. »Unsere erste Begegnung..., an die erinnere ich mich gut. Ihr hattet Euch einen kleinen Scherz mit mir erlaubt.«

»Euer Gnaden, ich war jung und töricht...«

»Und das seid Ihr jetzt nicht mehr? Ihr seid eine Zierde unseres Hofes. Eure Stimme entzückt mich. Ich wüßte niemanden, der besser Laute spielte.«

Jetzt war es an der Zeit zu sagen, daß niemand Seine Hoheit je übertreffen könne – aber ich schwieg. Ich stand da, nervlich bis zum äußersten angespannt, und überlegte, was ich tun sollte.

»Weil Euer Gesang und Euer Lautenspiel mir gefallen haben, möchte ich Euch gern meine Anerkennung zeigen. Daher habe ich Euch dies hier mitgebracht.«

Er zog eine Halskette aus Diamanten und Smaragden aus seiner Tasche und hielt sie vor mein Gesicht – seine Augen leuchteten vor Freude, seine Hände waren begierig, sie um meinen Hals zu legen.

Ich wich zurück. Ich sagte: »Euer Gnaden, ich bin überwältigt von Eurer Freundlichkeit.«

»Ist nur eine Kleinigkeit«, sagte er, »rein gar nichts im Vergleich zu dem, womit ich die beschenke, an denen mir liegt.«

»Mein Herrscher..., mein König...«, stammelte ich, denn mir war jetzt klar, welche Rolle ich spielen mußte. »Eure Güte überwältigt mich, aber ich kann dieses Geschenk nicht annehmen.«

»Nicht annehmen? Was wollt Ihr damit sagen?«

»Euer Gnaden...« Ich blickte ängstlich zu ihm auf, wozu ich auch allen Grund hatte. Die kleinen Augen begannen bereits, sich ein wenig zu verfinstern, der Mund bekam einen harten Zug. »Ich... ich bin ein einfaches Mädchen..., ich kann ein solches Geschenk nicht annehmen..., nicht einmal von Euer Hoheit. Ich könnte solche Juwelen nur von einem Mann annehmen, der einmal mein Ehemann würde.«

»Das ist Unsinn.«

»Mylord..., es ist meine feste Überzeugung. Ich könnte

ein solches Geschenk nicht in Ehren annehmen. Ich vertraue darauf, daß Euer Gnaden für die Gefühle eines einfachen Mädchens Verständnis haben werden, das dazu erzogen worden ist, auf seine Ehre zu achten und sie zu bewahren, um sie zu gegebener Zeit ihrem Ehemann zum Geschenk zu machen.«

Er war verwirrt. Ich sah ihn bebend vor Angst an.

»Dann«, sagte er, »habe ich mich geirrt.« Er steckte die Halskette in seine Tasche und schritt aus dem Zimmer.

Ich zitterte. Was nun? Ich stellte mir in Gedanken schon vor, wieder nach Hever zurückgeschickt zu werden. Das Hofleben, das ich gerade erst begonnen hatte zu genießen und das mir so sehr geholfen hatte, meine Melancholie zu überwinden, war aus und vorbei.

Vielleicht hatte ich einen Fehler gemacht. Auch mit der Karriere meines Vaters und der von George wäre es nun aus. Aber ich konnte es nicht ändern. Ich mußte ihn wissen lassen, daß ich nicht so war wie meine Schwester und daß ich nicht bereit war, mich für irgendeinen Mann erniedrigen zu lassen..., auch nicht für den König.

Ich wartete auf den tödlichen Hieb. Nichts geschah. Ich half Thomas und George beim Verfassen des Maskenspiels. Ich ging wie benommen meinen Pflichten nach und wartete täglich auf die Aufforderung, den Hof zu verlassen. Dann begann ich mir einzureden, er habe den Zwischenfall vergessen. Er konnte für ihn nicht besonders wichtig sein. Wenn es nur so wäre! Aber ich sah ihn bei den festlichen Veranstaltungen; er saß dann da und schaute von Zeit zu Zeit finster drein, und ich bemerkte, wie seine Blicke mich verfolgten.

Einmal waren wir, wie bereits zuvor, Partner beim Tanz. »Ihr habt mich zum Narren gehalten«, sagte er, »und das nicht zum ersten Mal.«

»Ich bitte Euer Gnaden demütig um Verzeihung«, entgegnete ich ruhig, »aber ich muß meinen Prinzipien treu bleiben.«

»Ich mag Leute nicht, die sich über meine Wünsche hinwegsetzen.«

Da kam mir der Gedanke, er erwäge möglicherweise eine

härtere Strafe als die Verbannung. Er war wirklich böse auf mich.

Und noch immer passierte nichts.

Dann eines Tages schickte er nach mir, und ich machte mich auf das Schlimmste gefaßt. Wir waren allein in einem kleinen Zimmer. Seine Stimmung war umgeschlagen. Er war nicht mehr verärgert, sondern nur noch bekümmert.

»Ich bin doch der König dieses Reiches, nicht wahr?« fragte er.

Ich senkte den Blick. Eine solche Frage konnte nur rhetorischer Natur sein.

»Ich widme mein Leben dem Wohl meines Volkes, und doch ist unter meinen Untertanen eine, die mir immer wieder großen Schmerz bereitet.«

Ich sah überrascht zu ihm auf.

»Hört auf damit«, sagte er. »Ihr wißt genau, wen ich meine. Ich spreche von Euch, Fräulein Boleyn. Ihr quält mich seit dem Augenblick, in dem ich Euch das erste Mal gesehen habe.«

»Euer Gnaden, es war nicht meine Absicht...«

»Mir ist jetzt klar, warum ich so viel Geduld aufgebracht habe. Ich war nachsichtig. Ihr aber habt mich zum Narren gehalten. Im Garten Eures Vaters habt Ihr Euren Spott mit mir getrieben... und dann Kopfschmerzen vorgetäuscht, um mir nicht zu begegnen. Ich hätte Euch befehlen sollen zu erscheinen. Ich hätte Euch in die Knie zwingen sollen. Doch was habe ich getan? Ich habe mir gesagt: ›Sie ist nichts weiter als ein kleines Mädchen. Vergiß es.‹ Ich war liebevoll zu Euch, oder etwa nicht? Und habt Ihr mir dafür Dankbarkeit gezeigt? Nein, Ihr plappert von Euren Prinzipien. Ihr wärt beinahe weit fort von hier in die irische Wildnis geschickt worden, aber ich habe das verhindert. Ihr hättet um ein Haar diesen weinerlichen Percy geheiratet, aber auch davor habe ich Euch bewahrt. Und warum? Weil ich sehen konnte, daß Ihr anders wart als alle anderen, und wo ich Euch haben wollte, das war an meinem Hof. Ich habe sehr wohl bemerkt, daß Ihr frech seid... und überheblich dazu. Ich mag das an meinen Untertanen gar nicht..., aber ich habe Euch in Ruhe gelassen. Ich habe mir gesagt, ich würde die Gefühle vergessen, die Ihr in mir geweckt habt. Und hier seid Ihr nun wieder, zurück an meinem Hof, und ich kann den wahren Zustand meines Herzens nicht länger verbergen..., vor mir selbst nicht und auch nicht vor Euch. Ich bin verliebt. Bei allen Heiligen, ich habe noch nie solche Liebe für irgendeine andere Frau empfunden. Ich will Euch, und wenn Ihr erst einmal mir gehört, verspreche ich Euch, daß ich alle anderen aufgeben werde.«

Ich war überrascht, aber nicht unvorbereitet, denn ich hatte schon oft darüber nachgedacht, wie ich mich zu verhalten hätte, wenn ich einer solchen Situation gegenüberstände. Gewiß, ich hatte nicht erwartet, daß seine Beteuerungen so deutlich oder so leidenschaftlich ausfallen würden, aber ich war vorbereitet und ich wußte, was ich zu tun hatte, und auch, daß ich es schnell tun mußte.

Ich sagte: »Mir scheint, mein erhabener und großer König, daß Ihr diese Worte zum Spaß aussprecht, um mich auf die Probe zu stellen, ohne wirklich Eure fürstliche Würde herabsetzen zu wollen. Um Euch deshalb die Mühe zu ersparen, noch einmal eine solche Frage stellen zu müssen, bitte ich Euer Hoheit ganz inständig, von dem Thema abzulassen und diese Antwort – die aus der Tiefe meines Herzens kommt – mit Wohlwollen entgegenzunehmen. Erhabenster König, ich würde lieber mein Leben als meine Tugend verlieren, die die größte und beste Mitgift darstellt, die ich meinem zukünftigen Ehemann zum Geschenk machen kann.«

Er glaubte nicht recht zu hören. Ich fragte mich, wie oft er wohl schon eine Abweisung erfahren haben mochte. Dies war sicherlich das erste Mal.

Er mußte sehr zornig darüber sein, auf solche Ablehnung zu stoßen. Tatsächlich war ich einigermaßen überrascht über die Sanftheit seines Gesichtsausdrucks. Später lernte ich diesen sentimentalen Zug an ihm näher kennen, der in solch seltsamem Gegensatz zu der Grausamkeit stand, zu der er fähig sein konnte. Seine Persönlichkeit war ein Bündel von Widersprüchen, darum war es auch so gefährlich, mit ihm zu tun zu haben. Er war in der Lage, Tugend zu respektieren und gleichzeitig einen Angriff auf sie zu planen.

»Steht auf«, sagte er, denn ich war vor ihm niedergekniet, als ich mit ihm sprach.

Ich befolgte seine Anweisung, und ein paar Sekunden lang schauten wir uns schweigend an.

Dann sagte er: »Ihr sprecht aus Überzeugung.«

»Ich meine jedes Wort, das ich gesagt habe.«

Sein Mund verhärtete sich. »Ich werde die Hoffnung nicht aufgeben«, murmelte er.

In einer Anwandlung von Kühnheit erwiderte ich: »Ich kann nicht verstehen, mächtigster König, was Euch veranlassen sollte, weiterhin zu hoffen. Eure Frau kann ich nicht sein, weil ich dieser Ehre viel zu unwürdig bin und weil Ihr außerdem bereits eine Königin habt. Eure Geliebte will ich nicht sein.«

Er sah mich an, als ob ich ihn geohrfeigt hätte. Dann verließ er mich wortlos.

Ich befand mich in einem schrecklichen Dilemma. Ich konnte die Gefahr um mich herum förmlich spüren. Ich war selbst erstaunt, daß ich es fertiggebracht hatte, so kühn mit ihm zu reden, aber was hätte ich anderes tun können? Die einzige Möglichkeit, ihm zu gefallen, war, sich ihm auszuliefern; und die Geschichte der Mary Boleyn hätte ganz von vorn begonnen.

Ich versuchte, mir gut zuzureden. Maß ich der Angelegenheit zu viel Bedeutung bei? Er hatte schon früher Geliebte gehabt, und obwohl er nicht so viele Verhältnisse unterhielt wie François und seine Liebesbeziehungen mit einer gewissen Diskretion pflegte, war es am Hofe doch bekannt, daß er sich zu den Frauen hingezogen fühlte. Nur meine Entschlossenheit, nicht eine von ihnen zu sein, hatte mir den Mut gegeben, so mit ihm zu reden, wie ich es getan hatte.

Vielleicht würde er meine Weigerung hinnehmen und keinen weiteren Gedanken an mich verschwenden. François hätte es mit einem Trick versucht, wenn er wirklich interessiert gewesen wäre; Henry würde so etwas, glaube ich, nicht tun. Ich war überzeugt, daß allein sein Stolz gar nichts anderes zuließ, als daß er mich aus seinen Gedanken verbannte. Wenn er das nur täte und mir erlaubte, mein Leben am Hofe fortzusetzen, wäre ich sehr erleichtert. Ich beschloß, mich jemandem anzuvertrauen, und niemandem vertraute ich mehr als George.

Ich suchte ihn so bald wie möglich auf.

»Du siehst beunruhigt aus, George«, sagte ich zu ihm, als wir uns trafen, denn das war nicht zu übersehen.

»Dazu habe ich auch allen Grund«, sagte er.

»Du ebenfalls!«

»Du also auch. Was bedrückt dich?«

»Sag mir zuerst, was dich beunruhigt.«

»Jane natürlich.«

Er meinte seine Frau. Ich wußte, daß ihre Ehe stürmisch war. Ich hatte Jane Parker nie gemocht und es immer bedauerlich gefunden, daß er sie geheiratet hatte. Er übrigens auch. Die Heirat war für eine recht gute Partie gehalten worden – sonst hätte mein Vater ihr auch nicht zugestimmt. Jane war die Tochter von Lord Morley; sie waren eine vornehme, aber verarmte Familie, und Lord Morley war außerstande gewesen, die Forderungen meines Vaters bezüglich der Mitgift zu erfüllen. Da war ihnen tatsächlich der König zu Hilfe gekommen und hatte das zugeschossen, was Morley selbst nicht hatte aufbringen können. Damals war das ein Zeichen der Gunst gewesen, die der König den Boleyns entgegenbrachte – alles natürlich wegen Schwester Mary. Welch ein Jammer, daß sich dann alles so entwickelt hatte!

Jane war so verschieden von George, wie es jemand nur sein konnte. Sie war langweilig und dumm; sie hatte kein Verständnis für seine Intelligenz und sie war sehr eifersüchtig. Ich glaube, sie liebte ihn leidenschaftlich, wußte aber, da sie eben Jane war, nicht wie sie ihn für sich einnehmen konnte. Ihre besitzergreifende Art führte schließlich dazu, daß er sie abstoßend fand, und es stimmte natürlich, daß er nicht der treueste Ehemann war.

»Ein neuer Eifersuchtsanfall von ihr?« fragte ich.

»Wenn sie nur nicht so dumm wäre, dann hätte es wenigstens Sinn, vernünftig mit ihr zu reden. Sie begreift überhaupt nichts. Sie setzt sich etwas in den Kopf und hört dann nicht auf, davon zu reden.«

»Hat sie dich auf frischer Tat ertappt?«

»Sie braucht niemanden zu ertappen. Sie erfindet einfach. Sie behauptet, mir läge mehr an dir als an ihr.«

»An mir?«

»Ja, an dir, Schwester. Sie sagt, ich mache dir den Hof wie Wyatt und all die anderen, und sie meint, ich hätte besser dich und nicht sie geheiratet.«

Ich brach in Gelächter aus.

»Hast du ihr nicht gesagt, daß ein Mann nicht seine eigene Schwester heiraten kann?«

»Jane kann man gar nichts sagen. Und nun erzähl mir, was dich bedrückt.«

»Es ist der König.«

Er starrte mich an.

»Er hat mir einen Antrag gemacht.«

»Und du?«

»Ich habe ihm gesagt, es sei unmöglich.«

»Ich habe gewußt, daß er sich für dich interessiert.«

»Woher denn?«

»Es war nicht zu übersehen. Er beobachtet dich doch die ganze Zeit. Mary ist fallengelassen worden; er interessiert sich schon eine ganze Zeit nicht mehr für sie. Natürlich mußte das Verhältnis sich abkühlen, aber so unkompliziert und versöhnlich wie Mary nun einmal ist, muß er ihre Gesellschaft als wohltuend empfunden haben. Er gewöhnte sich richtig an sie, und die Beziehung schleppte sich dahin ... fast wie eine Ehe. Sie war so anspruchslos. Aber seit du am Hofe bist, lebt er ganz ungewohnt enthaltsam.«

»Ich kann nicht glauben, daß das meinetwegen so ist.«

»Er hat eine sentimentale Ader. Romantik liegt in seiner Natur. Er hat sich ganz erheblich verändert. Er ist ruhiger ..., nachdenklicher geworden. Ich habe den Eindruck, er ist wirklich verliebt.«

»Könige verlieben sich nicht wie gewöhnliche Sterbliche. Sie schauen den Gegenstand ihrer Begierde nur an und sagen: ›Komm.‹ «

»Und du?«

»Ich habe ihm gesagt, daß ich seine Geliebte nicht sein wolle und seine Frau nicht sein könne, da ich nicht königlicher Abstammung sei – ich sei einer solchen Ehre nicht würdig, habe ich gesagt. Und dann habe ich ihn daran erinnert, daß er bereits eine Frau hat; damit sei die Angelegenheit erledigt.«

»Ach, du lieber Himmel! Du bist ja kühn.«

»Es war mir ernst damit. Aber ich habe ein ungutes Gefühl.«

»Dazu hast du auch allen Grund.«

»Was, glaubst du, wird er tun?«

»Das ist schwer zu sagen. Bis jetzt hat er noch nichts getan. Vermutlich werden die Boleyns in Ungnade fallen. Schade..., wo ich so schön im Begriff war, Karriere zu machen.«

»Es tut mir leid.«

Er legte seine Hand auf meine. »Ich mache doch nur Spaß. Aber es ist eine heikle Sache, sich über königliche Wünsche keß hinwegzusetzen.«

»Ich weiß. Ich habe es schon einmal getan. Das war vor langer Zeit, als wir uns zum ersten Mal begegneten. Ich tat so, als wüßte ich nicht, wer er sei. Wie es scheint, war ich ziemlich frech. Aber er hat es mir verziehen. Hast du eigentlich gewußt, daß er es war, der die Heirat mit James Butler verhindert hat?«

Er sah mich erstaunt an.

»Ja..., und meine Heirat mit Henry Percy ebenfalls.«

»Ich habe viel über die Butler-Angelegenheit nachgedacht. Es war alles sehr geheimnisvoll. Unser Vater war äußerst empört, aber Wolsey warnte ihn davor, dem König gegenüber die Sache auch nur mit einem Wort zu erwähnen. Seitdem verfügt Piers Butler genüßlich über den Nachlaß. Das also war die Erklärung!« Er schaute mich ungläubig an. »Aber das ist schon so lange her. Warum hat er die Angelegenheit die ganze Zeit über auf sich beruhen lassen? Ich würde sagen, du mußt ihn ziemlich beeindruckt haben.«

»Ich wurde nach Hever verbannt... Kurz darauf kam er dorthin. Ich war in Allington, solange er in Hever war. Aber ich habe danach nie mehr etwas davon gehört. Das war vor drei Jahren. Wenn er damals schon an mir interessiert war, dann hat er eine seltsame Art, es zu zeigen.«

»Es ist auch sehr seltsam. Ich zweifle nicht daran, daß du es ihm sehr angetan hast..., ich kann das gut verstehen. Es gibt wohl niemanden am Hofe, dem du nicht aufgefallen wärst. Du gibst hier den Ton an. Du hast viele Verehrer, und dem König hat es immer schon Spaß gemacht, eine Jagd anzuführen. Und... er erwartet, daß er gewinnt. Alle müssen zu seinen Gunsten verzichten, damit er den Sieg für sich in Anspruch nehmen kann. So ist es schon immer gewesen. Ich kann mir sein Zögern höchstens damit erklären, daß er Bedenken wegen der engen verwandtschaftlichen Beziehung zwischen dir und Mary hatte. Es könnte möglicherweise als Sünde angesehen werden..., fast so, als ob Mary seine Frau wäre. Er dürfte in solchen Fragen strenge Maßstäbe anlegen. Ehrlich gesagt, Anne – er schielt immer mit einem Auge nach dem Himmel und versichert Gott und den Heiligen, daß alles, was er tut, dem Wohl seines Volkes diene. Er hat immer das Bedürfnis, sich zu rechtfertigen. Es ist eigentlich seltsam. Er hat Macht..., grenzenlose Macht über uns alle..., und während er diese Macht zu seinem eigenen Vorteil verwendet, versucht er, den himmlischen Heerscharen weiszumachen, daß er nur seinem Gewissen folge. Dabei muß er zwar gelegentlich fünf gerade sein lassen, aber er ist ein Mann, der es versteht, mit sich selbst nachsichtig zu sein...«

»Was soll ich nur tun, George?«

»Du wirst seinen nächsten Schachzug abwarten müssen.«

»Und dann?«

»Dann hängt alles davon ab, was für ein Schachzug das ist.«

»Wenn er verärgert ist – und irgendwie habe ich das Gefühl, daß er das ist, denn es muß für ihn ein harter Schlag gewesen sein, abgewiesen zu werden –, was, glaubst du, wird er dann machen?«

George zuckte mit den Schultern. »Es ist sicher ein Schlag für ihn gewesen, ja. Aber du hast das Problem richtig angegangen..., all das Gerede über Tugend und Ehre rührt ihn bestimmt. Er stellt sich wahrscheinlich den Engel vor, der dort oben Buch führt und neben seinem Namen ein paar Notizen macht, und im Grunde seines Herzens weiß er genau, daß er weder seine Krone noch seine Macht noch seinen Ruhm mitnehmen kann, wenn seine letzte Stunde schlägt.

Warte ab, was als nächstes geschieht. Mag sein, daß er deine Argumente einleuchtend findet und dich aufgibt – die einzige Beute, die zu fangen ihm verwehrt war. Andererseits, wenn ihm bewußt wird, wie verwegen es von dir war, ihn abzuweisen, ist nicht auszuschließen, daß er dich aufgrund irgendwelcher aus der Luft gegriffenen Beschuldigungen vom Hof fortschickt. Ich meine, darauf solltest du vorbereitet sein. Deine Anwesenheit hier würde ihn ständig an seine Niederlage erinnern, und ich kann mir nicht vorstellen, daß ihm das gefallen würde.«

»Ich würde so ungern von hier fortgehen, George. Ich habe schon einmal erfahren, wie langweilig es fern vom Hofe ist..., aber jetzt würde es mir erst recht trostlos vorkommen.«

»Es gibt einen Ausweg.«

»Und welchen?«

»Tritt in die Fußstapfen unserer Schwester.«

»Das täte ich nie! Und du solltest klug genug sein, so etwas gar nicht erst vorzuschlagen. Ich habe mich schon so für Mary geschämt. Es ist so demütigend..., all das hier... und was sich am Hof des Königs von Frankreich ereignet hat.«

»Die galanten Franzosen waren letzten Endes gar nicht so galant, ich weiß.«

»So schmutzig, wie sie alle über sie geredet haben!«

»Das würde Henry nie tun. Er spricht mit niemandem über Einzelheiten seiner *amours*. Das widerspräche dem Bild, das er von sich selbst hat. Abgesehen davon bin ich sicher, daß er sich einredet, der Königin absolut treu zu sein.«

»Ich habe ein sehr ungutes Gefühl.«

»Wenn überhaupt jemand aus diesem Dilemma heil herauskommt, dann du. Mach dich darauf gefaßt, daß der Wind aus vielerlei Richtungen wehen kann. Ich bereite mich auch darauf vor. Und wenn wir aller Ehrungen beraubt sind, müssen wir wieder klein anfangen und Kaufleute in London werden. Das wäre zumindest interessant.«

»George«, sagte ich, »du bist mir ein wirklicher Trost. Ich wußte, daß du das sein würdest.«

»Mach dir keine Sorgen. Was immer geschieht, wir werden schon damit fertig.«

Thomas merkte, daß mich etwas bedrückte.

Ich hatte mir angewöhnt, zum Fluß hinunter zu schlendern – der Hof war in Greenwich – und die Boote zu betrachten, die vorüberglitten. In Wirklichkeit sah ich sie kaum, weil ich tief über all das nachdachte, was mir an diesem Leben gefiel und daher fehlen würde. Es war erst einen Tag her, daß der König mich angesprochen hatte, und ich hatte ihn seitdem nicht mehr gesehen. Ich wartete jeden Augenblick darauf, fortgeschickt zu werden. Natürlich würde er es mir nicht persönlich mitteilen. Es würde irgendein Befehl an mich ergehen, in dem mir in verschleierten Formulierungen nahegelegt würde, daß es besser wäre, wenn ich nach Hever zurückkehrte.

Thomas hatte mich gesehen und war gekommen, um mit mir zu sprechen.

»Warum so traurig? Warum so allein? Wie hast du es nur geschafft, deinen Verehrern zu entkommen?«

»Offenbar ist mir das nicht vollständig gelungen«, entgegnete ich.

»Dieser eine Verehrer hier würde dich überall finden. Aber sag, Anne, was bedrückt dich?«

»Es ist der König«, sagte ich.

»Er hat gewisse Vorschläge gemacht?«

»Du hast richtig geraten.«

»Ich habe es kommen sehen.«

»Dann war es deiner Ansicht nach so offensichtlich?«

»Ziemlich. Er gehört nicht zu denen, die ihre Gefühle verbergen. Ich habe gesehen, wie seine Augen dich mit einem ganz bestimmten Blick verfolgten; ›Interesse‹ ist ein zu harmloses Wort, um ihn zu beschreiben.«

»Ich habe Angst.«

Er nickte.

»Du verstehst, daß ich nicht so sein will wie meine Schwester.«

»Ja, ich verstehe es. Du bist stolz. Du bist erst dann bereit, dich hinzugeben, wenn du liebst. Ist es nicht so?«

»Ja.«

»Liebe Anne, wie sehr wünschte ich...«

»Das Leben ist vermutlich das, wozu wir es machen. Es ist zwecklos, sich zu wünschen, es möge anders sein.«

»Was ist gegen das Wünschen einzuwenden?«

»Wahrscheinlich nichts, solange man sich darüber im klaren ist, daß es zu nichts führt.«

»Ich denke oft an die Zeit in Hever und Allington ... und in Norfolk. Es erscheint mir geradezu schicksalhaft, daß unsere Familien sowohl in Kent als auch in Norfolk zusammen waren. Wir hätten uns damals verloben sollen.«

»Als wir noch Kinder waren?«

»Warum nicht? Hat uns nicht immer schon ein ganz besonderes Gefühl verbunden?«

»Wenn ich mich recht erinnere, habt ihr beide, George und du, wegen meines Geschlechts und meines jugendlichen Alters verächtlich auf mich herabgesehen.«

»Laste das dem jugendlichen Leichtsinn an.«

»Du und George, ihr habt immer von großen Abenteuern geredet und davon, daß ihr ausziehen wolltet, um Schlachten zu gewinnen und Ruhm zu erlangen. Ich kann mich nicht erinnern, daß ich in diese Pläne je miteinbezogen wurde.«

»Aber ich habe dich immer geliebt, Anne.«

»Thomas, ich glaube, daß für dich wie für so viele Angehörige deines Geschlechts die Liebe etwas ist, das mit Eurem eigentlichen Leben gar nichts zu tun hat..., eine nette Abwechslung, der man sich zuwenden kann, wenn die Abenteuer anfangen, ihren Reiz zu verlieren.«

»War es so bei Percy?«

Ich schüttelte traurig den Kopf. »Nein..., in dem Punkt war er anders. In seinem Leben wäre immer ich das Wichtigste gewesen.«

»So wichtig, daß er es sich hat gefallen lassen, daß man ihn ganz schnell mit Shrewsburys Tochter verheiratet hat.«

»Der arme Henry, er hat einfach dem Druck nicht standhalten können. Du weißt doch, wie einschüchternd Northumberland sein konnte. Außerdem hat der König darauf bestanden. Und Wolsey ebenfalls.«

»Um die Angelegenheit ist ziemlich viel Aufhebens gemacht worden.«

Ich fröstelte, und er wandte sich mir zu. »Laß uns vom Hof des Königs fortgehen. Ihnen allen zum Trotz.«

Ich lachte ihn aus. »Du hast dich wohl zu lange in der

Sonne aufgehalten«, sagte ich zu ihm, und mir fiel ein, daß das die Bemerkung war, die der König über mich gemacht hatte.

»Du weißt, daß Elizabeth und ich nicht zusammen leben. Unsere Ehe ist eine Katastrophe.«

»Das scheinen die meisten Ehen zu sein«, erwiderte ich.

»Sie werden gewöhnlich geschlossen, um der Familie Vorteile zu bringen.«

»Ist das der Grund, warum sie so selten glücklich werden?«

»Wer weiß? Anne, was wirst du jetzt tun?«

»Ich finde die Art und Weise beklagenswert, wie dein Geschlecht meines behandelt. Ihr haltet uns für Spielsachen, die euch eine Zeitlang gefallen, und wenn euch das Spielzeug, das ihr gerade habt, nicht mehr begeistert, sucht ihr euch ein anderes. Denkst du, ich ließe mir eine solche Demütigung jemals gefallen?«

»Nein.«

»Darum werde ich auch niemandes Geliebte.«

»Nicht einmal die des Königs?«

Ich schüttelte mit leidenschaftlicher Überzeugung den Kopf.

»Du spielst ein gefährliches Spiel, Anne.«

»Ich habe es mir nicht ausgesucht.«

»In gewisser Hinsicht trägst du selbst die Schuld. Du bist zur Attraktion des Hofes geworden.«

»Ich bin nur ich selbst gewesen. Das ist alles, was ich sein kann.«

»Irgendeinen Ausweg gibt es immer. Du magst mich doch sicher ein wenig. Stell dir einmal vor, man hätte mich nicht verheiratet..., stell dir einfach vor, ich wäre frei.«

»Du bist verheiratet, Thomas, darum ist es sinnlos, sich über diese Möglichkeit Gedanken zu machen.«

Ich berührte das mit Edelsteinen verzierte Medaillon, das ich an einer Kette um die Taille trug. Es war eins meiner Lieblingsschmuckstücke, und es kam selten vor, daß ich es nicht bei mir hatte. Meine Initialen waren darauf eingraviert. Ich dachte darüber nach, was alles hätte geschehen können, wenn Thomas nicht verheiratet gewesen wäre. Vielleicht wäre das eine Verbindung gewesen, der mein Vater hätte zustimmen können. Die Wyatts waren alte Freunde. Man hätte zweifellos um meine Mitgift gefeilscht..., aber Sir Henry wäre nicht zu hart in seinen Forderungen gewesen. Ich mochte Thomas sehr gern..., aber ich war nicht wirklich in ihn verliebt. Ich sagte mir: Ich werde mich nie wieder verlieben.

Ein Glied in der Kette war gebrochen, und das Medaillon fiel zu Boden. Ich bückte mich, um es aufzuheben, und betrachtete es von beiden Seiten; es erinnerte mich an Hever und Allington und die alten Zeiten.

»Du gibst zu schnell auf, Anne«, sagte Thomas und kam näher zu mir. »Soll ich mich für den Rest meines Lebens danach sehnen, was so schön gewesen wäre, aber nicht hat sein sollen?«

Ich lächelte ihn an. Ich glaubte nicht, daß er so verliebt war, wie er tat. Er war in Liebesdingen wohlbewandert und hatte schon immer ein Talent gehabt, geschickt mit Wörtern umzugehen; er war genau der Typ Mann, der es verstand, das Herz eines Mädchens zu berühren, das für romantische Geständnisse empfänglich war. Aber ich war damit nicht zu beeindrucken. Und ich hatte ebensowenig Interesse daran, Thomas Wyatts Geliebte wie die Geliebte des Königs zu werden.

»Denk einmal darüber nach, Anne. Denk über uns nach.«

Er beugte sich noch mehr zu mir herab und nahm mir das Medaillon aus der Hand.

»Ich erinnere mich gut an dieses Schmuckstück.«

»Ich habe es seit Jahren.«

Er hielt es in der Hand und betrachtete es liebevoll.

Ich erhob mich und streckte die Hand nach dem Medaillon aus. Er stand neben mir, lachend und mit einem spöttischen Glitzern in den Augen.

»Ich werde es behalten.«

»Nein, du wirst es zurückgeben.«

»Es wird ein Talisman sein..., etwas, das ein Teil von dir gewesen ist. Es wird unter meinem Kopfkissen liegen, während ich schlafe, und ich hoffe, daß ich dann wenigstens in meinen Träumen besitzen werde, was du mir verweigerst.«

»Sei nicht albern, Thomas. Gib mir das Medaillon.«

Er entfernte sich ein paar Schritte und lachte mir zu. Dann streckte er die Hand aus. »Komm doch und hol es dir«, sagte er.

Als ich auf ihn zuging, um es mir zurückzuholen, riß er schnell die Hand hoch und lief weg.

»Gib es mir zurück!« schrie ich.

»Es ist jetzt meins«, rief er über die Schulter hinweg, »ich gebe es nie wieder her.«

Er rannte fort und ich hinter ihm her. Er hatte schon bald einen Riesenvorsprung vor mir. Als er um die Ecke des Palastes bog, hielt er die Hand hoch, und das Medaillon funkelte in der Sonne. Dann war er verschwunden.

Ich sah den König einige Tage lang nicht. Ich fand, daß er sich sehr merkwürdig benahm – nicht erst seit kurzem, sondern eigentlich schon seit dem Beginn unserer Bekanntschaft. Ich konnte nicht begreifen, warum er sich zuerst so sehr bemüht hatte, meine Heirat sowohl mit James Butler als auch mit Henry Percy zu verhindern, und sich dann so lange in Schweigen gehüllt hatte. Und nun dieses leidenschaftliche Geständnis und erneutes Schweigen. Es war wirklich sehr seltsam. Nach den Gesprächen mit George und Thomas, die aufgrund ihrer Stellung bei Hofe beide einigermaßen gründlich mit dem Charakter des Königs vertraut waren, fragte ich mich, ob sein Verhalten wohl irgend etwas mit seiner Beziehung zu Mary zu tun hatte.

Aber wahrscheinlich hatte es mehr mit Wut auf mich zu tun. Vermutlich wollte er zum Ausdruck bringen, wie sehr er meine Ablehnung seines Antrags übelnahm. Ansonsten konnte sein Benehmen nur den Schluß zulassen, daß er allen Frauen, die ihn nur flüchtig interessierten, mit solcher Leidenschaft seine Liebe erklärte.

Weston hatte uns zusammengerufen. Der König wünschte ein Maskenspiel, das alle anderen in den Schatten stelle. Es solle in Greenwich stattfinden, wo der Hof sich eigens zu diesem Zweck aufhalten werde, und es solle zu Ehren der französischen Gesandten aufgeführt werden, die in ihre Heimat zurückkehrten.

Jedesmal wenn der König Fremde – und ganz besonders die Franzosen – beeindrucken wollte, legte er Wert darauf, daß die Darbietungen besonders großartig ausfielen.

Viel war geschehen seit jener Prachtentfaltung in Guines und Ardres, die mit ihrem sinnlosen Übermaß an grellem Pomp alle vergleichbaren Veranstaltungen übertroffen und sich in so kurzer Zeit als völlig wertlos erwiesen hatte. Niemals, so glaubte ich, würde es ein zweites ›Feld des goldenen Tuchs‹ geben.

George war besonders interessiert an allem, was sich im Ausland ereignete, und er sprach oft darüber. Mich interessierte vor allem das Schicksal von König François. Irgendwie hatte ich ihn gemocht. Ich wußte, daß er ein Wüstling und ein unzuverlässiger Partner war und daß die einzige Loyalität, zu der er fähig war, seiner Schwester und seiner Mutter galt, aber als Liebhaber war er – trotz seiner zahlreichen Affären – immer nur der einen großen Leidenschaft seines Lebens treu, der Kunst. Er verehrte sie aufrichtig, und ich hatte nie die Hochachtung vergessen, die er großen Künstlern entgegenbrachte. Außerdem hatte ich Marguerite sehr gern gehabt. Ich würde in ihr immer das große Vorbild sehen, zu dem ich in meiner Jugend aufgeschaut hatte. Sie hatte mich so vieles gelehrt; ich hatte immer so sein wollen wie sie. Sie hatte mir ein Verständnis für Literatur vermittelt, das ich nie verloren hatte. Daher war ich jedesmal äußerst gespannt auf Nachrichten darüber, was am französischen Königshof geschah.

Ich war ganz traurig gewesen, als ich erfahren hatte, daß François in Pavia in Gefangenschaft geraten und als Gefangener des Kaisers nach Madrid gebracht worden war. Ich versuchte, mir seine Verzweiflung in solch einer schlimmen Lage vorzustellen. Es schien unvermeidlich, daß er krank wurde. Er hatte offenbar einen kläglichen Fluchtversuch unternommen, indem er die Kleidung mit einem Diener getauscht hatte, einem Neger, der die Kohlen brachte. Ich konnte mir François in keiner Lebenslage als Diener vorstellen und wunderte mich daher nicht, daß der Versuch gescheitert war. Abgemagert wie er war und mit einem Gesundheitszustand, der sich zunehmend verschlechterte, wäre er wohl ohne jeden Zweifel gestorben, wenn Marguerite nicht zu ihm gekommen wäre, um ihn zu pflegen. Sie widmete ihren Eifer, ihre Energie und ihre Tüchtigkeit dem Ziel, alle Schwierigkeiten zu überwinden, und dem eisernen Entschluß, ihren geliebten Bruder zu retten.

Da ich einmal zu ihrer engsten Umgebung gehört hatte, konnte ich wesentlich besser als mein Bruder oder Thomas ihre Gefühle in dieser schrecklichen Lage, in der sie sich befanden, nachvollziehen. Ich war zutiefst ergriffen, als ich hörte, daß François bei Marguerites Ankunft dem Tode bereits so nahe war, daß er auf die Letzte Ölung vorbereitet wurde und sich anschickte, der Schwester, die ihm so nahestand, ein letztes Lebewohl zu sagen. Doch Marguerite weigerte sich, sich mit dem abzufinden, was allen anderen bereits unvermeidlich erschien. Sie hatte nicht gegen so viele Widerstände gekämpft und war nicht so weit gereist, nur um ihm Lebewohl zu sagen. Ich konnte mir vorstellen, wie sie auf ihn einredete. Sie konnte wortgewandt und überzeugend reden und war außerdem praktisch veranlagt. Sie muß ihn gezwungen haben, seinen Lebenswillen mit aller Kraft aufrechtzuerhalten, da sie ohne ihn keinen Sinn darin sah weiterzuleben. Ich war ganz sicher, daß sie Medikamente mitgebracht hatte, und obwohl er an der Schwelle des Todes stand, gelang es ihr mit ihrer Pflege, ihn ins Leben zurückzuholen.

Er war nun frei, aber Karls Bedingungen waren hart gewesen. François hatte sich bereiterklären müssen, die Oberherrschaft über Flandern, das Artois und das Herzogtum Burgund abzutreten, und darüber hinaus dem Konnetabel von Bourbon, den er für einen Verräter hielt, alles zurückzugeben, was er ihm abgenommen hatte.

Die arme Claude war gestorben, und ich nahm die Nachricht von ihrem Tode mit großer Trauer auf. Sie muß etwa fünfundzwanzig Jahre alt geworden sein und war von Natur aus kränklich gewesen. Dennoch hatte sie François trotz ihrer schwächlichen Konstitution sieben Kinder geboren; das hatte vermutlich ihre Kräfte vollends aufgezehrt. Vielleicht hätte ich sie nicht zu bedauern brauchen. Sie war nie wirklich unglücklich gewesen, wahrscheinlich deshalb, weil sie sich von weltlichen Dingen ganz abgewandt und sich der Religion und guten Werken gewidmet hatte; dies schien ihr einen inneren Frieden und eine heitere Ruhe gebracht zu haben, die mich sehr beeindruckten.

François war nun mit Karls Schwester Eleonora verheiratet, wie es in den Friedensbedingungen festgelegt worden war. Doch obwohl er Madrid verlassen durfte, was für seine vollständige Genesung auch erforderlich war, mußte er seine beiden Söhne, den Dauphin und den Herzog von Orléans, Karl so lange als Geiseln überlassen, bis der Friedensvertrag unterzeichnet war. Also wurden die beiden kleinen Jungen nach Madrid geschickt und François kehrte zurück. Der arme François! Man sagte, er habe seine Jugend für immer in einem Madrider Gefängnis zurückgelassen.

Andere wichtige Ereignisse fanden zu der Zeit in Europa statt. Papst Leo war gestorben und Clemens VII. hatte seinen Platz eingenommen. Wolseys Traum, Papst zu werden, hatte sich nicht erfüllt. Ich konnte kein Mitleid für ihn empfinden. Ich würde ihm nie jemals verzeihen, was er Henry Percy angetan hatte, und auch nicht, daß er mich ein ›törichtes Mädchen‹ genannt hatte, das unwürdig sei, eine Verbindung mit dem mächtigen Hause Northumberland einzugehen. Obwohl Wolsey auf Betreiben des Königs gehandelt hatte, war sein Verhalten unverzeihlich. Ich freute mich, daß man Clemens und nicht ihn gewählt hatte. Er hatte also die Papstkrone nicht erlangt und mußte hier in England bleiben – als Diener eines unberechenbaren Herrn. Nach dem, was George mir erzählte, war der König hoch erfreut darüber, daß man ihn nicht gewählt hatte. Er hätte den Gedanken nicht ertragen können, auf Wolsey zu verzichten.

Ich sagte: »Ist er denn so wichtig für den König?«

»Henry könnte ohne ihn nicht zurechtkommen. Wolsey ist ein Genie. Das muß man zugeben.«

Es war unbestreitbar. Er war in zahlreiche diplomatische Verhandlungen eingeschaltet. Sein Name war auf dem Kontinent ein Begriff. Wenn jemand daran dachte, den König zu beeinflussen, dachte er zuerst an Wolsey.

Wie dem auch sei, sobald François frei war, machte er sich daran, Papst Clemens dazu zu bewegen, ihn von seinem Eid zu entbinden. Clemens war nicht Leo. Später wurde uns mit zunehmender Deutlichkeit klar, daß er schwach war und abwechselnd auf Seiten derer stand, von denen er sich die meisten Vorteile erhoffte. Er entband François von seinem Eid, was natürlich bedeutete, daß François sogleich begann, neue Kriegspläne zu schmieden.

Die Macht des Kaisers hatte beträchtlich zugenommen. Er war inzwischen zum mächtigsten Mann in Europa geworden. So jung er auch war, erwies er sich doch bereits als Staatsmann von Format, und das gab seinen früheren Verbündeten Anlaß zu großer Sorge. Der König – mit Wolsey als seinem Berater im Hintergrund – versuchte, aus dem Bündnis mit dem Kaiser auszutreten und ein neues mit Frankreich und den italienischen Staaten einzugehen. Das war auch der Grund, weshalb sich die französischen Gesandten in England aufhielten.

Ich nahm an, daß die Verhandlungen zu einem zufriedenstellenden Ergebnis geführt hatten und das geplante Maskenspiel eine Abschiedsvorstellung für sie sein sollte.

Thomas hatte den Text des Maskenspiels verfaßt, das verschiedene Elemente der Posse und auch Gesang enthielt und in dem Zeilen aus der Literatur deklamiert werden sollten. Einige der Hofdamen sollten, als Nymphen verkleidet, von Satyrn belästigt werden und entsetzt vor ihnen fliehen, um dann schließlich von heldenhaften Rittern gerettet zu werden. Es war eine Rahmenhandlung, die schon oft verwendet worden war; der Unterschied lag im Gesang und in den Tänzen, die an reizvoller Vielseitigkeit alles übertreffen sollten, was je zuvor aufgeführt worden war.

Für gewöhnlich war der große Festsaal tagsüber mit Wandteppichen ausgeschmückt, auf denen irgendwelche ruhmreichen Schlachten dargestellt waren, aber in Poitiers, Crécy und Agincourt – um nur einige Beispiele zu nennen – waren die Franzosen unsere Feinde gewesen, daher griffen wir auf das ›Feld des goldenen Tuchs‹ zurück, das eine der wenigen Gelegenheiten zu sein schien, bei denen die Freundschaft zwischen unseren beiden Ländern im Vordergrund gestanden hatte.

Es war ein sehr künstlerisches Bühnenbild erstellt worden, das immer wieder große Bewunderung hervorrief.

Selbstverständlich würde auch der König in dem Spiel auftreten. Er würde die Schar der Ritter anführen, die die Mädchen vor den Satyrn retten sollten.

Wir hatten viel Spaß, als wir all das planten, und ich dachte oft, das die Vorbereitungen im Grunde viel lustiger seien als die eigentliche Aufführung. Ich hatte gründlich darüber nachgedacht, was ich tragen sollte. Wassernymphen sollten eigentlich Grün tragen, aber ich bevorzugte Rot, und Rot trug ich dann auch. Mein Gewand war aus rotem Samt, aber es war von der Taille bis zum Saum geschlitzt, so daß ein grünes Unterkleid aus Samt zum Vorschein kam. Auch das Samtband, das ich um den Hals trug, war grün, ebenso wie das Futter meiner lang herabfallenden Ärmel. Es war schwierig gewesen, ein Grün zu finden, das perfekt auf die übrigen Farbtöne abgestimmt war, aber ich fand den Kontrast sehr wirkungsvoll.

Ich verspürte eine Mischung aus Spannung und Besorgnis. Wenn er mich an diesem Abend übersah, konnte ich davon ausgehen, daß ich sicher war, denn wenn er die Absicht gehabt hätte, mich zu verbannen, hätte er das gewiß längst getan. Aber angenommen, seine Begeisterung hatte nicht nachgelassen, was dann?

Mein Gewand stand mir gut. Vielleicht hätte ich mich besser mausgrau anziehen sollen, aber das war etwas, das ich einfach nicht fertigbrachte. Kleider waren schon immer sehr wichtig für mich gewesen, und ich konnte mir nicht vorstellen, daß ich je wirklich glücklich sein könnte, wenn sie nicht zu meinem Typ paßten oder wenn es ihnen an Schick fehlte.

Ich wollte am königlichen Hof bleiben. Ich wollte an diesem Abend der Stern sein, der am hellsten erstrahlte. Ich wollte die Bewunderung aller, den König inbegriffen. Aber ich müßte es auch sein, die diese Bewunderung steuerte; ich dürfte keinem der Verehrer je erlauben, über die bloße Bewunderung hinauszugelangen, denn mein Instinkt warnte mich, daß es mit der Bewunderung vorbei sein werde, wenn dem Wunsch erst einmal die Erfüllung gefolgt sei.

Also tanzte und sang ich in angespannter Erregung. Ich floh in Panik vor den Satyrn, und dann erschienen die Ritter in ihren Masken, die den – etwas lächerlichen – Zweck verfolgen sollten, ihre Identität zu verbergen; angeführt wurde die

Schar von einer großen, achtunggebietenden Gestalt und strahlenden Erscheinung. Ich achtete bewußt darauf, daß ich nicht auf ihn zulief, und stürzte mich geradezu in die Arme eines der anderen zu Hilfe eilenden Ritter; der jedoch wurde beiseite gedrängt, und Henry packte mich.

»Für mich, denke ich«, sagte er, und ich wurde auf der Stelle losgelassen.

»Ich danke Euch, edler Ritter«, murmelte ich etwas verängstigt.

»Habt keine Angst, Jungfer. Ihr seid in Sicherheit.«

In Wirklichkeit war ich jedoch eine Jungfer, die sich alles andere als sicher fühlte.

Dann nahmen die Ritter die Masken ab, und alle brachen in Staunen aus.

Er schaute mich mit jungenhafter Freude an. Ich hatte das Gefühl, daß er jetzt von mir überwältigtes Staunen darüber erwartete, daß mein Retter, diese große, glitzernde Gestalt nicht irgendein einfacher Ritter, sondern der König war. In dem Augenblick empfand ich fast Sympathie für ihn. Seine kindliche Freude, seine Begeisterung für das Spiel, seine jungenhafte Gleichgültigkeit gegenüber der Realität hatte etwas Anrührendes. Dennoch war meine Furcht groß. Ich machte mir ziemliche Sorgen, denn ich wußte, daß die Jagd noch nicht vorüber war; im Gegenteil – sie fing gerade erst an.

»Ich hoffe«, sagte er, »daß Ihr für Eure Rettung dankbar seid.«

»Euer Gnaden sind in der Tat ein tapferer Ritter.«

»Ich bin gerade noch rechtzeitig gekommen. Ich hatte keine Lust mit anzusehen, wie Euch ein anderer forttrug.«

»Euer Gnaden sind sehr gütig«, bemerkte ich vorsichtig.

»Und könnten sich noch gütiger erweisen.«

Ich tat so, als ob ich es überhörte.

Er hatte meine Hand genommen; man hatte begonnen, eine Gaillarde zu spielen.

»Ich weiß, Ihr tanzt wie ein Engel«, sagte er. »Niemand tanzt so wie Ihr.«

Das war das Stichwort. Die richtige Antwort war nun: Ich bin ganz unbeholfen im Vergleich zu Eurer Majestät. Doch ich sagte: »Ich habe mir Engel eigentlich nie tanzend vorgestellt. Man sieht sie immer nur harfespielend abgebildet. Aber tanzend... nie.«

Er erwiderte: »Ihr scherzt wohl gerne, Fräulein Boleyn.« Hinter der Bemerkung verbarg sich ein leichter Tadel. Vorsicht war angebracht. Der kleine Mund gefiel mir nicht. Er war zwar im Augenblick noch entspannt und zufrieden, aber ich wußte, daß er auch grausam sein konnte.

Ich sagte: »Fanden Euer Gnaden die Szene gelungen?«

»Ja, ja..., durchaus..., das war Wyatt, möchte ich schwören.«

»Und die Nymphen..., sie waren bezaubernd, nicht wahr?«

»Ich hatte nur Augen für eine von ihnen.«

»Euer Gnaden!«

»Laßt das. Ihr wißt genau, wie es um mein Herz steht.«

»Ich habe dem, was ich Euer Gnaden bei unserer letzten Begegnung gesagt habe, nichts hinzuzufügen.«

»Wir werden ja sehen«, murmelte er, und seine Lippen wurden schmal; ganz der verwöhnte kleine Junge, dachte ich, dem gesagt worden ist, er könne nicht schon wieder ein Bonbon bekommen.

Wir konzentrierten uns auf den Tanz. Man machte uns Platz. Ich fühlte mich mehr als nur ein wenig unbehaglich. Er hatte bereits deutlich gezeigt, daß er mich vorzog, indem er mich aus der Schar der Nymphen auswählte. Jetzt würde es eine Menge Gerede geben. Ich konnte schon die hämische Bemerkung hören: ›Weg mit der älteren Schwester, her mit der jüngeren!‹ Nein, versicherte ich mir nachdrücklich, so weit wird es nicht kommen. Aber im Grunde meines Herzens wußte ich, daß diese Leidenschaft von ihm etwas war, das man nicht mit einem Achselzucken abtun konnte.

Ich bemerkte die Königin. Sie beobachtete uns, und in ihren Augen war ein Ausdruck unendlicher Traurigkeit. Ich wußte, daß sie Veranstaltungen dieser Art wenig abgewinnen konnte, aber in diesem Fall konnte sie nicht umhin, in Erscheinung zu treten. Ich dachte daran, daß sie seit vielen Jahren mit ihm verheiratet war. Ihre Jugend war vorüber; sie sah Jahre älter aus als der König. Ich führte mir vor Augen, wie sehr sie nach all den Fehlgeburten gelitten haben mußte, weil es ihr nicht gelungen war, den ersehnten Sohn zur Welt zu bringen. Und nun mußte sie zusehen, wie er einer ihrer Bedienten – nämlich mir – nachstellte, dazu noch auf einem Fest, das zu Ehren der Feinde ihres Neffen veranstaltet wurde.

Nach allem, was ich über sie wußte, hing ihr Herz noch immer an Spanien. Wann immer sie von ihrer Mutter sprach, geschah es mit großer Verehrung. Ich war sicher, daß sie oft an ihre Kindheit zurückdachte, die durch die Liebe, die sie für ihre Mutter empfand, glücklich gewesen sein muß trotz der Strenge, die am spanischen Hof herrschte. Sie hatte viel leiden müssen wegen der Geistesgestörtheit ihrer Schwester Joanna, die Königin von Spanien geworden war und deren Wahnsinn zunahm, nachdem ihr gutaussehender Ehemann gestorben war. Er hatte sich wenig aus ihr gemacht, aber sie hatte ihn auf ihre wilde, verwirrte Art so abgöttisch geliebt, daß sie seinen Leichnam in einen Glassarg legen ließ, den sie auf all ihren Reisen mit sich führte. Als dann der politische Aufstieg ihres Neffen Karl begann – ein Mann, dem es unter all seinen Zeitgenossen bestimmt war, ein großer Herrscher zu werden –, hatte Katharine endlich das Gefühl, daß ihr Schicksal die Wendung nahm, die ihre Mutter, Königin Isabella, sich gewünscht hätte. Und sie war so glücklich über Karls Verlobung mit ihrer Tochter Mary gewesen. Aber wie schnell sich doch die Dinge änderten! Aus den Freunden von heute wurden die Feinde von morgen. Freundschaften, die man heute schloß, wollte man anderntags aufkündigen. Ich hatte großes Mitleid mit der Königin und wünschte nur, es möge ihr erspart bleiben, mit ansehen zu müssen, wie ausgerechnet ich den Zudringlichkeiten ihres untreuen Ehemannes ausgesetzt war.

Ich war froh, als der Tanz vorbei war.

Aber die Veranstaltung durfte noch nicht enden. Es würde noch gesungen und vielleicht noch einmal getanzt werden.

Ich sang ein Lied, dessen Text von einem der Hofdichter stammte und das von einem anderen Künstler vertont worden war. Dabei merkte ich, daß die Augen des Königs an meinen Lippen hingen, solange ich sang.

Er applaudierte als erster und erklärte dann, er werde ebenfalls singen.

»Euer Gnaden«, rief jemand – vielleicht Norris oder Weston, ich war nicht sicher. »Ich bitte um Verzeihung, aber dürfte ich Euch um einen Gefallen bitten?«

Der König strahlte über das ganze Gesicht, denn er wußte, was kam. Es war immer dasselbe.

»Könnte ich Euer Gnaden bitten, eins Eurer eigenen Lieder zu singen?«

Henry zierte sich ein wenig. Da erklang es im Chor: »Bitte, Euer Gnaden..., anläßlich eines solchen Ereignisses.«

»Es gibt da ein kleines Lied, das ich neulich komponiert habe«, sagte er und lächelte glücklich, und wieder verspürte ich schmerzlich jenen Anflug von Zärtlichkeit; seine kindliche Eitelkeit schien in geradezu groteskem Gegensatz zu all dem Pomp zu festlichen Zeremoniell zu stehen, mit dem er sich umgab.

Er hatte eine angenehme Stimme und begleitete sich selbst auf der Laute, die er ausgezeichnet spielte; hätten wir am Hofe nicht Dichter wie Thomas Wyatt gehabt, hätten seine geschickt komponierten Verse aufrichtige Bewunderung hervorgerufen. Natürlich wurden sie zur besten Dichtung des Hofes erklärt, doch selbst ihm mußte klar sein, daß es das Ansehen der Königswürde war, dem sie diese Auszeichnung verdankten.

Erneut verspürte ich jene plötzliche Anwandlung von Zärtlichkeit. Trotz aller Würde wirkte er ein wenig verletzlich, als ob er die Angehörigen des Hofstaates bäte, sein Lied zu mögen.

Er sang es für mich, und die Worte ließen mich frösteln:

Blendet die Sonne nicht den klarsten Blick,
taut auf das Eis und zwingt den Frost zu gehen?
Das härteste Gestein läßt sich durchbohren.
Die Klügsten macht ein großer Fürst zu Toren.

Als das Lied zu Ende war, legte er die Laute auf seine Knie und blickte in die Runde; seine gewöhnlich rosigen Wangen waren noch einen Ton dunkler geworden, seine Augen hatten einen besonderen Glanz.

Der Beifall legte sich allmählich. Alle redeten gleichzeitig.

»Ein neues Lied, Euer Gnaden. Es war wunderschön. Die Musik...«

»Von mir«, sagte der König.

Ich beteiligte mich nicht an dem Applaus. Ich saß da und überlegte, was jene Worte wohl bedeuten mochten. ›Die Klügsten macht ein großer Fürst zu Toren.‹ Was wollte er damit sagen? Daß ich eine Törin sei, mir einzubilden, ich sei klug genug, ihm widerstehen zu können? Bedeutete es, daß er mich zwingen würde, die Rolle zu spielen, die er mir zugedacht hatte? Das konnte ich nicht glauben. Ich begann, seinen Charakter ein wenig zu durchschauen. Ich hatte seine jungenhafte Eitelkeit und seinen ausgeprägten Hang zur Romantik kennengelernt. Wenn ich nur an meinem Entschluß festhielte, würde er mich gewiß nie verletzen.

Nach ihm sangen andere. Thomas stellte den Anwesenden eins seiner neuesten Gedichte in vertonter Fassung vor – ein Liebeslied, das ebenfalls für mich geschrieben worden war. Ich fragte mich, ob der König wohl Verdacht schöpfte. Er sah nicht besonders erfreut aus. War der Grund der, daß er wußte, daß das Lied mir galt, oder daß die Verse so viel besser waren als seine eigenen?

Nun sollte wieder getanzt werden. Der König war immer der erste, der die Dame seiner Wahl aufforderte; danach erst folgten die anderen.

Er bahnte sich einen Weg zu mir. Ich schloß die Augen, und als ich sie wieder öffnete, schaute ich in seine blauen Augen. Mein erster Gedanke war: O Gott, hilf mir. Jetzt wird es ernst. Er macht kein Hehl daraus, wen er bevorzugt.

Er reichte mir die Hand. Ich legte meine Hand in die seine und er hielt sie ganz fest, während er mir zulächelte.

Er sagte: »Heute abend tanze ich mit keiner anderen.«

Ich antwortete nicht.

»Ich will, daß alle Welt weiß, daß Ihr es seid, die ich verehre«, fuhr er fort.

»Das ist sehr gütig von Euch...«

»O Anne«, sagte er, »laßt doch dieses Spiel. Ich weiß, daß Ihr nicht seid wie die anderen. Ich weiß, wieviel Euch

Eure Ehre wert ist…, aber nicht mehr, als Ihr mir wert seid. Ihr braucht nur zu fragen, und alles, was Ihr begehrt, wird Euch gehören. Nur liebt mich, wie ich Euch liebe.«

»Euer Gnaden, ich kann es nicht. Ich habe es erklärt. Meine Meinung hat sich nicht geändert, und sie wird sich auch nicht ändern.«

»Hat dir mein Lied gefallen?«

Ich schwieg, und er drückte noch stärker meine Hand. »Allen anderen hat es gefallen«, sagte er – fast, als ob er mich anflehte, ihn zu beglückwünschen.

»Alle anderen werden nie etwas anderes tun als Euch applaudieren.«

»Es hat Euch also nicht gefallen?«

»Das Versmaß war gut eingehalten. Auch die Reime waren ausgezeichnet.«

»Aber?«

Ich beschloß, kühn zu sein. Es war durchaus möglich, daß ich ihn nun beleidigte und für alle Zeiten bei ihm verspielt hätte. Vielleicht war die Rückkehr nach Hever dem vorzuziehen, was er mit mir vorhatte.

»Ich glaube nicht, daß die wirklich Klugen jemals zu Toren gemacht werden können«, sagte ich.

»Und auch die Sonne blendet nicht?«

»Die Sonne blendet, aber sie schafft es nicht, Meinungen zu ändern.«

»Ihr wollt Uns also belehren?«

»Ich bitte Euer Gnaden um Verzeihung. Ich dachte, Ihr hättet mich nach meiner Meinung gefragt, sonst hätte ich mir nicht angemaßt, sie zu äußern.«

»Es betrübt mich, daß mein Lied Euch nicht gefallen hat.«

»Vieles an ihm hat mir durchaus gefallen.«

»Ach…, hört auf. Wir beide müssen uns über gewisse Dinge aussprechen. Ihr wißt seit langem, daß ich Euch liebe. Ihr quält mich, seit Ihr als dreiste Göre im Garten Eures Vaters Euren Spott mit mir getrieben habt. Ich finde kaum noch Befriedigung bei anderen. Für mich gibt es gar keine innere Ruhe mehr, und daran wird sich so lange nichts ändern, bis Ihr mir gebt, wonach ich mich sehne.«

»Euer Gnaden müssen mir verzeihen. Ich bin nur ein einfaches Mädchen.«

»Ihr... und einfach! O nein, Fräulein Boleyn, alles andere als das. Ihr seid klug, nicht wahr? Ihr gehört zu denen, die sich nicht von Fürsten zu Toren machen lassen.«

»Ich bin nicht klug; ich bin nur, wie ich bin, und daran könnte niemand etwas ändern.«

»Ihr seid also entschlossen, mich weiter zu quälen.«

»Ich wünschte, ich könnte euch mehr Freude bereiten.«

»O Anne, meine Anne, es wäre so einfach.«

»Nicht für mich, Euer Gnaden. Ich glaube, die Königin braucht mich. Sie schaut zu mir herüber.«

»Aber ich brauche Euch auch.«

»Ich bin eine der Hofdamen der Königin, Euer Gnaden.«

»Ihr seid mir untertan. Vergeßt das nicht.«

»Wie könnte ich das vergessen.«

»Kommt, kommt. Ihr habt Euch nun lange genug geziert. Bei der heiligen Mutter Gottes, ich liebe Euch doch! Für mich kommt keine andere in Frage. Ich will eine Antwort von Euch.«

»Euer Gnaden, Ihr kennt meine Antwort.«

»Daß Ihr mich nicht liebt?«

»Daß ich vor allem meine Ehre liebe und eher sterben würde, als sie aufzugeben. Ich will niemandes Geliebte sein.«

Ich sah den Zorn in seinem Gesicht – er war wieder der verwöhnte kleine Junge, dem, seit er König war, kaum etwas verweigert worden war, das er sich gewünscht hatte, und die Heftigkeit seines Verlangens nach mir erschreckte mich.

»Denkt darüber nach«, sagte er. »Und macht Euch nichts vor: Ihr gehört mir. Ich werde nicht zulassen, daß Ihr mir entkommt.«

Der Tanz konnte erst dann aufhören, wenn der König beschloß, ihn zu beenden. Er mußte also noch eine Weile weitergehen. Und obwohl niemand unser Gespräch belauschen konnte, mußte doch dem ganzen Hofstaat klar sein, worum es ging.

Ich hielt an und verneigte mich vor ihm. Er führte mich zu meinem Platz zurück. Obgleich ich nach außen hin vielleicht gelassen wirkte, hatte ich doch meine Mühe, mir nicht anmerken zu lassen, wie sehr ich am ganzen Körper zitterte.

Später, als ich im Bett lag, dachte ich noch einmal über alles nach, was zwischen uns gesagt worden war. Der Hofstaat wußte nun über die Leidenschaft Bescheid, die der König mir entgegenbrachte. Es war untypisch für ihn, seine *amours* so vor aller Öffentlichkeit auszubreiten; zuvor war er immer diskret gewesen. Nur im Falle Elizabeth Blounts war die Romanze allgemein bekannt geworden, und bei ihr hatte es sich um die ernsthafteste all seiner Liebesbeziehungen gehandelt. Und nun hatte er ihren Sohn als sein Kind anerkannt.

Ich hörte sie schon klatschen und tratschen: ›Zum ersten Mal wieder seit Elizabeth Blount…‹

Was konnte ich tun? Ich hatte Angst. Seine Leidenschaft war nicht frei von Zorn. Ich durfte nicht vergessen, welche Macht er besaß. Er konnte meine Familie so schnell zugrunde richten wie er sie zu dem gemacht hatte, was sie heute war. Offenbar war ich nun an der Reihe, die Rolle zu spielen, die traditionell den Boleyn-Frauen zufiel – den Wohlstand der Familie zu sichern. Mary hatte ihren Beitrag bereits geleistet. Die Ehrungen, die meinem Vater und George zuteil geworden waren, waren eindeutig auf die Zuneigung zurückzuführen gewesen, die der König für sie empfunden hatte. Was konnte ich mehr für sie tun?

Ich würde wieder in Ungnade fallen, und das würde mein Vater mir nie verzeihen. Seine Ländereien, seine Ämter bei Hofe, die Gunst des Königs, seine wachsenden Reichtümer – all das lag ihm sehr am Herzen. Er verachtete Mary wegen ihrer Bedürfnislosigkeit und ihrer glanzlosen Heirat mit Will Carey, der ebensowenig Rückgrat besaß wie sie. Aber er hatte keine Sekunde gezögert, die Beute anzunehmen, die sie für ihn beschafft hatte.

Ich fragte mich, wie der König wohl reagieren werde. Fest stand, daß er meine Weigerung nicht einfach hinnehmen würde. Ich hatte sogar das Gefühl, daß mein Zögern seine Begierde noch steigerte. Er war ein berühmter und unermüdlicher Jäger. Man sagte, er bringe, wenn er auf der Jagd sei, pro Tag nie weniger als acht bis zehn Pferde zur Erschöpfung. Seine Freude an der Verfolgung war groß, und an diesem Abend hatte er mir bewiesen, daß meine ablehnende Haltung gegenüber seinem Verlangen ihn nur um so entschlossener machte, mich zum Nachgeben zu zwingen. Ich wußte nicht, was ich tun sollte, und so beschloß ich zu fliehen.

Am nächsten Tag bat ich die Königin um eine Audienz.

Ihr Verhalten mir gegenüber war unverändert. Diese stolze spanische Königstochter würde nie zu erkennen geben, daß sie über die Untreue ihres Mannes auch nur entfernt Bescheid wußte.

Ich kniete vor ihr nieder und sagte: »Ich würde gern den Hof verlassen, Euer Gnaden, und für einige Zeit in mein Elternhaus zurückkehren.«

In ihrem blassen, fast ausdruckslosen Gesicht flackerte einen Moment lang schwaches Interesse auf.

»Wann möchtet Ihr gehen?«

»Sofort, Euer Gnaden.«

Sie fragte nicht nach dem Grund. Sie kannte ihn und billigte meinen Entschluß. Es konnte ihr nicht entgangen sein, wie hartnäckig der König mich verfolgte, und sie hielt mein Vorhaben zweifellos für eine Reaktion, die eines guten und tugendhaften Mädchens würdig war.

»Ihr werdet sicher Euer Dienstmädchen mitnehmen wollen?«

»Ja, Euer Gnaden.«

»Dann reist ab, wann Ihr mögt.«

»Ich danke Euer Gnaden.«

Sie schenkte mir ein trauriges Lächeln. »Ich hoffe, es gelingt Euch, Eure Probleme zu lösen, Fräulein Boleyn.«

»Ich danke Euer Gnaden.«

Ich war entlassen.

Und so kehrte ich nach Hever zurück.

Meine Stiefmutter war überrascht, mich zu sehen. Die Zeit war zu knapp gewesen, um sie auf mein Kommen vorzubereiten. Ich fiel ihr um den Hals und hielt sie ganz fest.

Sie sagte: »Anne, du hättest mir Bescheid geben sollen. Wie geht es dir? Fühlst du dich wohl? Mein Liebes, was hat das alles zu bedeuten?«

»Es bedeutet, daß ich wieder zu Hause bin. Ich erzähle es Euch später.«

Sie stürzte sich sogleich in aufgeregte Betriebsamkeit. Mein Zimmer werde hergerichtet werden müssen. Sie müsse in der Küche alles Nötige veranlassen. Ich sagte ihr, daß ich wenig Hunger hätte.

»Irgend etwas stimmt nicht«, sagte sie. »Ich weiß es.«

Wenig später erzählte ich es ihr.

»Es ist der König«, sagte ich. »Er hat ein Auge auf mich geworfen... wie damals auf Mary...«

»Mein liebes, liebes Kind.«

»Ich will ihn nicht«, sagte ich. »Das habe ich ihm gesagt.«

»Und da bist du vom königlichen Hof fortgeschickt worden?«

»Ich bin freiwillig gegangen.«

»Du wirst deswegen sicher in Ungnade fallen.«

»Das hoffe ich, Mutter.«

»Es ist so traurig. Hätten sie dir doch nur gestattet, Henry Percy zu heiraten, dann wärst du glücklich geworden.«

»Ja«, stimmte ich ihr zu, »ich war entschlossen, glücklich zu sein, und ich wäre es auch geworden; und genauso fest bin ich jetzt entschlossen, niemandes Geliebte zu werden.«

»Nun, mein Kind, du wirst hier bleiben und wir werden wie früher beisammen sein. Und eines Tages begegnest du vielleicht einem Mann, den du lieben kannst.«

»Oh, es tut gut, bei Euch zu sein.«

»Du mußt erst einmal essen und schlafen, und dann unterhalten wir uns ausführlich. Du mußt mir alles erzählen.«

Ich lag in meinem Bett.

Es war nicht auszuschließen, daß dies das Ende meines Hoflebens war. Vielleicht würde ich nach Frankreich gehen können. Was dort wohl jetzt geschah? Möglicherweise würde Marguerite mir helfen können. Sie war inzwischen Witwe, aber sie hatte ihren Mann nie besonders geliebt. Wenn ich ihr schriebe, könnte ich ihr versichern, daß ich von ihrem Leid erfahren hätte und daß ihr Kummer mir sehr nahegegangen sei. Ich versuchte, mir vorzustellen, wie es am französischen Königshof zur Zeit zugehen mochte... nun, da François nicht mehr der strahlende, jugendliche Held von damals war. Aber Marguerite würde sich nicht verändert haben. Ich würde mit ihr genauso über Henrys Leidenschaft reden können, wie ich seinerzeit mit ihr über François' Gefühle gesprochen hatte. Sie würde mich verstehen und mir helfen. Diese Überlegungen waren wie ein Floß, an das man sich inmitten einer stürmischen See klammern konnte.

Am nächsten Tag unterhielt ich mich mit meiner Stiefmutter. Ich erzählte ihr von meinen Gesprächen mit dem König, und sie hörte mir aufmerksam zu und fühlte mit mir. Ich war froh, daß mein Vater nicht da war. Ich wußte genau, daß er nur darauf bedacht war, auch seine zweite Tochter dem allmächtigen Wohltäter in die Arme zu treiben, der sich den Familien seiner Geliebten gegenüber immer so großzügig erwies.

Ich sah meiner Stiefmutter beim Nähen zu, und sie berichtete mir von all den alltäglichen, kleinen Dingen, die sich in Hever ereigneten und die ihr so wichtig waren – daß der Wein gereift war, der Kräutergarten gedieh und eins der Dienstmädchen ein Kind von einem der Stallknechte erwartete. Ich hörte nur mit halbem Ohr zu und dachte: Das also wird der Inhalt meines zukünftigen Lebens sein.

Aber es sollte alles ganz anders kommen.

Als ich mich am Tag darauf in meinem Zimmer aufhielt, hörte ich Pferdegetrappel, und mein erster Gedanke war: Das ist mein Vater, der hergeschickt worden ist, um mir Vorhaltungen zu machen, oder vielleicht auch ein Bote vom Hof des Königs. Ich schaute aus dem Fenster und sah, wie der König in Begleitung einiger Bedienter in den Burghof geritten kam.

Meine Stiefmutter eilte in heller Aufregung aus dem Haus, um ihn zu begrüßen.

Ich hörte seine laute, dröhnende Stimme. »Einen schönen guten Tag, Lady Rochford. Es freut mich, Euch wohlauf zu sehen. Und Fräulein Anne geht es hoffentlich auch gut.«

Ich lehnte mich an die Tür. Es gab also kein Entkommen. Trotzdem würde ich nicht nachgeben. Jetzt würde ich meine ganze Geschicklichkeit brauchen, um ihm zu widerstehen.

Meine Stiefmutter kam nach oben – sicher, um mir mitzuteilen, daß er da sei und mir befehle, vor ihm zu erscheinen.

Die Tür ging auf. Meine Stiefmutter stand da. Sie sah verängstigt aus.

»Anne...« begann sie.

Und hinter ihr stand er. Er lächelte wieder wie der kleine Junge, der stolz auf seine Leistung war. Siehst du, hier bin ich!

Einen Augenblick lang rührte er sich nicht von der Stelle und sah mich aus seinen blauen Augen an, die zärtlich und zugleich voll brennender Leidenschaft waren. Ich strich mir die Strähnen aus der Stirn, denn mein Haar hing lose und ungekämmt herab.

Er sagte: »Ihr dürft uns allein lassen, Lady Rochford.«

Meine arme Stiefmutter zögerte einen Moment verwirrt, aber zutiefst beeindruckt; dann machte sie einen Knicks und verschwand.

Er kam in mein Zimmer.

»Meine Anne«, sagte er.

Ich sagte: »Euer Gnaden, wir sind auf die Ehre Eures Besuches nicht vorbereitet.«

»Das macht gar nichts«, erwiderte er. »Dies ist kein Staatsbesuch. Hier kommt nur ein verliebter junger Mann zu Besuch, der sein Mädchen abholen will.«

»Euer Gnaden, es ist eine große Ehre, aber...«

Er stand mit einem Mal neben mir. Er spielte mit meinem langen Haar und zog mich an sich.

»Habt Ihr geglaubt, ich ließe Euch von mir fortlaufen?« sagte er. »Ich werde Euch nie wieder fortgehen lassen.«

»Ihr findet mich... unvorbereitet.«

»Das gefällt mir«, entgegnete er. »Ich finde Euch in jeder Aufmachung entzückend.«

»Ich muß meiner Stiefmutter helfen. Sie ist ganz überwältigt von der Ehre dieses Besuchs.«

»Nein, nein... nicht nötig. Ich bin Euretwegen gekommen, nicht wegen eines Banketts.«

»Aber mein Vater wird äußerst empört sein, wenn wir Euer Gnaden nicht mit dem nötigen Respekt behandeln.«

»Behandelt mich so, wie ich behandelt werden möchte, Anne. Mehr verlange ich nicht.«

»Mylord..., ich bin ganz verzweifelt.«

»Ich möchte nicht, daß Ihr verzweifelt seid. Ich möchte Euch nichts als Freude bereiten.«

»Dann, Mylord...«

»Sagt es nicht schon wieder«, wehrte er ab. »Ich weiß, welcher Ansicht Ihr seid. Ich weiß, daß Ihr Eure Ehre verteidigt, und das respektiere ich an Euch. Denkst du denn, ich sei ein Satyr, der einem widerstrebenden Mädchen Gewalt antut? So ist es nicht. Der Gedanke an Euch beschäftigt mich schon lange. Ich habe versucht, ihn zu verdrängen, aber als Ihr an den Hof zurückkehrtet, wurde mir klar, daß das unmöglich ist. Nun müssen wir handeln. Ich muß Euch etwas Wichtiges mitteilen.«

»Euer Gnaden, ich kann meine Meinung nicht ändern.«

»Das habe ich mir gedacht. Wir werden ausführlich miteinander reden, und ich werde Euch erzählen, was ich mir ausgedacht habe.« In seinen Augen blitzte der Übermut auf. »Wir gehen in diesen Garten. Erinnert Ihr Euch? Der Schauplatz unserer ersten Begegnung. Dort werde ich Euch erzählen, was ich für uns geplant habe. Laßt uns dorthin gehen. Kommt mit.«

»Ich muß zuerst mein Haar kämmen..., mich zurechtmachen, um Eurer Gesellschaft würdig zu sein. Ich muß ein anderes Kleid anziehen.«

»Ich bin nicht gekommen, um Euer Kleid zu bewundern, Liebste. Ihr seid alles, was ich brauche, ganz gleich, in welcher Aufmachung. Aber jetzt laßt uns ernsthaft miteinander reden. Es steht für uns beide so viel auf dem Spiel. Wie lange soll ich im Garten auf Euch warten?«

»Zehn Minuten.«

»Es wird mir wie eine Ewigkeit vorkommen, aber ich kann Euch nichts abschlagen.«

Er ergriff meine Hand und nahm sich Zeit, sie zu küssen. »Laßt Euch versichern«, sagte er ernst, »ich liebe Euch. Keine andere Frau soll Eure Rivalin sein. Beherzigt das, und es wird Euch leichter fallen, mir Euer Herz zu schenken.« Er lächelte und drohte mir mit dem Finger. »Nein, sagt es nicht schon wieder. Ich kenne es inzwischen auswendig. Meine Geliebte wollt Ihr nicht sein. Genau darüber werden wir uns unterhalten. Zehn Minuten also. Nicht länger, liebste Anne.«

»Ich werde dort sein, Euer Gnaden.«

Er verließ mich. Ich nahm einen Kamm und kämmte das Haar aus meinem heißen Gesicht zurück.

Meine Stiefmutter kam ins Zimmer.

»Anne«, sagte sie bestürzt. »Ich weiß nicht, was ich tun soll. Wir haben in der Küche gar nichts Besonderes, das wir unserem Gast anbieten könnten.«

»Es ist nicht wichtig.«

»Aber der König... uns einfach so zu besuchen... ohne jede Vorwarnung...«

»Er ist gekommen, um mit mir zu reden. Das Essen ist ihm gleichgültig.«

»Was hat es zu bedeuten?«

»Ich weiß es nicht. Jedenfalls noch nicht.«

Ich wurde von Sekunde zu Sekunde ruhiger. Er wollte sich also unterhalten. Worüber wohl? Er würde sicher versuchen, mich zu überreden, indem er mir erzählte, was er alles für mich und die Meinen werde tun können. Ein Teil meiner Furcht war von mir abgefallen. Ihm persönlich gegenüberzustehen hatte mir Mut gemacht. Ich dachte plötzlich: Er nimmt die Angelegenheit nicht auf die leichte Schulter. Ihm liegt wirklich etwas an mir.

Und so ging ich in den Garten hinunter.

Er erwartete mich schon und kam mir eilig mit ausgestreckten Armen entgegen. Ich ging der Umarmung aus dem Wege, indem ich mich verbeugte.

»Anne«, sagte er, »meine Liebste, alles wird bald gut werden, und dann werden wir beide endlich zusammen sein.

Kommt, setzt Euch zu mir. Setzt Euch ganz dicht neben mich. Ah, danach habe ich mich gesehnt... Euch ganz nahe zu sein... Euch an mich zu drücken... so wie jetzt. Anne, Ihr seid eine Zauberin.«

»Euer Gnaden, ich bin nur ein einfaches Mädchen.«

»Ihr wart noch nie einfach. Ihr seid schon mit Zauberkräften auf die Welt gekommen. Ihr habt mich verhext.«

Einen Moment lang versetzte mich sein Gerede von Hexerei und Zauberkraft in Angst und Schrecken. Ich fragte mich, ob das das Vergehen war, dessen man mich anklagen würde, und ob man mich wohl auf dem Scheiterhaufen verbrennen würde. Aber er meinte natürlich eine ganz andere Art von Hexerei.

»Ihr verhaltet Euch reserviert«, sagte er. »Oh, glaubt nicht, daß ich Eure Tugend nicht respektierte.« Sein kleiner Mund war plötzlich prüde. »Es ist eine Eigenschaft, die ich an Damen überaus schätze. Aber ich sehe für uns eine Möglichkeit, und darüber will ich jetzt mit Euch reden, und dann werdet Ihr erkennen, wie tief meine Liebe zu Euch ist und daß keine andere Frau für mich in Frage kommt. Ich werde Eure Bedenken aus dem Weg räumen. Ihr und ich, wir werden uns so lieben, wie es uns vom ersten Augenblick unserer Begegnung an vorherbestimmt war.«

»Mylord, es gibt keine Möglichkeit, mich zu Eurer Geliebten zu machen.«

»Das sollt Ihr auch gar nicht werden. Aber... Ihr könntet meine Königin werden.«

»Das ist nicht möglich.«

»Dieses Wort existiert für Könige nicht, Anne. Es gibt eine Möglichkeit, und ich glaube, ich habe sie gefunden. Hört mir zu. Als ich Euch zum ersten Mal im Garten sah, wußte ich, daß die Leidenschaft, die Ihr in mir geweckt hattet, kein oberflächliches Gefühl war. Als ich nach Westminster zurückkehrte, sagte ich zu Wolsey – ja, genau das waren meine Worte, ich erinnere mich gut –, ich sagte: ›Thomas, ich habe mich heute mit einer jungen Dame unterhalten, die so klug wie ein Engel und einer Krone würdig ist.‹ Rückblickend wird mir jetzt klar, daß meine Worte prophetischer Natur waren. Wolsey antwortete: ›Es reicht völlig, wenn Euer Gnaden sie Eurer Liebe für würdig halten‹, und ich entgegnete, daß ich befürchtete, sie werde sich dazu nie herablassen. Daraufhin bemerkte Wolsey, daß große Fürsten, die beabsichtigten, den Liebhaber zu spielen, es fertigbrächten, auch das kälteste Herz dahinschmelzen zu lassen. Ihr werdet nun sagen, Eure Tugend sei unangreifbar; gut, dann müßt Ihr tugendhaft bleiben. Aber ich kann Euch nicht aufgeben. Hört zu. Seit einiger Zeit plagt mich nun schon mein Gewissen. Ihr wißt, daß ich die Witwe meines Bruders geheiratet habe. Ich war jung. Ich war ritterlich. Katharine war ganz allein in diesem Land. Ihr Vater und der meine feilschten außerdem gerade über ihre Mitgift. Sie war traurig und einsam, und ich habe nun einmal ein gutes Herz..., wie Ihr noch feststellen werdet. Mein Herz siegte über meinen Verstand. Ich heiratete sie – und verstieß damit gegen das Gesetz Gottes.«

Ich hörte ihm staunend zu.

»Schon seit einiger Zeit«, fuhr er fort, »bin ich ein sehr unglücklicher Mann. Die Stimme meines Gewissens läßt mich nie zur Ruhe kommen. Und nun weiß ich auch, daß es mir niemals gelingen wird, sie zum Schweigen zu bringen, denn als die Verlobung meiner Tochter Mary mit dem Sohn des Königs von Frankreich ausgehandelt wurde, warf einer der Gesandten die Frage der Ehelichkeit von Marys Geburt auf.«

»Aber das ist... unmöglich!« entfuhr es mir.

»Nein, Liebste, ich fürchte, das ist durchaus möglich. Es gibt einen Vers im Dritten Buch Mose, der unmißverständlich besagt, daß ein Mann nicht die Frau seines Bruders heiraten darf und daß eine solche Verbindung mit Unfruchtbarkeit gestraft wird, da ihr Gottes Segen versagt ist.«

»Weiß die Königin von Euren Befürchtungen?«

»Noch nicht. Aber sie wird es erfahren. Sie muß es erfahren. Ich kann nicht länger ein Leben führen, das nach Gottes Gesetz sündig ist.«

»Aber worauf würde das hinauslaufen?«

»Die Ehe wird für ungültig erklärt werden.«

»Und Kaiser Karl?«

»Er wird der Wahrheit ins Gesicht sehen müssen.«

»Aber die enge verwandtschaftliche Beziehung zwischen ihm und der Königin...«

»Meine liebste Anne, von solchen Dingen versteht Ihr nichts.«

»Aber es würde ihm doch sicher nicht gefallen, wenn seine Tante beschuldigt würde, in sündiger Gemeinschaft zu leben?«

»Wenn der Beweis erbracht wird – was natürlich zu geschehen hat –, wird er ihn akzeptieren müssen.«

»Nach all den Jahren...«

»Das ist unwichtig.« Er wurde allmählich ungeduldig. Offenbar hatte er geglaubt, ich würde die Neuigkeit freudig aufnehmen. In Wirklichkeit konnte ich nicht an die verwirrenden Visionen glauben, die er vor mir heraufbeschwor. Ich konnte mir beim besten Willen nicht vorstellen, daß man ihm erlauben würde, seine Frau zu verstoßen – trotz der Verse im Dritten Buch Mose. Was immer sie besagten, ich war fest davon überzeugt, daß der große Kaiser es nicht zulassen würde, daß man seine Tante auf ein Schiff verfrachtete und nach Spanien zurückschickte oder daß man sie auf einen Alterssitz in England abschöbe wie eine Mätresse, deren Reize fade geworden sind und die nun mit einer Pension entlassen werden soll. Das war nicht der Stil großer Herrscher. Ich hatte das Gefühl, daß Henry sich von der Idee, die ihm da gekommen war, fortreißen ließ, und mir kam außerdem der Verdacht, er benutze sie möglicherweise als Köder und hoffe, sich ungehinderten Zugang zu meinem Bett zu verschaffen, indem er mir die Aussicht auf eine Krone vorgaukelte – eine Vorstellung, die mir zu fantastisch erschien, als daß ich sie für realisierbar hätte halten können. Und wenn ich ihm erst einmal nachgegeben hätte, was dann? Nun, der schöne Traum würde wie eine Seifenblase zerplatzen, und die Minister Spaniens und Englands würden Henry begreiflich machen, wie unmöglich die Idee war.

Ich war skeptisch. Ich wußte zwar, daß er ein Gewissen hatte, aber es hatte siebzehn Jahre gebraucht, sich zu melden, und ich schloß nicht aus, daß es sich in eine paar Wochen mühelos wieder zum Schweigen bringen ließe, wenn er sein Ziel erst einmal erreicht hätte.

Er fuhr fort: »Mir ist jetzt so vieles klar. Sie konnte keinen Sohn bekommen. Immer wieder gab es neue Enttäuschungen. Aber ein König muß Söhne haben. Das gehört zu den Verpflichtungen, die er gegenüber seinem Volk hat. Er darf nicht nur an seine eigene Herrschaft denken, sondern muß sich auch Gedanken machen, wer nach ihm regieren wird. Die Dynastie muß Bestand haben. Und was habe ich? Eine einzige Tochter.«

»Prinzessin Mary ist gesund und sehr klug.«

»Aber ein Mädchen, Anne. Ich will einen Sohn.«

»Es gibt kein Salisches Gesetz in England.«

Er schlug sich mit der Faust aufs Knie. »Dieses Land braucht einen König. Ich muß England einen männlichen Thronerben schenken. Und wie soll ich das anstellen, solange Gott meine Ehe mit einer Frau mißbilligt, die seinem Gesetz zufolge gar nicht meine Frau ist? Anne, wenn ich erst einmal frei bin – und bei Gott und allen seinen Heiligen, das werde ich bald sein –, dann steht unserer Verbindung nichts mehr im Wege. Und nun ist mir diese rettende Idee gekommen. Der französische Gesandte hat mich darauf gebracht. Ich habe mich immer schon gewundert, daß ich – gesund und vital, wie ich bin – keine Söhne bekommen kann... mit ihr. Mit anderen hingegen... Ihr wißt sicher, daß ich früher einmal glaubte, in Elizabeth Blount verliebt zu sein. Sie war ein schönes Mädchen..., sie konnte gut singen und tanzen..., ausgezeichnet sogar, wie mir schien, aber vergeßt nicht, daß ich Euch zu der Zeit noch nicht gesehen... oder gehört hatte. Von jetzt an könnte es keine andere Frau mehr für mich geben. Damals war ich jung... und liebevoll, wie es meine Art ist. Ich begann, mit zunehmendem Widerstreben Katharines Lager zu teilen. Das müßt Ihr verstehen, Anne. Und außerdem hatte ich einen Sohn von Elizabeth Blount. Nur von Katharine kann ich keine Söhne bekommen, weil Gott sich von uns abgewandt hat. Schon seit langem sagt er mir, daß unsere sündige Verbindung ein Ende haben müsse..., doch erst jetzt habe ich es begriffen.«

Mir wurde bewußt, wie naiv er war, aber vielleicht war gerade das der Grund dafür, daß es ihm gelang, sich selbst zu täuschen.

»Was gedenken Euer Gnaden nun zu tun?«

»Ich habe schon mit Wolsey gesprochen.«

Ich hielt den Atem an.

»Er wird in dieser Angelegenheit seine Hilfe anbieten?« fragte ich.

»Liebste, er ist mein Diener. Er wird tun, was ich verlange. Er weiß, wie wichtig ein Thronfolger ist. Außerdem ist er ein schlauer Bursche und wird sich etwas einfallen lassen. Es dauert nicht mehr lange, bis wir vereint sind, Anne. Ihr werdet meine Königin sein. Ich schwöre Euch, es wird nie eine schönere gegeben haben... und eine, die einer Krone würdiger gewesen wäre. Aber Ihr sagt ja gar nichts.«

»Ich bin überwältigt.«

Er lachte, offenbar erfreut. »Das könnt Ihr wohl sagen. Aber genau so wird es eintreffen. Ich bin fest entschlossen. Schon bald werden wir beide zusammen sein, und dann werden wir Söhne haben, Anne... Ihr und ich. Und was für Söhne! Wir werden eine ganze Horde Prinzen in die Welt setzen. Was meint Ihr?«

»Ich glaube, es dürfte Schwierigkeiten geben.«

»Aber es ist mein Wille.«

»Die Königin ist immerhin die Tante des Kaisers.«

»Der Kaiser ist viel zu beschäftigt, sein riesiges Reich zu regieren, um sich darüber viele Gedanken zu machen. Außerdem ist Wolsey im Begriff, einen Plan auszuarbeiten.«

»Weiß er auch, welche Rolle ich in Euren Plänen spiele?«

Er zögerte einen kurzen Augenblick. »Ich habe es ihm noch nicht gesagt. Er weiß allerdings, welcher Art meine Gefühle für Euch sind.«

»Aber er ist der Ansicht, ich solle Eure Geliebte werden, während irgendeine fremde Prinzessin Eure Königin würde. Wie hieß es doch gleich in dem Lied? ›Fürsten gelingt es, selbst Stahl zu erweichen...‹«

»Wolsey hat so seine eigenen heimlichen Pläne. Im Moment ist er sehr für eine... engere Verbindung mit Frankreich. Als ich von Wiedervermählung sprach, erwähnte er Prinzessin Renée von Frankreich. Ich hielt es jedoch zu dem Zeitpunkt für verfrüht, ihm gegenüber deutlicher zu werden.«

»Er käme gar nicht erst auf den Gedanken, daß jemand Unwürdiges wie ich zu solchen Ehren aufsteigen könnte. Dabei hat er selbst einen steilen Aufstieg hinter sich. War er nicht der Sohn eines Metzgers?«

»Solche Dinge kümmern mich nicht, Liebste. Ob ein Mann der Sohn eines Kochs oder der Sohn eines Herzogs ist, das ist mir gleich. Ich bin König und der Sohn eines Königs, und nur Leute aus niederem Stande zerbrechen sich über derartige Angelegenheiten den Kopf. Wenn ich jemanden mag, dann genügt mir das. Thomas Wolsey ist mein guter Freund, und das schon seit Jahren. Ich habe den Mann gern. Er ist mir der beste aller Diener... wie vor mir bereits meinem Vater.«

»Dennoch hat er sich, glaube ich, darum bemüht, zum Papst gewählt zu werden. Wäre ihm das gelungen, hätte er aus Euren Diensten ausscheiden müssen... und er wäre Euch zudem noch gleichgestellt worden.«

»Dann hätte er eben in Rom meine Interessen vertreten. Obwohl ich traurig gewesen wäre, ihn zu verlieren, hätte ich mich doch gefreut, jemanden dort zu haben, der auf Seiten Englands gestanden hätte. Aber genug davon! Da erzähle ich Euch von unserem großen Plan, und Ihr redet von Wolsey.«

»Ich könnte mir vorstellen, daß er noch einmal eine wichtige Rolle in diesem Plan spielen wird.«

Er schlug sich auf den Oberschenkel. »Das wird er auch. Aber, Anne, denkt nur an die Rolle, die wir beide spielen werden! Ich wünschte, es wäre schon soweit. Ich wünschte, wir beide wären bereits im heiligen Bund der Ehe vereint, wie wir es eines Tages mit Sicherheit sein werden. Was sagt Ihr dazu?«

Ich wußte nicht, was ich dazu sagen sollte. Mein erster Gedanke war, daß es ganz unwahrscheinlich war. Es gäbe zu viel Widerstand. Henry war in England allmächtig, und wenn die Königin jemand anders als ausgerechnet die Tante Kaiser Karls gewesen wäre, hätte der Plan eine gewisse Aussicht auf Erfolg gehabt. Der Kaiser mochte zwar mit seinem Riesenreich beschäftigt sein, aber er würde es nie zulassen, daß ein Mitglied seiner Familie gedemütigt würde. Und genau das hatte der König mit Katharine vor.

Ich dachte an sie, an ihren spanischen Stolz und ihre Frömmigkeit, an ihre große Würde, an den Geist, in dem sie erzogen worden war. Wie würde sie reagieren, wenn ihr mitgeteilt würde: Ihr habt all die Jahre in Sünde gelebt. Das steht nun fest. Also seid Ihr nicht länger Königin von England.

Ich konnte nicht glauben, daß das, was der König sich ausgedacht hatte, je Wirklichkeit werden könne. Aber die Tatsache, daß der König diesen Vorschlag gemacht hatte, zeigte, wie heftig die Leidenschaft war, die er mir entgegenbrachte. Ich wußte, daß ihm die Stimme seines Gewissens diesmal sehr gelegen kam, nicht etwa, weil ihm so sehr daran lag, in Übereinstimmung mit den Gesetzen der Bibel zu leben, sondern weil er sich danach sehnte, in leidenschaftlicher Liebe mit mir zu leben.

Er blickte verträumt auf den Teich in der Mitte des Gartens. Er war offenbar sehr stolz auf sich, daß es ihm gelungen war, einen solchen Plan auszudenken, und ich hatte in dem Augenblick das Gefühl, er erwarte von mir, daß ich, geblendet von der Aussicht, den Thron mit ihm zu teilen, unverzüglich alle Prinzipien, zu denen ich mich so nachdrücklich bekannt hatte, fallenlassen, in seine Arme sinken und auf der Stelle seine Geliebte werden würde.

Ich war argwöhnisch. Natürlich war die Möglichkeit nicht auszuschließen, daß sich der Plan verwirklichen ließe.

Seine Hand lag auf meinem Knie. Ich konnte ihre Wärme durch den Stoff meines Kleides hindurch fühlen.

»Es wird bald geschehen«, sagte er. »Wir können Wolsey vertrauen. Er wird alles Nötige veranlassen. Ich schicke ihn zum Papst. Und dann, meine Liebste, werden wir vereint sein.«

Er legte den Arm um mich und drückte mich heftig an sich. Seine Lippen waren dicht an meinem Ohr. »Was sagt Ihr, Anne? Was sagt Ihr?«

»Was soll ich sagen?« erwiderte ich. »Ihr seid noch nicht frei.«

»Aber bald werde ich es sein.«

»Ich bin mir nicht sicher.«

»Liebt Ihr mich denn?«

»Ich bin mir nicht sicher«, sagte ich erneut.

»Nicht sicher! Ich komme eigens hierher, um Euch zu sehen. Ich biete Euch eine Krone an, und Ihr seid Euch nicht sicher!«

»Ich erwarte von meinem Ehemann keine Krone, nur Treue und Liebe.«

»Aber Ihr sollt doch alles drei haben! Ich schwöre Euch, daß ich keine andere Frau ansehen werde. Ihr sollt keine Rivalin haben. Sagt, daß Ihr mich liebt.«

»Ich muß darüber nachdenken.«

»Ihr liebt auch keinen anderen Mann?«

»Jetzt nicht mehr. Ich habe Henry Percy geliebt, aber er wurde mir weggenommen. Wenn man einmal so gelitten hat, hütet man sich davor, sich erneut zu verlieben.«

»Ihr habt dieses spindeldürre, storchbeinige, rückgratlose Geschöpf geliebt?«

»Ja, ich habe ihn geliebt, und ich habe ihn verloren. Und nun ist er zutiefst unglücklich.«

»Das war bei ihm nicht anders zu erwarten. Shrewsburys Tochter verachtet ihn, wie ihn jede Frau von Charakter verachten würde.«

»Aber ich habe ihn geliebt.«

»Ach, kommt, kommt... Es wäre ohnehin nicht gutgegangen.« Plötzlich erwachte sein Mißtrauen. »War er etwa Euer Liebhaber?«

»Meine Prinzipien waren immer schon dieselben. Ich bin noch nie jemandes Geliebte gewesen und werde es auch nie sein.«

»Ihr werdet bald Königin sein.«

»Ich weiß nicht recht.«

Er war verwirrt. Da bot er sich mir an, die beste Partie im ganzen Königreich, und eine Krone noch obendrein... und ich zögerte.

Er nahm meine Hand. »Wir wollen uns verloben. Gebt mir Euren Ring.« Er meinte den Ring, den ich am Mittelfinger trug. Er war seit Jahren Teil des Familienschmucks. »Und ich werde Euch auch einen Ring geben. Es wird eine symbolische Geste sein. Kommt, Anne, gebt mir den Ring.«

Ich schüttelte den Kopf. »Euer Gnaden werden sicher verstehen, daß all dies für mich sehr überraschend gekommen ist. Ich bin verstört. Bitte habt Verständnis.«

Plötzlich war er wieder ganz sanft. Seine Stimmungen wechselten schnell. »Ich weiß. Mein Vorschlag hat Euch verwirrt. Ihr habt eine solche Entwicklung nicht erwartet. Laßt mich heute nacht bei Euch bleiben, und ich werde Euch zeigen, wie es um uns beide steht.«

»Nein«, sagte ich bestimmt. »Das würde mich nicht glücklich machen.«

Er wandte sich mir fast ärgerlich zu. Ich war überzeugt, daß er geglaubt hatte, die Aussichten, die er mir eröffnete, würden mich dermaßen überwältigen und entzücken, daß ich ihm spontan um den Hals fiele. Nun war er wieder der kleine Junge, dem man ein heißbegehrtes Spielzeug wegzunehmen drohte. Seine heißen Hände brannten durch mein Kleid hindurch auf meiner Haut. Er sagte barsch: »Ihr vergeßt, mit wem Ihr sprecht. Ich könnte Euch befehlen. Ich könnte Euch auf der Stelle zur Liebe zwingen und auf Euer Jungfrauengeschwätz pfeifen.«

Ich stand auf und entgegnete erhobenen Hauptes: »Das stimmt. Das könntet Ihr tun. Aber Ihr werdet es nicht tun, denn wenn Ihr es tätet, würde ich Euch niemals lieben. Und da Ihr ein König seid, seid Ihr zugleich ein Ritter, und ich müßte mich sehr täuschen, wenn Ihr, so mächtig Ihr auch sein mögt, jemals die Gebote der Ritterlichkeit mißachtet, was zweifellos der Fall wäre, wenn Ihr Euch einer schutzlosen Frau gegenüber so verhieltet, wie Ihr es soeben angedeutet habt.«

Das war der richtige Ton. Die Lust wich aus seinen Augen, und vor mir stand der strahlende Ritter, höflich und zuvorkommend. Da kam mir der Gedanke, es könne nicht so schwierig sein, mit ihm umzugehen.

»Und jetzt, Mylord«, fuhr ich fort, »würde ich mich gern zurückziehen, wenn Ihr erlaubt. Meine Stiefmutter und ich werden versuchen, etwas für Euch zuzubereiten, und unser Möglichstes tun, Euch – wenn auch in ganz unzureichendem Maße – alle Gastfreundschaft zuteil werden zu lassen, zu der Euer unerwarteter Besuch uns befähigt.«

Er stand dicht vor mir. Dann nahm er meine Hand und küßte den Finger, der den Ring trug, um den er gebeten hatte.

»Anne… Anne, ich bin außer mir vor Sehnsucht nach Euch.«

»Wenn das so ist, Mylord, werdet Ihr mir Zeit geben, über all das nachzudenken, was Ihr mir mitgeteilt habt.«

»Und dann bekomme ich meine Antwort?«

»Ja, dann sollt Ihr sie haben.«

»Ich kann nicht eher von hier fortgehen, als bis ich die Gewißheit habe, daß Ihr mir gehören werdet.«

»Ich werde es Euch wissen lassen, bevor Ihr morgen früh abreist.«

»Dann muß ich mich also in Geduld fassen.«

Er machte einen selbstgefälligen Eindruck. Er konnte sich nicht vorstellen, daß selbst ich, die seinem Werben so hartnäckig widerstanden hatte, eine Krone ausschlagen könnte.

Als ich allein war, fühlte ich mich erschöpft.

Ich hatte Mühe zu glauben, daß ich richtig gehört hatte. Er wollte sich also von Katharine trennen und mich heiraten! Wie sollte das nur möglich sein? Was immer er auch sagen mochte, er war mit Katharine schließlich verheiratet. Niemand konnte eine Königstochter verstoßen, nur weil sie nicht länger erwünscht war. Das war der springende Punkt. Die Sache mit dem Gewissen konnte man getrost als Augenwischerei abtun. Die Wahrheit war, daß er Katharine leid war, und zwar seit geraumer Zeit, und daß er besessen war von seinem Verlangen nach mir. Wie sehr wünschte ich mir doch, ich hätte Marguerite um Rat fragen können. Ich fragte mich, was sie mir als durch und durch weltlich gesinnte Frau raten würde. Was wäre, wenn ich nein sagte? Wie lange würde er mich dann noch verfolgen? Schon jetzt hatte ich kleine Warnzeichen bemerkt. Jener Ausdruck von Ungeduld in seinen Augen... Er war es nicht gewohnt, abgewiesen zu werden. Ihm nachzugeben würde bedeuten, seine Geliebte zu werden. Aber bestand für mich auch nur die entfernteste Möglichkeit, seine Königin zu werden?

Ich schaute in den Spiegel und stellte mir die Krone auf meinem Haar vor. Ich konnte nicht leugnen, daß ich den Gedanken betörend fand. Königin über den ganzen Hofstaat zu sein! Alle würden mir zu Füßen liegen und sich meinem Willen beugen – auch der König. Master Wolsey, der mich ein ›törichtes Mädchen‹ genannt und meine Heirat mit dem Mann vereitelt hatte, den ich selbstlos geliebt hatte, würde mir huldigen müssen. Das würde mir großes Vergnügen bereiten.

Irgendwann würde ich ja doch heiraten müssen... jemanden, den mein Vater für mich aussuchen würde. Es würde keine Liebesheirat, sondern nur eine vorteilhafte Verbindung sein, die mein Vater anstreben würde. Was sprach dann gegen die glanzvollste aller Heiraten überhaupt? Königin von England – war es denkbar? Warum eigentlich nicht? Henry besaß Macht, Wolsey ebenfalls... Wenn sie sich beide darum bemühten..., wenn es ihnen gelänge, Kaiser Karl versöhnlich zu stimmen... Erregung ergriff mich. Es war ein verwirrender, aber auch berauschender Gedanke.

Ich wählte mit Sorgfalt meine Garderobe aus: ein Kleid aus scharlachrotem Samt mit lang herabfallenden Ärmeln und ein rotes Halsband mit einem einzeln gefaßten Diamanten. Die Erregung ließ meine Augen glänzen und ungewöhnlich groß aussehen, und meine Wangen waren ganz leicht gerötet.

Ich ging hinunter in den Festsaal, wo meine Stiefmutter inzwischen ein Wunder vollbracht hatte. Sie hatte dem Küchenpersonal Anweisungen gegeben, und sie hatten ein ausgezeichnetes Essen zubereitet. Der König saß am Kopfende des Tisches, meine Stiefmutter zu seiner einen Seite, und ich nahm an seiner anderen Seite Platz.

Er strahlte und sah recht glücklich aus. Ihm gefiel die Ehrfurcht, mit der meine Stiefmutter ihn behandelte, der Eifer, mit dem sie darauf achtete, daß die Speisen richtig serviert wurden, und ihr Bemühen, ihn zufriedenzustellen. Er versicherte ihr immer wieder, daß er selten in den Genuß einer so vorzüglichen Mahlzeit gekommen sei. Dann wandte er sich mir zu, als ob er sagen wollte, daß es meine Gegenwart sei, die ihn glücklich mache.

Später sang ich und spielte ihm auf der Laute vor, und dann sangen er und ich ein Duett. Es muß selten vorgekommen sein, daß er einen Abend ohne den Pomp und das Gepränge verbrachte, das Teil seines täglichen Lebens war; aber es war nicht zu übersehen, daß er glücklich und guter Stimmung war.

Als ich schließlich zu Bett ging, war es mir unmöglich,

Schlaf zu finden. Ich hatte ungeheure Angst, er könne trotz meines Appells an seine Ritterlichkeit während der Nacht zu mir kommen. Aber er tat es nicht.

Am nächsten Morgen stand ich früh auf. Ich hatte ursprünglich erwartet, daß ich bei hellem Tageslicht den Vorschlag, den er gemacht hatte, absurd finden und als leeres Gerede abtun würde, das nur dem Zweck diente, ihm Zugang zu meinem Bett zu verschaffen. Statt dessen hatte ich das Gefühl, es bestehe doch eine entfernte Möglichkeit, daß sein Vorschlag zu verwirklichen sei. Ich hatte den Beschluß gefaßt, seinen Antrag anzunehmen. Ich würde ihm mitteilen, daß ich bereit war, seine Frau zu werden, sobald er frei wäre.

Nun begann alles wie ein aufregendes Abenteuer auszusehen.

Er erwartete mich schon ungeduldig.

Er schaute mich sehnsüchtig an. Gewiß liebte er mich. Es wäre ihm nicht gelungen, sich so zu beherrschen, wenn es nicht so gewesen wäre. Wiederum verspürte ich jene Zärtlichkeit, die ich schon zuvor für ihn empfunden hatte. Ich war überzeugt, daß ich ihn würde gern haben können. Und außerdem wäre eine Frau verrückt, die ein so glänzendes Angebot ausschlüge.

Er sagte: »Habt Ihr mir etwas zu sagen, Anne?«

Ich nahm den Ring vom Finger und reichte ihn ihm. Es machte mich froh zu sehen, welche Freude sich daraufhin auf seinem Gesicht ausbreitete. Er schloß verzückt die Augen, und ich dachte: Er liebt mich wirklich. Ich empfand mehr als nur Genugtuung – ich war glücklich.

Mein Ring paßte nur mit Mühe auf seinen kleinen Finger. Dann nahm er einen seiner Ringe ab und steckte ihn an den Mittelfinger meiner linken Hand; für alle anderen Finger war er zu groß.

»Nun sind wir verlobt«, sagte er, »und ich bin glücklich. Schon bald werden wir miteinander vereint sein. Ich werde keine Zeit verlieren, alles in die Wege zu leiten. Ihr werdet in Kürze an den Hof zurückkehren.«

Ich entgegnete, daß ich so überwältigt sei, daß ich noch etwas Zeit brauchte, um in der ländlichen Abgeschiedenheit von Hever in Ruhe über all das nachzudenken, was geschehen sei.

Er küßte mich zärtlich. »Es soll sein, wie Ihr es wünscht, Liebste«, versicherte er mir, »jetzt und in alle Zukunft.«

Ich winkte ihm nach, als er von Hever fortritt.

Ich war noch ganz verwirrt. Die Aussichten, die mir eröffnet worden waren, schienen illusorisch... fast, aber nicht vollends illusorisch. Warum sollte nicht alles so kommen, wie er es geschildert hatte? Immerhin hatte er tatsächlich die Frau seines Bruders geheiratet, und Ehescheidungen wurden aufgrund wesentlich fadenscheinigerer Vorwände ausgesprochen. Viel hing nun von dem neuen Papst Clemens ab; wen würde er eher zu beleidigen wagen, den Kaiser oder den König? Und Wolsey? Was würde er wohl denken, wenn der König ihm mitteilte, daß er beabsichtige, ein ›törichtes Mädchen‹ zu heiraten?

Es konnte gar nicht wahr werden. Es gab einfach zu viele Hindernisse. Ich hatte ihm meinen Ring gegeben und er war glücklich und zuversichtlich abgereist. Aber konnte es wirklich gutgehen?

Ich wußte gar nicht, was ich denken sollte. Mit meiner Stiefmutter konnte ich nicht darüber reden. Ich war mir nicht sicher, wie sie reagieren würde. Sie würde sicher Mitleid mit der Königin haben, die verstoßen werden müßte, wenn ich ihren Platz einnehmen sollte. Andererseits würde der Gedanke, daß ich – Anne, ihre Stieftochter – Königin von England werden würde, sie vielleicht auch mit Stolz erfüllen, weil sie mich liebte. Ob sie sich auch der Gefahren bewußt wäre?

Mir war wie jemandem zumute, der sich in einem leichten Boot auf das offene Meer hinausbegeben hat, und ich wollte den König wissen lassen, daß ich mir über den gefährlichen Kurs, den ich eingeschlagen hatte, durchaus im klaren war. Ich bat den Juwelier, ein Schmuckstück aus Gold und Diamanten anfertigen zu lassen, das eine Frau in einem zerbrechlichen Boot auf stürmischer See darstellen sollte.

Ich freute mich sehr, als George für ein paar Tage nach Hever kam. Er wußte natürlich, daß irgend etwas im Gange war.

Er hatte bemerkt, wie der König mich zum Tanz aufgefordert hatte, als die Veranstaltungen zu Ehren der französischen Gesandten stattfanden, und er mußte annehmen, daß ich im Begriff sei, die Geliebte des Königs zu werden. Er kam ohne Umschweife zur Sache und bemerkte, er habe den Eindruck, daß es um das Schicksal der Boleyns nicht schlecht bestellt sei. Als ich ihm erzählte, der König habe angedeutet, daß er seine Ehe mit der Königin beenden und mich zu seiner Frau machen wolle, war er äußerst überrascht.

»Selbst der König würde das nicht wagen.«

»Das meine ich auch.«

»Wenn die Königin aus irgendeiner englischen Adelsfamilie käme... nun ja, dann wäre die Trennung bereits so gut wie vollzogen. Aber als Tante des Kaisers! Er würde das Vorhaben als Beleidigung auffassen und alles tun, um es zu verhindern.«

»Der König sagt, er sei fest entschlossen. Er behauptet, sein Gewissen plage ihn, weil er die Witwe seines Bruders geheiratet habe.«

George zog die Augenbrauen hoch. »Das königliche Gewissen, ich weiß. Ganz unter uns – es ist ein äußerst entgegenkommendes Gewissen, einer der treuesten Untertanen des Königs und immer bereit, seinem Befehl zu gehorchen.«

Ich mußte lachen. »Oh, George, du wirst noch deine Zunge hüten müssen, das ist dir doch hoffentlich klar.«

»Du meinst, in Gegenwart unserer zukünftigen Königin?«

»Mach darüber keine Scherze. Es macht mir Angst. Und ich kann einfach nicht glauben, daß je etwas daraus wird.«

»Wunder gibt es hin und wieder, und wenn irgend jemand außer dem lieben Gott sie geschehen lassen kann, dann ist es unser mächtiger König. Er müßte allerdings dafür sorgen, daß er den Papst auf seiner Seite hat.«

»Glaubst du, das könnte ihm gelingen?«

»Clemens ist nicht Leo. Er ist unschlüssig... unfähig, sich zu entscheiden, für wen er Partei ergreifen soll. Seine Entscheidung wird in erster Linie davon abhängen, wen er mehr fürchtet, den König oder den Kaiser. Andererseits haben die Päpste sich immer recht entgegenkommend gezeigt, wenn es darum ging, einem Herrscher einen Dispens zu erteilen. Man braucht nur zurückzuschauen, um genügend Beispiele zu finden. Des Königs eigene Schwester, Margaret, wurde aufgrund eines vertraglich festgelegten Eheversprechens von dem Grafen von Angus geschieden. Und dann war da Suffolk; er ist zwar nicht königlicher Herkunft, konnte aber dennoch seine erste Frau nicht ohne päpstlichen Dispens heiraten…, und nun ist er der Schwager des Königs. Du siehst also, möglich ist es durchaus. Das einzige Hindernis ist, wie es scheint, die enge verwandtschaftliche Beziehung zwischen der Königin und dem Kaiser.«

»Er zitiert das Dritte Buch Mose.«

»Ja«, sagte George. »›Nimmt ein Mann die Frau seines Bruders zur Ehefrau, so macht er sich dadurch schuldig; er entehrt seinen Bruder, und er und die Frau werden ohne Nachkommen bleiben…‹ oder so ähnlich.«

»Das paßt«, sagte ich.

»Ja, aber die Ehe zwischen Katharine und Arthur wurde nie vollzogen. Arthur war noch sehr jung und außerdem kränklich. Er muß zum Zeitpunkt seiner Heirat bereits vom Tode gezeichnet gewesen sein.«

»George…, sollte es wirklich wahr werden…«

»Dann werde ich mich freuen, meine Schwester als Königin von England zu begrüßen.«

»Ich kann einfach nicht glauben, daß es möglich sein könnte.«

George sah mich seltsam nachdenklich an. »Es sind schon unglaublichere Dinge geschehen. Und ich muß sagen, du besitzt Würde genug, eine Krone zu tragen.«

»Das meinst du nur, weil ich deine Schwester bin.«

»Nein, das meine ich, weil du du selbst bist.«

Ich streckte meine Hand aus und er ergriff sie.

»George«, sagte ich, »was auch geschehen mag, sei nur immer für mich da.«

Er nickte, und es war, als ob wir einen Vertrag geschlossen hätten.

Der Juwelier hatte das Schmuckstück vollendet. Es war sehr schön gearbeitet und stellte anschaulich dar, was ich hatte ausdrücken wollen. Ich schickte es dem König mit einem kurzen Begleitschreiben, in dem ich ihm mitteilte, es ergehe mir so wie der Dame in dem vom Sturm hin und her geworfenen Boot.

Er antwortete unverzüglich und versicherte mir, wie sehr er sich darüber freue, ein solches Geschenk von mir zu erhalten. Er finde es wunderschön und danke mir aufs herzlichste. Daß die Frau in dem Boot mich selbst darstellen solle, betrachte er als Beweis meiner Demut. Er schrieb, er sei entschlossen, mich an Treue und Hingabe noch zu übertreffen, und bete täglich, daß sein Flehen erhört werde und die Zeit bis zu unserer Vereinigung kurz sein möge. Als Absender des handschriftlichen Briefes nannte er »den, der mit seinem ganzen Herzen, Körper und Willen Euer treuester und verläßlichster Diener ist«; der Brief trug die Unterschrift: »H. will A. B. und keine andere. R.«*, und um meine Initialen hatte er ein Herz gemalt.

Ich war sehr unschlüssig. Ich wäre zwar gern an den Hof zurückgekehrt, wußte aber, daß meine Anwesenheit dort nur zu Schwierigkeiten führen würde, solange das heikle Verfahren nicht abgeschlossen war.

Der König drängte mich jedoch zur Rückkehr an den Hof, und daher beschloß ich zurückzukommen – und notfalls wieder nach Hever zurückzukehren, wenn meine Situation schwierig werden würde, was nicht auszuschließen war. Ich hatte keine Ahnung, wie er vorzugehen plante, aber alle wußten inzwischen, welche Gefühle er mir entgegenbrachte. Und noch etwas war von äußerster Wichtigkeit: Ich würde ihn daran hindern müssen, mich zu belästigen, denn nun, da ich ihm meinen Ring geschenkt und das Schmuckstück geschickt hatte und so meine Bereitschaft zum Ausdruck gebracht hatte, seinen Antrag anzunehmen, war davon auszugehen, daß seine Annäherungsversuche beharrlicher werden würden. Aber ich wußte, daß ich – sollte meine Lage wirklich verzweifelt werden – jederzeit nach Hever würde zurückkehren können.

Als ich am Hof eintraf, fiel mir sogleich auf, daß man sich mir

* »R« für »(Henricus) Rex«. (Anm. d. Übers.)

gegenüber anders verhielt. Es war schwierig für den König, irgend etwas unbemerkt zu tun, und es war inzwischen allgemein bekannt, daß er Hever einen unangekündigten Besuch abgestattet hatte; dafür konnte es nur einen Grund geben.

Viele Angehörige des Hofstaates waren überzeugt, ich sei nun die Geliebte des Königs. Sie hätten nicht geglaubt, daß es einer Frau gelingen könne, ihn hinzuhalten und gleichzeitig ein Nachlassen seiner Aufmerksamkeit zu verhindern. Ich habe mich selbst oft gefragt, ob es mir wohl gelingen würde, denn obwohl ich gestehe, daß ich von der Aussicht auf eine Krone fasziniert war, war mir doch immer bewußt, daß es sehr schwer sein würde, sie wirklich zu erlangen, und ich wurde den Gedanken nie ganz los, daß es vielleicht besser wäre, wenn die Hoffnung sich zerschlüge. Diese Einstellung rief in mir eine gewisse Gleichgültigkeit hervor, die es mir ermöglichte, meine Würde zu wahren, und mir half, meine Distanz aufrechtzuerhalten. Wahrscheinlich war es das, was den König betört hatte. Er war es gewohnt gewesen, daß man sich ihm – wie im Fall Marys – bedingungslos auslieferte, und allmählich zu der Überzeugung gelangt, daß für ihn die Jagd meist dann schon zu Ende war, bevor sie richtig begonnen hatte. Daß ich nicht bereit war nachzugeben, machte mich zu etwas Besonderem und die Jagd interessanter.

Als ich an den Hof zurückkehrte, erfaßte mich eine geradezu fieberhafte Erregung, aber während ich insgeheim die Macht genoß, die meine neue Stellung mir verschaffte, hatte ich dennoch das unbehagliche Gefühl, daß die ganze Situation etwas unwiderruflich Kurzlebiges an sich hatte.

Ich stand im Mittelpunkt der höfischen Vergnügungen. Die Menschen begannen bereits, sich um mich zu scharen; mein Vetter Surrey, George natürlich, Thomas Wyatt, Francis Bryan, Weston..., all die klugen Köpfe und anregendsten und interessantesten Männer des Hofes. Selbstverständlich wollte auch der König dazugehören.

Er war erstaunlich geduldig, und obwohl er sich nichts dringlicher wünschte, als daß ich sein Bett teilte, gefiel er sich doch in der Rolle des frommen Mannes, und ein solcher hatte die Pflicht, meine Tugend nicht nur zu respektieren, sondern zu loben. Ich glaube, er hatte bei all seiner sinnlichen Begierde den Wunsch, ich möge jungfräulich bleiben, weil er überzeugt war, daß das Gott wohlgefällig sei. Überhaupt beschäftigte er sich während dieser Zeit auffällig viel mit Gott, und ich hatte das Gefühl, daß mir dieser Umstand half, dem heiß ersehnten Ziel seiner Wünsche auszuweichen. Er bat Gott tatsächlich, ihm zu Hilfe zu kommen, denn er hatte sich inzwischen eingeredet, daß der Allmächtige seine Mißbilligung der Heirat mit Katharine zum Ausdruck bringe, indem er ihm – auf die übliche geheimnisvolle Weise – mitteile, daß er niemals Söhne haben werde, solange er an einer blutschänderischen Ehe festhalte.

Er klammerte sich an diese Theorie. Sie beruhigte sein Gewissen und gestattete ihm, die Unterhaltung und Gesellschaft seiner Schar geistreicher junger Leute zu genießen.

Thomas Wyatt gab mir Anlaß zu gewisser Besorgnis. Er war auf meine Beziehung zum König eifersüchtig. Thomas hatte immer schon zur Unbesonnenheit geneigt. Er hatte zwar eine Frau und konnte mich daher nicht heiraten, aber der König war ebenfalls verheiratet. Und nun, da alle mitbekamen, mit welcher Hingabe der König mich verehrte, konnte niemand mehr glauben, ich sei nicht seine Geliebte. Thomas hatte sich offenbar in den Kopf gesetzt, daß ich mich ihm zuwenden würde, wenn mein Verhältnis mit dem König beendet sei.

In dem Zusammenhang ereignete sich ein unglücklicher Zwischenfall, von dem ich durch Francis Bryan erfuhr, der sofort zu mir geeilt kam, um mir davon zu berichten.

Dem König war natürlich nicht entgangen, welche Gefühle Thomas Wyatt mir entgegenbrachte, und es gefiel ihm nicht. Wyatt war ebenso groß wie der König und sah in der Tat sehr gut aus mit seinen blonden Locken und seinem lässigen Charme. Er besaß eine Würde, von der ich manchmal befürchtete, sie werde noch einmal sein Untergang sein, denn nur allzu oft siegte bei ihm der geistsprühende Intellekt über den Selbsterhaltungstrieb. Zwar war er viel zu klug, um irgend etwas zu tun, das den König hätte beleidigen können, aber sein Verhalten kam einer Beleidigung oft bedenklich nahe. Er ließ häufig durchblicken, daß er die Dichtkunst des

Königs geringschätzte, und gelegentlich wurde er geradezu verletzend.

Doch Henry war eine seltsame Mischung aus verschiedenen Charaktereigenschaften. Er besaß eine aufrichtige Liebe zur Dichtung und schätzte daher Wyatts Werke; er umgab sich gern mit gutaussehenden Menschen und genoß geistreiche Unterhaltungen. In Henry lagen zwei grundverschiedene Temperamente in ständigem Widerstreit; schon damals war mir so viel klar – doch später sollte ich ihn noch gründlicher kennenlernen.

Besagter Zwischenfall ereignete sich, als Henry mit Wyatt sowie dem Herzog von Suffolk – der mit seiner Frau, der Schwester des Königs und meiner früheren Herrin, an den Hof zurückgekehrt war – und Sir Francis Bryan Bowls spielte. Zwischen dem König und Wyatt entstand ein kleiner Streit. Jeder andere hätte die Angelegenheit als unbedeutend betrachtet und sich der Ansicht des Königs angeschlossen – nicht so Wyatt. Der König hatte behauptet, seine Kugel sei an der von Wyatt vorbeigerollt. Wyatt stritt dies ab. Zu dem Zeitpunkt war der König noch nicht verärgert. Er redete gern in Gleichnissen, wie es schon immer seine Art gewesen war. Er war sehr stolz auf den Ring, den ich ihm geschenkt hatte, und wollte Wyatt vermutlich darauf hinweisen, daß er der erfolgreichere Verehrer war. Also stellte er deutlich den Ring zur Schau, den ich oft getragen hatte und der auch Thomas wohlbekannt war, und zeigte mit seiner Hand so auffällig auf die Kugel, daß der Ring unvermeidlich die allgemeine Aufmerksamkeit auf sich zog.

»Ich sage Euch, Wyatt«, sagte er, »der Vorsprung gehört mir.«

Francis berichtete mir, Wyatt habe leicht bestürzt ausgesehen, aber nur wenige Sekunden lang. Dann habe er in seine Tasche gegriffen und das edelsteinbesetzte Medaillon herausgezogen. »Ich wußte sogleich, daß es ein Schmuckstück von Euch war«, sagte Francis. »Ich habe es oft gesehen, und außerdem trug es Eure Initialen.«

»Ich erinnere mich gut daran«, entgegnete ich.

»Und was glaubt Ihr, was Wyatt dann gesagt hat? ›Wenn Euer Gnaden erlauben, werde ich den Wurf hiermit messen.

Ich habe berechtigten Grund zu der Annahme, daß der Vorsprung dennoch mir gehört.‹«

»Der Narr!« entfuhr es mir.

»Das kann man wohl sagen, aber Ihr kennt ja Wyatt.«

»Und was hat der König gesagt?«

»Er war sehr verstimmt. Er konnte die Augen gar nicht von dem Medaillon nehmen. Dann sagte er in scharfem Ton: ›Das mag schon sein, aber dann bin ich getäuscht worden.‹ Die anderen Teilnehmer des Spiels waren so peinlich berührt, daß sie gar nicht wußten, wohin sie blicken sollten. Ich dachte schon, Wyatt würde auf der Stelle in den Tower geschickt werden. Er stand da, als ob nichts geschehen wäre. Stellt ihn Euch nur vor, wie er das Medaillon mehrmals selbstgefällig in der Hand umdrehte und dabei zärtlich und gedankenverloren ansah. Dann sagte der König: ›Das Spiel ist aus.‹ Und er schritt davon.«

Mich überkam große Angst. Er würde doch wohl nicht glauben, Wyatt sei mein Liebhaber! Andererseits mußte ihm bekannt sein, daß Wyatt und ich uns unser Leben lang gekannt hatten und daß unsere beiden Familien eng befreundet waren. Ich fragte mich, wie er wohl reagieren werde.

Es dauerte nicht lange, bis ich es erfuhr. Ein Bote kam zu mir. Der König befehle mir, unverzüglich vor ihm zu erscheinen. Das klang unheilvoll. Ich wurde fast wie eine Gefangene zu ihm geführt. Als wir miteinander allein waren, sagte er: »Anne, ist Wyatt Euer Liebhaber?«

»Ich glaube, er empfindet Zuneigung für mich.«

Er kam auf mich zu, faßte mich bei den Schultern und schüttelte mich. Ich wehrte ihn ab und richtete mich hochmütig zu voller Größe auf. »Euer Gnaden, ich weiß nicht, was ich getan habe, eine solche Behandlung zu verdienen.«

Da sah ich, wie die Zärtlichkeit in seine Augen zurückkehrte, und ich staunte, welche Macht ich über ihn besaß.

Er erzählte mir, was sich beim Spiel auf dem Rasen zugetragen hatte. Ich war froh, daß Francis mich vorgewarnt hatte, so daß ich auf das Gespräch gut vorbereitet war.

»Er hatte Euer Medaillon. Ich weiß, daß es Euch gehört hat; ich habe gesehen, wie Ihr es trugt. Er deutete an, daß Ihr ihm gehöret.«

»Euer Gnaden, ich gehöre keinem Mann.«

»Aber das Medaillon...«

»Er riß es mir aus der Hand, nachdem ein Glied der Kette, an der ich es trug, gebrochen war. Ich verlangte, daß er es mir sofort zurückgebe, aber er weigerte sich.«

Sein verkniffener Mund entspannte sich. Er glaubte mir. Ich war gerührt, weil ich sehen konnte, wie verzweifelt er sich wünschte, er könnte mir glauben.

»Und er ist auch nie Euer Liebhaber gewesen?«

»Ich sagte Euer Gnaden doch, daß ich nie jemandes Geliebte war und es auch niemals sein werde.«

»Dann ist ja alles gut, Liebste. Und ich bin glücklich.«

Er nahm meine Hand und küßte sie.

»Dieses Warten ist unerträglich«, fuhr er fort. »Aber bald..., sehr bald...«

Doch damit war der Vorfall noch nicht erledigt. George erzählte mir, der König habe Thomas Wyatt nahegelegt, sich eine Zeitlang vom königlichen Hof zurückzuziehen. Das tat Wyatt dann auch. Ich erfuhr, daß er, als er den Hof verließ, Sir John Russell getroffen habe, der Gesandter am Hofe des Papstes war. Russell sei im Begriff gewesen, nach Rom zurückzukehren, und auf seine typisch impulsive Art habe Wyatt zu ihm gesagt: »Was würdet Ihr davon halten, wenn ich Euch begleitete? Ich sehe kein Problem darin, die Erlaubnis des Königs einzuholen; wie mir scheint, ist er zur Zeit nicht in der Stimmung, sie mir zu verweigern. Könntet Ihr Eure Abreise um ein paar Stunden verschieben?« Russell soll sehr erfreut über solch unterhaltsame Gesellschaft gewesen sein, und der König soll Wyatt bereitwillig seine Erlaubnis erteilt haben.

Und so zog Thomas Wyatt sich nach jener denkwürdigen Szene auf dem Rasen vom königlichen Hof zurück und ging mit Sir John Russell nach Rom.

Henry hatte offenbar beschlossen, jede weitere Verzögerung zu vermeiden. Er berichtete mir frohlockend, Wolsey glaube, daß er in seiner Eigenschaft als päpstlicher Legat befähigt sei, die Ehescheidung selbst vorzunehmen, so daß alles, was dann noch fehle, die Bestätigung durch den Papst sei.

»Daher, meine Liebste«, sagte Henry, »könnt Ihr ganz beruhigt sein. Der Kaiser wird erst dann erfahren, was geschieht, wenn es für ihn zu spät sein wird, irgend etwas dagegen zu unternehmen.«

Dann erzählte er mir, was er im einzelnen plane.

»Wolsey ist ein wahrer Altmeister der Diplomatie. Es gibt nur wenige Probleme, die der Mann nicht lösen kann. Und er widmet dieser Angelegenheit seine volle Aufmerksamkeit. Im York-Palast soll ein Treffen zwischen mir und den kirchlichen Würdenträgern stattfinden.« Er grinste belustigt. »Ich..., ausgerechnet ich soll aufgefordert werden, vor dem Klerus zu erscheinen. Wolsey wird den Vorsitz führen und auch Warham wird dabei sein.«

Ich erwartete mit großer Spannung das Ergebnis dieser Zusammenkunft, die insofern weitgehend geheimgehalten werden sollte, als das Volk nicht erfahren sollte, worum es ging.

Der König fuhr mit dem Boot bis dicht an den Hintereingang des York-Palastes heran; in seiner Begleitung waren Warham, der Erzbischof von Canterbury, und mehrere Juristen.

Warham fürchtete ich nicht übermäßig, da ich davon ausging, daß er sich so verhalten werde, wie der König es von ihm erwarte. Er hatte sein Amt als Erzbischof seit Anfang des Jahrhunderts inne; er war ein müder alter Mann, der sich zweifellos danach sehnte, von der Last seiner Pflichten befreit zu werden. Wolsey hatte ihn, wie mir der König erzählte, einmal einen ›alten Esel‹ genannt; es war unwahrscheinlich, daß er irgendwelche Einwände erheben würde.

Dann waren da natürlich noch die Juristen. Doch ich wußte, daß keiner dieser Männer auch nur entfernt die Möglichkeit in Erwägung ziehen würde, der König könne auf die Idee gekommen sein, mich zu heiraten. Sie würden alle der Ansicht sein, daß der Grund für die geplante Trennung des Königs von Katharine einzig und allein ihre Unfähigkeit sei, für männlichen Nachwuchs zu sorgen, und sie würden mit Sicherheit davon ausgehen, daß Henry, sobald die Scheidung ausgesprochen sei, eine Prinzessin heiraten werde – höchstwahrscheinlich Renée, die Schwester von Königin

Claude, da wir mit den Franzosen wieder so freundschaftliche Beziehungen unterhielten. Wenn einer von ihnen gewußt hätte, daß der König die Scheidung wünschte, um mich zu heiraten, würde ihre Entscheidung garantiert anders ausfallen. Natürlich war ich nicht so dumm anzunehmen, der König werde ihnen die Wahrheit sagen. Sie mußten vielmehr in dem Glauben gelassen werden, das ganze Verfahren sei dadurch in Gang gebracht worden, daß der Bischof von Tarbes die Frage der Ehelichkeit von Prinzessin Marys Geburt angeschnitten habe und Henry das Bedürfnis gehabt habe, das Problem untersuchen zu lassen, um die Wahrheit herauszufinden. Daher durfte das Kirchengericht, das im York-Palast auf Wolseys Anordnung zusammentreten sollte, keinesfalls erfahren, daß der König in mich verliebt war und daß ich es abgelehnt hatte, irgend etwas anderes zu werden als seine Frau.

Sobald das Treffen vorüber war, kam der König zu mir, um mir davon zu berichten.

»Wolsey war fantastisch«, sagte er. »Ich habe ihn noch nie schlauer argumentieren gehört. Der Mann ist wirklich großartig. Da saß er an seinem Tisch, umgeben von den Mitgliedern des Klerus und den Juristen, und verkündete dem hohen Gericht, der Erzbischof müsse mir eine ganz grundlegende Frage stellen. Ihr hättet den armen alten Warham sehen sollen. Er schlotterte am ganzen Körper. Verständlicherweise. Er mußte sich erheben und mich anklagen, all die Jahre gesetzwidrig mit einer Frau gelebt zu haben, die nicht meine rechtmäßige Ehefrau war.«

»O ja, ich kann seine Furcht verstehen.«

»Wolsey hatte ihm zuvor erklärt, daß diese Anklage keine Überraschung für mich sei und mein Gewissen mich in dieser Hinsicht schon seit geraumer Zeit plage, so daß er nicht zu befürchten brauche, er könne mich beleidigen. Er hatte ihm auch berichtet, daß mir, als ich durch den französischen Gesandten von der Äußerung des Bischofs von Tarbes erfahren hätte, sogleich klar gewesen sei, daß ich mein Gewissen würde erforschen und allen Fragen mutig entgegentreten müsse, die ein Untersuchungsgericht mir möglicherweise stellen werde.«

»Trotzdem – vor diese Versammlung zu treten und Euch anzuklagen!«

»Der arme Kerl, er hat mir richtig leid getan. An einer Stelle ist er ins Stocken geraten, aber Wolsey hat ihm weitergeholfen. Ich habe aufmerksam zugehört, was er mir zu sagen hatte, und als er fertig war, haben mich alle gespannt angeschaut. Da habe ich ihnen versichert, wie bekümmert ich sei und wie gut ich ihre Sorge verstehen könne, und auch, daß ich denjenigen, die es für nötig gehalten hätten, diesen Fall vor Gericht zu bringen, deswegen durchaus nicht böse sei.«

»Das hätte ja auch bedeutet, daß Ihr Euch selbst böse sein müßtet, und das kann schließlich niemand von Euch erwarten«, bemerkte ich in Anspielung auf die wahren Hintergründe.

Er runzelte die Stirn. Das war etwas, das ich im Umgang mit ihm noch lernen mußte. Er brachte es fertig, die haarsträubendste Heuchelei zu betreiben und sich gleichzeitig so erfolgreich einzureden, es sei die Wahrheit, daß er schließlich selbst an das glaubte, was er anderen weiszumachen versuchte. Es war ganz außergewöhnlich, daß ein Mann seines Intellekts dazu in der Lage war. Es war ein Talent, das auf eine bemerkenswerte Anpassungsfähigkeit des Denkens schließen ließ; es amüsierte mich, und ich konnte mich nicht zurückhalten, nicht darauf anzuspielen. Doch das war gefährlich. Ich war nicht weniger impulsiv und nicht weniger leichtsinnig als Thomas Wyatt.

In dem Augenblick war er jedoch zu erregt, um mich zu tadeln. Er fuhr fort, als ob ich gar nichts gesagt hätte: »Ich glaube, jetzt muß ich nur noch eins tun, und zwar – so peinlich das auch ist – mich einer gerichtlichen Befragung unterziehen.« Er wandte sich mir zu und strahlte dabei über das ganze Gesicht. »Anne, nun dauert es nicht mehr lange. Dann werden wir zusammen sein. Alles, was uns zu tun bleibt, ist, auf Wolsey zu warten. Er wird den Papst aufsuchen und die ganze Angelegenheit unter Dach und Fach bringen, bevor der Kaiser auch nur ein Wort davon mitbekommt.«

Ich begann tatsächlich zu glauben, diese fantastische Zukunftsvision könne für mich Wirklichkeit werden. Der König würde sich einer gerichtlichen Untersuchung stellen, für deren gewünschten Verlauf Wolsey sorgen würde. Die Geistlichkeit würde davon überzeugt werden, daß die Ehe des Königs mit Katharine gar keine wirkliche Ehe war, und daraufhin würde Wolsey sie für ungültig erklären. Alles, was er brauchte, war die Zustimmung des Papstes, die eine bloße Formsache war, und als Kardinal würde er ohne weiteres in der Lage sein, sie zu erlangen.

Auf die Idee, die Königin könne irgendwelche Einwände erheben, kam Henry nicht. Sie war immer sanft und freundlich und tat so, als bemerke sie seine kleinen Fehltritte nicht; sie war von Natur aus würdevoll, still und zurückhaltend. Er kündigte großmütig an, er werde sie in Zukunft als seine Schwester betrachten. Sie werde gut versorgt werden. Ihr solle eine eigene Hofhaltung zugestanden werden, die ihrer würdig sei, und sie werde ihr weiteres Leben in Andacht und Gebet zubringen können. Vielleicht werde sie auch den Wunsch haben, in ein Kloster einzutreten? Es schien alles sehr einfach zu sein.

Ich veränderte mich zunehmend. Das war unvermeidlich. Heute führe ich als Entschuldigungsgrund meine Jugend an. Ich war schließlich erst zwanzig Jahre alt und durchaus nicht so klug, wie ich dachte. Wer ist das schon mit zwanzig? Weil ich am kultivierten französischen Königshof aufgewachsen war, weil ich einen wachen Verstand besaß, weil ich über eine große musikalische Begabung verfügte, weil ich schlagfertig war und in Streitgesprächen mit den Wortgewandtesten mithalten konnte, hielt ich mich für so klug.

Wäre ich es doch wirklich gewesen, dann wäre meine Geschichte jetzt vielleicht eine andere.

Ich streifte nach und nach meine Bedenken ab. Mir war nun klar, warum manche Menschen alles für eine Krone aufs Spiel setzten; durch die Jahrhunderte hindurch war es immer wieder dasselbe Spiel. Sie kämpften darum und opferten alles, was sie besaßen, dafür. Ich nahm mir nicht die Zeit, darüber nachzudenken, daß die Erfüllung des Wunsches oft nichts als Kummer, Sorge und Verzweiflung brachte.

Ich wünschte mir nun sehnlichst, Königin von England zu werden, und erst jetzt, da mir die Krone zum Greifen nahe schien, wurde mir bewußt, wie groß diese Sehnsucht war.

Die Königin tat mir zwar leid, aber ich redete mir ein, daß ich mich viel besser als sie dazu eignete, den Thron mit Henry zu teilen. Sie hätte sich am liebsten ganz unauffällig gemacht, wenn sie die Möglichkeit dazu gehabt hätte; Henry brauchte aber eine Frau, die genauso lebhaft war wie er selbst, die sich an den Veranstaltungen des Hofes beteiligen konnte, die sie mit planen, die in den Aufführungen mitsingen und mittanzen konnte, die so aussah und so auftrat, wie die Rolle einer Königin es vorschrieb, ebenso wie er so aussah und so auftrat, wie die Rolle des Königs es verlangte.

Er hatte mich gedrängt, alles an Stoffen zu kaufen, was ich benötigte – Samt, Brokat, Gold- und Silberstoffe; das Geld spiele keine Rolle. Er wollte, daß ich sie alle in den Schatten stellte, und er versicherte mir, daß mir das selbst dann gelingen werde, wenn ich wie eine Bettlerin gekleidet sei; das bedeute jedoch nicht, daß für mich irgend etwas anderes in Frage komme als das Feinste vom Feinen. Ich gab meiner Schwäche für schöne Kleider nach, und er gab mir den Schmuck dazu. Ich erhielt häufig Geschenke, und gewöhnlich waren es Edelsteine von unschätzbarem Wert.

Ich war dabei zu begreifen, was ›Ehrgeiz‹ bedeutete.

Die Königin spürte, daß etwas ganz und gar nicht in Ordnung war. Es ließ sich einfach nicht vor ihr verbergen. Der König hatte noch nicht mit ihr gesprochen, wie er es ursprünglich vorgehabt hatte. Er wollte abwarten, bis die Untersuchungen des kirchlichen Gerichtshofs etwas weiter gediehen wären und bereits erste Ergebnisse vorlägen. Dann würde er sie aufsuchen und sich – da war ich ganz sicher – überaus betrübt geben, und diese Betrübtheit würde um so echter wirken, als es ihm für die Dauer der Unterredung gelingen würde, sich einzureden, daß er sie tatsächlich empfinde.

Ich glaube, Katharine war eine sehr verängstigte Frau.

Sie wußte natürlich von der Gunst, die er mir zuteil werden ließ, aber sie war deswegen nicht wirklich besorgt, denn sie konnte nicht ahnen, welche Rolle ich in der ›Geheimsache des Königs‹ spielen sollte. Sie glaubte zweifellos, ich sei seine Geliebte, wie vor mir meine Schwester seine Geliebte gewesen war.

Ich war sicher, daß sie mich am liebsten vom Hof verbannt hätte, aber das Risiko, mich zu entlassen, war sie ebensowenig bereit einzugehen, wie sie es damals gewagt hätte, Mary fortzuschicken, denn sie wußte genau, daß der König mich an den Hof zurückholen würde, und das würde sehr demütigend für sie sein. Sie wollte zu dem Zeitpunkt nichts unternehmen, was ihn hätte verärgern können.

Es gab nur wenige Menschen – zum Beispiel meinen Bruder George und meinen Vater, die beide enge Vertraute des Königs waren –, die wußten, welche Pläne Henry mit mir hatte. Der König war sehr darauf bedacht, meinen Namen aus allen Gesprächen herauszuhalten, und ich glaube, er war fest entschlossen, auch Wolsey nicht einzuweihen. Obgleich Wolsey in seinen Diensten stand, war er doch zugleich Kardinal und damit auch dem Papst gegenüber zu einem gewissen Gehorsam verpflichtet. Ich konnte mir nicht vorstellen, wie Wolsey reagiert hätte, wenn er Bescheid gewußt hätte. Vermutlich hätte er alles darangesetzt, dem König sein Vorhaben auszureden und ihn davon zu überzeugen, daß nach der Trennung von Katharine der einzig richtige Schritt der sei, eine ausländische Prinzessin zu heiraten.

Gesandte waren von Natur aus Spione. Das hatte ich schon immer gewußt; und der spanische Gesandte beherrschte die Kunst des Spionierens so gut wie alle anderen, mit Ausnahme vielleicht der Franzosen. Es blieb ihnen in Anbetracht der Beziehungen zwischen den einzelnen Ländern gar nichts anderes übrig als zu spionieren. Ich weiß nicht, wie viele Menschen am Hofe Inigo von Mendoza im geheimen für sich arbeiten ließ; wir fanden allerdings heraus, daß er darüber unterrichtet war, daß Wolsey dabei war, die Scheidung des Königs voranzutreiben und daß der König Bischöfe und Juristen versammelt hatte, die beweisen sollten, daß die Ehe ungesetzlich sei.

Zu der Zeit glaubte ich noch, alles verlaufe wie geplant. Wolsey würde die Ehe für ungültig erklären und dann nach Rom gehen, um Clemens zu überreden, seine abschließende Zustimmung zu erteilen, was mit Hilfe eines ansehnlichen Bestechungsgeldes kein besonderes Problem sein konnte. Erst wenn das geschehen wäre, würde der König ihn wissen lassen, daß er beabsichtige, mich zu seiner Königin zu machen.

Wir erwarteten keinerlei Komplikationen, und das Ziel schien in Sicht. Schon bald, sagte ich mir, würde ich auf dem Weg zu meiner Krönung sein.

Eine besonders glanzvolle Aufführung war im Gange. Seit ich am Hofe eine so bedeutende Rolle spielte, bildete ich mir ein, daß unsere Maskenspiele und Theaterstücke noch kultivierter und geistreicher geworden seien. Ich hatte so viel von dem eingebracht, was ich in Frankreich gelernt hatte.

Wir tanzten gerade. Ich war wie gewöhnlich in Gesellschaft des Königs und die anderen waren beiseite getreten, so daß wir fast allein auf der Tanzfläche waren. Das geschah häufig, wenn der König dabei war, und ihm gefiel es. Es machte deutlich, daß, während er tanzte, die Anwesenden niemand anderem zusehen mochten als ihm... und seiner Partnerin. Mir gefiel es ebenfalls. Ich wußte, daß mein Tanz von höchster Vollendung war. Ich genoß es, Ziel der allgemeinen Aufmerksamkeit und Bewunderung zu sein – genauso wie er.

Dann drang Stimmengewirr aus den entfernter gelegenen Räumen zu uns. Ein Mann erschien in der Türöffnung. Die Türhüter versuchten, ihn zurückzuhalten, aber er rief: »Ich muß den König sprechen. Ich habe eine Nachricht für ihn.« Er wirkte mitgenommen und schmutzig von der Reise und sah aus, als ob er weit geritten wäre.

Henry rief: »Nanu! Was hat das zu bedeuten? Was bringt Ihr für eine Nachricht? Keine gute, wie mir scheint.«

»Euer Gnaden, eine furchtbare Tragödie. Rom ist von den Truppen des Konnetabels von Bourbon überfallen worden. Der Konnetabel ist getötet worden. Die Truppen haben Rom geplündert, und der Papst ist in die Engelsburg geflüchtet, wo er nun gefangengehalten wird.«

Im Festsaal war Totenstille eingetreten. Das Gesicht des Königs war aschfahl, dann rot vor Zorn geworden. Ich wußte, was das zu bedeuten hatte. Bourbon war Karls Verbündeter gewesen, und Clemens war in Wirklichkeit der Gefangene des Kaisers.

Welche Hoffnung gab es jetzt noch für uns, die nötige Zustimmung zu der Scheidung zu erlangen, mit der wir so zuversichtlich gerechnet hatten?

An jenem Abend wurde nicht weitergetanzt. Der König rief Wolsey zu sich und zog sich mit ihm zurück.

Was das tragische Ereignis anging, so kursierten verschiedene Versionen. Fest stand, daß es das Werk des Konnetabels von Bourbon war, der sich von François abgewandt hatte und der Verbündete des Kaisers geworden war. Seine Truppen waren es auch gewesen, die François in Pavia gefangengenommen und an den Kaiser ausgeliefert hatten.

Karl hatte den Konnetabel mit Ehrungen überhäuft, aber einige der spanischen Adligen hatten ihn als Verräter verachtet. Es wurde erzählt, daß der Kaiser bei seiner Ankunft in Madrid den Wunsch gehabt habe, ihn für die Dienste, die er ihm erwiesen habe, zu belohnen. Also habe er den Marquis von Villena gebeten, seine Residenz – eine der schönsten in Madrid – Bourbon zur Verfügung zu stellen, solange dieser sich in der Stadt aufhalte. Dabei habe der Kaiser Bourbon den ›Helden von Pavia‹ genannt. Der Marquis habe geantwortet, daß er zwar verpflichtet sei zu gehorchen, da es der Wunsch des Kaisers sei, daß er aber den Palast eigenhändig anzünden werde, sobald der Konnetabel die Stadt verlassen habe, da er nicht in einem Hause leben könne, das von einem Landesverräter bewohnt worden sei.

Ich dachte über den Konnetabel nach. Ich konnte mir nicht vorstellen, daß er ein sehr glücklicher Mensch gewesen war, obwohl er als einer der größten Krieger unserer Zeit galt und der Kaiser seine Dienste überaus geschätzt und eine hohe Meinung von ihm gehabt hatte. Doch Bourbon war zu stolz gewesen, um glücklich darüber zu sein, irgend jemandem zu dienen. Karl hatte ihm Mailand versprochen, er aber hatte begehrliche Blicke auf Neapel geworfen. Er war ein tapferer und verwegener Heerführer gewesen, der nie gezögert hatte, der Gefahr ins Auge zu sehen, und die Soldaten waren ihm bereitwillig gefolgt, wohin er sie auch geführt hatte.

Er hatte eine große Armee zusammengestellt, der auch fünfzehntausend Landsknechte aus Deutschland angehörten, von denen viele tief beeindruckt von der Lehre Martin Luthers waren und den Papst als den Feind der wahren Religion ansahen. Bourbon hatte ihnen versprochen, sie aus den Schätzen, die sie in Rom finden würden, reich zu belohnen. Sie würden den Papst in seinem Versteck aufspüren und in die Enge treiben; sie würden über seine Reichtümer herfallen..., all die kostbaren Schätze, die den Armen durch den Verkauf von Ablässen und ähnlichen Abscheulichkeiten abgeschwindelt worden waren.

Sie zogen durch Italien, an Bologna und Florenz vorbei, und widerstanden der Versuchung, diese reichen Städte zu plündern, nur, weil der Marsch auf Rom von vorrangiger Bedeutung war.

Sie kampierten außerhalb der Stadt. Der Konnetabel hielt eine bewegende Rede, in der er sie daran erinnerte, daß sie von weit her gekommen waren und dem schlechten Winterwetter zum Trotz den langen Marsch auf sich genommen hatten. Sie hätten mehrere Zusammenstöße mit dem Feind überstanden, aus denen sie – wenn auch unter erheblichen Opfern – als Sieger hervorgegangen seien. Sie hätten Hunger und Durst ertragen, aber nun seien sie am Ziel angekommen. Nun sei es an der Zeit, ihre Tapferkeit zu beweisen. Ein Astrologe hatte ihm einmal prophezeit, er werde in Rom sterben, aber es kümmerte ihn nicht. Er wußte, was er zu tun hatte. Sie würden in den frühen Morgenstunden angreifen, und wenn seine Männer seinen Anweisungen folgten, würden sie die Stadt einnehmen und reich werden.

Er führte den Sturm auf die Stadt an, weiß gekleidet, so daß seine Männer ihn immer sehen konnten und der Feind erkennen konnte, daß er ihn nicht fürchtete. Es war ein tollkühnes Vorgehen. Sobald er begann, die Stadtmauern zu erklimmen, wurde er erkannt und vom Schuß aus einer Arkebuse getroffen, der ihn tödlich verwundete. Seine letzten Worte, bevor er starb, waren, daß ein so hoffnungsvoll begonnenes Unternehmen zum erfolgreichen Abschluß gebracht werden müsse.

Wäre er am Leben geblieben, wäre die Geschichte vielleicht anders ausgegangen. Er war ein großer Krieger; er hätte sich in der Stadt genommen, was er haben wollte, den

Papst zu seinem Gefangenen gemacht, und der Sieg wäre in Übereinstimmung mit den Gesetzen der Kriegführung errungen worden. Doch nun war Rom einer rüden, sittlich verwahrlosten und fanatischen Soldateska ausgeliefert.

Die Plünderung Roms würde sicherlich als eins der schrecklichsten Ereignisse des Jahrhunderts in die Geschichte eingehen. Kirchen wurden entweiht, Priester ermordet und Nonnen auf Altären vergewaltigt. Die Berichte von den grauenvollen Geschehnissen nahmen kein Ende, und wochenlang sprachen die Menschen von nichts anderem als den Greueltaten, die sich in Rom ereignet hatten.

Für uns aber waren sie von ganz besonderer Bedeutung. Denn wie konnte Clemens uns die Zustimmung erteilen, die wir benötigten, solange er praktisch ein Gefangener des Neffen der Königin war?

»Dies«, sagte der König zähneknirschend, »wird unsere Angelegenheit verzögern.« Er besprach sich mit Wolsey, und ich erfuhr später, wie diese Unterredung verlaufen war.

»Wolsey sagt, das kirchliche Gericht solle unverzüglich seine Untersuchungen einstellen; es könne nichts Gutes dabei herauskommen, wenn es weiterhin tage. Wir könnten nichts erreichen, solange der Papst nicht aus der Gefangenschaft befreit sei. Wolsey schlägt vor, nach Frankreich zu reisen und François für die Zusammenarbeit mit England zu gewinnen. Der Papst müsse befreit werden. In ganz Europa müsse wieder Frieden herrschen. Wenn es ihm gelinge, dieses Ziel mit Hilfe der Franzosen zu verwirklichen, werde er in Erwägung ziehen, mit ihnen ein neues Bündnis gegen den Kaiser zu schließen. Ich sagte zu ihm: ›Aber was ist mit unserer Geheimsache, Thomas?‹ Er erwiderte: ›Euer Gnaden, nichts liegt mir mehr am Herzen, aber bevor wir in dieser Angelegenheit weitere Schritte unternehmen können, müssen wir in politischer Hinsicht Erfolge erzielen. Wir können nichts tun, solange der Papst sich in Gefangenschaft befindet. Unglücklicherweise sind wir auf seine Zustimmung angewiesen. Erlaubt mir, nach Frankreich zu gehen, und ich schwöre Euer Gnaden, daß ich jede Gelegenheit ergreifen werde, Euer Gnaden Angelegenheit zu einem Abschluß zu bringen, der Euer Gnaden zufriedenstellen wird.‹«

Henry sah mich an und zuckte hilflos mit den Schultern.

Ich sagte: »Es kommt mir vor wie höhere Gewalt. Ausgerechnet jetzt... der Papst gefangen und in den Händen des Kaisers.«

Er nickte bedrückt. »Wartet nur ab, Liebste. Ihm wird schon etwas einfallen. Ich zweifle nicht daran. Diese unglückselige Geschichte mit dem Papst hat uns aufgehalten, aber Wolsey wird mit Sicherheit eine Lösung finden. Habt keine Angst. Er hat noch immer eine Lösung gefunden und er weiß, daß diese Angelegenheit mir wichtiger ist als irgend etwas je zuvor.«

Es war Anfang Juli, als der Kardinal nach Frankreich aufbrach. Die Menschen drängten sich in den Straßen, um ihn vorüberziehen zu sehen, denn er und sein Gefolge boten in der Tat einen prachtvollen Anblick. Er war bekannt für seine Vorliebe für feierliche Auftritte und protziges Gepränge – eine Neigung, die, wie böse Zungen behaupteten, nur natürlich sei, da er seine ersten Lebensjahre in einem Metzgerladen verbracht habe. Ich war da nicht so sicher. Seine Liebe zu allem Prächtigen war nicht größer als die des Königs, und der hatte das Licht der Welt im Palast von Greenwich erblickt und sein ganzes bisheriges Leben als Prinz und Herrscher verbracht. Aber es stand außer Frage, daß der Kardinal den prunkvollen Rahmen liebte. Seine Schlösser, der York-Palast und der Palast Hampton Court waren ebenso prächtig wie die königlichen Residenzen – einige behaupteten sogar, noch prächtiger. Es gab da einen kleinen Vers, den das Volk gern und oft zitierte. Er stammte von Shelton, einem der Hofdichter, und lautete ungefähr so:

> Weshalb kommt Ihr nicht ins Schloß?
> In welches Schloß?
> Das Königsschloß
> oder das Hampton-Schloß?

Wolsey war es ohne Zweifel gelungen, sein Schloß in Hampton zu einer Residenz zu machen, die eines Königs würdig gewesen wäre, und nichts bereitete ihm mehr Freude, als den König dort als Gast zu empfangen. Henry selbst hatte sich einmal zur Pracht des Palastes geäußert, und ich hatte das Gefühl, er sei ein wenig neidisch. Aber im Grunde mochte er Wolsey gern. Es war nicht nur der – in der Tat überragende – Intellekt des Mannes, sondern offenbar etwas an Wolseys Persönlichkeit, das Henry für ihn einnahm. Henry überhörte die neidischen Äußerungen und höhnischen Bemerkungen, die über den Kardinal gemacht wurden, und bekundete gelegentlich auch sein Mißfallen, was sich als das wirksamste Mittel erwies, Wolseys Verleumder schnell zum Schweigen zu bringen.

Wolsey reiste in Begleitung einer großen Schar von Bedienten. Sie waren alle elegant in schwarzen Samt gekleidet und trugen goldene Halsketten. Auch ihre Diener mußten die Reise mitmachen; sie waren an ihren ockerfarbenen Livreen zu erkennen. Der Kardinal selbst bot einen höchst imposanten Anblick. Er benutzte ein Maultier – aber was für ein Maultier! Es trug eine karmesinrote, verzierte Satteldecke, die farblich auf die Robe des Kardinals abgestimmt war. Und damit niemand vergesse, welch hohe Ämter er in Kirche und Staat bekleide, wurde das Königliche Großsiegel Englands und sein Kardinalshut dem Zug vorausgetragen.

Ich hatte nicht den Eindruck, daß er ein sehr glücklicher Mensch war. Was die geplanten Verträge anging, so war er sicherlich recht zuversichtlich; was ihm dagegen große Sorge zu bereiten schien, war die Geheimsache des Königs. Im Grunde seines Herzens war er, glaube ich, gegen die Scheidung. Vielleicht war er der Ansicht, es bestehe noch berechtigte Hoffnung auf einen männlichen Thronfolger. Andererseits hatte der König weder Brüder noch eindeutig feststehende Erben, und es konnte politische Unruhe für ein Land bedeuten, wenn ein Monarch ohne Nachkommen starb und mehrere Bewerber Anspruch auf den Thron erhoben. Aber vielleicht dachte Wolsey auch, daß das ein Problem sei, über das er sich nicht übermäßig den Kopf zu zerbrechen brauche. Der König war jünger als er, und es lag nur nahe, davon auszugehen, daß er längst tot sein werde, bevor ein solcher Fall eintrete.

Und so setzte er mit großem Zeremoniell seinen Weg nach Frankreich fort.

Die Zeit verstrich. Wolsey machte in Frankreich zwar Fortschritte, aber eine Lösung des Problems, wie der Papst befreit werden könne, war noch immer nicht in Sicht. Henry wurde ungeduldig und schrieb an Wolsey. Ich hatte Gelegenheit, den Brief zu lesen; er beschuldigte den Kardinal, daß er der Angelegenheit, die den König vor allen anderen beschäftige, nicht seine volle Aufmerksamkeit schenke. Wolsey antwortete, daß er sein Äußerstes tue. François zeige viel Verständnis und Wolsey glaube, daß er eine Verbindung mit Prinzessin Renée begrüßen werde.

Mein Vater suchte mich auf. Er sah mich nun mit ganz anderen Augen an. Er betrachtete mich mit einem gewissen Staunen und nannte mich seine ›liebe Tochter‹. Ich nahm seine plötzliche Zuneigung mit einiger Skepsis auf. Natürlich führte ich die Tradition der Familie Boleyn fort, die es ihren weiblichen Mitgliedern zu verdanken hatte, daß es ihr gelungen war, in der besseren Gesellschaft Wurzeln zu schlagen. Ich war im Begriff, diesen schönen Brauch fortzusetzen – allerdings auf viel aufsehenerregendere Art und Weise als alle meine Vorgängerinnen. Ich hätte ihn am liebsten ausgelacht.

»Meine liebe Tochter«, sagte er, »deinem Aussehen nach zu urteilen, erfreust du dich guter Gesundheit.«

»Ihr auch, Mylord«, erwiderte ich kühl.

»Das ist ein äußerst faszinierendes Vorhaben, das wir da planen. Der König hat mich über seine Gefühle für dich unterrichtet.«

»Ich habe also Gnade vor Euren Augen gefunden, Mylord?«

»Mein liebes Kind, ich habe immer gewußt, daß du von all meinen Kindern dasjenige bist, das mit ganz besonderen Gaben gesegnet ist.«

»Mary verfügte über ganz großartige Gaben«, erinnerte ich ihn.

»Ach, deine Schwester Mary ... sie war immer ein dummes Geschöpf. Nun, jetzt erntet sie die Früchte ihrer Torheit. Da führt sie nun ein unauffälliges, langweiliges Leben mit Carey. Einer wie er wird sich nie einen Namen machen.«

»Außer als Ehemann der verflossenen Geliebten des Königs.«

Er lachte kriecherisch; es amüsierte mich.

»Jetzt müssen wir uns um dich Gedanken machen.«

»Ich kann mir meine eigenen Gedanken machen.«

»Gewiß, gewiß. Aber der König ist ziemlich verstimmt. Er glaubt, daß Wolsey säumig ist, was diese Geheimsache angeht.«

»Er hat eine schwere Aufgabe vor sich.«

»Ich traue Wolsey nicht. Zur Zeit versucht er, sich mit dem König von Frankreich wegen Prinzessin Renée zu einigen. Ich weiß nicht, was er tun würde, wenn er von den wahren Absichten des Königs erführe.«

»Er würde sicher das tun, was der König von ihm verlangte.«

»Er ist verschlagen. Ich würde ihm nicht trauen. Aber der König hat offenbar eine Schwäche für ihn. Er hat übrigens mit mir geredet. Er ist sehr beunruhigt wegen seiner Beziehung zu Mary.«

»Das ist doch längst vorbei.«

»Ja. Aber der König hat Bedenken. Er stellt sich die Frage, ob seine intime Beziehung zu Mary sich möglicherweise als Hindernis erweisen und seiner Heirat mit dir im Wege stehen könnte; schließlich bist du ihre Schwester.«

»Ihr meint... wegen der engen verwandtschaftlichen Bindung?«

»Es ist nur natürlich, daß Seine Majestät den Wunsch hat, klare Verhältnisse zu schaffen. Er möchte gern einen Dispens wegen Mary; darüber hat er mit George und mir gesprochen. Wolsey hat zur Zeit Pläne, eine päpstliche Übergangsregierung in Avignon zu bilden, in der er, Wolsey, über alle Vollmachten verfügen würde. Sie solle nur so lange die Amtsgeschäfte führen, bis es gelungen sei, den Papst aus seiner Gefangenschaft zu befreien. Das würde bedeuten, daß er die Zustimmung zu der Scheidung würde erteilen können, aber zuvor würde er natürlich das Einverständnis des Papstes einholen müssen. Er sagte, er glaube nicht, daß es ein unüberwindliches Problem sei, einen Mann in die Engelsburg einzuschmuggeln, um die Zustimmung des Papstes zu dem Plan zu gewinnen. Der König hält das jedoch für keine gute Idee. Es dauert ihm alles viel zu lange. Er denkt daran, einen Gesandten zum Papst zu schicken, und er hat Dr. Knight auserwählt. Nach außen hin wird er sich mit Wolsey treffen, um ihm zur Seite zu stehen, aber in Wirklichkeit wird er ein Geheimdokument bei sich tragen, dessen Gegenstand die Bitte des Königs an den Papst sein wird, ihm einen Dispens wegen seiner Beziehung zu Mary zu erteilen.«

Alles schien sich gegen uns verschworen zu haben. Später fanden wir heraus, daß Wolseys Spione Knights Taschen durchsucht hatten, während er auf dem Weg zu ihm war, und auf diese Weise erfuhr er von den wahren Absichten des Königs. Das machte natürlich seinen weiteren Verbleib in Frankreich unhaltbar. Der König hatte ihn auf eine ungeahnte Weise verraten – während Wolsey mit König François über eine Heirat Henrys mit Prinzessin Renée verhandelt hatte, hatte Henry die ganze Zeit nichts anderes im Sinn gehabt, als mich zu heiraten. Wolsey sah keine andere Möglichkeit, als nach England zurückzukehren.

Ich glaube, er war sehr beunruhigt. Zum ersten Mal genoß er nicht das Vertrauen des Königs. Der König arbeitete gegen ihn und ließ ihn über seine wahren Pläne im dunkeln, und das brachte Wolsey in eine unmögliche Situation.

Wir hielten uns gerade im Palast von Richmond auf, als er zurückkehrte. Ich war in Gesellschaft Henrys und einiger unserer engsten Vertrauten, zu denen mein Vater, George, Francis Bryan, Weston, Surrey und noch einige andere gehörten. Einer der Diener des Kardinals betrat den Palast und wurde sogleich zum König geführt.

»Der Kardinal ist auf dem Weg zu Euch, Euer Gnaden«, sagte der Mann. »Er kommt direkt aus Frankreich und möchte wissen, wo Euer Gnaden ihn zu empfangen gedenken.«

Ich wußte, daß Wolsey den König allein sprechen wollte, und mißtraute ihm sehr. Ich hatte nie vergessen können, daß er mich einmal ein ›törichtes Mädchen‹ genannt hatte, das unwürdig sei, eine Ehe mit einem Mitglied des Hauses

Northumberland einzugehen, und aus diesem Grunde hatte ich immer das Bedürfnis gehabt, ihn meine neuerworbene Macht spüren zu lassen.

Ich sagte forsch: »Wo anders sollte der Kardinal den König sprechen als dort, wo der König sich gerade aufhält?«

Plötzliche Stille trat ein. Ich war zu weit gegangen. Aber ich war mir meiner Sache sicher.

Henry antwortete nicht – aber er nickte stumm.

Und so suchte Wolsey ihn da auf, wo wir alle waren, und sein verblüffter Gesichtsausdruck, der verriet, daß er nicht fassen konnte, welch ein Empfang ihm da bereitet wurde, war allerdings ein mitleiderregender Anblick. In dem Augenblick schien eine Veränderung in ihm vorzugehen. Er sah aus wie ein müder alter Mann, dessen Mission sich als Fehlschlag erwiesen hatte. Ich glaube, Henry war sich seiner Bestürzung und Verzweiflung bewußt, denn er empfand aufrichtige Zuneigung für Wolsey.

Er sagte sanft: »Nun, Thomas?«

Wolsey verneigte sich. Dann blickte er mir direkt in die Augen. Ich fragte mich, ob er wohl den Triumph in ihnen bemerkte.

Die folgenden Monate waren eine schwere Zeit. An jeder Ecke lauerte die Enttäuschung. Wolseys Situation wurde von Tag zu Tag prekärer. Henry erzählte mir, daß Wolsey ihn, als er ihm seine wahren Absichten gestanden habe, angefleht habe, mich aufzugeben und über eine Verbindung mit Renée von Frankreich nachzudenken.

»Ich habe ihm gesagt, daß ich das unter keinen Umständen tun werde.«

»Er hat mich schon immer gehaßt«, sagte ich.

»Nein, Liebste. Er ist ein treuer Diener. Er befürchtet nur, daß, wenn allgemein bekannt wird, daß ich den Wunsch habe, Euch zu heiraten, niemand glauben wird, daß von Scheidung deshalb die Rede ist, weil ich Zweifel an der Gültigkeit meiner Ehe mit Katharine habe. Alle werden sagen, mein Verlangen nach Euch sei der wahre Grund.«

Ich spürte, wie Erbitterung in mir aufstieg. Sein Verlangen nach mir war der wahre Grund..., er wollte es nur nicht wahrhaben. Er wollte, daß sein Tun als selbstlos angesehen werde, als das reine Bemühen, ein Unrecht wiedergutzumachen. Aber konnte er nicht wenigstens unter uns die Wahrheit zugeben? Nein, er konnte es nicht. Manchmal war ich überzeugt, daß es unmöglich sei, mit einem solchen Menschen vernünftig zu reden.

Wenn ich heute zurückblicke, wird mir klar, wie töricht ich doch war. Ich hätte nie zulassen dürfen, daß mein Wunsch, mich an Wolsey zu rächen, über meinen gesunden Menschenverstand siegte. Ich hätte mir sorgfältiger überlegen sollen, wie ich die Menschen, die um mich waren, behandelte. Ich hätte mir Königin Katharines sanfte Freundlichkeit vor Augen führen müssen, ihre Würde, ihre Frömmigkeit, die Tatsache, daß sie nie jemandem absichtlich Schaden zugefügt hatte, was ihr zahlreiche Freunde eingebracht hatte. Nun, da sie in Bedrängnis geraten war, scharten sie sich um sie, um ihr beizustehen.

Jemand, der mich erbittert ablehnte, war die Schwester des Königs, Mary, die ich nach Frankreich begleitet hatte, als ich noch ein kleines Mädchen gewesen war. Sie hielt sich mit ihrem Mann, dem Herzog von Suffolk, oft am königlichen Hofe auf. Die Geheimsache des Königs hatte dazu geführt, daß plötzlich überall Zweifel aufkamen, und es war gemunkelt worden, daß Suffolks Ehe mit der Schwester des Königs möglicherweise nicht gültig sei, da Suffolk zuvor mit der verwitweten Margaret Mortymer verheiratet gewesen war, deren verstorbener Ehemann der Bruder von Suffolks Großvater gewesen war. Das mag Mary veranlaßt haben, Katharine besonderes Mitgefühl entgegenzubringen. Wie dem auch sei, die beiden waren eng befreundet, und Mary tat sich keinen Zwang an, ihre Verstimmung darüber zum Ausdruck zu bringen, daß eine ihrer ehemaligen Hofdamen nun danach strebe, Königin von England zu werden.

Ich bin sicher, daß sie ihre Abneigung gegen mich noch deutlicher zum Ausdruck gebracht hätte, wenn sie es gewagt hätte; das hätte Henry jedoch nicht zugelassen. Außerdem war sie nicht mehr ganz so ungestüm wie damals, als ich sie als junge Frau gekannt hatte. Sie war nun eine eher unauffällige, würdige Dame, die ganz in ihrer Familie aufging und nur noch darauf bedacht war, Unannehmlichkeiten von ihr fernzuhalten.

Meine Tante, die jetzige Herzogin von Norfolk, stand mir ebenfalls mißbilligend gegenüber, obwohl ich nicht ganz einsehen konnte, was es dagegen einzuwenden gab, daß ich im Begriff war, zum Ruhm der Familie beizutragen, und eine weitere Tante, Lady Boleyn, hätte zweifellos aus purem Neid Kritik geübt, wenn sie es gewagt hätte. Fest stand jedenfalls, daß sie alle mit Katharine hielten und offenbar – genauso wie ich – nachvollziehen konnten, was sie zur Zeit durchmachte.

Alle wußten mittlerweile, daß der König die Scheidung von der Königin wünschte, um mich heiraten zu können. Sie sahen in mir eine Art Sirene, die den König mit ihren bösen Zauberkräften betört hatte. Ihm gaben sie keine Schuld. Hätte ich ihnen erzählt, daß ich mich anfangs nach Kräften bemüht hatte, ihm aus dem Weg zu gehen, sie hätten es mir nicht geglaubt. Sie würden die Tatsache nicht gelten lassen, daß mir der Mann weggenommen worden war, den ich liebte, und daß ich nicht entfernt den Wunsch gehabt hatte, in die Situation zu geraten, in der ich mich jetzt befand. Aber da ich mich nun einmal in ihr befand, war ich entschlossen, das Beste aus ihr zu machen.

Vielleicht nahm ich mich zu wichtig und zeigte es auch. Vielleicht genoß ich zu sehr die Macht, die ich über den König besaß. Ich sonnte mich in der Bewunderung, die viele der Höflinge mir entgegenbrachten; die leidenschaftliche Liebe des Königs zu mir verlieh meiner Erscheinung in gewisser Weise zusätzlichen Glanz. Ich wußte das und ich schwelgte in dem Bewußtsein. Heute kann ich dazu nur sagen, daß ich jung war – und wie alle jungen Leute hielt ich mich für klüger als ich wirklich war.

Der Sommer war vorüber und der Winter mit seinen langen Abenden war gekommen. In den großen Räumen der Paläste wurden die Kaminfeuer angezündet und es wurde oft bis tief in die Nacht getanzt und gefeiert.

Ich merkte oft, daß die Königin mich beobachtete. Sie wußte – wie alle wußten –, daß die Leidenschaft des Königs mir galt und daß ich der Grund war, weshalb er sie loswerden wollte. Ich bin sicher, daß sie mich trotz all ihrer Untadeligkeit gehaßt haben muß. Sie wies mir oft Aufgaben zu, die mich zwangen, mich an ihrer Seite aufzuhalten statt an der des Königs. Auf dem ganzen Schloß lastete eine zunehmend gespannte Atmosphäre, und ich fragte mich, wie lange wir so noch würden weiterleben können.

Die Königin hatte es gern, wenn ich mit ihr Karten spielte, und der Grund dafür schien mir zu sein, daß ich dabei gezwungen war, die Karten so zu halten, daß mein sechster Nagel zum Vorschein kam und auch durch die langen, weiten Ärmel nicht verdeckt werden konnte. Ich war überzeugt, man munkelte bereits, daß das ein Zeichen für Hexerei sei und daß nur jemand mit übernatürlichen Kräften einen solchen Einfluß auf den König habe ausüben können.

Ich tat die Ablehnung, die mir von allen Seiten entgegengebracht wurde, mit einem Achselzucken ab. Ich redete mir ein, daß ich mir nichts aus ihrem Getuschel machte. Aber ein wenig deprimierend war es doch, daß so viele offenbar gegen mich waren.

Ich erinnere mich an eine Gelegenheit, als ich mit der Königin und einigen anderen Damen Karten spielte. Bei dem Spiel mußte man eine Karte ziehen, und man hatte Glück, wenn es ein König war. Ich zog eine solche Karte. Die Königin schaute mich mit festem Blick an und sagte: »Lady Anne hat das Glück gehabt, einen König zu erwischen. Aber sie ist nicht so wie die anderen. Sie will alles oder nichts.« Ich lächelte und spielte weiter, als ob mir die Bitterkeit ihrer Bemerkung entgangen wäre.

Die Weihnachtsfeierlichkeiten sollten in Greenwich stattfinden. Ich und meine kleine Schar geistreicher Gefährten dachten die Maskenspiele aus, und täglich wartete ich darauf, daß der Bote mit der guten Nachricht aus Rom einträfe, der Papst habe endlich seine Zustimmung erteilt. Ich wußte, daß Henry mit derselben Ungeduld darauf wartete und daß nicht Säumigkeit seinerseits der Grund dafür war, daß wir so wenig Fortschritte machten. Dr. Knight schrieb zwar oft und seine Briefe klangen optimistisch, aber die Dinge schienen nie wirklich in Gang zu kommen. Uns erreichten immer nur Versprechungen.

Wenige Tage vor Weihnachten traf ein Bote in großer Eile

ein und verlangte, den König zu sprechen. Ich war gerade bei Henry. Es war die aufregendste Nachricht, die wir seit langer Zeit erhalten hatten: Dem Papst war auf höchst dramatische Weise die Flucht aus seinem Gefängnis geglückt. Er hatte die Engelsburg, als Kaufmann verkleidet, heimlich verlassen, dann unbemerkt von den Wachen des Kaisers die Stadt durchquert und schließlich im Palast des Bischofs Zuflucht gefunden. Er war also nicht mehr der Gefangene des Kaisers. Henry war euphorisch. »Nun kann es nicht mehr lange dauern, Liebste«, sagte er.

Jenes Weihnachtsfest in Greenwich war ein sehr fröhliches Fest. Die Spiele waren besonders geistsprühend, die Tänze ausgelassener als je zuvor. Der König war ausgezeichneter Laune und der strahlende Mittelpunkt aller Veranstaltungen. Henry sagte: »Wir haben allen Grund zum Jubel. Der Papst ist frei. Möge das ganze Land Gott für seine Befreiung danken.«

Das Volk war Festlichkeiten nie abgeneigt, und die Menschen stürzten sich begeistert in einen wahren Freudentaumel. Auf den Straßen wurde getanzt, und das Licht der Freudenfeuer machte die Nacht zum Tag.

Doch niemand hätte vor Freude überwältigter sein können als der König und ich. Henry frohlockte: »Von jetzt an wird alles ganz einfach sein. Clemens wird dem Kaiser keine Sympathie mehr entgegenbringen. Er wird vielmehr den Wunsch haben, ihm heimzuzahlen, was er ihm angetan hat. Nächsten Monat um diese Zeit werdet Ihr meine Königin sein.«

Aber es kam anders.

Als wir den Brief lasen, dachten wir zuerst, unsere Hoffnungen hätten sich erfüllt.

Dr. Knight schrieb, Clemens habe zunächst gezögert und Ausflüchte gemacht, denn er fürchte den Kaiser noch immer. Es sei ihm jedoch ein Anliegen, seinem guten Freund, dem König von England, einen Gefallen zu tun, und er wisse, wie sehr ihm diese Angelegenheit am Herzen liege. Daher sehe er sich außerstande, seinem Freund zu verweigern, was dieser sich so sehnlich wünsche.

Henry las mir diesen Absatz laut vor und umarmte mich. »Endlich!« rief er aus. »Endlich.«

Der Dispens werde nachgesandt. Er habe das Dokument nur deshalb noch zurückbehalten müssen, weil Kardinal Pucci noch eine kleine Überarbeitung vorzunehmen habe, und sobald die endgültige Fassung fertig sei, werde die Urkunde umgehend zugeschickt.

Zuerst wollte Henry die Nachricht auf der Stelle feiern. Er wollte Wolsey mitteilen, er könne nun sein Gericht tagen und zu seinen Gunsten entscheiden lassen, denn der Dispens des Papstes sei unterwegs und müsse jeden Tag eintreffen.

Und so warteten wir. Tage vergingen. Der König gab Anweisungen, daß jeder Bote unverzüglich zu ihm geführt werden solle.

Das Warten wurde zur Qual, und die Zeit, die verstrich, zog sich endlos hin. Der König verwünschte zuerst Clemens und dann Dr. Knight. Clemens sei ein unentschlossener Narr; Knight sei faul und gleichgültig gegenüber den dringenden Anliegen seines Herrn.

Und dann kam das Schreiben.

Mit welcher Freude wurde es aufgenommen!

Doch während der König es las, verfärbte sich sein Gesicht dunkelrot.

»Dieser unverschämte Pucci«, schrie er. Aber im Grunde wußte er genau, daß nicht Pucci daran schuld war, daß das Dokument wertlos war. Es war Clemens, der sich zwischen den beiden Parteien nicht entscheiden konnte, der Angst vor Henry, aber noch größere Angst vor dem Kaiser hatte.

Die Klausel, die Wolsey hätte bevollmächtigen sollen, das Scheidungsurteil auszusprechen, war gestrichen worden. Der Dispens war wertlos, und alle unsere Bemühungen waren vergeblich gewesen. Damit stand fest, daß der Papst – selbst jetzt, da er wieder frei war – nicht bereit war, uns die Unterstützung zuteil werden zu lassen, auf die wir angewiesen waren, damit der König mich würde heiraten können.

Der König war wütend. Er verfluchte den zaudernden Clemens, den gerissenen Pucci und den wichtigtuerischen Dr. Knight. Der arme Dr. Knight – er hatte sein Bestes getan. Es war nicht seine Schuld, daß Clemens sich vor dem Kaiser fürchtete.

»Wir hätten alles Wolsey überlassen sollen«, sagte der König. »Er ist der einzige, der in der Lage ist, sie zu überlisten. Ich weiß, Liebste, Ihr habt das Gefühl, er sei nicht Euer Freund, aber dem ist nicht so. Er ist mein Freund, und das bedeutet, daß er zwangsläufig auch Euer Freund ist. Wir brauchen Wolsey, um diese Sache doch noch zu einem glücklichen Abschluß zu bringen.«

Indessen erklärte Henry dem Kaiser den Krieg.

Ich mußte meine Abneigung gegen Wolsey überwinden. Ich mußte mir vor Augen führen, daß nicht er, sondern der König es gewesen war, der meine Heirat mit Henry Percy verhindert hatte; Wolsey hatte nur Anweisungen befolgt. Seine Art und Weise jedoch, wie er sie ausgeführt hatte, war ohne jeden Zweifel anmaßend und beleidigend gewesen. ›Dieses törichte Mädchen...‹ Diese Worte würde ich nie vergessen, ebensowenig die Demütigung, die er uns beiden zugefügt hatte. Aber ich mußte sie vergessen! Ein Meister auf dem Gebiet der Diplomatie mußte her, um Ordnung in die verfahrene Angelegenheit zu bringen, und Wolsey war unbestritten der richtige Mann.

Wolsey beschloß, zwei Abgesandte zum Papst zu schikken, Stephen Gardiner und Edward Fox. Fox war ein überaus kluger junger Mann von etwa dreißig Jahren. Er war in Cambridge ausgebildet worden, wo er seine Tutoren mit seiner Geistesschärfe verblüfft hatte und bald als Wunderkind der Universität bekannt war. Er war mit Richard Fox, dem Bischof von Winchester, verwandt, und diese Tatsache hatte seiner Karriere mit Sicherheit nicht geschadet; Wolsey hielt ihn jedoch unabhängig davon für einen Mann von außergewöhnlicher Energie, Tüchtigkeit, Wendigkeit und Diskretion – und das waren die Fähigkeiten, die erforderlich waren, um die Angelegenheit, um die es ging, zu einem erfolgreichen Abschluß zu bringen.

Stephen Gardiner war einer von Wolseys Privatsekretären und hatte, wie Edward Fox, bereits seine glänzende intellektuelle Begabung unter Beweis gestellt. Er war älter als Fox – mindestens um zehn Jahre, würde ich sagen – und seine Herkunft war nicht eindeutig bekannt. Einige behaupteten, er sei mit der Familie Rivers verwandt. Auch er hatte sich in Cambridge früh hervorgetan. Er war Doktor des bürgerlichen und des kirchlichen Rechts; später wurde er Tutor des Sohnes des Herzogs von Norfolk, und Norfolk war es auch gewesen, der ihn Wolsey vorgestellt hatte. Wolsey, der immer die Augen offen hielt, wenn es darum ging, Talente ausfindig zu machen, die ihm von Nutzen zu sein versprachen, beschloß, Gardiner eine Anstellung zu geben. Und so kam es, daß er zusammen mit Fox für diese überaus heikle Aufgabe ausgewählt wurde, die ein Höchstmaß an Feingefühl und Einfallsreichtum erfordern würde.

Fox und Gardiner verließen also gemeinsam England, zwei ehrgeizige Männer, die sich voll darüber im klaren waren, wieviel vom Erfolg ihrer römischen Mission abhing.

Mittlerweile herrschte jedoch im eigenen Land Unruhe. Krieg mit dem Kaiser bedeutete einen Abbruch der Handelsbeziehungen mit den Niederlanden, und die Tuchhändler in Suffolk konnten ihre Ware nicht mehr in Flandern auf den Markt bringen. Auch die Flamen waren verstimmt über die nachteilige Auswirkung, die der Krieg auf ihren Handel mit England hatte. Aufruhr brach aus, zuerst in Suffolk und dann in weiteren Teilen des Landes.

Henry fürchtete sich sehr davor, die Zuneigung seines Volkes zu verlieren. Ihm war stets bewußt, daß ein Monarch, so mächtig er auch sein mochte, es nie so weit kommen lassen durfte, daß die Mehrheit seiner Untertanen ihm ihre Sympathien entzog. Kaiser Karl wollte den Krieg mit England ebensowenig wie Henry mit ihm. Folglich wurde ein Waffenstillstand vereinbart, der Handel zwischen beiden Ländern wurde wiederaufgenommen und die Unruhen legten sich.

Henry lag sehr viel daran, freundschaftliche Beziehungen zwischen Wolsey und mir herzustellen. Er legte zum Beispiel größten Wert darauf, daß wir zu dritt zu Abend aßen. Dann strahlte er uns beide an; er wünschte sich so sehr, daß die beiden Menschen, die seinem Herzen am nächsten standen, doch Freunde sein mögen. Er hatte etwas rührend Schlichtes an sich, das mich damals mit Zärtlichkeit für ihn erfüllte. Es war schwer, sich diesen Henry als den grausamen Mann vorzustellen, dessen gefährliche Unberechenbarkeit ich noch kennenlernen sollte und bereits damals erahnen konnte.

Die Zuneigung, die er für Thomas Wolsey empfand, machte sich im Klang seiner Stimme bemerkbar, wenn er ihn anredete. »Mein guter Thomas«, sagte er oft und legte dabei seinen Arm freundschaftlich um die Schulter des Kardinals, »er wird uns sicher aus diesem Labyrinth herausführen.« Bei solchen Gelegenheiten zeigte sich, daß er durchaus in der Lage war, andere Menschen gern zu haben. Ich war jedoch nicht sicher, ob seine Zuneigung so ganz uneigennützig war. Er war schließlich nicht dumm. Er hatte eine äußerst sorgfältige Erziehung genossen; er war ein gebildeter Mensch und er wußte, was Wolseys Freundschaft wert war. Vielleicht liebte er ihn deshalb. Und was war mit mir? Warum liebte er mich? Wegen der Abwechslung, die ich in sein Leben bringen würde? Liebte er Frauen wegen des Vergnügens, das sie ihm bereiten konnten? Aber war das Vergnügen nicht die Quelle aller Liebe? Warum sollte ich dann an Henry zweifeln?

Während jener gemeinsamen Diners erwies Wolsey mir, da es der Wunsch des Königs war, jedesmal große Ehrerbietung, und auch ich behandelte ihn mit großer Achtung, und es war erstaunlich, wie sich allmählich so etwas wie Freundschaft zwischen uns entwickelte. Ich glaube nicht, daß es sich dabei um ein sehr tiefes Gefühl handelte, aber es bestand zumindest an der Oberfläche, so daß es dem König auffiel und Freude bereitete.

Wolsey hatte Gardiner und Fox einen Bericht mitgegeben, der eine Aufzählung meiner guten Eigenschaften enthielt und den sie dem Papst vorlegen sollten. Der Bericht war äußerst schmeichelhaft ausgefallen. Außerdem hatte Wolsey eine meisterhafte Abhandlung darüber verfaßt, wie wichtig es für einen König sei, einen männlichen Thronerben zu haben, und mit welcher Sorge der König daran denke, was geschehen könnte, wenn er stürbe, ohne einen Sohn zu hinterlassen, der ihm auf den Thron folgte. Noch sei er jung... jung genug, um einen Sohn zu bekommen und ihn zum Herrscher zu erziehen. Wenn die Angelegenheit jedoch noch einige Jahre hinausgeschoben werde, könne es sein, daß der König nicht mehr jung genug sein werde, einen Sohn zu bekommen und ihn auf seine zukünftige Aufgabe vorzubereiten.

Der Frühling war gekommen, und Tag für Tag warteten wir darauf zu erfahren, was aus der Mission geworden war, mit der Gardiner und Fox betraut worden waren. Schließlich traf die ersehnte Nachricht ein: Sie hätten Fortschritte gemacht, und der Papst erkenne nun, in welch mißlicher Lage der König sich befinde. Clemens wolle gern helfen und schicke daher Kardinal Lorenzo Campeggio nach England, der zusammen mit Kardinal Wolsey den Fall gerichtlich untersuchen solle.

Es war zwar nicht gerade das, was Henry erhofft hatte, aber es war immerhin etwas.

Dem König lag sehr an einer schnellen Einberufung des Gerichts, doch bevor es dazu kommen konnte, ereilte uns das Unglück. Das Schweißfieber kam nach England.

Die gefürchtete Krankheit versetzte alle in Angst und Schrekken. Sie breitete sich rasch über Stadt und Land aus. Es war gefährlich, mit jemandem zusammen zu sein, der an ihr erkrankt war, weil sie so ansteckend war, und man konnte nie sicher sein, welche Ortschaft als nächste von ihr heimgesucht werden würde. Wenn ein Familienmitglied von ihr befallen wurde, war es dringend erforderlich, darauf zu achten, daß niemand das Haus verließ oder betrat.

Ich beschloß, daß es das beste für mich sei, nach Hever zurückzukehren. Henry bestärkte mich sehr in diesem Vorhaben, denn er war von panischer Furcht ergriffen, ich könne mit der Krankheit angesteckt werden. Er selbst wollte London verlassen und mit wenigen Gefolgsleuten in den ländlichen Gebieten Englands umherreisen, da man auf dem Lande vor einer solchen Krankheit immer sicherer war als in den überfüllten Städten.

Und so kehrte ich nach Hever zurück.

In der ersten Nacht, die ich dort verbrachte, wachte ich auf; mir war abwechselnd heiß und kalt. Ich berührte mein Gesicht. Es war naß von Schweiß. Ich versuchte, mich im Bett aufzurichten, aber mir fehlte die Kraft dazu. Mein Nachthemd war feucht und klebte an meinem Körper, und eine ungeheure Mattigkeit lähmte meine Glieder.

An die folgenden Tage kann ich mich nur noch dunkel erinnern. Ich nahm verschwommene Gestalten in meinem Zimmer wahr und erkannte darunter auch meine Stiefmutter. Manchmal war ich bei klarem Verstand. Dann sagte ich zu mir: Das ist also das Ende all meiner Träume von Glanz und Glorie. Ich werde niemals Königin von England sein. Ich werde am Schweißfieber sterben wie so viele vor mir. Die Königin wird darüber erfreut sein und der König... er wird mich ewig lieben, weil ich tot sein werde. Das waren seltsame Gedanken, aber ich muß dem Delirium nahe gewesen sein.

Später – es muß viel später gewesen sein, denn ich hatte jedes Zeitgefühl verloren – lag ich auf meinem Bett; ich war mir nur der ständig feuchten Laken und Kissen bewußt, die zwar häufig gewechselt wurden, aber immer feucht waren. Ich hörte, wie von der Krise die Rede war. Sie würden also bald Klarheit haben, ob ich leben oder sterben sollte.

In jenem seltsamen Zustand, in dem ich wie in einer Art Vorhölle zwischen zwei Welten schwebte, war ich mir nicht sicher, welchen Weg ich einschlagen wollte. Ich nahm undeutlich eine Krone wahr, nach der ich die Hand ausstreckte... aber da war auch ein herrliches Gefühl von Ruhe und Frieden, das mir unendlich verlockender erschien.

Später erfuhr ich, daß alle bereits überzeugt gewesen waren, daß ich der Krankheit, wie so viele andere vor mir, erliegen werde. Meine Stiefmutter nannte es ein Wunder, daß ich, als die Krise vorüber war, noch immer lebte.

Ich hatte das dumpfe Gefühl, als stehe jemand an meinem Bett. Dann hörte ich die Stimme meiner Stiefmutter: »Der König hat ihn geschickt, mein Liebling. Er wird dich gesund machen.«

Ich sollte also doch nicht sterben. Ich war zu schwach, um mich zu bewegen, aber ich wurde nicht länger von dem furchtbaren Schweiß geplagt. Ich konnte gesund werden.

Meine Stiefmutter war immer in meiner Nähe; sie brachte mir stärkenden Molketrank, den ich so lange verweigerte, bis sie mich bat, ihn ihr zuliebe zu trinken.

»Der König ist außer sich vor Sorge, Anne«, sagte sie. »Du mußt seinetwegen gesund werden. Er hat dir seinen Leibarzt, den berühmten Dr. Butts, geschickt. Dr. Butts sagt, falls dir irgend etwas zustoßen sollte, werde er es nicht wagen, an den Hof zurückzukehren, da der Zorn des Königs schrecklich sein werde. Daher mußt du dir Mühe geben, Liebes. Du mußt uns allen zuliebe gesund werden.«

Dr. Butts lobte meine Stiefmutter für ihre Bemühungen um mich. Sie habe mich nicht nur mit zärtlicher Aufopferung, sondern auch mit großer Klugheit gepflegt. Was mir jetzt noch fehle, sei Ruhe und kräftigende Nahrung. »Lady Anne ist von Natur aus stark und gesund«, sagte er. »Es wird ihr bald wieder gut gehen, und sie wird erneut die Zierde des Hofes sein.«

Meine Stiefmutter berichtete mir, der König ziehe noch immer mit einer kleinen Gruppe von Höflingen durch das Land. Wann immer es in der Nähe eines Dorfes auch nur den geringsten Hinweis auf die Krankheit gebe, meide er diese Ortschaft.

»Das größte Unglück, das dem Land widerfahren könnte, wäre, wenn ihm etwas zustieße«, sagte sie.

Sie las mir den Brief vor, den er Dr. Butts mitgegeben hatte. Etwas Ergreifenderes hätte ich mir nicht wünschen können.

»Die denkbar schlimmste Nachricht überhaupt erreichte mich plötzlich während der Nacht. Sie gibt mir aus drei Gründen Anlaß zum Wehklagen. Einmal, weil sie mir von der Krankheit meiner Geliebten berichtet, die ich mehr als alles auf der Welt verehre und deren Gesundheit mir am Herzen liegt wie meine eigene. Gern nähme ich Euch die Hälfte Eures Leidens ab, wenn Euch dadurch geholfen würde. Zweitens muß ich befürchten, daß ich das leidige Umherirren fern vom Hofe, das mir bereits den ärgsten Verdruß bereitet hat, noch viel länger werde ertragen müssen. Und drittens fehlt mir mein Leibarzt, zu dem ich größtes Vertrauen habe, ausgerechnet zu einer Zeit, in der mir seine Gesellschaft ein in höchstem Maße geschätztes Vergnügen gewesen wäre. Ich hoffe jedoch, daß mir durch ihn und seine Kunst eins der kostbarsten Geschenke auf Erden zuteil wird, nämlich die Genesung meiner Geliebten. Obwohl er mir fehlt, schicke ich Euch also meinen ärztlichen Beistand und hoffe, daß es ihm gelingt, Euch bald zu kurieren. Dafür werde ich ihn mehr denn je schätzen. Ich flehe Euch an, seinem Rat zu folgen, solange Eure Krankheit anhält. Wenn Ihr das tut, zweifle ich nicht daran, Euch bald wiederzusehen, und dieses Wiedersehen wird mir größere Freude bereiten als alle kostbaren Juwelen der Welt.

Geschrieben von jenem Sekretär, der Euer treuer und zuverlässigster Diener ist und immer sein wird. H. R.«

»Welch ein schöner Brief«, sagte meine Stiefmutter. »Und wie er dich liebt! Wer hätte gedacht, daß ein König zu einer solchen Hingabe fähig sein könnte!«

Ich streckte meine Hand aus, und sie nahm sie und küßte sie.

»Danke«, sagte ich, »für alles, was Ihr für mich getan habt.«

»Mein liebstes Kind«, entgegnete sie, »es hat mir sehr viel Freude gemacht, mich nützlich machen zu können. Und das, was ich für dich getan habe, kannst du mir vergelten, indem du gesund wirst. Ich sehne mich danach, dich wieder auf den Beinen zu sehen.«

Meine Stiefmutter hatte alle beunruhigenden Nachrichten von mir ferngehalten, und ich war bestürzt, als ich erfuhr, daß auch mein Bruder erkrankt war – ebenso wie mein Vater. Beide hatten sich jedoch bereits von der Krankheit erholt, als man es mir mitteilte. Marys Mann, Will Carey, hatte dieses Glück nicht gehabt. Mary war nun Witwe.

Sie kam in ihrem Kummer nach Hever, denn sie wußte nicht, wohin sie sonst hätte gehen können.

Meine Stiefmutter hieß Mary willkommen, aber man merkte deutlich, daß sie ihr nicht die Zuneigung entgegenbrachte, die sie für mich empfand. Ich glaube, Marys damaliges Verhalten in Frankreich hatte sie zutiefst schockiert. Wegen unmoralischen Benehmens nach Hause geschickt zu werden war etwas, das nicht so leicht in Vergessenheit geriet; und gleich darauf hatte Mary auch noch fröhlich eine Bekanntschaft mit dem König gepflegt, die sich von meiner Beziehung zu ihm grundlegend unterschied. Bisher hatte ihr Mißgeschick sie nie sonderlich bedrückt, doch dieser Schicksalsschlag traf sie hart, denn sie hatte nicht nur ihren Mann verloren, den sie gern hatte, sondern auch ihren gesicherten Lebensunterhalt. Will Carey war ein Versager gewesen, aber ihm waren – wegen der Toleranz, mit der er das Verhältnis seiner Frau mit dem König hingenommen hatte – gewisse Zuwendungen zuteil geworden, die ihm ein ansehnliches, wenn auch nicht gerade üppiges Einkommen eingebracht hatten, von dem er und seine Familie bequem leben konnten. Er war Constable des Schlosses von Plashy und Verwalter des Herzogtums Lancaster gewesen – beides sehr begehrte Positionen. Natürlich fehlte es nach seinem Tode nicht an Bewerbern, die lauthals ihr Interesse bekundeten, diese Ämter zu übernehmen, und der König hatte sie inzwischen auch vergeben. Das war zu erwarten gewesen, doch was sollte nun aus Mary werden? Sie blieb völlig mittellos zurück.

»Ich weiß nicht, wie ich jetzt mein Leben bestreiten soll«, gestand sie mir.

»Hast du denn nie etwas gespart?« fragte ich.

Sie schüttelte den Kopf.

»Aber die lange Zeit, während der du bei Hofe warst...«

»Ich habe nie irgendwelche Ansprüche gestellt. Kleider bekam ich, ja; die wurden vom Schatzmeister bezahlt... aber sonst war da nichts an Zuwendungen. Und Kleider sind irgendwann verschlissen.«

»Was willst du jetzt tun?«

»Ich dachte, du könntest vielleicht helfen?«

Ich zog die Augenbrauen hoch.

»Wenn der König auf irgend jemanden hört, dann auf dich.«

Ich schämte mich dafür, daß es mit Mary so weit hatte kommen können. Natürlich war es ihre Schuld. Sie war leichtsinnig gewesen – oder vielleicht sollte ich besser sagen, allzu freigebig. Mir lief es vor Angst kalt über den Rücken. Sie war einmal seine Geliebte gewesen – nicht nur flüchtig, sondern lange Zeit. Und da stand sie nun, verschmäht und mittellos. Welch ein warnendes Beispiel! Das durfte ich mit mir niemals geschehen lassen.

Ich sagte: »Ich werde mit dem König sprechen.«

Ich schilderte ihm brieflich ihre Notlage.

Seine Antwort war ein Liebesbrief von der Sorte, wie er sie mir häufig schrieb, während ich von ihm getrennt war. Ich besaß bereits eine ganze Kollektion, und in allen war von unsterblicher Liebe die Rede. Mary wurde kaum erwähnt, außer daß ich mit meinem Vater reden und ihm ausrichten solle, daß es der Wunsch des Königs sei, daß er sich um seine Tochter kümmere. Natürlich war genau das die Pflicht meines Vaters, und es ärgerte mich, daß es der königlichen Weisung bedurfte, ihn daran zu erinnern.

Als ich in Ruhe über die Angelegenheit nachdachte, fiel mir auf, daß Henry keinerlei Interesse oder Mitgefühl für Menschen aufbrachte, die ihm früher einmal sehr nahegestanden haben mußten. Es hätte mir eine Warnung sein sollen, aber damals neigte ich dazu, Warnungen unbekümmert in den Wind zu schlagen. Zurückblickend erinnere ich mich an viele, die ich besser beherzigt hätte.

Ich wußte, daß Henry es haßte, wenn Mary erwähnt wurde. Der Gedanke an sie belastete sein Gewissen, jedoch nicht wegen ihres früheren Verhältnisses mit ihm oder ihrer gegenwärtigen Notlage, sondern weil er befürchtete, ihre enge verwandtschaftliche Beziehung zu mir könne sich als Stolperstein auf dem Weg zu unserer geplanten Heirat erweisen.

Henry war unbeirrbar im Verfolgen eines Ziels; er verschwendete keinen Gedanken an eine abgelegte Geliebte, die bessere Zeiten gesehen hatte.

Der Sommer, der so tragisch begonnen hatte, schleppte sich dahin.

Kardinal Campeggio hatte Rom verlassen und war auf dem Weg nach England. Er war schon seit Wochen unterwegs. Er war so alt und so von Gicht geplagt, daß das Reisen für ihn eine Qual war. Daher hatte er die Angewohnheit, einen Tag zu reisen und an den zwei folgenden auszuruhen, um seine erschöpften Kräfte zu erneuern.

Daheim in Hever packte mich die Wut, manchmal auch die Verzweiflung. Ich hatte den Eindruck, der Papst beabsichtige, die Untersuchung der Angelegenheit nie zu einem Abschluß kommen zu lassen, und sei aus lauter Angst vor dem Kaiser entschlossen, sie endlos hinauszuschieben – vielleicht in der stillen Hoffnung, Henry möge meiner überdrüssig werden. Möglicherweise beschäftigte mich derselbe Gedanke; die Sache mit Mary hatte nicht gerade dazu beigetragen, diese Befürchtung zu widerlegen. Andererseits erhielt ich nach wie vor diese Briefe von ihm, in denen sein leidenschaftliches Verlangen nach mir geradezu spürbar wurde – und mein Optimismus kehrte zurück. Ich würde über sie alle triumphieren – über Katharine, Wolsey, Campeggio ... über jeden einzelnen von ihnen.

Meine Beziehung zu Wolsey würde wohl immer problematisch bleiben; wie freundschaftlich wir uns dem König zuliebe nach außen hin auch gaben, die Abneigung lauerte stets dicht unter der Oberfläche. Ich wußte, daß er mich als Emporkömmling ansah. Sind Emporkömmlinge nicht die schlimmsten Feinde anderer Emporkömmlinge? Zumindest konnte man von mir nicht behaupten, ich sei in einem Metzgerladen zur Welt gekommen. Wolsey hatte jetzt Respekt vor mir, aber so, wie man vor einem gefährlichen Gegner Respekt hat. Zuvor war ich für ihn ein ›törichtes Mädchen‹ gewesen. Das war der Unterschied.

Wolsey merkte, daß der König nun noch jemand anderem – wie er sich ausdrückte – sein Ohr lieh. Bevor ich erschien, hatte Wolsey dem König nähergestanden als irgendein anderer. Der König hatte von Anfang an Wolseys ernorme Fähigkeiten erkannt und außerdem eine tiefe Zuneigung zu ihm gefaßt. Wolsey hatte ihm in manch schwieriger Lage zur Seite gestanden, aber diese Scheidungsangelegenheit drohte ihn zu Fall zu bringen. Er war in eine geradezu untragbare Situation gedrängt worden. Er war Kardinal und als solcher dem Papst zu Gehorsam verpflichtet, und zwei Herren zu dienen war fast ein Ding der Unmöglichkeit. Er hatte viele nicht zu unterschätzende Gegenspieler. Früher war seine Macht so groß gewesen, daß er seinen Feinden erfolgreich hatte Widerstand leisten können; nun umringten sie ihn, aufmerksam verfolgend, wie der Kämpfer schwächer wurde, und warteten nur auf den Augenblick, in dem sie ihm den Gnadenstoß würden geben können.

Er tat mir nicht leid. Großmütiges Verzeihen gehörte nicht zu meinen Charaktereigenschaften. Ich mußte oft daran denken, wie anders mein Leben ohne ihn vielleicht verlaufen wäre – ein friedliches Leben im Schloß von Alnwick mit einem Ehemann, der mich ein Leben lang aufrichtig geliebt hätte, mit Kindern, die in der klaren Luft Nordenglands groß und stark geworden wären und sich zu starken Männern und Frauen entwickelt hätten. Die Northumberlands waren die Könige des Nordens. Dort wäre ich Königin in einem Reich geworden, das besser zu mir gepaßt hätte als der englische Königshof. Wolsey hatte das verhindert. Nein, es war der König gewesen, der es befohlen hatte, weil ich vor all den Jahren eine besondere Anziehungskraft auf ihn ausgeübt hatte. Doch warum hatte er mich so lange Zeit in Ruhe gelassen? Währenddessen hatte er sich mit meiner armen Schwester Mary vergnügt, die jetzt eine Verstoßene und nur noch eine peinliche Erinnerung für ihn war. Er wollte nichts mehr von ihr wissen; er wollte vergessen, daß es sie je gegeben hatte.

War das das erste Warnsignal? Vielleicht war es ein Wink meines Schutzengels, der mir auf dem gefährlichen Weg, den ich eingeschlagen hatte, die Richtung wies. Aber damals erkannte ich das nicht; diese Einsicht kam mir erst später. Wäre ich doch nur so klug gewesen, besser achtzugeben!

Mary blieb in Hever. Natürlich würde mein Vater nun für sie sorgen müssen, was er vermutlich – wenn auch widerstrebend – ohnehin getan hätte. Doch nun mußte er es mit Anstand tun, da der König es befahl.

Vielleicht war mein Mitleid mit Mary verschwendetes Gefühl. Sobald sie erfuhr, daß ihr ein einigermaßen sorgenfreies Leben sicher sei, legte sie ihre Trübsal ab und war fast wieder ganz die alte. Schicksalsschläge gingen Mary nicht lange nach.

Meine Stiefmutter wollte, daß ich mich erst vollständig erholte, bevor ich an den Hof zurückkehrte, und ich war durchaus nicht abgeneigt, noch eine Zeitlang in Hever zu bleiben. Es wurde zunehmend schwieriger, Henry hinzuhalten. Er war ungeduldig. Er würde sich allmählich nicht mehr mit ein paar harmlosen Zärtlichkeiten zufriedengeben. Die ganze Zeit drängte er mich schon zu größerer Intimität. Doch mein Instinkt riet mir, mich zurückzuhalten. Wenn ich ihm jetzt nachgäbe, was würde dann aus seiner Entschlossenheit, um diese Scheidung zu kämpfen, wenn er auch ohne sie bekäme, was er sich wünschte? Ich befand mich in einer sehr schwierigen Lage. Ich fragte mich oft, ob ich es wohl fertigbrächte durchzuhalten und ob die ständige Verweigerung der Befriedigung nicht doch vielleicht seine Leidenschaft drosseln werde. Andererseits, würde er, wenn ich ihm nachgäbe, den Plan der umstrittenen Scheidung fallenlassen, die so viele Leute offenbar entschlossen waren zu verhindern?

Es war ein Dilemma, das mich sehr belastete. Daher war ich auch so froh, in Hever bleiben zu können, und hatte es gar nicht eilig, meine vollständige Genesung zu erlangen.

Mary und ich saßen in dem Garten, in dem ich Henry zum ersten Mal begegnet war. Ich mußte jedesmal daran denken, wenn ich mich dort aufhielt, denn es war der Anfang all dessen gewesen, was sich später ereignete.

Mary erzählte mir, daß sie einen Brief von ihrer Schwägerin Eleanor Carey, einer Nonne, erhalten habe.

»Die Äbtissin von Eleanors Kloster ist kürzlich verstorben«, sagte sie soeben. »Das bedeutet, daß ihre Stelle nun neu zu besetzen ist. Eleanor würde liebend gern ihre Nachfolge antreten.«

»Vielleicht gelingt es ihr.«

»Man braucht dazu Beziehungen.« Mary sah mich an. »Eleanor fragt an, ob du bereit seist zu helfen.«

»Ich? Was verstehe ich denn von Klöstern?«

»Du brauchst gar nichts davon zu verstehen. Du brauchst nur dem König einen Wink zu geben, das ist alles.«

»Ich mische mich gewöhnlich nicht in solche Dinge ein.«

»Ach, komm, Anne, sie gehört schließlich zur Familie. Alle wissen doch, daß der König ganz vernarrt in dich ist. Du brauchst nur ein Wort zu sagen und dein Wunsch ist so gut wie erfüllt.«

Ich gebe zu, daß mir das Gefühl, Einfluß auf den König zu haben, gefiel; also schrieb ich ihm einen Brief und erwähnte darin die Angelegenheit.

Zu meinem großen Ärger erfuhr ich jedoch, daß Wolsey Eleanor Carey übergangen und die Stelle einer der anderen Nonnen gegeben hatte.

Wer Äbtissin des Klosters wurde, war mir im Grunde gleichgültig, aber daß meine Wünsche ignoriert wurden, war mir ganz und gar nicht gleich.

Sobald ich die Nachricht erhielt, schrieb ich dem König einen ungehaltenen Brief, ohne irgendwelche Erklärungen abzuwarten. Wolsey habe meine Bitte absichtlich ignoriert. Er habe genau gewußt, daß es mein Wunsch gewesen sei, Eleanor Carey möge die Ernennung erhalten, und aus dem Grunde habe er eine andere Bewerberin vorgezogen.

Es war bezeichnend für die Hingabe, mit der Henry mich liebte, daß er Wolsey unverzüglich zu sich bestellte und fragte, warum Eleanor Carey übergangen worden sei, obwohl er ausdrücklich erwähnt habe, daß ich in dieser Angelegenheit aktiv geworden sei. Wolsey blieb die Antwort nicht schuldig. Bevor man einer Frau eine solche Position anvertraue, müsse man prüfen, ob sie ihrer auch würdig sei. Eleanor Carey jedoch habe, als sie einem Kreuzverhör unterzogen worden sei, gestanden, nicht nur ein uneheliches Kind, sondern zwei uneheliche Kinder zu haben – dazu noch von verschiedenen Vätern. Genau genommen, von zwei Priestern, was alles noch schlimmer mache. Wolsey habe gedacht, daß es sich erübrige, über solch schmutziges Geschehen Bericht zu erstatten, da er überzeugt gewesen sei, alle Betroffenen seien sich darüber einig gewesen, daß eine solche Frau für das Amt einer Äbtissin ungeeignet sei.

Ich war jung und töricht. Hätte ich doch nur damals schon über die Einsicht verfügt, zu der ich durch das, was sich später ereignete, erzwungenermaßen gelangte!

Ich wütete. Ich tobte. Ich wollte die Angelegenheit nicht auf sich beruhen lassen. Eigentlich hätte mir klar sein müssen, daß Eleanor Carey aufgrund ihrer Vergangenheit für die Stelle nicht in Frage kam, aber meine Wut machte mich blind. Das einzige, wofür ich nicht blind war, war die Tatsache, daß ich um etwas gebeten hatte und daß Wolsey es mir verweigert hatte, weil Wolsey es so wollte. Ich flehte den König an, Eleanor Carey die Stelle zu geben.

Henry war zwischen seiner Liebe zu mir und seiner Freundschaft mit Wolsey hin- und hergerissen. Er haßte es, mich zu kränken, und ich glaube, er konnte die Demütigung nachvollziehen, die ich erlitten hatte. Er schloß einen Kompromiß: Weder Eleanor Carey noch Isabel Jordon, die Frau, die Wolsey zur Äbtissin bestimmt hatte, sollte das Amt übernehmen.

»Aber«, schrieb er mir, »nicht um alles in der Welt würde ich, wenn ich an Eurer Stelle wäre, mein Gewissen damit belasten, Eleanor Carey zur Herrscherin über ein Gott geweihtes Haus machen zu wollen...« Dann teilte er mir mit, daß sein Entschluß – da ich mich nun einmal ausdrücklich für sie eingesetzt habe – die einzige Lösung sei, die sein Gewissen ihm erlaube vorzuschlagen.

Auch Wolsey konnte töricht handeln. Er sagte, Isabel Jordon sei bereits ernannt worden. Es gebe keine Möglichkeit, sie ohne weiteres zu entlassen.

Ich mußte lachen, als ich davon erfuhr. Ich sagte: »Wolsey gehört zu den Untertanen des Königs, die es nicht nötig haben, ihm zu gehorchen.«

Henry wurde allmählich wütend. Die ganze Angelegenheit war inzwischen in einer Weise aufgebauscht worden, die in keinem Verhältnis zu ihrer wirklichen Bedeutung stand. Er ließ Wolsey einen scharfen Tadel zukommen. Der Kardinal war jedoch der perfekte Diplomat. Er mimte den zutiefst Zerknirschten. Die Epidemie habe seinen Haushalt völlig durcheinandergebracht. Er selbst habe sich in schlechter gesundheitlicher Verfassung befunden. Irgendwie habe sich die ganze Angelegenheit zu schnell entwickelt.

Die Antwort des Königs lautete: »Es ist nur verständlich. Der Kardinal würde meinen Wünschen nie zuwiderhandeln.«

Ich war empört, zum einen wegen seiner Nachsicht gegenüber Wolsey und zum anderen darüber, daß es ihm gelungen war, mich so schamlos zu überlisten.

Jetzt war mir klar, daß Wolsey mein Feind war, trotz all seiner schönen Worte und seines freundschaftlichen Getues.

Ich erinnere mich an jenes Jahr als an ein Jahr der Enttäuschungen und des unbändigen Optimismus zugleich, ein Jahr, an dessen Ende die Befürchtung stand, daß nichts je erreicht werden würde. Ich wagte nicht, mir vorzustellen, was geschähe, wenn die Scheidung nicht bald ausgesprochen würde. Wie lange würde Henrys glühendes Verlangen nach mir anhalten? Wie lange, bevor er die ganze Sache so leid wäre wie ich?

Es hatte den Anschein, als ob sich alles gegen uns verschworen hätte. Da war die Königin, die sich zurückhaltend gab und eine Frömmigkeit an den Tag legte, die mich mehr beunruhigte, als ein Wutausbruch es hätte tun können. Wolsey hatte Angst, daß wußte ich. Er befürchtete, diese Scheidungssache könne sein Ende bedeuten; er konnte schon die bellende Meute seiner Feinde hören, die ihm auf den Fersen folgte. Wie Norfolk, Suffolk und die anderen frohlocken würden, ihn zu Fall gebracht zu sehen! Ich werde nie vergessen, wie er zwei Jahre zuvor ganz gefaßt den Palast Hampton Court an den König abgetreten hatte. Hampton Court! Der Stolz seines Lebens, mit seiner großartigen Architektur und all seinen Schätzen, die sogar noch kostbarer waren als viele der Schmuckstücke in den königlichen Palästen.

»Sollte ein Untertan einen Palast besitzen, der königlicher ist als die Königsschlösser?« hatte Henry ihn eines Tages gefragt. Er hatte seit langem ein Auge auf Hampton Court geworfen, und Wolsey, der Kluge, der Gerissene, der genau wußte, daß sein Wohlergehen mit der Gunst des Königs stand und fiel, hatte auf der Stelle begriffen, welch ein Wahnsinn es gewesen war, sich eine solche Residenz zu schaffen, und geantwortet, daß ein Untertan nur mit einem Ziel vor Augen seinen Wohnsitz einer solchen Vollendung zuführen könne. Und dieses Ziel sei, ihn dem König als Geschenk anzubieten.

Was für ein glänzender Schachzug! Welch ein Geniestreich! Und mit welchem Entzücken der König das herrliche Geschenk angenommen hatte. Danach hatte er Wolsey noch mehr Zuneigung entgegengebracht als je zuvor. Wolsey war zu klug, um eine gefährliche Geschwulst sich entwickeln zu lassen; seine Devise hieß: Entferne sie, wie schmerzhaft auch immer der Eingriff sein mag.

Aber hier ging es um etwas, dem Wolsey nicht so einfach ausweichen konnte. Er war Kardinal. Einige mochten zwar der Ansicht sein, daß er in dieser Eigenschaft zuallererst dem Papst Gehorsam schulde; doch Henry war nicht daran interessiert, sich mit Leuten zu umgeben, die in erster Linie jemand anderem als ihm Gehorsam schuldeten.

Dem Kardinal entglitt zunehmend die Macht. Ja, zuweilen schien es mir, als habe er sehr große Sorgen.

Aber er war nicht der einzige, der Sorgen hatte. Das Jahr war ein Jahr der Fehlschläge. Nichts schien zu gelingen.

Wir warteten noch immer auf Campeggios Eintreffen. Auf die ungeduldigen Erkundigungen des Königs folgte immer dieselbe Antwort: Kardinal Campeggio sei ein alter Mann, den die Gicht quäle; er beeile sich, so gut er könne.

Ich pendelte zwischen dem königlichen Hof und Hever. Ich blieb nie lange am Hof – und war froh darüber, denn es wurde immer schwieriger, Henry hinzuhalten. Seine Ungeduld nahm zu. Er machte ständig Anspielungen auf die Erfüllung unserer Liebe. Es machte mir Angst. Wie lange würde es mir gelingen, ihn zu halten, wenn ich ihm erst einmal nachgegeben hätte? Andererseits, wie lang würde ich ihn mir noch vom Leibe halten können? Es war eine schreckliche Situation, in der ich mich da befand. Ich war oft erstaunt über die unerschütterliche Hingabe, mit der er zu mir hielt. Manchmal kam es mir so vor, als ob all die Hindernisse, die uns in den Weg gelegt worden waren, ihn in seiner Entschlossenheit, sie zu überwinden, noch bestärkt hätten. Aber manchmal befürchtete ich auch, er könne sich fragen, ob sich all die Mühe wirklich lohne.

Wir waren zu der Überzeugung gelangt, daß es besser sei, wenn ich mich nicht in der Öffentlichkeit zeigte, solange Campeggio die gerichtliche Untersuchung leitete, damit nicht der Eindruck entstehe, Henrys Wunsch nach einer Scheidung habe etwas mit mir zu tun.

Obwohl ich bei diesen zahlreichen Gelegenheiten nicht anwesend war, erfuhr ich aus verschiedenen Quellen von ihrem Verlauf. Henry hielt mich auf dem laufenden, ebenso mein Bruder und mein Vater. Beide arbeiteten eifrig daran, die Scheidung zu ermöglichen. Mein Vater war natürlich hocherfreut über meine Aussicht, Königin zu werden; bei all seinem Ehrgeiz hatte er es sich nie träumen lassen, eine seiner Töchter könne es so weit bringen.

Wir warteten das ganze Jahr.

Alles, was mit der Scheidungsangelegenheit zu tun hatte, schien fast groteske Formen anzunehmen. Der König hatte beschlossen, Campeggio einen königlichen Empfang zu bereiten. Solange er sich in England aufhalte, müsse ihm Hochachtung erwiesen werden. Er müsse versöhnlich gestimmt werden. Es müsse alles getan werden, um sein Wohlwollen zu gewinnen. Daher solle er aufs herzlichste willkommen geheißen werden.

Die Londoner Kaufleute und ihre Lehrlinge hingen die Fahnen ihrer jeweiligen Zunft auf, und die Häuser wurden mit kleinen Fähnchen aus Gold- und Silberstoff geschmückt. Adlige und ihr Gefolge bildeten eine Prozession, der sich die kirchlichen Würdenträger, mit allen äußerlichen Zeichen ihres Amtes versehen, anschlossen; es war ein farbenprächtiger Zug. Und an der Spitze ritt Kardinal Wolsey, herrlicher anzusehen als alle anderen mit seiner prächtigen roten Robe, seinen silbernen Kreuzen und dem Königlichen Großsiegel, das zusammen mit seinem Kardinalshut vor ihm hergetragen wurde.

Es sollte ein denkwürdiger Anlaß sein – das Treffen zweier Kardinäle, die beide zu päpstlichen Legaten ernannt worden waren. Solche Ereignisse waren in London die Ausnahme.

Es war bezeichnend, daß Campeggio, für den all diese Pracht und Feierlichkeit inszeniert worden war, nicht erschien. Während London auf seinen großen Einzug wartete, lag er mit einem erneuten Anfall von Gicht im Bett. Und die vielen Menschen, die eigens hergekommen waren, um ihn zu sehen, mußten enttäuscht auf das Schauspiel verzichten, auf das sie sich so gefreut hatten.

Campeggio erreichte London am Tag darauf mit dem Boot, und niemand bemerkte seine Ankunft. Sobald er eingetroffen war, mußte er sich unverzüglich zu Bett begeben.

Ich hatte erwartet, daß gleich nach seiner Ankunft in London das Gericht einberufen und das Urteil schnell verkündet werden würde.

Aber nein. Das mochte vielleicht Wolseys Wunsch sein, der aber konnte ohne Campeggio nichts ausrichten, und ich fragte mich allmählich, ob dieser Kirchenfürst überhaupt die Absicht hatte, je zu einem abschließenden Urteil zu gelangen, denn er zögerte sichtlich, auch nur die ersten Schritte einzuleiten.

Henry befand sich in einem Zustand mühsam unterdrückter Wut. Er hätte sie am liebsten geschüttelt, bis sie vor Angst gebebt und mit den Zähnen geklappert hätten. Er hätte ihnen am liebsten gedroht, er werde ihre Köpfe fordern. Aber schließlich konnte er Campeggio keine Befehle erteilen – selbst Wolsey mußte sich dem Willen jenes anderen Fürsten beugen, gegen den auch die Macht des Königs nichts ausrichten konnte. Das Oberhaupt der Kirche war der Papst in Rom, und die Angelegenheit, um die es hier ging, war eine kirchliche Angelegenheit.

Ich glaube, wenn Henry nicht in einer so schwierigen Lage gewesen wäre, hätte er ihnen gedroht und sie seine Wut spüren lassen, aber das konnte er sich nicht erlauben. Er war der Gefangene seines eigenen Gewissens. Er mußte nun damit fortfahren, so zu tun, als ob Gewissensgründe Anlaß der Untersuchung wären.

Ich erkannte bald, daß Campeggio vom Papst den Auftrag gehabt haben mußte, die Sache so lange wie möglich hinauszuschieben, in der Hoffnung, daß die Leidenschaft, die der König für mich empfand, irgendwann erlöschen werde – und sie konnten es sich leisten, in Ruhe abzuwarten, bis das geschähe und die Gefahr abgewendet wäre und die ganze Angelegenheit getrost vergessen werden könnte.

All diese Unannehmlichkeiten waren letztlich dem mächtigen Kaiser zuzuschreiben, der eindeutig ein Mann war, mit dem nicht zu spaßen war. Der Papst saß auf einem sehr wackligen Thron: Der Kaiser hatte in Italien große Erfolge zu verzeichnen gehabt, und während der Papst einerseits bemüht war, Henry versöhnlich zu stimmen, konnte er sich andererseits nicht erlauben, den Kaiser zu kränken. Meine Zukunft hing also von der europäischen Politik ab.

Nachdem Campeggio in London angekommen war, lag er erst einmal zwei Wochen lang im Bett, unfähig, sich zu bewegen. Henry war inzwischen außer sich vor Empörung, und Wolsey mußte irgend etwas unternehmen – also besuchte er Campeggio und bat ihn inständig zu helfen, die leidige Angelegenheit zu einem Abschluß zu bringen; das Gericht müsse endlich zusammentreten. Campeggio täuschte seine Krankheit durchaus nicht vor. Er hatte tatsächlich große

Schmerzen. Der hinterhältige Papst muß absichtlich einen solchen Mann geschickt haben, weil er bei ihm sicher sein konnte, daß seine körperlichen Gebrechen dazu beitragen würden, eine Verzögerung herbeizuführen.

Danach hatte Henry selbst ein recht unbefriedigendes Treffen mit diesem päpstlichen Legaten. Er erklärte ihm, wie sehr ihn sein Gewissen plage. Henry konnte sehr wortgewandt sein, wenn es um sein Gewissen ging. Aber er verlor fast die Geduld – und begriff, daß das etwas war, was er sich keinesfalls erlauben durfte –, als Campeggio zu verstehen gab, der Papst sei möglicherweise bereit, ihm bezüglich dieser Frage einen Dispens zu erteilen, so daß er sich wegen seiner Ehe mit Katharine keine weiteren Sorgen zu machen brauche.

Henry blieb hart. Er könne das nicht mit seinem Gewissen vereinbaren. Gott habe ihm eine Warnung zukommen lassen, indem er ihm männliche Nachkommen vorenthalten habe. Gott habe ihm klargemacht, daß ihm diese Ehe mißfalle. Er zitierte das Dritte Buch Mose. Nein, Henry müsse von Katharine geschieden werden und sich schleunigst wiederverheiraten können, um die Söhne zu bekommen, die er seinem Land schuldig sei. Er handele nur so, wie es sich für einen Herrscher gehöre, dem einzig und allein das Wohl seines Landes am Herzen liege.

Als Campeggio daraufhin vorschlug, Katharine könne vielleicht in ein Kloster eintreten, war Henry von der Idee begeistert. Er hätte dem armen alten Mann vor Freude fast auf den Rücken geschlagen, was sich auf dessen kranke Knochen sicher verheerend ausgewirkt hätte. Das war die Antwort! Ja, noch vor nicht allzu langer Zeit hatte es doch jenseits des Kanals einen Präzedenzfall gegeben. Jeanne, die Frau von Louis XII., hatte sich in ein Kloster zurückgezogen, und der König von Frankreich hatte Anne von der Bretagne geheiratet. Ja, das war in der Tat ein ganz ausgezeichneter Vorschlag.

Campeggio war sicher, daß der Kaiser dagegen nichts einzuwenden haben würde.

»Die Königin ist eine sehr tugendhafte und tief religiöse Dame«, sagte Henry. »Ich zweifle nicht daran, daß sie in einem Kloster sehr glücklich wäre. Sie soll angemessen und ihrer Würde entsprechend untergebracht werden. Sie soll dort ganz so leben, wie sie möchte. Es ist die Lösung.«

Optimistisch und voller Hoffnung, daß das Ende der strittigen Angelegenheit in Sicht sei, fanden sich Campeggio und Wolsey bei Katharine ein.

Die Königin vergaß nie, daß sie die Tochter der berühmten Isabella war. Ihre Gesundheit war schwach, aber ihr Wille war stark. Ihre Liebe zu ihrer eigenen Tochter war unerschütterlich. Ich glaube, sie hätte ihrer Tochter zuliebe ohne zu zögern gern ihr eigenes Leben geopfert. Nun schickte sie sich an, für ihre Tochter zu kämpfen. Mary war zu der Zeit Thronerbin, und daran würde sich so lange nichts ändern, bis der König einen Sohn gezeugt hätte. Katharine war sich darüber im klaren, daß sie niemals die Mutter dieses Sohnes sein würde. Daher betonte sie, daß Henry ihr Ehemann sei und die Krone folglich zu gegebener Zeit an Mary fallen müsse. Sie war entschlossen, für ihre Tochter zu kämpfen, wie sie für sich selbst nie gekämpft hätte. Wenn sie zuließe, daß ihre Ehe als ungültig gebrandmarkt würde, nähme sie ihrer Tochter den Anspruch auf den Thron. Ich war fest überzeugt, daß das die Überlegung war, die ihr ganzes Denken beherrschte. Sie als strenggläubige Katholikin, die sich an die Glaubensregeln der Kirche Roms hielt, würde keine Lügen über ihre Ehe verbreiten, nur weil der König in eine ihrer Hofdamen vernarrt war, die den Ehrgeiz besaß, Heirat als Preis für ihre Gunst zu fordern. Sie teilte Campeggio und Wolsey mit, daß sie zwar mit Prinz Arthur verheiratet worden sei, daß diese Ehe aber nie vollzogen worden und sie als Jungfrau zu Henry gekommen sei. Sie habe nicht die Absicht, vor Gott lügnerisch zu reden oder zu handeln, und sie sei auch nicht bereit, ihr weiteres Leben auf einer Lüge aufzubauen, indem sie sich in ein Kloster abschieben lasse; das käme einem Eingeständnis gleich, daß sie nie wirklich mit dem König verheiratet gewesen sei und sich all die Jahre versündigt habe. Ihre Antwort war: Nein.

Wie Henry wütete! Wie Wolsey zitterte! Campeggio zog sich in sein Bett zurück: Sein einziger Wunsch war offenbar, seine schmerzenden Glieder zu pflegen.

Besorgt verfolgten wir, was sich auf dem europäischen Festland tat. Der erfolgreiche Kaiser unterbreitete Clemens ein Friedensangebot, das ihm Vorteile versprach. Clemens, der sich in einer schwierigen Lage befand, zeigte sich unentschlossen. Auf der einen Seite sah er sich dem wütenden Henry gegenüber, auf der anderen dem drohenden Karl; und Clemens hatte mehr von Karl zu befürchten als von Henry. Was sollte er nur tun? Er gab zu verstehen, daß er über das Friedensangebot des Kaisers nachdenke – Clemens wagte es nicht, diesen Staatsmann zu beleidigen; andererseits brauchte er die Freundschaft Henrys. Er befand sich in einem wirklich unglücklichen Zwiespalt. Seine Vorgänger hatten keine derartigen Schwierigkeiten gehabt, wann immer sie gebeten worden waren, Könige aus problematischen Ehen zu befreien. Bei früheren Gelegenheiten war es immer nur darum gegangen, entweder den mächtigen Herrscher zu besänftigen oder sich bestechen zu lassen. Selten war ein Mann in eine so mißliche Lage geraten – und ausgerechnet jemand wie er, der keinen anderen Wunsch hatte, als ein friedliches Leben zu führen!

Campeggio gab sich zurückhaltend – für den Fall, daß die Dinge zwischen Clemens und dem Kaiser sich nicht so entwickelten wie erhofft, denn wenn Henry brüskiert würde, was wäre dann mit Clemens, der dann ohne Freunde und Verbündete dastände...?

Wolsey erhielt einen Brief vom Papst, in dem dieser ihm überschwenglich versicherte, daß er den Wunsch des Königs sofort erfüllt hätte, wenn es um nichts anderes als seine persönliche Sicherheit gegangen wäre; aber es habe mehr auf dem Spiel gestanden. Wenn die betroffene Dame doch nur nicht solche mächtigen Verwandten hätte, dann wäre alles ganz einfach gewesen. Aber er, Clemens, könne nicht absehen, wie der Kaiser reagieren werde, wenn er erst einmal überzeugt sei, seine Tante sei ungerecht behandelt worden, auch wenn es sich dabei um einen so bedeutenden Herrscher wie König Henry handele; das Risiko sei zu groß.

Wolsey hatte sein Netz von Spionen, und der größte Teil der Korrespondenz, die hin und her ging, wurde von ihm genau untersucht. Er wußte, daß der Papst Campeggio beauftragte, die Sache hinauszuzögern, in der Hoffnung, der König ändere seine Meinung, denn das, worum er bitte, könne nicht gewährt werden, ohne gleichzeitig Gefahr und Skandal heraufzubeschwören. Wolsey wußte auch, daß Clemens gar nicht die Absicht hatte, der Scheidung zuzustimmen, und daß Campeggio sich seine Gicht zunutze machte, um Ausflüchte vorbringen zu können, die einigermaßen glaubhaft klangen.

Ich war sehr enttäuscht. Manchmal grenzte meine Verzweiflung geradezu an Hysterie. Ich hatte keine Ahnung, wie die Sache ausgehen würde. Der König schien so verliebt in mich zu sein wie eh und je, aber auch er war nervös. Er wäre nie auf den Gedanken gekommen, daß man ihm die Scheidung verweigerte, wenn er darum bäte. Er konnte so viele Fälle als Beispiele dafür anführen, daß andere Herrscher in derselben Lage gewesen waren wie er. »Warum nur«, fragte er, »warum wird ausgerechnet mir eine Absage erteilt?« Die Frage war leicht zu beantworten: Weil seine Frau die Tante von Kaiser Karl war.

Wir trafen uns gelegentlich. Ich verwünschte dann die Verzögerung, und er versicherte mir, daß Wolsey sein Bestes tun werde, was ich jedoch bezweifelte.

»Euer Gnaden lassen sich von dem Mann einwickeln«, sagte ich unbedacht.

»Nein, Liebste«, erwiderte Henry, »ich kenne ihn gut. Niemand kennt ihn besser als ich. Er hat mir immer gute Dienste geleistet und das wird er auch weiterhin tun.«

»Aber seht Ihr denn nicht, daß er für seinen wahren Herrn, den Papst, arbeitet?«

»Wolsey arbeitet für mich.«

»Wolsey, der Kardinal?«

Ich entzog mich seiner Umarmung. Er war verblüfft. Niemand widersprach dem König. Niemand außer mir wagte es, ihm zu verweigern, was er haben wollte.

Er verließ mich kurz darauf mit finsterer Miene.

Als er fort war, fragte ich mich, was in aller Welt ich getan hatte. Ich wurde zunehmend unbeherrscht und ließ zu, daß meine nervliche Anspannung die Oberhand über meinen gesunden Menschenverstand gewann. Einen solchen Gesichtsausdruck hatte ich an ihm noch nie bemerkt. Seine Enttäuschung war so groß, daß er sie kaum noch ertragen konnte, und statt ihn zu beruhigen hatte ich ihn verärgert.

Ich dachte daran, ihm zu schreiben. Nein, das war keine gute Idee. Ich durfte keine Schwäche zeigen. Das würde nur zu einer Versöhnung führen, die möglicherweise damit endete, daß ich seinem Verlangen nachgab – und genau das versuchte ich ja gerade so verzweifelt zu verhindern. Andererseits war Kritik etwas, das er sich von niemandem gefallen ließ... nicht einmal von mir.

Was sollte ich also tun? Ich verbrachte eine schlaflose Nacht. Wenn doch nur dieses schreckliche Warten ein Ende hätte! Schließlich schickte ich ihm dann doch einen Brief, in dem ich mich für meinen Gefühlsausbruch entschuldigte und meine Unbeherrschtheit damit erklärte, daß ich das lange Warten so leid sei. Seine Antwort kam umgehend.

Er freue sich so sehr, daß ich Vernunft angenommen hätte, und sei erleichtert, daß ich mich nicht länger von Hirngespinsten beherrschen lasse.

»Liebster Schatz«, fuhr er fort, »bewahrt Euch diese vernünftige Einstellung nicht nur in der gegenwärtigen Lage, sondern in all Eurem zukünftigen Tun, denn dadurch werdet Ihr sowohl Euch selbst als auch mir zu dem schönsten inneren Frieden verhelfen, den man auf Erden erreichen kann...« Der Brief endete mit dem Geständnis: »Verfaßt von der Hand, die Euch der gern zur Ehe reichen würde, dessen Herz Ihr bereits besitzt. H. R.«

Die vielleicht beunruhigendste Entwicklung in der ganzen Angelegenheit ging vom Volk aus. Die Menschen wußten, daß Campeggio sich in London aufhielt, und sie hatten von der Geheimsache des Königs gehört. Sie wußten, daß er Königin Katharine verstoßen und mich an ihre Stelle setzen wollte.

Katharine war beim Volk immer schon beliebt gewesen, wenngleich natürlich nicht in dem Maße wie der König. Die Menschen liebten ihren stattlichen, prächtig gekleideten Herrscher, der an seinem Hof solche herrlichen Aufführungen veranstaltete, die sie gelegentlich sehen durften. Er war immer fröhlich und hatte ein Lächeln und ein offenes Ohr für jedermann – jedenfalls ihrer Ansicht nach, denn den kleinen Leuten auf der Straße erschien er wesentlich leutseliger als seinen Höflingen. Sein Vater hatte, obwohl er dem Land zu Wohlstand und Blüte verholfen hatte, nie die Sympathien genossen, die seinem Sohn entgegengebracht wurden. Die Menschen wollten einen König, der auch wie ein König aussah – und das war bei Henry unbestreitbar der Fall.

Ihnen gefiel nicht, was ihnen zu Ohren kam, und daher mußten sie einen Sündenbock finden. Der König erfreute sich zu großer Beliebtheit, um diese Rolle zu übernehmen – wem anders sollte sie also zufallen als mir?

Sie hatten ja keine Ahnung, daß ich dieser Verbindung anfangs ganz ablehnend gegenübergestanden hatte. Hätte ich doch nur Henry Percy geheiratet, dann hätten sie nie etwas von mir gehört; dann hätte ich ein unauffälliges, aber friedliches und glückliches Leben als Gräfin von Northumberland führen können.

Jetzt war ich als Hexe verschrien. Ich besaß einen sechsten Finger, der vom Teufel persönlich stammte. Ich hatte den König mit meinen Zauberkräften verführt und vom Pfad der Tugend abgebracht. Zusammen mit dem Teufel hatte ich einen Plan ausgeheckt, die Ehe des Königs zu zerstören, um selbst den Platz der Königin einzunehmen.

Sie versammelten sich vor dem Palast. Sie jubelten Katharine zu, wann immer sie in Erscheinung trat, was nun häufiger der Fall zu sein schien als in der Vergangenheit, da sie offensichtlich die Anteilnahme genoß, die ihr entgegengebracht wurde. Wer hätte es ihr auch verdenken können? Sie kämpfte schließlich um ihre Stellung als Königin und um die Thronfolge ihres Kindes. Das leuchtete mir völlig ein, so sehr sie mir auch im Weg stand.

Den König begrüßten sie mit Schweigen. Es war das erste Mal in seinem Leben, daß er auf den lärmenden Beifall der Massen verzichten mußte, und das gefiel ihm ganz und gar nicht. Es beunruhigte ihn sogar erheblich. Es mußte ihn zwangsläufig daran erinnern, daß sein Vater auf krummen Wegen an die Macht gelangt war.

»Wir wollen keine Nan Bullen«, riefen sie dem König zu.

Verärgert ordnete er an, Massenaufläufe auf dem Palastgelände in Zukunft zu verbieten.

Sie zogen über meine niedere Herkunft her. Daß ausgerechnet Lehrlinge, Näherinnen und Fährmänner sich darüber ereifern mußten, hatte etwas geradezu Komisches. Sie übersehen geflissentlich, daß ich blutsverwandt mit den Howards war, einer der vornehmsten Familien des Landes. Statt dessen sagten sie, ich käme aus einer Familie von Händlern. Es hatte mich immer schon verblüfft, daß Menschen aus den unteren Schichten mit Haß reagieren, wenn sie sehen, daß jemand es im Leben zu etwas bringt. Obwohl sie selbst aus bescheidenen Verhältnissen stammen, können sie es nicht ertragen, mitansehen zu müssen, wie jemand aus ihren eigenen Reihen den gesellschaftlichen Aufstieg schafft. Das traf auch auf Wolsey zu. Dabei hätte man doch denken sollen, sie freuten sich darüber und sähen in einem solchen Aufstieg auch für sich selbst eine Chance.

Die Massenkundgebungen nahmen zu, und ich konnte es nicht wagen, mich nach London zu begeben. Es war deprimierend, so gehaßt zu werden.

Henry schrieb mir, ich müsse dem Hof fernbleiben, denn wenn ich dort wäre, hätte er allen Grund, um meine Sicherheit besorgt zu sein.

Ich hatte erfahren, daß er vor dem Bürgermeister von London und vor den Ratsherren erschienen war, weil ihm daran lag, daß die Stadt London darüber unterrichtet werde, was tatsächlich vor sich ging.

Er sprach überzeugend von dem, was ihn jedesmal zu leidenschaftlicher Wortgewandtheit beflügelte – seinem Gewissen. Er denke nur an sein Volk. Als kluge Männer wußten die Anwesenden, daß eine der vorrangigsten Maßnahmen zur Garantie der Sicherheit eines Landes die Sicherung der Thronfolge sei. Wenn ihm doch nur bestätigt werden könne, daß seine Ehe rechtsgültig sei, dann sei er am Ziel seiner Wünsche. Die Königin besitze so viele gute Eigenschaften, die er allen Grund habe zu schätzen, und was ihre Herkunft angehe, so sei sie von unvergleichlicher Vornehmheit. Wenn er gezwungen wäre, auf der Stelle eine Wahl zu treffen, würde er sie allen anderen Frauen vorziehen.

Als man mir von dieser Äußerung berichtete, packte mich der Zorn; aber dann beruhigte ich mich wieder. Heuchelei war Henry zur zweiten Natur geworden, und er bediente sich ihrer deshalb so erfolgreich, weil er in dem Moment, in dem er sie vorbrachte, seinen eigenen Lügen glaubte. Aber konnte er auch nur für einen Moment wirklich geglaubt haben, daß er sich unter den gegebenen Umständen für Katharine entscheiden würde, wenn er die Wahl hätte? Es ging in Wirklichkeit gar nicht darum, eine Wahl zu treffen. Er brauchte nur das Verfahren abzubrechen, und Katharine würde weiterhin seine Frau bleiben. Und mir kam nicht einen Moment lang der Gedanke, daß eine solche Entscheidung von irgend jemandem angezweifelt werden würde.

Wie konnte man einem Mann trauen, der die Gabe besaß, so überzeugend und dabei so unaufrichtig zu reden?

War dies ein neues Warnsignal, das ich nicht ernst nahm? Hätte ich damals gründlicher darüber nachdenken sollen, welche Gefahren eine Verbindung mit ihm barg?

Es wurde vereinbart, daß ich Weihnachten am königlichen Hofe verbringen solle. Ich sollte nach Greenwich kommen.

Wie viele trostlose Monate war es her, daß ich geglaubt hatte, ich würde um diese Zeit längst zur Königin von England gekrönt worden sein?

Kaum war ich in Greenwich eingetroffen, als mir klar wurde, daß es ein Fehler gewesen war zu kommen.

Selbstverständlich war die Königin auch da, und da die Geheimsache des Königs längst kein Geheimnis mehr war, war allen bekannt, daß der wahre Grund seines Wunsches nach einer Scheidung seine Absicht war, mich zu heiraten. Das brachte mich in eine sehr schwierige Lage. Da waren zum einen diejenigen, die mir schmeichelten, weil sie sich von der Gunst der zukünftigen Königin Englands Vorteile versprachen; da waren zum anderen diejenigen, die überzeugt waren, daß Katharines Hartnäckigkeit und Frömmigkeit letztlich triumphieren würden und ich niemals Königin sein würde, und die daher den Wunsch hatten, Katharine ihre Treue zu beweisen. Natürlich waren auch einige darunter, die, wie ich wußte, aufrichtige Zuneigung für Katharine empfanden und entschlossen waren, ihr hilfreich zur Seite zu stehen, ganz gleich, was geschähe.

Auch ich hatte eine Handvoll treuer Freunde. Es waren meine Cousine Madge Shelton, mein Bruder, Mary Wyatt und meine geliebte Stiefmutter, die zwischen Stolz und Furcht hin- und hergerissen war. Verehrer, die mich umschwirrten, gab es reichlich: Norris, Bryan, Brereton, Weston. Sie alle waren in mich verliebt – oder behaupteten es zumindest. Ich glaube, die Tatsache, daß der König mich begehrte, muß mir eine besondere Ausstrahlung verliehen haben.

Dennoch – trotz der vielen Menschen, die um mich waren, fühlte ich mich an jenem Weihnachtsfest sehr allein.

Natürlich konnte der Königin nicht zugemutet werden, mich zu empfangen. Daher hatte ich in Greenwich meine eigenen Gemächer, und Henry hatte dafür gesorgt, daß sie prächtig ausgestattet waren. Sie waren, offen gestanden, geradezu königlich. Zuweilen kam es mir so vor, als sei ich bereits Königin.

Ich war entschlossen, mir meine ängstliche Besorgnis nicht anmerken zu lassen, und welche Feindseligkeit mir auch draußen entgegengebracht wurde, in meinen Räumen versammelten sich die anregendsten und geistreichsten unter den Höflingen; in der Tat zog es die meisten Mitglieder des Hofstaates dorthin, auch den König. Ich war überzeugt, daß in Katharines Gemächern, verglichen mit meinen, eine sehr düstere Atmosphäre geherrscht haben muß. Während der traditionellen Weihnachtsfeierlichkeiten mußte Henry sich jedoch in ihrer Gesellschaft sehen lassen, zum Beispiel bei den Gottesdiensten und beim Staatsbankett, bei dem das Volk, einem alten Brauch entsprechend, in den Festsaal strömte und an den reich gedeckten Tischen zulangte; es war nur natürlich, daß sie bei einer solchen Gelegenheit erwarteten, den König in Gesellschaft der Königin zu sehen und nicht in Gesellschaft der Konkubine, wie sie mich nannten.

Aber es bereitete mir Genugtuung, daß Henry sich, so oft er konnte, in meine Räumlichkeiten flüchtete, und dort tanzten und sangen wir und erfreuten uns an all den Vergnügungen, die ich mir zusammen mit meinen Freunden ausgedacht hatte. Diese Veranstaltungen waren ein großer Erfolg. Und doch war mir trotz aller Festlichkeiten das Herz schwer. Es gibt nichts Enttäuschenderes, als sich an Hoffnungen zu klammern, nur um zu erleben, wie diese nach Monaten zuversichtlichen Planens und erwartungsvoller Vorfreude immer und immer wieder zunichte gemacht werden, und erkennen zu müssen, daß sich an der Lage, in der man sich auf den Tag genau vor einem Jahr bereits befunden hatte, nichts geändert hatte.

Ich stand Wolsey zunehmend mißtrauisch gegenüber und neigte verstärkt zu der Auffassung, er stecke mit Campeggio unter einer Decke und erhalte seine Anweisungen, genauso wie der Italiener, vom Papst. Schließlich war er ja auch in erster Linie dem Papst zu Gehorsam verpflichtet, aber um das einzusehen war Henry viel zu sehr von dem Mann angetan.

Während meiner Aufenthalte auf dem Lande wurde mir bewußt, wie schleppend die Zeit verstrich, und um sie möglichst angenehm zu verbringen, beschäftigte ich mich mit der neuen Religion, die allmählich begann, im Volk Einfluß zu gewinnen. Seit Martin Luther seine Thesen an jene Kirchentür in Wittenberg angeschlagen hatte, war etwas in Bewegung gekommen.

Ich fand die neue Lehre fesselnd. Ich fühlte mich zu den Ideen, die sie verkündete, hingezogen. Mir gefiel, was ich da las. Vielleicht lag es daran, daß ich eine gewisse Abneigung gegen den Papst empfand, daß die Vorstellung, seine Macht einzuschränken, mich faszinierte. Der Verkauf von Ablässen, den Martin Luther an erster Stelle anprangerte, war mit Sicherheit etwas Schlechtes. Wie konnte man sich mit Geld, das man einem Priester gab, Vergebung im Himmel erkaufen?

Seit der König sein Buch verfaßt hatte und zum ›Verteidiger des Glaubens‹ geworden war, war er ein erbitterter Gegner jeder Ketzerei. Er hatte nichts für Martin Luther übrig. Er hatte entschieden für die Kirche Roms Partei ergriffen. Aber ich war mir nicht sicher, was inzwischen aus dieser Einstellung geworden war, nun, da der Papst schon so lange zögerte, ihm endlich das zu geben, worum er bat.

Ketzer wurden eingesperrt. Man sah sie manchmal auf ihrem Weg zum Gefängnis, in dem sie ihr Vergehen büßen sollten – sie trugen Reisigbündel, wie sie zur Ketzerverbrennung verwendet wurden. Es herrschte jedoch nicht genügend Fanatismus im Lande, der dazu hätte führen können, sie wirklich auf dem Scheiterhaufen zu verbrennen. Alles in allem sind wir Engländer kein gehässiges Volk. Wenn ich mir die Greueltaten der Inquisition in Spanien vergegenwärtige, empfinde ich einen gewissen Stolz darauf, daß es der Inquisition nie gelungen ist, in England Fuß zu fassen – abgesehen vielleicht von der einen Gelegenheit, als wir gezwungen waren, sie gegen die Tempelritter einzusetzen. In fast allen anderen Ländern hatte sie sich erfolgreich durchgesetzt, nur nicht bei uns. Ich meine, das spricht für unseren Volkscharakter. Wir neigen eher dazu, die Religion als Hilfsmittel zu betrachten, das dazu da ist, uns weiterzuhelfen, wenn wir seine Unterstützung benötigen, nicht aber, wie es vor allem in Spanien der Fall war, uns zu beherrschen. Ich staune oft darüber, wie Leute, die für sich in Anspruch nehmen, mit besonderer Frömmigkeit und Tugend gesegnet zu sein, gelassen zusehen konnten, wie andere gefoltert wurden, nur weil sie nicht ihren Glauben teilten. Ich war lieber etwas weniger religiös, wenn es darum ging, anderen Menschen Toleranz entgegenzubringen. Außerdem hatte ich immer den Wunsch, die Ansichten anderer kennenzulernen, die etwas zu sagen hatten. Ich mochte mich nicht verschließen und ›Ketzer‹ rufen. Daher war ich auch der Auffassung, daß unser Land eine gute Brutstätte für die neuen religiösen Überzeugungen darstellte.

Ein Mann namens William Tyndale hatte ein Buch geschrieben, dem er den Titel gegeben hatte: ›Vom Gehorsam eines Christenmenschen, und wie christliche Herrscher ihr Amt ausüben sollten‹. Ich interessierte mich sehr für diesen Mann, weil er zu den Anhängern Luthers gehörte. Seine meiste Zeit verbrachte er mit Übersetzungen. Er hatte eine Weile in England gelebt, wo er die Bibel übersetzt und einen Kreis von Freunden um sich geschart hatte, die sich ebenfalls für Luthers Lehre interessierten; nach einiger Zeit verließ er jedoch das Land, um nach Wittenberg zu gehen. Er hatte außerdem das ›Gleichnis vom schnöden Mammon‹ geschrieben, das ich gelesen hatte. Es war gar nicht so leicht, an solche Bücher heranzukommen, denn es war verboten, sie ins Land zu bringen, und der König hatte auf Wolseys Empfehlung in allen Seehäfen scharfe Wachen einrichten lassen, die verhindern sollten, daß diese Schriften illegal eingeschmuggelt würden.

Natürlich gelangten hin und wieder Exemplare ins Land, und auf diese Weise war auch ich in den Besitz der Bücher gelangt. Ich fand sie sehr fesselnd.

Eines Tages las ich gerade im ›Gehorsam eines Christenmenschen‹, als ich fortgerufen wurde und das Buch achtlos auf dem Sitz in der Fensternische liegenließ. Einige Tage lang dachte ich gar nicht mehr daran. Dann fragte ich eine meiner Bedienten, ein Fräulein Gaynsford, ein junges und sehr hübsches Mädchen, dem ein gewisser George Zouch, einer der männlichen Angehörigen des Haushalts, nachstellte, ob sie das Buch irgendwo gesehen habe. Sie wurde ganz rot vor Verlegenheit und bejahte meine Frage.

»Kommt schon«, sagte ich, »wo ist das Buch? Bringt es mir.«

Sie stammelte, sie habe flüchtig in dem Buch geblättert, als sie plötzlich von jemandem überrascht worden sei, der es ihr aus Spaß abgenommen habe.

»Nun, und wo ist es jetzt?«

»Er... er hat es behalten... um mich zu ärgern.«

»War es George Zouch?«

Sie sagte, ja.

»Nun, dann geht zu George Zouch und richtet ihm aus, ich wolle es wiederhaben und er solle es auf der Stelle zurückgeben.«

Aber so einfach war das nicht. Fräulein Gaynsford kam ohne das Buch zurück, und als ich sie fragte, wo das Buch sei, teilte sie mir mit, George Zouch habe den Wunsch, mit mir zu sprechen.

Es war ihm offensichtlich sehr peinlich. »Ich nahm das Buch an mich, um Fräulein Gaynsford zu ärgern«, gestand er, »und war gerade im Begriff, in der Kapelle des Königs Dienst zu tun. Während des Gottesdienstes warf ich dann einen Blick hinein und wurde, offen gestanden, so sehr von dem Inhalt gefesselt, daß ich noch in die Lektüre vertieft war, als der Gottesdienst längst vorüber war. Da sah mich der Dechant und wollte wissen, was ich da läse.«

»Ja, ja... schon gut... Wo ist das Buch?«

»Er... er hat es mir abgenommen. Er war sehr ungehalten und wollte wissen, wie ich zu dem Buch gekommen sei. Ich mußte ihm erzählen, daß ich es von Fräulein Gaynsford hatte und daß es Euer Buch sei.«

»Und warum hat er es Euch dann nicht zurückgegeben?«

»Er... er sagte... er werde es an eine höhere Instanz weiterleiten. Er... er erwähnte den Kardinal.«

Ich gebe zu, daß ich bestürzt war. Das Buch war schließlich verboten. Es war ins Land geschmuggelt worden. Auf seinem Besitz stand Strafe. Es war in bewußter Mißachtung der Lehren der römischen Kirche verfaßt worden.

Wolsey hatte also mein Buch! Mir war klar, was er nun tun würde. Er würde es dem König vorlegen und versuchen, mich der Ketzerei zu bezichtigen. Hatte er den Wunsch, mich ins Gefängnis zu bringen? Mich zu sehen, wie ich mich barfuß und mit einem Reisigbündel in der Hand gedemütigt zur Stätte meiner Buße begäbe?

Es war also zum Konflikt zwischen uns gekommen. Ich war wütend. Ich sagte zu dem armen Zouch, der ganz fassungslos vor Entsetzen über das war, was er getan hatte: »Dieses Buch weggenommen zu haben, wird sowohl den Dechanten als auch den Kardinal noch sehr teuer zu stehen kommen.«

Ich hielt es für das Beste, sogleich zu Henry zu gehen, am besten noch, bevor Wolsey ihn würde aufsuchen können.

Der Kardinal war gerade gegangen, als ich kam, und Henry hielt das Buch in Händen.

Ich ging zu ihm, kniete vor ihm nieder und nahm seine Hand. Er machte einen verwirrten Eindruck, aber er war sehr sanft und zärtlich, als er mich so vor sich knien sah.

»Ist das das Buch?« fragte er.

»Ihr müßt verstehen...«

»Kommt, Liebste«, sagte er und nahm meine Hände, um mir aufzuhelfen. Er schaute mir ins Gesicht und fügte hinzu: »Wolsey hat mir dies hier gebracht.«

Ich sagte: »Es ist die Pflicht derer, die Euch lieben, Bescheid zu wissen, was um Euch herum geschieht.«

Die Worte waren offenbar gut gewählt; Henry war entzückt zu hören, daß ich zu den Menschen gehörte, die ihn liebten.

»Liebste«, sagte er, »dieses Buch ist in diesem Land verboten.«

»Ich weiß. Aber ich muß doch wissen, was für Schriften verbreitet werden. Wie könnte ich Euch davon berichten, ohne mir zuerst selbst einen Überblick zu verschaffen? Es wäre doch möglich, daß es eine Verschwörung gegen Euch beinhaltete.«

Er mußte lachen.

»Kommt, setzt Euch zu mir, Liebste. Erzählt mir mehr von diesem Buch.«

Ich setzte mich frohlockend zu ihm. Was hatte ich schon zu befürchten? Es war unwichtig, was ich tat und gegen welche Gesetze ich verstieß, solange ich seine Liebste war. Gesetze galten nicht für mich.

Ich sagte: »Henry, es ist ein sehr interessantes Buch. Ich würde gern mit Euch darüber reden.«

Also erzählte ich ihm davon, und er zeigte sich auch interessiert – ob er dieses Interesse nur vortäuschte, um mir einen Gefallen zu tun, oder ob er es wirklich empfand, dessen war ich mir nicht sicher; aber er war ein Mann, der für neue Ideen schon immer etwas übrig gehabt hatte, und er war ein großer Freund der Literatur.

»Versprecht mir eins.«

»Alles, was Ihr wollt.«

»Ihr werdet dieses Buch lesen und Euch selbst ein Urteil bilden. Dann können wir gemeinsam darüber reden. Eine anregende Unterhaltung ... das ist etwas, das ich mag.«

Er sah glücklicher aus als seit langem.

»Ich verspreche, das Buch zu lesen«, sagte er. »Und dann wollen wir so wie jetzt zusammensitzen, ganz dicht beieinander, und darüber reden.«

Ich war sehr froh über den Ausgang, den die Angelegenheit genommen hatte. Aber im stillen dachte ich: Master Wolsey, nun besteht nicht mehr der leiseste Zweifel, daß Ihr mein Feind seid. Und Ihr werdet in mir einen ernstzunehmenden Gegner finden.

Der König kam zu mir. Er war in heller Aufregung.

»Neuigkeiten, Liebste!« rief er. »Ich glaube, das könnte der Anfang vom Ende unseres kleinen Problems sein. Clemens ist krank und, wie man hört, dem Tode nahe.«

»Und Ihr glaubt, seine Nachfolger werden netter zu Euch sein?«

»Wenn der richtige Mann sein Nachfolger wird, ja, zweifellos. Anne, es könnte die Papstkrone für Wolsey bedeuten.«

Ich ließ mich von seiner Aufregung anstecken. Welch eine Antwort auf all unsere Fragen! Wolsey... Papst. Warum nicht? Es war schließlich der ehrgeizige Traum seines Lebens gewesen. Er würde ohne zu zögern zugreifen, nicht nur, weil er sich danach sehnte, die Papstkrone zu tragen, sondern auch, weil er sich dadurch aus einer Situation würde befreien können, die allmählich sehr gefährlich für ihn wurde.

»Glaubt Ihr, er hat Aussichten?«

»Die besten. Ich werde ihn natürlich unterstützen, und ich glaube, François wird das gleiche tun.«

»Und der Kaiser?«

»Die Kardinäle werden abstimmen. Denkt Ihr denn, sie werden dem Kandidaten des Kaisers besondere Sympathien entgegenbringen? Schließlich sind sie noch vor nicht allzu langer Zeit ziemlich rüde behandelt worden. Es wird lange dauern, bis sie die Plünderung Roms vergessen haben. Ja, Wolsey könnte es schaffen, und dann werde ich ihn daran erinnern, daß seine erste Aufgabe sein wird, meinen Wunsch zu erfüllen.«

»Er wird dann nicht mehr in Euren Diensten stehen, Henry. Er wird das Oberhaupt der Kirche sein.«

»Er wird mir schon gehorchen. Nein, Liebste, das hier ist unsere große Chance. Jetzt dauert es nicht mehr lange.«

Unsere Hoffnungen wurden neu geweckt. Allem Anschein nach hatte Wolsey wirklich recht gute Aussichten. Er glich einem zum Tode Verurteilten, der im letzten Augenblick begnadigt worden war. Damals erkannte ich noch nicht so deutlich, wie groß die Gefahr war, in der er sich befand. Er hatte das Scheidungsverfahren in Gang gebracht und nun war er nicht in der Lage, es zu beenden. Wenn Clemens sich weigerte, Henrys Wunsch zu erfüllen, könnte das Wolseys Sturz bedeuten. Er hatte dem König Versprechungen gemacht; er hatte ihm versichert, der Papst könne dazu gebracht werden, seine Einwilligung zu geben – und bisher hatte er sich geirrt. Es war anzunehmen, daß Wolsey klarer als irgend jemand sonst erkannte, daß ein Scheitern der Bemühungen, die Bitte des Königs zu erfüllen, das Ende seiner Macht bedeutete; da er so hoch aufgestiegen war, würde sein Sturz um so tiefer sein.

Es war kein Wunder, daß er sich an diese Hoffnung klammerte. Mit einem Schlag würde er aus den Niederungen ängstlicher Besorgnis in die schwindelnden Höhen seines lebenslangen, ehrgeizigen Ziels katapultiert werden; aus dem Diener eines despotischen Königs würde ein Herrscher werden, der keine geringere – vielleicht sogar noch größere – Macht besitzen würde als der König selbst. Wolsey war entschlossen, alles, was in seiner Macht stand zu tun, um den ehrgeizigen Traum Wirklichkeit werden zu lassen.

Wir warteten. Alle waren der Ansicht, daß Wolseys Chancen gut stünden und das Ziel kaum zu verfehlen sei. Er war außerdem sehr reich, und Geld spielte im Kardinalskollegium eine wichtige Rolle. Seine drei Bistümer und seine Abtei würden dem Heiligen Stuhl unermeßlichen Reichtum zufließen lassen. Er war Erzbischof von York, Bischof von Winchester und Abt von St. Alban – und kürzlich war ihm noch Durham zugefallen. Eine glänzende Perspektive. Zwar würde der König auf Wolsey verzichten müssen, aber nur zum Teil. Henry war sicher, daß er ihn dazu bringen würde, auch im Vatikan weiterhin seine Interessen zu vertreten. Er würde ein guter englischer Papst werden, wie es seit Nicholas Breakspear keinen mehr gegeben hatte.

Es hätte durchaus gelingen können, denn in ganz Europa galt Wolsey als aussichtsreichster Bewerber.

Das Unglück wollte es, daß Clemens, der sich zuvor zwischen dem Kaiser und Henry nicht hatte entscheiden können, nun nicht wußte, ob er leben oder sterben sollte – und schließlich entschied er sich für das Leben. Clemens erholte sich. Die Papstwahl fand nicht statt. Und die Scheidungsangelegenheit schleppte sich weiter dahin.

Kurz darauf wurde Mendoza abberufen. Ich glaube, er war froh, gehen zu können. Jeder, der in diese Sache verwickelt war, wünschte sich, von ihr befreit zu werden. Henry erzählte mir, daß er mit Mendoza vor dessen Abreise ein Gespräch geführt habe, in dem Mendoza ihm mitgeteilt habe, daß der Kaiser sich verpflichtet fühle, seine Tante zu verteidigen, weil er ihre Notlage als eine Privatangelegenheit betrachte, bei der es um die Ehre seiner Familie gehe.

»Ich habe ihm darauf geantwortet«, sagte Henry, »daß er kein Recht habe, sich einzumischen. Dies sei eine reine Staatsangelegenheit, die die Thronfolge betreffe. ›Ich mische mich ja auch nicht in die Staatsangelegenheiten anderer Fürsten ein‹, habe ich ihm gesagt. Das heißt also, wir müssen wohl oder übel weiter versuchen, die Sache voranzutreiben.«

So lagen die Dinge, als im Juni der Gerichtshof im Dominikanerkloster Blackfriars seine Tätigkeit aufnahm.

Sowohl Henry als auch Katharine wurden vorgeladen. Henrys Standpunkt war, daß er Befürchtungen bezüglich der Gültigkeit seiner Ehe habe und eine Klärung des Problems wünsche. Katharine wirkte sehr würdevoll und beeindruckte als gedemütigte Ehefrau, die nach zwanzig gemeinsamen Jahren verstoßen worden war. Sie habe nicht erwartet, daß der Fall in England untersucht werde; sie habe sich Rom als Verhandlungsort gewünscht. Sie wies darauf hin, daß Wolsey Engländer und Campeggio Bischof über ein englisches Bistum sei; keiner von beiden könne daher als unparteiisch angesehen werden. Sie verlangte, daß das Gericht in Rom tagen solle. Der König hingegen erklärte, er denke nicht daran, vor einem Gericht zu erscheinen, das dem Kaiser unterstehe.

Danach vertagte sich das Gericht zunächst einmal für drei Tage. Dann wurden Henry und die Königin erneut vorgeladen.

Henry legte seinen Fall dar, wobei er immer wieder betonte, daß er schon seit einiger Zeit befürchte, seit seiner

Heirat mit der Witwe seines Bruders ein Leben in Todsünde zu führen, und in dieser Angelegenheit wünsche er ein klärendes Urteil.

Dann war Katharine an der Reihe, und sie beeindruckte alle Anwesenden tief. Ich hatte so etwas befürchtet. Das Volk hatte längst für sie Partei ergriffen. Die Menschen waren der Ansicht, hier wolle ein Ehemann seine gesetzmäßig angetraute Frau loswerden, nur weil sie alt werde und er sich einer jüngeren Frau zugewandt habe. Das war etwas, das Empörung hervorrief, vor allem bei den Frauen: Wenn diese Angelegenheit zu einem Präzedenzfall würde, würden viele andere Ehefrauen nach zwanzig Ehejahren genauso abgeschoben werden können. Was die Männer anging, so verstanden sie zwar den König und seinen Wunsch, fanden jedoch, daß die ganze Sache mit mehr Diskretion hätte behandelt werden müssen; ich hätte besser Henrys Geliebte werden sollen, denn damit wäre dem ganzen Streit ein Ende gesetzt worden.

Da ich jedoch eine solche Rolle ablehnte und mich weigerte, die Geliebte des Königs zu werden, und da Henry so entschlossen war, mich nicht zu verlieren, mußte das ganze Land – nein, ganz Europa – aufgescheucht werden.

Katharine besaß große Würde. Ihr Auftreten schien alle daran zu erinnern, daß sie die Tochter des berühmten spanischen Herrscherpaares war. Langsam schritt sie den Gang entlang bis hin zu dem Sessel, auf dem Henry saß. Sie kniete vor ihm nieder und schaute zu ihm auf. Ich konnte mir lebhaft vorstellen, wie sie ihn damit aus der Fassung brachte – ihn, der solchen Wert darauf legte, daß alles, was er tat, immer als richtig und ehrenvoll angesehen werde.

Sie sagte mit lauter, klarer Stimme, daß sie Gerechtigkeit verlange. Er müsse ihr Gerechtigkeit widerfahren lassen um der Liebe willen, die sie früher einmal miteinander verbunden habe.

Ich konnte mir seine Verlegenheit ausmalen, als mir von dieser Szene berichtet wurde. Ich konnte ihn mir vorstellen, wie er, peinlich berührt, seine Augen von ihr abwandte, die als demütige Bittstellerin vor ihm kniete. Sie sei eine Fremde in diesem Land geblieben, erklärte sie, und aus diesem Grunde sei das Gericht gegen sie.

Ihre denkwürdigen Worte wurden mir zugetragen. Ich könnte sie nie vergessen. Sie hatten sich mir tief eingeprägt:

»Ich rufe alle Welt als Zeugen dafür an, daß ich Euch immer eine treue, ergebene und gehorsame Ehefrau gewesen bin und mich stets Eurem Willen und Belieben gefügt habe.«

Das stimmte natürlich. Sie war immer bemüht gewesen, ihm zu Gefallen zu sein. Sie hatte nicht protestiert, als er ihr Bett verlassen und sich seinen Mätressen zugewandt hatte, zum Beispiel Elizabeth Blount, deren Sohn er mit der Herzogswürde ausgezeichnet hatte, oder meiner Schwester Mary, die mehrere Jahre lang seine Geliebte gewesen war. Sie hatte Mary bei Hofe aufgenommen und war ihr eine freundliche Herrin gewesen. Was mich betraf – gewiß, sie hatte sich mir gegenüber ein wenig gehässig gezeigt; aber das konnte ich durchaus verstehen, und von Henry wurde es ebenso erwartet.

»Ich habe all diejenigen geliebt, die Ihr geliebt habt, einzig und allein Euch zuliebe, ob sie für mich nun Freunde oder Feinde waren...«

›Geduldet‹ wäre im Fall Marys und Elizabeth Blounts sicher ein passenderes Wort gewesen, aber selbst ihnen gegenüber hatte Katharine sich immer so verhalten, daß er keinen Grund zur Klage gehabt hatte.

»All die zwanzig Jahre lang bin ich Euch eine treue Ehefrau gewesen und ich habe Euch Kinder geschenkt, wenngleich es Gott gefallen hat, sie aus diesem Leben zu sich zu rufen.«

Jetzt würde er sich ärgern und allmählich die Geduld verlieren, aber er würde sich bemühen, sich nichts anmerken zu lassen. Wenn diese Kinder am Leben geblieben wären – und es waren auch Jungen darunter –, hätte er gar nicht erst den Versuch unternommen, sie loszuwerden. Er hätte es einfach nicht tun können, nicht einmal mir zuliebe.

Dann kam der strittige Punkt.

»Und als Ihr mich das erste Mal zu Euch nahmt, war ich, so wahr mir Gott helfe, eine Jungfrau, die nie ein Mann berührt hatte.«

Im Gerichtshof war es ganz still geworden. Eine zutiefst religiöse Frau wie sie würde niemals beim Namen Gottes schwören, wenn sie nicht die Wahrheit spräche.

»Und ob dies wahr oder falsch ist, stelle ich Eurem Gewissen anheim.«

Ein meisterhafter Schachzug. Sein Gewissen machte ihm immer wieder sehr zu schaffen, und sie, die ihn nur zu gut kannte, war sich dessen zweifellos bewußt. Also erinnerte sie ihn daran, daß er ebensogut wie sie wisse, daß sie noch Jungfrau gewesen sei, als sie geheiratet hätten. Sie forderte ihn auf, sein Gewissen zu erforschen.

Aber gerade sein Gewissen war ja sein großer Verbündeter in dieser Angelegenheit! Hatte er dieses Gewissen nicht abgerichtet, ihn so sehr zu plagen, daß ihm keine andere Möglichkeit blieb, als diesen Fall vor Gericht zu bringen?

»Und wenn ich vor Euren Augen keine Gnade finde«, fuhr sie fort, »so empfehle ich meine Sache Gott.«

Mit diesen Worten verließ sie den Saal.

Sie kümmerte sich nicht darum, daß man sie aufforderte zurückzukommen, und als sie ins Freie trat, jubelten die Menschen, die sich draußen versammelt hatten, ihr begeistert zu; es waren hauptsächlich Frauen. Ihre Rufe »Lang lebe unsere Königin Katharine« waren drinnen zu hören.

Während jener heißen Junitage konnte ich mir einfach nicht vorstellen, daß das Gericht gegen den Wunsch des Königs entscheiden würde. Auch Henry war optimistisch. Er war froh, daß Katharine den Gerichtssaal verlassen und sich geweigert hatte zurückzukommen. Alles war viel einfacher ohne sie; ihre Entschlossenheit und ihre traurige Würde erregten nur unnötig Bewunderung und Mitleid.

Nur einer war da, der es wagte, seine Stimme gegen den König zu erheben, und das war John Fisher, der Bischof von Rochester, der vor versammeltem Gericht aufstand und erklärte, seine einzige Absicht sei, der Gerechtigkeit zum Sieg zu verhelfen und sich von einer Gewissenslast zu befreien.

Dieses allgegenwärtige Gewissen, wie es uns doch verfolgte! Das Gewissen des Königs war mir zur Genüge bekannt, und nun fing auch noch Fisher von seinem Gewissen an. Er erklärte, er könne seine Seele nicht der ewigen Verdammnis ausliefern, indem er es unterlasse, klar und deutlich seine Meinung vorzutragen. Er glaube fest, daß die Ehe des Königs von keiner menschlichen oder göttlichen Macht aufgelöst werden könne, und er sei bereit, die Gefahr für sein Leben, die er mit seiner Aussage heraufbeschwöre, um der Wahrheit willen auf sich zu nehmen.

Henry tobte vor Zorn. Wenn er gekonnt hätte, hätte er Fisher auf der Stelle in den Tower werfen lassen. Als Wolsey ihn aufsuchte, beschimpfte er ihn, weil er zugelassen hatte, daß der Bischof aufgestanden war und eine solche Erklärung abgegeben hatte. Wolsey, entnervt durch das verzweifelte Bemühen, es sowohl dem Papst als auch dem König recht zu machen, und enttäuscht, weil seine Hoffnung auf die Papstwürde sich nicht erfüllt hatte, machte den Eindruck, als ob er einem Zusammenbruch nahe wäre. Seine unerschütterliche Zuversicht hatte ihn verlassen. Da er so viel klüger und scharfsinniger war als die meisten von uns, war er in der Lage, vorauszuschauen und die Gefahr zu erkennen, auf die er zusteuerte. Er flehte den König an, ihm zu glauben, wenn er beteuere, daß Fisher keinerlei Äußerung getan habe, die auf sein Vorhaben hätte hindeuten können.

»Das wird ihm noch leid tun«, knurrte Henry. »So etwas lasse ich mir von diesen verräterischen Bischöfen nicht bieten.«

Nachrichten über das, was sich im Gerichtshof ereignete, sickerten unvermeidlich durch, und nun erntete der Bischof von Rochester Beifall seitens des Volkes, was den König zusätzlich verärgerte.

»Habt trotzdem keine Angst«, beruhigte er mich. »Diese Angelegenheit muß bald ein Ende haben, und es gibt nur eine Möglichkeit, sie zu beenden. Ich werde diejenigen, die gegen mich vorgehen, meinen Zorn spüren lassen.«

Aber es gibt Menschen, die den Märtyrertod so freudig willkommen heißen wie der Bräutigam seine Braut. Ich hatte irgendwie das Gefühl, daß Fisher dazugehörte.

Die Nachrichten von den Ereignissen auf dem Kontinent waren nicht gerade ermutigend. Karl hatte in Italien einen entscheidenden Sieg über François errungen, und, was noch schlimmer war, der Kaiser war im Begriff, in Cambrai Friedensbedingungen mit den Franzosen und mit Clemens auszuhandeln. Das war weit gefährlicher als Fishers beleidigende Äußerung. Mit der Widerspenstigkeit eines aufmüpfigen Untertans würde Henry schon fertigwerden; das große Hindernis war wie immer der mächtige Kaiser.

Und so verstrich die Zeit.

Mein Vater, Norfolk und Suffolk arbeiteten intensiv daran, die Angelegenheit doch noch zu einem Abschluß zu bringen. Ich hatte das Gefühl, tatkräftige Freunde zu haben. Es kümmerte mich nicht, daß sowohl die Herzogin von Norfolk als auch die Herzogin von Suffolk mich mit kühler Herablassung behandelten. Ihre Männer waren es, die mir von größtem Nutzen sein konnten, und die hielten zu fest zum König, als daß sie sich von ihren Frauen hätten beeinflussen lassen.

Der Juli war schon halb vorüber, als das abschließende Urteil verkündet werden sollte. Ich war außer mir vor Aufregung. Ich malte mir in Gedanken schon meine Krönung aus. Königin von England – und ein König, der mich anbetete! Wir hatten schwierige Zeiten durchgemacht. Und dennoch machte der König mir seit vier Jahren unbeirrt den Hof. Solche Treue konnte nur einen Schluß zulassen: Seine Liebe war grenzenlos. Welch eine glänzende Zukunft doch vor mir lag! In Gedanken war ich schon damit beschäftigt, mit Wolsey abzurechnen. Der arme alte Mann, seine Tage wären gezählt, wenn ich erst einmal an die Macht gelangte. Ich würde ihm – und damit allen Menschen – zeigen, was es hieß, Anne Boleyn zu beleidigen, ihr den einzigen Mann wegzunehmen, den sie je geliebt hatte, und ihrer beider Leben zu zerstören... nun ja, zumindest Northumberlands Leben war zerstört worden. Was mich anging, so betrachtete ich meine glänzende Zukunft eher als Trostpreis. Ich hatte verloren, was ich mir am sehnlichsten gewünscht hatte, und Liebe durch Ehrgeiz ersetzt. Ich konnte nicht Henry Percys Frau werden – und im Grunde meines Herzens war ich überzeugt, daß diese Heirat mir das größere Glück beschert hätte –, also würde ich Königin von England werden.

Fishers Auftritt hatte seinerzeit beträchtliche Unruhe ausgelöst, doch Henry hatte beschlossen, den Mann einfach als hitzköpfigen Fanatiker zu betrachten und aus seinen Gedanken zu verbannen. Zum Glück waren genug andere da, die vor Gericht Aussagen machen konnten, die eher nach seinem Geschmack waren. Das waren insbesondere die Freunde und Vertrauten Prinz Arthurs, die am Morgen nach dessen Heirat mit Katharine mit dem Prinzen zusammen gewesen waren und angeblich bezeugen konnten, daß er taumelnd vor Erschöpfung aus dem Brautgemach gekommen sei und vor ihnen allen erklärt habe, er sei ›in jener Nacht ins Innere Spaniens eingedrungen‹. Es fiel schwer zu glauben, daß ausgerechnet Arthur, der zu der Zeit bereits geschwächt und dem Tode nahe und außerdem von Natur aus ungewöhnlich zurückhaltend gewesen war, eine solche Äußerung wirklich gemacht hätte. Aber es war eine wertvolle Zeugenaussage... oder wäre es zumindest gewesen, wenn Katharine nicht solchen Eindruck auf das Gericht gemacht hätte, als sie mit solch offensichtlicher Frömmigkeit und Würde Gott als Zeugen angerufen hatte. Hinzu kam, daß während der Gerichtsverhandlungen das Geschrei der draußen versammelten Menschen oft bis in den Verhandlungssaal drang – wie ein unheilverheißender Chor in einer griechischen Tragödie.

Trotzdem war Henry optimistisch. Er konnte sich nicht vorstellen, daß in seiner eigenen Hauptstadt seine Bitte abgelehnt werden könne, nachdem er seine Wünsche so klar dargelegt habe.

Wie sehr er sich doch irrte!

Schließlich war der Tag gekommen, auf den wir alle gewartet hatten, und das Urteil sollte verkündet werden. Ich erwartete den Ausgang des Verfahrens ungeduldig und war trotz gelegentlicher Zweifel von hochfliegenden Hoffnungen beflügelt.

Der König betrat die Galerie in Begleitung seines Schwagers, des Herzogs von Suffolk. Er war sich des Urteilsspruchs ganz sicher. Sobald der Fall zufriedenstellend geklärt wäre, würde Campeggio das Bistum Durham als Geschenk erhalten, und dadurch würden ihm große Reichtümer zufließen. Der Mann könne gar nicht so ein Narr sein, sich eine solche Belohnung entgehen zu lassen, versuchte sich der König zu überzeugen.

Vielleicht hatte er vergessen, daß alte und kranke Menschen, die sich mit dem Gedanken an den Tod vertraut gemacht haben, sich nicht mehr so leicht mit weltlichen Gütern bestechen lassen. Campeggios Krankheit, die ihm bei seinem Bemühen, den Fall durch Verzögerungstaktik zu lösen, von solchem Nutzen gewesen war, war nicht vorgetäuscht. Er war tatsächlich von der Gicht geplagt und litt unerträgliche Schmerzen. Allem Anschein nach hatte er nur den einen Wunsch, unserem feuchten Klima zu entfliehen und anderswo Frieden und vielleicht auch ein wenig Linderung für seine schmerzenden Glieder zu finden.

Er erhob sich und erklärte, während die Blicke des Königs auf ihn gerichtet waren: »Selbst der mächtigste Fürst und seine Gunstbeweise könnten mich nicht dazu bewegen, etwas zu tun, das gegen das Gesetz Gottes verstieße. Ich bin ein kranker alter Mann, der täglich mit dem Tod rechnet.« Dann wies er darauf hin, daß er nicht die Absicht habe, sein Seelenheil zu gefährden, indem er Gott erzürne. Er habe nur den einen Gott und die Ehre des Heiligen Stuhls vor Augen... Er spreche kein Urteil. Er übergebe die Angelegenheit Rom zur Entscheidung.

Ich konnte mir lebhaft vorstellen, wie wütend Henry war. Suffolk stand neben ihm. Er murmelte, ohne eine Miene zu verziehen: »Was für ein trostloses Land ist England doch, solange Kardinäle darin leben.« Das war eine Spitze, die sich eindeutig gegen Wolsey richtete.

Wolsey hatte dem König versprochen, die Angelegenheit werde zügig und im Sinne des Königs geregelt werden.

Wolsey hatte ihn enttäuscht.

Das Ende eines Kardinals

Jene Zeit war für mich eine Zeit großer Sorge und seelischer Belastung. Nach allem, was geschehen war, standen wir noch immer da, wo wir angefangen hatten. Wolsey war in Ungnade gefallen, und ich ärgerte mich darüber, daß Henry sich nicht entschließen konnte, ihn zu entlassen. Wäre ich klüger gewesen, hätte ich mich über diesen Beweis der Treue des Königs gefreut. Er hatte sich seit seiner Thronbesteigung immer auf Wolsey verlassen und empfand tiefe Freundschaft für ihn. Abgesehen von dieser Scheidungsangelegenheit, diesem Konflikt zwischen Rom und der englischen Krone, hatte Wolsey ihn noch nie enttäuscht... und auch daran war er im Grunde genommen nicht einmal schuld. Wäre es nach ihm gegangen, hätte Campeggio die Ehe für ungültig erklärt, und alles wäre ganz einfach gewesen.

Ich spielte mit dem Feuer. Rückblickend erkenne ich deutlich meine Fehler – die übereilten und impulsiven Handlungen, zu denen ich mich, leichtsinnig und unbelehrbar, immer wieder hatte hinreißen lassen, bis zum bitteren Ende.

Damals also war ich erbost über die Nachsicht, mit der der König den Kardinal behandelte.

Unterstützt oder, genauer gesagt, angestiftet wurde ich von Norfolk und Suffolk, die ich für meine Freunde hielt. Wie irregeleitet ich doch war! Ihr Ziel war es, Wolseys Ehre und Leben zu zerstören, und sie sahen in mir ein willkommenes Mittel zum Zweck. Ich war jung, dreiundzwanzig Jahre alt. Was weiß ein impulsives, eitles, törichtes Mädchen in dem Alter denn schon?

Uns war völlig klar, was geschähe, wenn der Fall in Rom verhandelt würde. Der Papst würde nie wagen, ein Urteil zu verkünden, das sich gegen Katharine richtete. Dafür würde der Kaiser schon sorgen. Den Fall in Rom vor Gericht zu bringen bedeutete unweigerlich, sich auf ein Urteil zu Ungunsten des Königs gefaßt zu machen.

Während der Sommermonate zog der Hofstaat im Land umher. Ein König mußte sich seinem Volk zeigen, und diese Reisen waren Tradition geworden. Natürlich mußte die Königin dabei an der Seite des Königs sein und ihn zu allen Staatsempfängen begleiten, und als Mitglied des Hofstaats war auch ich mit von der Partie. Unterwegs dachte ich darüber nach, wie viel das Volk inzwischen von der Sache wissen mochte, die längst nicht mehr die ›Geheimsache‹ des Königs war. Ich war sicher, daß die Königin vom Volk mit Mitgefühl und Jubel begrüßt werden würde, wohin wir auch kämen. Und ich? Ich war verärgert und enttäuscht. Immer wieder geriet ich innerlich in Wut, weil ich diese Entwicklung der Dinge ursprünglich gar nicht gewollt hatte. Sie war mir aufgezwungen worden. Und doch wurde mir die Schuld an allem gegeben. Der König war so aufmerksam und liebevoll zu mir wie immer und verbrachte so viel Zeit mit mir, wie er nur konnte. Er hatte zwar seine Abgesandten nach Rom geschickt, es aber nicht eilig damit, den Fall zur Verhandlung zu bringen, da der Ausgang ohnehin feststand. Sein Wunsch war vielmehr, die Verhandlung hinauszuzögern. Er war gewillt, den Papst hinzuhalten, so wie der Papst ihn hingehalten hatte.

Eine Widersprüchlichkeit meines Wesens bestand darin, daß ich unbändige Heiterkeit an den Tag legte, wenn ich in Wirklichkeit die größten Ängste ausstand. Möglicherweise neigte ich zur Hysterie. Oft schreckte ich nachts aus verworrenen Träumen auf, in denen immer wieder die Furcht, der König könne mich verlassen haben, im Vordergrund stand. Diese Furcht verließ mich auch nach dem Aufwachen nicht, und nur der Beweis der offenkundigen Leidenschaft, die Henry für mich empfand, konnte sie zerstreuen. Ich hörte, wie die Leute sich erzählten, daß der König behext sei und bereit sei, Himmel und Hölle in Bewegung zu setzen, um mich zu seiner Königin zu machen. Dann erschienen mir meine Träume albern und unsinnig und unwirklich wie nächtliche Schatten. Doch der Gedanke muß wohl in meinem Kopf gespukt haben, sonst hätte ich nicht ständig davon geträumt.

Als der Hofstaat nach Tittenhanger kam, suchte Henry Wolsey tatsächlich in dessen Wohnsitz auf, um ihm einen Besuch abzustatten. Ich war wütend, als ich davon erfuhr. Und ich gab mir keine Mühe, meine Verärgerung vor dem König zu verbergen.

Er sagte: »Liebste, er ist ein alter Mann. Es war geradezu mitleiderregend mitanzusehen, wie gut ihm meine kleine Geste der Zuneigung getan hat.«

»Er zählt nicht zu meinen Freunden«, entgegnete ich. »Er war schon immer gegen mich.«

Henry erwiderte geduldig: »Aber es war doch der Kaiser, der uns all die Hindernisse in den Weg gelegt hat. Wolsey hätte mich aus dieser Ehe befreit, wenn es in seiner Macht gestanden hätte. Doch wir hatten den Kaiser zum Feind, und der Papst verfügt über ungefähr so viel Willenskraft wie ein verängstigtes Kaninchen. Ja, Wolsey hätte die Angelegenheit zu einem zufriedenstellenden Abschluß gebracht, wenn er die Möglichkeit dazu gehabt hätte.«

Vielleicht, dachte ich, würde der König doch noch irgendwann die Prinzessin von Frankreich heiraten. Wolsey war entschlossen, mich zu vernichten. Ich konnte den Vorfall mit dem Buch nicht vergessen, das George Zouch entwendet hatte. Wolsey hatte gehofft, mich beim König schlechtzumachen, und er hätte mich tatsächlich in ernsthafte Schwierigkeiten bringen können, wenn Henry mich nicht so abgöttisch geliebt hätte.

Als wir in Grafton waren, erreichte den König eine Nachricht von Wolsey, in der er ihn bat, ihn zu empfangen. Er schlug vor, den König in Begleitung von Kardinal Campeggio aufzusuchen, der sich vor seiner Abreise vom König verabschieden wolle.

Von Suffolk erfuhr ich, daß der König sich bereit erklärt hatte, die beiden Kardinäle zu empfangen.

»Ich kann es einfach nicht fassen«, sagte Suffolk, »daß Wolsey es überhaupt noch wagt, sich in der Öffentlichkeit blicken zu lassen... Campeggio übrigens auch. Und noch unfaßbarer erscheint mir, daß der König in diese Audienz eingewilligt hat.«

Ich ärgerte mich, denn der König hatte mir nichts davon gesagt.

»Ich werde den beiden eine Lektion erteilen«, fuhr Suffolk fort. »Ich habe noch nie etwas für Kardinäle übrig gehabt.«

»Ich ebensowenig«, stimmte ich ihm zu.

»Wolsey wird sich zum königlichen Hof in Grafton begeben und feststellen, daß dort keine Unterkunft für ihn bereitgestellt sein wird. Er wird sich also selbst ein Quartier suchen müssen.«

»Das wird ein ziemlicher Affront gegen seine Würde sein.«

»Genau das soll es auch sein«, sagte der Herzog lächelnd.

»Und der andere?«

»Master Campeggio? Ich fürchte, den werden wir wohl

oder übel unterbringen müssen. Aber ich habe angeordnet, sein Gepäck zu durchsuchen, bevor er dieses Land verläßt; es würde mich nämlich nicht wundern, wenn wir darin etwas fänden, das ihm nicht gehört.«

»Das wäre ja eine noch größere Beleidigung als die gegenüber Wolsey.«

»Es macht mir eben ungeheuren Spaß, Kardinäle zu beleidigen.«

Ich lachte mit ihm. Zu der Zeit glaubte ich noch, er sei mein Freund.

Wolsey erschien in verhältnismäßig bescheidenem Aufzug, verglichen mit dem Pomp, mit dem er sich früher so gern umgeben hatte. Als ich mit dem König über meine Abneigung und mein Mißtrauen gegenüber Wolsey gesprochen hatte, hatte er aufmerksam zugehört und genickt. Suffolk und Norfolk gingen daher davon aus, daß der König nicht mit ihm reden werde, wenn er ihm begegne, und sie freuten sich bereits darauf, Zeugen der Demütigung des Kardinals zu werden.

Doch alles kam ganz anders, als sie erwartet hatten.

Über Wolseys Schandtaten kursierten die verschiedensten Geschichten. Es stimmte, daß er große Reichtümer angehäuft hatte. Er war ein Paradebeispiel für all die Vergehen, die Martin Luther unternommen hatte anzuprangern. Er hatte einen Lebensstil gepflegt, der ebenso aufwendig gewesen war wie der der meisten Monarchen. Er hatte sich Pfründe um Pfründe angeeignet. Neben drei Bistümern gehörte ihm die reichste aller Abteien. Als päpstlicher Legat und Kanzler verfügte er über das gesamte Patronatsrecht im Lande. Wenn irgendein Mitglied der Kirche – sei es der reichste Abt oder der ärmste Priester – eine behördliche Genehmigung benötigte, mußte er dafür Gebühren an Wolsey entrichten. Ihm flossen die Einnahmen aus Testamentsvollstreckungen und Eheschließungen zu. Er erhielt finanzielle Zuwendungen aus dem Ausland, denn alle wußten, welchen Einfluß er beim König hatte. Sein Reichtum war ungeheuerlich, doch während er ihn ansammelte, gab er sich als Mann Gottes aus, als Diener unseres Herrn, der sein Leben in Armut und im Dienste der Menschheit zugebracht hatte. In Wirklichkeit aber diente Wolsey nur einem Herrn, dem Mammon, und der Mammon war Wolsey.

An all das hatte ich den König erinnert, und er schien mir zuzuhören. Er kommentierte meine Ausführungen sogar mit der Bemerkung, Wolsey sei reicher als es sich für einen Untertan gehöre.

Ich wartete zusammen mit den anderen auf den Empfang, den der König dem Kardinal bereiten würde; ich war inzwischen ganz sicher, daß er aus seinem Unmut kein Hehl machen werde.

Ich konnte meinen Augen kaum trauen. Kaum hatte der Mann – seinem Aussehen nach zu urteilen, erschöpft und krank – den Raum betreten, kaum war er vor dem König niedergekniet, als Henry die Hand auf seine Schulter legte und ihn aufforderte, sich zu erheben. »Ihr seht angegriffen aus, Thomas«, hörte ich ihn sagen. Sie schauten einander an, und vom Gesicht des Kardinals war seine große Freude über den sanften Ton des Königs abzulesen. Auch Henry entging das nicht; seine Augen nahmen einen liebevollen und gerührten Ausdruck an, und sein kleiner Mund verlor den grausamen Zug und entspannte sich, wie es oft der Fall gewesen war, wenn er sich mir zugewandt hatte. Sie redeten miteinander, und ich merkte, wie der Kardinal neue Hoffnung faßte. Er glaubte offenbar, daß er die Gunst des Königs wiedererlangen könne, wenn es ihm gelinge, seinen Feinden zu entrinnen.

Campeggio empfing der König eher kalt. Er ließ ihn spüren, daß es nichts gab, wofür er ihm hätte danken müssen.

Später beim Abendessen, als ich meinen Platz an der Seite des Königs eingenommen hatte, ließ ich meinem Unmut darüber freien Lauf, wie er sich Wolsey gegenüber verhalten hatte. Ich erinnerte den König an all das, was das Vorgehen des Kardinals bewirkt hatte. Er schenkte mir jedoch nur ein mildes Lächeln. Ich hatte das Gefühl, daß das, was ich sagte, ihn nicht sonderlich interessierte.

»Was denn, Liebste?« sagte er gelangweilt.

Ich erwähnte Wolseys Scheitern in eben jener Angelegenheit, die uns beiden so am Herzen lag.

»Er war davon überzeugt, daß wir alle Aussichten hatten,

problemlos zu einer befriedigenden Lösung zu gelangen. Daß uns das nicht gelungen ist, war nicht seine Schuld.« Ich hätte die Warnung erkennen müssen, denn er fügte hinzu: »Das kann ich besser beurteilen als Ihr oder sonst jemand.« Leider lagen Warnungen damals nicht in meinem Wahrnehmungsbereich.

Doch ich konnte nicht an mich halten. »Wenn irgendein Angehöriger des Adels nur die Hälfte von dem verbrochen hätte, was er verbrochen hat, hätte er es verdient, seinen Kopf zu verlieren«, sagte ich. »Wenn mein Vater, die Lords Norfolk und Suffolk oder irgendein anderer Adliger sich noch viel weniger hätten zuschulden kommen lassen als er, dann wäre ihnen längst der Kopf abgeschlagen worden.«

Er wirkte ein wenig kühl, als er sich von mir abwandte, um das Gespräch zu beenden. »Wie ich sehe«, sagte er, »gehört Ihr nicht zu den Freunden des Kardinals.«

Er gab mir deutlich zu verstehen, daß die Unterhaltung sein Mißfallen erregt hatte und daß ich vergessen hatte, daß er der König und ich nur ein Untertan war – obwohl er selbst es gewesen war, der mich den Standesunterschied hatte vergessen lassen.

Ich fügte hinzu: »Weder ich noch irgend jemand, der Euer Gnaden liebt, hat Grund, sein Freund zu sein... in Anbetracht dessen, was er getan hat.«

Seine Lippen waren geschürzt. Die Mahlzeit war beendet, und er gab zu verstehen, daß er den Tisch zu verlassen wünsche. Danach schickte er nach Wolsey. Sie zogen sich in die Privatgemächer des Königs zurück und redeten dort lange miteinander.

Ich ärgerte mich sehr, aber es gab nichts, was ich hätte tun können.

Suffolk hatte seine Ankündigung wahr gemacht, und es war tatsächlich keine Unterkunft für Wolsey frei. Dann hörte ich, daß Henry Norris Mitleid mit ihm gehabt und seine eigenen Räume zur Verfügung gestellt hatte, so daß der Kardinal doch noch ein Quartier für die Nacht beziehen konnte.

Der König saß lange mit Wolsey zusammen und kündigte, als die Unterhaltung beendet war, an, daß sie ihr Gespräch am nächsten Morgen fortsetzen würden.

Ich war empört. Mir war klar, daß Henry den Mann nur wiederzusehen brauchte, um sich von ihm um den Finger wickeln zu lassen. Er machte sich doch allen Ernstes Sorgen um seine Gesundheit. Noch ein paar Stunden vertraulicher Gespräche, dachte ich bei mir, und Wolsey würde den König wie in alten Zeiten beherrschen. Das durfte nicht geschehen.

Henry hatte einmal mit mir über einen Wildpark gesprochen, den er gern in dieser Gegend einrichten wollte. Wir hatten uns das Gelände am Tag zuvor angesehen, und er hatte gesagt, daß er sich dort noch einmal genauer umsehen wolle, bevor wir Grafton verließen. Hier bot sich mir eine günstige Gelegenheit. Ganz früh am nächsten Morgen suchte ich ihn voller Begeisterung auf. Ich erzählte ihm, daß ich in der Absicht, ihm eine Freude zu bereiten, einen Ausflug vorbereitet hätte. Wir wollten mit einigen unserer engsten Freunde ausreiten und dabei das Gelände aufsuchen, das für den Wildpark vorgesehen sei. Dort würden wir ein Picknick veranstalten. Es werde sicher sehr lustig werden.

Der König war entzückt. Er hatte es ausgesprochen gern, wenn ich spontan irgendwelche Kurzweil plante, und er konnte sich immer darauf verlassen, daß die Unterhaltung, die ich mir ausdachte, vergnüglich sein würde, denn ich versammelte stets die Menschen um mich, deren Gesellschaft ihn am meisten freute – unter anderem meinen Bruder, Weston, Norris und Suffolk.

»Wir müssen nur eins beachten«, sagte ich und sah lächelnd zu ihm auf, während ich seinen Arm nahm. »Wir werden sehr früh aufbrechen müssen, sonst schaffen wir es nicht, vor Einbruch der Dunkelheit wieder zurück zu sein. Ich bestehe darauf, daß Euer Gnaden sich sofort fertigmachen, so daß wir noch vor Ablauf einer Stunde in den Sätteln sitzen.«

Alles verlief wunschgemäß. Wir versammelten uns unten im Hof und waren, als Wolsey erschien, bereit zum Aufbruch, so daß die Zeit nur noch für einen kurzen Meinungsaustausch zwischen ihm und dem König reichte. Natürlich war dem Kardinal klar, daß ich dahintersteckte. Doch inzwischen war es überflüssig geworden, so zu tun, als seien er und ich nicht die erbittertsten Feinde.

Trotz jener kurzen Gnadenfrist war nicht zu übersehen, daß Wolseys Tage gezählt waren. Seine Feinde umringten ihn – wie es von Feinden nicht anders zu erwarten ist – wie Jagdhunde beim Halali, begierig, ihn zur Strecke zu bringen.

Unter ihnen waren möglicherweise einige, deren Motiv nicht Neid war oder der Wunsch, an einem Mann Rache zu üben, dem ein kometenhafter Aufstieg gelungen war, von dem sie trotz all ihrer Privilegien nur träumen konnten. Lord Dacre von Templehurst war ein glühender Katholik und einer von Katharines treuesten Freunden. Er hatte zusammen mit ihrem Vater, Ferdinand, während der Eroberung Granadas gekämpft, und er war auch insofern ein Gegner Wolseys, als er für eine engere Verbindung mit dem Kaiser eintrat, der Wolsey sich widersetzt hatte. Dacre wies darauf hin, daß Wolsey Bischöfen, Dechanten und zahlreichen Angehörigen des Klerus beträchtliche Geldsummen für zuerkannte Vorrechte entlockt und sich an den Wertgegenständen sowie den Gold- und Silberschätzen der Abteien bereichert habe. Er hatte Wolseys Sünden auf einer langen Liste zusammengestellt, aber die schwerste Anschuldigung, die Dacre gegen Wolsey erhob, war der Vorwurf, der als *Praemunire* bezeichnet wurde, was bedeutete, daß er Angelegenheiten, die eigentlich vor einem englischen Gericht hätten geklärt werden müssen, einer ausländischen Rechtsprechung unterzogen hatte. Das war eine ernstzunehmende Beschuldigung, die nichts anderes besagte, als daß Wolsey zur Last gelegt wurde, dem Papst gegen die Interessen seines Herrn, des Königs, gedient zu haben. Als Strafe für dieses Vergehen war vorgesehen, daß der Schuldige auf alle seine Güter und Ländereien verzichten mußte.

Wolsey war mittlerweile bereits so krank und enttäuscht, daß er, wie mir schien, nur noch den Wunsch hatte, in Frieden zu leben. Er wußte, daß seine große Karriere zu Ende war, und er war zu schwach, um noch Kampfgeist zu entwikkeln; außerdem waren seine Feinde zu zahlreich. Ich war überzeugt, daß er in mir den größten seiner Feinde sah und mir die Schuld an seinem Sturz gab. Wenn er von mir sprach, nannte er mich ›die Nebelkrähe, der der König sein Ohr leiht‹. Er wußte genau welcher Art die Gefühle waren, die der König mir entgegenbrachte; wahrscheinlich war ihm klar, was er falsch gemacht hatte, wenn er auf die vergangenen Jahre zurückblickte. Wenn er mir zu Anfang entgegengekommen wäre, wenn er für mich statt gegen mich gearbeitet hätte, wäre es nicht so weit gekommen. Mit meiner Unterstützung wäre es ihm gelungen, jenen erbitterten Feinden Widerstand zu leisten – Norfolk, Suffolk und all den anderen, die es nicht ertragen konnten, daß ein Mann aus so kleinen Verhältnissen so hoch aufgestiegen war, daß er sie alle hinter sich zurückgelassen hatte. Hätte Wolsey nur etwas mehr Ahnung von der menschlichen Natur gehabt... Doch auch darin hatte er versagt.

Also gab Wolsey das Königliche Großsiegel zurück und verließ seinen geliebten York-Palast für immer – so, wie er zuvor den Palast Hampton Court verlassen hatte.

Der arme Wolsey! Heute empfinde ich Mitleid für ihn. Damals, unbesonnen wie ich war, frohlockte ich über seinen Sturz.

Sobald er den York-Palast aufgegeben hatte, begaben der König und ich uns dorthin, um ihn zu besichtigen. Wir waren überwältigt vor Staunen angesichts der Schätze, die er dort angehäuft hatte. Henrys Augen glänzten vor Gier, und ich mußte daran denken, wie er damals von Hampton Court Besitz ergriffen hatte.

»Wie hat der Mann es nur geschafft, solche Reichtümer zu horten?« fragte er.

»Darauf weiß Lord Dacre eine Antwort«, entgegnete ich.

Henry nickte. Diesmal verzichtete er darauf, Wolsey zu verteidigen, und wir gingen gemeinsam durch die Räume des Palastes und weideten uns am Anblick der Schätze, die nun alle dem König gehörten.

Doch auch Wolseys Sturz hatte uns unserem Ziel nicht im geringsten nähergebracht. Wir schwankten weiterhin zwischen Hoffnung und Verzweiflung.

Eustace Chapuys war inzwischen in England eingetroffen, um Mendozas Platz einzunehmen. Wie die meisten Gesandten war auch er ein Spion seines Herrschers. Er war zweifellos sehr klug und vom Kaiser mit großer Sorgfalt ausgewählt worden, denn er war ein Mann, der über eben jene besonderen Fähigkeiten verfügte, die eine Situation wie die, die nach wie vor am englischen Hof herrschte, erforderte.

Wolseys Entmachtung machte eine Neubesetzung wichtiger Staatsämter erforderlich, denn Wolsey hatte alle Funktionen in seiner Person vereinigt. Nun war der König sein eigener Erster Minister, der Herzog von Norfolk Präsident des Staatsrates mit Suffolk als Vizepräsident, und Sir Thomas More war Lordkanzler. Der König gab bekannt, daß er beabsichtige, mit dem Parlament als beratendem Gremium an seiner Seite zu regieren.

Die Dinge entwickelten sich so, wie die Herzöge von Norfolk und Suffolk es sich erhofft hatten, obwohl sie es noch lieber gesehen hätten, wenn Wolsey angeklagt und wegen Hochverrats vor Gericht gestellt worden wäre. Das Unterhaus zeigte sich jedoch weniger rachsüchtig, was weitgehend auf den Einfluß eines gewissen Thomas Cromwell zurückzuführen war, der den Kardinal leidenschaftlich verteidigte.

Ich glaube, das war das erste Mal, daß der König von Cromwell Notiz nahm. Er stammte aus sehr bescheidenen Verhältnissen und war als Sohn eines Schmieds zur Welt gekommen, der ein Mann von großem Tatendrang gewesen sein muß, denn er war außerdem Walker und Schafscherer und betrieb nebenher noch ein Gasthaus und eine Brauerei. Thomas Cromwell sollte in unserer Geschichte eine entscheidende Rolle spielen, und ich erfuhr später noch wesentlich mehr über ihn.

Er hatte eine wilde Jugend verlebt und sogar einige Zeit im Gefängnis zugebracht, was ich damals jedoch noch nicht wußte. Erst wenn jemand Macht erlangt, erwacht das allgemeine Interesse an seiner Herkunft, und sofern sich diese auch nur als irgendwie fragwürdig erweist, wird diese Tatsache schadenfroh ans Licht der Öffentlichkeit gezerrt und oft schamlos übertrieben. Nachdem Cromwell seine Strafe verbüßt hatte, ging er ins Ausland, wo er eine Zeitlang in der französischen Armee diente. Dann kehrte er nach England zurück und heiratete die Tochter eines Schafscherers, entschlossen, so erzählte man sich, alle Welt an seine bescheidenen Anfänge zu erinnern. Er wurde ein erfolgreicher Geschäftsmann und Geldverleiher, war intelligent, schlau, schlagfertig und geistreich und wurde zu gegebener Zeit von Wolsey entdeckt, der gern begabte Leute anwarb, in seinen Dienst einzutreten. Cromwells Intelligenz stand außer Zweifel, und Wolsey verstand es geschickt, sie sich zunutze zu machen; er zeigte sich Cromwell gegenüber erkenntlich und brachte ihm eine Menge bei – und Cromwell war dankbar dafür.

Er wurde, vermutlich mit Wolseys Hilfe, Parlamentsabgeordneter der Stadt Taunton, und so kam es, daß er später, als Wolseys Fall zur Verhandlung kam, im Parlament anwesend war und seinen früheren Herrn mutig und entschlossen, seine Unschuld zu beweisen und ihm die Anklage des Verrats zu ersparen, verteidigte.

Ob er jedoch befürchtete, daß seine ehrgeizigen Träume, deren Verwirklichung in so hohem Maße von Wolseys Gunst abhing, zerrinnen könnten, oder ob Loyalität gegenüber seinem früheren Gönner das Motiv seines Handelns war, das konnte ich nicht mit Sicherheit sagen. Dennoch war sein Eintreten für Wolsey eine mutige Geste, zumal alle anderen nur allzu bereit waren, über den gestürzten Mann herzufallen.

Der König nahm das mit Wohlwollen zur Kenntnis. Ich glaube, Henry hatte ohnehin beschlossen, Wolsey zu begnadigen, gleich welches Urteil verkündet werden würde. Aber es war Cromwells Rede gewesen, die das Unterhaus bewog, gegen die Anklage des Hochverrats zu stimmen.

Da stand Wolsey nun – ein gebrochener Mann und nahezu all seiner unermeßlichen weltlichen Güter beraubt, aber immerhin frei. Abgesehen von der Tatsache, daß er mein Feind gewesen war und nun keine Möglichkeit mehr hatte, mir zu schaden, hatte sich die Lage wenig geändert.

Am königlichen Hof führte ich ein Leben in Aufwand und großer Pracht. Ich beschäftigte meine eigenen Schneiderinnen und ließ mir von den führenden Seidenhändlern die erlesensten Stoffe schicken. Meine Kleider, die ich selbst entwarf, erlangten bald legendären Ruhm, aber ich war gezwungen, den Stil meiner Garderobe ständig zu ändern, weil er so schamlos kopiert wurde, daß ich in einer neuen Kreation, die ich zum ersten Mal vorführte, eine Woche später schon nicht mehr erscheinen konnte, da zu dem Zeitpunkt die meisten Hofdamen bereits ein ähnliches Modell trugen. Die Menschen meiner Umgebung huldigten mir. Ich war die ungekrönte Königin des Hofes. Aber ich war nicht die Königin von England. Katharine war immer dabei – ein grauer Schatten im Hintergrund, eine Dritte im Bunde, die meine Freude vergällte.

Hinzu kam, daß mein ständiges Bemühen, mir Henry vom Leibe zu halten, eine große Belastung darstellte. Die Ungewißheit, ob es ratsam oder nachteilig sei, seinem Drängen nachzugeben, erfüllte mich mit Bitterkeit, und ich befürchtete, ein Aufgeben der Distanz könne ihn zu dem Schluß verleiten, daß Anne Boleyn im Dunkeln auch nicht aufregender sei als andere Frauen, während ein Wahren der Distanz die alte Frage aufwarf, ob er des langen Wartens nicht doch irgendwann überdrüssig würde. Wie lange würde ich ihn noch hinhalten können? Ich ging so weit, ihm einige gewagtere Liebkosungen zu gestatten. Ich war hin- und hergerissen zwischen meiner Begeisterung darüber, der umschwärmte Mittelpunkt zu sein, und meiner Angst davor, die Sympathien der Menschen zu verlieren. Natürlich wußte ich, daß diejenigen, die mir heute schmeichelten, morgen die ersten sein würden, die mich anfeindeten, falls ich Ruhm und Ansehen verlöre. Ich hätte mir Wolseys warnendes Beispiel vor Augen führen sollen, doch ich fürchte, ich verschwendete nicht mehr allzu viele Gedanken an ihn, nun da er mir nicht mehr im Weg stand. Ich war die meiste Zeit viel zu sehr von mir und der rätselhaften Anziehungskraft überzeugt, die ich auf andere ausübte und deren Geheimnis – ganz anders als bei meiner Schwester Mary – meine Unnahbarkeit zu sein schien. Ich war damals ein unbekümmertes Mädchen; dennoch entwickelte ich ein Gespür dafür, wie die Zeit verflog.

Ein weiteres Jahr war fast vergangen, und ich war meinem Ziel, Königin zu werden, in Wirklichkeit nicht näher gekommen als vor vier Jahren.

Ich hatte schon immer ein aufbrausendes Temperament, und meine Stiefmutter hatte mir immer wieder geraten, es im Zaum zu halten, besonders jetzt, da ich mich in einer so prekären Situation befand. Aber wenn es erst einmal mit mir durchgegangen war, war ich nicht mehr in der Lage, es zu zügeln. Und augenblicklich fühlte ich mich ganz besonders unter Druck gesetzt.

Henry hatte seit einiger Zeit aufgehört, mit Katharine in einem Bett zu schlafen. Er hatte erklärt, daß der eheliche Verkehr ein Ende haben müsse, da er der Überzeugung sei, gar nicht wirklich mit ihr verheiratet zu sein. Sein Gewissen erlaube ihm nicht, weiterhin intime Beziehungen mit ihr zu pflegen, denn das komme einer Sünde gleich. Eine Zeitlang hätten sie gemeinsam das große Prunkbett benutzt, sie am einen Ende, er am anderen – so sagte er jedenfalls –, aber nun halte er es für vernünftiger, nicht mehr dasselbe Lager zu teilen.

Ich erinnere mich gut an jenen Tag im November – ein trüber, trostloser Tag, an dem dichter Nebel herrschte, der in alle Räume drang und irgendwie zu meiner Niedergeschlagenheit beitrug und in mir das Gefühl verstärkte, daß diese Angelegenheit nie eine glückliche Lösung finden werde.

Angehörige königlicher Familien sind selten wirklich allein; immer lauert jemand im Hintergrund, der nur darauf wartet weiterzuerzählen, was geschieht und was geredet wird. Nur nachts, wenn sie im Bett liegen, sind sie einigermaßen ungestört, und auch dann sind sie noch von Dienern umgeben, die, obwohl nicht direkt anwesend, durchaus mitbekommen, was geschieht.

Henry kam zu mir, nachdem er mit Katharine zu Abend gegessen hatte. Er sah mürrisch aus, und ich fragte ihn, was ihn bedrücke.

»Katharine!« sagte er. »Wie mir die Frau doch auf die Nerven fällt! Jetzt macht sie mir Vorwürfe, weil ich nicht mehr zu ihr ins Bett komme.«

»Sie... vermißt Euch also«, sagte ich.

»Bei der heiligen Mutter Gottes, sie denkt nur an das, was sie ihr ›gutes Recht‹ nennt. Ich habe ihr erklärt, daß ich nicht ihr rechtmäßiger Ehemann bin und daher nicht das Lager mit ihr teilen kann.«

»Und da sie eine so fromme Frau ist, hat sie Euch sicher zugestimmt.«

»Sie wollte es nicht dabei belassen. Sie warf mir vor, ich sei zu feige gewesen, den Fall von einem unvoreingenommenen Gericht untersuchen zu lassen. Sie sagte, daß sie jedem Richter, den ich auftreiben könne, damit er zu meinen Gunsten entscheide, tausend entgegensetze, die beschwören könnten, daß unsere Ehe intakt und unauflöslich sei.«

Ich war erstaunt und bestürzt darüber, daß er zugelassen hatte, daß das Gespräch mit ihr so weit gehen konnte. Ich dachte im stillen: Wir werden diese Frau nie schlagen. Sie wird aus allen Auseinandersetzungen als Siegerin hervorgehen. Wie konnte er ihr aber auch erlauben, so mit ihm zu reden! Es war nicht zu übersehen, daß sie trotz all seiner Bemühungen, von ihr loszukommen, noch immer Macht über ihn besaß.

»Ich sehe«, bemerkte ich, »daß sie in Streitgesprächen mit Euch immer die Überlegene bleiben wird. Eines Tages werdet Ihr Euch ihren Argumenten beugen und mich verstoßen.«

»Niemals«, erklärte er mit leidenschaftlicher Überzeugung.

»Ich warte nun schon so lange«, sagte ich. »Ich könnte längst verheiratet sein. Ich könnte längst Kinder haben, die der größte Trost im Leben eines Menschen sind. Aber nein ... die Zeit und meine Jugend gehen dahin ... sinnlos vertan.«

Damit stand ich auf und verließ den Raum.

Unglücklicherweise belauschte einer von Chapuys' Spionen unsere Unterhaltung und trug das Gespräch umgehend jenem zynischen Gesandten zu, der seinerseits seinem Herrn davon berichtete.

Ich war ganz sicher, daß zu dem Zeitpunkt alle davon überzeugt waren, daß Henry die ganze Sache bald leid werden würde – wie es bei mir offensichtlich bereits der Fall war.

Die Wirkung, die meine Worte, vor allem meine Anspielung auf die Ehe, auf Henry hatten, war bemerkenswert. Er wußte, daß es bei Hofe viele Männer gab, die daran interessiert waren, mich zu heiraten. Ja, manchmal schien es mir sogar, als bestünde ein Kausalzusammenhang zwischen der unerschütterlichen Hingabe, mit der der König mich liebte, und der Anziehungskraft, die ich – wie er deutlich sah – auf andere Männer bei Hofe ausübte. Er hatte große Angst, mich zu verlieren. Sein Wunsch nach einer Scheidung war zu einem leidenschaftlichen Anliegen geworden – ob jedoch ausschließlich aufgrund seines Verlangens nach mir oder wegen jener Hartnäckigkeit, die einer seiner typischen Charakterzüge war und ihn veranlaßte, sich nie mit einer Absage zufriedenzugeben, konnte ich nicht mit Sicherheit sagen. Jedenfalls legte er eine wilde Entschlossenheit an den Tag.

Um mich zu besänftigen, verlieh er meinem Vater den Titel ›Graf von Wiltshire‹. Auf diese Weise wurde aus George Lord Rochford und ich war nun Lady Anne Rochford. Diese Auszeichnung erhöhte unsere gesellschaftliche Stellung beträchtlich.

Damit war zugleich jenes alte Problem mit Piers Butler gelöst, das ursprünglich durch meine Heirat mit James Butler hatte aus der Welt geschafft werden sollen und von dem so plötzlich und ohne jeden ersichtlichen Grund nicht mehr die Rede gewesen war. Die Folge war gewesen, daß Piers Butler und mein Vater sich jahrelang wegen der Grafenwürde gestritten hatten. Henry hatte die Angelegenheit bewußt in der Schwebe gelassen: Einerseits wollte er mich nicht verletzen, indem er die Hoffnungen meines Vaters enttäuschte, andererseits war ihm Piers Butler in Irland von großem Nutzen. Jetzt plötzlich entschied Henry sich, den Grafentitel meinem Vater zuzuerkennen. Butler erhielt zum Trost einige Ländereien in Irland und damit war der Fall friedlich geregelt, denn selbst Piers Butler drüben im fernen Irland konnte nicht entgangen sein, welche Bedeutung die Boleyns in den Augen des Königs erlangt hatten.

Ich blickte auf das Jahr zurück und mußte zugeben, daß ich durchaus meine Triumphe gehabt hatte – der größte war Wolseys Sturz gewesen. Campeggio war abgereist, doch bevor er das Land verließ, mußte er sich die Demütigung gefallen lassen, daß sein Gepäck durchsucht wurde, was ihn sehr empörte, obwohl nichts in seinen Taschen gefunden wurde, das nicht mit Fug und Recht darin hätte sein dürfen. Er beklagte sich beim König bitter darüber und gab zu verstehen, daß diese Behandlung eine Verletzung seiner Würde als päpstlicher Abgesandter darstelle. Der König entgegnete in scharfem Ton, daß wir uns keines Verstoßes gegen die Etikette schuldig gemacht hätten; der Kardinal habe vielmehr in dem Augenblick seinen Status als päpstlicher Legat aufgegeben, als er sich entgegen seinem Auftrag geweigert habe, in dem ihm übertragenen Fall ein abschließendes Urteil zu verkünden. Letzten Endes hielt er es dann aber doch für klug, Campeggio eine förmliche Entschuldigung zukommen zu lassen, die den Kardinal beschwichtigte.

Ein neues Jahr der Ungewißheit hatte begonnen.

Im Januar wurde mein Vater zum Königlichen Geheimsiegelbewahrer ernannt. Der König sagte zu mir: »Ich glaube, es wäre eine gute Idee, Euren Vater zum Kaiser zu schicken. Niemand kennt sich in diesem Fall besser aus als er, und er hat bei anderen Gelegenheiten bereits bewiesen, daß er ein sehr erfolgreicher Gesandter ist.«

Ich stimmte ihm zu. Wir können nicht bei Verstand gewesen sein, als wir uns zu diesem Vorgehen entschlossen. Mein Vater war der Letzte, den wir hätten schicken dürfen. Vielleicht wurden wir allmählich so nervös, daß wir uns nicht mehr mit der nötigen Sorgfalt überlegten, was wir taten. Uns wurde schon bald darauf klar, welchen Fehler wir begangen hatten.

Der verschlagene Chapuys suchte den König auf. Ich war bei der Unterredung anwesend, denn ich sah keinen Grund, den König mit seinem Gesprächspartner allein zu lassen, wenn es um etwas ging, das für mich persönlich von so entscheidender Bedeutung war. Chapuys sagte, er habe eine dringende Nachricht vom Kaiser erhalten. Der Graf von Wiltshire werde schon in Kürze zurückkehren. Der Kaiser sei verwundert darüber, daß Seine Majestät jemanden beauftragt habe, einen Fall zu vertreten, in dem er selbst Partei sei.

»Mein Herrscher ist der Ansicht, daß der Fall in Rom verhandelt werden müsse, und zwar unverzüglich.«

Henry war wütend. Er entließ Chapuys, der sich mit einem verstohlenen, süffisanten Lächeln empfahl, das ich ausgesprochen widerwärtig fand.

Mein Vater kehrte zurück. Er berichtete, daß der Kaiser ihn, bevor er noch Gelegenheit gehabt habe, seine vorbereitete Ansprache zu halten, mit der Bemerkung unterbrochen habe, er lehne es ab, jemandem zuzuhören, ›der ein persönliches Interesse am Ausgang der Verhandlung‹ habe.

»Das habe ich schon von der falschen Schlange Chapuys erfahren«, rief Henry wütend aus. »Der Kaiser will mich wohl zum Narren halten! Er besteht darauf, den Fall in Rom verhandeln zu lassen, und wir wissen ja alle, was das bedeutet.«

Am nächsten Tag traf eine Mitteilung des Papstes ein. Während Henry sie las, breitete sich Zornesröte auf seinem Gesicht aus und seine Augen funkelten wutentbrannt.

»Seht Euch das an. Ich... ich persönlich werde aufgefordert, vor der Rota in Rom zu erscheinen. Wie können sie es nur wagen! Haben sie vergessen, wer ich bin?«

»Das macht er absichtlich, um Euch zu beleidigen«, sagte ich.

Henry las weiter, und seine Augen verengten sich zusehends.

»Der Teufel soll den Schurken holen! Wißt Ihr, was er mir hier androht? Ich soll zu Katherine zurückkehren. Andernfalls laufe ich Gefahr, exkommuniziert zu werden.«

Ich glaube, ich war noch nie so deprimiert wie an dem Tag. Und ich sah, wie Henry die Furcht im Gesicht geschrieben stand. Seine innere Bindung an Rom war noch immer stark genug, um ihm Angst vor einer solchen Drohung einzujagen.

»Er würde es nicht wagen«, bemerkte ich.

»Aber er hat den Kaiser hinter sich.«

»Er hat schon immer den Kaiser hinter sich gehabt. Darum befinden wir uns ja auch in einem solchen Dilemma.«

»Exkommunikation«, murmelte Henry. Ich wußte genau, woran er dachte. Es war schon einmal vorgekommen, daß ein König von England von einem Papst exkommuniziert worden war, und dieser Bann hatte das Land in große Unruhe gestürzt. Es hatte sich in der Tat um einen der verhängnisvollsten Abschnitte von König Johns ohnehin schon verhängnisvoller Herrschaft gehandelt. Obwohl die neue Religion, die von Männern wie Martin Luther und William Tyndale begründet worden war, im ganzen Land mit Interesse erörtert wurde, gab es doch noch viele Menschen, die nach wie vor in dem Papst den Stellvertreter Christi auf Erden sahen und von denen man annehmen mußte, daß sie sich gegen den König wenden würden, wenn der gefürchtete Bann verhängt würde. Ich befürchtete, daß sich der König selbst mir zuliebe nicht der Gefahr der Exkommunikation aussetzen würde.

Wieder trat ich die Flucht nach vorn an: »Ihr laßt Euch also immer noch vom Papst Vorschriften machen.«

Er ballte die Faust. »Bei Gott, so weit kommt es noch«, sagte er. »Das lasse ich mir nicht gefallen. Es muß einen Ausweg geben, Anne. Ich schwöre, daß ich ihn finden werde.«

Ich schlang meine Arme um seinen Hals und drückte ihn an mich. »Ja«, sagte ich, »wir finden einen Weg. Werdet Ihr diese Drohung ignorieren?«

Er nickte. »Es wird sich bestimmt bald eine Lösung finden.«

Wirklich? Ich hatte da meine Zweifel. Gab es überhaupt eine Lösung? Mein Unbehagen wurde mit jeder Stunde größer.

Danach war eine Zeitlang von Exkommunikation nicht mehr die Rede. Es war durchaus möglich, daß die Spione des Papstes, die überall anzutreffen waren und zweifellos einen guten Überblick über den Stand der Dinge in ganz Europa hatten, sich der Gefahr bewußt wurden, daß der König im Falle einer Exkommunikation und des damit verbundenen Bruchs mit Rom auf die Idee kommen könnte, sich der lutherischen Kirche zuzuwenden. Das Luthertum breitete sich mit einer Geschwindigkeit aus, die der katholischen Kirche beängstigend erschienen sein muß. Lutherische Bücher mochten zwar verboten sein, doch das verhinderte nicht, daß sie in verschiedene Länder eingeschmuggelt wurden. Obwohl der König stets die Kirche Roms unterstützt hatte – immerhin war er zum ›Verteidiger des Glaubens‹ erklärt worden –, war er in dieser Frage der Scheidung unerbittlich, und Exkommunikation konnte sich unter den gegebenen Umständen durchaus als zweischneidiges Schwert erweisen.

Zum Trotz nahm er mich überall mit hin. Manchmal ritt ich an seiner Seite, auf einem Pferd, das eine Satteldecke mit den königlichen Emblemen trug; ich ritt sogar im Damensattel auf einem Pferd mit ihm.

Ich werde nie vergessen, wie wir durch die mürrischen Menschenmengen hindurch nach London ritten. Die Menschen jubelten ihm nicht zu, weil ich bei ihm war. Ein Mann rief mir sogar eine Beleidigung zu, woraufhin der König befahl, ihn zu verhaften.

Er hatte sich immer der Sympathien des Volkes erfreut und die Bedeutung dieser Sympathien nie aus den Augen verloren. Er hatte sich immer sehr darum bemüht, das Volk auf seiner Seite zu haben; aber bei aller Beliebtheit mußte er ihnen klarmachen, wer im Lande das Sagen hatte. Und wenn es sein Wunsch war, mit mir zusammen auf einem Pferd in seine Hauptstadt zu reiten, dann ritt er auch mit mir auf einem Pferd dorthin.

Aber ihre Verdrossenheit gefiel ihm nicht – mir übrigens auch nicht, mir vielleicht noch weniger als ihm. Sie machte mir Angst. Vielleicht würde ihm eines Tages bewußt werden, daß ich der Grund dafür war, daß sein Volk ihn nicht mehr liebte. Die Jahre vergingen. Ich wurde älter. Wie lange noch? Das fragte ich mich immer und immer wieder. Wie lange noch?

Wolsey gab mir noch immer Anlaß zur Besorgnis. Ich konnte mir durchaus vorstellen, daß er irgendwann wieder an die Macht käme. Wenn der König mich verstoßen sollte, dann wäre alles wieder so wie früher..., der König würde wieder in Freundschaft mit dem Papst und dem Kaiser leben. Und die Scheidung, auf die Henry so erpicht war? Damit verhielt es sich nicht anders als mit seiner Begeisterung für mich, der in erster Linie der Ehrgeiz zugrunde lag, einen männlichen Nachkommen zu zeugen – ein Wunsch, der sich seiner Ansicht nach mit Katharine als Ehefrau nie erfüllen würde. Wolsey würde sicherlich eine Heirat mit irgendeiner ausländischen Prinzessin aushandeln, und dann könnte Anne Boleyn sehen, wie sie zurechtkäme. Es war ein ständiger Alptraum, obwohl der König nichts tat oder sagte, was darauf schließen ließ, daß seine Leidenschaft für mich im Schwinden begriffen war. Und dennoch verfolgte mich die Vorstellung – ein verworrener, aber beharrlicher Gedanke, der selbst dann in meinem Kopf spukte, wenn ich mit großem Pomp an Henrys Seite ritt.

Ich wußte, daß Henry oft an Wolsey dachte, und ihm war sehr wohl bekannt, wie abgrundtief ich diesen Mann haßte und wie sehr ich ihm mißtraute. Sir Henry Norris, der mir ein guter Freund war, berichtete mir davon, wie Norfolk und Suffolk Wolsey triumphierend und schadenfroh das Königliche Großsiegel weggenommen hatten und wie Wolsey der Befehl erteilt worden war, sich nach Esher zurückzuziehen.

Er habe das Boot nach Putney genommen, von wo aus er den Weg nach Esher mit dem Maultier habe fortsetzen wollen. Da habe den König, dessen Gedanken bei Wolsey gewesen seien, großes Mitleid ergriffen, denn ihm sei klar geworden, daß Wolseys Feinde sich versammeln würden, um ihn auf seinem Weg nach Esher zu verhöhnen. Er habe daraufhin Norris zu sich gerufen und ihm einen Ring mit einem kostbaren Rubin gegeben. Wolsey werde den Ring wiedererkennen, habe er gesagt, denn er habe ihn zuvor an der Hand des Königs gesehen. Norris solle Wolsey den Ring aushändigen und ihm ausrichten, er solle nicht traurig sein und den Ring zum Zeichen der Verbundenheit mit dem König tragen.

Norris, der mir all das erzählte, sagte: »Es war eine überaus bewegende Szene. Wolsey kam mir vor wie ein Mann, der in allerletzter Minute vor dem Schafott gerettet worden war. Ich werde niemals seinen Gesichtsausdruck vergessen, als sein Blick auf den Ring des Königs fiel. Ich glaube, sein erster Gedanke war, daß nun all sein Leiden ein Ende haben werde. Er schien sich an die Hoffnung zu klammern, daß alles gut werden würde, wenn es ihm nur gelänge, den König zu sehen, mit ihm zu sprechen, ihm alles zu erklären, ihm zu sagen, daß er alle seine Reichtümer nur mit dem Ziel angehäuft habe, sie seinem König zu überlassen.«

Norris fuhr fort: »Dann nahm er eine seiner Ketten mit einem Kreuz ab und gab sie mir. ›Nehmt dies aus meiner Hand entgegen, guter Norris‹, sagte er. Ich war zutiefst gerührt, wie es wohl jedem ergangen wäre, der miterlebt hätte, wie dieser einst mächtige Mann zu Fall gebracht worden war und dann erneut Hoffnung schöpfte, weil der König ihm eine Freundlichkeit erwiesen hatte. Der König hat Wolsey offenbar sehr geliebt. Dasselbe kann man von Comus, Wolseys Narren, behaupten. Comus war einer der besten Hofnarren überhaupt. Bei Wolsey konnte man immer davon ausgehen, daß er von allem nur das Beste besaß. Er sagte zu mir: ›Nehmt meinen Narren und vertraut ihn der Obhut des Königs an. Sagt ihm, daß ich diesen Mann gemocht habe; vielleicht wird ihn das veranlassen, seinerseits Zuneigung zu dem Narren zu fassen.‹ Dann forderte er Comus auf: ›Kommt her, Narr. Ihr sollt eine Stelle bei Hofe antreten.‹ Und stellt Euch nur vor – der Mann flehte Wolsey an, ihn nicht fortzuschicken. Er wolle bei seinem Herrn bleiben. Er wolle niemand anderem dienen, nicht einmal dem König.«

»Ihr sprecht mit großer Sympathie von ihm, Sir Henry«, warf ich ein.

»Es war auch eine Szene, die ich so schnell nicht vergessen könnte. Der Narr weigerte sich, Wolsey zu verlassen, so daß Wolsey schließlich einige Diener herbeirief, die ihn mit Gewalt fortzerren mußten. Ich hatte das Gefühl, einen in Ketten gelegten Sklaven abzuführen. Und so verabschiedete ich mich von Wolsey, der seinen Weg nach Esher fortsetzte.«

»Wo ihm vermutlich kein sehr herzlicher Empfang bereitet wurde...«

»Nein, es erwartete ihn nur ein kaltes Haus ohne irgendwelche Einrichtung... und ohne Tafelsilber und kostbare Trinkgefäße. Der arme Wolsey! Wie tief die Mächtigen doch stürzen können!«

Und so soll es auch bleiben, dachte ich bei mir.

Um die Weihnachtszeit desselben Jahres wurde Wolsey sehr krank. Ich erinnere mich, daß ich Henry Gesellschaft leistete, als er davon erfuhr. Norris war es, der ihm die Nachricht von Wolseys Krankheit überbrachte, und ich sah die Besorgnis im Gesicht des Königs. Vielleicht rührte sich wieder einmal sein Gewissen, das stets leicht dazu gebracht werden konnte, sich zu melden – gewöhnlich allerdings auf Befehl des Königs. Diese Gewissensbisse jedoch waren echt.

»Wie krank ist er, Norris?« fragte er.

»Todkrank, wie man hört.«

»Ich werde sofort Dr. Butts zu ihm schicken.«

Das tat er dann auch, und als Dr. Butts zurückkam, ließ er

ihn zu sich rufen, um sich zu erkundigen, wie es um den Kardinal bestellt sei.

»Sagt«, forderte er ihn auf zu berichten, »habt Ihr den Mann untersucht?«

»Ja, Euer Gnaden.«

»Und welchen Eindruck habt Ihr von ihm?«

»Euer Gnaden, wenn Ihr seinen Tod wollt und nichts unternehmt, das ihm Trost bringt und ihn Mut fassen läßt, dann garantiere ich Euch, daß er spätestens in vier Tagen tot sein wird.«

»Gott behüte, nein, er darf nicht sterben«, rief Henry aus. »Nicht für zwanzigtausend englische Pfund möchte ich ihn verlieren.«

»Dann müssen Euer Gnaden ihm unbedingt etwas zukommen lassen, das ihn trösten wird.«

»Das werde ich mit Eurer Hilfe tun, guter Butts.« Er nahm einen Ring von seinem Finger. »Wolsey wird sich an diesen Ring erinnern«, fuhr er fort, »denn er hat ihn mir selbst geschenkt. Sagt ihm, daß ich ihm nichts nachtrage und daß er Mut fassen soll.«

»Das werde ich, Euer Gnaden, und ich bin sicher, daß es ihm guttun wird.«

Dr. Butts schaute vielsagend zu mir herüber. Wahrscheinlich hatte Wolsey ihm gesagt, daß ich zu seinen Feinden zählte und daß er seinen Sturz mir zu verdanken habe. Henry fing den Blick auf und wußte ihn sogleich zu deuten. »Liebste Freundin«, sagte er, »schickt dem Kardinal ein Andenken zum Zeichen Eures guten Willens, mir zuliebe und weil ich Euch darum bitte, und mein Dank wird Euch sicher sein.«

Ich konnte nichts anderes tun als gehorchen, wenn der König in einer derartig sentimentalen Stimmung war. Also nahm ich einen goldenen Anhänger von der Kette ab, die ich um die Taille trug und übergab ihn Dr. Butts mit Grüßen an den Kardinal und den besten Wünschen für seine baldige Genesung. Die Augen des Königs glänzten vor Rührung. Er nahm meine Hand und küßte sie.

Und Dr. Butts begab sich mit den Andenken erneut zu Wolsey.

Sie müssen gewirkt haben, denn wenige Tage später hatte Wolsey sein Krankenlager bereits verlassen.

Ich sah keinen Ausweg aus dem Labyrinth, in dem wir gefangen waren. Die Lage wurde eher schlechter als besser.

Clemens und der Kaiser standen mittlerweile auf gutem Fuß miteinander. Frieden war geschlossen worden. Der Papst war nach Rom zurückgekehrt, und Karl hatte die Kaiserkrone des Heiligen Römischen Reiches erhalten, die ein Symbol der Einheit zwischen der Kirche und den Staaten Europas war.

Für mich stand nun fest, daß wir niemals die Zustimmung des Papstes zu der Scheidung erlangen würden.

Doch dann zeigte sich plötzlich ein Hoffnungsschimmer da, wo wir Hoffnung am wenigsten erwartet hatten.

Die beiden wichtigsten Unterhändler, die von Henry mit der Regelung der Scheidungsangelegenheit beauftragt worden waren und sich seitdem eifrig um eine Lösung des Problems bemühten, sein Sekretär Gardiner und sein Almosenpfleger Fox, hielten sich zufällig im Hause eines gewissen Herrn Cressy in Waltham Abbey auf. Herr Cressy hatte zwei erwachsene Söhne; beide waren studierte Männer, die während ihres Studiums an der Universität Cambridge einen gewissen Thomas Cranmer kennengelernt hatten, und dieser Cranmer war zufällig bei den Cressys zu Besuch, um seine Freunde wiederzusehen.

Cranmer war ein Mann von etwa vierzig Jahren. Wie wir erfuhren, war er ein glänzender Gelehrter, der die akademischen Grade eines Bakkalaureus und eines Magisters der Schönen Künste mit Auszeichnung erworben hatte und Mitglied des Jesus College geworden war. Dann hatte er geheiratet, und das hätte das vorläufige Ende seiner Karriere im College bedeuten können, doch um seine akademische Laufbahn nicht unnötig zu unterbrechen, ließ er seine Frau bei Verwandten ihrer Familie wohnen, die in Cambridge einen Gasthof betrieben. Dort besuchte er sie, bis sie etwa ein Jahr nach der Heirat bei der Geburt ihres Kindes starb. Danach wurde er als College-Mitglied wiedergewählt und setzte, unbehindert durch familiäre Verpflichtungen, seine Laufbahn fort.

Gegenwärtig lehrte er an der Universität und war gleichzeitig als öffentlicher Prüfer der Universität im Fach Theologie tätig. Es war daher nicht verwunderlich, daß gleich nach der Ankunft von Gardiner und Fox zahlreiche lebhafte Diskussionen im Hause der Cressys stattfanden, und das Thema, das zur Zeit die meisten Menschen mehr als alle anderen Fragen beschäftigte, war die Scheidung. Wenige wußten über diese komplizierte Angelegenheit besser Bescheid als Gardiner und Fox, und Cranmer hörte ihren Ausführungen mit großer Aufmerksamkeit zu.

»Das Verfahren wird sich noch sehr lange hinziehen, wenn der König diese Sache in Rom vor Gericht bringt«, sagte Cranmer.

Ich konnte mir die Szene genau vorstellen – die beiden Männer, die auf der Suche nach einer Lösung des Konflikts weite Reisen unternommen und endlose Gespräche geführt hatten und nun einem Universitätsgelehrten gegenüberstanden, der von der Angelegenheit nicht viel gehört haben konnte.

»Was der König braucht«, fuhr Cranmer fort, »ist die hinreichende Gewißheit, daß seine Ehe ungültig ist – egal, ob nun ein Dispens vorliegt oder nicht. Nur dann könnte er es verantworten, sich sofort wieder zu verheiraten. Er sollte daher die Universitätstheologen nach ihrer Meinung fragen und entsprechend handeln.«

Die beiden Gelehrten blickten ihn ungläubig an.

»Aber das würde den Kaiser brüskieren!«

»Wie ich die Lage beurteile«, entgegnete Cranmer, »ist der König gar nicht auf Rom angewiesen. Er benötigt nur die Bestätigung der Theologen, daß seine Ehe ungültig ist.«

»Ihr habt aber eine einfache Antwort auf eine komplizierte Frage«, sagte Fox.

»Die meisten Fragen sind einfach zu beantworten, wenn man die Antwort erst einmal gefunden hat«, erwiderte Cranmer lächelnd.

Danach wurde das Thema, wie es schien, fallengelassen, aber sowohl Gardiner als auch Fox dachten weiterhin über das nach, was Cranmer gesagt hatte, und bei der nächsten Gelegenheit, die sich ihnen bot, mit dem König zusammenzutreffen, berichteten sie ihm von Cranmers Theorie.

Ich war bei diesem Treffen dabei und sah daher mit eigenen Augen, welche Wirkung diese Nachricht auf den König hatte. Er sagte eine oder auch zwei Sekunden lang gar nichts, dann schlug er mit der Faust auf den Tisch und rief: »Bei Gott, der Mann hat den richtigen Riecher gehabt!« Zu Fox und Gardiner sagte er: »Wo ist er? Bringt ihn zu mir. Ich möchte ihn sofort sprechen.«

Wenige Stunden später war Thomas Cranmer in Greenwich. Der König unterhielt sich lange mit ihm, und allmählich schlug seine Stimmung um. Thomas Cranmer gab ihm neue Hoffnung.

Cranmer war der Held des Tages und wurde entsprechend hofiert. Er wurde im Hause meines Vaters untergebracht, wo ihm eine sehr komfortable Wohnung zur Verfügung gestellt wurde. Er sollte eine Abhandlung über die strittige Frage verfassen und dann nach Cambridge zurückkehren, um dort eine Vorlesung zu halten, in deren Verlauf er die gelehrten Theologen dazu bringen sollte, ein Urteil zugunsten des Königs zu fällen.

Die folgenden Monate waren umfangreichen Vorbereitungen gewidmet. Es war nötig, dafür zu sorgen, daß nicht nur die englischen Theologen, sondern die Theologen in ganz Europa zu dem richtigen Ergebnis gelangten. Das wiederum bedeutete, daß sehr viel Geld bereitgestellt werden mußte – für die weiten Reisen, aber auch für Bestechungsgeschenke und das eine oder andere Versprechen zukünftiger Gefälligkeiten.

Während dieser Monate hatte Henry alle Hände voll zu tun. Er war überzeugt, daß wir nun auf dem richtigen Weg waren. Wenn es ihm gelänge, die Zustimmung der Theologen zu erhalten, würde er auf die des Papstes verzichten können.

Schließlich verfügte er über alle Informationen, die er benötigte. Er bestellte die Angehörigen des Adels und der Geistlichkeit zu sich, denn er wollte, daß das Dokument, das er vorhatte dem Papst zu schicken, ihr Siegel trug. Es war ganz erstaunlich, daß einige von ihnen den Mut hatten abzulehnen. Unter den Wortführern der Opposition waren Bischof Fisher und Sir Thomas More. Wenn der König ohne die

Zustimmung des Papstes eine neue Ehe eingehe, so argumentierten sie, sei die Thronfolge in Gefahr. Wenn sie nicht zustimmten, tobte Henry, werde ihm schon etwas einfallen, das geeignet sei, den Mißstand zu beseitigen.

Ihnen war unbehaglich zumute. Ich wußte jedoch, was dem König vorschwebte. Da war doch jener Mann, der sich erst kürzlich hervorgetan hatte, ein sehr schlauer und mit allen Wassern gewaschener Bursche, ein Mann aus dem Volke, der dem König persönlich herzlich unsympathisch war, der aber, wie er bei aller Abneigung zugeben mußte, kluge Ideen hatte. Natürlich war das Thomas Cromwell, der angebliche Sohn eines Schmieds, der es dank seiner Verschlagenheit weit gebracht hatte. Eben jener Cromwell hatte einen ganz außergewöhnlichen Vorschlag gemacht, der Henry einfach nicht aus dem Kopf ging. Wenn der Papst nicht gewähren wolle, worum der König bitte, warum mache sich Henry dann nicht selbst zum Oberhaupt der Kirche von England? Dann könne er in der Scheidungsangelegenheit nach seinem eigenen Belieben verfahren und manche anderen Vorteile sprängen außerdem noch dabei heraus. Warum diese Ergebenheit gegenüber dem Papst, einem Ausländer? Das sehe doch ein Blinder, daß der Papst sich für den Herrn und Gebieter des Königs halte! Hatte er ihn nicht kürzlich erst nach Rom bestellt?

Henry war vom ersten Augenblick an von dem Gedanken fasziniert gewesen.

Und jetzt war er erbost darüber, daß einige Mitglieder des Klerus und des Adels noch zögerten, sein Gesuch an den Papst zu unterschreiben. Sie wollten die Angelegenheit erst noch diskutieren, sagten sie.

»Aufschub, Aufschub!« brüllte Henry. »Erneute Verzögerung! Bei der heiligen Mutter Gottes, davon habe ich allmählich genug.«

Ihm war völlig klar, daß ihr Wunsch nach Diskussion nichts anderes war als Verzögerungstaktik, und die wiederum war die bevorzugte Methode all derer, die Angst davor hatten, die Angelegenheit zu einem Abschluß kommen zu lassen.

Er schickte all denen Bevollmächtigte ins Haus, die solche

Mühe hatten, sich zu einer Unterschrift durchzuringen, und diesen säumigen Herrschaften wurde unmißverständlich klar gemacht, daß sie in Ungnade fielen, wenn sie das Dokument des Königs nicht unterschrieben. Dieses Verfahren führte bald zum gewünschten Ergebnis, und das Gesuch wurde nach Rom geschickt, wo es erst einmal eine Zeitlang ungelesen zu den Akten gelegt wurde.

Ich konnte nicht einsehen, weshalb Henry und ich nicht heiraten sollten, da die Theologen seine Ehe mit Katharine doch für ungültig erklärt hatten. Wozu sollten wir noch auf die Zustimmung des Papstes warten? Hatte die ganze Aktion nicht den Zweck verfolgt, daß wir ohne ihn würden handeln können?

Doch Henry fürchtete sich weniger vor dem Papst als vor Kaiser Karl. Wenn diese leidige Angelegenheit ihm einen Krieg bescherte, wäre das das Ende seiner Beliebtheit bei seinem Volk. Er war hin- und hergerissen zwischen seinen Wünschen als Mann und seinen Verpflichtungen als König.

Und so ging das trostlose Warten weiter.

Ich wurde all das sinnlose Kämpfen gegen immer neue Hindernisse sehr leid, und manchmal dachte ich mit Sehnsucht an Hever. Doch wie lange würde ich das ländliche Idyll genießen können? Ich hatte Blut geleckt und Geschmack an der Macht gefunden. Ich sehnte mich nach Komplimenten, nach der Pracht und dem Glanz und den Attributen der Macht. Sie sollten mich über meine verlorene Liebe und die vereitelte Heirat mit dem Mann, den ich liebte, hinwegtrösten. Rückblickend habe ich das Gefühl, daß ich meine Beziehung zu Henry Percy in einem Licht romantischer Verklärung sah; ich hatte sie zu einem Ideal gemacht. Hätte unsere Ehe, wenn sie zustande gekommen wäre, sich wirklich als so vollkommen erwiesen? Hätte mich die vom Wind gepeitschte Burg nicht doch irgendwann angeödet? Hätte ich Percys Sanftheit nicht doch irgendwann langweilig gefunden? Andererseits war das, was hier zum Greifen nahe vor mir lag, eine Machtfülle, von der ich nie zu träumen gewagt hätte. Der König betete mich an; er würde mich neben sich auf den Thron setzen. Ich war anders als die anderen Frauen bei Hofe – und deshalb sollte ich Königin von England werden. Wie dumm, von den grünen Feldern von Hever zu träumen! Was ich wollte, waren goldene Stoffe, Diamanten, Rubine, die Huldigung, die der Macht hinter dem Thron entgegengebracht wurde.

Was war ich doch jung und leichtsinnig. Ich hatte Norfolk und Suffolk für wirkliche Freunde gehalten, nur, weil sie mich unterstützt hatten und zusammen mit meinem Vater und meinem Bruder meine eifrigsten Anhänger gewesen waren. Wie konnte ich nur so töricht, so einfältig sein! Heute weiß ich, daß sie die ganze Zeit nichts anderes als den Sturz Wolseys im Auge gehabt hatten, und sie hatten dafür gesorgt, daß ich ihnen dabei in die Hände spielte. Jetzt, da Wolsey besiegt am Boden lag, war ich ihnen nicht länger von Nutzen.

Der König war verdrossen. Er beobachtete mich mißtrauisch, und ich merkte, daß er irgendein Gefühl, das ich nicht benennen konnte, mühsam unterdrückte. Mich überkam eine leise Furcht. Nur allzu oft hatte ich mir vorgestellt, wie es sein würde, wenn er eines Tages des Wartens überdrüssig wäre. Es wäre nicht verwunderlich, denn so viel Geduld und Treue bei einem Mann seiner ausgeprägten sexuellen Bedürfnisse verblüfften mich schon lange. Seine Hingabe grenzte an ein Wunder – Hexerei meinerseits, dachten die einen; wahre Liebe, Respekt vor der Unberührtheit, meinten die anderen. Ich selbst fragte mich zuweilen, ob des Rätsels Lösung nicht darin lag, daß er nicht mehr der Jüngste war – er war inzwischen neununddreißig Jahre alt. Aber nie wurde ich die Befürchtung los, daß ich ihn nicht endlos würde hinhalten können.

Im Augenblick war er ernsthaft verstört und verstimmt... über mich.

Ich fragte: »Fühlen Euer Gnaden sich nicht wohl?«

Seine Antwort lautete: »Ich kann einfach Wyatt und Euer Medaillon nicht vergessen.«

Wyatt! Aber Wyatt war doch schon so lange vom Hofe fort! Ich hatte ihn kaum gesehen, seit er nach dem Streit um das Medaillon fortgegangen war. Er hatte seitdem abenteuerliche Jahre verbracht, und alles, was ich über ihn erfuhr, gelangte über seine Schwester Mary zu mir. Er hatte die päpstliche Kurie, das Ziel seiner Reise mit Sir John Russell, längst verlassen und sich auf eine Wanderschaft durch Italien begeben, die ihn nach Ferrara, Bologna und Florenz sowie nach Venedig geführt hatte, wo er zusammen mit Russell einige diplomatische Aufgaben übernommen hatte. Auf dem Weg von Venedig nach Rom war er dann von den Truppen des Kaisers gefangengenommen worden, und es war auch ein Lösegeld gefordert worden. Es gelang dem unternehmungslustigen Wyatt jedoch zu entkommen, und er kehrte nach England zurück, wo sein Aufenthalt allerdings von kurzer Dauer war: Henry wollte nicht, daß er blieb, und machte ihn zum Marschall von Calais, wo er daraufhin die meiste Zeit verbrachte.

»Aber ich habe Euch doch erklärt, daß er mir das Medaillon aus der Hand gerissen und sich dann geweigert hat, es mir zurückzugeben«, sagte ich.

»Wenn er das getan hat, muß er ja sehr freundschaftlich mit Euch verkehrt haben«, entgegnete Henry kalt.

»Was ist das doch alles für ein Unsinn!« Ich hatte solche Angst, daß ich zum Angriff überging und darüber ganz die Förmlichkeit der Anrede vergaß, die im Umgang mit ihm selbst von mir erwartet wurde. »Die Wyatts waren Nachbarn meiner Familie, sowohl damals in Kent als auch in Norfolk. Wir kennen uns, seit wir Kinder waren.«

»Um so mehr Grund besteht zu der Annahme...«

»Um so mehr Grund besteht zu welcher Annahme?«

Er faßte mich bei den Schultern und sah mir ins Gesicht. »Wyatt war Euer Geliebter«, sagte er.

»Er hat behauptet, in mich verliebt zu sein, wenn Ihr das meint. Das haben viele behauptet. Warum regt Ihr Euch dann ausgerechnet über Wyatt so auf?«

»Sagt mir die Wahrheit.«

»Die Wahrheit ist, daß niemand je mein Geliebter in dem Sinne war, den Ihr unterstellt, und es wird auch in Zukunft niemand mein Geliebter sein. Meine Tugend gehört meinem zukünftigen Ehemann.« Ich konnte sehen, wie seine Gesichtszüge sich allmählich entspannten, daher ließ ich hemmungslos meinem Ärger freien Lauf. »Wie ich sehe, zweifelt Ihr an der Wahrheit meiner Worte. Vielleicht habt Ihr Euch von denjenigen aufhetzen lassen, die nichts anderes im Sinn haben, als mich zu verleumden. Ich will nicht länger hierbleiben, wenn ich hier so behandelt werde. Ich gehe auf der Stelle nach Hause zurück. Ich bleibe nicht an einem Ort, an dem mir nicht geglaubt wird.«

»Anne... Anne... Ihr seid so aufbrausend... so schnell verärgert...«

»Das wärt Ihr ganz genauso, Mylord, wenn der Mensch, dem Ihr am meisten vertrautet, Euch nicht mehr glaubte.«

Er sagte: »Das Warten dauert zu lange. Es raubt mir die Nerven.«

»Ich weiß, ich weiß. Aber wir haben doch die Lösung des Problems gefunden. Die Theologen haben Euch ihre Unterstützung zuteil werden lassen. Cromwell ist der Ansicht, daß Ihr gar nicht mehr auf den Papst angewiesen seid. Und doch laßt Ihr Euch nach wie vor von ihm in die Knie zwingen und glaubt außerdem verleumderischen Geschichten, die über mich verbreitet werden. Das ist etwas, das ich mir nicht länger gefallen lasse.«

»Dann war sie also gelogen... diese Geschichte über Euch und Wyatt? Aber er ist ein ansehnlicher Bursche... und ich selbst habe Euch zwei zusammen gesehen.«

»Wie hätte ich mich ihm gegenüber denn Eurer Ansicht nach verhalten sollen? Hätte ich zu ihm sagen sollen: ›Geh weg, alter Freund und Nachbar, der König hat mir verboten, mit dir zu sprechen‹?... Ach, was soll's... Ich merke doch, daß Euch dieses endlose Warten zermürbt und daß Ihr Euch schon Ausreden ausdenken müßt, um mich loszuwerden. Das braucht Ihr nicht, Mylord. Ich gehe freiwillig, wenn ich das Gefühl habe, nicht länger erwünscht zu sein.«

Er nahm mich in die Arme und drückte mich an sich. Während ich nach außen hin die Erzürnte mimte, frohlockte ich innerlich. Ich hatte ihn in der Hand. Seine Liebe zu mir triumphierte über den böswilligen Klatsch, den meine Feinde über mich zu verbreiten versuchten.

»Ich glaube Euch ja«, sagte er. »Ich würde Euch immer glauben. Es ist nur manchmal schwer sich vorzustellen, daß eine Frau, die so schön ist wie Ihr... so anders als alle anderen...«

»Ihr müßt mir aber glauben, Henry«, unterbrach ich ihn energisch. »Wenn Ihr das nicht tut, muß ich Euch verlassen.«

»So dürft Ihr nie reden.«

»Ich muß es tun... wenn Ihr mich spüren laßt, daß Ihr mich nicht mehr wollt.«

»Bei der heiligen Mutter Gottes, habt Ihr das je angenommen?«

»Manchmal weiß ich einfach nicht, was ich von Euch halten soll. Die Theologen haben Eure Ehe für ungültig erklärt und dennoch unternehmt Ihr nichts. Ihr habt Angst vor Katharine.«

»Ihr Neffe ist der mächtigste Mann Europas. Ihn zu beleidigen kann ich mir nicht leisten. Der Papst hingegen!« Er schnippte verächtlich mit den Fingern. »Clemens, der Wankelmütige... der hin- und herschwankt wie ein Halm im Wind... Ich tu's... Ich tu's nicht... Was kümmert mich der?«

»Die neue Religion läßt keinen Zweifel an den Fehlern der römischen Kirche zu.«

»Ich zweifle nicht an der Kirche, nur an ihren Oberhirten.«

»Aber die Oberhirten sind doch die Kirche.«

»Nein«, erwiderte der König. »Ich bin ein ebenso überzeugter Christ wie jeder andere.«

»Das könnt Ihr auch sein, ohne Euch an die Kirche Roms zu binden. Wie sagte Cromwell doch noch: ›Warum solltet Ihr nicht das Oberhaupt Eurer eigenen Kirche sein... der Kirche Englands?‹«

»Das sind schwerwiegende Fragen, Anne, und ich stehe augenblicklich noch ganz unter dem Eindruck dessen, was mir über Euch und Wyatt zugetragen wurde.«

»Ich wüßte zu gern, wer Euch diese üble Verleumdung eingeflüstert hat.«

»Das sollte ich Euch besser nicht sagen.«

»Ihr werdet es mir aber sagen, Henry. Ich muß wissen, wer derartige Lügen über mich verbreitet.«

»Ich hätte Euch gar nicht damit belasten sollen. Ich habe Euch gesagt, daß ich dem Gerücht nicht glaube. Wir wollen es dabei bewenden lassen.«

»Ich kann es dabei nicht bewenden lassen. Ich muß die Namen derer erfahren, die solche Lügen über mich erzählen.«

»Aber ich glaube dem Mann doch nicht.«

»Es war also ein Mann.«

»Laßt gut sein, Anne. Ihr seid es doch, der ich glaube. Ihr seid es, die ich liebe. Ihr seid es, die ich zu meiner Königin machen will.«

»So weit wird es nie kommen, wenn Ihr mir nicht vertraut; und wenn Ihr Euch weigert, mir den Namen meines Verleumders zu verraten, ist das der beste Beweis dafür, daß Ihr mir nicht vertraut.«

»Anne, wenn es nicht ausgerechnet jemand gewesen wäre, der mir nahesteht und den ich wie einen Bruder liebe, dann hätte ich ihn geohrfeigt und ihm mit Strafe gedroht.«

Es war also jemand, der ihm nahestand! Mir schlug das Herz bis zum Halse. Und es war mehr als nur irgendein dummer Klatsch, der draußen auf der Straße verbreitet worden war. Jemand von Rang hatte doch tatsächlich den König aufgesucht, um ihm diese Lüge zu hintertragen. Es war von größter Wichtigkeit für mich zu erfahren, wer es war.

»Ihr habt ihm geglaubt...«

»Nur so lange, bis Ihr mir das Gegenteil beteuert habt. Oh, Anne, wie sehr habe ich diese Beteuerung herbeigesehnt.«

»Henry«, sagte ich ernst, »wenn Ihr mir nicht vertraut, wird es zwischen uns nie wieder so sein können, wie es war. Wer war es?«

Er zögerte einen Augenblick. Dann sagte er: »Es war Suffolk.«

Suffolk! Der Herzog, den ich – abgesehen von Norfolk und meinem Vater – für meinen verläßlichsten Freund und Fürsprecher gehalten hatte. Seine Frau, die mir vor vielen Jahren in Frankreich einmal freundlich gesinnt gewesen war, haßte mich inzwischen. Sie konnte nicht verwinden, daß ich einmal ihre Hofdame gewesen war und nun, wenn alles gut ging, schon bald einen höheren Rang einnehmen würde als sie selbst. Sie war nur die Schwester des Königs; ich aber sollte seine Königin werden. Sie zeigte ihre Abneigung zumindest offen. Er, der Verräter, der hinterhältige Intrigant, hatte nur so lange Freundschaft geheuchelt, bis es ihm mit meiner Hilfe gelungen war, Wolsey zu Fall zu bringen, und nun versuchte er, meinen Sturz herbeizuführen.

»Suffolk!« rief ich aus. »Dann bleibt mir gar nichts anderes übrig, als den Hof zu verlassen.«

»Selbstverständlich nicht! Ihr könnt nicht fortgehen.«

»Der Herzog von Suffolk ist Euer Schwager und einer der engsten Freunde Eurer Majestät. Ich weiß doch, wie sehr Euch an seiner Gesellschaft liegt. Ich kann Euch nicht bitten, auf seine Gesellschaft zu verzichten. Doch das bedeutet, daß Ihr auf die meine verzichten müßt.«

»Anne, ich werde mit Suffolk reden. Ich werde ihm sagen, daß er unrecht hatte. Eine Entschuldigung... Er soll sich entschuldigen!«

Ich schüttelte den Kopf. »Ich traue ihm nicht. Er ist ein Lügner. Er denkt genauso wie seine Frau, Eure Schwester – sie haben beide etwas dagegen, daß ich hier bin. Es ist besser, wenn ich gehe. Laßt uns Schluß machen.«

»Schluß! Anne, wovon sprecht Ihr nur?«

»Ich spreche davon, daß wir die Zustimmung der Theologen eingeholt haben und daß Cromwell uns einen Ausweg aus dem Dilemma vorgeschlagen hat – und daß unser Problem nach wie vor ungelöst ist. Und Ihr hört Euch die Lügen Eures ach so guten Freundes an, Eures lieben Schwagers, den ich endlich als meinen Feind erkannt habe und der nicht aufhören wird, Euch mit boshaften Lügen über mich gegen mich aufzuhetzen. Ich kann nicht bleiben, solange Suffolk auch hier ist.«

Er versuchte, mich zu beschwichtigen, und ich spürte erneut, welche Macht ich über ihn besaß. Ich mußte Suffolk zeigen, daß ich nicht gewillt war, ihn ungestraft davonkommen zu lassen. Als der König mich umarmen wollte, gab ich mich distanziert.

»Ich muß von hier fort«, sagte ich.

»Nein, nicht doch, Liebste. Suffolk soll gehen. Er soll vom Hof verbannt werden.«

»Wann?« fragte ich.

»Noch heute.«

Ich hatte gesiegt. Suffolk würde nun bezahlen für das, was er getan hatte.

Ich triumphierte, aber ich fühlte mich erschöpft und zutiefst beunruhigt.

Ich war von Feinden umgeben. Norfolk hatte die Tatsache, daß ich entscheidend zum Ruhm der Familie beitrug, noch nie wirklich zu würdigen gewußt. Es erschien mir wie Ironie des Schicksals, daß ausgerechnet die Boleyns, auf die die Norfolks stets verächtlich herabgesehen hatten, diejenigen sein sollten, denen die besondere Gunst des Königs zuteil wurde. Mein Vater gehörte vermutlich längst zu den reichsten Männern des Landes, und Georges Stern war im Aufgehen begriffen. Mary lebte weiterhin zurückgezogen, aber das war schließlich ihre eigene Schuld und wahrscheinlich auch ihr eigener Wunsch; sie war anders als wir übrigen Boleyns, ohne jeden Ehrgeiz. Die Suffolks waren jetzt meine erklärten Feinde. Vielleicht hätte ich mich noch mehr vor ihnen in acht nehmen sollen. Immerhin hatte Charles Brandon sich schon immer, praktisch von Jugend auf, der besonderen Sympathie des Königs erfreut, und es bestand kein Zweifel darüber, daß Henry seine Schwester liebte. Sie waren also überaus mächtige Feinde.

Es war unmöglich zu verhindern, daß Nachrichten durchsickerten. Bald wußte das ganze Land vom Urteil der theologischen Untersuchungsgerichte, und es wurde sogar von der Möglichkeit eines Bruchs mit Rom gemunkelt. Seit Jahrhunderten waren die Menschen an die althergebrachte Glaubenslehre gewöhnt. Viele standen allen Änderungen ablehnend gegenüber, aber es gab auch einige, die sich die neuen Ideen zu eigen machten. Hier jedoch stand nun etwas ganz anderes zur Diskussion: Hier ging es gar nicht darum, daß sich an der Religion selbst etwas ändern sollte, sondern es wurde nur der Vorschlag gemacht, daß in Zukunft das Oberhaupt der Kirche in England der König und nicht der Papst sein sollte.

Es kursierten die sonderbarsten Geschichten über das, was sich wirklich ereignete. Es hieß, ich sei Anlaß und Mittelpunkt der Auseinandersetzungen. Das stimmte sogar in gewisser Weise, denn ohne mich wäre die ganze Sache nie zur Sprache gebracht worden, oder etwa doch? Zum Teil war der Konflikt darauf zurückzuführen, daß der König mir leidenschaftlich verfallen war und ich, statt mich mit der Rolle einer Geliebten zufriedenzugeben, auf einer Heirat bestand. Andererseits aber brauchte der König dringend einen männlichen Erben, und es war unbestritten, daß Katharine ihm dazu nicht verhelfen konnte. Seine ständige Klage war: Ich brauche einen Thronfolger. Das Land braucht einen Thronfolger – und dieser Thronfolger muß männlichen Geschlechts sein. Wäre seine Frau nicht die Tante des Kaisers gewesen, wäre das Problem längst aus der Welt geschafft worden.

Und nun war der gewaltige Konflikt da, und ich wurde für ihn verantwortlich gemacht. Ich war eine Hexe. Ich war eine Zauberin. Ich stand mit dem Teufel im Bunde.

Hätte ich ihnen doch nur begreiflich machen können, daß ich anfangs ganz gegen meinen Willen in diese Angelegenheit hineingezogen worden war. Man hatte mich um das Glück meines Lebens gebracht, und deswegen hatte ich mich dem Ehrgeiz verschrieben.

Aber ich war nun einmal der Sündenbock. Manchmal war es geradezu furchterregend. Ich hatte Angst, durch die Straßen zu reiten. Die Menschen beschimpften mich und riefen Obszönitäten hinter mir her. Einmal, als ich gerade mit dem König zu Abend aß, kam ein Bote herbeigeeilt, der berichtete, daß eine Menschenmenge sich an der Treppe versammelt habe und darauf warte, daß ich den Hof verließe.

»Euer Gnaden, sie kommen mir vor, als seien sie auf Mord aus«, sagte der Diener.

Henry war wütend. Er haßte kaum etwas so sehr wie solche Kundgebungen seitens des Volkes. Ich mußte den Palast heimlich und in Eile durch einen Seiteneingang verlassen, statt das Boot zu nehmen. Es war beunruhigend. Überall hörte ich sie rufen: »Wir wollen Nan Bullen nicht.« Ich dachte: So kann es nicht weitergehen. Es muß etwas geschehen – bald.

Zum Glück hatte ich meine Familie und ein paar gute Freunde wie Norris, Weston und Brereton. Vor allem George war jemand, dem ich uneingeschränkt vertrauen konnte. Mein Vater begann, sich zu beunruhigen. Auch ihm entging der Sturm nicht, der um mich herum tobte. Obwohl er die Beförderung genossen und sich daran erfreut hatte, wie Geld in Hülle und Fülle in seine Truhen floß, war er mir nicht übermäßig dankbar; seiner Ansicht nach gehörte es zur Tradition der Boleyns, daß die Töchter des Hauses für den materiellen Wohlstand der Familie sorgten. Ich war in seinen Augen nur eine Familienangehörige, die diese Tradition auf eine aufsehenerregendere Art und Weise fortsetzte als ihre Vorgängerinnen.

Ich las viel und interessierte mich zunehmend für die neue Lehre. Daher war in meinen Räumen auch immer ein Buch zu finden, so daß ich die Freizeit, die mir blieb, der Lektüre widmen konnte.

Eines Tages entdeckte ich auf dem Tisch ein Buch, das ich zuvor noch nie gesehen hatte. Es war eine Art Almanach, ein Buch, das Prophezeiungen enthielt. Ich fand immer wieder Vergnügen daran, in solchen Büchern zu blättern. Ich erinnerte mich sogar an einige der Voraussagen und verfolgte mit Interesse, inwieweit sie sich bewahrheiteten. Ich schlug das Buch auf. Mein Blick fiel auf ein Bild, das den König darstellte. Er war stehend abgebildet, und zu seinen Füßen kniete die Königin, die verzweifelt die Hände rang. Das war eindeutig eine Anspielung auf die Gerichtsverhandlung, die im Kloster Blackfriars stattgefunden hatte. Ich blätterte um, und mir stockte vor Entsetzen der Atem. Da war eine Frau abgebildet, und mir war auf den ersten Blick klar, wen sie darstellen sollte. Sie trug lang herabfallende Ärmel, und es war deutlich ein sechster Nagel zu sehen, der allerdings eher wie ein zusätzlicher Finger aussah. Die Frau hatte keinen Kopf auf ihren Schultern. Der Kopf – unverwechselbar der meine – lag auf dem Boden; das Haar erinnerte an ein Gewimmel von schwarzen Schlangen, und es war mit einer Krone geschmückt. Es handelte sich offensichtlich um eine Prophezeiung, denn Prophezeiungen wurden gewöhnlich in Form solcher Bildgeschichten ausgesprochen. Die Bedeutung des Bildes lag auf der Hand: Sollte ich je die Krone erlangen, würde ich mit meinem Kopf dafür bezahlen müssen.

Ich war zutiefst erschüttert. Ich wußte natürlich, welche Feindseligkeit mir von allen Seiten entgegengebracht wurde, aber daß jemand es gewagt hatte, so weit zu gehen, war in der Tat ein schlimmer Schock. Ich lehnte mich in meinem Sessel zurück. Eine meiner Bedienten betrat den Raum; sie war ein nettes Mädchen und hieß Nan Saville.

Ich rief sie zu mir. »Nan«, fragte ich sie, »habt Ihr dieses Buch hierhin gelegt?«

Sie warf einen erstaunten Blick auf das Buch. »Nein, My Lady, ich habe es noch nie gesehen.«

»Es ist ein Buch mit Prophezeiungen«, sagte ich zu ihr.

»Ah ja, solche Art Bücher kenne ich, My Lady.«

»Ich glaube nicht, daß Ihr das hier kennt. Schaut. Das hier ist der König und dort ist die Königin zu sehen, wie sie die Hände ringt.«

»Sie sind recht gut getroffen, My Lady.«

Ich blätterte um. »Und das hier?«

Nan stieß einen verhaltenen Schrei aus und hielt sich dann entsetzt die Hand vor den Mund.

»Ihr wißt, wer das hier sein soll, Nan.«

»My... My Lady. Das... das ist ja... schrecklich.«

»Ja, schrecklich, nicht wahr? Es ist als Warnung an mich gedacht.«

»Oh, My Lady, wenn mir so etwas vorausgesagt würde – ich würde ihn laufen lassen, und wenn er Kaiser wäre.«

»Es ist nur ein Buch. Nehmt es fort. Verbrennt es. Und zeigt es niemandem. Es ist nichts weiter als ein dummer Scherz. Nan, ich bin fest entschlossen, seine Frau zu werden; meine Nachkommen sollen königlichen Geblüts sein.«

»Aber, My Lady...« Sie berührte ihren Hals.

»Was auch immer mit mir geschehen wird, Nan, ich werde Königin von England sein.«

Ich glaube, es gelang mir, meine Betroffenheit vor Nan Saville zu verbergen. Sie nahm das Buch fort, und ich sah es nie wieder.

Dem König gegenüber erwähnte ich das Buch mit keinem Wort, aber ich fragte mich, ob jemand anders es ihm wohl gezeigt hatte. Das war jedoch ziemlich unwahrscheinlich. Er hätte Nachforschungen anstellen lassen, und dann wären sowohl der Verleger als auch der Drucker vor Gericht gestellt worden, und als Strafe dafür, daß sie ein solches Buch herausgebracht hatten, wäre ihnen vermutlich die rechte Hand abgeschlagen worden.

Dann stellte ich eines Tages fest, daß Suffolk an den Hof zurückgekehrt war. Offenbar war ihm verziehen worden.

Der König war nachsichtig mit denen, deren Gesellschaft er unterhaltsam fand. Suffolk und er waren so lange zusammen gewesen; sie hatten vieles gemeinsam.

Ich wollte schon protestieren, aber eine plötzliche Eingebung mahnte mich zur Vorsicht und hielt mich zurück. Der König verzichtete nur ungern auf Suffolks Gesellschaft, und er ertrug es nie lange, mit seiner Schwester in Unfrieden zu leben. Also sagte ich nichts.

Ich verhielt mich Suffolk gegenüber kühl und übersah geflissentlich sein Bemühen, so zu tun, als ob nichts geschehen wäre.

Doch mein Unbehagen wuchs.

Der Kardinal ging uns nicht aus dem Kopf. Ich wußte, daß Henry den geringsten Vorwand zum Anlaß nehmen würde, ihm wieder zu Amt und Würden zu verhelfen. Zwar würde er nie mehr seine frühere Macht wiedererlangen oder seine ehemaligen Besitztümer zurückgewinnen – der König liebte den York-Palast und Hampton Court viel zu sehr, um sich von diesen Schlössern zu trennen – doch Henrys Freundschaft mit dem Kardinal hatte tiefe Wurzeln geschlagen und ließ sich nicht so einfach aufkündigen.

Obwohl Henrys Verhalten zuweilen etwas ausgesprochen Kindliches hatte – zum Beispiel, wenn er die Verkleidungsspiele spielte, für die er sich so begeistern konnte, oder wenn er sich einredete, daß das, woran er gern glauben wollte, die Wahrheit sei –, war er, wie ich bereits erwähnte, doch ein Mann mit widersprüchlichen Eigenschaften. Er war romantisch und sentimental veranlagt; zugleich hatte er etwas von einem Gelehrten. Er hatte sein Königreich bislang mit einer Klugheit regiert, die den Neid König François erregt hatte, der zur Zeit des ›Feldes des goldenen Tuches‹ noch dazu geneigt hatte, verächtlich auf Henrys vermeintliche Naivität herabzusehen. Henrys Charakter war vielschichtig, und ich mußte mir immer wieder vor Augen führen, daß er über uneingeschränkte Macht verfügte und, wenn er es wollte, jederzeit in der Lage war, seine Untertanen diese Macht spüren zu lassen. Gewiß, der Wille anderer Herrscher setzte dem Spielraum seiner Macht gewisse Grenzen und das störte ihn auch; aber er war unser König und ich durfte nicht vergessen, daß er absolute Macht über uns alle besaß.

Er war so fair zuzugeben, daß die Mißerfolge, die die Scheidungsverhandlungen begleitet hatten, nicht von Wolsey verschuldet worden waren. Wolsey hatte die Scheidung befürwortet, wenn auch mit dem Ziel einer Verbindung mit dem französischen Königshaus – und das war nur vernünftig gewesen. Es waren der Papst und der Kaiser, die der wahre Grund für Henrys Enttäuschung waren, nicht Wolsey. Ich war sicher, daß Henry sich an die Vergangenheit und an all die guten Dienste erinnerte, die Wolsey ihm und seinem Land erwiesen hatte.

Der Fall Wolsey war also alles andere als ungefährlich. Wenn Wolsey zurückkäme, wenn es ihm jemals gelänge, das Vertrauen des Königs wiederzugewinnen, dann würde er sich seiner Feinde erinnern. Es mußte daher dafür gesorgt werden, daß Wolseys Sturz endgültig wäre. Wir hatten Anfang des Jahres alle erwartet, daß er sterben werde, und das wäre sicher auch geschehen, wenn Henry sich nicht hätte erweichen lassen und ihm die Milde entgegengebracht hätte, die seiner Seele ein solcher Trost gewesen war; für die Heilung des Körpers hatte dann Henrys Leibarzt gesorgt.

Die Jahre des ohnmächtigen Wartens verstrichen – und Wolsey war noch immer unter uns.

Doch weder Norfolk noch Suffolk waren gewillt, sich mit diesem unbefriedigenden Zustand der Stagnation abzufinden. Sie machten sich auf die Suche nach Beweismaterial, das ihnen erlauben würde, Wolsey zu belasten.

Norfolk behauptete schließlich, Wolseys italienischem Leibarzt, Dr. Augustine, das Geständnis entlockt zu haben, daß der Kardinal damals, als er sich bemüht habe, François zu überreden, an den Papst zu schreiben und ihn um Zustimmung zu der Scheidung zu bitten, in Wirklichkeit den Papst gedrängt habe, den König im Falle einer Heirat mit Anne Boleyn zu exkommunizieren.

Das war glatter Verrat.

Norfolk tat so, als sei er über Augustines Enthüllungen zutiefst schockiert, und ließ den Arzt auf höchst demütigende Art und Weise nach London bringen: Ihm wurden, wie es bei

Gefangenen üblich war, die Beine unter dem Bauch des Pferdes festgebunden. Als Augustine jedoch am Palast des Herzogs eintraf, wurde ihm eine geräumige Unterkunft zur Verfügung gestellt, in der er ein angenehmes und einigermaßen komfortables Leben führen konnte.

In jenem Jahr hatte Wolsey sich auf eine Reise in den Norden des Landes begeben, und es war befremdlich zu hören, daß die Menschen auf die Straßen geeilt seien, um ihm zuzujubeln. Es war geradezu grotesk, daß sie ihn in den ruhmreichen Jahren seiner Macht verabscheut und als ›Metzgersköter‹ beschimpft hatten. Damals hatten sie ihn für die Steuern, die sie zu zahlen hatten, und für die Mißstände, die im Lande herrschten, verantwortlich gemacht. Jetzt, da es ihm schlecht ging, war er der große Kardinal.

Wolsey ging auf die Sympathiebekundungen des Volkes nicht weiter ein, denn er wußte, daß das an seiner Lage nichts ändern würde, und er gab sich alle Mühe, so unbelastet und sorglos wie nur eben möglich seine Reise fortzusetzen. Doch sein Ende war nahe und er muß es gespürt haben, spätestens dann, als Dr. Augustines Enthüllungen bekannt wurden. Von dem Tag an blieb Henry keine andere Wahl, als Wolsey wegen Verrats vor Gericht zu bringen.

Wolsey hielt sich gerade in Cawood in der Nähe von York auf, und von dort sollte er zum Londoner Tower gebracht werden. Henry war zwar sehr bestürzt, aber der Gedanke, daß Wolsey möglicherweise seine Exkommunikation vorgeschlagen hatte, erzürnte ihn.

Da kam mir eine Idee. Irgend jemand mußte ihn schließlich festnehmen, und er befand sich gerade im Norden Englands. Welch eine Ironie des Schicksals, wenn der Mann, der diese Aufgabe übernähme, der Graf von Northumberland wäre, den Wolsey vor Jahren gedemütigt und dafür bestraft hatte, daß er die Kühnheit besessen hatte, sich in ein ›törichtes Mädchen‹ zu verlieben!

Ich sagte: »Ich möchte, daß der Graf von Northumberland die Verhaftung vornimmt.« Und der König erhob keinerlei Einwände.

Ich fragte mich, wie Henry Percy wohl zumute sein mochte, wenn ihm dieser Auftrag erteilt würde. Ich dachte damals oft an ihn und überlegte mir, ob er sich inzwischen wohl sehr verändert hatte. Ob er der sanfte, etwas linkische Junge geblieben war, den ich früher einmal gekannt hatte?

Ich erfuhr später, wie alles abgelaufen war. Northumberland war nicht begeistert von der Aufgabe, die ihm da zugefallen war, und wünschte sich, es wäre jemand anders ausgewählt worden, sie auszuführen. Er war nicht so rachsüchtig wie ich. Vielleicht machte es ihm auch nicht mehr so viel aus, daß unserer Romanze damals ein jähes Ende bereitet worden war; andererseits wußte ich, daß seine Ehe nicht glücklich war. Damals hatten wir Wolsey die Schuld gegeben – und ich mußte mir immer wieder in Erinnerung rufen, daß es nicht Wolseys Wunsch, sondern der Wunsch des Königs gewesen war, uns auseinanderzubringen. Dennoch war nicht zu bestreiten, daß Wolsey sich uns gegenüber sehr häßlich benommen hatte.

Ich konnte mir die Szene lebhaft vorstellen; sie wurde mir von Walter Walsh beschrieben, einem der persönlichen Bedienten des Königs, der in den Norden des Landes geschickt worden war, um Northumberland bei der Ausführung seines Auftrags zu begleiten.

Der Kardinal habe gerade in der Burg von Cawood zu Abend gegessen, als – zu seiner großen Überraschung, die ich keine Mühe hatte mir auszumalen – der Besuch des Grafen von Northumberland und Walter Walshs angekündigt worden sei. Die Besucher seien in den Speisesaal geführt worden, und Wolsey habe vorwurfsvoll bemerkt, daß sie ihn auf ihr geplantes Eintreffen hätten vorbereiten sollen, um ihm Gelegenheit zu geben, ihnen einen würdigen Empfang zu bereiten. Northumberland habe eher stumm dagestanden. Vermutlich fiel es ihm nicht leicht, die passenden Worte zu finden; Wolsey hatte ihn schon immer eingeschüchtert. Dann habe Wolsey gesagt, er erinnere sich gut an Northumberland. »Ihr wart ein ungestümer junger Mann«, habe er gesagt, worauf Northumberland erwidert habe, daß auch er sich gut an den Kardinal erinnere.

Wie mochte Northumberland zumute gewesen sein, als er dem Mann gegenüberstand, der sein Leben zerstört hatte? Er mußte dabei an mich gedacht haben. Er konnte mich kaum vergessen haben, denn das, was sich am königlichen Hof ereignete, sprach sich mit Sicherheit auch im fernen Norden des Landes herum. Vielleicht hatte er in romantischen Träumen von mir geträumt; das hatte schon immer besser zu ihm gepaßt als zu mir.

Er habe jedoch einen ganz unbewegten Eindruck gemacht, so berichtete mir Walsh, als er sich an den Kardinal gewandt und ihm mitgeteilt habe: »Mylord, ich nehme Euch wegen Hochverrats fest. Ihr müßt Euch so bald wie möglich auf den Weg nach London machen.«

Wolsey muß große Angst ausgestanden haben, denn er muß gewußt haben, daß er in den Londoner Tower gebracht werden würde – und nur wenige, die das sogenannte Verrätertor passierten, verließen später den Tower als freie Menschen. Gewöhnlich traten sie nur ein einziges Mal aus dem Tor dieses Gefängnisses ins Freie, und das war an dem Tag, an dem sie den kurzen Weg zum Tower-Hügel zurücklegten, um ihren Kopf auf den Richtblock zu legen.

Die Beine des Kardinals wurden an den Steigbügeln des Maultiers festgebunden, auf dem er die Reise nach London antrat. Alle konnten sehen, daß er der Gefangene des Königs war. Die Menschen versammelten sich auf den Straßen, um ihm zuzujubeln, als er vorüberritt. Wie viel sie doch für einen gestürzten Mächtigen übrig hatten – selbst für einen, den sie zutiefst verabscheut hatten, solange er auf der Höhe seines Ruhmes und seiner Macht gewesen war.

Und so ritt er in die Stadt Leicester ein.

Während seiner Reise verschlechterte sich sein Gesundheitszustand zusehends, und er hatte Mühe, sich auf dem Maultier zu halten. Vielleicht betete er zu Gott, daß er das gefürchtete Ziel seiner Reise nie erreichen möge. Wenn es so war, dann wurde dieses Gebet erhört. Als er die Abtei von Leicester erreichte, ging es ihm bereits so schlecht, daß er den Menschen, die sich um ihn geschart hatten, anvertraute: »Ich bin gekommen, um bei Euch eine letzte Ruhestätte für meinen müden Körper zu finden.« Er wurde sogleich zu Bett gebracht. Es war November, und der schwere Nebel, der auf dem Gebäude lag, drang bis in sein Zimmer, doch nichts war so schwer wie das Herz des Kardinals.

Sein Leben war vorüber. All sein Ruhm war verblaßt. Ich fragte mich, ob er wohl daran denken mußte, wie oft er der stolze Mittelpunkt jener glanzvollen Prozessionen gewesen war, in denen sein Kardinalshut und das Königliche Großsiegel vor ihm hergetragen worden waren und in denen er, in seine prächtigen scharlachroten Gewänder gehüllt, auf seinem Maultier gesessen und eine mit Gewürznelken gespickte Orange in der Hand gehalten hatte, um den üblen Geruch des Pöbels von sich fernzuhalten.

Die Tage seiner Macht waren für immer dahin.

Er war am 26. November in Leicester eingetroffen. Sein Aufenthalt dort war nur von kurzer Dauer, denn er starb am Morgen des 29. November.

Sir William Kingston war damals bei ihm gewesen, und er berichtete mir später, wie sehr Wolsey das Henkersbeil gefürchtet habe – nicht wegen des Schmerzes, den es seinem Körper zuzufügen gedroht habe, sondern weil es den endgültigen Abschied von seinen erfüllten und unerfüllten Hoffnungen bedeutet habe. Er war hoch aufgestiegen und daher um so tiefer gestürzt.

Seine letzten Worte an Kingston waren: »Ich durchschaue die Anschuldigungen, die gegen mich erhoben worden sind. Ich erkenne, wie betrügerisch gegen mich intrigiert worden ist. Hätte ich doch nur Gott mit demselben Eifer gedient, mit dem ich dem König gedient habe, dann hätte er mich auf meine alten Tage nicht im Stich gelassen.« Dann starb er.

Als dem König die Nachricht von Wolseys Tod überbracht wurde und Henry von den letzten Worten des Kardinals erfuhr, zog er sich in seine Gemächer zurück und schloß sich dort ein. Er wollte niemanden sehen.

Ich glaube, ihn überkam tiefe Reue. O ja, Henry hatte Wolsey sehr geliebt.

Wolsey war tot und ein neues Jahr begann. Würde es uns von unseren Sorgen befreien? Würden unsere Probleme uns endlos quälen? So ging es nicht weiter. Wir mußten entweder bald eine Lösung finden oder ein für allemal scheitern.

Cranmer hatte uns, zusammen mit Cromwell, neuen Mut fassen lassen, und ich setzte meine ganze Hoffnung auf Cromwell. Er war ein Mann, der von einer einzigen, genialen Idee besessen war. Diese Idee gehörte einzig und allein ihm, und er wußte – ebenso wie ich –, daß seine ganze Zukunft vom Erfolg dieser Idee abhing; sie konnte für ihn das Tor zur großen Karriere werden. Es war so einfach: An der Spitze der Kirche Englands sollte als ihr natürliches Oberhaupt der König von England stehen.

Es war eine kühne Idee, und ich glaube, selbst Cromwell wäre nicht auf sie gekommen, wenn nicht jenes Gedankengut in Teilen des europäischen Festlandes hätte Fuß fassen und sich ausbreiten können, das von Martin Luther entwikkelt worden war und eine Reformierung der alten Religion mit dem letztendlichen Ziel einer Loslösung vom Einfluß Roms anstrebte. Cromwell schlug allerdings keinen Religionswechsel für England vor, sondern nur einen Wechsel des kirchlichen Oberhaupts: Der König sollte den Platz des Papstes einnehmen. Wolsey war ein glänzender Staatsmann gewesen. Er hatte dem König in mancher verworrenen und gefährlichen Situation zur Seite gestanden. Er hatte das Bildungswesen des Landes gefördert. Seine Außenpolitik war von Erfolgen gekrönt gewesen und hatte England den Respekt anderer europäischer Herrscher – und ihm selbst finanzielle Vorteile – eingebracht. Aber Wolsey war Kardinal geworden und hatte dadurch die Bindung Englands an den Vatikan vertieft.

Der König verbrachte ziemlich viel Zeit mit Cromwell, aber für ihn erwärmen konnte er sich nicht. Cromwell besaß von Natur aus eine Grobschlächtigkeit, über die sein gesellschaftlicher Aufstieg nicht hinwegtäuschen konnte. Er hatte große, häßliche Hände, doch in dem Maße, wie seine gewöhnlichen Manieren den König abstießen, begeisterten Henry seine

Ideen. Nicht einmal dann, wenn er Cromwell scharf anfuhr, gab dieser seine unerschütterliche Unterwürfigkeit auf. Cromwell verfolgte unbeirrbar das eine Ziel: Er würde den Bruch mit Rom herbeiführen und den König zum Oberhaupt der Kirche Englands machen.

Henry werde in seinem eigenen Reich über uneingeschränkte Macht verfügen, erläuterte er, und seine Kirche werde frei von dominierenden Einfluß Roms sein. Er werde nicht länger Ärger und Exkommunikationsdrohungen befürchten müssen. Was würden das Oberhaupt der englischen Kirche die wirren Drohgebärden eines Kirchenfürsten kümmern, der in seinem Lande keinerlei Einfluß und Bedeutung hätte? Eine solche Loslösung von Rom werde England groß machen und außerdem dem König die Freiheit geben, zu heiraten, wen er wolle. In Deutschland und der Schweiz werde die Autorität des Papstes ja bereits zunehmend in Frage gestellt. Eine neue Form der alten Religion zeichne sich ab, und diese neue Lehre werde sich Rom nicht unterordnen. Der König werde ein Zeichen setzen, wenn er neue Wege beschreite. Andere würden seinem Beispiel folgen.

Aber Henry konnte nicht vergessen, daß er den Titel ›Verteidiger des Glaubens‹ trug, und er mußte schwere Kämpfe mit seinem Gewissen austragen.

»Hätte Clemens die Scheidung verhindert, wenn Katharine nicht die Tante des Kaisers gewesen wäre?« fragte er.

Die Antwort war klar: Natürlich nicht. Ohne diese unglückselige verwandtschaftliche Beziehung wäre der ganze Konflikt vor vier Jahren beigelegt worden.

Wie bisher verging Monat um Monat, ohne daß eine Entscheidung getroffen wurde, und die Verzögerung verbitterte mich zunehmend. Warum nur konnte Henry Cromwells Vorschlag nicht in die Tat umsetzen? Cromwell hatte doch die Antwort auf alle Fragen: Warum sollte der König sich Rom beugen?

Henry erklärte, so einfach lägen die Dinge nicht. Es gebe so vieles zu bedenken. Er sei auf die Unterstützung des Volkes angewiesen.

»Des Volkes?« entfuhr es mir. »Was versteht denn das Volk davon?«

»Im Falle einer Spaltung würden sicherlich viele Anhänger der Kirche Roms bleiben und damit eine Gefahr darstellen. Ja, nicht einmal alle meine Geistlichen stehen hinter mir!«

»Der alte Narr Fisher!«

»Der Mann ist kein Narr, Anne. Außerdem ist da noch Warham... und auch More ist dagegen.«

»Wie können sie es wagen, sich gegen den König zu stellen!«

»Ach, Anne«, sagte er, »ich weiß einfach nicht, was ich tun soll.«

Mein Vater war inzwischen von ähnlicher Panik ergriffen wie ich. Auch er befürchtete, der König könne unschlüssig werden und sich von mir abwenden. Ich sehnte mich danach, Königin zu werden – aber um welchen Preis! Warham war ein alter Mann; sein Protest würde keine große Wirkung haben. Dennoch war er zum Symbol für Tradition geworden. Dann war da Fisher. Das war ein Mann, den es nicht kümmerte, welche Unannehmlichkeiten für seine Person er sich durch sein Auftreten einhandelte; er war es gewohnt, aufzustehen und unerschrocken für das einzutreten, was er für die Wahrheit hielt.

Eines Tages ereignete sich an Fishers Mittagstisch ein schreckliches Unglück, bei dem zwölf Angehörige seiner Dienerschaft starben. Unter den Toten war außerdem eine Bettlerin – um die Mittagszeit standen die Türen des bischöflichen Palastes der notleidenden Bevölkerung immer offen; alle, die hungrig waren, hatten freien Zugang zum Speisesaal des Bischofs und konnten sich auf Holzbänken, die eigens für sie aufgestellt worden waren, an den gedeckten Tischen niederlassen.

Dem Bischof selbst war nichts geschehen. Er war so sehr in ein Gespräch mit einem Freund vertieft gewesen, daß er noch nicht dazu gekommen war, von seiner Suppe zu kosten.

Es stellte sich bald heraus, daß es sich um einen Mordanschlag gehandelt hatte, bei dem der Bischof hatte vergiftet werden sollen.

Henry tobte. So ging es nicht. Gewiß, Fisher würde genötigt werden müssen, notfalls sogar unter Drohungen, seine Meinung zu ändern, aber ein Anschlag auf sein Leben – dazu noch ein so plumper Versuch, ihn zu vergiften – konnte nicht geduldet werden. Er erließ auf der Stelle ein Gesetz. Giftmischer sollten bei lebendigem Leibe in kochendes Wasser geworfen werden.

Die Suppe wurde untersucht. Richard Rouse, der Koch, wurde einem Verhör unterzogen, und er legte ohne zu zögern ein Geständnis ab. Er könne jedoch nicht sagen, wer es gewesen sei, der ihn für das, was er getan habe, gut bezahlt habe; es sei ein Fremder gewesen, und er wisse nicht, woher er gekommen sei.

Natürlich fiel der Verdacht auf mich und meine Familie, obwohl wir mit der Sache nichts zu tun hatten.

In Smithfield drängten sich die Menschen, um die Vollstreckung des Urteils mitzuerleben. Wie ich hörte, müssen die Schmerzensschreie des Opfers markerschütternd gewesen sein.

Der König war mürrisch und verärgert. Es war nicht zu übersehen, daß er sehr beunruhigt war; trotzdem dachte er nun immer häufiger über die Möglichkeit eines Bruchs mit Rom nach. Die Geistlichkeit wurde strengen Gesetzen unterworfen, und Henry erklärte öffentlich, daß einige Priester nur zur Hälfte Engländer seien, da sie sich durch Eid dem Papst gegenüber zu Gehorsam verpflichtet hätten. Dennoch vergingen weitere Monate, ohne daß irgend etwas unternommen wurde.

Zusätzliche Sorge bereitete Henry die Tatsache, daß Sir Thomas More das Königliche Großsiegel zurückgab. Er ließ es durch Norfolk überbringen und führte als Entschuldigung gesundheitliche Gründe an. Ich glaube, More hatte erkannt, welchen Weg wir eingeschlagen hatten; er war ein zutiefst religiöser Mann. Henry legte Wert auf die Unterstützung eines solchen Mannes, der in der Öffentlichkeit hohes Ansehen genoß. More, der ein glückliches und harmonisches Familienleben führte, pflegte einen einfachen Lebensstil. Man berichtete mir, daß Norfolk ihn einmal in der Kapelle seines Hauses in Chelsea angetroffen habe, als er gerade im Familienchor gesungen habe. Auf Norfolks vorwurfsvolle Bemerkung, er mache dem König und dem hohen Amt, das er bekleide, Unehre, indem er sich wie ein einfacher Küster aufführe, habe

More eine verwirrende Antwort gegeben: Er habe entgegnet, daß er Gott, dem Herrn des Königs, diene. Verhängnisvolle Worte, wie sich später herausstellen sollte.

Nun gab er also das Königliche Großsiegel zurück; die Geste zeigte deutlich, was er dachte.

Und dann kam schließlich Bewegung in unsere festgefahrene Angelegenheit.

Was mich die ganze Zeit über am meisten geärgert hatte, war, daß ich mich zwar in demselben Palast wie der König aufhielt, aber dennoch auf Schritt und Tritt daran erinnert wurde, daß die Königin ebenfalls anwesend war, denn trotz ihres gespannten Verhältnisses zueinander wahrte Henry nach außen hin den Schein, und wo immer er sich bei offiziellen Anlässen zeigte, die Königin war stets an seiner Seite. Dadurch wurde Katharines Status als rechtmäßige Königin hervorgehoben, während ich in die Rolle der Konkubine gedrängt wurde. Und das war etwas, das ich unerträglich fand und das, glaube ich, auch der Grund für meine häufigen Ausbrüche der Gereiztheit war.

Henry sehnte sich zunehmend danach, Katharine loszuwerden. Auch wenn er nur für einige Tage fort war, schrieb sie ihm und benahm sich ganz so, als ob es nie eine Entfremdung zwischen ihnen gegeben hätte. Ihr Verhalten sollte ihm bewußt machen, wie tolerant sie war; sie gab ihm zu verstehen, daß er zwar vorübergehend vom rechten Weg abgekommen sei, daß sie als gute und geduldige Ehefrau jedoch bereit sei, ihm zu verzeihen, und er zur gegebenen Zeit seinen Irrtum einsehen und zu ihr zurückkehren werde.

Er sagte, er wolle das nicht länger ertragen. Er habe viel zu lange Geduld bewiesen. Er werde sie jetzt bitten, das Schloß von Windsor zu verlassen. Es gebe da einen Landsitz, den er von Wolsey übernommen habe, The Moor, in der Grafschaft Hertfordshire. Dort solle sie sich niederlassen.

Es war ein Befehl, dem sie sich nicht widersetzen konnte.

Sobald Katharine fort war, nahm ich den Platz der Königin ein. Ich richtete mich in ihren Gemächern ein. Mochte das Volk auf der Straße auch murren und schimpfen, bei Hofe herrschten andere Sitten. Hier mußten mir die Menschen huldigen, denn mit Katharines Verbannung hatte Henry einen entscheidenden Schritt getan, der deutlich erkennen ließ, daß sich an seiner Entschlossenheit, mich zur Königin zu machen, nichts geändert hatte.

Er sagte zu mir: »Wir sollten jetzt nicht länger warten.«

Mir war klar, was das bedeutete, und ich mußte mich nun schnell entscheiden. Ich hatte die ganze Zeit gewußt, daß dieser Augenblick kommen mußte. Ich hatte mich lange genug dagegen gewehrt. Henry hatte ein Zeichen gesetzt, indem er Katharine vom Hofe verbannt hatte. Mit dieser Geste hatte er praktisch erklärt, daß sie nicht länger Königin war – und wenn ich nun an ihre Stelle treten sollte, wie konnte ich dann dem König länger verweigern, wonach er sich schon so lange leidenschaftlich sehnte?

Die Entscheidung, die ich zu treffen hatte, bereitete mir ungeheures Kopfzerbrechen. Ich war keine sinnlich veranlagte Frau und sah dem Höhepunkt dieser Liebesbeziehung ohne besondere Freude entgegen. Vielleicht war meine Abneigung darauf zurückzuführen, daß ich meine Jugend am französischen Königshof verbracht hatte, wo lockere Sitten in einer Weise das tägliche Leben bestimmten, die mich mit Abscheu erfüllte. Bisher war meine Unberührtheit meine Stärke gewesen. Was würde geschehen, wenn ich sie aufgäbe? Was wäre aus mir geworden, wenn ich damals vor langer Zeit im Rosengarten von Hever Henrys Wünschen nachgegeben hätte? Eine verstoßene Geliebte wie meine Schwester Mary? Eine *grandissima ribalda,* wie François sie einmal verächtlich genannt hatte? Also hatte ich mich zu einer wahren Künstlerin im Ersinnen von Ausflüchten entwickelt; zum Üben hatte ich weiß Gott lange genug Gelegenheit gehabt – zuerst am Hof des Königs von Frankreich und dann während der Romanze mit Henry. Ich wünschte mir nichts sehnlicher, als bewundert zu werden. Ich wußte, daß ich eine ganz besondere Anziehungskraft ausübte, und ich genoß es, wenn mein Charme Wirkung zeigte und gebührend gewürdigt wurde. Ich sonnte mich in dem Gefühl, begehrt zu werden, und darin lag für mich das eigentliche Vergnügen.

Doch nun war ich an einem Punkt angelangt, der keine weiteren Ausflüchte zuließ. Seit Henry Katharine fortgeschickt hatte, spielte ich die Rolle einer Königin – um diesen glanzvollen Status wirklich zu erlangen, durfte ich mir jetzt keinen einzigen falschen Schritt erlauben.

Ein quälender Gedanke verfolgte mich: Was wäre, wenn ich ihm nachgäbe und seine Erwartungen sich nicht erfüllten? Seit Jahren begehrte er mich nun – mich allein. War ich wirklich so anders als die anderen Frauen, die er gekannt hatte? Oh, bei hellem Tageslicht betrachtet war ich das ganz sicher – meine Kleider, meine Umgangsformen, meine plötzlich wechselnden Stimmungen, meine hemmungslose Hingabe an die Freuden des Augenblicks, meine Klugheit und mein Talent, unterhaltsamen Zeitvertreib zu planen... o ja, all das unterschied mich durchaus von anderen. Aber würde ich auch der Intimität der sexuellen Begegnung gewachsen sein? Ich, eine Anfängerin, die sich im Unterschied zu den Naturtalenten auf diesem Gebiet, zu denen auch meine Schwester Mary gehörte, für das Spiel nicht einmal besonders begeistern konnte? Übung machte den Meister – und die fehlte mir in dieser Hinsicht völlig. Er träumte nun schon so lange davon, mit mir zusammenzusein. Was wäre, wenn ich seinen Fantasien nicht gerecht würde?

Da war noch ein ganz anderes Problem. Angenommen, ich würde schwanger? Das könnte sich durchaus als zweischneidiges Schwert erweisen. Ich könnte natürlich zu ihm sagen: »Ihr müßt mich sofort heiraten, denn sonst kommt unser Kind unehelich zur Welt« – eine völlig undenkbare Alternative, wenn es sich um den erwarteten Thronerben handelte. Andererseits – angenommen, ich wäre unfruchtbar? Aber schließlich war es höchst unrealistisch, davon auszugehen, daß eine Frau sogleich schwanger würde – unrealistisch, aber nicht unmöglich.

Diese Fragen gingen mir nicht aus dem Kopf, und schließlich gelangte ich zu der Überzeugung, daß ich es mir nicht länger leisten konnte abzuwarten. Der Widerstand gegen Henrys Pläne begann bereits zu zerbröckeln. Cromwell und Cranmer hatten ›den richtigen Riecher gehabt‹. Henry hatte sich endlich dazu durchgerungen, dem Papst und dem Kaiser die kalte Schulter zu zeigen und gleichzeitig einen Bruch mit der Kirche Roms herbeizuführen.

Wenn es überhaupt so etwas wie einen richtigen Augenblick gab, dann war er jetzt gekommen.

Ich mußte mich auf das Ereignis vorbereiten, und, wie immer, wenn es um bedeutungsvolle Anlässe ging, überlegte ich, was ich anziehen würde. Dieser Tag war von schicksalhafter Bedeutung für den weiteren Verlauf meines Lebens, und ob ich die Probe bestehen würde, hing nicht zuletzt von meiner Kleidung ab. Kleider hatten schon immer eine besondere Wirkung auf mich gehabt: Sie beeinflußten meine Stimmung. Mir kam oft der Gedanke, daß ich selbst angesichts des schlimmsten Mißgeschicks nie völlig verzweifeln würde, wenn ich ein Kleid trüge, das mich heiter stimmte, und daß ich umgekehrt in einem reizlosen und schlecht sitzenden Kleid nie restlos fröhlich und unbeschwert sein könnte, wie sehr ich mich auch des Lebens freute. Daher würde auch bei der bevorstehenden denkwürdigen Gelegenheit meine Kleidung eine entscheidende Rolle spielen.

Mein Nachtgewand sollte aus schwarzem Seidensatin gearbeitet und mit schwarzem Taft unterfüttert sein; es sollte außerdem mit schwarzem Samt eingefaßt sein und durch Steifleinen Fülle und Üppigkeit erhalten. Es machte mir Spaß, es zu entwerfen, und ich zeigte Henry einige Skizzen. Er war jetzt so glücklich – wie ein Bräutigam, und zu jedermann freundlich. Ich sagte zu ihm: »Ihr dürft unser Geheimnis aber nicht verraten«, und wir mußten beide lachen. Wir sprachen sogar über meine Krönung.

»Dieser Cromwell hat gute Ideen«, sagte er. »Das gefällt mir. Ich wünschte nur, ich könnte den Mann besser leiden. Jedesmal, wenn ich ihn sehe, könnte ich ihn ohrfeigen..., aber dann fällt mir zum Glück immer wieder ein, wie nützlich er ist.«

Cromwell war jedoch kein Gesprächsthema, das uns lange beschäftigte. Wir waren wie ein Liebespaar, das Pläne für die Flitterwochen schmiedete. Henry war der Ansicht, wir sollten François einen Besuch abstatten. »Er hat sich in dieser Angelegenheit als unser guter Freund erwiesen«, sagte er.

Ich wußte, daß François daran interessiert war, in seiner Auseinandersetzung mit dem Kaiser Henry auf seine Seite zu ziehen. Solche Freundschaftsbekundungen gehörten zum

Machtkampf. Und ich hatte große Lust, den französischen Hof wiederzusehen.

Das Nachtgewand wurde sehr teuer. Der Preis belief sich auf zehn Pfund, fünfzehn Schilling und acht Pence, und es gehörte noch ein mit Samt eingefaßtes und Brüsseler Seide gefüttertes Négligé dazu, das fast ebenso teuer war wie das Nachtgewand und über neun Pfund kostete. Ein prächtiges, ausgefallenes Gewand. Aber es war ja auch für einen besonders wichtigen Anlaß gedacht. Die Rechnungen wurden vom Schatzmeister beglichen – und zwar nicht nur die für das Nachtgewand, sondern noch viele andere mehr, denn wenn ich nach Frankreich reisen sollte, benötigte ich eine vollständig neue Garderobe, und die mußte, da ich die modebewußten Franzosen kannte, von ganz besonderer Eleganz sein.

Ich versuchte, nicht an die Liebesnacht zu denken. Ich ging ganz darin auf, mit der Näherin über den Schnitt der Kleider zu beraten, Vorschläge zu machen und immer neue Modelle anzuprobieren..., und verbrachte die Zeit dennoch in banger Erwartung.

Wir hatten uns vorgenommen, gemeinsam zu Abend zu essen.

Ich trug das schwarze Nachtgewand und das Négligé, das dazugehörte. Ich hatte mit der Farbe des Kleides eine kluge Wahl getroffen, obwohl ich wegen meiner dunklen Haare ursprünglich gezögert hatte, Schwarz zu tragen – eigentlich war Rot die Farbe, die mein Haar am besten zur Geltung brachte. Doch der tiefe Ausschnitt, der so viel von meiner weißen Haut enthüllte, war ausgesprochen verführerisch.

Henry verschlang mich geradezu mit seinen Blicken. In seinen Augen war ein Funkeln, das mehr war als pure sinnliche Begierde. An jenem Abend zeigte er sich von seiner attraktivsten Seite. Er wirkte fast verlegen, was eigentlich gar nicht zu ihm paßte. Er sah auch jünger aus – immerhin waren die letzten Jahre nicht spurlos an ihm vorübergegangen. So etwa muß er ausgesehen haben, als er damals den Thron bestieg. Ich empfand Zärtlichkeit für ihn. Und ich merkte, daß auch ich mich verändert hatte: Ich hatte einen Entschluß gefaßt und stand nun zu diesem Entschluß. Die bange Frage, ob ich es würde wagen können, quälte mich nicht mehr. Ich hatte mich über meine Bedenken hinweggesetzt, denn ich sah mein Ziel zum Greifen nahe vor mir, und es gab nur eine Möglichkeit, es zu erreichen.

Es war ein intimes Abendessen *à deux*, das uns von zwei Dienern serviert wurde, die auf leisen Sohlen kamen und gingen. Nichts erinnerte an die Förmlichkeit, die sonst das Hofleben bestimmte. Niemand, der uns gesehen hätte, wäre auf den Gedanken gekommen, daß hier der König mit seiner zukünftigen Königin speiste. Henrys Gesicht glühte, als er davon sprach, wie sehr er mich liebe und in welchem Maße seine Liebe zu mir sein Leben verändert habe. Damit hatte er allerdings recht – und nicht nur sein Leben war durch diese Liebe verändert worden, sondern vielleicht sogar das Schicksal des ganzen Landes. Henry war zur Abwechslung die Bescheidenheit in Person – er war fast nicht wiederzuerkennen. Er sagte, er sei so glücklich darüber, daß er der Mann sei, in den ich mich verliebt hätte und daß ich ihm meine Tugend zum Geschenk mache. Ich war so taktvoll, nicht darauf zu antworten. In Wirklichkeit hatte ich mich vor allem in eine Krone verliebt und in ihn nur deshalb, weil er sie mir beschaffen konnte. Er mußte sich doch daran erinnern, daß meine große Liebe Henry Percy gewesen war, und daß er selbst mich diesem jungen Mann entrissen hatte. Aber an einem Abend wie diesem redete man nicht von solchen Dingen. Und dieser Henry, der so anders war als der arrogante Herrscher, dessen Zorn, wie Warham einmal gesagt hatte, ›tödlich‹ war, dieser Henry, der sich mir zuliebe so verändert hatte, eroberte mein Herz. An diesem Abend empfand ich fast so etwas wie Liebe für ihn.

Ich hätte das Abendessen gern noch ein wenig ausgedehnt, aber er war ungeduldig, und kurz darauf waren wir allein.

Ich schlüpfte aus meiner schwarzen Seide und ging zu ihm.

Ich war auf den Ansturm der Leidenschaft vorbereitet, der nach den Jahren des Wartens unvermeidlich war. Er murmelte, vom Rausch der Gefühle überwältigt, zusammenhanglose Liebesbeteuerungen, und ich bemühte mich, so gut ich konnte, auf ihn einzugehen, ohne mich jedoch auch nur einen Augenblick von dem beklemmenden Gefühl meiner eigenen Unzulänglichkeit befreien zu können. Für mich war dies eine ebenso ungewohnte Rolle wie für ihn, der den hingebungsvollen, selbstlosen Liebhaber spielte. In jener Nacht kam es mir so vor, als seien wir beide Schauspieler, die Rollen spielten, die ihnen von Natur aus gar nicht lagen.

Wir lagen im Dunkeln beieinander. Zwischen uns herrschte Schweigen. Ich fragte mich: Was mag wohl in ihm vorgehen? Und wozu all der Wirbel? Ist nicht eine Frau mehr oder weniger wie die andere? Mary hatte ihn lange Zeit fesseln können. Mary besaß auch eine besondere Begabung. Sie war dazu geboren, erotische Spielchen zu spielen. Ich nicht.

»Anne.« Seine Stimme erreichte mich in der Dunkelheit.

»Ja, Henry?« flüsterte ich ängstlich.

Er sagte: »Ich glaube, ich bin der glücklichste Mann auf der Welt.«

Eine Woge der Freude erfaßte mich. Dann hatte ich also nicht versagt.

Ich antwortete: »Dann bin auch ich die glücklichste aller Frauen.«

»Eine Liebe wie die unsere hat es noch nie gegeben«, sagte er.

Nein, dachte ich, eine Liebe, die die gesamte Kirche in ihren Grundfesten erschüttert, die hat es noch nie gegeben.

Die folgenden Wochen waren sowohl für Henry als auch für mich eine glückliche Zeit. Die Entscheidung war gefallen, es gab kein Zurück, und die Frage, die mich unaufhörlich gequält hatte, bereitete mir nun kein Kopfzerbrechen mehr. Henry war voller Lebenslust; er sah um Jahre jünger aus, und alle bemerkten die Veränderung, die in ihm vorgegangen war. Die Zeit der unerfüllten Sehnsüchte war vorüber. Katharine war ihm aus den Augen – und aus dem Sinn. Ich nahm nun den Platz an seiner Seite ein, und er legte größten Wert darauf, daß ich immer in seiner Nähe war. Ich verspürte eine unsagbare Erleichterung. Ich hatte seinen Wünschen nachgegeben, und seine Begeisterung für mich hielt – allen Befürchtungen zum Trotz – ungemindert an; vielleicht faszinierte ich ihn jetzt sogar noch mehr als zuvor.

Er hatte ausgesprochenes Vergnügen an meinem verschwenderischen Lebensstil. Ich kaufte ellenweise roten Samt – Rot war die Farbe, die mir am besten stand – und sorgte dafür, daß die Schneiderinnen alle Hände voll zu tun hatten. Bei den offiziellen höfischen Anlässen war ich stets an seiner Seite. Ich war die ungekrönte Königin. Allmählich gingen die Menschen dazu über, mich auch als solche zu behandeln; sie überreichten mir Bittschriften und baten mich, in den unterschiedlichsten Angelegenheiten beim König Fürsprache für sie einzulegen. Alle wußten, daß es keinen Wunsch gab, der mir nicht erfüllt wurde. Begeisterungsfähigkeit war Henry zur zweiten Natur geworden; wenn er etwas begehrte, dann begehrte er es leidenschaftlich. Hartnäkkigkeit gehörte ebenfalls zu seinen vorherrschenden Charaktereigenschaften. Was die Treue betraf, so war ich mir nicht so sicher – aber ich war fest entschlossen, dafür zu sorgen, daß er meiner nicht überdrüssig würde.

Er wollte immer nur mit mir zusammen sein. Selbst wenn ich allein ausritt, umgab mich königlicher Glanz. Henry hatte mir besonders prächtiges Geschirr für meine Pferde und einen französischen Sattel aus schwarzem Samt mit goldenen Fransen geschenkt. Am liebsten hatte er es jedoch, wenn ich, auf einem Daunenkissen sitzend, zusammen mit ihm auf einem Pferd ritt.

Ich war Königin in jeder Hinsicht außer vor dem Gesetz, doch genau das war es, was mir zu meinem Glück fehlte.

Wie umstritten meine Stellung war, wurde mir erneut durch das Verhalten des Volkes nahegebracht. Wie sehr sie mich doch haßten! Die Menschen auf der Straße – und nicht nur sie – können es nicht ertragen, wenn andere Erfolge im Leben haben, vor allem dann nicht, wenn dieser Erfolg aufsehenerregend ist. Ich werde nie vergessen, welchen Haß sie Wolsey entgegenbrachten, solange er sich auf dem Gipfel seines Ruhms befand, und welches Mitgefühl sie an den Tag legten, als er all seine Macht verloren hatte. Ihr Mitleid schien auf ein gutes Herz hinzudeuten, doch ihr Haß verriet ihre wahre Gesinnung, und ich gelangte zu der Überzeugung, daß der Neid die schlimmste der sieben Todsünden ist, da sich aus ihm alle anderen ableiten. Das Mitgefühl, das Menschen wie Wolsey entgegengebracht wird, wenn sie erst einmal am Boden zerstört sind, ist im Grunde nichts anderes als Schadenfreude über ihren Sturz.

Nun sollte ich diesen Haß zu spüren bekommen.

»Wir wollen keine Nan Bullen«, riefen sie, bemüht, meinem Namen einen möglichst gewöhnlichen Klang zu geben. Wie ich sie doch haßte, die Kleingeister, denen der pure Neid in ihren verschlagenen Gesichtern geschrieben stand. Ihr Protest hatte nichts mit Anteilnahme an Katharines Schicksal zu tun. Er hatte auch nichts mit Empörung über meine Stellung bei Hofe zu tun. Er war der Ausdruck puren Neides.

Mir persönlich hätten diese Leute völlig gleichgültig sein können, wenn ihr Verhalten nicht eine so beunruhigende Wirkung auf den König gehabt hätte.

Cromwell versicherte uns, er werde solche Ausschreitungen unterdrücken. Er hatte überall seine Spione, und sobald diese mitbekamen, daß irgend jemand eine abfällige Bemerkung über mich machte, war der Betreffende verhaftet und in Ketten gelegt, ehe er sich versah. Doch selbst angesichts solch drastischer Maßnahmen schreckten viele Leute nicht davor zurück, eine Verhaftung zu riskieren.

Am erschreckendsten war die Reaktion der Priester, deren Verhalten sich von dem des Volks auf der Straße unterschied, und deren größte Sorge offenbar der Zukunft der Kirche und damit ihrer eigenen Zukunft galt. Einer von ihnen, ein gewisser Bruder Peto, ging tatsächlich so weit, in Greenwich zu predigen. Er gehörte zu jenen starrköpfigen Mönchen, die den Märtyrertod als direkten Weg in die ewige Seligkeit ansahen und glaubten, sich mit einer einzigen, dramatischen Geste in ihrer letzten Stunde auf Erden vor den Flammen der Hölle retten zu können. Er gehörte zum Orden der Franziskaner und verurteilte die Scheidung auf das schärfste. Der König sei schlecht beraten gewesen, verkündete er. Es werde ihm ergehen wie dem biblischen König Ahab; wenn er tot sei, würden die Hunde sein Blut auflecken.

Und das in Gegenwart des Königs!

Henrys Nachsicht war verblüffend. Cromwell hätte den Mann auf der Stelle in den Tower werfen lassen und dafür gesorgt, daß er bald darauf den letzten, kurzen Gang zum

Tower-Hügel angetreten hätte, doch der König war milde gestimmt. Der Mönch habe ihm zumindest seine Meinung klar und deutlich ins Gesicht gesagt und nicht, wie von so vielen anderen befürchtet werden müsse, verräterische Bemerkungen hinter seinem Rücken gemacht. Also wurde Bruder Peto nur des Landes verwiesen und in ein Franziskanerkloster in Frankreich geschickt. Solche Milde erwies sich als unklug, denn er kehrte später zurück und setzte seine Predigten fort, so daß letztlich keine andere Wahl blieb, als ihn ins Gefängnis zu werfen.

Doch das aufrührerische Verhalten des Mönchs war harmlos im Vergleich zu der Hetze, die Rice ap Griffiths betrieb. Das Außergewöhnliche an diesem Fall war, daß Griffiths ein entfernter Verwandter war; er war mit einer Schwester meiner Mutter verheiratet. Mich hat Kritik, die mir von Angehörigen meiner eigenen Familie entgegengebracht wurde, immer wieder überrascht. Eigentlich hätte man meinen sollen, daß wir als Familie zusammengehalten hätten. Doch die Abneigung, die die Howards von jeher für die Boleyns empfunden hatten, flackerte immer wieder auf. Griffiths wurde schließlich festgenommen und in den Tower geschickt. Er hat ihn nie mehr als freier Mann verlassen; sein letzter Gang führte ihn zum Tower-Hügel, wo er seinen Kopf auf den Richtblock legte.

Seine Hinrichtung war als abschreckendes Beispiel gedacht und blieb auch nicht ohne Wirkung. Mir war jedoch klar, daß das Volk weiterhin bereit war, gegen mich zu revoltieren, und daß die Geistlichkeit nicht aufhören würde, Protest gegen die neuen Gesetze zu erheben, die erlassen werden sollten.

Bei Hofe, wo mein Platz an der Seite des Königs war, wagten nur wenige, ihrem Unmut Ausdruck zu verleihen, denn am meisten zu befürchten hatten erfahrungsgemäß diejenigen, die zur unmittelbaren Umgebung des Königs gehörten. Mary, die Herzogin von Suffolk, hatte den königlichen Hof meinetwegen verlassen, aber das bekümmerte mich wenig. Ich war nur überrascht, daß sie sich so verhielt. Schließlich war sie selbst mit einem Bürgerlichen verheiratet. Besonders unverständlich erschien mir die Ablehnung, die sie mir entgegenbrachte, wenn ich mich daran erinnerte, was für ein fröhliches junges Mädchen sie einmal gewesen war und mit welcher Leidenschaft sie Charles Brandon geliebt hatte. Früher hatte sie mich, wenn auch auf eine etwas herablassende Art, recht gern gemocht; da hatte sie die kleine Boleyn, weil ihr keine anderen Vertrauten geblieben waren, in ihre geheimsten Wünsche und Pläne eingeweiht. Andererseits war sie schon immer mit Katharine befreundet gewesen; vielleicht war das der Grund für ihre Feindseligkeit.

Ich hatte das Gefühl, daß niemand in ganz England damals mehr Feinde hatte als ich. Ich nahm die Antipathie, die mir von allen Seiten entgegengebracht wurde, zwar zur Kenntnis, versuchte aber, mich davon nicht weiter beeindrucken zu lassen. Wäre ich älter und klüger gewesen, wäre ich über den Haß, den ich erzeugte, zutiefst erschüttert und beunruhigt gewesen.

Eines Tages bat mich der Herzog von Norfolk um ein Gespräch. Ich fragte mich, was er wohl zu besprechen habe. Ich mißtraute ihm sehr und hatte den Verdacht, daß auch er – wie Suffolk – mich nur benutzt hatte, um Wolsey zu Fall zu bringen. Es war nicht auszuschließen, daß die beiden sogar versuchen würden, den König gegen mich aufzuhetzen, wenn sich ihnen die Gelegenheit dazu böte.

Norfolk sagte, er habe einen Brief in die Hände bekommen, den die Gräfin von Northumberland ihrem Vater, dem Grafen von Shrewsbury, geschrieben habe. Der wiederum habe den Brief an ihn, Norfolk, weitergeleitet, der der Meinung sei, ich solle ihn mir ansehen. Ich nahm den Brief, neugierig zu erfahren, was Henry Percys Frau ihrem Vater wohl Wichtiges zu berichten haben könne, das für mich von Interesse sei.

Ich öffnete den Brief und zitterte vor Entsetzen, als ich las, was darin geschrieben stand.

Hier hatte ich es mit einem jener Feinde zu tun, die mir ernsthaft würden schaden können, wenn sie wollten – und daß die Gräfin von Northumberland genau das wollte, stand außer Zweifel. Sie hatte ihrem Vater mitgeteilt, daß ihr Ehemann, Henry Percy, ihr gestanden habe, daß er sich zu der Zeit, als er im Dienst Kardinal Wolseys gestanden habe und ich Hofdame bei Königin Katharine gewesen sei, durch ein vertraglich festgelegtes Eheversprechen an mich gebunden habe.

Ich starrte erst das Papier und dann Norfolk an. Er grinste sardonisch, denn er wußte genau, was der Inhalt des Briefes zu bedeuten hatte.

»Ich dachte mir, Lady Anne«, sagte er, »daß Ihr vielleicht den Wunsch hättet, Euch die Angelegenheit einmal durch den Kopf gehen zu lassen.«

»Der Brief hat nichts zu bedeuten«, log ich. »Er soll aber dennoch dem König vorgelegt werden.«

Er verneigte sich und zog sich zurück.

Ich las den Brief immer und immer wieder. Wie sehr sie mich gehaßt haben muß! Ihre Ehe war von Anfang an zum Scheitern verurteilt gewesen. Henry Percy wäre mir ein treuer Ehemann gewesen. Ich fragte mich, ob er wohl noch an mich dachte, und zweifelte nicht daran. Der Brief ließ deutlich erkennen, wie rachsüchtig Mary Talbot war. Wie widerstrebend er sie doch damals geheiratet hatte! Und sie wußte es.

Nun hatte sie sicherlich erfahren, welch glänzende Zukunft vor mir lag. Auch Henry Percy mußte davon gehört haben. Was er jetzt wohl dachte? Ganz sicher dachte er mit leiser Wehmut daran, wie schön alles hätte sein können – genauso wie ich hin und wieder davon träumte, wenn ich besonders niedergeschlagen war und mir einredete, meine Verbindung mit dem König werde nie ein glückliches Ende finden.

Jetzt hielt sie offenbar ihre große Chance, Rache zu üben, für gekommen – diese erbärmliche Mary Talbot, die das Pech hatte, einen Mann zu heiraten, der von ganzem Herzen eine andere liebte. Doch ihre Argumente waren nicht von der Hand zu weisen. Das war das Beunruhigende daran. Wenn solche Probleme auftauchten, berief man sich immer auf Präzedenzfälle. Und vor nicht allzu langer Zeit war es Richard III. vor allem deshalb gelungen, die Krone an sich zu reißen, weil sein Bruder vor seiner Heirat mit Elizabeth Woodville durch ein vertraglich festgelegtes Eheversprechen an Eleanor Butler gebunden gewesen war. Dadurch waren jene beiden kleinen Prinzen für unehelich erklärt worden, die dann später auf so geheimnisvolle Art und Weise im Tower ums Leben gekommen waren. Wenn sich die Gültigkeit dieses angeblichen Ehevertrags mit Henry Percy nachweisen ließe, würde, wenn ich ein Kind vom König erwartete, dieses Kind zum Bastard erklärt werden.

Es gab nur eine Möglichkeit: Ich mußte den Brief unverzüglich Henry vorlegen.

Ich ging zu ihm, und seine Augen leuchteten auf, als er mich sah. Doch dann merkte er, daß ich ganz verstört war.

Ich sagte: »Norfolk hat mir soeben diesen Brief gebracht.«

Er nahm ihn und las ihn, dann rief er entsetzt aus: »Mein Gott, das darf einfach nicht wahr sein!«

Er sah mich prüfend an.

Ich versicherte ihm: »Es ist nie ein vertraglich festgelegtes Eheversprechen unterschrieben worden. Ihr wißt selbst, daß ich damals mit Northumberland befreundet war und daß zwischen ihm und mir von Heirat die Rede war. Diese Pläne waren nichts weiter als romantische Träume. Ihr selbst habt ja zusammen mit Wolsey Mittel und Wege gefunden, uns auseinanderzubringen.«

»Gott sei Dank«, entfuhr es ihm. »Dann hat es also keinen Vertrag gegeben.«

»Wir hatten nur gehofft, eines Tages heiraten zu können – was sicher geschehen wäre, wenn unsere Pläne nicht durchkreuzt worden wären.«

»Ich werde diesen Brief sofort Cromwell geben. Wir können die Sache nicht einfach ignorieren. Immerhin weiß Norfolk davon ... und natürlich Shrewsbury.«

»Ihr glaubt, der Brief könnte unsere Heirat verhindern?«

Henry lächelte. »Liebste, nichts auf Gottes Erde könnte unsere Heirat verhindern. Der Gauner Cromwell wird sich schon etwas einfallen lassen.«

Und das tat Cromwell auch.

Percy wurde vor den Erzbischof von Canterbury und den Geheimen Staatsrat zitiert.

Ich wußte, daß ich mich auf ihn würde verlassen können. Er hatte mich einmal sehr geliebt und mich, glaube ich, nie vergessen. Er würde verstehen, daß ich den König heiraten wollte, ja, daß mir gar nichts anderes übrig blieb, als den König zu heiraten, nach allem, was sich zwischen uns abgespielt hatte. Er bewies dann auch die Loyalität, die ich von ihm erwartet hatte. Er gab zu, daß er und ich einander bei Hofe begegnet seien und daß wir uns zueinander hingezogen gefühlt hätten, betonte aber, daß es nie zu einem vertraglichen Ehegelöbnis gekommen sei.

Ob Cromwell ihm gedroht hatte oder nicht, habe ich nie erfahren. Ich zog es vor zu glauben, daß er seine Aussage aus Liebe zu mir gemacht habe.

Meine Feinde mußten also eine erneute Niederlage einstecken. Der König, entschlossen Northumberland zu glauben, akzeptierte dessen Version der Geschichte als die Wahrheit, und der Staatsrat mußte seinem Beispiel folgen. Damit war der Fall erledigt, und wir brauchten uns keine weiteren Gedanken darüber zu machen.

Henry war erleichtert darüber, daß die Frage meiner früheren Verbindung mit Henry Percy zufriedenstellend geklärt war, und sprach nun kaum noch von etwas anderem als unserem bevorstehenden Besuch in Frankreich.

François war uns in all den Jahren der problematischen Scheidungsverhandlungen ein guter Freund gewesen. Ich fragte mich, warum. Weil er im Grunde seines Herzens ein Romantiker war? Wohl kaum. Er brauchte vielmehr einen Verbündeten gegen den Kaiser. Das war die Antwort. Und er konnte es sich nicht leisten, einen so mächtigen Verbündeten nicht mit dem nötigen Respekt zu behandeln. François legte offenbar großen Wert auf den Besuch, und da Henry und ich zusammen sein würden und ich an seiner Seite ein Land besuchen sollte, dessen Herrscher bereit war, mich als Henrys Königin anzuerkennen, versprach die Reise ein höchst erfreuliches Erlebnis zu werden.

»Da ist noch etwas zu regeln«, sagte Henry. »Ihr seid schlicht Lady Anne Rochford, und das ist kein besonders vornehmer Titel, wenn man bedenkt, welch hohen Rang Ihr bald einnehmen werdet. Daher habe ich beschlossen, eine Änderung vorzunehmen.«

Ich schaute ihn erwartungsvoll an, und er küßte mich.

»Ich werde Euch in den hohen Adelsstand erheben und Euch die Pairswürde verleihen.«

Mir war schwindlig vor Glück.

»Ich habe das Vorhaben reiflich überlegt, und es ist bereits alles geregelt. Ihr werdet Marquess von Pembroke werden. Das ist ein Titel, den ich hochachte, denn er wurde zuletzt von meinem Onkel, Jasper Tudor, geführt. Er verbindet Euch mit meiner Familie.«

»Meint Ihr denn, daß auch die Adligen diese Ernennung begrüßen werden?«

Er reagierte fast hochmütig. »Es ist mein Wunsch.« Natürlich war ich entzückt. Es war eine große Ehre. Es würde mich über all diejenigen stellen, die ihren Unmut darüber zum Ausdruck gebracht hatten, mir ihre Reverenz erweisen zu müssen.

Marquess von Pembroke! Ein Adelstitel – und was für einer – aus eigenem Recht! Ich hatte unbestreitbar die richtige Wahl getroffen.

Henry verkündete, daß der Grund für die Verleihung dieses hohen Ehrentitels seine Überzeugung sei, daß ein Monarch die würdigsten Angehörigen beider Geschlechter um seinen Thron scharen solle, und deshalb ernenne er mit Zustimmung der Adligen des Reiches – er verzichtete darauf hinzuzufügen, daß niemand es gewagt hatte, seine Zustimmung zu verweigern – seine Cousine Anne Rochford, Tochter seines geliebten Vetters, des Grafen von Wiltshire, zur Marquess von Pembroke. Und dann fügte er noch etwas überaus Wichtiges hinzu: Indem er sie mit Robe und Adelskrone ausstatte, übertrage er gleichzeitig Namen und Titel auf ihre männlichen Erben.

Das war eine Vorsichtsmaßnahme. Sollte – obwohl er geschworen hatte, daß nichts unsere Heirat werde verhindern können – aufgrund eines unvorsehbaren, unglücklichen Zufalls meine Heirat mit dem König nicht zustandekommen und ich einem Kind das Leben schenken, dann wäre diesem Kind ein eindrucksvoller Titel sicher.

Es war offensichtlich, daß der König mir eine ganz besondere Ehre erweisen und allen zeigen wollte, daß ich der Mensch war, den er an seinem Hof am meisten schätzte, denn es war das erste Mal in der Geschichte des Königreichs, daß eine Frau in den hohen Adelsstand erhoben wurde.

An jenem zauberhaften Septembermorgen schien alles in ein sanftes Licht getaucht zu sein. Es war noch Sommer, doch es lag bereits ein Hauch von Herbst in der Luft.

Henry hatte bereits im Audienzsaal des Schlosses von Windsor Platz genommen und war von zahlreichen Angehörigen des Hochadels umgeben, zu denen auch Norfolk, Suffolk, mein Vater und der französische Gesandte zählten. Ich trug ein Gewand aus rotem Samt mit Hermelinbesatz; es hatte kurze Ärmel, denn ich sollte ja später die Robe des Marquess darüber tragen. Mein langes Haar trug ich so, wie es mir am besten stand, nämlich offen über die Schultern hängend. Ich wurde von einer Gruppe adliger Damen und Herren, die vom Ersten Wappenherold angeführt wurde, in den Saal geleitet. Meine Cousine Mary Howard, die Tochter des Herzogs von Norfolk, trug die Staatsrobe und die goldene Adelskrone. Gemessenen Schrittes und geführt von der Gräfin von Rutland auf der einen und der Gräfin von Sussex auf der anderen Seite näherte ich mich dem Thron des Königs und kniete nieder.

Gardiner verlas die Ernennungsurkunde, dann nahm der König die Robe aus Marys Händen entgegen und legte sie mir liebevoll um die Schultern. Danach setzte er mir die Krone aufs Haar.

Ich gehörte nun dem Hochadel an. Marquess von Pembroke. Es war ein Augenblick großen Triumphes.

Zum Abschluß der Zeremonie überreichte mir Henry noch eine weitere Urkunde, in der mir auf Lebenszeit Einkünfte von jährlich tausend Pfund zuerkannt wurden.

Als ich unter feierlichen Fanfarenklängen den Audienzsaal verließ, war ich überglücklich.

In meinen Räumen erwarteten mich Geschenke von Henry – einige erlesene Miniaturen, die das Werk Holbeins, seines Lieblingsmalers, waren; ihre Kostbarkeit wurde noch erhöht durch die Edelsteine, die ihren Rahmen zierten. Sie waren wunderschön und konnten auch als Medaillons getragen werden. Henry hatte sich vorgenommen, allen Menschen zu zeigen, wie sehr er mich liebte. Er überhäufte mich mit Geschenken. Ich bekam sogar einen Schleppenträger und eigene Hofdamen, ausnahmslos junge Mädchen aus adligen Familien – ganz so, als ob ich bereits Königin wäre. Allein die Gewänder, die ich während der Zeremonie anläßlich meiner Erhebung in den hohen Adelsstand getragen hatte, hatten mehr als dreißig Pfund gekostet. Na und? Die Königliche Privatschatulle machte es möglich.

Ich brauchte mir keine Sorgen zu machen.

Dann planten wir unsere Reise nach Frankreich.

François hatte uns große Herzlichkeit entgegengebracht und uns beiden eine außerordentliche Freude gemacht, als er vorgeschlagen hatte, wir könnten doch in Frankreich heiraten. Das war ein faszinierender Plan, dessen Verwirklichung der Welt verkünden würde, daß der König von Frankreich auf unserer Seite stand. François hatte schon immer großes Mitgefühl und Verständnis für unsere Probleme gezeigt, und ich war eitel genug, nicht auszuschließen, daß möglicherweise zärtliche Gefühle für mich der Grund dafür waren. Schließlich hatte er damals, als ich an seinem Hof gelebt hatte, recht begehrliche Blicke auf mich geworfen, und ich konnte mir durchaus vorstellen, daß meine ablehnende Haltung ihn veranlaßt hatte, mich mit einem gewissen Respekt zu behandeln. Der bevorstehende Besuch war jedenfalls für Henry und mich von ganz besonderer Bedeutung, denn wir hatten vor, François' Rat zu befolgen, so daß, wenn wir dann später nach England zurückkehrten, die Heirat ein *fait accompli* wäre. Ich war dem Ziel meiner Träume nahe. Schon bald würde ich aus der ungewöhnlichen Lage befreit sein, die mich so lange belastet hatte. Königin von England!

Ich sonnte mich in meiner neuen Würde; nicht mehr lange, und ich würde den Platz einnehmen, nach dem ich mich schon so lange sehnte. Vielleicht entwickelte ich in jenen Wochen einen gewissen Hochmut und benahm mich so, als wäre ich bereits Königin. Henry aber störten diese Allüren nicht – im Gegenteil, er ermutigte mich sogar dazu. Ich hatte endlich das Gefühl, Herrscherin über den ganzen Hof zu sein... selbst über den König.

Ich überlegte sorgfältig, welche Garderobe ich für den Besuch in Frankreich benötigen würde. Ich ließ Samt- und Seidenstoffe kommen und traf voller Vorfreude meine Vorbereitungen.

Ich war zu der Zeit wirklich glücklich. Ich trauerte nicht mehr der Vergangenheit nach und dachte nicht länger mit Sehnsucht an das, was nicht hatte sein sollen. Die Zukunft, die mir jetzt winkte, war verlockender als alle Chancen, die sich mir je hätten bieten können.

Dennoch gab es den einen oder anderen unliebsamen Zwischenfall am Rande. Henry verlangte von Katharine, sie solle ihren Schmuck abgeben. Obwohl sie ihn als Königin von England jahrelang getragen habe, sei er nicht ihr persönliches Eigentum, sondern das der Krone. Henry war der Ansicht, daß nun, da Gott ihm begreiflich gemacht habe, daß seine Ehe mit Katharine ungültig sei, der Schmuck zurückgegeben werden müsse. In Wirklichkeit wollte er, daß ich ihn während des Besuchs in Frankreich trug, und nach unserer Heirat würde er dann ohnehin mir gehören. Katharine lehnte die Rückgabe der Juwelen jedoch empört ab. Sie denke nicht daran, solche Edelsteine zur Verfügung zu stellen, damit eine Person sich mit ihnen schmücke, die die Schande der Christenheit sei, erklärte sie, und deren bloße Anwesenheit bei Hofe die englische Krone beschäme.

Katharine konnte sich solch kühne Worte erlauben, denn der mächtige Kaiser stand, für alle unübersehbar, hinter ihr. Daher würde auch der König nicht wagen, ihr etwas anzutun, so sehr er sie auch beleidigen mochte.

Doch der Kaiser war weit weg, und der König verfügte in England über uneingeschränkte Macht, ja, er versprach sogar noch mächtiger zu werden als er es je gewesen war. Er zögerte daher nicht lange, sondern befahl ihr, den Schmuck herauszugeben, und schickte Boten zu ihr, die ihn entgegennehmen sollten.

Es war herrlich, die kostbaren Juwelen zu besitzen, aber daß sie Katharine gewaltsam weggenommen werden mußten, trübte meine Freude doch.

Dann war da noch die Herzogin von Suffolk. Henry legte Wert darauf, daß sie uns auf der Reise begleite, und es war davon auszugehen, daß sie als Ex-Königin von Frankreich viele alte Bekanntschaften erneuern würde. Sie war jedoch schon immer eigensinnig gewesen und genoß selbstverständlich beim König besondere Vorrechte. Für ihn war sie immer noch seine kleine Schwester Mary. Sie hatte damals gegen seinen Willen Suffolk geheiratet und erlebt, wie sein Unmut darüber sich gelegt hatte. Nun weigerte sie sich hartnäckig, mit uns nach Frankreich zu kommen. Der Grund dafür war natürlich meine Anwesenheit. Wäre Katharine an meiner Stelle gewesen, hätte Mary sich glücklich geschätzt, mit von der Partie zu sein.

Ich wußte nicht, was ich mir wünschen sollte – daß Henry ihr befehlen würde mitzukommen, was die Reise äußerst unerquicklich gemacht hätte, da Mary sich mit Sicherheit von ihrer unangenehmsten Seite gezeigt hätte, oder daß er nachgäbe und ihre Weigerung akzeptierte, was mir gegenüber ein Affront gewesen wäre. Keine der beiden Möglichkeiten erschien mir sonderlich verlockend, doch, wie ich schon sagte, war dieser Zwischenfall zum Glück nur ein unliebsames Randproblem.

Schließlich war da noch Suffolk selbst. Ihm war Henry ernsthaft böse, denn er hatte sich aufgrund seiner langjährigen Freundschaft mit Henry und der engen verwandtschaftlichen Beziehung zu ihm, die sich durch seine Heirat ergeben hatte, die Dreistigkeit erlaubt, von der geplanten Reise abzuraten.

Ich konnte mir lebhaft vorstellen, welche Argumente er angeführt hatte. Henry wolle eine Frau mitnehmen, die nicht seine angetraute Ehefrau sei, und sie während eines offiziellen Besuches in einem anderen Land in aller Öffentlichkeit als seine Königin präsentieren. Das sei schlechter Stil, auch wenn François hundertmal durch Boten seine Freude zum Ausdruck gebracht habe.

Henry war aufgebracht.

Der Streit endete damit, daß Suffolk vom Hof fortgeschickt wurde – aber nicht, um sich ins Exil zu begeben, sondern um unverzüglich Vorbereitungen für die Reise zu treffen. Da Suffolk mit dieser Aufforderung beträchtliche Unkosten auf sich zukommen sah, war er alles andere als erfreut. Und seine Frau bestand darauf, zu Hause zu bleiben.

Obwohl François unsere Reisepläne so begeistert unterstützt hatte, hatte der Besuch letztlich doch seine Schattenseiten. Es war abgemacht, daß François uns entgegenreisen und in Boulogne begrüßen sollte; doch keine der Damen am französischen Hof war bereit, ihn zu begleiten. Aber schließlich galt unser Besuch in erster Linie François selbst.

»Wir werden gut auf die Damen verzichten können«, sagte Henry, aber ihr Fernbleiben bedeutete natürlich, daß auch ich bei verschiedenen Anlässen nicht würde in Erscheinung treten können.

Ich mußte mir immer wieder vor Augen führen, daß dies wahrscheinlich das erste Mal war, daß ein König auf einem Staatsbesuch – denn um einen solchen handelte es sich wohl – von einer Frau begleitet wurde, die nicht seine Ehefrau war.

»Außerdem«, fügte er hinzu, »bin ich auch gar nicht daran interessiert, die Königin von Frankreich kennenzulernen.« Es war Eleanora von Österreich, die Schwester Kaiser Karls und damit Katharines Nichte. »Lieber begegnete ich dem Teufel leibhaftig als einer Dame in spanischer Tracht«, war sein abschließender Kommentar.

Trotz aller Rückschläge nahmen die Vorbereitungen zügig ihren Verlauf, aber es war dennoch eine Zeit, die von unguten Gefühlen und mancherlei Befürchtungen erfüllt war, denen ich mich nicht entziehen konnte. Es war nicht zu bestreiten, daß es von Henry ein gewagtes Unternehmen war, mich auf eine solche Reise mitzunehmen, bevor eine Eheschließung stattgefunden hatte. Gewiß, ich gehörte jetzt dem Hochadel an und besaß einen der hochrangigsten Titel im ganzen Königreich, aber beim Volk war ich unbeliebter als jemals zuvor.

Trotzdem war ich glücklich und Henry ebenfalls. Er wollte immerzu nur an meiner Seite sein und schickte die Reisegesellschaft nach Dover voraus, so daß wir – so gut es ging – ungestört sein konnten. Wir besuchten Thomas Cheyney, der mir immer ein guter Freund gewesen war, und hielten uns ein paar Tage lang in seinem Hause auf; Henry bestand darauf, daß keinerlei Aufhebens um unseren Besuch gemacht werde, und versicherte unserem Gastgeber, daß wir einzig und allein den Wunsch hätten, eine kurze Zeit einfach und zurückgezogen zu leben. Dieser Wunsch wurde uns erfüllt. Wir ritten gemeinsam aus, nahmen allein unsere Mahlzeiten ein und erfreuten uns, abseits vom öffentlichen Leben, unserer Zweisamkeit. Ich war überrascht, wie sehr wir beide diese Tage zu zweit genossen. Vielleicht fing ich damals an, ihn zu lieben. Einer Frau wie mir fällt es schwer, jemanden nicht gern zu haben, der sich mit solcher Hingabe um sie bemüht.

Die Liebe veränderte Henry; sie machte geradezu einen anderen Menschen aus ihm. Er begegnete mir mit glühender Leidenschaft und zugleich mit tiefer Dankbarkeit, und diesen natürlichen, bescheidenen Mann mochte ich lieber als den mächtigen König. Vielleicht war es aber auch die Entdekkung, daß der anmaßende Herrscher in der Lage war, sich in einen bescheidenen Liebhaber zu verwandeln, die mich für ihn einnahm. Es war schwer, sich Henry ohne seine königliche Würde vorzustellen. Sie war so sehr ein Teil seiner selbst, daß mitzuerleben, wie er sie abstreifen konnte, mein Herz für ihn erwärmte.

Er versicherte mir, er sei nie in seinem Leben so glücklich gewesen wie während jener kurzen Zeit, die wir fernab von der Betriebsamkeit des höfischen Lebens verbracht hätten, und der Gedanke daran, daß wir schon bald miteinander verheiratet wären, bereite ihm unsagbare Freude.

Doch wir konnten nicht für immer in der idyllischen Abgeschiedenheit unseres Paradieses leben. Wir mußten die Reise nach Dover fortsetzen.

Unterwegs fiel mir der Gesichtsausdruck auf, mit dem die Menschen uns nachsahen. Sie wirkten eher verdrossen als aufgebracht. Sie hatten etwas gegen den Besuch in Frankreich – nun ja, vielleicht weniger gegen den Besuch selbst als gegen die Tatsache, daß ich den König begleitete.

In einigen kleinen Dörfern entlang unserem Weg durch den Südosten Englands herrschte die Pest – ein Zeichen des Himmels, sagten die Leute. Überhaupt tauchten plötzlich alle möglichen Vorzeichen auf. Die Menschen hatten böse Träume. Einige erblickten Zeichen am Himmel, zum Beispiel einen Kometen. In Wirklichkeit jedoch wird es sich wohl eher um ein Produkt ihrer Fantasie gehandelt haben. Jemand anders hatte ein seltsames Wesen im Meer entdeckt – es habe zwar ausgesehen wie ein Fisch, sei aber kein Fisch gewesen; es habe menschliche Züge gehabt. Ich hatte keine Ahnung, welche Art von Omen man in ihm zu erkennen glaubte – außer, daß es angeblich eine schreckliche Warnung darstellte, die sich gegen unser sündiges Leben richtete. Und all diese Zeichen deutete man als Ausdruck des Zorns Gottes, der erbost darüber sei, daß ein König seine rechtmäßige Ehefrau verstoßen habe und nun schamlos mit seiner Konkubine durchs Land ziehe – sogar über das Meer bis hin zum König von Frankreich.

Zur gegebenen Zeit traten wir die Überfahrt nach Calais an, die trotz der abschreckenden Vorhersagen recht angenehm verlief. In Frankreich wurde uns ein begeisterter Empfang bereitet. Die ganze Stadt war *en fête*. Die Einwohner von Calais hatten sich versammelt, um uns zuzujubeln, als wir uns als erstes zur Kirche St. Nicolas begaben, wo eine Messe zelebriert wurde und wir Gott für unsere sichere Überfahrt dankten. Danach wurden wir zu der Unterkunft gebracht, die man für uns hergerichtet hatte. Henrys großes Bett und die Möbelstücke, die wir mit auf die Reise genommen hatten, waren vorausgeschickt und bereits aufgestellt worden.

Wir verlebten herrliche Tage. Henry und ich waren die meiste Zeit zusammen, und es machte ihm sichtlich Spaß, mit mir durch die Stadt zu reiten. Dort jubelten mir die Menschen zu. Wie sehr sich ihr Verhalten doch von dem meiner eigenen Landsleute unterschied! Vielleicht hatte die Nachricht, daß ich noch nicht Henrys Frau war, Calais noch nicht erreicht; vielleicht freuten sie sich auch so sehr über unseren Besuch und die unsertwegen veranstalteten Festlichkeiten, die Glanz und Abwechslung in ihr Leben brachten, daß sie mich mit solcher Selbstverständlichkeit akzeptierten.

Es war wunderbar, Thomas Wyatt wiederzusehen. Er sah so gut aus wie früher und freute sich, mich so glücklich und unbeschwert zu sehen.

»Denkst du noch manchmal an die Zeit in Hever?« fragte er mich.

»Ich werde diese Zeit nie vergessen, Thomas«, antwortete ich.

»Ich freue mich über dein Glück, aber für mich ist es ein Unglück.«

»Wieso denn das?«

»Weil ich dich nun für immer verloren habe.«

»Thomas«, ermahnte ich ihn eindringlich, »du darfst so etwas nicht sagen.«

»Natürlich nicht. Bedenke nur, welchen Preis ich schon einmal für eine solche Äußerung bezahlt habe! Ich habe übrigens das Medaillon noch.«

»Dann paß auf, daß niemand es zu sehen bekommt.«

»So ein harmloses kleines Medaillon ... und welch einen gewaltigen Ausbruch königlicher Eifersucht es doch ausgelöst hat!«

»Thomas, damit muß jetzt Schluß sein.«

»Anne! Königin Anne! Ja, ich habe immer gewußt, daß aus dir einmal etwas ganz Besonderes werden würde.«

»Aus dir auch, Thomas.«

»Du wirst einmal als Königin in die Geschichte eingehen. Ich vielleicht als Dichter ..., vielleicht auch nicht.«

Damals schrieb er ein bezauberndes Gedicht, das an mich gerichtet war. Ich habe es nie vergessen.

Vergiß nicht eines Freundes Treue
und seine Mühe, stets aufs neue
zu streben, daß er dich erfreue –
vergiß sie nicht.

Vergiß nicht, vergiß nicht das Band,
das noch besteht und das bestand,
als wir als Kinder uns gekannt –
vergiß es nicht.

Vergiß nicht den, der dich verehrt,
obwohl das Leben ihn gelehrt,
daß Liebesglück oft wird verwehrt –
vergiß ihn nicht.

Ich konnte nicht umhin, mich geschmeichelt zu fühlen, daß ein Mann wie Wyatt mich schon so lange und so hingebungsvoll verehrte. Dennoch machte ich mir seinetwegen Sorgen, denn er war sehr impulsiv. Aber vielleicht war er inzwischen besonnener geworden. Er hatte erfahren, was es hieß, den König zu beleidigen.

Henry schien den Zwischenfall mit dem Medaillon und auch die verleumderischen Unterstellungen vergessen zu haben, die Suffolk ihm über Wyatt und mich zugetragen hatte. Nun, da wir ein Liebespaar waren, waren seine Bedenken ausgeräumt. Es war mir gelungen, ihn davon zu überzeugen, daß meine Gefühle für ihn nicht weniger intensiv waren als die Leidenschaft, die er für mich empfand. Die Tatsache, daß mir die körperliche Liebe nicht die höchsten Wonnen bescherte, wie er sie von Frauen wie meiner Schwester Mary gewohnt war, deutete er einfach als Beweis für meine feineren Empfindungen.

Zu jener Zeit verkörperte ich für ihn das vollkommene Glück. Außerdem würden wir dank François' Unterstützung schon bald heiraten können. Dann wäre Henrys Gewissen endlich beruhigt. Cromwell und Cranmer arbeiteten bereits eifrig an der offiziellen Erklärung, die die Ungültigkeit der Ehe zwischen Henry und Katharine begründen sollte. Schon bald würden er und ich zusammen sein können, ohne daß sich mit nervtötender – wenn auch in letzter Zeit deutlich zurückgehender – Beharrlichkeit sein nimmermüdes Gewissen meldete.

Nachdem wir eine Woche in Calais verbracht hatten, wo inzwischen Vorbereitungen für den Besuch des französischen Königs getroffen wurden, ritt Henry nach Boulogne, um sich mit François zu treffen. Wir waren nach langen Beratungen übereingekommen, daß es besser sei, wenn ich Henry nicht begleitete, denn wir hatten erfahren, daß die Damen des französischen Hofs beschlossen hatten, dem Treffen fernzubleiben. Das gefiel mir zwar nicht, aber ich sah die Notwendigkeit ein. Solange ich mit Henry nicht verheiratet war, konnte ich bei offiziellen Anlässen nicht als seine Königin vorgestellt werden. Außerdem hatte ich ebensowenig Lust wie Henry, der Königin von Frankreich zu begegnen, die ja Katharines Nichte war. Es hätte nur eine peinliche Situation geschaffen. Doch all diese Probleme würden bald ein

Ende haben, denn Henry hatte beschlossen, daß unsere Heirat in einer Woche stattfinden solle; und wenn François an der Zeremonie teilnähe, würde uns das sehr viel bedeuten.

Unterdessen blieb ich in Calais. Ich hatte mir verschiedene Maskenspiele ausgedacht, deren Witz, Humor und Eleganz auch den französischen Geschmack ansprechen sollten. Wyatt war auch da; er würde einige Verse verfassen, und alle würden zugeben müssen, daß er ein begnadeter Dichter war.

Henry hatte keine Kosten gescheut, den Festsaal des Schlosses angemessen ausschmücken zu lassen. Die Wände waren mit Silber- und Goldstoffen dekoriert und der Saum der Wandbehänge war mit glitzernden Steinen und Perlen besetzt. Das Tafelgeschirr war aus purem Gold. Alles sollte sehr erlesen und unseres Gastes, des Königs von Frankreich, würdig sein.

Ich wartete ungeduldig darauf, daß Henry mit François zurückkehrte; dann endlich könnte die Zeremonie stattfinden, die für mich von schicksalhafter Bedeutung war und meinen Befürchtungen ein Ende setzen würde. Ich würde als Königin nach England zurückkehren.

Wie mir berichtet wurde, war das Treffen der beiden Könige ein glanzvolles Ereignis, und ich fragte mich, ob die Begegnung wohl beide an jenes andere, lange zurückliegende Zusammentreffen von Guines und Ardres erinnert hatte. Sie sollen sich herzlich begrüßt haben, als ob es nie irgendwelche Unstimmigkeiten zwischen ihnen gegeben hätte. François hatte in Boulogne offenbar Veranstaltungen zu Henrys Unterhaltung organisiert. Doch ich wußte, daß Henry in Wirklichkeit ungeduldig darauf wartete, zu mir zurückkehren zu können. Ich bedauerte auch, daß die Damen des französischen Hofs nicht mitgekommen waren, denn wenn sie François begleitet hätten, hätte ich ebenfalls mit Henry nach Boulogne reisen können. Ich versuchte mir einzureden, daß alles darauf zurückzuführen sei, daß die Königin von Frankreich eine so enge Verwandte von Katharine war, und konnte mir gut vorstellen, daß der letzte, nach dessen Besuch sie sich drängte, Henry war, der soeben ihre Tante verstoßen hatte.

Ich sah also durchaus ein, daß ihre Entscheidung, dem Treffen fernzubleiben, ein vernünftiger, wenn auch ein wenig beleidigender Entschluß war – immerhin entstand der Eindruck, daß sie nicht gekommen waren, weil ich nicht Henrys Frau war.

Ich tröstete mich mit dem Gedanken, daß dieser Mißstand bald beseitigt sein würde.

Schließlich trafen die beiden Könige in Calais ein.

François begrüßte mich mit äußerster Liebenswürdigkeit. Er verzichtete bald auf alle Förmlichkeit und versicherte mir, ich sei noch schöner geworden, als er mich in Erinnerung habe. Leider konnte ich mit gutem Gewissen von ihm kaum dasselbe behaupten. François hatte, seit ich ihn als jungen König gekannt hatte, viel durchgemacht, und die Jahre seiner Gefangenschaft in Madrid, während der er fast gestorben wäre, waren nicht spurlos an ihm vorübergegangen. Er sah verlebt aus, was in Anbetracht des Lebenswandels, den er geführt hatte, nicht weiter verwunderlich war. Aber er besaß einen angeborenen Charme, und seine zuvorkommenden Manieren und die Eleganz seiner gesamten Erscheinung waren zwangsläufig beeindruckend.

Im prächtig geschmückten Festsaal des Schlosses sollte ein Bankett stattfinden, doch zuvor hatte ich noch kurz Gelegenheit, mit Henry allein zu sein.

Er küßte mich leidenschaftlich und beteuerte mir, die Trennung sei ihm wie eine Ewigkeit vorgekommen. Ich merkte jedoch, daß ihn irgend etwas ernsthaft bedrückte, und da unsere Hochzeit nun unmittelbar bevorstand, überkam mich plötzliche Angst.

Mit Recht.

Kurz darauf berichtete er mir ausführlich von der neuesten Entwicklung.

Die geplante Hochzeit könne nun doch nicht stattfinden. François, der uns kürzlich noch gedrängt hatte, in Frankreich zu heiraten und erst danach zurückzukehren und die Engländer vor vollendete Tatsachen zu stellen, habe seine Meinung geändert: Kaiser Karl habe die Türken besiegt, die nun keine Gefahr mehr für ihn darstellten. Das bedeute jedoch, daß er nun anderen Teilen Europas seine ungeteilte Aufmerksamkeit schenken könne. Wir könnten sicher verstehen, daß er, François, nun befürchten müsse, daß Karl sein

Augenmerk auf Frankreich richten werde. Unter diesen Umständen könne er es sich nicht leisten, unsere Heiratspläne in aller Öffentlichkeit zu unterstützen; er hoffe jedoch aufrichtig, wir würden ihn auch weiterhin als unseren guten Freund betrachten.

Es verschlug mir die Sprache. »Das heißt also«, stammelte ich, »es wird keine Heirat geben.«

»Jedenfalls nicht hier. Wir werden sie verschieben müssen... nur um kurze Zeit.«

Ich war wütend. Schon wieder waren meine Hoffnungen zunichte gemacht worden. Ich war so zuversichtlich gewesen, daß alles gut gehen würde und ich mich in wenigen Tagen würde sicher fühlen können, und nun zu erleben, wie das Ziel, das zum Greifen nahe gewesen war, in dem Moment wieder in weite Ferne rückte, als ich gerade die Hand nach ihm ausstrecken wollte, war mehr als ich verkraften konnte.

»Wie kann er es nur wagen!« rief ich erbittert aus.

»Liebste, er hat schon recht. Es stimmt, daß der Kaiser sich an ihm rächen würde, wenn er in aller Öffentlichkeit für uns Partei ergriffe. Wir müssen das Problem auch einmal von seiner Warte sehen, mein Herz.«

»Er hat uns hereingelegt.«

»Nein... nein. So dürft Ihr nicht von ihm reden. Ihr sprecht schließlich über den König von Frankreich.«

»Ich mache mir nichts aus Königen.«

Er zog die Augenbrauen hoch und sah mich ernst an. Dann fügte er – ein wenig kühl – hinzu: »Ich hoffe doch, daß es einen König gibt, aus dem Ihr Euch etwas macht...«

Ich warf mich ihm in die Arme. Er zeigte sehr viel Verständnis und Geduld – was mich im nachhinein sehr verwundert hat. Er streichelte mein Haar und sagte: »Ihr dürft nicht so verzweifelt sein. Ja, es ist eine bittere Enttäuschung... aber doch nicht die erste, die wir erlebt haben, hm? Wir werden darüber hinwegkommen. Vielleicht wäre es ohnehin besser, im eigenen Land zu heiraten. Wer weiß, ob nicht irgendwelche Narren auf die Idee kämen, die Rechtsgültigkeit unserer Eheschließung anzufechten, wenn die Heirat hier stattfände.«

Dieses Argument war allerdings nicht von der Hand zu weisen und beschwichtigte ein wenig meinen Zorn. Ich mußte meinen Groll vergessen und mich auf die Veranstaltungen vorbereiten, die wir für unseren Gast geplant hatten.

Ich hatte mit Hilfe Wyatts und einiger anderer Freunde ein herrliches Maskenspiel vorbereitet – Henry hatte recht, ich durfte François meine Empörung nicht spüren lassen. Henry erinnerte mich liebevoll daran, daß ich es jetzt mit einem mächtigen Mann zu tun hätte; ich würde ihn mit besonderer Liebenswürdigkeit behandeln und meinen Ärger hinunterschlucken müssen. Im übrigen sei er nicht weniger empört als ich; ich könne – ›bei Gott und allen Heiligen‹ – diese Heirat kaum mehr herbeisehnen als er selbst.

Das festliche Bankett fand also, wie geplant, in dem prachtvoll geschmückten Festsaal statt, und die Speisen wurden auf eine ganz ausgefallene Art und Weise serviert – für François nach französischer und für Henry nach englischer Art. Es gab drei Gänge: Der erste bestand aus vierzig Gerichten, der zweite aus sechzig und zum dritten Gang wurden siebzig Gerichte aufgetragen. François gab zu, verblüfft zu sein.

Ich und meine Hofdamen nahmen an dem Festessen nicht teil. Der Grund dafür war, daß die Damen des französischen Hofs François nicht begleitet hatten. Vielleicht hätte mich das von Anfang an veranlassen sollen, an der Aufrichtigkeit von François' Freundschaftsbekundungen zu zweifeln, denn er hätte ihnen ohne weiteres befehlen können mitzukommen. Ich hatte zum Beispiel nicht ausgeschlossen, daß Marguerite ihn begleiten würde. Sie hatte sich wieder verheiratet und war jetzt Königin von Navarra; sie war stets so fortschrittlich in ihrem Denken und ihrer Lebensauffassung gewesen, daß ich Mühe hatte, mir vorzustellen, daß sie eine Begegnung mit mir abgelehnt haben könnte, nur weil ich noch nicht mit dem König verheiratet war. Ich versuchte, mir einzureden, daß es irgendein anderer Grund gewesen sein mußte, der sie daran gehindert hatte, sich der Reisegesellschaft anzuschließen.

Als das Bankett beendet war, betrat ich mit meinen Hofdamen den Festsaal. Wir trugen alle Masken und der Stil unserer Kostüme war seltsam exotisch; es sollte so aussehen, als ob wir aus einem fernen Land gekommen wären. Unsere geschlitzten und mit goldener Litze verzierten Gewänder waren aus goldenem Stoff gearbeitet, der mit roten Glitzerfäden durchwirkt war. Sie waren sehr eindrucksvoll – dafür hatte ich gesorgt. Jede von uns sollte einen der französischen Gäste zum Tanz bitten; ich sollte – natürlich – François auffordern. Daraufhin würden wir tanzen, und es mußte davon ausgegangen werden, daß die Franzosen so lange nicht wissen würden, wer ihre Partnerinnen waren, bis Henry auf die Damen zugehen und einer nach der anderen die Maske abnehmen würde. Dann würden alle ihrer Überraschung Ausdruck verleihen – ein dramatischer Höhepunkt, der Henry seit jenen längst vergangenen Tagen entzückte, als er gerade König geworden war und den ernsten und nüchternen Hof seines Vaters in einen Hof verwandelt hatte, an dem Lachen und Fröhlichkeit herrschten.

Durch meine Maske hindurch beobachtete ich den König von Frankreich. Er war nicht so schön wie Henry, denn Henry war noch immer ein sehr gutaussehender Mann, so wie er erst recht ein gutaussehender Jüngling gewesen war. Vor etwa zehn Jahren hatte ihn der venezianische Gesandte als ›ansehnlicher als jeder andere Herrscher des christlichen Abendlandes‹ beschrieben und hinzugefügt: »Er sieht zum Beispiel viel besser aus als der König von Frankreich, ist sehr blond und bewundernswert wohlgestaltet; sein Bart wirkt golden, und er ist außerordentlich musikalisch und ein guter Reiter. Er spricht Französisch, Latein und Spanisch und ist sehr fromm: An Tagen, an denen er zur Jagd ausreitet, geht er dreimal täglich zur Messe, ansonsten fünfmal täglich.« Das war von ihm gesagt worden, bevor er in leidenschaftlicher Liebe zu mir entbrannte. Ich fragte mich, welchen Eindruck der venezianische Gesandte wohl jetzt von ihm gewänne. Dennoch, obwohl die vergangenen Jahre ihre Spuren hinterlassen hatten, gab er noch immer eine gute Figur ab, hochgewachsen und achtunggebietend, wie er nun einmal war, und vor allem strahlte er eine königliche Würde aus, die ihn deutlich von anderen unterschied.

François hingegen besaß unvergleichlichen Charme. Er war hochintellektuell. Er strahlte die Resignation eines zeitlebens weltzugewandten Mannes aus, der der irdischen Freuden überdrüssig geworden war, doch sein Geist war hellwach. Er machte den Eindruck eines Zynikers, während Henry zuweilen von geradezu kindlicher Schlichtheit war.

Man konnte sich kaum zwei gegensätzlichere Naturen vorstellen, und ich gelangte zu dem Schluß, daß ich mich glücklich schätzen konnte, Henry zu haben.

François musterte mich mit lüsternen Blicken.

»Welch ein Glück für mich, von Euch erwählt worden zu sein«, sagte er. »Sobald ich Euch den Saal betreten sah, dachte ich: Auch wenn ich erst später, wenn die Masken fallen, erfahren werde, wer die Dame ist, kann ich doch jetzt schon erkennen, daß sie alle anderen an Liebreiz und Schönheit weit übertrifft. Ich schickte sogleich ein Stoßgebet zum Himmel, daß sie mich auffordern möge.«

»Jede Dame hätte den Wunsch, den König von Frankreich zum Tanz auffordern zu dürfen.«

Ich sprach Französisch, denn ich beherrschte diese Sprache so mühelos wie das Englische.

»Dann laßt uns glücklich sein, daß Ihr mich auserwählt habt, und wenn ich hätte wählen können, so wäre meine Wahl auf Euch gefallen.« Danach beglückwünschte er mich zu meinem Französisch. »Ihr könntet eine von uns sein«, fügte er hinzu, »wenn da nicht dieser Hauch eines Akzents wäre, der Eure Sprache so unnachahmlich bezaubernd klingen läßt.«

Trotz meiner Empörung über sein Verhalten verfehlte sein Charme seine Wirkung auf mich nicht. Ich fühlte mich in Gedanken in die Zeit meiner Jugend zurückversetzt, als ich zum ersten Mal seinen wollüstigen Blicken ausgesetzt gewesen war. Ich hatte mancherlei Geschichten über seine amourösen Eroberungen gehört. Er war bekannt dafür, daß er seine Opfer gnadenlos verfolgte. Gleichgültig, auf wen er es abgesehen hatte, er scheute vor keiner Methode zurück, wenn es darum ging, seine Sinneslust zu befriedigen. Man munkelte, daß junge Mädchen entführt und zu ihm gebracht worden seien, nachdem er sie unterwegs – auf der Straße, in der Kirche, wo auch immer – gesehen und begehrt habe. Mir war auch zu Ohren gekommen, daß die Tochter eines Gastwirts ihr hübsches Gesicht absichtlich mit Säure verunstaltet habe, weil sie befürchtet habe, ihre Seele der ewigen Verdammnis preiszugeben, wenn er sie zwänge, seine Geliebte zu werden.

Wir setzten unsere Unterhaltung mit jenem neckischen Geplänkel fort, das völlig gekünstelt war.

»Wäre es nicht möglich, daß Euer Gnaden ein wenig voreilig gewesen wären, eine Frau zum Tanz aufzufordern, deren Gesicht sie nicht hätten sehen können?«

»Ein instinktives Gefühl sagt mir, daß ihr Gesicht zweifellos genauso schön ist wie ihre Figur, die ich sehen kann und die mich entzückt.«

»Und der König von Frankreich ist, wie wir alle wissen, ein Kenner, was die Schönheit anbelangt.«

»Das möchte ich doch hoffen.«

»Es überrascht mich, daß er, dem die schönsten Frauen Frankreichs bereitwillig zu Füßen fallen würden, ausgerechnet bei einer maskierten Engländerin so in Verzückung gerät.«

»Ah, aber was für eine Engländerin! Lady Anne ist zwar heute abend unter uns, aber ich möchte schwören, daß sie es nicht mit der Dame aufnehmen kann, die die Güte besaß, mich zu ihrem Tanzpartner zu wählen.«

»Euch so reden zu hören, würde ihr sicher nicht gefallen.«

»Ich hatte schon einmal das Vergnügen, die Bekanntschaft der Dame zu machen... früher einmal.«

»Das muß lange her sein. Und Ihr erinnert Euch noch an sie?«

»Sie ist dabei, sich in das Buch der Geschichte einzutragen.«

»Das überrascht Euch?«

»Es ist nicht allen vergönnt. Sie war damals ein ganz hinreißendes Geschöpf. Diese Augen! Ich erinnere mich gut an sie. Schwarze Augen... die Augen einer Hexe.«

»Ihr glaubt, sie hat den König behext?«

»Nicht nur ich. Die ganze Welt weiß, daß sie den König behext hat. Ich sehne mich danach, das Gesicht wiederzusehen, das meinen Bruder, den König von England, so verzaubert hat.« Er neigte sich zu mir herab und lächelte jenes träge, sinnliche Lächeln, das ich von früher kannte, und seine Augen durchbohrten mich – meine Maske ebenso wie mein goldenes, glitzerndes Kostüm.

»Wißt Ihr, geheimnisvolle Dame, ich möchte wetten, daß Lady Anne nicht schöner ist als Ihr.«

»Was Ihr da sagt, könnte den König von England verletzen.«

»Auch der König von England würde nie die Wahrheit bestreiten.« Ich spürte die Ironie, die im Klang seiner Stimme lag, und ich konnte mir lebhaft vorstellen, wie er sich – wahrscheinlich zusammen mit Marguerite – über Henrys Beteuerungen seiner Gewissensqualen amüsiert haben muß.

»Ich sehe heute abend nirgends auch nur eine der Damen Eures Hofes, Euer Gnaden. Das ist doch ungewöhnlich, nicht wahr?«

»O sie haben es nicht gewagt, sich mit den englischen Damen... vor allem mit Lady Anne zu messen.«

»Fehlt es ihnen so sehr an Selbstvertrauen?«

»Sie haben so viel von ihrem Liebreiz gehört. Es ist nichts als Eure weibliche Eifersucht! Es scheint so, als verzichteten sie lieber darauf, sich selbst ein Urteil zu bilden, als so hoffnungslos in den Schatten gestellt zu werden.«

»Ihr habt ihnen also nicht befohlen zu kommen?«

»O es ist nicht meine Art, Damen zu befehlen.«

Ich war verblüfft, daß er solch frivolem Geplänkel so viel abgewinnen konnte. Natürlich gehörte es zu der Maskerade, daß er so tun mußte, als würde er mich nicht kennen. Natürlich mußte ihm klar gewesen sein, daß ich nach bekannter Tradition den König von Frankreich zum Tanz auffordern würde. Ich fragte mich, wie genau er sich wohl daran erinnern mochte, mich in der Vergangenheit gekannt zu haben. Obwohl er beträchtlich gealtert war, hätte ich ihn in jedem Aufzug wiedererkannt.

Henry beobachtete uns, und ich merkte, daß er anfing sich zu ärgern. François hatte eine unverwechselbare Art, aus jeder Unterhaltung mit einer Frau einen Flirt zu machen, und Henry wußte genau, daß der König von Frankreich keiner attraktiven Frau begegnen konnte, ohne den Versuch zu unternehmen, sie zu verführen.

Henry beschloß also, daß es an der Zeit sei, der Verstellung ein Ende zu machen, und er begab sich daran, die Masken zu entfernen; zu mir kam er zuerst. Sein Gesicht glühte. Die Szene erinnerte mich an jenes andere, lange zurückliegende Ereignis, als all die prachtvollen goldenen Dekorationen und all die Beteuerungen der Freundschaft nicht über die Rivalität der beiden Könige hinwegzutäuschen vermochten. Auch jetzt wirkte Henry, diese strahlende Erscheinung in goldfarbenem Samt, mit seiner Kette aus Rubinen, Diamanten und den größten Perlen, die ich je gesehen hatte, ein wenig überladen neben dem weniger auffällig gekleideten François, dessen Robe von schlichter Eleganz und mit nur wenigen Diamanten verziert war, die bei jeder Bewegung diskret funkelten.

»Euer Gnaden haben soeben mit der Marquess von Pembroke getanzt«, verkündete er François.

François bekundete, den Spielregeln gemäß, Erstaunen, Freude und Entzücken, sein verschlagenes Lächeln gab mir jedoch zu verstehen, daß er natürlich die ganze Zeit über Bescheid gewußt hatte.

Henry wandte sich daraufhin den anderen Damen zu, um ihnen die Masken abzunehmen.

François schaute mich, noch immer lächelnd, an.

»Natürlich habt Ihr die ganze Zeit über Bescheid gewußt«, sagte ich und sprach nun mit ihm wie mit einem gleichgestellten Gesprächspartner; mochte er auch der König von Frankreich sein, so stand ich ihm doch kaum nach, denn ich sollte ja in Kürze Königin von England werden.

»Wie hätte ich annehmen können, daß eine so liebenswürdige und bezaubernde Dame jemand anders sein könnte als die unvergleichliche Lady Anne? Ich muß Euch etwas gestehen: Ich hätte Euch überall erkannt, egal, ob mit oder ohne Maske. Ich konnte Eure schwarzen, funkelnden Augen durch die Schlitze Eurer Maske hindurch sehen. Es gibt auf der ganzen Welt nur ein Paar Augen wie diese.«

»Ihr habt Euren Scherz mit mir getrieben.«

»Verzeiht«, erwiderte er ergeben.

»Der König von Frankreich bittet eine bloße Marquess um Verzeihung!«

»Eine Marquess, die schon bald Königin sein wird... und

im Herzen des Königs von England wie auch in dem des Königs von Frankreich längst Königin ist.«

Nun hatte ich aber genug von dem oberflächlichen Austausch höfischer Komplimente und erkundigte mich nach Marguerite.

»Ja, ich erinnere mich, Ihr und meine liebe Schwester wart eng befreundet. Sie verfolgt Euer Geschick mit großem Interesse und sendet Euch ihre guten Wünsche. Sie sagt, sie habe schon immer gewußt, daß Euch eine glänzende Zukunft vorherbestimmt sei.«

»Ich bedauere, sie nicht begrüßen zu können.«

»Sie ist jetzt Königin von Navarra.«

»Wie ich sehe, gehört der König von Navarra zu Eurem Gefolge.«

»Er hat Marguerite die Regentschaft über sein Königreich anvertraut.«

Das nahm ich ihm jedoch nicht ab. Ich wußte ganz genau, daß die Damen des Hofes deshalb nicht mitgekommen waren, weil ich nicht mit Henry verheiratet war. Und das verletzte meinen Stolz, wenn es meinem Verstand auch einleuchtete.

»Sie hat eine Tochter, Jeanne, ein aufgewecktes Kind.«

»Sie bereitet ihr sicher viel Freude. Und ihre Schriftstellerei?«

»Dafür hat sie immer Zeit.«

»Ich erinnere mich so gut an die Erzählungen des *Heptameron*. Die glücklichste Zeit, die ich in Frankreich verbracht habe, war die Zeit, die ich mit ihr verbracht habe.«

»Ich werde ihr Eure freundlichen Worte ausrichten.«

Der König hatte den Tanz für beendet erklärt, und François geleitete mich zu Henry.

Ich war mir nicht sicher, ob François es wirklich bedauerte, daß er uns seine Unterstützung doch nicht hatte geben können und wir folglich noch immer nicht verheiratet waren. Bei François konnte man nie restlos sicher sein. Aber er schien aufrichtig bemüht zu sein, uns irgendwie zu helfen.

Henry und ich unterhielten uns mit ihm, als wir mit ihm allein waren. Er war mir gegenüber sehr aufmerksam und behandelte mich mit größtem Respekt. Er hatte mir wundervolle Diamanten zum Geschenk gemacht, und abgesehen von der Tatsache, daß er die weiblichen Angehörigen seines Hofstaats nicht mitgebracht hatte, verhielt er sich ganz so, als sei ich bereits Königin von England.

Wir erörterten die Frage der Scheidung in aller Offenheit mit ihm. Der Papst war im Begriff, das Urteil zu verkünden, und wir wußten, daß es in Anbetracht der mittlerweile zwischen ihm und dem Kaiser bestehenden Beziehungen nur zugunsten Katharines würde ausfallen können. Wenn die Entscheidung erst einmal getroffen wäre, würde es schwierig sein, dagegen anzugehen; es würde nur darauf hinauslaufen, daß sowohl Henry als auch ich exkommuniziert würden, wenn wir nach der Urteilsverkündung unsere Heiratspläne weiter verfolgten.

»Ich schlage vor, daß ich zwei unserer Kardinäle zu Clemens schicke«, sagte François. »Ich werde ihm mitteilen lassen, daß ich mich persönlich mit Euch getroffen hätte und daß Ihr Euch damit einverstanden erklärt hättet, daß der päpstliche Gerichtshof hier in Frankreich zusammentreten solle und daß Ihr ferner bereit wärt, das Urteil anzunehmen, das das Gericht verkünden werde.«

»Aber ich will es doch gar nicht annehmen!« schrie Henry erbost.

»Gewiß, gewiß, aber es geht doch dabei nur um den Aufschub, der sich zwangsläufig daraus ergibt. Er verschafft Euch die Zeit, die Ihr braucht, um alle nötigen Vorkehrungen zu treffen, damit in England ein rechtskräftiges Scheidungsurteil ausgesprochen werden kann und Ihr heiratet könnt. Danach wird Euch ein Urteil des hier tagenden Gerichts nichts mehr anhaben können, wie immer es ausfallen mag. Denn Ihr werdet dann längst geschieden und neu verheiratet sein.«

»Es hört sich erfolgversprechend an«, stimmte ihm Henry zu.

»Wir kennen doch Clemens. Er wird begeistert auf alles eingehen, was Verzögerung verspricht. Er zittert doch, weil er befürchtet, der große Leidtragende zu sein, welches Urteil auch immer verkündet werden mag. Er hat Angst vor

Euch ... aber der Kaiser stellt, da geographisch näher, die größere Bedrohung dar. Er wagt es nicht, Karl zu beleidigen ... aber mit Euch will er es sich auch nicht verderben. Ihr solltet dankbar sein, es mit einem solchen Mann zu tun zu haben.«

»Die Idee ist vielleicht gar nicht schlecht«, gab Henry zu.

Wir saßen noch lange beisammen und sprachen über den Plan; und wir waren beide der Meinung, daß – aus welchen Gründen auch immer – François den Wunsch hatte, uns zu helfen.

Am Tag darauf fanden Turniere und Ringkämpfe statt, doch diesmal verzichteten die beiden Könige darauf, miteinander zu ringen. Schließlich waren sie nicht mehr so flink wie vor dreizehn Jahren.

Am 30. des Monats verließ Henry mit François Calais. Er begleitete ihn bis zu dem Punkt, an dem das englische Hoheitsgebiet endete, und die beiden Könige verabschiedeten sich auf französischem Grund und Boden. Sie umarmten sich wie Brüder – wie mir Henry später berichtete –, und bevor sie sich trennten, schworen sie sich ewige Freundschaft. Danach begab François sich nach Paris, während Henry zu mir nach Calais zurückkehrte.

Alles in allem waren wir so unglücklich nicht, obwohl wir ursprünglich gehofft hatten, inzwischen verheiratet zu sein. Aber Henry hatte ganz recht mit seiner Vermutung, das Volk könne möglicherweise eine Heirat mißbilligen, die in Calais stattgefunden hätte; es schickte sich für einen König von England einfach nicht, dort zu heiraten. Und der Plan, den François uns da unterbreitet hatte, schien durchaus Aussicht auf Erfolg zu haben. Also war die Reise doch keine vergeudete Zeit gewesen.

Nun dachten wir an die Heimreise, doch das Wetter war gegen uns. Schwere Herbststürme hatten sich aufgetan, und jedesmal, wenn wir gehofft hatten, die Segel setzen zu können, wurde uns abgeraten. Doch das störte uns wenig. Wir waren zusammen, und in Calais gab es Zeitvertreib genug. Abends vergnügten wir uns mit Karten- und Würfelspielen. Henry verlor dabei ziemlich viel Geld an mich, was ihn jedoch zu amüsieren schien. Er hatte es gern, wenn ich gewann – und mir machte es Spaß zu gewinnen, also waren wir beide zufrieden. Wir spielten ›Papst Julius‹, ein Spiel, das zur Zeit daheim sehr in Mode war. Unsere Scheidungsangelegenheit machte es brandaktuell, und es ging bei diesem Spiel unter anderem um Fragen wie Ehe, Intrige und Papsttum – alles sehr bedeutsame Themen, die für spannende Unterhaltung sorgten.

Das waren sehr angenehme Tage, die wir in Calais verbrachten, während wir darauf warteten, daß sich das Wetter bessere; und obwohl ich mich offiziell noch nicht Königin nennen durfte, fühlte ich mich inoffiziell in jeder Hinsicht durchaus als solche. Und ich hatte Henry selten so glücklich erlebt.

Erst am 14. November, also etwa vierzehn Tage, nachdem wir uns von François verabschiedet hatten, landeten wir in Dover.

Das Weihnachtsfest, das mit den üblichen Feierlichkeiten begangen worden war, war vorüber, und der Januar hatte begonnen. Und ich hatte eine Entdeckung von großer Tragweite gemacht: Ich war schwanger.

Ich konnte es kaum erwarten, Henry die freudige Mitteilung zu machen. Er war überwältigt vor Glück. Ich fragte mich manchmal, ob seine Sehnsucht nach einem Sohn nicht noch größer war als seine Sehnsucht nach mir; beide lagen jedenfalls dicht beieinander.

»Ich wußte, daß es irgendwann geschehen mußte«, sagte er. »Wann, Liebste? Wann?«

»Wahrscheinlich im September.«

»Das ist noch so lange hin.«

Ich erinnerte ihn daran, daß es der übliche Zeitraum sei. »Und außerdem gibt es während dieser Monate noch viel zu tun – es sei denn, Ihr möchtet, daß Euer Sohn unehelich zur Welt kommt.«

Das ernüchterte ihn auf der Stelle.

»Die Pest soll Clemens befallen«, sagte er. »Diese Angelegenheit hätte längst geregelt sein können, wenn er nicht gewesen wäre.«

Ich stimmte ihm zu.

Seine Stirn war in sorgenvolle Falten gelegt. Mir war ebenso bewußt wie ihm, in welch mißlicher Lage wir uns befanden.

Im vergangenen August war Warham gestorben, was für uns nicht unvorteilhaft war, und Cranmer sollte seinen Platz einnehmen. Doch solange Cranmer nicht offiziell in sein neues Amt als Erzbischof von Canterbury eingeführt war, konnte er Henrys Ehe mit Katharine nicht für ungültig erklären – und erst dann würden wir heiraten können. Wenn inzwischen das päpstliche Gericht zu dem Urteil gelangte, daß Henry in der Tat mit Katharine verheiratet sei, würde unsere Eheschließung als ungültig betrachtet werden. Da aber nun das Kind unterwegs war, mußte etwas geschehen.

Henry war zwischen widerstreitenden Gefühlen hin- und hergerissen. Die unbändige Freude über die Aussicht auf das Kind überwog zwar, aber ihm war andererseits klar, welche Auswirkungen eine Exkommunikation haben könnte, und er konnte sich ausmalen, wie – dem Beispiel von Männern wie Fisher und More folgend, die ohne Furcht vor den Folgen ihre Meinung vertraten – das ganze Land sich gegen ihn erheben würde.

Aber das Kind war unterwegs.

Ein Tag war angebrochen, den ich nie vergessen werde – der 25. Januar des Jahres 1533. Frühmorgens erhielt ich die Mitteilung, ich müsse mich sofort in Begleitung Nan Savilles in den Westturm des Palastes begeben.

Der König war bereits dort, und bei ihm waren William Norris sowie mein Vater und mein Bruder.

Als ich eintrat, bemerkte ich sogleich, daß der König auf einen seiner Kapläne, einen Dr. Rowland Lee, einredete, der, wie Henry mir später erzählte, in dem Glauben erschienen war, er solle die Messe lesen. Als er erfahren habe, daß er eine Trauung vornehmen solle, habe ihn große Furcht überkommen. Er mußte natürlich dem König gehorchen, aber er hatte schreckliche Angst, den Papst zu erzürnen, und genau das würde er tun, wenn er diese Trauungszeremonie durchführte.

Henry war erbost, aber es gelang ihm, sich zu beherrschen,

denn er war auf die Hilfe des Geistlichen angewiesen, und er befürchtete schon, er habe es mit einem jener Märtyrer zu tun, die eher bereit waren, alle Folgen auf sich zu nehmen, als gegen die Anweisungen des Papstes zu verstoßen.

Damit die Zeremonie überhaupt stattfinden konnte, war Henry gezwungen, ihm zu sagen, der Papst habe seine Ehe mit Katharine für ungültig erklärt. Daraufhin willigte Dr. Rowland Lee ein – wenn auch zitternd vor Angst und mit deutlich erkennbarem Unbehagen.

Henry und ich hielten uns an den Händen. Dann gab er mir feierlich einen Kuß. Ich war nun in Wahrheit Königin von England.

Ich triumphierte. Endlich hatte ich mein Ziel erreicht. Wenn mein Sohn erst einmal geboren wäre, würde meine Macht endgültig gefestigt sein; bis dahin mußten wir vorsichtig zu Werke gehen. Die Trauung war ein Geheimnis, von dem nur diejenigen wußten, die bei der Zeremonie dabeigewesen waren. Nicht einmal Cranmer wurde eingeweiht.

Ich wünschte, ich wäre klüger gewesen. Ich wünschte, ich hätte mehr Weitblick besessen. Ich war von Menschen umgeben, die mir übelwollten, aber die waren mir völlig gleichgültig. Wie sehr die Königin und ihre Tochter Mary mich hassen mußten! Ich hatte Katharine verdrängt und ihren Platz eingenommen und durch mich war Mary von der Thronfolge ausgeschlossen worden. Wie mochte diese stolze Prinzessin es wohl verkraften, als unehelich gebrandmarkt zu sein? Aber ich machte mir nicht die Mühe, darüber nachzudenken. Ich war viel zu überwältigt von der Macht, die jetzt in meinen Händen lag. Ich hatte den Sturz des großen Kardinals erlebt, der einst der mächtigste Mann im Lande gewesen war, und an seinem Sturz war ich maßgeblich beteiligt gewesen. Ich war es, die seinen Untergang herbeigeführt hatte – ich, das ›törichte Mädchen‹, über das er höhnische Bemerkungen gemacht hatte.

Mein Aufstieg erschien mir nun unaufhaltsam. Henry war mir wie ein Sklave ergeben, und all die einflußreichen Männer bei Hofe hatten sich meinen Wünschen zu beugen.

Schließlich wurde Cranmer in sein Amt als Erzbischof von

Canterbury eingeführt. Bevor er offiziell dieses Amt übernahm, hatte er eine Erklärung abgegeben, daß der Eid, den er im Begriff sei abzulegen und mit dem er dem Papst Treue schwören werde, eine reine Formsache sei und ihn nicht verpflichte, gegen den Willen des Königs zu handeln oder den König daran zu hindern, all das zu reformieren, was in der Kirche Englands reformbedürftig sei.

Allmählich drängte die Zeit. Es war inzwischen April geworden. Ich war im vierten Monat. Wir würden uns beeilen müssen, wenn unser Kind ehelich geboren werden sollte, gab ich dem König zu bedenken, der ohnehin an kaum etwas anderes dachte.

Cranmer war durch und durch ein Mann des Königs. Er berief ein Gericht ein und verkündete das Urteil: Die Ehe des Königs mit Katharine sei ungültig und der König sei rechtmäßig mit mir verheiratet.

Das war das Signal. Jetzt konnte ich wirklich über all das verfügen, was mir von Rechts wegen zustand. Ich richtete meine Hofhaltung ein. Ich lebte so, wie es einer Königin angemessen war – obwohl ich das bis zu einem gewissen Grad schon vorher getan hatte. Jetzt aber mußten alle meinen neuen Status anerkennen.

Außerdem war es an der Zeit, an meine Krönung zu denken.

Der Mai war ein schöner Monat – und ein schicksalhafter Monat für mich, wie sich nur wenige Jahre später herausstellen sollte.

Ich sollte zu Pfingsten gekrönt werden. Die Bevölkerung liebte solche Festlichkeiten, auch wenn im Mittelpunkt dieser Feier jemand stehen sollte, den sie durchaus nicht in ihr Herz geschlossen hatte. Dennoch waren die Menschen entschlossen, sich zu amüsieren.

Am Tag meiner Krönung schien jeder, der ein Boot ergattern konnte, auf dem Fluß zu sein. Die Kaufleute der Stadt waren in ihren geschmückten Booten auf dem Wasser und boten mit ihren scharlachroten Gewändern und den schweren Goldketten, die sie um den Hals trugen, einen überaus prächtigen Anblick. Dem Oberbürgermeister Londons, der in seiner Festrobe beeindruckend aussah, folgten fünfzig

Boote, in denen die Honoratioren der Stadt Platz genommen hatten; sie alle ruderten flußabwärts in Richtung Greenwich. In dem Boot an der Spitze, dem des Oberbürgermeisters, befand sich ein Drache, der zum Vergnügen der am Ufer versammelten Menschen Kapriolen schlug und Feuer spie, während das Boot vorüberglitt – eine geradezu geniale Konstruktion. Die Leute lachten und klatschten begeistert Beifall. Das Boot, das mir am besten gefiel, war dasjenige, das mit meinem persönlichen Wappen geschmückt war und in dem junge Mädchen saßen, die mit bezauberndem Gesang meine Schönheit und Tugenden priesen; in ihrer Mitte befand sich das Wappen mit einem weißen Falken, der von roten und weißen Rosen umgeben war. Unter diesem Sinnbild war mein Wahlspruch zu erkennen: *Mir und den Meinen*. Der weiße Falke sollte von nun an mein offizielles Wappentier sein; er stammte ursprünglich aus dem Familienwappen der Butlers. Die Rosen deuteten natürlich darauf hin, daß meine Nachkommen die Häuser York und Lancaster noch enger miteinander verbinden würden.

Um drei Uhr nachmittags verließ ich in einem goldenen Gewand den Palast von Greenwich, und als ich mein Boot betrat, erschallten die Trompeten. Das war in der Tat ein Augenblick des Triumphes.

Wir fuhren flußaufwärts zum Tower; meinem Boot folgten die Angehörigen des Adels, angeführt von meinem Vater. Als ich mich dem Tower näherte, wurden die ersten Kanonenschüsse abgefeuert. Ich stieg aus und wurde zu dem Seiteneingang geleitet, an dem Henry mich bereits erwartete. Er küßte meine Hand, und seine Augen strahlten vor Stolz. Ich war ihm doppelt teuer, denn ich trug sein Kind unter dem Herzen.

Nan Saville hatte befürchtet, die Strapazen der Krönungszeremonie könnten mich aufgrund meines Zustandes zu sehr ermüden, doch ich konnte sie beruhigen; ich sagte ihr, daß ich jahrelang auf diesen Tag gewartet hätte und entschlossen sei, jeden einzelnen Augenblick zu genießen.

Ich sollte einige Tage im Tower verbringen, wo Henry anläßlich des großen Ereignisses mehrere Männer zu Rittern schlug. Während jener Tage wimmelte es auf dem Fluß von

Booten und überall erklang Musik. Es wurde gesungen und ausgelassen gefeiert, und auf den Straßen drängten sich die Menschen. Ein paar Tage lang waren sie bereit, ihre Feindseligkeit mir gegenüber zu vergessen. Mochte ich auch gestern noch Nan Bullen, die Konkubine des Königs gewesen sein – heute war ich Anne, die Königin von England, und dies war meine Krönung. Für die Bevölkerung und für mich waren dies herrliche Tage, ein Volksfest mit Schmaus und Spielen, Tanz, Musik und Belustigungen aller Art. Und daher hieß es ausnahmsweise einmal: »Gott segne Königin Anne.«

Noch nie hatte es ein so glanzvolles Ereignis gegeben. Dafür hatte Henry gesorgt. Es war mehr als eine Krönung. Es war eine Demonstration des Trotzes gegen den Papst. Niemand sollte es wagen, Henry zu widersprechen. Er war König in diesem Land, und sein Wille war Gesetz.

Ich sollte vom Tower durch die Stadt zur Westminster-Abtei reiten. Auf den Straßen waren Absperrungen errichtet worden, die die Menschen vor den Pferden in Sicherheit bringen sollten. Der Oberbürgermeister, Sir Stephen Peacock, empfing mich am Tor des Tower. Dann folgten der französische Gesandte, die Richter, die Angehörigen des Adels und der Erzbischof von Canterbury mit den Bischöfen. Auch Suffolk war in seiner Eigenschaft als Lord High Constable von England anwesend. Ich fragte mich, was er wohl dabei empfinden mochte, mich hier als Königin zu begrüßen. Er hatte versucht, mich zu Fall zu bringen, und alles in seiner Macht Stehende unternommen, um mich daran zu hindern, so hoch aufzusteigen; seine Frau, meine frühere Herrin, hatte sich geweigert, mich anzuerkennen. Die Arme, davon konnte heute nicht die Rede sein, denn wie ich erfahren hatte, war sie sehr krank – todkrank, sagte man sogar –, und selbst wenn sie den Wunsch gehabt hätte, ihr Haus in Westhorpe zu verlassen, um meiner Krönung beizuwohnen, wäre sie dazu nicht in der Lage gewesen.

Es war merkwürdig, daß ich ausgerechnet jetzt daran denken mußte, wie ich damals vor vielen Jahren als kleines Mädchen die stolze englische Schönheit nach Frankreich begleitet hatte – aber ich glaube, solche Erinnerungen überkommen einen oft bei solchen Anlässen. Jetzt war ich es, die Königin war, und sie lag im Sterben.

Ich stieg in meine Sänfte. Mein Gewand war aus fließendem, silbernen Stoff und mein Umhang war aus demselben Material und mit Hermelin eingefaßt. Mein Haar fiel offen über meine Schultern, und auf dem Kopf trug ich ein Diadem aus Rubinen. Meine Sänfte war mit goldenem Stoff bespannt, und meine beiden Pferde, die sie zogen, trugen Schabracken aus weißem Damast. Sie wurden von prachtvoll gekleideten Lakaien geführt. Ein unendlich langer Festzug folgte meiner Sänfte.

Unterwegs erwarteten uns farbenprächtige kleine Aufführungen, die das große Ereignis zum Thema hatten; wir hielten an und bestaunten ihre Originalität und lauschten den Lobreden. Im Mittelpunkt einer dieser Spielszenen stand der Berg Parnaß, aus dem Rheinwein hervorsprudelte. Natürlich kam auch der weiße Falke in diesen Spielszenen vor. In einer, die ich besonders wirkungsvoll fand, thronte der Falke – ungekrönt – inmitten roter und weißer Rosen; als ich mich näherte, erschien ein Engel und setzte dem Falken eine goldene Krone auf. Im Stadtteil Cheapside floß der Wein reichlich – auf der einen Seite gab es Weißwein, auf der anderen Rotwein.

Und so durchquerten wir die Stadt, bis wir in Westminster eintrafen, wo ich die Nacht mit dem König verbringen sollte.

An jenem Abend ging ich erschöpft, aber zutiefst befriedigt zu Bett. Ich mußte immer wieder daran denken, daß ich nicht nur Königin, sondern außerdem noch der Liebling des Volkes war... nun ja, zumindest für ein paar Tage. Es herrschte eine solche Hochstimmung, daß ich den Wunsch hatte, den Jubel in vollen Zügen zu genießen. Jetzt war nicht die Zeit, in sich zu gehen und die gewonnenen Eindrücke kritisch auf böse Vorzeichen hin zu untersuchen. Dies war eine Zeit der ungetrübten Freude und ich ging ganz in ihr auf.

Ein neuer Tag brach an, der Tag, auf den ich all die Jahre gewartet hatte. Der erste Juni. In vier Monaten würde mein Glück vollkommen sein, denn dann würde ich meinen Sohn in den Armen halten, und des Königs ewige Dankbarkeit wäre mir sicher. Auch das Volk würde mich dann nicht länger beschimpfen. Die Menschen würden endlich einsehen, daß ich, Anne Boleyn, das Herz des Königs erobert und ihm durch meine Liebe zu der Erkenntnis verholfen hatte, daß seine erste Ehe Gott nicht wohlgefällig gewesen war, und daß er daraufhin mich hatte heiraten können und seinem Volk nun den Thronfolger bescheren konnte, der das Land vor innerem Zwiespalt und vielleicht sogar vor Bürgerkrieg bewahren würde. Henry war mit seinen zweiundvierzig Jahren noch nicht alt. Er hatte noch Zeit genug vor sich, seinen Sohn zu einem würdigen Nachfolger zu erziehen. Wäre es zu dieser neuen Eheschließung und zu dieser Schwangerschaft nicht gekommen, was wäre dann wohl, wenn Henry später einmal stürbe? Es war nicht auszuschließen, daß in dem Fall die alten Rosenkriege erneut ausbrächen. Und jedes Land, das einen Bürgerkrieg überstanden hat, wäre bereit, alles zu tun, um ein erneutes Ausbrechen eines solchen Krieges zu verhindern.

Ich stand früh auf und sah dem großen Tag erwartungsvoll entgegen. Meine Hofdamen halfen mir, das Gewand und den mit Hermelin eingefaßten Umhang aus purpurrotem Samt anzulegen. Dann trat ich den Gang von der Halle des königlichen Palastes von Westminster zur Abtei an. Die Barone der Fünf Seehäfen* hielten den Baldachin über mich, die Bischöfe von London und Winchester begleiteten mich und die adligen Damen, angeführt von der Herzogin von Norfolk, trugen meine Schleppe.

In der Abtei ließ ich mich auf einem Sessel zwischen dem Chor und dem Altar nieder, dann schritt ich zum Hochaltar, wo Cranmer mich erwartete. Während das Te Deum erscholl, wurde mir die St.-Edwards-Krone aufgesetzt.

Die Zeremonie dauerte noch eine Weile, danach verließen wir die Abtei und begaben uns wieder zum Palast von Westminster, in dessen großer Halle ein Bankett stattfand. Wir ließen uns an einer außerordentlich aufwendig geschmückten Tafel nieder und speisten zu den Klängen festlicher Musik;

* Es handelt sich um die als ›Cinque Ports‹ bekannten, im 16. Jhd. besonders wichtigen und daher privilegierten Hafenstädte Sandwich, Dover, Hythe, Romney und Hastings im Südosten Englands. (Anm. d. Übers.)

zur Feier des Tages wurden siebenundzwanzig Gerichte serviert.

Der König war bei diesem Festessen nicht anwesend. Dies war mein Tag. Er verriet mir später, daß er durch ein Fenster zugeschaut habe, denn er habe miterleben wollen, wie die gesamte Gesellschaft, die im Palast versammelt war, mir huldigte. Ich sollte der Mittelpunkt der festlichen Tafel sein. Wäre er dabeigewesen, wäre diese Ehre natürlich ihm zugefallen.

Das Bankett dauerte bis sechs Uhr. Nachdem ich aus dem goldenen Becher getrunken hatte, den mir der Bürgermeister gereicht hatte, machte ich ihn ihm als Belohnung für seine Dienste zum Geschenk. Den mit goldenen Glöckchen verzierten Baldachin schenkte ich nach altem Brauch den Baronen der Fünf Seehäfen als Anerkennung für ihre Dienste. Dann dankte ich allen Anwesenden für das, was sie für mich getan hatten.

Sehr müde, aber hochbeglückt verließ ich schließlich die Halle.

Der große Tag neigte sich seinem Ende zu. Ich war Königin von England.

Dem Verderben entgegen

Ich hatte erwartet, restlos glücklich zu sein, wenn ich das Ziel meiner ehrgeizigen Träume erst einmal erreicht hätte. Nun hatte ich es geschafft. Ich war Königin von England und sollte in Kürze den Thronfolger zur Welt bringen. Meine Schwierigkeiten waren vorüber. Was auch immer der Papst nun verfügte, würde mir nichts mehr anhaben können. Cranmer war dem König ergeben und hatte dessen erste Ehe für ungültig erklärt; und für den Fall, daß Rom noch irgendwelche Schwierigkeiten machen sollte, hatte Cromwell seine Lösung parat. Oh, mir war schon klar, daß diese Lösung eine drastische Maßnahme war und daß der König sich nicht danach drängte, von ihr Gebrauch zu machen. Aber immerhin waren wir jetzt verheiratet. Dies war die

Krönung all unserer Bemühungen, die sich über sieben Jahre hingezogen hatten.

Und doch fehlte etwas zum vollkommenen Glück. Vielleicht ist es nur natürlich, daß einem solchen Höhepunkt eine Reaktion folgt. Vielleicht hatten das ständige Pläneschmieden, die unerwarteten Entwicklungen, ja, sogar die Rückschläge unserem bisherigen Leben seine besondere Würze verliehen. Ich fragte mich, ob der König es wohl auch so empfinden mochte. Ich hatte jedenfalls das Gefühl, daß der Zauber unserer intimen Begegnungen ein wenig nachgelassen hatte. Vielleicht lag das daran, daß ihnen nun der Reiz des Verbotenen fehlte; die Sünde hat eine Faszination, die der Tugend abgeht. Jetzt durften wir mit gesetzlicher Erlaubnis dasselbe Bett teilen – was nicht dasselbe war. Wir waren fast wie ein altes Ehepaar. Und überdies war ich jetzt kaum noch als verführerisch zu bezeichnen; wie könnte eine hochschwangere Frau das auch sein?

Der König war mir gegenüber sehr zärtlich und überaus besorgt um mein Wohlergehen. Ich fragte mich jedoch allmählich, ob diese Zärtlichkeit und Besorgnis nicht in Wirklichkeit dem Kind galt.

Ich war von all dem Pomp umgeben, der einer Königin zusteht, und ich war das bevorzugte Gesprächsthema im ganzen Land. Wahrsager und Sterndeuter ergingen sich in Vorhersagen, die mein Kind betrafen. Sie alle erklärten, es werde ein Junge sein. Sie wären bei Henry auch auf wenig Sympathie gestoßen, wenn sie ein Mädchen prophezeit hätten.

Allmählich lernte ich meinen Mann immer besser kennen, und ich war verblüfft über die Kurzsichtigkeit, mit der ich all die Warnungen der letzten Jahre in den Wind geschlagen hatte. Ich war so lange abgöttisch geliebt worden, daß ich schon glaubte, daran werde sich nie etwas ändern. Ich hatte mir eingeredet, daß ich über ganz besondere Kräfte verfügte, die bewirkten, daß Männer sich unweigerlich zu mir hingezogen fühlten. Ich hätte statt dessen gründlicher über die Motive der Männer nachdenken sollen – ich hätte, besser noch, über mich selbst gründlicher nachdenken sollen. Ich war die ganze Zeit über die attraktivste Frau bei Hofe und davon überzeugt gewesen, daß ein geheimnisvolles Talent, das mir in die Wiege gelegt worden sei, der Grund für die allgemeine Bewunderung war. Jetzt begriff ich, daß es – trotz aller Reize, die ich zweifellos besaß – die glühende Leidenschaft des Königs gewesen war, die mich in den Augen der anderen zu etwas Besonderem gemacht hatte. Eine Frau, für die ein Mann so viel aufs Spiel setzte, mußte ganz einfach über einen besonderen Zauber verfügen. Das war es gewesen, was alle gedacht hatten – und prompt hatten sie sich in mich verliebt. Ich hätte erkennen müssen, daß Henry Katharine leid gewesen war und daß die beiden Seelen in seiner Brust, seine Frömmigkeit und seine Sinnlichkeit, ihn veranlaßt hatten, Mittel und Wege zu finden, seine Begierde zu befriedigen und gleichzeitig sein Gewissen zu besänftigen. Er hatte nie in der Weise Mätressen gehabt, wie François Mätressen hatte. Er war vielmehr ein Mann, der eine feste Beziehung für erstrebenswert hielt, weil er der Ansicht war, daß das Gott wohlgefällig sei – und Henrys Wunsch war es, Gott zu gefallen, genauso wie es der Wunsch seiner Höflinge war, ihm zu gefallen. Folglich war es zu einer Verbindung verschiedener Beweggründe gekommen – die Unzufriedenheit Henrys mit Katharine und der Wunsch, sie zu verstoßen, allerdings auf eine Art und Weise, die ihn als den Rechtschaffenen dastehen ließ; seine leidenschaftlichen Gefühle für mich, eine junge Frau, die hartnäckig darauf bestand, entweder eine Ehe oder gar keine Beziehung einzugehen; seine angeborene Starrköpfigkeit, die nicht zuließ, daß ihm ein Wunsch verwehrt werde; und vor allem und in erster Linie die Tatsache, daß er sich dringend einen Sohn wünschte, weil das Land einen Thronfolger brauchte. Das war es gewesen, was Henry veranlaßt hatte, mich zu heiraten; und ich hatte mir eingeredet, alles sei nur auf seine glühende Liebe zu mir zurückzuführen gewesen.

Mein Bruder George war in den Stunden meiner größten Triumphe und meiner tiefsten Verzweiflung immer mein treuester Freund gewesen. Er stand mir näher als jeder andere. Ich liebte ihn sehr und wußte, daß er der einzige war, dem ich restlos vertrauen konnte. Mein Vater, für den ich die Zuneigung empfand, die ein Kind natürlicherweise den Eltern entgegenbringt, war in erster Linie ein ehrgeiziger Höfling und erst in zweiter Linie ein Vater. Er sah in mir weniger die Tochter als vielmehr die Königin von England, die von allen Damen des Hauses Boleyn den meisten Familiensinn bewiesen und die glänzendste Partie gemacht hatte. Ich wußte, daß er immer zuerst an den Wohlstand der Familie denken würde. George hingegen läge zuerst mein Wohl am Herzen.

Gelegentlich sah ich meine Stiefmutter wieder, denn da mein Vater zunehmend an Einfluß gewann, gab es hin und wieder höfische Anlässe, die ihre Anwesenheit an seiner Seite erforderlich machten. Ich wußte, daß sie Hever äußerst ungern verließ und sich viel lieber in ihrem Destillationsraum mit ihrem hausgemachten Wein oder in ihrem Garten mit ihren Küchenkräutern beschäftigt hätte. Offenbar schüchterte meine neue Würde sie ein. Ich lachte sie aus, nahm sie in die Arme und versicherte ihr, daß ich trotz meiner Krone noch immer die Anne von früher sei. Sie hätte mich in Anbetracht meines Zustandes am liebsten in Watte gepackt und gab mir alle möglichen guten Ratschläge, die ich zu meinem Wohl und dem des Kindes befolgen solle. Es war jedesmal ein großes Vergnügen, sie wiederzusehen.

Georges Ehe war alles andere als glücklich. Er war ein Mann, der Aufmerksamkeit erregte: Er sah gut aus und war überaus klug und kultiviert. Er war viel gereist, denn der König hatte ihn mit mancherlei diplomatischer Mission betraut, die ihn ins Ausland geführt hatte. Er war außerdem ein Dichter, wenn auch ein nicht ganz so berühmter wie Wyatt, der – zu Recht, wie ich meine – als der größte Dichter bei Hofe gefeiert wurde.

George zuliebe nahm ich seine Frau Jane in meine Hofhaltung auf. Vielleicht war das ein weiterer Fehler von mir, denn ich empfand nicht die geringste Sympathie für sie, und sie nutzte die verwandtschaftliche Beziehung zu mir nur aus. Ich dachte oft, welch ein Jammer es doch sei, daß George ausgerechnet mit ihr verheiratet war. Das dachte auch George. Er war jedesmal erleichtert, wenn seine Pflichten bei Hofe ihn für längere Zeit ins Ausland führten, denn diese Aufenthalte verschafften ihm vorübergehend Ruhe vor Jane.

Was ihm das Leben mit ihr so unerträglich machte, war ihre Eifersucht, denn sie liebte ihn abgöttisch. Vielleicht wäre sie eine völlig andere Frau geworden, wenn er diese Liebe erwidert hätte. Doch wie hätte er das tun können? Jane war eine dumme Frau, die von einem Fettnäpfchen ins andere trat. Sie machte ständig Bemerkungen, die deutlich zeigten, daß sie gar nicht in der Lage war, einer Unterhaltung zu folgen. Doch statt den Mund zu halten, bestand sie darauf, ihre Meinung zum besten zu geben. Die Ansichten, die sie vorbrachte, waren abgedroschen; intellektuell konnte sie George nicht das Wasser reichen. Sie ging mir unglaublich auf die Nerven, aber ich konnte es zumindest einrichten, daß ich ihr möglichst wenig begegnete. Sie konnte nicht bis drei zählen, aber wäre sie freundlich und bescheiden gewesen, dann hätte ich sie leichter ertragen können.

Mir fiel plötzlich auf, daß Henrys Verhalten mir gegenüber sich änderte. Er war nicht mehr ganz so rücksichtsvoll wie früher. Er war gleichgültiger geworden. Und wenn ich aus der Haut fuhr, was inzwischen – wie ich zu meiner Schande gestehen muß – zunehmend häufiger vorkam, gab er sich keine Mühe mehr, mich zu besänftigen, wie er es in der Vergangenheit getan hatte.

Er verbrachte nur noch wenig Zeit in meiner Gesellschaft und schien die seiner Freunde vorzuziehen. Natürlich war ich jetzt nicht mehr in der Lage, an den Tanzveranstaltungen und Zerstreuungen teilzunehmen, die das Hofleben in so hohem Maße prägten. Vor unserer Heirat hätte er den Wunsch geäußert, die Zeit mit mir zu verbringen. Damals hätten wir dann gemeinsam gelesen oder Karten gespielt, oder ich hätte ihn gebeten, mir seine neueste Komposition vorzuspielen. Vielleicht hätten wir uns auch über das Tagesgeschehen unterhalten und dabei insbesondere die Reformationsbestrebungen in der Kirche erörtert – ein Thema, das die Menschen zu jener Zeit intensiv beschäftigte.

Aber jetzt verbrachte er kaum noch Zeit mit mir. Zwar schliefen wir nach wie vor in demselben königlichen Bett; zwar sprach er ständig von unserem Kind und von den Vorkehrungen, die für seine Ankunft getroffen werden müßten – er plante sogar schon seine Taufe und machte sich über seine Erziehung Gedanken. Aber er hatte sich verändert. Nun, da ich Königin geworden war, gab er mir auf Schritt und Tritt zu verstehen, daß er der König war. Es lag eine gewisse Ironie darin, daß nach meiner Krönung meine Bedeutung geringer war als vorher. Früher war ich sein ein und alles gewesen. Meine Ausbrüche der Gereiztheit waren für ihn unerträglich gewesen, und er hatte stets das Bedürfnis gehabt, mich wieder sanft und versöhnlich zu stimmen. Jetzt überließ er mich einfach meinen Launen und verließ den Raum. Wenn er dann später zurückkam, erwähnte er die Angelegenheit mit keinem Wort; er legte vielmehr eine gewisse Herablassung an den Tag, als ob er sagen wollte: Ich habe Euch zwar zu meiner Königin gemacht, aber ich bin immer noch der König und Ihr seid mein Untertan, vergeßt das nicht.

Natürlich sprach er das nie aus, aber er war ein Mann, der auch ohne Worte aus seinen Gefühlen kein Hehl machte: Oft konnte man seine Stimmung von seinem Gesicht ablesen. Dann verengten sich seine kleinen Augen, und sein Blick wurde hart, sein kleiner Mund bekam einen grausamen Zug, und sein großflächiges Gesicht verfärbte sich dunkelrot. Das waren die Anzeichen, die seine Untertanen in Angst und Schrecken versetzten. Ich hatte mich davon nie beeindrucken lassen, aber in der Vergangenheit hatten sie auch selten mir gegolten.

Ich war im achten Monat und wünschte mir, die Zeit würde schneller vergehen.

Eine Schwangerschaft ist im August noch weitaus beschwerlicher als während der kühleren Jahreszeit. Ich beschäftigte mich in Gedanken mehr und mehr mit dem Kind – für mich war es weniger der zukünftige König als vielmehr mein Baby. Manchmal redete ich stundenlang von kaum etwas anderem. Ich umgab mich mit Frauen, die das furchterregende, aber auch beglückende Erlebnis der Geburt bereits hinter sich hatten, und ließ sie von ihren Erfahrungen berichten. Es war eine Freude, sich mit ihnen zu unterhalten.

Ich sehnte den September herbei. Dann würde ich meinen Sohn in den Armen halten und Henry wäre so wie früher. Er würde mir so dankbar sein, daß ich für immer seiner Liebe und Verehrung sicher sein könnte. Und es würde mir schon bald gelingen, meine frühere Macht über ihn zurückzugewinnen.

Jane Rochford war es, die mich mißtrauisch werden und Verdacht schöpfen ließ.

Ich glaube, es machte ihr großen Spaß. Sie haßte mich, obwohl sie meine Schwägerin und ein Mitglied der Familie war, zu deren Wohlstand ich in so reichem Maße beitrug. Der Schlüssel zu ihrem Charakter war der Neid. Die wenigsten Menschen sind wirklich frei von Neid, und für mich war diese Charakterschwäche schon immer die tödlichste aller Todsünden, da aus ihr die meisten anderen Laster entstehen. Jane aber war nicht nur nicht frei von Neid – sie war der Neid in Person. Sie beneidete George, während sie ihn gleichzeitig leidenschaftlich liebte. Damals war mir noch nicht so deutlich bewußt, wie sehr sie mich verabscheute und daß einer der Hauptgründe für ihren Haß die Liebe war, die mein Bruder mir entgegenbrachte.

Sie genoß es daher, mich in dieses ›Geheimnis‹ einzuweihen.

Zuerst starrte sie mich nur fassungslos an, setzte zu sprechen an und hielt dann wieder inne. »Vielleicht sollte ich nicht... Ich dachte nur... und immerhin sind wir doch Schwestern... Und bevor Ihr es von jemand anderem erfahrt... Vielleicht wäre es da besser, wenn ich diejenige wäre...«

Ich rief ungeduldig aus: »Was in aller Welt versucht Ihr mir denn zu sagen?«

»Bitte fordert mich nicht auf weiterzureden. Dazu noch in Eurem Zustand... Dieser Monat war ohnehin schon so anstrengend für Euch. Gott sei Dank, daß bald alles überstanden ist. Es ist ja schon fast September.«

»Jane«, forderte ich sie streng auf, »sagt mir sofort klar und deutlich, was Ihr mir mitzuteilen versucht. Ich befehle es Euch.«

Sie senkte den Kopf, als sei ihr plötzlich bewußt geworden, daß sie mit einer Person von hohem Rang sprach. Mir entging jedoch nicht der süffisante Zug, der sich auf ihren Lippen abzeichnete.

Ich packte sie bei den Schultern und schüttelte sie.

»Nun ja... in dem Fall... da Ihr es unbedingt wissen wollt. Also, der König trifft sich ziemlich häufig mit einer... gewissen Dame. Wie man sagt, steigt er ihr nach. Und sie bildet sich etwas darauf ein.«

»Wer hat Euch das erzählt?«

»Euer Gnaden, am ganzen Hof wird heimlich darüber geklatscht.«

»Das glaube ich nicht.«

»Nein, nein«, sagte sie besänftigend. »Natürlich kann es nicht stimmen... Und Ihr so kurz vor der Niederkunft...«

»Es gibt bei Hofe immer Leute, die Klatsch verbreiten und Dinge gesehen haben wollen, die nur in ihrer niederträchtigen Fantasie existieren.«

»Oh, gewiß doch, gewiß. Aber ich dachte... Ich dachte nur, Ihr wüßtet vielleicht gern, was die Leute sich so alles erzählen.«

Ich entgegnete: »Danke, daß Ihr es mir gesagt habt, Jane. Natürlich ist es Unsinn, aber man sollte immer Bescheid wissen über das, was geredet wird.«

Daraufhin schickte ich sie fort. Ich wollte allein sein, um in Ruhe nachzudenken. Ich war sicher, daß er mir während all der Jahre des Wartens treu gewesen war; jetzt, da wir vereint waren, hatte er nichts anderes im Sinn als Seitensprünge, dazu noch so kurz nach der Heirat, die wir uns beide so sehr gewünscht hatten. Ich konnte es einfach nicht glauben. Nicht so kurz nach der Hochzeit! Und in ungefähr einer Woche sollte ich mein Kind bekommen.

Ob Jane log? Ich glaube nicht, daß sie das gewagt hätte. Sie war zwar verschlagen und hatte ihre Freude daran, dafür zu sorgen, daß Zweifel in mir aufkamen, aber ich glaube nicht, daß sie es gewagt hätte, derartige Lügen zu verbreiten.

Mein Zorn auf Henry wurde von Minute zu Minute größer.

Ich war schon immer impulsiv und jetzt vielleicht mehr denn je. Meine Wut drohte mich zu ersticken. Wenn es irgend etwas gab, das mich ein wenig beruhigen konnte, dann war es der Gedanke an das Baby.

Kurz darauf begegnete ich Henry. Er war nicht allein; ein paar seiner Freunde waren bei ihm. Aber ich konnte mich nicht länger beherrschen. Er ließ seine Begleiter stehen und kam zu mir, und nachdem er sich nach meinem Befinden erkundigt hatte, platzte ich heraus: »Und Ihr, Sir, wie geht es Euch und Eurer Geliebten?«

Er sah mich erstaunt an. Seine kleinen Augen waren ganz schmal. Das hätte mir zur Warnung dienen sollen. Doch ich hatte noch viel zu lernen und nicht einmal damit begonnen.

»Tut nicht so unschuldig«, schrie ich. »Der ganze Hof weiß doch Bescheid! Ich lasse mir so etwas nicht gefallen. Ich ... in meinem Zustand ...«

»Madam«, erwiderte er kühl, »Ihr vergeßt, mit wem Ihr sprecht.«

»Ich spreche mit meinem Mann«, entgegnete ich aufgebracht, »der gut daran täte, etwas mehr Rücksicht auf mich und unser Kind zu nehmen, statt meinen Bedienten nachzustellen.«

So wie jetzt hatte ich ihn noch nie erlebt. Einen Augenblick lang war er ganz blaß, dann schoß ihm die Zornesröte ins Gesicht. Er sagte: »Ihr werdet darüber hinwegsehen, wie es klügere Frauen vor Euch getan haben.«

Ich war wie betäubt. Ich hatte erwartet, er werde die Beschuldigung zurückweisen. Natürlich hätte ich ihm nicht geglaubt, aber ich hätte seine Beteuerungen ewiger Liebe und Treue entgegengenommen und mir eingeredet, daß die Szene ihm sicherlich eine Lehre sein werde. Daß mich die Art und Weise, wie er tatsächlich reagierte, so sehr überraschte, zeigte nur, wie wenig ich ihn im Grunde kannte und wie wenig ich die Situation durchschaute, in die ich geraten war.

Er schien – ebenso wie ich – die Höflinge vergessen zu haben, die nicht weit von uns entfernt die Ohren spitzten; später fielen sie mir wieder ein.

Dann sagte er noch etwas, das mich schaudern ließ. Er war einen Schritt auf mich zugekommen, und sein Gesichtsausdruck war fast drohend. »Ihr solltet nicht vergessen, daß ich die Macht habe, Euch in einem einzigen Augenblick tiefer hinabzustürzen, als ich Euch je erhöht habe.«

Mit diesen Worten kehrte er mir den Rücken zu und verließ den Raum; seine Begleiter folgten ihm.

Benommen zog ich mich in meine Gemächer zurück und sank auf mein Bett.

Es war wie in einem Alptraum. War das der zärtliche Liebhaber, der, wann immer mein Temperament mit mir durchging, bemüht war, mich zu besänftigen? Der Mann, der mir ewige Treue geschworen hatte und der sieben lange Jahre mit einer Entschlossenheit, die die Welt aus den Angeln hob, alles in seiner Macht Stehende getan hatte, um mich zu seiner Königin zu machen? Und nach weniger als sieben Monaten war er meiner überdrüssig!

Ich lag auf meinem Bett und starrte den reich verzierten Baldachin über mir an. Noch nie in meinem Leben war ich so verwirrt gewesen.

Dann aber dachte ich an das Kind, das sich in mir bewegte. Nein, er konnte mir nichts tun... nicht solange ich den Thronerben unter dem Herzen trug. Dieses Kind bedeutete ihm mehr als alles auf der Welt – mehr als ich, aber auch mehr als die alberne Hofdame, der er gerade nachlief.

Seine Worte würden sicher bald am ganzen Hof die Runde machen. Ich konnte schon das hämische Getuschel meiner Feinde hören.

Aber ich trug den Thronerben unter dem Herzen. Ich würde die Mutter des zukünftigen Königs sein.

Ich hatte Henry nie wirklich geliebt. Aber ich liebte bereits das Kind, das ich erwartete. Das Kind würde meine Rettung sein.

Nach dem Zwischenfall sah ich Henry drei Tage lang nicht. Ich war froh darüber, denn ich war ganz unsicher, wie ich mich ihm gegenüber hätte verhalten sollen. Ich konnte die ominöse Drohung hinter seinen Worten nicht vergessen. Während jener paar Tage mußte ich öfter und mit ganz anderen Gefühlen als je zuvor an Katharine denken. Ich hatte sie für nichts weiter als eine eigensinnige Frau gehalten, die sich weigerte, in ein Kloster zu gehen und uns allen damit das Leben leichter zu machen. Welchen Schmerz mußte er ihr zugefügt haben, als er ihr mitgeteilt hatte, daß er den Wunsch habe, sich von ihr zu trennen! So wie mit mir konnte er mit ihr allerdings nicht gesprochen haben. Sie hatte er nicht ›erhöht‹ – nicht die Tochter Königin Isabellas und des mächtigen Ferdinand. Sie war weitaus adligerer Herkunft als Henry mit seinem fragwürdigen Stammbaum. Eine Königstochter konnte er auch nicht ›hinabstürzen‹. Bei der Urenkelin eines einfachen Londoner Kaufmanns war das schon etwas anderes. Katharine hatte außerdem mächtige Verwandte gehabt, die sie beschützen konnten – und doch hatte der König die Macht besessen, sie zu verstoßen.

Ich durfte diese törichten Gedanken nicht zu Ende denken. Ich mußte versuchen, vernünftig zu sein. Er gönnte sich nur ein wenig Spaß, solange an ein Schäferstündchen mit mir nicht zu denken war. Er vertrieb sich nur so lange die Zeit, bis ich wieder mein altes Selbst wäre. Jane hatte mich mit ihren hinterhältigen Andeutungen dazu gebracht, daß ich wütend wurde und die Beherrschung verlor – was bei mir leider nicht ungewöhnlich war.

Alles würde gut, wenn erst das Kind geboren wäre.

Der September war da, der Monat, auf den wir alle gewartet hatten. Das Kind sollte im Palast von Greenwich zur Welt kommen, wo inzwischen eifrige Vorbereitungen getroffen wurden.

Als ich in meinem Boot dort eintraf, säumten die Menschen die Ufer, um mich zu sehen. Ihr Jubel klang halbherzig, aber zumindest gab es keine feindseligen Gesten. Vermutlich empfanden selbst die, die mich nicht mochten, einer Schwangeren gegenüber einen gewissen Respekt.

Der Raum, der für meine Niederkunft vorgesehen war, war mit Wandteppichen geschmückt, die die Lebensgeschichte der Jungfrau Maria darstellten. Hier sollte ich also dieses so überaus wichtige Kind zur Welt bringen. Hier stand auch das schöne Bett, das Henry mir vor einigen Wochen geschenkt hatte; es war reich und kunstvoll verziert und hatte früher einmal einem französischen Herzog gehört. Ich glaube, es war als Kriegsbeute in Henrys Besitz gelangt. Jedenfalls war es das schönste Bett, das ich je gesehen hatte. Noch ein zweites Bett stand in dem Zimmer – eins mit einem karmesinroten Baldachin. Darin sollte ich nach der Geburt liegen, um meine Besucher zu empfangen, die kämen, um mich und das Kind zu sehen.

Die schweren und kostbaren Vorhänge vor den Fenstern

waren zugezogen, so daß kein Licht ins Zimmer drang; das gab dem Raum trotz seiner luxuriösen Ausstattung eine recht düstere Atmosphäre.

Sobald ich in Greenwich ankam, wurde ich von einer großen Gesellschaft von Höflingen, zu der auch meine Hofdamen gehörten, in meine Gemächer gebracht, wo ich die Kommunion empfing. Dann wurde ich in den Entbindungsraum geführt. Alles verlief sehr förmlich, denn alle Handlungen waren von einer ehrwürdigen Tradition vorgeschrieben.

Es waren bereits Anzeigen geschrieben worden, die die Geburt eines Prinzen verkündeten. Das mag voreilig erscheinen, aber die Wahrsager und Propheten hatten fast ausnahmslos angekündigt, das Kind werde ein Junge sein. Nur ein Mann hatte gewagt zu behaupten, es werde ein Mädchen zur Welt kommen – und er hatte sich mit dieser Vorhersage so unbeliebt gemacht und so sehr den Zorn des Königs erregt, daß niemand anders sich traute, die Möglichkeit einer solchen Katastrophe auch nur zu erwähnen.

Unmittelbar bevor ich mich nach Greenwich begab, hatte der König mich noch aufgesucht. Die Beziehung zwischen uns war merklich gespannt, und wenn ich erwartet hatte, Henry werde sich versöhnlich zeigen, sollte ich enttäuscht werden. Er hatte sich klar ausgedrückt: Er würde auch in Zukunft tun, was er wollte, und es war meine Pflicht, mir immer wieder vor Augen zu führen, daß er der König war und ich meinen Rang und meine Würden nur seiner Güte verdankte.

Er küßte mich kühl auf die Wange und sagte: »Ihr dürft Euch nicht aufregen. Ihr müßt an das Kind denken.«

»Ich denke an nichts anderes«, erwiderte ich.

»Dann ist es ja gut. Ich habe inzwischen über Namen nachgedacht. Henry soll er heißen. Henry IX... Ich finde, das klingt gut... Aber bis dahin ist es noch lange hin... sehr lange hin. Er muß erst einmal groß werden. Oder Edward. Das ist auch ein Name für einen König. Ich habe mich noch nicht entschieden.«

Ich hatte eigentlich erwartet, daß er mich ebenfalls nach meiner Meinung fragen werde, aber er tat es nicht. Auch das war ein Zeichen dafür, daß unser Verhältnis zueinander sich geändert hatte.

Doch in dem Augenblick beschäftigte mich ausschließlich der Gedanke an meine Reise nach Greenwich und an das, was mich dort erwartete.

Da lag ich nun in dem verdunkelten Raum. Meine Wehen hatten begonnen. Die Geburt zog sich hin, aber der Gedanke daran, was dieses Kind für mich bedeuten würde, gab mir Kraft und guten Mut, die heftigen Schmerzen zu ertragen. Ich war die Mutter des zukünftigen Königs – das stand unabänderlich fest. Gewiß, Henrys Untreue hinzunehmen würde mir schwerfallen, aber ich wäre zumindest sicher... außer Gefahr. Und wenn mein Sohn erst einmal da wäre, würde ich dafür sorgen, daß ich meinen früheren Einfluß auf Henry zurückgewänne.

Endlich hörte ich den Schrei eines Neugeborenen. Mein Baby war zur Welt gekommen.

Ich sank erschöpft in meine Kissen zurück. Es war überstanden. Ich hatte nun alles erreicht, was ich mir gewünscht hatte. Ich merkte, wie mich der Schlaf überkam.

Als ich die Augen öffnete, stand eine Frau an meinem Bett. Es war die Hebamme.

»Das Kind...«, sagte ich.

»Euer Gnaden, das Kind ist gesund und kräftig.«

»Oh, Gott sei Dank dafür. Ich will ihn sehen.«

»Euer Gnaden haben einer hübschen kleinen Prinzessin das Leben geschenkt.«

»Nein«, schrie ich. »Es muß ein Junge sein!«

»Ein schönes Kind«, fuhr die Hebamme fort, »ein kräftiges und gesundes kleines Mädchen.«

»Nein, nein«, schrie ich. »Nein, nein, nein!«

»Ich werde sie Euch bringen. Sie ist ein allerliebster kleiner Schatz.«

Ich schüttelte stumm den Kopf. Ich konnte es nicht ertragen. Ein Mädchen! Katharine hatte auch eine Tochter bekommen – und was bereitete die für Probleme!

»Es muß ein Irrtum sein«, sagte ich.

Die Hebamme schwieg.

Da lag ich nun. Aber die Propheten... die Wahrsager... Sie alle hatten nur gesagt, was der König hören wollte. Sie hatten nicht gewagt, etwas anderes zu sagen. Ich hatte versagt. Er war mich ohnehin schon leid. Und alles, was ich nach den jahrelangen Schwierigkeiten und Unannehmlichkeiten zustande gebracht hatte, war, ein Mädchen in die Welt zu setzen. Das hatte Katharine vor mir schon geschafft.

Ich spürte, wie mir die Tränen über die Wangen liefen.

Henry betrat den Raum.

Was mochte in ihm vorgehen? Was würde er jetzt tun? Würde er mir vorwerfen, versagt zu haben? Ich war viel zu müde, um mich dagegen zu wehren.

Er schaute mich an.

»Ein Mädchen«, sagte er verächtlich.

Ich antwortete nicht. Ich lag nur da, in Tränen aufgelöst.

Dann sah ich zu ihm auf, dem beeindruckend stattlichen, prächtig glitzernden, überaus mächtigen Herrscher. »Ich habe Euch enttäuscht«, sagte ich. »Ich hatte geglaubt, Euch einen Sohn schenken zu können. Gott ist gegen mich. Alle sind gegen mich. Man haßt und verleumdet mich. Es gibt niemanden, dem ich etwas bedeute. Es wäre besser gewesen, wenn ich bei der Geburt gestorben wäre.«

Henry besaß einen ausgeprägten Hang zur Sentimentalität. Noch nie hatte er mich so gesehen – demütig, gebrochen und zutiefst unglücklich. Er beugte sich herab und nahm mich in die Arme.

Er sagte liebevoll: »Es trifft uns beide hart. Man hatte mir einen Sohn versprochen. Aber seid guten Mutes. Wir haben Zeit, Anne. Wir bekommen schon noch unseren Sohn. Das Kind ist kräftig und gesund. Gott hat uns gezeigt, daß wir gesunde Kinder bekommen können. Er hat uns auf die Probe stellen wollen. Er wird mir noch einen Sohn schenken, das weiß ich genau.«

Ich beteuerte ihm erneut: »Ich habe versagt. Dabei war ich so sicher, Euch Euren Wunsch erfüllen zu können.«

»Nicht doch«, sagte er. »Alles ist doch gut zwischen uns beiden.«

Ich stammelte: »Nie... nie mehr...«

In seinen Augen standen Tränen. Er starrte gedankenverloren ins Leere.

»Alles wird gut werden«, sagte er schließlich. »Eher

würde ich als Bettler von Tür zu Tür gehen als Euch im Stich lassen.«

Seine Worte waren Balsam für meine Seele.

Meine Stimmung hellte sich auf. Es war nur ein Rückschlag. Und davon hatten wir Gott weiß schon genügend erlebt. Ich merkte, wie meine Lebensgeister erwachten. Ich hatte schon so viel überstanden. Ich würde auch diesen Schicksalsschlag überstehen.

Sobald der König fort war, gab ich Anweisungen, das Kind zu mir zu bringen, und als ich sie dann in den Armen hielt, liebte ich sie. Im Grunde meines Herzens wollte ich sie genau so, wie sie war. Sie war vollkommen.

Zu den Hofdamen, die um mein Bett versammelt waren und die Schönheit meiner Tochter bestaunten, sagte ich: »Jetzt kann dieser Raum mit Recht als ›das Zimmer der Jungfrau‹ bezeichnet werden, denn in ihm ist soeben eine kleine Jungfrau zur Welt gekommen, dazu noch am Vorabend des gnadenbringenden Festes, an dem die Kirche der Geburt der Heiligen Jungfrau Maria gedenkt.«

Ich war glücklich. Meine Stimmungen waren zwar immer schon plötzlichen Änderungen unterworfen gewesen, aber diesmal war es umgekehrt – diesmal schlug meine Verzweiflung in höchstes Glück um. Henry hatte mir erneut seine unsterbliche Liebe gestanden. Und ich hatte die entzückendste Tochter der Welt.

Das Leben war wieder schön.

Vergessen war die Enttäuschung. Nun wurden Vorbereitungen für die Taufe des Kindes getroffen. Die Anzeigen, die verschickt wurden, bedurften nur einer geringfügigen Änderung: Das Wort ›Prinz‹ mußte durch ›Prinzessin‹ ersetzt werden.

Die Taufe sollte am zehnten des Monats stattfinden, vier Tage nach der Geburt.

Es war wunderbar zu hören, welch eine glanzvolle Zeremonie zu Ehren meiner Tochter geplant war – genau dieselbe, die die Ankunft eines Sohnes verkündet hätte.

Meine Tochter sollte den Namen Elizabeth erhalten, der

sich insofern anbot, als sowohl meine als auch Henrys Mutter Elizabeth geheißen hatten. Sie sollte in der Grey-Friars-Kirche getauft werden, die sich in unmittelbarer Nähe des Palastes befand.

Am Tag der Taufe war die Kirche mit prächtigen Wandteppichen geschmückt, und wohlriechende Kräuter waren auf den Weg gestreut worden, der zur Kirche hinführte. Die Höchsten im Lande waren anwesend, und Mary Howard, die mit dem Herzog von Richmond, dem unehelichen Sohn Henrys und Elizabeth Blounts, verlobt war, trug das mit Perlen und Edelsteinen besetzte Taufkleid. Die Herzoginwitwe von Norfolk trug das Kind, und mein Bruder George sowie zwei Mitglieder des Hauses Howard und Lord Hussey, ein weiterer, kürzlich geadelter Angehöriger unserer Familie, hielten den Baldachin über sie.

Ich wünschte, ich hätte an der Zeremonie teilnehmen können. Ich hätte so gern gesehen, wie der Bischof von London die Taufe gemäß dem vollständigen Ritual der römisch-katholischen Kirche vornahm. Cranmer war der Pate des Kindes, die Herzogin von Norfolk und die Marchioness von Dorset waren seine Patinnen. Ich wäre so stolz gewesen, dabeizusein und den Ersten Wappenherold ausrufen zu hören: »Gott in seiner unendlichen Weisheit schenke der hohen und mächtigen Prinzessin Elizabeth ein langes und glückliches Leben.«

Fünfhundert Fackeln verliehen der Prozession, die sich von der Kirche zum Palast bewegte, festlichen Glanz, aber mein Baby war von Höflingen umgeben, die Kandelaber mit vielen Kerzen trugen, und so erreichte der feierliche Zug mein Zimmer.

Ich streckte die Arme nach meiner Kleinen aus, der ›hohen und mächtigen Prinzessin Elizabeth‹. Und ich freute mich über sie. Ein Sohn hätte mich nicht glücklicher machen können.

Ich wollte Elizabeth immer um mich haben, um ihr eine richtige Mutter zu sein, und ein paar Tage lang war mir das auch vergönnt. Ich schloß sie jeden Tag mehr ins Herz. Sie war ein schönes Kind und in jeder Hinsicht vollkommen. Auch die

Hofdamen gaben zu, niemals ein bezauberndere kleines Mädchen gesehen zu haben.

Henry betrachtete sie mit Interesse, und ihm war nur die leiseste Spur von Unmut darüber anzumerken, daß sie kein Junge war. Selbst er konnte sich ihrem Charme nicht entziehen, und ich sah, daß er anfing, sie gern zu haben.

Er hatte sich geändert seit jenem Zwischenfall, als er mir zu verstehen gegeben hatte, daß seine Gefühle für mich nicht mehr dieselben seien. Von der Frau, der er nachgestellt hatte, war nun nicht mehr die Rede. Es war gemunkelt worden, sie sei die Ehefrau von Nicholas Carew, eine ausgesprochen attraktive Frau, die einem kleinen Flirt nicht abgeneigt sei, und ihr Mann tue gut daran, keine Einwände zu erheben, wenn er an Begünstigungen interessiert sei. Wie dem auch sei, die Angelegenheit gehörte inzwischen der Vergangenheit an, und ich konnte es mir erlauben, sie nicht nur als vergessen, sondern auch als vergeben zu betrachten. Immerhin waren wir so manchen Belastungen ausgesetzt gewesen, und ich, seinerzeit hochschwanger, war sicher keine besonders anregende Gesellschaft gewesen. Wenn das alles war, gab es nicht viel, worüber ich mich hätte beklagen müssen.

Henry zeigte sich mir gegenüber sehr aufmerksam; er besuchte mich häufig und sprach mit mir über die Zukunft und über den Bruder, den unsere entzückende Tochter bekommen würde.

Diejenigen, die bereits geglaubt hatten, die Liebe des Königs zu mir sei erloschen, waren gezwungen, ihre Meinung zu ändern.

Henry sah meiner Rückkehr zum gewohnten alltäglichen Leben mit Freude entgegen. Ohne mich, sagte er, habe er sich einsam gefühlt. Daß er sich zu diesem Geständnis durchringen konnte, kam fast einer Entschuldigung für jene vorübergehende Untreue gleich, und da er mich erst kürzlich in Angst und Schrecken versetzt hatte, war ich klug genug, mich mit dieser Erklärung zufriedenzugeben.

Ich fühlte mich von Tag zu Tag stärker. Mein Baby war bei mir. Der König war zuvorkommend zu mir. Was wollte ich mehr. Das nächste Kind würde bestimmt ein Junge werden, und dann wäre alles in schönster Ordnung.

Während ich so im Bett lag, mußte ich oft daran denken, wie ungerecht wir Frauen doch behandelt wurden. Warum sollte dieses Kind, das hier in seiner Wiege schlummerte, nicht ein ebenso großer Herrscher werden können wie ein Mann? Natürlich könnte sie nicht mit ihren Armeen in den Krieg ziehen – aber Kriege waren ohnehin unsinnig und brachten keiner der sich bekämpfenden Parteien je wirklich Glück. Wer weiß – wenn es mehr weibliche Monarchien gäbe, gäbe es vielleicht auch weniger von diesem Unsinn genannt Krieg.

Ich hatte mein ehrgeiziges Ziel, eine Krone zu erlangen, erreicht. Nun gab es in meinem Leben ein neues Ziel, das meinen ganzen Einsatz erforderte – mein Kind.

Sie würde offiziell zur ›Prinzessin von England‹ erklärt werden müssen – ein Titel, den bislang Prinzessin Mary geführt hatte. Ich hatte das Gefühl, daß das Ärger bedeuten werde. Mary hing an ihrer Mutter, was nur natürlich war. Sie hatte sich all die Jahre als Thronerbin gefühlt und war – seit mit der Möglichkeit, daß ihre Mutter ein weiteres Kind zur Welt bringen würde, kaum mehr zu rechnen war – zweifellos davon ausgegangen, daß sie eines Tages Königin sein würde. Und nun sollte sie gezwungen werden, beiseite zu treten, damit ein anderes Mädchen ihren Platz einnehmen konnte.

Dieses kleine Kind, die Prinzessin Elizabeth, war nun die Thronerbin, denn in England gab es im Unterschied zu Frankreich kein Salisches Gesetz, und hier hatte ein Mädchen durchaus Aussicht, die Thronfolge anzutreten, sofern kein Junge geboren wurde, der sie verdrängte – ein Gedanke, der mich immer wieder ärgerte.

Mir war nie zuvor bewußt gewesen, welch starke mütterliche Instinkte ich besaß. Wie sehr die Mutterschaft eine Frau doch verändert! Ich wollte all das für Elizabeth sein, was eine Mutter ihrem Kind nur sein kann. Ich hatte nicht vor, sie einer Amme und einem Kindermädchen zu überlassen. Sie gehörte mir.

Ermutigt durch Henrys neuerwachte Zuneigung erklärte ich selbstbewußt, daß ich beabsichtigte, sie selbst zu nähren, und begann damit, das auch zu tun.

Henry war erbost. Mein Entschluß bedeutete natürlich,

daß Elizabeth bei uns im königlichen Schlafzimmer schlief, denn es war jederzeit möglich, daß sie nach mir verlangte, und in dem Fall mußte ich in ihrer Nähe sein, um mich um sie kümmern zu können. Ich merkte, wie jener kalte Zorn zurückkehrte, den ich vor noch nicht sehr langer Zeit zu spüren bekommen hatte.

»So etwas habe ich wirklich noch nie erlebt«, sagte er. »Eine Königin, die Kindermädchen spielt.«

»Sie ist doch meine Tochter... unsere Tochter!«

»Das Kind gehört in die Obhut von Kindermädchen.«

»Aber ich möchte...«

»Ich möchte, daß sie von Kindermädchen betreut wird.«

»Und ich möchte sie bei mir behalten.«

»Ihr vergeßt, wer Ihr seid«, wies er mich zurecht. »Ihr seid wohl zu hoch aufgestiegen. Ihr habt keine Ahnung, wie man sich als Königliche Hoheit benimmt.«

»Ihr tut so, als ob ich irgendeine kleine Schlampe wäre, die in der Küche die niedrigsten Dienste verrichtet.«

»Dann benehmt Euch, bitte schön, auch nicht wie eine solche Schlampe.«

»Ist es Schlampenart, wenn eine Mutter ihre Tochter liebt?«

»Es ist die Pflicht der Königin, nie zu vergessen, welch hohen Rang sie einnimmt.«

Am liebsten hätte ich geschrien: Na schön, Ihr wollt meine Tochter nicht in Eurer Nähe haben. Dann gehe ich eben mit ihr fort! Aber er hatte mich schon einmal seine kalte Wut spüren lassen. Mich verfolgte noch die Erinnerung an jene grausamen Augen und die Worte: »Ich habe Euch erhöht; ich könnte Euch mit Leichtigkeit fallenlassen.« Und dann wurde mir jedesmal angst und bange.

Ich hörte mich mit ruhiger Stimme sagen: »Nun gut, dann muß sie von ihren Kindermädchen betreut werden.«

»Dort ist sie am besten aufgehoben«, sagte er. Er kam zu mir und legte den Arm um meine Schultern. Ich lächelte ihn an und erwiderte seine Küsse. Aber schlimme Befürchtungen machten mir das Herz schwer.

Obwohl Henry sich weigerte, Elizabeth in unserer Nähe schlafen zu lassen, tat er alles, um ihr eine angemessene Hofhaltung einzurichten. Er war damit einverstanden, daß die Frau eines Edelmannes namens Hokart als Amme des Kindes ausgewählt wurde, und bestimmte die Herzoginwitwe von Norfolk zu ihrer Ersten Erzieherin, eine Position, die der alten Dame eine sehr schöne Residenz und sechstausend Kronen im Jahr einbrachte. Ich begrüßte diese Wahl, da ich mit den Howards verwandt war. Ein weiteres Entgegenkommen mir gegenüber war die Ernennung Lady Bryans, deren Mann ein Angehöriger der Familie Boleyn war, zu ihrer Erzieherin. Darüber war ich hocherfreut, denn ich wußte, daß Lady Bryan eine gute Frau war. Sie war übrigens schon Erzieherin bei Prinzessin Mary gewesen und hatte folglich Erfahrungen in diesem Beruf.

Ich war jedoch sehr traurig, daß Elizabeth im Alter von zwei Monaten nach Hatfield gebracht wurde, das ihr neues Zuhause sein sollte; mit ihr gingen die Menschen, die der König mit ihrer Pflege und Erziehung betraut hatte. Mir blieb nichts anderes übrig, als mich mit ihrem Fortgehen abzufinden und mir vorzunehmen, in Zukunft, so oft es ginge, bei meinem Kind zu sein.

Inzwischen gab es Ärger mit Mary, denn Mary mußte nun ihren Titel an Elizabeth abtreten.

Sie war ein blasses Mädchen, das einen zerbrechlichen Eindruck machte; daher war ihr forsches Auftreten um so verblüffender. Sie benahm sich trotzig und schien sich nichts aus dem Zorn des Königs zu machen.

Ich war entschlossen, sie zu zwingen, sich zu fügen. Schließlich hatte ich die Interessen meiner kleinen Elizabeth zu verteidigen, und es war eine unumstößliche Tatsache, daß Mary zuerst ihre Rechte würde aufgeben müssen, wenn Elizabeth in den Genuß ihrer Rechte kommen sollte.

Genau das aber lehnte das störrische Mädchen ab, und als Mitglieder des Geheimen Staatsrates sie aufsuchten und aufforderten, auf ihren Titel zu verzichten, weigerte sie sich, sie zu empfangen, bevor sie nicht sämtliche Angehörige ihrer Hofhaltung versammelt habe – und zwar ausnahmslos alle die Personen, die während der letzten Jahre für sie gesorgt hatten, von den hochrangigsten Beamten der Hofhaltung bis hin zu den einfachsten Küchenmägden. Dann besaß sie die

Dreistigkeit, in ihrer aller Gegenwart zu verkünden, daß sie unmöglich einen Titel aufgeben könne, der ihr von Gott und ihren Eltern verliehen worden sei: Sie sei eine Prinzessin. Sie sei die Tochter eines Königs und einer Königin. Und sie habe einen größeren Anspruch auf diesen Titel als die Tochter von Madam Pembroke. Sie sei nun einmal die Prinzessin von England und könne ihren Bedienten nicht befehlen, sie anders anzureden.

Ich war sehr verärgert, als ich davon erfuhr. Indem sie Elizabeth als ›Madam Pembrokes Tochter‹ bezeichnete, unterstellte sie, Elizabeth sei unehelich. Das konnte ich nicht so einfach hinnehmen.

Ich gab Anweisungen, ihr ihre königlichen Privilegien wegzunehmen: Sie dürfe von nun an nicht mehr allein speisen, wenn sie diesen Wunsch äußere; der Brauch, ihr Essen vorkosten zu lassen, bevor sie es zu sich nehme, solle abgeschafft werden; und ihr solle jeder weitere Kontakt mit ihrer Mutter untersagt werden. Vielleicht war die letzte dieser drei Verfügungen grausam. Aber mir war klargeworden, daß ich es im Fall Marys mit einer ebenso erbitterten Feindin zu tun hatte wie seinerzeit im Fall Katharines, und ich war empört über die Unterstellungen, mit denen sie meine Tochter beleidigt hatte.

Später habe ich die letzte der drei Anordnungen bereut, denn Mary liebte ihre Mutter mit geradezu fanatischer Hingabe. Rückblickend kann ich nachvollziehen, was sie einander während jener Jahre bedeutet haben müssen, als Katharine um ihre eigene Stellung bei Hofe und die ihrer Tochter kämpfte, und jetzt, da ich die menschliche Natur besser verstehe als damals, habe ich in der Tat das Gefühl, daß beider größte Qual darin bestanden haben muß, die andere leiden zu sehen.

Es wurde beschlossen, Mary nach Hatfield zu schicken, und mir war klar, daß sie das als zusätzliche Beleidigung empfinden würde, da sie in Prinzessin Elizabeths Hofhaltung einen untergeordneten Rang gegenüber dem Kind würde einnehmen müssen, das sie als verhaßten Eindringling ansah, der ihr ihre Rechte streitig machte. Ich hielt die Maßnahme jedoch für eine gerechte Strafe, denn die Kränkung, die sie mir zugefügt hatte, indem sie die Königin von England als ›Madam Pembroke‹ bezeichnet hatte, nagte an meinem Herzen; sie hatte damit angedeutet, daß ich in Wirklichkeit nicht die Frau des Königs, sondern nur seine Mätresse sei.

Weihnachten stand vor der Tür, und dieses Weihnachtsfest sollte alle bisherigen an Glanz übertreffen. Es war das erste, das ich als Königin feiern durfte. Ich scharte die geistreichen Hofdichter um mich – Weston, Bryan, Brereton, Norris, meinen Bruder und Wyatt. Wir lachten, wir waren sehr ausgelassen, wir ersannen und veranstalteten lustige Aufführungen, und der König zog unsere Gesellschaft jeder anderen vor. Bei uns konnte er gewisse Sorgen vergessen, die ihn zuweilen sehr belasteten. Clemens hatte inzwischen das Urteil verkündet: Er hatte Henrys Ehe mit Katharine für gültig erklärt, und das wiederum bedeutete natürlich, daß unsere Ehe in seinen Augen ungültig war.

Henry hatte das Urteil des Papstes mit Verachtung gestraft, da es ganz offensichtlich vom Kaiser diktiert worden war; aber es versetzte ihn in eine äußerst unangenehme Zwangslage. Wenn er weiterhin mit mir als seiner Königin zusammenlebte, würde Exkommunikation die Folge sein, und sich über eine solche Strafe hinwegzusetzen würde alles andere als leicht sein. Henry selbst würde diesen Bann vielleicht ignorieren können, aber er mußte auch an das Volk denken. Viele seiner Untertanen waren strenggläubige Katholiken, und wenn Henry exkommuniziert würde, wäre unweigerlich das ganze Land betroffen. Ihm blieb gar keine andere Wahl, als mit Rom zu brechen. Das bedeutete allerdings nicht, daß die alte Religion abgeschafft werden sollte; es sollte nur ein Wechsel des kirchlichen Oberhauptes stattfinden. Alles würde so bleiben können wie früher – dieselben Riten, dieselben Zeremonien –, nur würde die Kirche Roms in Zukunft ›Kirche von England‹ heißen, und anstelle des Papstes wäre Henry das Oberhaupt dieser Kirche.

Es war Cromwells Idee gewesen, und sie erschien Henry als die einzige Lösung.

Dennoch gab sie in Anbetracht der zu erwartenden Reaktion des Volkes Anlaß zu großer Sorge.

Es wurde bereits Murren laut.

Weihnachten mußte also ein besonders fröhliches Fest werden. Es lag in meiner Natur, angesichts drohender Gefahren übertriebene Fröhlichkeit an den Tag zu legen. Ich hatte schon immer eine draufgängerische Ader besessen. Inzwischen grenzte dieses Draufgängertum an Hysterie. Ich lachte viel – und vielleicht ein wenig zu schrill. Und obwohl mir zu der Zeit noch nicht bewußt war, in welch akuter Gefahr ich mich befand, fuhren mir doch wiederholt blitzartige Warnungen durch den Sinn. Ich spürte, daß mein ausgelassenes Leben ein Tanz auf dem Vulkan war, denn nach jener Szene, in der Henry mich daran erinnert hatte, welche Macht er besaß, mich zu vernichten, sollte ich mich nie mehr restlos sicher fühlen.

Und so verbrachten wir jenes Weihnachtsfest mit Tanz und Maskenspiel und voller Fröhlichkeit.

An den Tatsachen war nicht zu rütteln. Henry hatte dem Papst die Stirn geboten. Nun blieb ihm nur noch ein Ausweg, wenn er die Unruhen und den Unfrieden vermeiden wollte, die eine Exkommunikation zwangsläufig zur Folge hätte, und diesen Weg hatte Henry eingeschlagen.

Im neuen Jahr erklärte er sich zum Oberhaupt der Kirche Englands. Er hatte mit Rom gebrochen. Er betonte, daß er keineswegs die Absicht habe, an der Religion selbst auch nur das Geringste zu ändern. Im Gegenteil, er lehne Martin Luthers Lehre ab und befürworte durchaus nicht die Bestrebungen, die kirchliche Lehre zu reformieren. Der einzige Unterschied bestehe darin, daß die Rechte des Papstes nun an die Krone gefallen seien.

Er stand mit seiner Absage an die Kirche Roms nicht allein da, denn zahlreiche deutsche Staaten, die überzeugte Anhänger der Lehre Martin Luthers waren, hatten bereits vor ihm den Bruch mit Rom vollzogen. Nun sollte es bald eine Übersetzung der Bibel ins Englische geben – ein großartiges Vorhaben, das viele Menschen befähigen würde, die Bibel zu lesen, die vorher nicht dazu in der Lage gewesen waren. Ihnen würde zweifellos einleuchten, welche Vorteile das brächte.

Es wurde ein schwieriges Jahr. Nichts schien zu glücken.

Ich war erneut schwanger. Der König war entzückt darüber, und seine frühere Zärtlichkeit kehrte zurück. Er war ganz sicher, daß wir dieses Mal einen Jungen bekommen würden. Ich sehnte mich verzweifelt nach diesem Jungen. Er würde mir die Sicherheit verschaffen, die meine kleine Elizabeth mir nicht geben konnte. Ich besuchte sie, so oft ich konnte. Sie war ein bezauberndes Kind und – davon war ich fest überzeugt – wesentlich gescheiter als andere Kinder ihres Alters. Äußerlich ähnelte sie mehr ihrem Vater als mir. Sie hatte wache blaue Augen, die einen fragend ansahen, und ihr blondes Haar glänzte wie Gold. Sie war ein schönes Kind.

Das einzig Unerfreuliche an meinen Besuchen in Hatfield war Marys Gegenwart. Was war das Mädchen doch für ein anmaßendes Geschöpf! Als man ihr mitteilte, Königin Anne sei gekommen, sagte sie: »Königin Anne? Ich kenne keine Königin, die so heißt. Es gibt nur eine Königin in England, und das ist Königin Katharine.« Was sollte man mit solch einem Mädchen nur machen? Sie schlagen? Das hätte wenig Erfolg. Oh, ich verabscheute sie. Sie ließ sich nicht sehen, wenn ich in Hatfield zu Besuch war. Ich hätte sie zwar zwingen können zu erscheinen, aber ich verzichtete darauf. Statt dessen gab ich Anweisungen, sie einer strengeren Disziplin zu unterwerfen und ihr die Flausen auszutreiben.

Auch Henry besuchte Elizabeth in Hatfield. Darüber freute ich mich. Allerdings begleitete ich ihn nicht, weil ich inzwischen nicht mehr ausritt. Ich traf alle nur denkbaren Vorsichtsmaßnahmen. Dem Kind durfte nichts geschehen. Wenn ich erst einen Sohn hätte, wäre ich sicher. Ich empfand es als große Erleichterung, nicht länger den Papst fürchten zu müssen. Er hatte seine Macht über England verloren.

O ja, wenn erst mein Sohn auf der Welt wäre, würde alles gut sein. Der Gedanke beruhigte mich.

Natürlich war da noch das Volk. Was auch geschah, es schien, als würden die Menschen mich niemals mögen.

Im Lande herrschte Unruhe. Jahrelang war der Papst der Bevölkerung fast wie ein Gott vorgekommen. Sie hatten ihm bedingungslos gehorcht. Für diese ungebildeten Menschen war er mehr als nur ein menschliches Wesen; er war eine

Gottheit. Und der König hatte sich über ihn hinweggesetzt – wegen einer schwarzäugigen Hexe.

Mir wurde die Schuld an allem zugeschoben. Ich hatte den König vom rechten Weg abgebracht und die Macht, die ich über ihn hatte, war des Teufels. Das ganze Jahr über murrte das Volk. Jedes Mißgeschick wurde mir zur Last gelegt. Selbst wenn es zu viel regnete, wurde das als Ausdruck des göttlichen Mißfallens darüber gedeutet, daß eine Hexe die Kirche in Aufruhr und Unordnung gestürzt habe.

Wenn Mary sich in Hatfield der Öffentlichkeit zeigte, jubelten die Menschen ihr genauso zu wie Katharine in ihrem Landsitz ›The Moor‹. Sie taten sich keinen Zwang an, offen über das Verderben zu reden, auf das sie England zusteuern sahen. Cranmer und Cromwell beschlossen, daß etwas dagegen unternommen werden müsse.

Es war vor allem eine Frau, die beträchtlichen Ärger heraufbeschwor; im ganzen Königreich gab es wohl kaum jemanden, der noch nichts von der ›Nonne von Kent‹ gehört hatte. Ihr Name war Elizabeth Barton, und sie war eine Frau, die durchaus über eine gewisse Beredsamkeit und Überzeugungskraft verfügte. Sie hatte ursprünglich als Dienstmädchen im Hause eines Thomas Cobb gearbeitet, der Verwalter eines der Güter von Erzbischof Warham gewesen war – daher ihre Verbindung zur Kirche. Wie sich später herausstellte, hatte sie im Alter von etwa zwanzig Jahren an einer rätselhaften Krankheit gelitten, als deren Folgeerscheinung religiöse Wahnvorstellungen zurückgeblieben waren. Sie begann, Visionen zu haben, und der Gedanke an Sünde entwickelte sich bei ihr zu einer Zwangsvorstellung. Nach und nach erwarb sie sich den Ruf, eine Heilige zu sein, und die Menschen glaubten, sie sei wirklich vom Heiligen Geist erfüllt.

Mir war schon immer klar gewesen, daß Warham ein alter Narr war. Zum Glück war er inzwischen gestorben und hatte damit den Weg für Cranmer und seinen kühlen, gesunden Menschenverstand freigemacht. Warham hatte ebenfalls geglaubt, Elizabeth Barton verfüge über göttliche Eingebungen, und ihr Botschaften zukommen lassen, in denen er sie aufforderte, dem Guten zum Durchbruch zu verhelfen und

Gottes Worte, die ihr während ihrer Trancezustände übermittelt worden seien, der Öffentlichkeit nicht vorzuenthalten. Etwa um diese Zeit arbeitete sie nicht mehr als Dienstmädchen im Hause Cobb, sondern war in die Familie aufgenommen worden.

Die Frau setzte ihre Prophezeiungen fort, und dann nahm der Prior von Christchurch in Canterbury sie in seine Obhut. Sie wurde in der kirchlichen Lehre und den Heiligenlegenden unterwiesen, und es wurde allgemein angenommen, die Jungfrau Maria spreche durch sie. Ich hatte viele der in diese Angelegenheit verwickelten Priester im Verdacht, nur auf Mittel und Wege aus zu sein, den Niedergang der Kirche aufzuhalten. Als Martin Luther seine Thesen an jene Kirchentür genagelt hatte, hatte er eine überaus wichtige Entwicklung in Gang gebracht, die manch einem Priester schlaflose Nächte bereitet haben mußte.

Elizabeth Barton stand auch in dem Ruf, Wunder gewirkt zu haben. Ihren eigenen Angaben zufolge habe die Jungfrau Maria selbst ihr befohlen, aus Aldington fortzugehen und sich in Canterbury niederzulassen. Und da niemand es wagte, sich den Anweisungen der Jungfrau Maria zu widersetzen, stellte man der Frau eine Zelle in der Priorei St. Sepulchre zur Verfügung.

Alle wußten von der ›Nonne von Kent‹. Warham hatte sie unterstützt; er hatte ihre Äußerungen gesammelt und dem König vorgelegt. Henry tat diese Aussprüche jedoch als Wahnvorstellungen eines einfältigen Gemüts ab und sah in der Frau vielmehr ein gefügiges Werkzeug von Geistlichen, die durch sie ihre eigenen Vorstellungen durchzusetzen versuchten. Er zeigte die Sammlung von Sprüchen Sir Thomas More, der seine Ansicht teilte.

Sir Thomas More hatte allerdings ein Buch über einen ähnlichen Fall verfaßt. Es handelte sich dabei um ein zwölfjähriges Mädchen namens Anne Wentworth, und obwohl sie später ihre eigenen Prophezeiungen widerrief, hatte Thomas More sie so dargestellt, als habe sie tatsächlich göttliche Eingebungen empfangen, und da er im ganzen Land hohes Ansehen genoß, trug seine Behandlung des Falles Anne Wentworth auch zu Elizabeth Bartons Ruhm bei.

Natürlich war die Scheidung des Königs ein Thema, das sich ganz vorzüglich für Prophezeiungen eignete, und auch Elizabeth Barton griff dieses Thema auf und verurteilte die Scheidung im Namen Gottes.

Henry geriet in Wut darüber, daß eine einfache Frau vom Lande sich erdreistete, ihm vorzuschreiben, was er zu tun habe, doch Elizabeth Barton schien sich nicht einschüchtern zu lassen. Sie setzte ihre Angriffe fort und verkündete als nächstes, daß der Himmel – ob nun Gott selbst oder die Jungfrau Maria, darüber machte sie keine näheren Angaben – ihr mitgeteilt habe, daß der König die Herrschaft über sein Reich verlieren und wie ein gemeiner Schurke sterben werde, wenn er Königin Katharine Unrecht zufüge.

Sie war schon eine wahre Landplage. Das Volk hörte ihr mit Interesse zu und war geneigt, ihr zu glauben, da die Kirche auf ihrer Seite stand. Selbst berühmte Männer interessierten sich für sie – Fisher zum Beispiel und Sir Thomas More suchten sie auf und machten keinerlei Anstalten, sie so zu behandeln, wie eine Betrügerin, wie sie es war, es verdient hätte.

Inzwischen wurde sie sogar in die Residenzen der Adligen eingeladen, um ihnen zu weissagen. Aus der ›heiligen Nonne‹ war eine beliebte Wahrsagerin geworden, die zur Zeit groß in Mode war. Ihr Ruhm wuchs und wuchs und sie erfreute sich einer großen Anhängerschaft in allen Schichten der Gesellschaft.

Ganz lustig war, daß sie prophezeit hatte, Henry werde vor Ablauf eines Monats sterben, wenn er mich heirate. Es war zweifellos peinlich für sie, daß er noch Monate später am Leben und bei guter Gesundheit war. Sie war jedoch nicht auf den Mund gefallen und erklärte, der Wortlaut der Prophezeiung sei recht mißverständlich gewesen. Sie habe sagen wollen, er werde nicht länger König sein, und das sei vom Volk so verstanden worden, als stünde sein Tod bevor. In Wirklichkeit hätten ihre Worte bedeutet, daß er vor Gott nicht länger König sein werde, und das habe sich inzwischen bewahrheitet.

Cromwell hatte mit dem König ein sehr ernstes Gespräch wegen dieser Frau geführt. Man dürfe in ihr nicht länger eine harmlose Irre sehen. Sie füge dem König und dem ganzen Land großen Schaden zu. Außerdem zählten zu viele einflußreiche Leute zu ihren Freunden. Daher müsse man sie festnehmen.

Tüchtig wie Cromwell nun einmal war, gelang es ihm bald darauf, die ›Nonne von Kent‹ hinter Schloß und Riegel zu bringen.

Man konnte sich bei Cromwell darauf verlassen, daß er die Angelegenheit mit dem nötigen Fingerspitzengefühl behandelte und dafür sorgte, daß sie so wenig Aufregung wie möglich im Volk verursachte. Er verzichtete darauf, die Frau sogleich zu verurteilen, was er ohne weiteres hätte tun können. Statt dessen hielt er sie gefangen und unterzog sie immer wieder neuen Verhören. Man bedrängte sie mit Fragen, aber man wandte keine Folter an. Cromwell war der Ansicht, das sei unnötig und leiste nur dem in solchen Fällen üblichen Gezeter Vorschub, daß das Geständnis mit Gewalt erzwungen worden sei. Natürlich hätte er auch behaupten können, Gott und die Jungfrau Maria hätten der Frau beim Ablegen des Geständnisses ihre freundschaftliche Hilfe zuteil werden lassen, aber dazu war er ein zu schlauer Fuchs.

Immerhin war sie nur eine einfache Frau. Die einzige Bildung, die sie besaß, betraf die kirchliche Lehre, und ohne den Beistand ihrer kirchlichen Ratgeber war sie Cromwells sachkundigen Fragen hilflos ausgeliefert, so daß sie schließlich aufgab. Er entlockte ihr das Geständnis, daß sie niemals irgendwelche göttliche Heimsuchung erfahren habe und all das, was sie verkündet habe, ihrer eigenen Fantasie entsprungen sei und nur dazu gedient habe, denjenigen, die sich ihrer angenommen hätten, eine Freude zu machen und ihre eigene Sehnsucht nach weltlichem Ruhm zu befriedigen.

»Genau das ist es, was wir brauchen«, sagte Cromwell hocherfreut. Er hatte vorsichtshalber auch die beiden Mönche festgenommen, die die Frau unterwiesen hatten, und es dauerte nicht lange, bis ihm auch von ihnen Geständnisse vorlagen.

»Bei der heiligen Mutter Gottes«, rief der König aus, »dieser Cromwell hat den Dreh heraus, wie man einer Sache auf den Grund geht. Schlauer Bursche! Ich wünschte, ich könnte ihn besser leiden. Sein kluger Kopf hätte das wohl verdient. Schade, daß mir außer seinem klugen Kopf nicht viel an ihm gefällt.«

Die Verhandlung fand in der Sternkammer statt – alle Angeklagten legten ein Geständnis ab und wurden zu Verrätern erklärt. Lord Audley, der Lordkanzler, gab bekannt, daß Elizabeth Barton eine Verschwörung geplant habe mit dem Ziel, den König zu stürzen, und daß darauf die Todesstrafe stehe.

Daraufhin wurden die Angeklagten ins Gefängnis zurückgebracht, und Cromwell meinte, es sollten auch über diejenigen Erkundigungen eingezogen werden, die für die Frau Partei ergriffen hätten. Zu Beginn jenes ereignisreichen Jahres war sie jedenfalls immer noch im Gefängnis und wartete auf die Urteilsverkündung.

Mittlerweile befanden sich all die, die Elizabeth Barton gekannt und erklärt hatten, sie sei in der Tat vom Himmel gesandt, in einer äußerst unangenehmen Lage. Mehrere von ihnen wurden für schuldig befunden und festgenommen, unter ihnen auch Fisher und More. Viele versicherten Cromwell, daß sie sich die Prophezeiungen zwar angehört, ihnen aber nie geglaubt hätten; sie hätten die ›Nonne‹ nur auf die Probe stellen wollen. Sie bemühten sich nach Kräften, den König davon zu überzeugen, daß sie niemals in ihrem Leben auch nur einen verräterischen Gedanken ihm gegenüber gehegt hätten. Fisher und More gaben zu, die ›Nonne‹ aufgesucht und mit ihr gesprochen zu haben, aber nur, um sie einer Prüfung zu unterziehen. Fisher hatte sie tatkräftig unterstützt und wurde deshalb nicht freigelassen. Sir Thomas More hingegen konnte beweisen, daß er die Frau davor gewarnt hatte, sich in die Politik einzumischen, und er stritt entschieden ab, jemals behauptet zu haben, sie verfüge über eine prophetische Begabung.

Der König hatte eine Schwäche für More. Er besuchte ihn gern in seinem Haus in Chelsea, wo er im Kreise seiner Familie bescheidener lebte, als es von einem Mann seines Ranges zu erwarten war. Mores häusliches Glück gefiel dem König, und darüber hinaus war More natürlich ein Mann von glänzender Begabung – vielleicht sogar der begabteste im ganzen

Königreich – und ein überaus geistreicher Gesprächspartner, so daß der König im Hause Mores die Unterhaltung fand, die er sich wünschte.

Er war daher froh, als Mores Erklärung im Fall Barton akzeptiert wurde.

So also war der Stand der Dinge zu Beginn jenes folgenschweren Jahres.

Die ›Nonne von Kent‹ wartete im Gefängnis auf ihre Hinrichtung, und viele von denen, die im Begriff gewesen waren, die Handlungsweise des Königs anzuzweifeln, waren zu der Einsicht gelangt, daß es unklug wäre, Kritik zu üben.

Im ganzen Lande wurde gemurrt und protestiert. Mönche und Priester prangerten unerschrocken in ihren Predigten den Bruch mit Rom an. Auf den Straßen versammelten sich die Menschen und sprachen von dem unabwendbaren Unheil, das sie auf England zukommen sahen. Cromwell verlangte strengere Gesetze; er vertrat den Standpunkt, daß nur harte Strafen aufkommende Unruhen unterdrücken könnten.

Die ›Nonne von Kent‹ wurde schließlich verurteilt und auf dem Scheiterhaufen verbrannt. Ihr Tod sollte als warnendes Beispiel verdeutlichen, welche Strafe diejenigen erwartete, die sich abfällig über den König äußerten.

Dann geschah etwas Furchtbares. Es geschah ohne jeden erkennbaren Grund. Ich verlor das Kind, das ich erwartete. Und es wäre ein Junge geworden.

Ich konnte es nicht begreifen. Ich war doch gesund und in der Lage, kräftige Kinder zur Welt zu bringen. Schließlich gab es an Elizabeth nichts auszusetzen – außer daß sie ein Mädchen war. Da stand ich nun, und mein Leben drohte nach demselben Muster zu verlaufen, das Katharine zum Verhängnis geworden war. Dies war meine erste Fehlgeburt … und ein Junge. Wie oft hatte Katharine so etwas erlebt? Unzählige Male. Zu oft. Ich war untröstlich, und auch der König war bitter enttäuscht.

»Wir bekommen schon noch unseren Jungen«, sagte er, und ich mußte mich damit trösten, daß er mir zumindest nicht die Schuld an dem Unglück gab, wie er damals Katharine die Schuld gegeben hatte. Ich wollte nicht, daß das Volk von meinem Mißgeschick erfuhr. Wenn es den Menschen draußen zu Ohren käme, wäre bald vom Zorn Gottes die Rede.

Ich war nervös und ängstlich.

Aber Henry war noch in mich verliebt; der beunruhigende Zwischenfall, der sich kurz vor Elizabeths Geburt ereignet hatte, hatte sich nicht wiederholt.

Ich wurde schnell wieder schwanger. Diesmal, so sagte ich mir, mußte alles nach Wunsch verlaufen. Diesmal durfte nichts schiefgehen.

England hatte sich verändert. Besorgt angesichts der um sich greifenden Unzufriedenheit im Volke und des Streits, den der Bruch mit Rom ausgelöst hatte, hatte Cromwell durchgesetzt, daß neue Gesetze erlassen wurden. Wenn sich in der Vergangenheit jemand gegen den König aufgelehnt hatte, war das Verrat gewesen und hatte nicht selten das Todesurteil zur Folge gehabt. Jetzt galt es schon als Verbrechen, nur eine Bemerkung gegen den König fallenzulassen. Die Menschen mußten vorsichtig sein mit dem, was sie sagten, und das schuf ein Klima großer Unsicherheit, denn nichts war leichter für jemanden, der einem anderen Menschen feindlich gesinnt war und ihm übelwollte, als eine verräterische Bemerkung des Feindes den entscheidenden Leuten zuzutragen.

Zum ersten Mal in seinem Leben war der König wirklich unbeliebt – und das gefiel ihm ganz und gar nicht. Zwar war er es gewesen, der auf der Scheidung und dem Bruch mit Rom bestanden hatte, aber allmählich lernte ich Henrys Charakter besser kennen. Wenn etwas nicht nach seinen Wünschen verlief, sah er sich nach einem passenden Opfer um, das er für den Mißerfolg verantwortlich machen konnte; und es gab Momente, in denen ich ihn dabei ertappte, wie sein Blick – kühl und mißtrauisch – auf mich fiel. Ich sagte nichts dazu. Ich hatte viel zu viel Angst. Ich schloß nicht aus, daß das nur zu einer Tirade gegenseitiger Vorwürfe geführt hätte, die mich zu einer unüberlegten und ebenso spitzzüngigen wie unverzeihlichen Äußerung verleitet hätte. Zum Glück erwartete ich wieder ein Kind, und das stimmte Henry milde.

Und dann verlor ich auch dieses Kind.

Das war allerdings beängstigend. Mir kam der Verdacht, daß es an Henry liegen müsse, daß es uns offenbar nicht gelang, gesunde Kinder in die Welt zu setzen. Trotz ihrer zahlreichen Schwangerschaften hatte von Katharines Kindern nur ein einziges, ein Mädchen, überlebt – Mary; und Mary konnte man kaum als das blühende Leben bezeichnen. Zwar hatte Henry einen Sohn von Elizabeth Blount, aber der junge Herzog von Richmond hatte etwas Vergeistigtes an sich, das nicht von dieser Welt zu sein schien, und man hatte das Gefühl, als ob ihm kein sehr langes Leben auf Erden vergönnt wäre. Und ich – in jeder Hinsicht kerngesund – hatte zwei Jungen verloren. Sicher, ich hatte Elizabeth das Leben geschenkt, und das Kind war robust und lebhaft; aber die kleinen Jungen waren verloren. Es schien irgendein tieferer Sinn darin zu liegen.

Henry war bitter enttäuscht. »Zwei Jungen«, sagte er und schaute mich an, als ob die Fehlgeburten meine Schuld gewesen wären.

Zuvor hatte ich mich über meine nagende Angst hinwegsetzen können; jetzt gelang mir das nicht mehr so ohne weiteres.

Henry war nicht mehr so zärtlich zu mir wie früher, und er widersprach mir nun auch öfter, als ob es ihm Spaß machte, mit mir Streit anzufangen.

Wieder war es Jane Rochford, die mich darauf aufmerksam machte, daß er sich erneut der Dame zugewandt hatte, der er schon damals, vor Elizabeths Geburt, den Hof gemacht hatte.

»Werdet Ihr Euch das gefallen lassen, Anne?« fragte sie. »An Eurem Hof? Immerhin seid Ihr die Königin.«

»Ich werde es mir nicht gefallen lassen«, entgegnete ich.

»Und was wollt Ihr dagegen unternehmen?«

»Ich werde mit dem König reden.«

»Meint Ihr, das wäre klug?«

»Was wollt Ihr damit sagen?«

»Er könnte wütend werden.«

Ihre Bemerkung machte deutlich, daß inzwischen alle darüber Bescheid wußten, wie der König und ich zueinander standen. Nur ich hatte es nicht erkannt. Aber ich war schon immer jemand, der zuerst handelte und dann nachdachte.

Ich sagte zu ihm: »Es ist mir peinlich, daß der ganze Hof weiß, daß Ihr eine Geliebte habt.«

Seine Augen verengten sich. »Ich fürchte, Madam«, erwiderte er, »mit dieser Peinlichkeit müßt Ihr Euch abfinden.«

»Ihr wagt es, Euch offen mit ihr zu zeigen... hier am königlichen Hof! Vielleicht könntet Ihr so taktvoll sein, wenigstens zu versuchen, den Schein zu wahren, und nicht aller Welt zu verstehen zu geben, daß Ihr ein untreuer Ehemann seid.«

»Ihr solltet dankbarer sein für all das, was ich für Euch getan habe.«

»Und als Eure langmütige Ehefrau still vor mich hin leiden?« schrie ich. »Wie Katharine etwa? Geduldig zusehen, wie Ihr Euch mit anderen Frauen vergnügt? Glaubt Ihr, so etwas könnte ich jemals hinnehmen?«

»Es bleibt Euch kaum etwas anderes übrig als hinzunehmen, was Euch beschieden ist.«

»O nein.«

Er zuckte mit den Schultern und wandte mir den Rücken zu.

»Henry...«, rief ich, »habt Ihr vergessen...«

Er drehte sich um, und seine Augen waren erschreckend kalt. »Nein, ich habe nicht vergessen, was ich für Euch getan habe. Ich habe Euch erhöht... und ich sage Euch, ich kann Euch fallenlassen. In der Tat raten mir bereits viele gute Freunde dringend, genau das zu tun. Ihr solltet nicht vergessen, daß Ihr ein Niemand wart, bevor ich Euch zu Ruhm und Namen verhalf...«

»Ein Niemand!« schrie ich. »Ihr nennt eine Angehörige des Hauses Howard einen Niemand? Die Howards...« Es gelang mir gerade noch rechtzeitig, an mich zu halten. Ich war im Begriff gewesen, ihm zu sagen, daß die Howards von manch einem für königlicher gehalten wurden als die Emporkömmlinge namens Tudor. Ich mußte mich beherrschen. Ich mußte vorsichtig sein und mir immer vor Augen halten, welch ungeheure Macht dieser Mann besaß. Er hatte recht, wenn er damit drohte, er könne mich vernichten. Er konnte es wirklich, und – Gott sei mir gnädig – in jenem Augenblick zweifelte ich nicht daran, daß er es tun würde.

Er sah mich an, und sein Blick war haßerfüllt.

»Ich habe viel für Euch getan«, sagte er gefährlich langsam, »und Ihr bildet Euch etwas darauf ein und spielt die vornehme Dame. Und was bekomme ich zum Dank von Euch? Wo bleiben die Söhne, die Ihr mir versprochen habt?«

Sein Gesicht nahm den Ausdruck frommer Selbstgefälligkeit an, den ich bereits kannte. »Ich sehe keinen Grund, weshalb Gott ausgerechnet mich so hart bestrafen sollte.«

Er unterstellte also, daß ich es war, die Gott bestrafen wollte. Wann immer etwas nicht nach Wunsch verlief – die Schuld durfte niemals bei Henry gesucht werden. Es mußten immer andere gefunden werden, denen die Verantwortung zugeschoben werden konnte.

»Wenn Ihr aufhören würdet, anderen Frauen nachzulaufen und Euch mehr um Eure Frau kümmern würdet...«

Er kam ganz nah auf mich zu. Seine Augen waren schmal geworden, und Zornesröte breitete sich erneut auf seinem Gesicht aus. »Ihr solltet Euch mit dem zufriedengeben, was ich für Euch getan habe«, sagte er, »denn ich sage Euch eins: Ich würde es kein zweites Mal tun.«

Darauf verließ er mit langen Schritten den Raum.

Ich zitterte vor Wut. Es fiel schwer zu glauben, daß er sich so schnell geändert haben sollte. Wenn ich daran zurückdachte, mit welcher Leidenschaft er mich verfolgt hatte, wie zärtlich und hingebungsvoll er zu mir gewesen war und mit welcher Geduld er sich meine Launen hatte gefallen lassen – und ich mußte zugeben, daß es einige sehr unvernünftige Ausbrüche von Launenhaftigkeit gegeben hatte –, dann konnte ich einfach nicht begreifen, was geschehen war. Ob ihm mit einem Mal bewußt geworden war, welch hohen Preis er bezahlt hatte, um mich zu bekommen? Daß er es inzwischen bereute, darüber konnte nun kein Zweifel mehr bestehen.

Jane Rochford trat ein. Ich hatte das Gefühl, daß sie heimlich horchte. Sie war eine törichte, leichtsinnige Frau und würde sicher eines Tages auf frischer Tat ertappt werden. Ich konnte mir lebhaft den Zorn des Königs vorstellen, den sie zu spüren bekäme, wenn sie ihn belauschte und dabei von ihm entdeckt würde. Die Boleyns standen bei Henry nicht mehr sehr hoch im Kurs, obwohl die Königin selbst ein Mitglied der Familie war.

Sie sagte: »Diese Frau ist eine falsche Schlange. Ich habe gehört, daß sie ihn gegen Euch aufhetzt. Ihr wißt schon... nachts, wenn sie zusammen im Bett sind...« Sie sah mich aus verschlagenen Augen an. Ich wußte, daß sie nichts anderes beabsichtigte, als mich unter dem Deckmantel des Mitgefühls zu verletzen. Das beste wäre, wenn sie vom Hof verschwände, bevor sie tatsächlich irgendwelchen Schaden würde anrichten können.

Ich sagte: »Ich bin müde, Jane. Ich möchte mich ausruhen.«

»Natürlich müßt Ihr müde sein! Wer wäre das nicht! Ihr macht Euch Sorgen, nicht wahr, Anne? Es ist schrecklich für Euch. Es tut mir ja so leid.«

»Danke«, erwiderte ich. »Gute Nacht.«

»Ich werde an Euch denken. Ich werde tun, was ich kann, um Euch zu helfen. Es ist nur natürlich, daß eine Frau nach einer Fehlgeburt niedergeschlagen ist. Ich kann mir so gut vorstellen, wie Euch zumute ist. Aber es wird bestimmt alles gut werden. Mir wird schon etwas einfallen.«

Ich hatte nur den einen Wunsch, sie möge endlich gehen. Sie war dumm und hinterhältig. George selbst hatte das oft genug gesagt. Und ich wußte genau, daß sie für mich keine Freundschaft empfand, sondern nur eifersüchtig war, weil George mir liebevolle Zuneigung entgegenbrachte. Es war ein großer Fehler von mir gewesen, sie an den Hof zu holen. Andererseits kann man schlecht seiner eigenen Schwägerin eine Absage erteilen.

Aber in diesem Fall schien es tatsächlich so, als versuchte sie auf ihre ungeschickte Art, behilflich zu sein.

Sie fing einen Streit mit Henrys Mätresse an, und die beiden ergingen sich bald in den beleidigendsten Beschimpfungen. Die Auseinandersetzung wurde zum bevorzugten Gesprächsthema: Die Schwägerin der Königin und die Mätresse des Königs – ein interessantes Duo.

Ich sah in der Situation eine Chance für mich und bestellte die Geliebte des Königs zu mir.

Ich teilte ihr mit: »Ich dulde kein Gezänk an meinem Hof. Ihr verschwindet auf der Stelle.«

Natürlich war das dumm von mir. Aber ich handelte nun einmal unüberlegt. Mein ganzer Lebensweg war eine einzige Abfolge unüberlegter Handlungen. In Gedanken war ich noch immer die junge Frau, die der König so abgöttisch liebte, daß sie es sich leisten konnte, ungestraft unbesonnene Dinge zu tun. Ich führte mir immer wieder vor Augen, daß ich schließlich die Königin war und die meiste Macht am Hofe besaß... nach Henry.

Die Frau reagierte nicht anders, als zu erwarten war. Sie ging zu Henry.

Natürlich konnte er es nicht zulassen, daß sie vom Hofe verbannt würde. Sie muß ihm von dem Streit mit Jane Rochford erzählt haben, den Jane, ungeschickt wie sie nun einmal war, zweifellos auf höchst plumpe Art und Weise vom Zaun gebrochen hatte. Die Angelegenheit endete damit, daß es nicht Henrys Gespielin war, die aufgefordert wurde, den Hof zu verlassen. Es war Jane. Jane war schon immer eine dumme Person gewesen, und erst kürzlich noch war ihr Haß auf mich so intensiv gewesen, daß sie ihn nicht hatte zügeln können und ihre Sympathie für Katharine beteuert – oder, genauer gesagt, lauthals ausposaunt hatte. Das wurde ihr nun zum Vorwurf gemacht, und die Folge ihres Intrigierens war, daß sie in den Tower geworfen wurde.

Die Unzufriedenheit im Lande wuchs. Es wäre auch ungewöhnlich gewesen, wenn es einem Herrscher – selbst einem so mächtigen wie Henry – gelungen wäre, an der Religion seines Reiches drastische Veränderungen vorzunehmen, ohne daß diese Reformen tiefe Spuren hinterlassen hätten.

Die Menschen hatten Angst vor Henry. Der joviale, auf eine etwas rauhbeinige Art gutmütige Mann, als den sie ihn in seiner Jugend gekannt hatten, veränderte sich zusehends. Sie hatten erlebt, mit welcher Entschlossenheit er vorgehen konnte, wenn ihm etwas verweigert wurde. Welcher andere europäische Herrscher hätte wohl die Kühnheit besessen, mit der Kirche Roms zu brechen?

Doch nicht alle Adligen des Landes waren bereit, sich seinem Willen zu beugen. Das traf vor allem auf die im Norden Englands zu, die sich bekanntlich über alle Konventionen hinwegsetzten und, wie ich von Henry Percy wußte, sich selbst als Könige in ihrem Teil des Landes ansahen. Sie waren zu weit vom Zentrum des Geschehens entfernt, um vor dem König in Ehrfurcht zu erstarren, so wie diejenigen es taten, die in seiner unmittelbaren Nähe lebten und gezwungen waren, vor ihm zu kriechen und unter seinem drohenden Blick zu zittern.

Einer dieser Adligen war Lord Dacre von Naworth. Er war immer schon einer der treuesten Anhänger Katharines gewesen. Er war außerdem ein überzeugter Katholik und ein Freund Chapuys', des spanischen Gesandten, der insgeheim nach Möglichkeiten Ausschau hielt, mich loszuwerden und Katharine wieder als Königin einzusetzen.

Allem Anschein nach hatten Chapuys und er in enger Verbindung gestanden. Dacre in seinem Grenzgebiet war in Auseinandersetzungen mit den Schotten verwickelt gewesen und hatte, zusammen mit Chapuys und anderen Gleichgesinnten, versucht, die Schotten zu einer Invasion Englands zu überreden, der sich Männer wie Dacre und seine Freunde anschließen wollten, um den König zu zwingen, mich aufzugeben, Katharine wieder zur Königin zu machen und zur Kirche Roms zurückzukehren.

Cromwell hatte jedoch überall seine Spione und erfuhr aus Briefen, die er hatte abfangen lassen, was im Gange war. Daraufhin wurde Dacre unverzüglich festgenommen, des Verrats angeklagt und in den Tower geworfen, wo er bis zu seiner Verhandlung bleiben sollte.

Es sah sehr schlecht für ihn aus. Dann wurde sein Fall vor seinen Standesgenossen verhandelt. Wie unbeliebt der König inzwischen geworden war, zeigte sich deutlich, als Dacre nicht verurteilt wurde.

Unter den Angehörigen des Hochadels waren einige Pairs, die in Cromwell einen gewöhnlichen Kriecher sahen, der sich in das Vertrauen des Königs eingeschlichen hatte. Cromwells Eifer war der Grund dafür gewesen, daß Dacre nun seinen Richtern gegenüberstand. Außerdem hatte Dacre mit solchem Haß von mir gesprochen, daß der – berechtigte – Eindruck entstand, daß ich sein Ende begrüßen würde. Dacre war ein kluger Mann. Er wandte sich an das Gericht und redete sieben Stunden lang mit einer solchen Überzeugungskraft auf die Pairs ein, daß er sie schließlich mitriß. Er trug seine Befürchtung vor, daß gewisse Personen niederen Standes – womit er Cromwell und mich meinte – versuchten, die Macht im Lande an sich zu reißen; wozu das bereits geführt habe, sei nicht zu übersehen. Er beteuerte, er sei kein Verräter. Er sei ein Engländer, der treu zu seinem Vaterland stehe und der entsetzt über den Kurs sei, den sein Land eingeschlagen habe.

Zur Überraschung aller Anwesenden und zur großen Empörung des Königs und Cromwells wurde Dacre freigesprochen. Dieser Ausgang der Verhandlung ließ deutlich erkennen, auf welche Gefahr wir blindlings zusteuerten.

Es sollte noch schlimmer kommen. Als der Freispruch Dacres bekannt wurde, eilte die Bevölkerung Londons auf die Straßen hinaus, um Freudenfeuer anzuzünden, zu tanzen und zu singen. Sie wollten ihrer Begeisterung darüber Ausdruck verleihen, daß ein Mann für unschuldig erklärt worden war, der es gewagt hatte, freiheraus seine Meinung zu sagen und auszusprechen, was so viele von ihnen empfanden.

Es ging das Gerücht, Cromwell habe gesagt, daß alles viel einfacher wäre, wenn Königin Katharine endlich stürbe und ihre Tochter am besten gleich mitnähme. Diese Äußerung wurde als Morddrohung ausgelegt, und natürlich wurde wieder einmal mir die Schuld zugeschoben.

Niemand im ganzen Land hatte mehr Feinde als ich. Alles, was irgendwie geeignet war, mir zur Last gelegt zu werden, wurde mir angelastet. Meine harmlosesten Bemerkungen wurden falsch interpretiert.

Es wurde inzwischen in aller Öffentlichkeit behauptet, ich plante, Katharine vergiften zu lassen. Ich wußte, daß ich von Spionen umgeben war. Jane Rochford war aus dem Tower entlassen worden; ihre Verhaftung hatte nur dem Zweck gedient, sie zu erschrecken und dafür zu bestrafen, daß sie den Versuch unternommen hatte, die Verbannung der Mätresse des Königs zu erreichen. Man hätte meinen sollen, daß eine solche Erfahrung ihr zur Lehre gedient hätte; doch das wäre von Jane zu viel verlangt gewesen.

Meine nervliche Anspannung wurde von Tag zu Tag größer, und der belangloseste Zwischenfall konnte mich in einer Weise beunruhigen, daß ich mich zu einem Wutanfall hinreißen ließ; das brachte mir nicht gerade die Sympathien der Menschen ein, die um mich waren. Ich hatte nur wenige Freunde – und gerade in jenen Wochen erkannte ich, wie nötig ich Freunde brauchte.

Da war ich nun am Ziel meines ehrgeizigen Traumes angekommen – nur um festzustellen, welche Einsamkeit dort herrschte und wie unsicher der Boden unter meinen Füßen geworden war! Das einzige wirkliche Vergnügen, das mir geblieben war, war die Freude, die ich an meiner Tochter hatte. Ich konnte sie jedoch nur hin und wieder besuchen, und jedesmal, wenn ich bei ihr war, war ich gleichzeitig unter einem Dach mit Mary, die sich keinerlei Zwang antat, ihre Verachtung für mich offen zu zeigen. Ich merkte außerdem, wie sich das Verhalten derjenigen änderte, die mich bei diesen Besuchen begleiteten. Viele Angehörige meines Gefolges stahlen sich heimlich davon, um Mary ihre Aufwartung zu machen. Das konnte nur eins bedeuten: Meine Macht war im Schwinden begriffen, und sie wußten es. Was die Zukunft bringen mochte, konnten auch sie nur ahnen; aber sie wollten keine Gelegenheit versäumen, Mary zu beweisen, wie sehr sie sie achteten – für den Fall, daß sie später doch noch Einfluß und Bedeutung erlangen sollte.

Der König hatte Mary immer gern gehabt. Sie war immerhin viele Jahre lang sein einziges Kind gewesen. Erst als sie ihre Mutter so entschlossen verteidigt und sich geweigert hatte, ihm zu gehorchen, hatte er sich gegen sie gewandt.

Als am königlichen Hof die Nachricht eintraf, daß sie krank sei, hatte ich Mühe, mir meine Freude nicht anmerken zu lassen, und den Menschen entging das nicht. Natürlich würde ich mich viel sicherer fühlen, wenn Mary stürbe. Solange sie lebte, stellte sie eine Bedrohung für Elizabeth dar, und es war einer meiner sehnlichsten Wünsche, Elizabeth als Thronerbin anerkannt zu wissen – falls ich keine Söhne bekommen sollte. Es ist durchaus möglich, daß mir das in einem unbedachten Augenblick einmal herausgerutscht ist. Aber Katharine litt nun einmal an der Wassersucht und war überdies von zarter Gesundheit. Und es lag auf der Hand, daß die Lage sich erheblich entspannen würde, wenn sie mitsamt ihrer Tochter von der Bildfläche verschwände. Das war nur logisch, und viele Leute konnten das zweifellos nachvollziehen.

Was so beunruhigend war, war die Besorgnis, die der König an den Tag legte, als er von der Krankheit seiner Tochter erfuhr. Er schickte sofort seine Leibärzte zu ihr.

Jane Rochford erzählte mir, sie habe zufällig gehört, wie Cromwell behauptet habe, der König liebe Prinzessin Mary hundertmal mehr als seine jüngere Tochter.

»Das glaube ich nicht!« entfuhr es mir.

»Aber so hat Cromwell es gesagt. Natürlich stimmt es nicht.«

Doch ich wußte, daß es stimmte. Elizabeth war noch zu jung, um den König wirklich zu interessieren. Außerdem war sie mein Kind – und er wurde meiner zunehmend überdrüssig.

Henry zeigte sich Mary gegenüber fürsorglich und verkündete, daß er, sollte ihm je zu Ohren kommen, daß sie grob oder ungerecht behandelt werde, die Absicht habe, die Betreffenden persönlich zur Rechenschaft zu ziehen.

Ich merkte, daß sein Gewissen wieder anfing, ihm zuzusetzen, und das bedeutete nichts Gutes für mich.

Clemens starb. Aber das war kein Grund zur Freude. Papst Paul, der zu seinem Nachfolger gewählt wurde, war ein Mann von ganz anderem Kaliber als sein zaudernder Vorgänger. Er hatte sich fest vorgenommen, Henry in den Schoß der Kirche Roms zurückzuholen, und behandelte ihn daher mit einer gewissen Freundlichkeit. Das wäre auch durchaus eine begrüßenswerte Entwicklung gewesen, wenn das Verhalten des französischen Königs mir nicht Anlaß zur Sorge gegeben hätte. François war uns während der leidigen Scheidungsstreitigkeiten ein guter Freund gewesen und hatte entscheidend dazu beigetragen, daß unsere Heirat zustande kommen konnte. Ich schmeichelte mir zu glauben, daß die Erinnerung an vergangene Zeiten der Grund dafür sei, daß er mir gewogen war. Doch in Wirklichkeit lassen sich Herrscher von derartigen Gefühlen nicht beeinflussen; ihr Handeln wird einzig und allein von ihrer politischen Erfahrung diktiert.

Und nun bot er Henry an, die Verhandlungen über eine Heirat zwischen Mary und dem Dauphin wiederaufzunehmen. Diese Nachricht kränkte mich zutiefst. Sie kam einer Anerkennung der ehelichen Geburt Marys gleich – und wenn das offiziell bestätigt würde, was würde dann aus mir werden? Was würde aus Elizabeth werden?

Admiral Chabot von Brion traf in England ein, um die Voraussetzungen für die vorgeschlagene Heirat zu erörtern. Meine Nerven waren zum Zerreißen gespannt. Ich hatte das Gefühl, daß so viel vom Ausgang der Gespräche abhing. Allein die Tatsache, daß François den Vorschlag machen konnte, war aufschlußreich. Was ging hinter meinem Rükken vor? Ich war so verwirrt, daß ich schon befürchtete, ich könne jeden Augenblick in Tränen ausbrechen. Andererseits gab es Momente, in denen sich mir die Ironie der Situation aufdrängte. All die Jahre lang war ich das begehrte Opfer leidenschaftlicher Verfolgung gewesen und hatte es immer wieder geschafft, mich nicht einfangen zu lassen. Angenommen, ich hätte gleich zu Beginn der Jagd meinen Widerstand aufgegeben – wäre ich dann längst eine Verstoßene? Je mehr ich darüber nachdachte, um so mehr drohte ich in Gelächter auszubrechen. Aber dieses Lachen hatte nichts mit Glück zu tun, eher mit Verzweiflung und Hysterie.

Ich mußte vorsichtig sein. Ich mußte mich zusammennehmen.

Aber wenn François daran interessiert war, Mary mit dem Dauphin zu verheiraten, konnte das nur bedeuten, daß er sie für ehelich hielt. Es gab keine andere Erklärung.

Ich hoffte auf eine Gelegenheit, selbst einmal mit dem Admiral zu sprechen. Damals, als ich am französischen Königshof gelebt hatte, hatte er zu meinen Bewunderern gezählt. Er hatte mir stets charmant den Hof gemacht und deutlich zum Ausdruck gebracht, wie sehr er mich verehrte. Ich hatte das Gefühl, daß ich es wagen konnte, ihn zu bitten, mich über François' Beweggründe aufzuklären. Aber er ging einer Begegnung mit mir aus dem Weg, was seltsam war – genau genommen, nicht nur seltsam, sondern ein Verstoß gegen die guten Manieren, auf die die Franzosen sich doch sonst immer so viel einbildeten. Folglich erfuhr ich nichts über die Hintergründe und den Stand der Verhandlungen, und Henry gab mir deutlich zu verstehen, daß er nicht die Absicht hatte, mir auch nur das Geringste mitzuteilen. Mein Verhalten seiner Tochter Mary gegenüber sei so feindselig gewesen, daß ich die letzte sei, mit der er über die Zukunft des Mädchens zu sprechen wünsche.

Ich erfuhr also nicht, was vereinbart worden war.

Die Rückkehr des Admirals nach Frankreich stand unmittelbar bevor, und wir gaben anläßlich seiner Abreise ein Bankett. Der Admiral saß zu meiner Rechten an der Festtafel auf der Estrade. Die Unterhaltung verlief höflich-konventionell. Henry erschien mir etwas freundlicher als sonst. Ich sah trotz meiner Sorgen noch immer attraktiver aus als die meisten Frauen, und meine Stimmung hob sich ein wenig, als ich die verstohlene Anerkennung in den Blicken bemerkte, mit denen er mich musterte.

Wir sprachen gerade über die Abreise des Admirals, und Henry fragte mich, ob ich mich schon von Gontier, dem Ersten Sekretär des Admirals, verabschiedet hätte. Als ich das verneinte, sagte er: »Ich gehe und hole ihn.«

Daß Henry sich persönlich aufmachte, um einen Sekretär zu holen, war höchst ungewöhnlich. Es erschien mir – im ersten Moment – unverständlich, warum er nicht jemanden beauftragte, ihn zu suchen. Dann aber sah ich, wie er den Festsaal verließ und wie fast im gleichen Augenblick seine Mätresse sich unauffällig von der Tafel erhob und sich ebenfalls aus dem Raum stahl.

Ich konnte nichts dafür. Die Spannung, die zunehmend unerträglich geworden war, schien sich explosionsartig zu entladen. Er hatte den Raum verlassen, um mit ihr zusammen zu sein. Ich mußte daran denken, mit welcher Leidenschaft er mich immer verfolgt hatte, und plötzlich überkam mich ein unbändiges Lachen. Es war ein schreckliches Lachen, aber ich konnte nicht damit aufhören.

Der Admiral schaute sehr verärgert drein, denn die übrigen Anwesenden sahen bereits zu uns herüber.

Dann sagte er – und seine Stimme klang sehr kalt: »Macht Ihr Euch über mich lustig, Madam?«

»O nein, nein«, rief ich, von Lachkrämpfen geschüttelt, aus. »Es hat nichts mit Euch zu tun, Admiral. Ich mußte nur lachen, weil der König sich gerade mit einer Dame getroffen hat und darüber alles andere vergessen hat.«

Ich konnte noch immer nicht aufhören zu lachen. Der Admiral starrte frostig vor sich hin.

Ich bemühte mich verzweifelt, des hysterischen Gelächters Herr zu werden. Ich hatte schreckliche Angst, es könne in Tränen umschlagen.

Später traf ich dann Henry. Ich fragte ihn, ob er sich mit seiner Geliebten gut amüsiert habe.

»Ihr solltet Eure Zunge hüten, Madam«, entgegnete er.

Wie recht er doch hatte! Aber ich konnte mich einfach nicht beherrschen. Ich wußte genau, wie töricht mein Verhalten war, aber ich verhielt mich weiter töricht. Wäre ich doch nur in der Lage gewesen, die Situation nüchtern einzuschätzen und mit der nötigen Ruhe auf sie zu reagieren!

»Eure Behandlung des Admirals hat keinen besonderen Beifall ausgelöst«, sagte ich. »Es ist bedauerlich, daß Ihr vor lauter Lüsternheit Eure Pflichten als Gastgeber vernachlässigt habt.«

Er wandte sich mir zu, und ich konnte den nackten Haß in seinen Augen sehen. Ich dachte: Jetzt verabscheut er mich so, wie er damals Katharine verabscheut hat.

Wie konnte sich alles nur so schnell ändern?

Seinen Augen war anzusehen, daß ihm Pläne durch den Kopf gingen. Wie gut ich ihn doch inzwischen kannte! Dieser gespitzte Mund, der seinem Gesicht einen so frommen Ausdruck geben konnte, während er die schlimmsten Grausamkeiten plante. Die kleinen Augen, die gen Himmel gerichtet waren, um seine Argumente zu unterstützen und den göttlichen Segen für seine zweifelhaften Vorhaben einzuholen.

Ich begriff mit instinktiver Sicherheit, daß er plante, mich loszuwerden, so wie er geplant hatte, Katharine loszuwerden.

Ich zitterte vor Angst.

Ich sagte ironisch: »Gestatten Euer Gnaden mir, mich zurückzuziehen?«

»Nur zu gern«, knurrte er.

Meine Stimmung hob sich ein wenig, als ich erfuhr, daß Henry François' Vorschlag, Mary mit dem französischen Thronfolger zu verheiraten, mit dem Hinweis auf ihre uneheliche Geburt abgelehnt hatte; statt dessen hatte er ihm Elizabeth als Frau für den Herzog von Angoulême, einen jüngeren Sohn François', angeboten.

Zu jener Zeit traf ich mich häufig mit George. Er war mir ein wirklicher Freund. Im Gegensatz zu ihm hatte mein Vater sich mit zunehmender Kälte von mir abgewandt, und Norfolk hatte mir noch nie besondere Herzlichkeit entgegengebracht. Beide standen mir nun, da mein Stern im Sinken war, mit wachsender Ablehnung gegenüber. Mary war zwar unverändert freundlich, aber auch so phlegmatisch wie früher; trotzdem empfand ich es als wohltuend, schwesterliche Zuneigung zu genießen. Sie lebte seit kurzem wieder am königlichen Hof, und manchmal sah ich auch meine Stiefmutter wieder, die so liebevoll wie immer zu mir war. Es war ein Trost für mich, meine engsten und liebsten Familienangehörigen in meiner Nähe zu haben.

Ich hatte noch immer meine alten Verehrer. Sie waren mir treu geblieben. Brereton, Norris und Wyatt waren meine ständigen Begleiter und beteuerten mir ihre unerschütterliche Freundschaft. Ihre Anhänglichkeit war mir ein solcher Trost in dieser unsicheren Zeit des Umbruchs.

George gehörte auch zu diesem Kreis, aber er und ich zogen ein Gespräch unter vier Augen vor, wann immer sich die Gelegenheit dazu bot. Er war zuweilen recht düsterer Stimmung, denn die veränderte Einstellung des Königs mir gegenüber war ihm nicht entgangen.

»Du wirst bei allem, was du tust, mit äußerster Vorsicht zu Werke gehen müssen«, warnte er mich. »Er hat lange den schmachtenden Liebhaber gespielt; das ist jetzt vorbei. Auch das zahmste Tier kann zur wilden Bestie werden. Ärger und mühsam unterdrückter Haß schwelen in ihm... und drohen jeden Augenblick auszubrechen. Niemand würde es wagen, so mit dir zu sprechen wie ich, Anne. Ich mache mir ernste Sorgen. Du könntest in große Gefahr geraten.«

»Ich weiß, daß er mir untreu ist. Er ist mich längst leid. Wie konnte es nur so schnell so weit kommen, George?«

George war nachdenklich geworden. Dann sagte er: »Zwischen uns muß absolute Offenheit herrschen. Henry hat sich in eine gefährliche Lage gebracht. Der Bruch mit Rom war ein gewagtes Unternehmen.«

»Auch François, der unser Freund zu sein schien, ist offenbar im Begriff, eine vollständige Kehrtwendung zu machen. Die Franzosen waren früher immer so nett zu mir. Jetzt geben sie sich reserviert.«

»Vertraue keinem Herrscher, Anne. Herrscher entscheiden sich für das, was ihnen die meisten Vorteile verspricht. Damals war es François gelegen gekommen, für Henry Partei zu ergreifen, denn damals hatte Henry Kaiser Karl gegen sich. Diesmal ist es anders. Diesmal hat er die gesamte römisch-katholische Welt gegen sich.«

»Aber er hat doch all das aus Liebe zu mir auf sich genommen.«

George sah mich traurig an. »Er hat dich leidenschaftlich begehrt, ja. Aber er wollte die Thronfolge sichern.«

»Wir haben Elizabeth. Und dann ist da noch Mary.«

»Aber das sind Mädchen! Er wollte einen Sohn... einen Sohn, der so sein sollte wie er selbst... rauhbeinig, herzlich, leutselig... der im Land umherreiten und die Herzen der Menschen erobern würde.«

»Könnte das eine Frau nicht ebensogut?«

»Was, mit den Soldaten in den Krieg ziehen?«

»Wann ist Henry denn zum letzten Mal in den Krieg gezogen? Und als er sich tatsächlich einmal dazu durchgerungen hat, hat er nicht gerade Lorbeeren geerntet.«

»Laß ihn das ja nicht hören! Du bist zu direkt. Du sagst zu unverblümt, was du denkst.«

»Ich weiß. Aber was soll ich denn nur tun, George?«

»Sieh zu, daß du einen Sohn bekommst. Die Mutter seines Sohnes würde er nie verstoßen.«

»Ich sehe ihn doch kaum noch. Er hat jetzt eine Geliebte. O Gott, George, glaubst du, er wird mit ihr zusammen sein, so wie er mit mir zusammen war?«

»Anne«, sagte er, »du bist die faszinierendste Frau am ganzen Hof. Du verfügst über eine ganz besondere Anziehungskraft. Das darfst du nicht vergessen. Und du mußte unbedingt einen Sohn bekommen. Ich muß dir etwas sagen: Er hat Cromwell gegenüber durchblicken lassen, daß er die Scheidung will.«

»Die Scheidung von mir!«

George zuckte mit den Schultern. »Von wem sonst?«

»Nein, George!«

»Warum denn nicht? Was hat er nicht alles auf sich genommen, um Katharine loszuwerden! Bei dir wäre es viel einfacher. Die Boleyns sind schließlich nicht Kaiser Karl. Der Papst würde in deinem Fall keinerlei Schwierigkeiten machen.«

»Dann bin ich verloren.«

Er schüttelte den Kopf. »Zum Glück ist Cromwell da. Cromwell hat dem König gesagt, daß er sich ohne weiteres von dir scheiden lassen könne, indem er erkläre, seine Ehe mit dir sei ungültig. Das hätte nur eins zur Folge: Er müßte zu Katharine zurückkehren. Und das wird er niemals tun.«

»Dann bin ich wohl das kleinere Übel.«

»Vermutlich. Mach dir keine Sorgen. Cromwell ist ein schlauer Bursche. Er wird schon zusehen, daß es nicht so weit kommt. Denn eine Versöhnung Henrys mit Katharine würde bedeuten, daß Henry auch bald in den Schoß der Kirche Roms zurückkehren würde – und das wäre das Ende Cromwells. Er hat seine Karriere auf dem Bruch mit Rom aufgebaut. Cromwell ist dein Freund – aus welchen Gründen auch immer. Sei froh darüber.«

»George, ich habe manchmal schreckliche Angst.«

»Du wirst es schaffen, wenn es dir gelingt, einen Sohn zu bekommen. Dann wärst du in Sicherheit. Aber mit seiner Untreue mußt du dich abfinden ... so wie Katharine sich damit abgefunden hat.«

»Allmählich wird mir klar, welche Geduld diese Frau aufgebracht hat.«

»Sie ist die Tochter Isabellas. Vergiß das nicht. Sie hat durchgehalten... und sich nicht einschüchtern lassen. Sie ist in der Tat eine tapfere Frau. Trotz aller Demütigungen ist es ihr gelungen, Henry aus der Fassung zu bringen, und viele Menschen im ganzen Lande stehen auf ihrer Seite. Anne, sieh zu, daß du einen Sohn bekommst. Du mußt einen Sohn bekommen. Darin liegt deine Rettung.«

»Die beiden Fehlgeburten – es waren Jungen.«

»Vielleicht warst du überängstlich.«

»Ja, vielleicht.«

»Laß dir irgend etwas einfallen, das ihn veranlaßt, zu dir zurückzukommen. Sieh zu, daß du ein Kind bekommst – einen Sohn. Und wenn du dann schwanger bist, führe ein ruhigeres Leben. Gib diese ausgelassene Fröhlichkeit auf. Du erweckst den Eindruck, als ob dir die zunehmende Feindseligkeit des Königs völlig gleichgültig wäre. Du flirtest zu viel mit anderen Männern. Das fällt auf, und es gefällt dem König nicht.«

»Obwohl er sich nicht mehr für mich interessiert?«

»Ja, so unglaublich es klingt. Aber er beobachtet dich zuweilen, und dann bekommen seine Augen einen verräterischen Glanz. Er weiß genau, welch eine außergewöhnliche Erscheinung du an seinem Hof darstellst. Anne, du mußt einen Weg finden... bald. Es ist von größter Dringlichkeit.«

»Ich weiß. Aber zumindest hat er François mitgeteilt, Mary sei unehelich.«

»Ja, und ihm Elizabeth für den jüngeren Sohn angeboten. Aber nur, weil Elizabeth noch so jung ist und für den Dauphin schon bald eine Braut gefunden werden muß.«

»Glaubst du, François wird Elizabeth akzeptieren?«

»Ich hoffe es. Ich bete, daß es so sein möge. Denn es wird viel davon abhängen. Wenn François ablehnt, wird diese Absage als Zweifel an Elizabeths Ehelichkeit verstanden werden müssen. Auf François' Antwort kommt es sogar ganz entscheidend an.«

»Es macht mir angst.«

»Ich weiß. Aber wir müssen der Wahrheit ins Gesicht sehen, Anne. Nur so können wir weiterleben.«

»Ich danke dir, George. Du bist mir eine solche Hilfe.«

»Und zügel dein Temperament. Wenn du merkst, daß du im Begriff bist, deiner Wut freien Lauf zu lassen, dann denk daran, daß du es mit einem Mann zu tun hast, der überaus mächtig und wahrscheinlich der rücksichtsloseste Herrscher auf der ganzen Welt ist. Den zärtlichen Liebhaber mußt du vergessen. Der ist er längst nicht mehr. Du darfst in ihm nicht mehr den Mann sehen, der dich mit seiner Leidenschaft verfolgt und dir jeden Wunsch von den Augen abgelesen hat. Er hat sich verändert, nicht nur dir gegenüber. Es hat Zeiten gegeben, da war er Katharine ein freundlicher und liebenswürdiger Ehemann und Mary ein liebevoller Vater. Nun gut, gelegentlich kam er auch schon einmal vom rechten Weg ab, aber seine Untreue hielt sich in den üblichen Grenzen. Er hatte seine Prinzipien; Religion und Moral bedeuteten ihm noch etwas. Aber die Menschen verändern sich. Die Ereignisse verändern sie. Und im Leben dieses Königs hat es einige denkwürdige Ereignisse gegeben. Es gibt Ereignisse, die einen Menschen verrohen lassen. Denk nur an Henrys Verhalten gegenüber Königin Katharine und Prinzessin Mary.«

»Ich war immer der Ansicht, er sei ihnen gegenüber zu nachsichtig.«

»Du denkst das, was du denken willst. Stell dir einen Mann vor, der seine Frau leid geworden ist, obwohl sie nie etwas Böses getan hat. Ihr einziges Verbrechen besteht darin, daß sie älter ist als er und ihm nicht mehr attraktiv erscheint. Dann erscheinst du auf der Bildfläche. Du weigerst dich, seine Geliebte zu werden. Daraufhin schmiedet er Pläne, intrigiert und versucht, sein Gewissen zu überlisten. Er würde nur zu gern diese Frau loswerden, die ihm jahrelang eine gute Ehefrau gewesen ist, und als sie es ablehnt, in ein Kloster zu gehen, stellt er sie unter Hausarrest und sorgt dafür, daß sie wie eine Gefangene lebt. Wieviel Schmerz er doch verursacht hat! Und seine Tochter Mary, ein Mädchen, das in dem Bewußtsein aufgewachsen ist, Prinzessin von England zu sein, steht nun plötzlich ohne alle die Rechte da, die einer Prinzessin zustehen, und ist außerdem noch von ihrer Mutter getrennt worden...«

»Aber sie hätten eine Verschwörung gegen uns angezettelt. Chapuys ist nur allzu bereit, eine Rebellion zu schüren.«

»Denk darüber nach, Anne. Das ist alles, worum ich dich bitte. Wenn er es fertigbringt, eine Frau so zu behandeln, wird er es mit einer anderen genauso machen. Ansonsten laß uns abwarten, wie François auf den Vorschlag, Elizabeth mit dem kleinen Angoulême zu verloben, reagieren wird. Es wird so viel von dieser Antwort abhängen. Und bis sie eintrifft, Anne, mußt du dafür sorgen, daß ein Sohn unterwegs ist.«

Ich sagte: »Es tut so gut, mit dir zu reden, George. Ich danke Gott dafür, daß es dich gibt.«

Seine Worte spukten noch lange in meinem Kopf. Ein Sohn. Ein Sohn. Ich mußte einen Sohn bekommen.

Ich hatte eine gesunde Tochter – warum sollte ich dann keinen Sohn bekommen?

Wenig später tauchten Probleme ganz anderer Art und in völlig unerwartetem Zusammenhang auf.

Jane Rochford suchte mich eines Tages auf, und ihre Augen glänzten vor Aufregung, wie immer, wenn sie unangenehme Nachrichten zu überbringen hatte.

»Mary ist heute morgen in Ohnmacht gefallen. Es ging ihr wirklich schlecht. Und während wir uns noch bemühten, sie wieder zu Bewußtsein zu bringen, stellte sich heraus, daß...«

Ich schaute sie an. Wie ich sie doch haßte!

Ich sagte: »Schickt Mary zu mir.«

»Wir waren einfach sprachlos...«

»Schon gut«, unterbrach ich sie streng. »Schickt sie zu mir. Ich möchte sie sofort sprechen.«

Mary kam. Sie machte einen sehr verängstigten Eindruck.

Ich fragte sie: »Bist du in anderen Umständen?«

»Woher... woher weißt du das?« stammelte sie.

»Die falsche Schlange, Jane Rochford, hat es mir gesagt.«

»Ja... die war auch dabei. Ich sah sie, als ich zu mir kam.«

»Leute wie Jane sind immer zur richtigen Zeit am richtigen

Ort, verlaß dich darauf. Aber nun zu dir. Es ist eine Schande. Du weißt doch, daß ich seit längerem darüber nachdenke, wie ich eine vorteilhafte Heirat für dich arrangieren könnte. Und was machst du dummes kleines Flittchen? Alle meine Bemühungen machst du zunichte.«

»Aber ich bin an einer glänzenden Partie gar nicht interessiert, Anne.«

»Du bist die Schwester der Königin. Über deine Heirat sollten der König und ich entscheiden.«

»Dem König bin ich doch längst gleichgültig. Er wird froh sein, wenn er mich nicht mehr zu sehen braucht. Er schaut ohnehin meist weg, wenn ich in seiner Nähe bin, und wenn wir uns zufällig einmal begegnen, tut er so, als ob ich Luft wäre. Früher war das anders. Aber so ist er nun einmal. Wenn für ihn etwas aus und vorbei ist, dann würde er am liebsten vergessen, daß es ihn jemals interessiert hat.«

Ihre Worte ließen mich erschauern wie das Geläut einer Totenglocke. Wie recht sie doch hatte.

»Und außerdem«, fuhr sie fort, »will ich ohnehin niemand anderen als William.«

»William? Was für ein William?«

»William Stafford.«

»William Stafford! Aber, wenn ich mich recht erinnere, ist er nur ein einfacher Edelmann... jemand ohne jede Bedeutung.«

»Für mich ist er jemand von Bedeutung.«

»Wie du offensichtlich im Begriff bist, aller Welt kundzutun.«

»Ja.«

»Ich weiß nicht, was der König dazu sagen wird.«

»Nichts. Absolut gar nichts. Es interessiert ihn nämlich nicht.«

»Und unser Vater?«

»Unser Vater hat noch nie etwas anderes als Verachtung für mich empfunden. Ich weiß nicht, welchem Zufall ich es zu verdanken habe, daß ich überhaupt seine Tochter bin.«

Ich blickte voller Neid auf Marys bereits leicht gerundete Taille. Sie hatte Kinder... gesunde Kinder, die sie liebte und von denen sie geliebt wurde. Warum sollte mir dieses Glück versagt sein? Einige Sekunden lang beneidete ich meine naive Schwester, in deren Augen Liebe wichtiger war als Ehrgeiz, und für die Dauer eines flüchtigen Augenblicks hätte ich am liebsten mit ihr getauscht. Doch der Augenblick ging vorüber.

Ich sagte zu ihr: »Und was, glaubst du, soll nun werden?«

»Wir werden heiraten.«

»Du wirst den Hof verlassen müssen.«

»Genau das haben wir auch vor«, erwiderte sie und lächelte glücklich.

Mary wurde also vom königlichen Hof verbannt und heiratete Sir William Stafford. Einige Zeit später schenkte sie einem Sohn das Leben.

Wie grausam doch das Schicksal war! Warum sollte Mary einen Sohn bekommen und ich nicht?

Ein Hoffnungsschimmer zeichnete sich ab. François hatte sich bereit erklärt, eine Heirat seines Sohnes, des Herzogs von Angoulême, mit Elizabeth in Erwägung zu ziehen.

Ich war erleichtert. François hatte mich also doch nicht im Stich gelassen. Wenn er meine Tochter als Braut für seinen Sohn in Betracht zog, mußte sie in seinen Augen ehelich sein, und das wiederum bedeutete, daß er meine Ehe mit Henry als gültig ansah. Besonders tröstlich war die Nachricht von François' Entscheidung auch insofern, als George herausgefunden hatte, daß die alte Streitfrage des angeblichen Ehevertrags zwischen mir und Northumberland wieder aufgewärmt worden war. Der König hatte den Wunsch, die Angelegenheit noch einmal gründlich prüfen zu lassen. Das verhieß nichts Gutes.

Aber immerhin hatte François ein Zeichen gesetzt.

Erst später wurde mir klar, daß François gar nicht die Absicht hatte, der Heirat zuzustimmen. Er stellte im Zusammenhang mit den Verlobungsvereinbarungen so schamlos übertriebene Mitgiftforderungen, daß dem Staatsrat gar nichts anderes übrigblieb, als diese Forderungen zurückzuweisen. François mußte die ganze Zeit mit einem solchen Ausgang gerechnet haben. Aber immerhin hatte er ein Verhandlungsangebot gemacht, was das Entscheidende war, und ich klammerte mich nach wie vor an die Hoffnung, er möge aus Freundschaft zu mir gehandelt haben, denn ich konnte davon ausgehen, daß ihm die Entwicklung der Dinge am englischen Königshof nicht entgangen war.

Georges Worte gingen mir nicht aus dem Kopf. Ich mußte etwas unternehmen, und zwar schnell. Ich mußte versuchen, das Wohlwollen des Königs zurückzugewinnen, jedenfalls so weit, daß er zumindest gelegentlich wieder sein Bett mit mir teilte. Wie sollte ich sonst zu einem Sohn kommen?

Henry ging ganz in der Affäre mit seiner Geliebten auf. Ich mußte es irgendwie schaffen, die beiden auseinanderzubringen, zumal ich herausgefunden hatte, daß die Frau eine glühende Anhängerin Katharines und Marys war. Es war nicht ausgeschlossen, daß ihre Begegnung mit dem König arrangiert worden war und daß sie Anweisungen bekommen hatte, seine Geliebte zu werden, um so der Sache Katharines und ihrer Tochter noch besser dienen zu können. Es waren alle möglichen Intrigen im Gange; überall lauerten Spione. Chapuys war ein Mann von großem Tatendrang, und er hatte seinen Plan, mich zu verdrängen und Katharine und Mary wieder zu Rang und Würden zu verhelfen, noch nicht aufgegeben.

Da kam mir eine Idee. Ich gebe zu, daß es eine wahnwitzige Idee war – aber meine Lage wurde allmählich verzweifelt.

Meine Cousine Madge Shelton war an den Hof gekommen. Sie war ein außergewöhnlich hübsches Mädchen. Ihre Mutter war die Schwester meines Vaters. Ich hatte Madge schon immer gern gemocht, vielleicht deshalb, weil sie mir stets gezeigt hatte, wie sehr sie mich bewunderte. Sie versuchte, sich so zu kleiden, sich so zu benehmen und so zu gehen wie ich; es hatte mich immer wieder aufs neue amüsiert. Sie war sehr glücklich darüber, an den Hof geholt zu werden, und ich glaube, einer der Gründe für ihre Freude war, daß sie von nun an in meiner Nähe sein konnte.

Natürlich freute ich mich über die Verehrung, die Madge mir entgegenbrachte. Sie war ein so sanftes und freundliches Mädchen und immer bemüht, mir eine Freude zu machen –

aber nicht etwa aus Berechnung, sondern einfach nur, weil es sie glücklich machte, wenn ich danke zu ihr sagte und sie anlächelte.

Nun, da ich Königin war, hielt sie mich erst recht für ein Traumwesen aus dem Märchenland. Sie hatte ja keine Ahnung, wie verzweifelt ich im Grunde meines Herzens war! Sie sah mich nur bei höfischen Veranstaltungen, umgeben von männlichen Verehrern, von denen viele sich nach wie vor so benahmen, als ob sie in mich verliebt wären.

Zwischen Madge und mir konnte man eine entfernte Familienähnlichkeit feststellen, und da sie mit besonderem Eifer die Mode nachahmte, die ich eingeführt hatte, sah sie mir, glaube ich, ähnlicher als irgendeine andere der jungen Damen bei Hofe.

Die Idee kam mir eines Abends. Ich saß zusammen mit dem König auf der Estrade – bei bestimmten Anlässen konnten wir nicht umhin, zumindest nach außen hin Eintracht zu bekunden –, als Madge in unsere Nähe kam. Sie tanzte gerade und sah besonders hübsch aus. Ich sah, wie der Blick des Königs auf sie fiel und eine Weile auf ihr ruhte, und wie seine Augen jenen entrückten, glasigen Ausdruck annahmen, der in der Vergangenheit so oft ein Zeichen dafür gewesen war, daß er mich erblickt hatte.

Dann ergab es sich jedoch, daß der Tanz seine Geliebte in unsere Nähe führte, und sogleich hatte er nur noch Augen für sie. Aber mir waren die Blicke nicht entgangen, die er Madge zugeworfen hatte.

Ich verwarf die Idee wieder. Sie war absurd. Und doch verfolgte mich jene eindringliche Warnung und hörte nicht auf, in meinem Kopf zu spuken: Ich mußte einen Sohn bekommen.

Ich beschloß, mit Madge zu sprechen.

»Ich möchte unter vier Augen mit Euch reden«, sagte ich zu ihr. »Und was ich Euch mitteile, ist höchst privat und muß unter uns bleiben.«

Sie machte nur ganz große Augen, und ihr Blick verriet so etwas wie abgöttische Verehrung.

»Wir waren schon immer gute Freundinnen, Cousine«, sagte ich.

»Ja«, flüsterte sie atemlos.

»Schon damals, als wir beide noch sehr jung waren. Und ich bilde mir ein, daß Ihr mich damals bereits gemocht habt.«

»O Madam, ja... das stimmt«, erwiderte sie.

»Ich benötige Eure Hilfe.«

Sie sah erschreckt drein, aber ich merkte, daß sie von dem Wunsch beseelt war, mir Freude zu bereiten.

»Ich hoffe, Ihr könnt mir meinen Wunsch erfüllen.«

»Aber Ihr seid es doch, die uns seit langem so manchen Wunsch erfüllt... uns allen, der ganzen Familie...«

Ich legte meine Hand auf ihren Arm. »Dies hier ist etwas ganz Besonderes. Ich spreche ganz offen zu Euch. Ihr müßt gehört haben, daß zwischen dem König und mir zur Zeit nicht das herzlichste Einvernehmen besteht.«

Sie antwortete nicht. Natürlich hatte sie davon gehört. Am ganzen Hof wurde ja darüber geklatscht.

»Es geht um eine gewisse Dame. Sie ist seine Geliebte. Sie hat ihn mir weggenommen. Sie ist meine erbitterte Feindin.«

Madges Gesichtsausdruck verriet die Bestürzung, die einer solchen Mitteilung angemessen war.

»Ja«, fuhr ich fort, »sie redet ständig von Katharines und Marys Tugenden, und der König hört auf sie. Mich dagegen macht sie nur schlecht, und das kann ich nicht länger hinnehmen.«

»Sie sollte bestraft werden.«

»Genau das habe ich vor.«

»Aber wie kann ich dabei helfen?«

»Ich glaube, der König mag Euch.«

»Aber er hat mich doch kaum gesehen!«

»O doch. Ich habe selbst gesehen, wie er Euch angeschaut hat, und ich kenne ihn gut.«

Sie war verblüfft.

»Cousine«, fuhr ich fort, »ich weiß nicht, was aus mir werden soll, wenn diese Frau dem König noch länger Gehässigkeiten über mich ins Ohr flüstert.«

»Wie könnt Ihr sie aber daran hindern?«

»Indem ich sie ersetze.«

»Aber Ihr seid doch die Königin. Für Euch hat der König doch so viel getan!«

»Männer sind unberechenbare, wankelmütige Geschöpfe, Cousine. Ihre Liebe ist nicht von Dauer.«

»Aber der König hat Euch doch viele Jahre lang geliebt. Euretwegen hat er schließlich mit Rom gebrochen.«

»Der König hat vor allem die Jagd geliebt – weniger die Beute. Er wollte einen Sohn, und mit Katharine konnte er keinen Sohn bekommen. Mich hat er auch gewollt – aber in der Reihenfolge, wie mir scheint. Ihr seht, in welchem Maße ich Euch vertraue, Cousine. Ich spreche sehr offen zu Euch, und was ich Euch anvertraue, muß ein Geheimnis innerhalb dieser vier Wände bleiben. Ich habe den Eindruck, daß Ihr große Zuneigung für mich empfindet und bereit wärt, viel für mich zu tun.«

Sie nickte.

»Der Himmel segne Euch! Denn es ist nichts Geringes, worum ich Euch bitten werde.«

In ihren Augen leuchtete Entschlossenheit auf. Ich wußte, daß sie es für mich tun würde.

»Ich möchte, daß Ihr den König ködert und von seiner Geliebten fortlockt.«

»Ich?«

»Ja, Ihr. Ihr besitzt jugendliche Frische und Charme, und außerdem seid Ihr dem König bereits aufgefallen. Haltet Euch in seiner Nähe auf. Lächelt ihn an ... ruhig etwas unsicher. Tut so, als ob Ihr Euer Glück nicht fassen könntet, wenn er Euch anschaut. Gebt ihm zu verstehen, daß Ihr ihn für das schönste, mächtigste, gottähnlichste Wesen auf Erden haltet. Er wird Euer Urteil über ihn zu schätzen wissen und sich auf der Stelle in Euch verlieben, denn Ihr seid ja in der Tat sehr hübsch.«

»Aber ich glaube nicht ...«

»Versucht es, Madge. Meine Zukunft könnte davon abhängen. Ich will, daß Ihr ihren Platz einnehmt. Ich will, daß Schluß ist mit den Lobeshymnen auf Katharines und Marys Güte und Großartigkeit. Ich will statt dessen, daß Ihr von mir redet, daß Ihr ihm von meinem unvergleichlichen Charme, meinem guten Aussehen, meiner Intelligenz und vor allem von meiner unwandelbaren Liebe zu ihm vorschwärmt. Sagt ihm, daß ich untröstlich sei, weil er sich von mir abgewandt hat. Bringt ihn dazu, daß er glaubt, es falle mir nur schwer, ihm diese Liebe zu zeigen, weil ich eine so außerordentlich stolze und außerdem etwas aufbrausende Frau sei. Redet ihm ein, daß ich – wie Ihr selbst, wie alle Frauen mit Verstand und Geschmack – gar nicht anders könne, als größte Bewunderung für ihn zu empfinden.«

»Und tut Ihr das denn auch?«

Ich mußte laut lachen, aber es gelang mir, mich zusammenzunehmen. Nur keine Hysterie. Der Plan war so wahnwitzig, daß kaum davon auszugehen war, daß er gelingen könne. Aber ich war verzweifelt, und die kleine Intrige war einen Versuch wert.

»Madge«, fuhr ich eindringlich fort, »lockt mir zuliebe den König von seiner Geliebten fort. Es wird Zeit, daß er ihrer überdrüssig wird. Es ist sehr, sehr wichtig für mich, daß er daran gehindert wird, Katharine und Mary erneut ins Herz zu schließen. Und noch viel wichtiger ist es für mich, einen Sohn zu bekommen.«

»Aber das braucht Ihr ihm doch sicher nur zu sagen...«

Ich schüttelte den Kopf. »Das würde zu nichts führen. Mein Vorschlag dagegen könnte Erfolg haben. Aber das wäre wohl doch zu viel verlangt. Verzeiht mir, Cousine. Ich hatte nur das Gefühl, daß Ihr eine Menge für mich tun würdet.«

»Das würde ich auch«, entgegnete sie ernst. »Ich würde alles für Euch tun.«

Ich sah ihren Augen an, wie allmählich das Interesse in ihr erwachte. Der König war immerhin der König. Er sah noch gut aus, und außerdem erhöht Macht die Anziehungskraft eines Mannes ungemein. Die meisten Mädchen würden sich geschmeichelt fühlen, von ihm beachtet zu werden. Sie würde ihre Rolle gut spielen müssen; zum Glück konnte er ausgesprochen aufmerksam und charmant sein, wenn er es sich in den Kopf gesetzt hatte, eine Frau zu verführen.

»Ich werde Euch ewig dankbar sein«, sagte ich. »Wollt Ihr darüber nachdenken?«

Sie nickte.

»Dann tut das. Und vergeßt nicht: Es bleibt unter uns.«

»Ich schwöre Euch, daß niemand es erfährt«, beteuerte sie.

Jane Rochford war in heller Aufregung.

»Der König trifft sich jetzt nicht mehr so oft mit seiner Geliebten.«

»Ach, wirklich?« fragte ich und tat so, als ob es mir gleichgültig wäre.

»Er hat eine andere.«

»Oh, ja, das war abzusehen.«

»Ihr würdet nie erraten, wer es ist.«

»Dann sagt es mir.«

»Es ist eigentlich ziemlich komisch. Wer hätte es für möglich gehalten? Sie erschien mir eher unauffällig. Aber der König ist ganz vernarrt in sie. Es ist unsere Cousine, Madge Shelton.«

»Wieso, sie ist doch ein sehr hübsches Mädchen.«

»Macht es Euch denn gar nichts aus? Immerhin ist sie doch ein Mitglied unserer Familie...«

»Wenn sie es nicht wäre, dann wäre es vermutlich eine andere.«

»Ihr nehmt es aber gelassen auf.«

»Wie sollte ich es denn sonst aufnehmen?«

»George war gestern abend lange bei Euch.«

»Wir haben uns unterhalten.«

»Ich wollte schon dazukommen.«

»Das würdet Ihr unaufgefordert nie wagen.«

»Mir war schon klar, daß ich nicht erwünscht war. Ich bin ja auch nicht klug genug. Das deutet George oft genug an.«

Ich antwortete nicht darauf. Ich mußte an Madge denken.

Später traf ich sie. Sie hatte sich verändert. Sie war nun die Geliebte des Königs. Ich staunte über ihre Anhänglichkeit, die sie veranlaßt hatte, ein solches Opfer zu bringen. Es war ein so absurder, verrückter Plan gewesen – aber er versprach Erfolg.

»Redet er viel... von Dingen, die sich bei Hofe abspielen?« fragte ich.

»Er hat von Katharine und Mary gesprochen.«

»Der Gedanke an sie beschäftigt ihn sehr.«

»Er sagt, sie hätten ihm viel Kummer und Leid zugefügt.«

»Ich hoffe doch, Ihr wart ganz Mitgefühl!«

»O ja. Ich habe zu ihm gesagt, ich fände es abscheulich,

dem König Sorgen zu bereiten, der sich ohnehin um so vieles kümmern müsse... um Staatsangelegenheiten... und um Fragen des Hofes. Alle sollten vielmehr ihr Bestes tun, um ihm das Leben so angenehm wie möglich zu machen.«

»Wie Ihr zum Beispiel.«

»Ja, wie ich zum Beispiel. Und ich habe auch zu ihm gesagt, daß es meiner Ansicht nach ungerecht von Katharine und Mary sei, sich so häufig mit Chapuys zu treffen. Darauf hat er gesagt, er habe den Eindruck, mir sei so einiges an Hofklatsch zu Ohren gekommen. Das habe ich bejaht, und er hat mir die eine oder andere Frage gestellt. Ich glaube, inzwischen mag er Katharine und Mary nicht mehr ganz so gern.«

»Und hat er mich erwähnt?«

Sie nickte und lächelte. »Ich habe ihm erzählt, wie sehr ich Euch verehre und wie freundlich Ihr immer zu mir gewesen wärt, und auch, welch eine wunderbare Frau Ihr wärt und daß ich zugeben müsse, Euch in so mancherlei Hinsicht nachzuahmen. Da hat er gesagt: ›Ja, die Königin stellt sie alle in den Schatten.‹ Eine Weile hat er ganz verträumt ausgesehen; dann hat er hinzugefügt: ›Sie hat eine scharfe Zunge.‹ Ich habe entgegnet, daß das im Grunde nur ein Zeichen Eurer Ehrlichkeit sei. Ihr würdet Euch nicht lange darüber Gedanken machen, welche Vor- oder Nachteile Euch eine Äußerung einbrächte, sondern geradeheraus Eure Meinung sagen. Und Ihr hättet zwar ein etwas aufbrausendes Temperament, aber Ihr wärt immer so schnell wieder fröhlich, und es sei doch eigentlich viel abwechslungsreicher und interessanter, mit spontanen Menschen zusammenzusein, von denen man nicht schon im voraus genau wisse, wie sie reagierten. Darauf hat er gemeint: ›Ihr verteidigt die Königin aber mit großem Eifer‹, und ich habe erwidert: ›Das würden Euer Gnaden doch auch tun, wenn...‹ Da habe ich mir erschreckt den Mund zugehalten und gesagt: ›Verzeiht mir, Majestät, ich habe unüberlegt dahergeredet.‹ Aber er hat gelacht und gemeint: ›Genauso wie sie, wie?‹ Ich hatte den Eindruck, daß er mit einer gewissen Zärtlichkeit von Euch sprach.«

Oh, liebe kleine Cousine Madge, dachte ich. Es könnte klappen. Der Plan war offenbar doch nicht so verrückt wie er schien.

Es dauerte nicht lange, bis der König Madge leid war, aber sie hatte ihre Sache so gut gemacht, daß sein Interesse an mir wiedererwachte, noch bevor das Verhältnis mit ihr beendet war. Ich glaube, er hatte, je besser er sie kennenlernte, mehr und mehr in ihr ein blasseres Spiegelbild meiner selbst gesehen.

Als wir zur Falkenjagd ausritten, war er in meiner Nähe. Er richtete ein paar liebenswürdige Worte an mich, und als ich sanft und freundlich darauf einging, schien er sehr erfreut.

Von da an besserte sich unser Verhältnis merklich, und noch vor Ablauf einer Woche schauten all diejenigen, die mir seit langem feindlich gesinnt waren, mürrisch drein. Einige hatten offensichtlich das Gefühl, ein wenig vorschnell in ihrem Urteil gewesen zu sein.

Eines Tages sagte er zu mir: »Keine ist so wie Ihr. Welcher Frau ich mich auch zuwendete... ich würde letztlich doch immer zu ihr zurückkehren... zu Anne.«

Früher hätte mich eine solche Bemerkung wütend gemacht. Früher hätte ich mit Sicherheit erwidert, ich dächte gar nicht daran, ergeben abzuwarten, bis es ihm beliebe, mir seine gnädige Beachtung zu schenken. Heute lächelte ich, als ob ich mich geehrt fühlte. Ich brauchte dringend einen Sohn.

Und so kamen wir uns wieder näher, und es war fast so wie in den ersten Tagen unserer Ehe.

Obwohl diese Zeit noch nicht sehr lange zurücklag, war ich seitdem wesentlich klüger und reifer geworden. Ich hatte endlich angefangen, Henry besser zu verstehen. Er war der Egoismus in Person und konnte ausgesprochen grausam sein, und das Seltsame war, daß seine Grausamkeit ihren Ursprung in seiner vorgetäuschten Frömmigkeit hatte. Ich habe ihn oft mit François verglichen. François' ungezügelte Sexualität und sein ausgeprägtes Bedürfnis, seine sinnliche Begierde zu befriedigen, hatten ihn daran gehindert, ein wirklich großer König zu werden. Henry ging es in erster Linie darum zu beweisen, daß sein Handeln moralisch war; er mußte bei allem, was er tat, an sein Gewissen denken. Sein Gewissen mußte um jeden Preis besänftigt werden, und das konnte er nur dadurch erreichen, daß er sich vor Gott rechtfertigte. Das wiederum bedeutete nicht selten, daß er andere

Menschen mit äußerster Rücksichtslosigkeit behandelte. Wenn er also den Wunsch hätte, mich loszuwerden, so wie er Katharine losgeworden war, würde er sich selbst nie eingestehen, daß er meiner überdrüssig geworden sei, oder als Grund anführen, daß ich ihm nach all den Schwierigkeiten, die er auf sich genommen hatte, um mich heiraten zu können, nicht den gewünschten Sohn geschenkt hatte – was der Wahrheit entsprach. Nein, es müßte ein Gewissenskonflikt daraus gemacht werden, in dessen Mittelpunkt ein möglicherweise vorliegendes rechtsgültiges Eheversprechen zwischen dem Grafen von Northumberland und mir stünde. Er würde viel lieber erklären: Ich war gar nicht wirklich mit ihr verheiratet; es war ein Irrtum. Aber zum Glück war jede Lösung, die ihn gezwungen hätte, sich mit Katharine zu versöhnen, für ihn undiskutabel. Vielleicht hatte ich, wie George mir zu erklären versucht hatte, Katharine wirklich einiges zu verdanken.

In der Vergangenheit war ich mir der Anziehungskraft, die ich stets auf ihn ausgeübt hatte, sehr sicher gewesen. Und obwohl ich inzwischen älter und magerer geworden war und in meinen Schwangerschaften so manche Enttäuschung erlitten hatte, besaß ich diese Anziehungskraft immer noch. Jedenfalls sah es ganz so aus, denn er war zu mir zurückgekommen.

Es dauerte nicht lange, bis ich ihm das freudige Ereignis ankündigen konnte: Ich erwartete ein Kind. Ich war außer mir vor Glück. Diesmal mußte es ein Junge werden.

Nun war er wieder der hingebungsvolle Ehemann. Er war rührend um mich besorgt und sprach ständig davon, wie es wäre, wenn ›der Junge‹ erst da wäre.

Ich interessierte mich sehr für die neue Religion, die sich in Deutschland und den Niederlanden zunehmend durchsetzte, und las alles, was ich zu diesem Thema bekommen konnte. Ich brachte auch Henry dazu, sich erneut mit diesen Fragen zu beschäftigen, und wir verbrachten so manche anregende Stunde damit, die neue Religion zu diskutieren. Die Gespräche machten ihm Spaß, denn er verfügte über einen wachen Geist.

Ich war voller Zuversicht. Wenn ich erst meinen Sohn hätte, könnte ich mich sicher fühlen.

Aber jenes Jahr war ein Jahr der Tragödien.

Es sah so aus, als sollte ich mein Kind doch nicht bekommen. Katharines Schicksal wiederholte sich an mir mit beklemmender Genauigkeit. Ich versank in Melancholie, als ich erneut eine Fehlgeburt erlitt.

»Warum?« fragte ich mich immer wieder. Ich war so überaus vorsichtig gewesen. Ich hatte mir dieses Kind so verzweifelt gewünscht – ich hatte es so verzweifelt gebraucht.

Der König war bitter enttäuscht. Es war nicht zu übersehen, daß ich für ihn untauglich war.

Aber irgend etwas schien sein Herz zu rühren. Er konnte zuweilen sentimental sein, und dieser sentimentale Zug veranlaßte ihn, sich freundlich und milde zu zeigen.

»Wir bekommen schon noch Jungen«, sagte er, und nichts hätte mich zu dem Zeitpunkt mehr trösten können.

Es war ein verhängnisvolles Jahr.

Das Volk redete von nichts anderem als dem Supremat-Eid, der von allen abgelegt werden mußte. Diejenigen, die sich weigerten, taten dies auf eigene Gefahr.

Am Ende des vorausgegangenen Jahres hatte das Parlament Henry den Titel ›Oberhaupt der Kirche‹ verliehen, und es wurde offiziell erklärt, daß jeder, der es ablehne, diesen Titel anzuerkennen, sich des Hochverrats schuldig mache.

Es war ein frommer Wunsch zu hoffen, es möge niemanden geben, der dagegen rebelliere.

Der Zorn des Königs war gewaltig. Fisher und More befanden sich bereits im Tower. Der König schickte Cromwell zu More, damit er ihn nach seiner Meinung zu den neuen Gesetzen frage. More war Jurist, und seine Meinung war nicht unmaßgeblich, denn wenn er zustimmte, würden viele sich seiner Ansicht anschließen. More war der vielleicht angesehenste Mann in ganz England. Er war ein Mann von hoher Gelehrsamkeit, großer Frömmigkeit und Güte und moralischen Prinzipien und über Bestechung und jede Art von Unredlichkeit erhaben. Wenn er bereit wäre, die neuen Gesetze gutzuheißen, würden es ihm mit Sicherheit viele gleichtun. Der König mußte einfach seine Zustimmung gewinnen.

»Verstoßen die Gesetze etwa gegen das geltende Recht?« fragte Cromwell ihn.

More antwortete, er sei ein treuer Untertan des Königs, und mehr könne er dazu nicht sagen.

Als Cromwell danach den König aufsuchte, beschimpfte Henry ihn. So benahm er sich nun einmal Cromwell gegenüber. Doch Cromwell ließ sich nichts anmerken; er ließ – geduldig, ergeben, höflich lächelnd – die Kränkung über sich ergehen und wartete ab, bis der König mit seinen Beleidigungen fertig war.

Dann verhörte er More erneut, mit demselben Ergebnis.

Der König rief gequält aus: »Ich habe mit dem Mann Freundschaft geschlossen, und zum Dank dafür weigert er sich, mir die kleine Gefälligkeit zu erweisen, um die ich ihn bitte!«

Mores Antwort lautete, er sei der Diener des Königs, aber vor allem der Diener Gottes.

Wie sollte Henry nur mit einem solchen Mann verfahren? Mores Verhalten beunruhigte ihn. Er machte es ihm schwer, mit seinem Gewissen ins reine zu kommen, und das war eins der schlimmsten Vergehen überhaupt, derer ein Mann oder eine Frau sich schuldig machen konnten.

Auf dem europäischen Festland wurde der Wandel, der sich in England vollzog, genauestens verfolgt. Henry war im Begriff, sich zu isolieren, und das bereitete ihm Unbehagen.

Der Papst ließ verlauten, daß er Fisher zum Kardinal ernannt habe. Das war eindeutig ein gezielter Angriff auf Henry, denn Fisher wurde ja im Tower gefangengehalten. Wie More hatte er sich geweigert, den Supremat-Eid zu leisten.

»Kardinal!« ereiferte sich Henry. »Bestellt dem Papst, daß ich Fishers Kopf nach Rom schicken werde, damit er ihm den Kardinalshut auch aufsetzen kann!«

Doch Ausbrüche dieser Art änderten nichts.

Thomas More beunruhigte Henry zutiefst. Seine Einstellung zu More wurde hauptsächlich von seinem ausgeprägten Hang zur Sentimentalität bestimmt, und hin und wieder bewies Henry, daß er in der Lage war, Zuneigung für andere Menschen zu empfinden. Er bewunderte More fast so sehr, wie er Wolsey bewundert hatte. Ein wacher Geist, die Gabe geistreicher Unterhaltung, die klarumrissene Lebenseinstellung, zu der die meisten Menschen zu spät und einige nie gelangen, das angeborene Urteilsvermögen, das einen Menschen befähigt, hellsichtig zu entscheiden, was wirklich wichtig im Leben ist, auch wenn das Ergebnis den weltlich Gesinnten oft simpel erscheint – all das war More. Ein Mann, dem von seiner Familie und seinen Freunden, zu denen auch der König gezählt hatte, Liebe und Verehrung entgegengebracht wurde. Henry hatte sich angewöhnt, More von Zeit zu Zeit in seinem Haus in Chelsea zu besuchen. Er kannte die Familie gut und war manchmal ein wenig neidisch gewesen, daß so viel Glück einem Mann zugefallen war, der all das nicht besaß, was er, Henry, vorzuweisen hatte – Königswürde, Macht und gutes Aussehen.

Und nun war More im Tower. Er würde es ablehnen, den Supremat-Eid zu leisten, weil er willensstark und ein Mann von hohen moralischen Prinzipien war. Seine Weigerung würde zur Folge haben, daß man ihn zum Verräter erklärte, und die Strafe, die Verräter erwartete, war der Tod.

Mit dem Gedanken mußte Henry sich auseinandersetzen. Wie könnte er ein Todesurteil unterschreiben? Er liebte diesen Mann doch – trotz seiner Halsstarrigkeit. Henry tobte. Warum war More nur so ein Narr? Warum war er entschlossen, alles, was er besaß, aufzugeben – und, bei Gott, der Mann besaß eine Menge –, nur wegen einer schlichten Unterschrift!

Fisher war vom gleichen Schlage. »Starrköpfiger alter Narr«, murmelte Henry.

Es war Juni geworden – heiß und schwül.

Henry blieb hart. Er mußte den eingeschlagenen Weg fortsetzen. Mehrere Kartäusermönche und vierundzwanzig andere Untertanen wurden grausam hingerichtet, weil sie sich geweigert hatten, den König als Oberhaupt der Kirche Englands anzuerkennen. Sie wurden auf Reisigbündeln zur Hinrichtungsstätte geschafft, dann aufgehängt und, während sie noch lebten, wurden ihnen die Bäuche aufgeschlitzt und ihre Eingeweide verbrannt.

Danach wurde Fisher hingerichtet.

Der König erteilte den Befehl, daß Fishers Verrat in keiner Predigt erwähnt werden dürfe. Und auch von Sir Thomas More dürfe nicht öffentlich die Rede sein.

Ich wußte, daß Henry wegen More litt. Er versuchte, die Gerichtsverhandlung hinauszuschieben. Er war verdrossen. Ich ertappte ihn dabei, wie er mich feindselig anstarrte, als ob ich die Schuld an der unglückseligen Entwicklung trüge – schließlich wäre es zu dem Bruch mit Rom vielleicht gar nicht gekommen, wenn ich gleich zu Anfang seinen Wünschen nachgegeben hätte; dann wäre More jetzt glücklich daheim bei seiner Familie in Chelsea.

Aber Henry konnte nicht endlos zögern. Am ersten Tag des Monats Juli stand More in der großen Halle des königlichen Palastes von Westminster seinen Richtern gegenüber.

Unter den Richtern war auch mein Vater, ebenso Norfolk, Suffolk und Cromwell. More wurde vorgeworfen, gegen das Suprematsgesetz verstoßen und vorsätzlichen Widerstand gegen die zweite Ehe des Königs geleistet zu haben. Er antwortete darauf, er habe Fisher nicht geraten, den Eid auf den Supremat des Königs zu verweigern; auch habe er den Eid nicht als zweischneidiges Schwert bezeichnet und behauptet, die Anerkennung des Königs als kirchliches Oberhaupt bringe die Menschen um ihr Seelenheil. Dennoch wurde er schuldig gesprochen und verurteilt, in Tyburn gehängt zu werden.

Henry war darüber sehr unglücklich. Er konnte es nicht zulassen, daß man seinen alten Freund wie einen gewöhnlichen Verbrecher bestrafte. Daher wandelte er unverzüglich das Urteil um: More sollte auf ehrenvollere Art und Weise hingerichtet werden – er sollte enthauptet werden.

Alle sprachen nur noch von More. Er war ein Mann, der beim Volk sehr beliebt war. Henry hätte seiner Hinrichtung niemals zustimmen dürfen. Doch nun konnte er seine Entscheidung nicht mehr rückgängig machen. Er hatte bereits alle Brücken hinter sich abgebrochen.

More war seinen Anklägern mit Mut und einer Gelassenheit gegenübergetreten, die an Gleichgültigkeit grenzte und bei einem Mann wie ihm nicht weiter verwunderlich war. Er hatte nur wenige Feinde, was für einen Mann seiner gesellschaftlichen Stellung ungewöhnlich war. Ganz besonders liebte er seine Tochter, Margaret. Die Menschen sprachen immer wieder von ihrem grenzenlosen Schmerz und erzählten sich, wie sie zu ihm hingelaufen und ihm um den Hals gefallen sei, als er, die Axt vor Augen, die Halle des Palastes von Westminster verlassen habe. Das sei das einzige Mal gewesen, daß er sichtlich Mühe gehabt habe, seine Selbstbeherrschung aufrechtzuerhalten. Er habe sie angefleht, ihn nicht zu zwingen, schwach zu werden und ein Verhalten an den Tag zu legen, dessen er sich als Mann schämen müsse. Daraufhin sei das arme Mädchen ohnmächtig zusammengebrochen, während er gezwungen worden sei, seinen Weg fortzusetzen – als Gefangener.

Eine seiner Äußerungen hatte mich tief betroffen gemacht. Sie wurde mir von Menschen meiner Umgebung zugetragen, die vorgaben, meine Freunde zu sein, und mich über das, was geschah, auf dem laufenden hielten. Gewöhnlich handelte es sich bei den Ereignissen, die das Tagesgeschehen bestimmten, um beunruhigende Geschehnisse, aber dennoch mußte ich wissen, was vor sich ging. Mores Tochter Margaret hatte sich empört darüber geäußert, daß am königlichen Hof getanzt und gefeiert werde, während ihr Vater Gefangenschaft erleiden müsse. Natürlich sprach sie voller Haß von mir, denn wie alle anderen gab sie mir die Schuld an den Unruhen, die über unser Land hereingebrochen waren.

»Die arme Anne Boleyn«, soll Sir Thomas More gesagt haben. »Es tut mir in der Seele weh, wenn ich bedenke, wieviel Leid schon bald auf diese bedauernswerte Frau zukommen wird. Ihre rauschenden Feste dürften als Tanzveranstaltungen in die Geschichte eingehen, bei denen sie sich daran ergötzt hat, unsere Köpfe wie Bälle durch die Luft zu wirbeln. Aber es wird nicht mehr lange dauern, und ihr eigener Kopf wird denselben Tanz tanzen.«

Als ich das erfuhr, lief es mir kalt über den Rücken. Was er sagte, war nicht so einfach von der Hand zu weisen. Ach, wenn ich doch nur einen Sohn bekommen könnte...

An einem traurigen Tag im Juli wurde Sir Thomas More zum Tower-Hügel gebracht. Am ganzen Hof herrschte bedrücktes Schweigen. Es schien, als ob alle in Gedanken zur

Richtstätte geeilt wären, um jene schauerliche Szene mitzuerleben.

Er näherte sich dem Schafott mit äußerster Gefaßtheit und machte noch einen Scherz, bevor er starb. Er sagte zu dem Henker: »Ich bitte Euch, helft mir sicher die Stufen zum Block hinauf; herunter komme ich schon allein!« Den versammelten Schaulustigen versicherte er, er sterbe im Glauben der katholischen Kirche, und er betete zu Gott, er möge dem König mit weisem Rat zur Seite stehen. Dann fiel die Axt.

Der König spielte gerade mit mir Karten, als die Nachricht eintraf, Sir Thomas sei tot. Er erblaßte, und seine Lippen wurden schmal. Für die Dauer eines Augenblicks machte er den Eindruck eines Mannes, der große Angst hatte. Ich wußte, daß ihm soeben der Gedanke gekommen war, er habe den Tod eines Heiligen angeordnet. Ich sah, wie seine fleischigen Wangen zuckten.

Dann fiel sein Blick auf mich.

Er schreckte vor den Folgen seiner Tat zurück. Er fürchtete sich vor dem Zorn des Himmels; und für den Fall, daß Gott es vergessen hatte, mußte er ihn daran erinnern, wer der wirklich Schuldige war.

In seinen Augen lag kalter Haß, als er mich musterte. »Ihr seid der Grund für den Tod dieses Mannes«, sagte er schließlich, stand vom Tisch auf und verließ den Raum.

In dem Moment spürte ich, daß ich dem Tod sehr nahe war. Ich sah den König klarer, als ich ihn je zuvor gesehen hatte – diesen Mann, der so grausam sein konnte und der die Macht besaß, uns allen seinen Willen aufzuzwingen.

Thomas Mores Leichnam wurde in der Kirche St. Peter im Tower beigesetzt, aber sein Kopf wurde, wie es bei Verrätern üblich war, auf einen Pfahl gesteckt und auf der London Bridge aufgestellt, so daß alle, die an ihm vorübergingen, über das Schicksal nachdenken konnten, das Verrätern bestimmt war.

Das kalte Grausen überkam den ganzen Hofstaat, als die Nachricht eintraf, der Kopf sei verschwunden. Es erschien allen wie eine göttliche Fügung. Henry war zutiefst beunruhigt. Er hatte sich immer eingebildet, gute Beziehungen zum

Himmel zu haben, und dies sah nun ganz nach einem Zeichen göttlichen Mißfallens aus.

Schließlich war es nicht seine Schuld, daß More hingerichtet worden war, betonte er immer und immer wieder. Er war gezwungen gewesen, das Todesurteil zu unterschreiben. Andere waren schuld. Das Parlament hatte ihm den Titel ›Oberhaupt der Kirche‹ verliehen und verfügt, daß alle, die diesen Titel nicht anerkannten, Verräter seien und entsprechend behandelt würden. Er hatte More geliebt. Er hatte gelitten, als das Urteil über ihn gefällt wurde. Er hatte nur den Rat seiner Minister befolgt.

Die Erleichterung war groß, als sich herausstellte, daß Mores Tochter Margaret den Kopf ihres Vaters von dem Pfahl abgenommen hatte. Der König erklärte, ihr solle gestattet werden, damit zu machen, was sie wolle. Er wolle nichts mehr davon hören. Die ganze Angelegenheit habe ihm genug Kummer bereitet.

Seltsamerweise suchte er Trost bei mir. Und – noch seltsamer – es gelang mir, meine Verachtung für ihn zu überwinden und ihm den Trost zu geben, nach dem er sich sehnte.

»Er war ein Verräter, Anne.«

Ich nahm seine Hand und sagte: »Wie alle, die Euch nicht gehorchen.«

»Aber er war auch ein guter Mensch...«

»Wie es scheint, können auch gute Menschen zuweilen verräterisch handeln.«

»Er war nicht wirklich gegen mich... nur gegen das Gesetz, das mich zum Oberhaupt der Kirche gemacht hat. Kurz bevor er starb, hat er noch an mich gedacht.«

»Ihr wart immer gut zu ihm gewesen, Henry.«

Sein Gesicht hellte sich auf. Das war offenbar der richtige Ton. Er sagte: »Ja, ich bin oft nach Chelsea gefahren... Ich habe oft sein bescheidenes Mahl geteilt. Auf Förmlichkeiten habe ich bei More nie Wert gelegt. Ich bin mit ihm in seinem Garten spazierengegangen und habe zugesehen, wie seine Kinder die Pfauen gefüttert haben.«

»Ihr habt ihm eine große Ehre erwiesen.«

Es gelang mir, ihn zu beschwichtigen. Und wir waren wieder zusammen.

Wir mußten uns fröhlich geben – zumindest nach außen hin. Der Tod Sir Thomas Mores hatte auf dem europäischen Festland große Entrüstung ausgelöst. Rom war entsetzt über Fishers gewaltsames Ende. Fisher war erst kürzlich zum Kardinal ernannt worden, und noch nie zuvor war in England ein Kardinal hingerichtet worden. Sein Tod war ein weiteres Zeichen des trotzigen Widerstands gegen Rom. Henry wurde ›das englische Ungeheuer‹ genannt. Kaiser Karl bezeichnete die Hinrichtung Sir Thomas Mores als hellen Wahnsinn. »Hätten Wir einen solchen Untertan gehabt«, soll er erklärt haben, »Wir hätten lieber auf die schönste Stadt im ganzen Reich verzichtet als auf einen solchen Ratgeber.«

Henrys Zorn kannte keine Grenzen. Er durfte keine Schwäche zeigen. Alle, die sich dem König widersetzten, sollten ihre gerechte Strafe erleiden.

Weitere Hinrichtungen folgten. Die Mönche wurden gezwungen, den König als das Oberhaupt der Kirche anzuerkennen, und diejenigen, die sich weigerten, dieser Aufforderung zu folgen, mußten sterben. Einige zogen den Tod vor.

Ihr Ende war alles andere als leicht. Für sie gab es keinen so schnellen Tod durch die Axt. Sie starben, wie vor ihnen die Kartäusermönche hatte sterben müssen. Sie wurden auf Reisigbündeln durch die Stadt geschleift, dann aufgehängt, lebendig vom Galgen genommen und aufgeschlitzt, so daß ihre Eingeweide verbrannt werden konnten. Die Menschen drängten sich an der Richtstätte, um gebannt und entsetzt zugleich diesem grausigen Geschehen beizuwohnen.

Sie sagten, an allem sei nur die glotzäugige Hexe schuld.

Am beunruhigendsten war die Nachricht, daß Papst Paul so empört über den Tod Fishers, Mores und der Mönche sei, daß er erwäge, einen heiligen Krieg gegen England zu führen – ein Vorhaben, das dem zaudernden Clemens nie in den Sinn gekommen wäre. Der Kaiser werde die Invasion mit der Unterstützung und dem Segen des Papstes leiten. Sie seien im Begriff, Frankreich zu diesem Zweck als Bündnispartner zu gewinnen.

Merkwürdigerweise löste diese Botschaft längst nicht die Angst und Sorge in mir aus, die ich früher so oft ausgestanden hatte. Früher war ich stets allein in Gefahr gewesen. Dies aber war eine Drohung, die Henry galt. Es ist viel leichter, einer Gefahr ins Auge zu sehen, die alle betrifft, als sich einer persönlichen Bedrohung zu stellen.

Ich versuchte, mich gegen die politischen Entwicklungen zu verschließen, indem ich mich noch intensiver als zuvor mit der neuen Religion befaßte.

Es gehörten mittlerweile mehrere protestantische Bischöfe der Kirche an – an ihrer Spitze standen Cranmer, der Erzbischof von Canterbury, und Hugh Latimer, der Bischof von Worcester. Das waren einflußreiche Männer, die außerdem zu meinen Freunden zählten, denn es war allgemein bekannt, daß ich eine Anhängerin der neuen Ideen war.

Henry war mir noch immer gewogen. Ich versicherte ihm, er habe in allem, was er getan habe, richtig gehandelt. Diejenigen, die diese Ansicht nicht teilten, seien schlecht beraten. In der katholischen Kirche liege vieles im argen; dort werde längst nicht mehr die reine Lehre Christi gepredigt. Ich glaube, ich brachte ihn allmählich zu der Einsicht, daß seine Abkehr von der Knechtschaft Roms das Beste war, was ihm passieren konnte. Ich erinnerte ihn daran, daß die göttliche Vorsehung dafür gesorgt habe, daß unsere Wege sich kreuzten, und so die Loslösung von Rom ermöglicht habe. Ich wies ihn darauf hin, daß er sich nur zu vergegenwärtigen brauche, wie reich die Klöster seien und daß ein großer Teil dieses Reichtums bisher Rom zugeflossen sei. Jetzt gehöre alles ihm. Er sei niemandem verpflichtet oder Rechenschaft schuldig. Alles in allem müsse er zugeben, daß er der reichste Fürst der christlichen Welt sei. Mit seiner Hilfe werde sich eine Reform der Kirche durchführen lassen. Er habe sich und allen Engländern einen wertvollen Dienst erwiesen.

Henry hörte mir zu und war beruhigt.

Und ich war erneut schwanger. Diesmal mußte alles gutgehen. Ich mußte einen Sohn zur Welt bringen, der mir für immer meine Ängste nehmen und das Gefühl der Sicherheit geben würde.

Während der letzten Monate jenes Jahres stand England allein da; mit der angekündigten Invasion mußte täglich gerechnet werden. Aus allem, was ich von den Spionen erfuhr, konnte ich nur schließen, daß Katharine hochfliegende Hoffnungen hegte. Ich hörte, daß eine Verschwörung im Gange sei mit dem Ziel, Henry vom Thron zu verdrängen und Mary an seine Stelle zu setzen und dann nach Frankreich zu verheiraten, so daß England ein Vasallenstaat Frankreichs würde.

Ich machte Henry darauf aufmerksam, wie recht ich gehabt hatte, Katharine und Mary als Feinde anzusehen. Es stimmte, daß sie ihn hinsichtlich ihrer wahren Einstellung niemals getäuscht hatten: Sie waren strenggläubige Katholikinnen geblieben und hatten mich nie als Königin anerkannt. Das war zwar verständlich, aber trotzdem stellten sie eine Gefahr und eine Bedrohung für den Thron dar, und es stand außer Zweifel, daß sie gegen Henry intrigierten. Er dachte daher über eine Möglichkeit nach, sie ein für allemal abzuschütteln.

Den ganzen Herbst über warteten wir auf einen Angriff Roms. Aber er kam nicht. Katharine war krank und enttäuscht.

Uns war klar, daß der Papst ohne den Kaiser nichts unternehmen konnte, und wie wir erfuhren, hatte der Kaiser zur Zeit in Afrika alle Hände voll zu tun, wo er einige aufsehenerregende Siege errang.

Inzwischen hatte Henry Cromwell angewiesen, alle Klöster gründlich überprüfen zu lassen, und Cromwell zufolge erwiesen sie sich als die reinsten Lasterhöhlen. Gerüchte darüber, was sich so alles hinter Klostermauern abspielte, machten im ganzen Land die Runde – es war von Orgien die Rede, in denen nackte Nonnen vor lüsternen Priestern getanzt haben sollen, und wir erfuhren von unehelichen Kindern, die angeblich auf dem Klostergelände verscharrt worden waren, sowie von obszönen Begebenheiten aller Art. Das ganze Volk redete über die geheimen Ausschweifungen der Nonnen und Mönche.

Cromwell hatte keinen größeren Wunsch, als England vor einem Krieg zu bewahren, denn er befürchtete, daß ein Ausbruch von Feindseligkeiten den Handel des Landes in eine Katastrophe ungeahnten Ausmaßes stürzen würde; das Volk würde das nicht hinnehmen, und Aufstände wären unweigerlich die Folge. Zu allem Überfluß erwies sich dieser Herbst noch als eine besonders feuchte Jahreszeit, und das Ergebnis war eine schlechte Ernte.

Alles schien sich gegen uns verschworen zu haben.

Doch dann wendete sich unser Glück. Sforza, der Herzog von Mailand, starb, ohne Nachkommen zu hinterlassen; und Mailand war schon immer ein Zankapfel zwischen François und dem Kaiser gewesen. Solange der Herzog lebte, hatten zwischen diesen beiden Herrschern die Waffen geruht, doch nun, da er tot war, stellte sich erneut die Frage, wer sein Nachfolger auf dem mailändischen Thron werden solle.

Es war fraglich, ob François je die Absicht gehabt hatte, gegen England Krieg zu führen; aber es stand außer Frage, daß ihm ein Krieg zwischen England und dem Kaiser gelegen gekommen wäre, denn dann hätte er sich ungehindert der Eroberung Mailands widmen können. Nun aber vollzog François eine vollständige Kehrtwende. Er brauchte Henrys Unterstützung. Also regte er sich – Zyniker, der er war – nicht länger über die Spaltung der Kirche auf, sondern bemühte sich um die Freundschaft des Königs von England.

Der Papst konnte ohne die gemeinschaftliche Unterstützung seitens François' und des Kaisers wenig ausrichten, und obwohl Karl unter Umständen bereit gewesen wäre, in England einzufallen, dachte er gar nicht daran, sich einem Angriff Frankreichs auszusetzen, denn das hätte bedeutet, daß er an zwei Fronten hätte Krieg führen müssen. Der Papst mußte sich also damit begnügen, gegen Henry zu wettern und sich in wilden Drohungen gegen ihn zu ergehen. Er verfluchte ihn und alle, die zu ihm hielten. Wenn er sterbe, so tobte er, solle ihm ein Begräbnis verweigert werden und seine Seele solle für immer in der Hölle schmoren. Er befahl Henrys Untertanen, ihren Treueid auf den König zu brechen, und drohte ihnen mit dem Kirchenbann, falls sie ihm weiterhin gehorchten. Kein wahrer Sohn der Kirche dürfe mit ihm verkehren oder sich mit ihm verbünden, andernfalls erwarte auch ihn die ewige Verdammnis. Die Fürsten und Völker Europas seien verpflichtet, ihn vom Thron zu jagen, da sie dem Heiligen Stuhl Treue geschworen hätten.

Jetzt, da François sich um seine Freundschaft bemühte und der Kaiser weniger Interesse bekundete, gegen England in den Krieg zu ziehen, machten die wüsten Beschimpfungen des Papstes nur noch halb so viel Eindruck auf Henry. Er war sicher, daß das Volk ihm gehorchen werde, wenn er es nur seine Macht spüren lasse.

Die Hinrichtungen und die schrecklichen und menschenunwürdigen Qualen, die diejenigen erlitten, die sich weigerten, ihm zu gehorchen, sollten dazu dienen, die Menschen gefügig zu machen. Nur Heilige und Märtyrer, so glaubte Henry, würden bereitwillig einen so grausamen Tod auf sich nehmen.

Henry war entschlossen, seinen Willen durchzusetzen und all diejenigen mit Füßen zu treten, die versuchten, ihn daran zu hindern – gleichgültig, wie nahe sie ihm einmal gestanden hatten.

Es hätte mir eine Warnung sein sollen, daß er so weit gehen konnte, sogar die Ermordung Katharines und Marys in Erwägung zu ziehen; während jener Monate gelangte ich zu der Überzeugung, daß er diesen Plan auch ausgeführt hätte, wenn ein solcher Mord nicht verheerende Folgen für ihn selbst gehabt hätte. Aber er war der Gefahr eines Krieges zu nahe gekommen, um ein derartiges Risiko einzugehen.

Das Weihnachtsfest des Jahres 1535 mußte ein fröhliches Fest werden. Wir mußten dem Land und der ganzen Welt zeigen, daß uns die Drohgebärden des Kontinents nicht erschüttern konnten. Wir waren isoliert, aber das machte uns nur größer als je zuvor. Henry, der König von England, würde sich niemandem beugen.

Einige Wochen vor Weihnachten suchte mein Verwandter

Francis Bryan mich auf. Francis war ein enger Freund des Königs. Er war einer jener geistreichen und lebhaften jungen Männer, die Henry gern um sich scharte. Francis war klug und verfügte über ein gewisses dichterisches Talent; er steckte voller verrückter Ideen und konnte zuweilen ganz unerhörte Dinge tun. Sein skandalöses Verhalten amüsierte Henry. Cromwell hatte ihm den Spitznamen ›Priester der Hölle‹ gegeben.

Er berichtete mir, daß er dabeigewesen sei, als der König vor etwa einer Woche zur Jagd ausgeritten sei und mitsamt seiner Jagdgesellschaft eine Nacht in Wolf Hall, dem Anwesen Sir John Seymours, in der Grafschaft Wiltshire zugebracht habe. Sir John habe eine Tochter, ein stilles, bescheidenes Mädchen, und er sei sehr daran interessiert, sie bei Hofe unterzubringen.

»Ich habe ihm versprochen«, sagte Francis, »mit Euch zu reden und Euch zu fragen, ob Ihr bereit wärt, das Mädchen in Eure Hofhaltung aufzunehmen.«

»Aber natürlich«, antwortete ich. »Wie ist sie denn?«

»Ich würde mich nicht erdreisten, Euer Gnaden zu bitten, sie kommen zu lassen, wenn sie kein nettes und tugendhaftes Mädchen wäre. Sie ist übrigens ziemlich schüchtern und zurückhaltend, und ihr Vater meint, es täte ihr gut, wenn sie mehr unter die Menschen käme.«

»Dann laßt sie kommen«, sagte ich.

Und sie kam. Zunächst beachtete ich sie kaum. Sie war recht unscheinbar – blond, weder besonders klein noch besonders groß, mit hellen, wasserblauen Augen, deren Farbe schwer zu beschreiben war und sich jeweils nach der Farbe der Kleidung zu richten schien, die sie gerade trug. Jedesmal, wenn ich sie ansprach, antwortete sie mir fast im Flüsterton.

Für ein paar Tage vergaß ich ganz, daß sie überhaupt da war. Dann bemerkte ich jedoch eines Tages, als wir gerade zu Abend aßen, daß der König sie beobachtete. Ich sah, wie sie seinen Blick erwiderte, errötete und die Augen niederschlug.

Nein, dachte ich, das kann einfach nicht wahr sein, daß er sich für solch ein... solch ein Insekt interessiert!

Von da an war ich jedoch in Alarmbereitschaft. Und tatsächlich – er interessierte sich für sie. Wie sonderbar! Sie war ganz und gar nicht der Typ Frau, dem ich es zugetraut hätte, seine Aufmerksamkeit zu erregen. Elizabeth Blount zum Beispiel oder Madge Shelton... das waren außergewöhnlich schöne Frauen gewesen. Aber dieses Mädchen sah völlig langweilig aus. Sie war eine farblose Erscheinung und kaum in der Lage, den Mund aufzutun. Er sucht vermutlich nur vorübergehend eine Abwechslung, sagte ich mir; diese Frau dürfte so grundverschieden von mir sein, wie man es sich nur vorstellen kann.

Ich ging davon aus, daß sich die Sache nicht weiter entwikkeln würde, doch es verging Woche um Woche, und er verfolgte sie noch immer mit seinen Blicken. Plötzlich kam mir der Gedanke, er könne vielleicht Francis Bryan beauftragt haben, dafür zu sorgen, daß sie an den Hof geholt werde. Henry hatte während eines Jagdausflugs in Wolf Hall übernachtet. Bei der Gelegenheit muß er auf sie aufmerksam geworden sein.

Ich stieß ein verächtliches Lachen aus. Von ihr hatte ich wenig zu befürchten – glaubte ich.

Weihnachten stand vor der Tür, und ich bemühte mich, die Feiertage fröhlich zu gestalten.

Norris, Brereton, Wyatt, George und ich – wir fünf steckten die Köpfe zusammen, um uns ein vergnügliches Programm auszudenken, mit dem Ergebnis, daß Festessen und festliche Veranstaltungen stattfanden, die zum Glanzvollsten zählten, das der königliche Hof je zu bieten gehabt hatte.

Ich hörte auf, mir Sorgen zu machen. Ich erwartete ein Kind und hatte das sichere Gefühl, daß mir diesmal keine neue Enttäuschung bevorstand. Ich war fast wieder die alte. Ich wußte, daß ich gut aussah und meine alte Anziehungskraft besaß, und ich entdeckte, daß mein Gesicht die heitere Gelassenheit ausstrahlte, die manchmal bei schwangeren Frauen festzustellen ist. Ich hatte das Gefühl, das Schlimmste überstanden zu haben.

Gewiß, mit Henrys Untreue müßte ich mich in Zukunft abfinden. Aber was machte das schon? Wenn ich erst einen Sohn hätte, wären er und Elizabeth mein Lebensinhalt. Was Henry täte, wäre mir dann ziemlich gleichgültig, solange ich und meine Kinder nichts zu befürchten hätten. Es war ja nicht so, als ob ich ihn geliebt hätte. Dazu kannte ich ihn inzwischen zu gut – wenn ich auch zugeben mußte, hin und wieder trotz aller Verachtung einen Rest von Zuneigung für ihn zu empfinden. Er war ein so seltsamer Mann, daß er einen immer wieder in Erstaunen versetzte. Er war eine ganz merkwürdige Mischung aus Grausamkeit und Egoismus einerseits und Rührseligkeit und Empfindsamkeit andererseits: Es bestand kein Zweifel darüber, daß sein Gewissen ihm tatsächlich zu schaffen machte, obwohl er es geschickt beeinflußte und ständig seinen jeweiligen Bedürfnissen anpaßte. Ja, ich fürchtete mich vor ihm. Ich wußte, wie rücksichtslos er sein konnte. Wenn ich darüber nachdachte, wie leidenschaftlich er mich einmal begehrt hatte, konnte ich mir seine Beharrlichkeit im nachhinein nur damit erklären, daß er wohl vor allem das Bedürfnis gehabt hatte, sich zu beweisen, daß es nichts gab, was er nicht bekommen konnte. Es war ein Irrtum zu glauben, er sei in mich verliebt gewesen. Einen solchen Mann konnte man nicht lieben – aber man konnte mit ihm leben. Ich konnte mich damit abfinden, daß er andere Frauen hatte. Meine sexuellen Bedürfnisse waren noch nie sehr ausgeprägt gewesen und zur Zeit waren sie ohnehin so gut wie nicht vorhanden. Daher bereitete es mir auch solches Vergnügen, mit den Männer meiner Umgebung zu flirten – ich wußte, daß dies Romanzen ohne Entwicklung und ohne Höhepunkt waren. Ich genoß es ganz einfach, Verehrer um mich zu haben; ich genoß ihre Bewunderung.

Meiner Hofhaltung gehörte ein sehr begabter Musikant an, Mark Smeaton, ein netter junger Mann, der es noch immer nicht fassen konnte, das Glück gehabt zu haben, eine Anstellung bei Hofe zu finden. Er sah sehr gut aus und hätte mit seinem zierlichen, ovalen Gesicht, seinen großen, dunklen Augen und seinen dunklen Locken ein wunderbares Modell für einen unserer Hofmaler abgegeben. Er war zart gebaut und hatte wunderschöne weiße Hände und lange, schlanke Finger. Außerdem konnte er anmutig tanzen. Er war ein bezaubernder Junge.

Ich unterhielt mich oft mit ihm über Musik, und anfangs konnte er vor Schüchternheit kaum ein Wort herausbringen – so verlegen machte ihn der Gedanke, meine Aufmerksamkeit erregt zu haben. Seine Bescheidenheit rührte mich, und ich versicherte ihm, er brauche nicht schüchtern zu sein, denn ich sei von seiner Musik sehr angetan. Manchmal, wenn ich niedergeschlagen oder beunruhigt war, forderte ich ihn auf, mir vorzuspielen.

Ich ermunterte ihn, von sich und seinem bescheidenen Elternhaus zu erzählen, in dem er mit seinem Vater und seiner Mutter gelebt hatte. Sein Vater war Tischler, und die Leute waren in seine Werkstatt gekommen, um ihm ihre Stühle zur Reparatur zu bringen. Mark hatte ihm dabei geholfen, doch sein Herz gehörte der Musik. Und da er außergewöhnliches Talent besaß, fiel er dem ortsansässigen Junker auf, der seine musikalische Begabung schnell erkannte und ihn in sein Haus holte, damit er seinen Töchtern Musikstunden erteilte.

Als die Töchter dann heirateten und fortzogen, wollte es der Zufall, daß ein Besucher im Hause des Junkers Mark auf dem Spinett spielen hörte und davon so beeindruckt war, daß er ihn an den königlichen Hof brachte. Dort fand er bald Aufnahme in meiner Hofhaltung, denn ich umgab mich gern mit den besten Musikanten weit und breit.

Er konnte sich nie wirklich daran gewöhnen, ein solcher Glückspilz zu sein, und das Gefühl, das er mir entgegenbrachte, kann ich nur als abgöttische Verehrung bezeichnen.

Als ich ihn zu seinem Spiel beglückwünschte, fiel er vor Wonne fast in Ohnmacht. Ich fand ihn köstlich. Und da seine Kleidung ärmlich war, veranlaßte ich, daß ein paar Samtanzüge für ihn angefertigt wurden. Dann schenkte ich ihm noch einen Ring mit einem Rubin, der sehr gut zu den Samtkostümen paßte. Er war außer sich vor Freude.

Ich war selbst recht musikalisch. Es gab nur sehr wenige Mitglieder des Hofstaats, die besser Spinett spielten als ich, und ich hatte schon immer eine gute Singstimme. Mark und ich hatten also eine Menge gemeinsam.

Seine bedingungslose Verehrung war zu jener Zeit, als ich mich damit abfinden mußte, daß Henry eine Geliebte hatte, Balsam für meine Seele; deshalb zog ich Mark bald all meinen anderen Bewunderern vor. Er war ein lieber Junge und bildete sich nie etwas darauf ein, daß er meine besondere Sympathie genoß. Er war immer äußerst bescheiden und gab stets zu erkennen, daß er ehrfurchtsvoll zu mir aufschaute wie zu einem wunderbaren Wesen aus einer für ihn unerreichbaren Welt.

Die anderen machten sich aber gelegentlich über ihn lustig.

»Schon wieder ein neuer Verehrer«, scherzte Henry Norris. »Die jungen Männer fühlen sich zu Euer Gnaden hingezogen wie die Bienen zu Lavendelblüten.«

Norris war oft in meiner Gesellschaft. Er war inzwischen verwitwet, und es wurde allgemein angenommen, daß er nun Madge Shelton den Hof mache, aber wenn es so war, entwickelte sich die Romanze alles andere als zügig. Ich glaubte, den wahren Grund zu kennen: Er schien in Wirklichkeit in mich verliebt zu sein.

Das Weihnachtsfest wurde ein fröhliches Fest, und ich freute mich auf das neue Jahr. Wie gut, daß wir nicht in die Zukunft blicken können!

Als ich an jenem Weihnachtsfest mit solch froher Erwartung dem kommenden Jahr entgegensah, konnte ich nicht ahnen, daß es das verhängnisvollste meines Lebens werden sollte.

Ich würde einen Sohn haben. Und ich würde einen Weg finden müssen, das Zusammenleben mit dem König einigermaßen erträglich zu gestalten. Am besten würde ich so tun, als bemerkte ich seine Untreue gar nicht, und mich dankbar mit dem begnügen, was mit geblieben war – eigentlich eine ganze Menge. Ich würde mich vor allem der Erziehung meiner Kinder widmen.

Der Gedanke an Mary hatte mir einige Gewissensbisse verursacht. Ich hatte jetzt selbst eine Tochter und kannte die Gefühle, die eine Mutter ihrem Kind entgegenbringt. Katharine war völlig verzweifelt; sie war nicht nur von ihrem Ehemann verstoßen, sondern außerdem noch gewaltsam von ihrer

Tochter getrennt worden. Doch Katharine war auch hartnäkkig: Sie hätte mich bedenkenlos aus dem Weg geräumt, wenn sie die Möglichkeit dazu gehabt hätte, und ich bin nicht so sicher, ob sie bei der Wahl ihrer Methoden besonders zartfühlend gewesen wäre. Sie war eine starke Frau, die entschlossen war, ihre Rechte zu verteidigen. Mary dagegen war noch jung und wenig bewandert in weltlichen Dingen. Mit ihr hätte man nachsichtiger sein müssen.

Also hatte ich ihr geschrieben und ihr mitgeteilt, daß ich bereit wäre, ihr eine gute Freundin zu sein, wenn sie ihren Starrsinn endlich aufgäbe und sich ihrem Vater gegenüber so benähme, wie es sich für eine gute Tochter gehöre. In dem Fall könnte sie an den Hof zurückkehren, und ich würde auch nicht darauf bestehen, daß sie meine Schleppe trüge; sie könnte sich in Zukunft wie eine Tochter an meiner Seite zeigen.

Zu so weitgehenden Zugeständnissen hatte ich mich durchgerungen und ich hätte mein Wort auch gehalten. Aber Mary weigerte sich nachzugeben. Sie antwortete, sie wünsche sich nichts mehr, als ihrem Vater eine guter Tochter zu sein, aber sie könne den Prinzipien nicht abschwören, für die Bischof Fisher und Sir Thomas More gestorben seien.

Es war wirklich hoffnungslos zu versuchen, Mary zur Vernunft zu bringen, aber nachdem ich nun alles getan hatte, was ich konnte, fühlte ich mich doch ein wenig erleichtert.

Weihnachten ging vorüber und das neue Jahr brach an.

Aus Kimbolton, wohin Katharine verbannt worden war, erreichte uns die Nachricht, daß es sehr schlecht um ihre Gesundheit bestellt sei. Wir erfuhren durch Eustace Chapuys von ihrer Krankheit, und das versetzte den König in Zorn. Er ließ Cromwell holen. Der arme Cromwell, er schien für alles verantwortlich gemacht zu werden, und doch wußte der König ganz genau, daß er nicht auf ihn verzichten konnte.

»Wieso muß ich von Ausländern erfahren, was in meinen Schlössern vor sich geht?« polterte er.

Cromwell versicherte ihm kleinlaut, er werde Sir Edmund

Bedingfeld, der Katharines Hofhaltung vorstand, zur Rede stellen.

Er kam schließlich mit Bedingfelds Bericht zurück, in dem der Majordomus erklärte, daß die ehemalige Königin und jetzige Prinzessin Katharine ihm alles verheimliche, weil er ein Diener des Königs sei. Er habe zwar gewußt, daß sie krank war, aber nicht, wie lebensbedrohend diese Krankheit war.

Katharine flehte Henry an, ihr zu erlauben, Mary wiederzusehen.

Ich bemerkte, wie seine Lippen schmal wurden. Katharine und ihre Anhänger hatten einen Anschlag geplant, bei dem die Truppen des Kaisers ins Land geholt, Henry gestürzt und Mary an seiner Stelle auf den Thron gesetzt werden sollte. Das war etwas, das er weder vergeben noch zu vergessen bereit war.

»Die beiden sollen sich nicht wiedersehen«, befahl er. »Woher sollen wir wissen, ob diese Krankheit nicht bloß vorgetäuscht ist und das gewünschte Treffen einer verräterischen Verschwörung dienen soll?«

Wenige Tage später traf ein Brief von Katharine an Henry ein. Ich war dabei, als Henry den Brief las.

»Mein Gebieter und geliebter Mann«, schrieb Katharine, »ich vertraue mich Euch an. Meine letzte Stunde ist nun nicht mehr fern, und im Angesicht des Todes zwingt mich die zärtliche Liebe, die ich für Euch empfinde, Euch in wenigen Worten daran zu erinnern, das Wohl Eurer Seele nicht zu vernachlässigen. Ihr solltet die Sorge um Euer Seelenheil über alles weltliche Streben und vor allem über das Bemühen um den Körper und die Hingabe an die körperlichen Genüsse stellen, um derentwillen Ihr mir so manches Leid zugefügt und Euch selbst so manchen Kummer bereitet habt. Was mich betrifft, so verzeihe ich Euch alles, ja, ich hoffe von Herzen und bete in Demut, daß auch Gott Euch vergeben möge.

Im übrigen empfehle ich Mary, unsere Tochter, Eurer Obhut an und bitte Euch flehentlich, ihr ein guter Vater zu sein, wie ich es mir immer für sie gewünscht habe. Ich ersuche Euch ferner, meinen Hofdamen eine Mitgift zu bewilligen – es wird keine große Summe sein, denn ihrer sind nur drei. Für meine gesamte Dienerschaft erbitte ich die Fortzahlung ihres Lohnes für ein weiteres Jahr, damit sie nicht unversorgt zurückbleiben.

Laßt mich mit dem innigen Geständnis schließen, daß meine Augen sich mehr als alles andere wünschen, Euch noch einmal zu sehen.«

Es war der Brief einer Frau, die im Sterben lag. Henry las ihn mit zunehmender Beunruhigung, aber er konnte sich doch nicht überwinden, sie noch einmal zu besuchen. Er rief Chapuys zu sich und beauftragte ihn, sich unverzüglich nach Kimbolton zu Katharine zu begeben und ihr seine Grüße und alle guten Wünsche zu überbringen.

»Lady Willoughby soll zu ihr gehen«, sagte er. Maria von Salinas, die damals zusammen mit Katharine aus Spanien gekommen war und inzwischen Lord Willoughby geheiratet hatte, war in all den Jahren, die sie in England zugebracht hatte, Katharines liebste Freundin gewesen. Und so sah Katharine zumindest ihre Freundin wieder, wenn ihr auch die Freude versagt blieb, noch einmal die Gesellschaft ihrer Tochter zu genießen.

Sie starb am 7. Januar. Lady Willoughby und Chapuys waren bei ihr.

Es war also endlich geschehen und ich fürchtete, ich war so voreilig, in Gegenwart Fremder auszurufen: »Jetzt bin ich wirklich Königin.«

Ich wusch mir gerade die Hände, als mir die Nachricht von ihrem Tode überbracht wurde, und ich war darüber so erleichtert, daß ich dem Boten die Schüssel samt Deckel zum Geschenk machte.

Er war hocherfreut, denn es war eine sehr kostbare Schüssel.

Trotz der Gewissensbisse, die Katharines Brief in ihm hervorgerufen hatte, war Henry in Hochstimmung.

»Gott sei Dank«, sagte er. »Nun brauchen wir uns vor keinem Krieg mehr zu fürchten, denn nun habe ich endlich die Franzosen in der Hand. Ich kann sie im unklaren darüber lassen, ob ich mit ihnen gemeinsame Sache mache oder ob ich mich mit dem Kaiser verbünden werde. Dies ist in der Tat ein

Tag, der Anlaß gibt, Gott zu loben. Gott hat mir zu verstehen gegeben, daß er auf meiner Seite ist.«

Ich fragte mich, ob Katharine dort oben im Himmel diese Worte wohl hören konnte. Sie waren ja so bezeichnend für ihn.

Er kam im Traum nicht auf die Idee, Gott könne Katharine aus irgendeinem anderen Grund zu sich gerufen haben, als ihm, Henry, zu zeigen, wie sehr er ihn schätze.

Am Abend jenes Tages erschien er in Gelb. Warum sollte er Trauerkleidung anlegen? fragte er. Katharine war schließlich nie seine Frau gewesen.

Es fehlte nicht an festlichen Veranstaltungen. Henry, wie ich in prächtigem Gelb und dazu mit weißem Federschmuck an seiner Kappe, ließ Elizabeth holen. Und da war sie – meine Kleine, inzwischen etwas über zwei Jahre alt, sehr aufgeweckt, wißbegierig und interessiert an allem, was um sie herum vorging. Stolz erfüllte mich, als ich zusah, wie ihr großer, glitzernder, in festliches Gelb gekleideter Vater sie auf den Armen trug.

Es war ein gutes Omen, sagte ich mir. Dieses Jahr schien ein glückliches Jahr zu werden.

Jane Rochford flüsterte mir zu, der König scheine von Fräulein Jane Seymour mächtig angetan zu sein.

»Es kann nur ein Strohfeuer sein«, entgegnete ich. »Sie ist solch eine graue Maus. Ich bin sicher, daß sie ihn nicht lange begeistern wird.«

»Sie ist nämlich nicht seine Geliebte«, fuhr Jane fort. »Sie hält ihn hin..., genauso wie...«

»Woher wißt Ihr denn so viel darüber?«

»Ich halte eben die Augen offen. Ich finde, es ist wichtig für die Familie.«

Ich war wütend.

Ich verabscheute Janes Klatsch. Aber andererseits wollte ich schon wissen, was gespielt wurde.

»Er soll ihr einen Brief und einen Beutel voller Goldmünzen geschickt haben. Ihr könnt Euch sicher denken, was in dem Brief stand. Wie man sagt, hat sie ihm die Goldmünzen mit dem Kommentar zurückgeschickt, sie brauche kein

Geld, da ihre Tugend ihr Vermögen sei, und außerdem könne sie Geld nur von dem Mann annehmen, den sie einmal heiraten werde.«

O Gott! Wie mir das bekannt vorkam! Hatte sie das etwa von mir gelernt? Diese langweilige, dumme Gans! Man hätte ihr nie zugetraut, daß sie überhaupt in der Lage wäre, irgend etwas zu lernen.

Dennoch machte ich mir deswegen keine übermäßigen Sorgen.

Ich befand mich gerade in Gesellschaft meiner Hofdamen. Wir nähten zu der Zeit viel für die Armen. Ich war im Begriff, mich zu ändern, und konnte den Vergnügungen des Hoflebens nicht mehr so viel abgewinnen wie früher. Ich mußte oft an die notleidende Bevölkerung denken und verspürte den Wunsch, ihr Los zu bessern. Ich glaube, dieses Bedürfnis ging auf mein Interesse an der neuen Religion zurück.

An jenem Tag fand ein Turnier statt, an dem auch der König teilnahm.

Ich war der Veranstaltung ferngeblieben. Natürlich würde ich in Erscheinung treten müssen, um die Preise zu verleihen, aber das stand erst für den folgenden Tag auf dem Programm.

Plötzlich stürzte Norfolk ins Zimmer.

»Der König hat einen Unfall gehabt«, sagte er. »Sein Pferd hat ihn abgeworden.«

Ich erhob mich. Ich spürte, wie sich das Kind in mir bewegte. Dann wurde ich ohnmächtig.

Als ich die Augen wieder öffnete, war Norfolk fort, und ich war von meinen Hofdamen umgeben, die mir Hirschhorngeist unter die Nase hielten.

»Was... ist geschehen?«

»Der Herzog von Norfolk ist hereingekommen, und da seid Ihr ohnmächtig geworden.«

»Ach ja..., jetzt erinnere ich mich. Der König...«

»Man hat ihn in den Palast gebracht.«

»Ist er...?«

»Wir wissen noch nichts Näheres, Euer Gnaden. Aber ich glaube, ihm ist nichts passiert.«

»Ich muß zu ihm...«

»Euer Gnaden sollten noch ein wenig ruhen. Ihr habt einen Schock erlitten. Legt Euch hin und ruht Euch noch eine Weile aus. Sobald Näheres bekannt ist, wird man es Euch mitteilen.«

Mir war schwindlig.

Ich lehnte mich auf meinem Sofa zurück und schloß die Augen. Was würde mit uns allen geschehen, wenn er tot wäre? Was würde aus dem Königreich? Wer würde der neue Herrscher sein? Könnte etwa Mary Königin werden? Was würde in dem Fall aus mir? Sie würde meine Anwesenheit niemals dulden. Sie haßte mich, weil sie davon überzeugt war, daß ich an all dem Leid schuld sei, das ihrer Mutter zugefügt worden war. Und wenn nicht Mary..., wer dann? Elizabeth? Ein kleines Kind? Sie würden sicher Mary vorziehen.

Ich hatte große Angst.

Aber meine Sorgen waren unnötig. Henry war bald wieder wohlauf. Der Sturz hatte nichts zu bedeuten gehabt, sagte er. So schnell könne ihn kein Pferd außer Gefecht setzen; schließlich sei er sein Leben lang ein erstklassiger Reiter gewesen.

Ich hatte nun das Bedürfnis, mich ein wenig auszuruhen, weil ich befürchtete, der Schock könne dem Kind geschadet haben. Und während ich so dalag, fiel mir wieder Jane Seymour ein, die die Goldmünzen zurückgewiesen und von ihrer Tugend gesprochen hatte.

Es war ein Schachzug, der mir sehr bekannt vorkam und der sich in meinem Fall als so erfolgreich erwiesen hatte. Und wenn er nun Jane Seymour zum Erfolg führte? Doch wie sollte das möglich sein?

Ich war wachsam und klug zu Werke gegangen. Jane war eine dumme Gans. Ihr würde es nie gelingen, ihn mit der Weitsicht und Geschicklichkeit hinzuhalten, mit der ich ihn mir vom Leibe gehalten hatte.

Ich hatte viele Feinde am Hofe, und die wußten mit Sicherheit über Henrys Gefühle für Jane Bescheid. Sie hatten sich schon immer bemüht, Mittel und Wege zu finden, um mich loszuwerden. Und wenn sie nun in Jane die Antwort auf alle

Fragen sahen? Plötzlich fiel es mir wie Schuppen von den Augen. Jane hatte zwei sehr ehrgeizige Brüder. Ich mußte so viel wie irgend möglich über diese beiden Seymours in Erfahrung bringen.

Meine Nachforschungen ergaben, daß die Seymours ihre Herkunft von einem Kampfgefährten Williams des Eroberers ableiteten, der als Namen den der Ortschaft St. Maur-sur-Loire in der Touraine gewählt hatte. Aus den St. Maurs waren dann die Seymours geworden. Die beiden Brüder – Edward, der ältere, der ungefähr in meinem Alter gewesen sein muß, und Thomas, der ein wenig jünger war – waren sehr darauf bedacht, es bei Hofe zu etwas zu bringen. Ich war überzeugt, daß sie den kometenhaften Aufstieg der Boleyns verfolgt hatten, die ihren spektakulären Erfolg bei Hofe zum Teil Marys Verhältnis mit Henry, vor allem aber meiner Heirat mit dem König zu verdanken hatten.

Es lag auf der Hand, daß sie sich vorgenommen hatten, durch ihre Schwester Jane Karriere zu machen.

Absurd war der Gedanke nur insofern, als diese Schwester ein so nichtssagendes, unauffälliges Geschöpf war.

Zu jener Zeit dachte ich jedoch nicht weiter über die Angelegenheit nach, denn meine Gedanken kreisten um die bevorstehende Geburt meines Kindes.

Und dann kam der Tag, an dem ich sie beide auf frischer Tat ertappte.

Ich war unbemerkt in den Raum gekommen – und da sah ich sie. Sie saß auf seinem Schoß. Sie lächelte dümmlich, und er schaute sie verliebt an. Ich bemerkte sogleich jenen leicht entrückten, glasigen Blick, den ich so gut kannte, weil er in der Vergangenheit so häufig auf mich gerichtet gewesen war.

Jane Seymour auf dem Schoß des Königs!

Was war aus dem züchtigen jungen Mädchen geworden, dem so viel daran lag, seine Unschuld zu verteidigen? Ihre Tugend schien sie im Augenblick herzlich wenig zu kümmern!

Einige Sekunden lang stand ich nur da und starrte sie an.

Jane Seymour sah mich als erste und sprang auf. Dann

blickte der König mir voll ins Gesicht, und in seinen Augen lag Zorn. Er war ertappt worden – und er haßte es, ertappt zu werden. In solchen Situationen sah er immer zu, daß er jemanden fand, dem er die Schuld zuschieben konnte. Es stand außer Frage, daß er mir die Schuld geben würde. Aber ich hatte nicht die Absicht, mich vor Jane Seymour demütigen zu lassen.

Ich drehte mich auf der Stelle um und verließ den Raum. Ich fühlte mich krank und elend.

Wie weit war die Affäre wohl schon gediehen? Hatte er vor, alles noch einmal zu erleben, was wir miteinander erlebt hatten? Wer mochte hinter ihr stehen? Edward und Thomas Seymour, die ehrgeizigen Brüder? Wer sonst noch? Wie viele Feinde hatte ich am Hofe? Wahrscheinlich unzählig viele.

Ich zog mich in meine Gemächter zurück.

Nan Saville eilte besorgt herbei. »Euer Gnaden…, es geht Euch nicht gut.«

»Ich denke, ich lege mich ein wenig hin.«

Sie half mir ins Bett.

In jener Nacht setzten meine Wehen ein. Ich hatte ensetzliche Schmerzen. Es war viel zu früh. Ich könnte es nicht ertragen, schon wieder zu erleben, wie meine größte Hoffnung zunichte gemacht würde.

Man schickte nach der Hebamme und den Ärzten. Ich konnte mir lebhaft vorstellen, wie die Nachricht im ganzen Palast die Runde machte.

»Die Königin liegt in den Wehen! Aber es ist zu früh!«

»Lieber Gott«, betete ich. »Du weißt, wie sehr ich mir dieses Kind wünsche. Meine Zukunft hängt davon ab… vielleicht sogar mein Leben.«

Aber Gott erhörte mein Gebet nicht. Mein Kind, ein Sohn, kam tot zur Welt.

Henry betrat den Raum. Er schaute auf mich herab. Ich sah seine geballten Fäuste, seine kalt glitzernden Augen, seinen grausamen Mund. Er empfand dieselbe bittere Enttäuschung wie ich.

»Ihr seid nicht in der Lage, mir Söhne zu schenken«, sagte er. »Ihr taugt nicht mehr als die andere.«

Ich haßte ihn. Ich mußte daran denken, daß ich vielleicht eine glücklichere Frau geworden wäre, wenn ich Henry Percy geheiratet hätte. Aber der König hatte sich in den Kopf gesetzt, über mein Leben zu bestimmen. Er hatte mir den Mann weggenommen, der mich liebte, und mit statt dessen eine Krone geboten – und nun drohte er, mir auch die wegzunehmen.

Ich haßte ihn – und es störte mich nicht einmal, daß er es merkte. Ich war am Ende. Dessen war ich mir so sicher, wie man sich einer Sache nur sicher sein kann. Ich konnte Katharines Gefühle so gut verstehen wie nie zuvor. Sie war ihm zwanzig Jahre lang eine ergebene Ehefrau gewesen – und ich noch nicht einmal drei Jahre lang, aber die kurze Zeit reichte ihm, um meiner überdrüssig zu werden und den Wunsch zu haben, mich loszuwerden.

Ich sagte zu ihm: »Ihr seid schuld an dem, was geschehen ist. Eure Untreue war es, über die ich mich so sehr aufgeregt habe, daß unser Kind tot geboren wurde. Ich habe Euch mit dieser dämlichen kleinen Schlampe auf dem Schoß erwischt.« Ich lachte verbittert. »Ihr hättet Euch wirklich eine würdigere Nachfolgerin für mich aussuchen können.«

Er war wütend. Er haßte mich dafür, daß ich ihn in einer solchen Situation ertappt hatte.

Er brüllte: »Mir wird allmählich klar, daß es Gottes Wille ist, daß ich keine männlichen Nachkommen habe. Und Ihr... Ihr werdet keine weiteren Söhne von mir bekommen!«

Er gab mir die Schuld. Ich war sprachlos vor Empörung.

Dann murmelte er noch: »Wenn Ihr wieder auf den Beinen seid, werde ich mich einmal mit Euch unterhalten.«

Darauf verließ er mich.

Ich war wie betäubt vor Verzweiflung und Furcht. Ich hatte meine letzte Chance vertan, und ich fragte mich, was nun wohl mit mir geschehen werde.

Einige Tage lang sah ich ihn nicht.

Ich wußte, daß es auf absehbare Zeit keine Möglichkeit für mich gab, ihn erneut zu betören. Er schien völlig vernarrt in

Jane Seymour zu sein. Sein Interesse an ihr war ein offenes Geheimnis. Aber ich wußte nicht, wie weit er sich bereits mit ihr eingelassen hatte.

Dann trat er eine seiner Reisen durch das Königreich an. Ich begleitete ihn diesmal nicht; die offizielle Erklärung lautete, ich brauchte noch Ruhe, um mich von der Fehlgeburt zu erholen, die ich erlitten hätte. Ich befand mich in einer heiklen Lage.

In dieser Situation wandte ich mich an George, der der einzige Mensch war, dem ich mich vorbehaltlos anvertrauen konnte.

Ich lag gerade im Bett und ruhte mich aus, als er zu mir kam. Mein Schlafzimmer war der ideale Ort für eine Unterhaltung, denn hier waren wir ganz ungestört.

Er setzte sich zu mir ans Bett; seine Miene war sehr ernst.

Er sagte: »Ich bin beunruhigt wegen der Seymours.«

»Du glaubst, sie schmieden ein Komplott?«

»Ich weiß es. Es gibt keine zwei ehrgeizigeren Leute am ganzen Hof als Edward und Thomas Seymour. Sie hoffen, durch ihre Schwester Jane zu hohen Würden aufzusteigen.«

»Ich fürchte, wir haben ihnen vorgemacht, wie man es anstellt – davon profitieren sie jetzt, George.«

»Du mußt versuchen, Henrys Herz zurückzuerobern.«

»Er haßt mich, glaube ich.«

»Liebe und Haß liegen dicht beieinander, wie man sagt.«

»Aber er hat ausdrücklich gesagt, daß ich keine Söhne mehr von ihm bekommen solle.«

»Wann hat er das gesagt?«

»Als ich ganz erschöpft dalag, nachdem ich mein Kind verloren hatte, weil ich den Schock, ihn mit Jane Seymour auf dem Schoß anzutreffen, nicht verkraften konnte.«

»Weiß er, daß du ihn gesehen hast?«

»Ja, natürlich.«

»Das mußte ihn wütend machen. Er haßt es nämlich, ertappt zu werden.«

Ich lachte verbittert. »Über ihn kannst du mir nicht mehr viel Neues erzählen, George.«

»Du mußt einen Jungen zur Welt bringen. Das ist von allergrößter Wichtigkeit.«

»George, mir ist da ein Gedanke gekommen. Katharine hatte doch auch so viele Fehlgeburten, nicht wahr? Und nun... sieh mich an. Wir haben beide eine Tochter bekommen..., aber jedesmal, wenn ein Junge unterwegs ist, endet die Schwangerschaft mit einer Fehlgeburt. Warum wohl?«

»Vielleicht ist es schwieriger, ein männliches Kind auszutragen.«

»Das kann es nicht sein. Bedenk doch nur, wie viele Jungen es auf der Welt gibt!«

»Was willst du damit sagen, Anne?«

»Daß der Grund für all die Fehlgeburten etwas ist, das an Henry selbst liegt. Ich gelange mehr und mehr zu der Überzeugung, daß er niemals einen gesunden Jungen in die Welt setzen wird.«

»Aber Elizabeth Blount hat ihm doch einen Sohn geboren.«

»Ja, sicher..., aber das war vor langer Zeit. Und hast du dir den jungen Richmond einmal angesehen? Er hat so etwas Zerbrechliches an sich. Ich glaube nicht, daß er sehr alt wird.«

»Aber er ist zumindest geboren worden.«

»Mary ist ebenfalls von zarter Gesundheit, aber sie lebt. Doch es waren mehrere Fehlgeburten vorausgegangen, bevor Katharine sie zur Welt brachte. Elizabeth ist mein erstgeborenes Kind und von sehr robuster Gesundheit, aber die hat sie, glaube ich, von mir. Ich habe so eine dunkle Befürchtung, George. Und wenn ich mit meiner Vermutung recht habe, bedeutet das, daß Henry nie in der Lage sein wird, einen gesunden Jungen zu zeugen.«

Allmählich kam ihm das ganze schreckliche Ausmaß dieses Verdachts zu Bewußtsein.

Dann sagte er: »Welche Hoffnung besteht denn überhaupt noch?«

»Keine. Je mehr ich darüber nachdenke, um so sicherer bin ich, daß die Schuld bei ihm liegt.«

»Er würde jeden umbringen, der so etwas laut zu sagen wagte.«

»Ich weiß. Vielleicht sage ich es ihm irgendwann einmal.«

»Anne! Nimm dich um Gottes willen in acht! Gibt es irgendwelche Anhaltspunkte, die dich veranlassen zu glauben...?«

»Daß ich recht habe? Er hat ein Geschwür am Bein, das nicht heilen will. Das gibt mir zu denken.«

»Doch nicht etwa... jene berüchtigte Krankheit?«

Ich nickte. »Manchmal denke ich, sie führt dazu, daß Männer und Frauen nicht mehr in der Lage sind, gesunde Kinder in die Welt zu setzen.«

»Aber Ihr habt Elizabeth.«

»Ich war frisches Blut für ihn. Ich war gesund. Und Elizabeth ist ein Mädchen.«

»Ich kann einfach nicht glauben, daß du recht hast, wenn du sagst, der König sei unfähig, gesunde Kinder zu zeugen.«

Wir hatten nicht bemerkt, daß die Tür aufgegangen war und Jane Rochford plötzlich vor uns stand.

»O Anne«, rief sie aus, »ich wollte nur sehen, wie es Euch geht. Kann ich irgend etwas tun...«

Sie warf George leidenschaftliche Blicke zu, aber er wandte sich von ihr ab.

Ich mußte unwillkürlich denken: Wie lange mag sie wohl schon da stehen? Sie bewegte sich immer so lautlos und tauchte immer so unerwartet auf. Das konnte einen sehr aus der Fassung bringen.

Ich sagte: »Ich benötige nichts, danke.«

»Und geht es Euch besser?«

»Ja, danke.«

»Das wird den König freuen.« Der Anflug eines boshaften Lächelns zeigte sich auf ihrem verschlagenen Gesicht. Sie ärgerte sich maßlos, George und mich so vertraut miteinander ins Gespräch vertieft zu sehen.

George gab mir einen flüchtigen Kuß. »Ich würde mir an deiner Stelle noch ein wenig Ruhe gönnen«, sagte er, nahm Jane beim Arm und schob sie aus dem Zimmer.

Jenen ganzen schrecklichen Winter über verfolgte mich das Gefühl, dem Untergang geweiht zu sein.

Ich hatte so wenige Freunde, und wenn George nicht gewesen wäre, hätte ich nicht gewußt, wem ich restlos hätte vertrauen können. Es kam mir manchmal so vor, als ob die Menschen um mich herum alle auf der Lauer lägen und nur darauf warteten, daß mein Schicksal mich ereilte. Vielleicht waren sie sich selbst nicht recht darüber im klaren, welcher Art dieses Schicksal sein könnte. Immerhin war es mir mehr als einmal gelungen, meine Macht über den König bis zu einem gewissen Grad wiederzuerlangen, nachdem es bereits so ausgesehen hatte, als ob ich sie für immer verloren hätte. Ob ich es noch einmal fertigbrächte? Meine Rivalin war keineswegs die aufsehenerregendste Frau bei Hofe. Aber es war möglich, daß sie in Wirklichkeit gar nicht so einfältig war, wie es den Anschein hatte. Bislang hatte sie es geschafft, ihre Tugend erfolgreich zu verteidigen, sich auf ihre ›Ehre‹ zu berufen und dem Prinzip ›Alles oder nichts‹ zu folgen.

Es war eine haargenaue Nachahmung der Methode, die ich bei dem König angewandt hatte. Ich hatte den Weg gewiesen, war mit leuchtendem Beispiel vorangegangen, und sie kopierte mein Vorgehen mit sklavischer Einfallslosigkeit. Unterstützt wurde sie dabei von ihren ehrgeizigen Brüdern – und sie war im Begriff zu gewinnen.

Wieder einmal war Henry aufgefordert, sich zu entscheiden.

Große Erleichterung in dieser Zeit der äußersten nervlichen Anspannung fand ich in der Lektüre. Dabei handelte es sich vor allem um religiöse Themen; mein Interesse an den neuen Ideen nahm von Tag zu Tag zu. Ich las alle von den Reformatoren verfaßten Abhandlungen, soweit sie erhältlich waren. Beim Lesen konnte ich meine Sorgen vergessen.

Meine zweite Quelle des Trostes war meine Tochter. Sie war ein so aufgewecktes und intelligentes Kind. Ich verbrachte viel Zeit in ihrer Gesellschaft. Auch machte es mir Spaß, mich um ihre Garderobe zu kümmern, die ich zusammen mit Lady Bryan erörterte und entwarf. Ich konnte mir beim besten Willen nicht vorstellen, daß ein solch bezauberndes Kind nicht der ganze Stolz seines Vaters sein könnte.

Je mehr Wochen vergingen, um so größer wurde meine Verzweiflung.

Ich versuchte, den König auf Elizabeth aufmerksam zu machen, denn in dem Moment, in dem er sich von mir abgewandt hatte, hatte er sich zwangsläufig auch von meiner Tochter abgewandt. Wie konnte ein Vater einem solchen Kind nur so gleichgültig gegenüberstehen?

Zu jener Zeit versank ich oft in tiefer Melancholie und nach solchen Phasen schwärzester Niedergeschlagenheit gab ich mich – wie es nun einmal meine Art war – nicht selten ausgelassener Fröhlichkeit hin.

Die kleine Schar meiner Verehrer war mir treu geblieben. Sie müssen aufrichtige Zuneigung für mich empfunden haben, denn mein Glücksumschwung änderte nichts an ihrer Anhänglichkeit. Ich sehnte mich nach ihrer Gesellschaft, ihren Komplimenten, ihren bewundernden Blicken; sie hellten meine Stimmung auf und gaben mir neue Hoffnung. Selbst die Bewunderung des jungen Mark Smeaton bedeutete mir viel. Er himmelte mich verzückt an. Meine Hofdamen versicherten mir, er spiele am ergreifendsten, wenn ich anwesend sei, und dann spiele er nur für mich. Er sah in der neuen Tracht, die ich ihm besorgt hatte, sehr schmuck aus. Als ich ihm zu verstehen gab, daß er nicht zu viel Aufmerksamkeit von mir erwarten dürfe, antwortete er seelenvoll: »Nein, Madam. Ein Blick von Euch genügt mir schon.« Solch schwärmerische und bedingungslose Verehrung war in jenen Tagen Balsam für meine Seele, auch wenn es nur ein bescheidener Musikant war, der sie mir entgegenbrachte.

Auch unter meinen Hofdamen hatte ich einige gute Freundinnen. Madge Shelton war so herzlich zu mir wie immer. Unser kleines Abenteuer mit Henry hatte unserer Freundschaft keinen Abbruch getan; im Gegenteil, es hatte sie noch vertieft, und Madge nahm es auch nicht übel, daß Henry Norris seine ganze Aufmerksamkeit mir schenkte, statt ihr den Hof zu machen, wie es von ihm erwartet wurde. Dann war da noch Margaret Lee, die mir treue Dienste leistete; und Mary Wyatt hatte mir schon immer sehr nahegestanden.

Meine Schwester Mary war an den Hof zurückgekehrt. Sie besaß ein angeborenes Talent zum Glücklichsein. Zum ersten Mal in meinem Leben beneidete ich Mary, die Kinder hatte und eine glückliche Ehe führte. Ihre Existenz war gesichert, und sie strahlte eine heitere Gemütsruhe aus. Sie schwärmte davon, welch ein idealer Ehemann Will Stafford sei, und erklärte, daß sie an seiner Seite über den Tod des guten Will Carey hinweggekommen sei und ein neues Glück gefunden habe. Ich hatte den Eindruck, daß Mary die richtige Lebenseinstellung gewonnen hatte. Wenn es nicht bereits zu spät gewesen wäre, hätte ich vielleicht so manches von ihr lernen können.

Es war Teil meines ungestümen Temperaments, daß ich zuweilen eine ausgelassene Fröhlichkeit an den Tag legen konnte. Ich war nach wie vor von den geistreichen Hofdichtern umgeben, die mir halfen, lustige Spiele auszudenken. Ich sang und tanzte und flirtete hemmungslos mit meinen Verehrern. Danach jedoch, wenn ich wieder allein war, versank ich in Melancholie.

Ich sagte zu Mary Wyatt: »Der König hat die Absicht, mich zu verstoßen, so wie er Katharine verstoßen hat. Er bildet sich offenbar ein, daß es ihm mit Jane Seymour gelingen wird, Söhne in die Welt zu setzen. Aber ich glaube, der König wird niemals einen Sohn zeugen..., weil er dazu gar nicht fähig ist.«

Mary wies mich warnend darauf hin, daß es unklug sei, so etwas laut zu sagen.

Die liebe, besonnene, kluge Mary. Wie recht sie doch hatte!

Es gab Augenblicke, da war ich so verzweifelt, daß ich alles nur mögliche versuchte, um sein Herz zu rühren. Einmal nahm ich Elizabeth und wartete so lange mit ihr unter den Fenstern seiner Gemächer, bis er erschien. Es kam mir wie eine Ewigkeit vor. Ich veranlaßte das Kind, den Arm zu heben und ihm zuzuwinken. Doch er starrte nur eine Weile mit versteinerter Miene auf uns herab. Dann wandte er sich ab.

Da wußte ich, daß es keine Möglichkeit mehr gab, an ihn heranzukommen. Ich begriff, daß er sich bereits zu weit von uns entfernt hatte, um jemals zu mir zurückzufinden. Und alle meine Feinde lagen auf der Lauer und warteten nur darauf, ihren Haß an mir auslassen zu können. Noch zögerten sie... und warteten auf ein Zeichen des Königs.

Ich merkte, daß George zutiefst beunruhigt war. Er durchschaute – wahrscheinlich klarer als ich –, was sich über mir zusammenbraute.

Inzwischen war in Hofkreisen das Gerücht verbreitet worden, der König sei nicht in der Lage, Kinder in die Welt zu setzen; er sei so gut wie impotent.

Wenn Henry das zu Ohren käme, würde sein Zorn schrecklich sein. Und er würde mir die Schuld geben, da ich die besten Voraussetzungen mitbrachte, ein solches Gerücht in Umlauf zu setzen. Überall nur Feinde. Und so wenige Freunde.

Als wir erfuhren, daß ein Bündnis mit dem Kaiser geplant sei und daß Karl erwähnt habe, er wolle einen Gesandten nach England schicken, der die Gespräche mit dem König und der Königin aufnehmen solle, schöpfte George neue Hoffnung.

Er suchte mich in meinem Gemächern auf, um ungestört mit mir zu reden.

»Er hat dich erwähnt«, sagte er. »Das bedeutet, daß er dich als Königin anerkennt. Es ist ein großer Schritt vorwärts.«

Ich begriff, was er meinte. Henry war unschlüssig, aber mein Schicksal hing nicht von Henrys mir feindlich gesinnten Untertanen, sondern von den beiden mächtigen europäischen Staaten ab, die einander zwangsläufig als Feinde gegenüberstanden und in einen Machtkampf verwickelt waren.

Es war ja für mich so wichtig, von Frankreich als Königin akzeptiert zu werden; und wenn auch der Kaiser sich nun dazu entschließen könnte, wäre das vielleicht meine Rettung.

»Jetzt, da Katharine tot ist, ist seine Einstellung eine andere geworden«, sagte George. »Er konnte deine Heirat nur verurteilen, solange Katharine lebte. Inzwischen sieht es so aus, als gestatte er seiner Einsicht in die politische Notwendigkeit, den Sieg über seine persönlichen Gefühle davonzutragen. Er braucht Henry als Verbündeten gegen François.«

»François war uns doch die meiste Zeit über ein guter Freund, solange das Scheidungsverfahren in der Schwebe war.«

»Aber er hat sich als vollkommen unzuverlässig erwiesen. Der Kaiser wäre da beständiger. Außerdem ist er ein großer Feldherr. Er ist der weiseste Herrscher in Europa und wäre sicher ein besserer Verbündeter.«

»Dann besteht also eine vage Hoffnung?«

George nickte. »Ich kann mir nicht vorstellen, daß der König noch einmal bereit wäre, sich der zermürbenden Prozedur einer Scheidung zu unterziehen.«

»Das wird ihm aber nicht erspart bleiben, wenn er Jane Seymour heiraten will.«

»Er wird sie mit Sicherheit bald leid sein. Wenn das dumme Ding doch nur mit ihm ins Bett ginge, dann wäre die Affäre spätestens in ein paar Wochen vorbei.«

»Sie hat sich eine Krone in den Kopf gesetzt.«

»Du meinst wohl, ihre Brüder haben ihr die Krone in den Kopf gesetzt. Sie selbst hat doch gar keine eigene Meinung – sie ist nichts weiter als eine Marionette.«

»Und das völlige Gegenteil von mir. Ich habe das Gefühl, Henry sucht die Abwechslung.«

»Das mag schon sein. Aber wir müssen dem Verhältnis ein Ende setzen, Anne. Und wenn der Kaiser durchblicken läßt, daß er bereit wäre, dich anzuerkennen, dann ist es nicht ausgeschlossen, daß der König Jane Seymour fallenlassen könnte.«

»Und was ist mit dem Papst? Was ist mit dem Bruch mit Rom? Dem wird der Kaiser niemals zustimmen.«

»Kaiser und Könige stimmen dem zu, was zweckmäßig ist. Ich glaube, der Kaiser ist an einem Bündnis mit England interessiert. Die Religion dient Herrschern als Mittel zum Zweck. Deshalb kommt es auch so oft zu Zerwürfnissen zwischen Kirche und Staat.«

Also hofften wir.

Meine Stimmung hob sich – sie schlug erfahrungsgemäß schnell um.

Wir planten ein unterhaltsames Programm für die Abgesandten des Kaisers. Ich behandelte sogar Chapuys freundlich. Doch wie gewöhnlich reagierte ich, glaube ich, zu impulsiv, und rückblickend kommt es mir so vor, als habe jener abgefeimte Spion alle meine Anstrengungen nur mit Zynismus verfolgt.

Dann sank unsere Stimmung, denn als Karls Abgesandte eintrafen, gab Henry unmißverständlich zu verstehen, daß ich an den Gesprächen nicht beteiligt werden solle. Im übrigen scheiterten die Gespräche. Vermutlich war Henry nicht bereit, auf Karls Bedingungen einzugehen.

Ich versank wieder ganz in Schwermut und hatte das Gefühl, unaufhaltsam auf eine furchtbare Katastrophe zuzutreiben.

George war beunruhigt.

»Trotzdem«, sagte er, »dürfen wir eine Tatsache nicht übersehen, die uns froh stimmen sollte. Cromwell ist der mächtigste Mann in England. Er ist ein zweiter Wolsey, was nicht weiter verwunderlich ist, da er bei dem großen Mann sein Handwerk gelernt hat. Cromwell ist es, der die Außenpolitik bestimmt; und Cromwell hat auch die Scheidung ermöglicht und den Bruch mit Rom herbeigeführt. Er muß dich einfach unterstützen. Er kann es sich gar nicht leisten, denen nachzugeben, die gegen dich sind. Wenn er das tut, stürzt das Fundament ein, auf dem er seine Karriere aufgebaut hat.«

Es war ein tröstlicher Gedanke. Unsere Hoffnungen beruhten von nun an auf Cromwell.

Cromwell war in der Tat ein kluger Mann. Er war zur Zeit intensiv mit den Klöstern beschäftigt. Ein neues Gesetz war erlassen worden, das die Auflösung aller kleineren Klöster anordnete, deren Einkünfte weniger als zweihundert Pfund pro Jahr betrugen, und das diese Klöster zwang, ihren Besitz an den König abzutreten. Cromwell verkaufte sie dann auf Anweisung des Königs an den niederen Adel, der, wie Cromwell betonte, dadurch in den Prozeß der religiösen Umwandlung einbezogen wurde: Diejenigen Angehörigen des Landadels, denen es auf diese Weise gelungen war, einigermaßen preiswerte Grundstücke und Gebäude zu erwerben, würden das Gesetz der Auflösung der Klöster für eine sehr anerkennenswerte Maßnahme halten.

Der Grund für Wolseys Sturz war der Wunsch des Königs gewesen, sich von Katharine zu trennen, um mich zu heiraten. Wenn es Henry gelänge, mich loszuwerden und Jane Seymour an meine Stelle zu setzen, könnte das ohne weiteres Cromwells Ende bedeuten.

Ich erinnerte mich genau, wie wütend Henry auf Wolsey gewesen war, weil es ihm nicht gelungen war, die Scheidung von Katharine durchzusetzen. Ob Cromwell wohl ebenfalls seinen Zorn zu spüren bekäme, wenn er keinen hieb- und stichfesten Plan würde vorweisen können, der dem König erlaubte, mich loszuwerden? Ich konnte mir Henrys Ärger lebhaft vorstellen. Er hatte Wolsey zeitlebens ein Maß an Freundschaft entgegengebracht, das er für Cromwell niemals hatte aufbringen können. Ich war sicher, daß Cromwell gegenwärtig einigen demütigenden Zurechtweisungen durch seinen Herrn ausgesetzt war. Aber ich sah in dem Mann meinen Retter. Er konnte mich nicht im Stich lassen. Mein Schicksal war viel zu eng mit dem seinen verflochten.

Wie entschlossen war der König, Jane Seymour zu heiraten? Das war die entscheidende Frage. Ich, die ihn nur zu gut kannte, neigte zu der Annahme, daß sein Verlangen nach Jane nicht besonders glühend sein könne. Es gab wesentlich attraktivere Frauen bei Hofe, die seine Sinnlichkeit hätten befriedigen können und nur zu bereit gewesen wären, ihm zu Gefallen zu sein. Sein Interesse an Jane Seymour ging vielmehr auf den alles beherrschenden Wunsch nach dem Sohn zurück, den ich ihm nicht hatte schenken können. Worum es hier ging, war in erster Linie seine politische Zielstrebigkeit, seine ausgeprägte Machtgier – weniger seine sinnliche Begierde. Wenn er sich ein Ziel in den Kopf gesetzt hatte, mußte er es auch erreichen, denn ein Verzicht darauf wäre in seinen Augen ein Eingeständnis seiner Schwäche.

Das war es, was mir Angst machte. Aber ich klammerte mich an den Gedanken: Solange Cromwell an der Macht ist, bin ich sicher.

Wie sehr ich mich irrte, sollte mir später klarwerden.

Henry setzte Cromwell arg zu. Er drängte ihn, sich endlich einen Plan einfallen zu lassen, der ihm gestattete, mich davonzujagen und Jane Seymour zu heiraten. Ein angeblich vorliegendes vertragliches Eheversprechen zwischen mir und Northumberland war schon einmal als Grund angeführt worden, meine Verbindung mit Henry für ungültig zu erklären.

Als es damals zur Sprache gebracht worden war, war Henry entschlossen gewesen, das Verfahren niederzuschlagen, denn zu der Zeit hatte er sich verzweifelt danach gesehnt, mich heiraten zu können. Ob es wohl erneut als Argument verwendet werden könnte? Vielleicht. Aber es würde allein nicht genügend Gewicht haben. Ich zweifelte nicht daran, daß Henry sich nun wünschte, es wäre damals nicht als Druckmittel verwendet worden. Wie viel einfacher wäre es doch jetzt, den umstrittenen Anklagepunkt aufzubauschen, wenn er nicht zuvor bereits geprüft und fallengelassen worden wäre!

Cromwell mußte einen Weg finden.

Da George im Laufe seines Lebens mit verschiedenen diplomatischen Missionen betraut gewesen war, durchschaute er politische Zusammenhänge und das Vorgehen von Diplomaten sehr genau. Er erkannte jetzt, daß Cromwell ein Bündnis mit dem Kaiser für erstrebenswert hielt.

George hörte, daß die Gesandten inzwischen abgereist waren und daß Henry ihre Bedingungen abgelehnt hatte. Wie er ferner erfuhr, hatte Cromwell deswegen eine hitzige Auseinandersetzung mit dem König gehabt. Der König war gegen ein Bündnis mit dem Kaiser: Der Mann sei schließlich Katharines Neffe und in hohem Maße für die Sorge und seelische Belastung verantwortlich, der Henry während jener Jahre des Wartens ausgesetzt gewesen sei. Cromwell dagegen war darauf bedacht, England die Unterstützung aller guten Verbündeten zu sichern: Der Kaiser selbst wünsche das Bündnis, und er sei ein mächtiger Mann. Mit ihm würden wir zu einem besseren Einvernehmen gelangen als es jemals mit den Franzosen möglich wäre.

Henry jedoch haßte Widerspruch. Er verfluchte Cromwell

und fuhr ihn wütend an: Cromwell tue nichts für ihn. Er habe ihm die Königin auf den Hals geladen und nun falle ihm nichts ein, ihn von ihr zu befreien. Dabei wünsche er sich so sehr einen Sohn. Er brauche ganz dringend einen Sohn. Und so fort...

Da täuschte Cromwell einen Hustenanfall vor und bat darum, ihm etwas Wein zu bringen. Er behauptete, Fieber zu haben. Daraufhin schickte der König ihn fort, und Cromwell zog sich in sein Haus in Stepney zurück, wo er eine ganze Woche lang das Bett hütete.

Ob er nun wirklich Fieber hatte oder nur Zeit zum Nachdenken brauchte, haben wir nie erfahren. George neigte dazu, letzteres für wahrscheinlicher zu halten, denn als Cromwell wieder auftauchte, hatte er ganz offensichtlich einen Entschluß gefaßt.

Ich sollte schon bald erfahren, welch verheerende Folgen dieser Entschluß für mich hatte. Cromwell war nicht mehr mein Freund. Im Gegenteil, er war mein erbittertster Feind geworden – gezwungenermaßen sozusagen, denn Cromwells Handeln wurde nicht von persönlichen Gefühlen bestimmt.

Ihm war klargeworden, daß er das Wohlwollen des Königs nicht länger würde genießen können, wenn ich weiterhin Königin von England bliebe. Außerdem gelang es ihm nicht, den Freundschaftsvertrag mit dem Kaiser zustande zu bringen, da Karl, wie ich später erfuhr, deutlich zu verstehen gegeben hatte, daß er zu Verhandlungen mit Henry nicht bereit sei, solange ich offiziell als seine Frau anerkannt werde. Cromwell aber war bereit, alles zu tun – und zur Not auch über Leichen zu gehen –, um seine Haut zu retten und seine Machtstellung nicht zu gefährden, die er im Begriff war auszubauen.

Das Jahr schritt fort. Bald wäre der Mai da, dieser wonnevolle Monat mit seiner Blütenpracht – Felder und Wiesen wären von Butterblumen und Löwenzahn übersät, an den Flußufern würden Wiesenschaumkraut und Kuckucksblumen blühen. Trübe Gedanken würden unter der Frühlingssonne schnell verfliegen.

Die erste Warnung erhielt ich, als der Mai schon fast vor

der Tür stand und mir auffiel, daß Mark Smeaton verschwunden war. Ich fragte eine der Bedienten, wo er sei. Sie antwortete, sie wisse es nicht. Sie habe ihn am Tag zuvor noch gesehen und da habe er einen ziemlich aufgeregten Eindruck gemacht.

»Offenbar hat er ein Geheimnis«, sagte ich. »Glaubt Ihr, er hat eine Geliebte?«

»Mark hat für niemanden Augen außer für Euch, Madam«, war ihre Antwort.

Ich tat diese Auskunft mit einem Achselzucken ab. »Das kommt nur daher, weil ich ihn den anderen vorgezogen habe.«

»Er hat ein romantisches Herz. Er ist Euer Gnaden wie ein Sklave ergeben.«

»Wenn er zurückkommt, sagt ihm, daß ich den Grund für seine Abwesenheit erfahren möchte.«

Aber Mark kam nicht zurück.

Eine andere Bedienstete überbrachte mir die Nachricht – und ich begann, eine leise Besorgnis zu verspüren.

»Er war gestern ganz stolz, Madam. Er hatte eine Einladung zum Abendessen erhalten.«

»Zum Abendessen? Mit wem?«

»Mit Master Cromwell, Madam.«

Ich war verblüfft. Der große Cromwell sollte einen einfachen Musikanten zum Abendessen eingeladen haben? Was konnte es nur bedeuten? Mark hätte es mir sagen sollen. Ich wollte auf der Stelle mit George sprechen und ihm erzählen, was geschehen war.

Es war der erste Mai – zwei Tage nach Mark Smeatons Verschwinden. Er war noch immer nicht an den königlichen Hof zurückgekehrt und mich bedrückten jetzt böse Vorahnungen.

Doch heute war Maifeiertag – ein ganz besonderer Tag und ein Fest, das bei Hofe immer schon mit prunkvollen Turnierveranstaltungen begangen worden war.

Ich hatte noch keine Gelegenheit gehabt, mit George zu sprechen und ihm von Marks Verschwinden zu berichten, doch ich würde ihn heute sehen, denn er sollte als einer der wichtigsten Herausforderer in dem Turnier auftreten; Norris sollte die Gegenseite anführen.

Noch war ich Königin und mußte während der festlichen Veranstaltung meinen Platz an der Seite des Königs einnehmen; daher begab ich mich in die königliche Loge. Als Henry den Turnierplatz betrat, bemerkte ich, wie Cromwell auf ihn zuging und ihn ansprach, und eine Zeitlang waren die beiden in ein offenbar ernstes Gespräch vertieft. Henrys heftigem Stirnrunzeln entnahm ich, daß es sich bei der Nachricht, die Cromwell überbracht hatte, um keine gute Nachricht handeln konnte.

Ich hätte Cromwell zu gerne selbst gesprochen und ihn befragt, weshalb er Mark Smeaton zum Abendessen eingeladen habe und wieso Mark seitdem von niemandem mehr gesehen worden war.

Dann nahm Henry seinen Platz neben mir ein. Ich wandte mich ihm zu und lächelte ihn an, doch er vermied es, meinen Blick zu erwidern. Er starrte unentwegt geradeaus. Seine Lippen waren zusammengepreßt und hatten jenen grausamen Zug, wie ich ihn furchterregender nie zuvor an ihm beobachtet hatte. Seine Augen waren kalt, aber seine Wangen waren hektisch gerötet. Selbst als das Turnier begann, hörte er nicht auf, finster dreinzublicken, und ich vermutete, er dachte an die Zeit zurück, als er selbst aus allen Turnierkämpfen als strahlender Sieger hervorgegangen war. Dazu war er mittlerweile zu korpulent. Zwar ritt er nach wie vor zur Jagd aus und rühmte sich, dabei noch immer jede Menge Pferde zu verschleißen, aber trotzdem alterte er zusehends. Ich wußte, daß sein Bein ihm zu schaffen machte. Das Geschwür wollte einfach nicht heilen und bereitete ihm zuweilen große Schmerzen. Wenn er an dem Turnier teilgenommen hätte, wäre es seinem Gegner schwergefallen, so zu tun, als bereite Henry ihm eine Niederlage. Vielleicht wurde Henry das gerade bewußt; vielleicht war das der Grund, weshalb er so finster dreinschaute.

Aber es mußte noch einen anderen Grund für seinen Zorn geben.

Ich hatte Mühe, mich auf das Turnier zu konzentrieren.

Ich machte mir Gedanken wegen Mark..., und ich hätte zu gerne gewußt, was in Henry vorging.

George schlug sich tapfer. Norris ebenfalls. Sie machten beide eine glänzende Figur. Der König sah ihnen mürrisch zu. Plötzlich empfand ich die Hitze als unerträglich drükkend und hatte nur noch den Wunsch, den Ort des Turniers zu verlassen. In Wirklichkeit aber war es mehr als nur die stechende Sonne; mich überkam plötzlich die beklemmende Vorahnung, in großer und unmittelbarer Gefahr zu sein.

Ich griff zu meinem Taschentuch, um mir den Schweiß von der Stirn zu wischen. Dabei zitterte meine Hand und das Taschentuch flatterte zu Boden. Zufällig war Norris gerade in der Nähe. Er hob das Taschentuch mit der Lanzenspitze auf und reichte es mir. Ich nahm es lächelnd entgegen, während Norris sich verneigte.

Der König beobachtete uns. Ich wandte mich ihm zu. Er sah aus, als ob er zu ersticken drohte.

Ich sagte zu ihm: »Fühlt Ihr Euch nicht wohl?«

Er antwortete nicht. Dann stand er auf. Schweigen trat ein – es erschien mir wie eine Ewigkeit, aber in Wirklichkeit kann es nicht viel länger als ein paar Sekunden gedauert haben. Dann verließ er ohne weitere Erklärung die Loge. Das war das Signal, daß das Turnier beendet war.

Zunächst herrschte eine gewisse Verwirrung; alle waren wie gelähmt und sprachlos vor Schreck. Dann brach wildes Stimmengewirr aus. Niemand wußte, was los war.

Mir blieb nichts anderes übrig als zu gehen.

So kehrte ich in den Palast in Greenwich zurück und begab mich in meine Gemächer.

Die beklemmende Stille vor dem Sturm hielt an. Es war eine beängstigend beredte Stille.

Der Sturm drohte jeden Augenblick loszubrechen und ich wußte, daß er um mich toben und daß ich ihm schutzlos ausgeliefert sein würde.

Norris schien spurlos verschwunden zu sein.

Ich schickte nach Madge. »Madge«, sagte ich, »wo ist Norris?«

»Ich habe ihn seit dem Turnier nicht mehr gesehen.«

»Das Turnier nahm ein so plötzliches Ende.«

»Man sagt, der König sei es mit einem Mal leid gewesen.«

»Natürlich. Er hat sich geärgert, weil er nicht länger mit Männern wie Norris und meinem Bruder konkurrieren kann.«

Madge antwortete nicht darauf. Mir schien, sie hatte das Gefühl, daß ich die gefährlichsten Dinge sagte.

»Und dann ist da noch Mark. Was kann Mark zugestoßen sein?«

Madge schüttelte nur den Kopf.

»Es wird viel verrücktes Zeug geredet«, sagte sie.

»Geredet? Was wird geredet?«

»Daß Norris verhaftet und in den Tower gebracht worden sein soll.«

»Norris! Aber weshalb denn nur?«

»Er soll den König beleidigt haben.«

»Doch nicht Norris! Der König mag Norris sehr. Er hat ihm immer sehr nahegestanden.«

»Vielleicht ist es ja nur ein Gerücht«, sagte Madge.

»Wie konnte solch ein Gerücht denn überhaupt entstehen?«

»Man sagt, es sei passiert, als er den Turnierplatz verlassen habe. Norris sei in Gesellschaft des Königs gewesen; sie seien Seite an Seite geritten. Dann habe der König irgendwelche Anschuldigungen gegen ihn erhoben... und ihn verhaften lassen.«

»Ich kann es einfach nicht glauben. Was wirft man ihm denn vor?«

Madge schüttelte den Kopf. »Jedenfalls soll er im Tower sein.«

»Was geht hier eigentlich vor?« entfuhr es mir. »Norris verhaftet! Mark vermißt! Was hat das zu bedeuten?«

Niemand konnte mir Genaues sagen. Vielleicht trauten sie sich auch nicht, es mir zu sagen. Ob sie mir etwas verheimlichten? Ich hatte den dringenden Wunsch, mit jemandem darüber zu reden.

Wo George nur war? Ich schickte jemanden zu ihm, aber von George fehlte jede Spur.

Mir graute vor der Nacht. Ich wußte genau, daß ich sie schlaflos verbringen würde.

Wie recht ich mit meiner Befürchtung hatte! Ich lag in meinem Bett und wälzte mich von einer Seite auf die andere und stellte mir immer wieder dieselbe Frage: Was hatte das alles zu bedeuten?

Endlich war die Nacht vorüber. Ich stand auf. Überall schien Totenstille zu herrschen. Ich hatte das Gefühl, meine Bedienten scheuten sich, mir unter die Augen zu treten. Sie hatten alle vor irgend etwas Angst.

Am frühen Morgen bekam ich Besuch. Ich war äußerst überrascht darüber, daß es Mitglieder des Staatsrats waren; angeführt wurde die Delegation von dem Herzog von Norfolk.

Ich erhob mich, als sie meine Gemächer betraten; sie kamen ungebeten und ohne vorher um eine Audienz nachgesucht zu haben.

Ich fragte sie ungehalten: »Was wollt Ihr hier?«

»Wir kommen im Auftrag des Königs«, erwiderte Norfolk.

»Wie soll ich das verstehen?«

»Euer Musikbürschchen sitzt als Gefangener im Tower.«

»Mark – in Gefangenschaft! Aber er ist doch nur ein einfacher Junge. Was wirft man ihm denn vor?«

»Ehebruch.«

»Ehebruch! Und mit wem?«

Norfolk sah mich lächelnd an. »Mit Euch, Madam.«

»Mark! Ein harmloser kleiner Musikant! Was soll der Unsinn?«

»Er hat bereits gestanden.«

»Oh, mein Gott!« rief ich entsetzt aus. Und im stillen dachte ich: Eine Einladung zum Abendessen bei Cromwell. Weshalb sollte Cromwell einen einfachen Musikanten in sein Haus einladen? Etwa um ihn zu bestechen? Nein, Mark würde sich nie bestechen lassen. Wenn es wirklich stimmte, daß er etwas so Ungeheuerliches gestanden hatte, dann mußten sie dieses Geständnis mit der Folter erzwungen haben. Welch unerbittlichen Feinden ich doch ausgeliefert war! Der arme Mark! Sein schlanker Körper . . ., diese zarten

Hände... Was war nur mit Mark geschehen? Was hatten sie mit mir vor?

»Wie könnt Ihr es nur wagen, solche gemeinen Anschuldigungen vorzubringen?« herrschte ich sie an.

Statt zu antworten, bediente Norfolk sich seiner Lieblingsbemerkung, über die ich mich schon immer geärgert hatte. »Na, na, na«, wies er mich zurecht, als ob ich ein trotziges Kind wäre. Dann fügte er hinzu: »Norris ist übrigens auch im Tower..., noch einer aus der Schar Eurer Liebhaber.«

»Welch boshafte Lügen.«

»Und wir, Madam, sind nun hier, um Euch zum Tower zu geleiten.«

»Ich weigere mich.«

»Es ist der Befehl des Königs.«

»Ich will zu ihm. Ich muß mit ihm sprechen.«

»Seine Majestät wünscht Euch nicht zu sehen. Sein Befehl lautet, daß Ihr zum Tower gebracht werden sollt.«

Plötzlich war ich ganz ruhig. Die Katastrophe war eingetreten. Vielleicht hatte ich so lange Zeit in banger Erwartung des Verhängnisses zugebracht, daß ich fast Erleichterung empfand, als es schließlich hereinbrach.

Ich war in der Hand skrupelloser Männer, die vor nichts zurückschrecken würden, um ihren Willen durchzusetzen... Und der skrupelloseste von allen war mein Mann, der König.

Es wurden Lügen über mich verbreitet.

Hatte Smeaton mich beschuldigt? Wenn es so war, dann mußte ihm dieses ›Geständnis‹ mit äußerster Grausamkeit abgerungen worden sein. Und Norris? Norris war untadelig, ein Mann von Ehre. Doch würde er der Folter widerstehen können?

Ich betrat das Boot und hatte das Gefühl, wohin ich auch blickte, vom Untergang bedroht zu sein. Es kam mir so vor, als sei es erst kurze Zeit her, daß ich im Triumph die Themse hinabgefahren war.

Norfolk saß mir gegenüber. Ein süffisantes Lächeln lag auf seinen Zügen. Er hatte mich noch nie gemocht. Obwohl er ein Verwandter war, war ich fest davon überzeugt, daß er innerlich frohlockte, mich in solch verzweifelter Lage zu sehen. Ich sah ein, daß ich oft stolz und anmaßend gewesen war. Ich war hochmütig, unbesonnen und jähzornig gewesen – und hatte damit nicht gerade die Herzen der Menschen erobert. Aber ich hatte zum Glück einige treue Freunde, denen ich vorbehaltlos vertrauen konnte.

Fast triumphierend sagte Norfolk mir: »Eure Liebhaber haben übrigens ihre Schuld gestanden.«

»Meine Liebhaber?«

»Norris, Brereton, Weston... und natürlich das Musikbürschchen.«

»Das glaube ich nicht.«

Er zuckte nur mit den Schultern und gab mir damit zu verstehen, daß es ohnehin gleichgültig sei, was ich glaubte oder nicht glaubte.

Sie brachten mich zum Verrätertor.

In meinen schlimmsten Alpträumen war es so weit nicht gekommen. Daß er Mittel und Wege suchen würde, mich loszuwerden – ja, damit hatte ich schon gerechnet, aber nicht, daß er es auf diese Weise versuchen würde.

Ich wurde in rüdem Ton aufgefordert, aus dem Boot auszusteigen. Ich befolgte die Anweisung. Und plötzlich überkam mich das Bedürfnis zu beten. Ich fiel auf die Knie und betete laut: »Oh, Herrgott, hilf mir. Du weißt, daß ich mich des Vergehens, das mir vorgeworfen wird, nicht schuldig gemacht habe.«

Sir William Kingston, der Kommandant des Tower, kam auf mich zu, um mich in Empfang zu nehmen.

»Master Kingston«, sagte ich zu ihm, »komme ich nun in ein Verlies?«

»Nein, Madam«, erwiderte er freundlich. »In Euer Quartier, das Ihr anläßlich Eurer Krönung bewohnt hattet.«

Von neuem drängte sich mir die Ironie der Umstände auf. War es erst drei Jahre her? Ich mußte daran denken, wie stolz ich damals in der Staatsbarkasse Platz genommen hatte, die mit meinem persönlichen Wappen geschmückt war, dem weißen Falken inmitten der roten und weißen Rosen der Häuser York und Lancaster. Damals war ich schwanger... Niemals hätte ich mir träumen lassen, daß ich keine Söhne zur Welt bringen sollte. Ich brach in hysterisches Gelächter aus, und Tränen liefen über meine Wangen.

»Weshalb bin ich hier, Master Kingston?« fragte ich.

Er antwortete nicht, aber er sah mich voller Mitgefühl an, und das gab mir ein wenig Trost.

Als ich zu meinem Quartier gebracht wurde, hörte ich, wie die Uhr fünf schlug, und jeder Schlag war wie das Läuten der Totenglocke.

Norfolk und seine Begleiter betraten mit mir den Raum, und nachdem sie sich davon überzeugt hatten, daß ich dort sicher untergebracht war, schickten sie sich an fortzugehen.

»Ich bin unschuldig«, beteuerte ich erneut. »Ich flehe Euch an, bittet den König für mich um Milde.«

Sie verneigten sich und gingen. Ich war nun allein mit Kingston, der mich, glaube ich, bedauerte.

»Wißt Ihr, warum ich hier bin?« fragte ich ihn noch einmal.

»Nein«, antwortete er.

»Wann habt Ihr den König zuletzt gesehen?«

»Ich habe ihn zum letzten Mal bei dem Turnier gesehen.«

»Wo ist Lord Rochford?« fragte ich ihn – und mir graute vor der Antwort. »Er war auch bei dem Turnier.«

Mich überkam schreckliche Angst, und mehr zu mir selbst als zu ihm sagte ich: »Ach, wo ist nur mein geliebter Bruder?«

»Ich habe ihn zuletzt im York-Palast gesehen.«

Ich bedeckte verzweifelt mein Gesicht mit den Händen. »Wie ich höre, soll ich zusammen mit drei Männern angeklagt werden ... und ich kann nur immer wieder beteuern ... nein, ich habe es nicht getan! Oh, Norris, hast auch du mich beschuldigt? Du bist jetzt auch im Tower und du und ich, wir werden zusammen sterben.« Ich mußte an meine Stiefmutter denken – ihr Kummer würde grenzenlos sein. Ich murmelte: »Ach, meine liebe Mutter, du wirst noch vor Gram sterben. Master Kingston, glaubt Ihr, ich muß sterben, ohne daß mir Gerechtigkeit zuteil wird?«

»O Madam, die wird selbst dem armseligsten Untertan des Königs zuteil«, antwortete er.

Diese Bemerkung ließ mich erneut in hysterisches Gelächter ausbrechen. Es gelang mir einfach nicht, die Erinnerung an jenes großflächige Gesicht mit den kalten, kleinen Augen und dem grausamsten Mund der Welt aus meinen Gedanken zu verdrängen. Ich warf mich auf mein Bett und lachte und weinte, bis ich erschöpft war.

Ich wußte nicht mehr, welcher Tag gerade war und wie viele Tage ich schon hier war. Ich wußte auch nicht, wie ich es schaffte, einen Tag nach dem anderen hinter mich zu bringen. Man war offenbar entschlossen, mich zu verwirren und mir Trost zu verweigern.

Wenn sie doch nur meinen Freundinnen erlaubt hätten, mir Gesellschaft zu leisten – das wäre mir eine Hilfe gewesen.

War das denn zuviel verlangt? Wenn ich doch wenigstens mit Mary Wyatt, Margaret Lee, Madge oder meiner Schwester Mary hätte sprechen können – das hätte mir geholfen, die schreckliche Zeit zu überstehen. Statt dessen hatten sie Frauen zu mir geschickt, die mich haßten. Sie hatten sich für meine Tante, Lady Boleyn, entschieden, die mit einem Bruder meines Vaters, Edward, verheiratet war. Sie war schon immer eifersüchtig auf mich gewesen, und obwohl sie es in der Vergangenheit nicht gewagt hatte, abfällige Bemerkungen über mich zu machen, war mir ihre Gehässigkeit doch keineswegs entgangen. Vielleicht hatte man sie deshalb ausgewählt, weil allgemein bekannt war, wie sehr sie mich verabscheute. Und mit ihr kam eine gewisse Frau Cosyns, eine Spionin, wie sie im Buche stand. Diese beiden – da war ich ganz sicher – zweifelten nicht im entferntesten daran, daß ich mich all der Vergehen schuldig gemacht hatte, die mir vorgeworfen wurden.

Sie versuchten, mich durch raffinierte Fangfragen dazu zu bringen, etwas zu sagen, das sie mir später würden anlasten können. Sie waren ständig in meiner Nähe und ließen mich nie aus den Augen. Sie schliefen auf Pritschen vor dem Fußende meines Bettes. Manchmal wachte ich mitten in der Nacht schreiend aus einem Alptraum auf. Dann waren sie jedesmal ganz Ohr. Sie hörten genau zu und merkten sich jedes Wort, das ich sagte, und achteten aufmerksam auf alles, was geeignet war, gegen mich verwendet zu werden. Außerdem behandelten sie mich mit vorsätzlicher Respektlosigkeit; ich sei hier keine Königin, erklärten sie mir.

Hin und wieder taten sie so, als ob sie Mitgefühl empfänden, und versuchten, mich dazu zu bringen, mich ihnen anzuvertrauen. Sie stellten mir Fragen und formulierten diese auf eine Art und Weise, die mich in die Falle lokken sollte.

»O ja, Ihr wart eine wirkliche Schönheit bei Hofe. Ihr wart der strahlendste Stern. Neben Euch sahen alle anderen nahezu langweilig aus. Kein Wunder, daß all diese Männer in Euch verliebt waren!«

Wie dumm sie doch waren! Merkten sie denn nicht, daß ich ihr Verhör durchschaute?

»Angeblich soll Norris ja Madge Shelton den Hof machen, aber zusammen war er ständig mit Euch. Ihr wart die Auserwählte. Es lag ja auch auf der Hand...«

»Und Weston... Der hat Euch wohl mehr geliebt als seine eigene Frau. Nun ja, es war nur zu verständlich.«

Ich wandte mich von ihnen ab. Ich konnte diese schlimme Zeit nur überstehen, indem ich so tat, als ob sie gar nicht da wären.

Meine Stimmung war Schwankungen unterworfen. Es gab Stunden, da hatte ich nur noch den Wunsch zu sterben und die Mühsal des Lebens einfach abzustreifen. Andererseits siegte manchmal auch mein Zorn über meine Verzweiflung. Dann wollte ich leben und mich an all denen rächen, die gegen mich intrigiert und mich dorthin gebracht hatten, wo ich mich jetzt befand.

Ich war so froh, als mir die Gesellschaft zweier weiterer Hofdamen zugebilligt wurde, und vor allem, als ich erfuhr, daß diese beiden meine Cousine Madge und meine liebe Freundin Mary Wyatt sein sollten.

Lady Boleyn und Frau Cosyns waren zwar immer noch um mich, aber ihre Anwesenheit wurde mir nun etwas erträglicher, da meine Freundinnen ebenfalls bei mir waren.

Mary machte sich große Sorgen um ihren Bruder. Erstaunlicherweise war er nicht verhaftet worden, obwohl alle das erwartet hatten, da er in dem Ruf stand, einer meiner besten Freunde zu sein, und aus seiner Liebe zu mir nie ein Hehl gemacht hatte. Viele seiner Gedichte waren mir gewidmet.

Ich konnte es gelegentlich so einrichten, daß ich mit Mary allein war, und dann unterhielten wir uns, und es gelang ihr immer wieder, mir Mut und Trost zuzusprechen.

»Nur Smeaton hat Lügen über dich verbreitet«, sagte sie zu mir, »und das geschah unter dem Einfluß der Folter. Cromwell hat ihn bereits während jenes Abendessens foltern lassen. Seine brutalen Helfershelfer haben dem armen Kerl einen Strick um den Hals gelegt und die Schlinge so fest zugezogen, daß er vor Schmerz fast ohnmächtig wurde; dann haben sie ihn aufgefordert zuzugeben, daß du ihn allen anderen vorgezogen und ihm schöne Kleidung und einen Ring geschenkt habest, weil er dein Liebhaber gewesen sei. Er hat den fürchterlichen Qualen lange Zeit tapfer standgehalten. Doch dann haben sie ihn in den Tower gebracht und auf der Folterbank auf unbeschreiblich grausame Weise mißhandelt. Erst dann hat er sich geschlagen gegeben und die Lügen bestätigt, die sie hören wollten.«

»Der arme Mark«, sagte ich. »Ein so zarter Junge..., fast noch ein Kind. Und er war immer so sanft. Er hat mir einmal erzählt, daß er aus Mitleid immer habe weinen müssen, wenn Bettler an der Tür seines Elternhauses angeklopft hätten; und jedesmal, wenn er an einem Galgen vorbeigekommen sei, an dem ein hingerichteter Verbrecher gehangen habe, sei er weggelaufen, statt ihn sich wie die anderen anzusehen, denn Gewalt jeder Art sei für ihn unerträglich gewesen. Er liebte die Schönheit so sehr... Und nun ein solches Ende...«

»Er hat nur ganz zum Schluß gelogen«, sagte Mary mit Nachdruck. »Erst, als diese grausamen Männer ihn so brutal gefoltert haben, daß er die Schmerzen nicht mehr ertragen konnte. Die anderen haben sich nicht beeinflussen lassen. Nicht einer, Anne, nicht einer von ihnen hat dich belastet..., nur der arme Mark, und den hat die Folter dazu gebracht.«

»Sie wissen ganz genau, daß sein Geständnis falsch ist.«

»Ja..., aber sie sind entschlossen, es zu glauben.«

»Mary, was wird nun aus mir?«

Sie schüttelte stumm den Kopf und ihre Tränen brachten mich mehr aus der Fassung als Norfolks brutales Vorgehen oder die Bespitzelung durch meine Tante und deren Vertraute.

»Warum ist George im Tower?«

Mary schüttelte nur den Kopf.

»Und was ist mit meinem Vater?«

»Er ist nicht verhaftet worden.«

Wir konnten nicht weiterreden, weil meine Wächterinnen – die beiden verhaßten Frauen – uns nie lange allein ließen.

Die Nächte erschienen mir endlos. Dann lag ich da und starrte in die Dunkelheit.

Er würde mich loswerden, so daß er für Jane Seymour frei wäre, genauso wie er damals den Wunsch gehabt hatte, Katharine loszuwerden, um mich heiraten zu können. Die dämliche kleine Jane Seymour. Was glaubte sie denn wohl, wie lange sie ihn würde halten können? Und wer würde die nächste sein? Er wechselte doch die Ehefrauen wie Kleidungsstücke, die ihm nicht mehr gefielen.

Es gab zwei stichhaltige Gründe, die, wie ich geglaubt hatte, als Anklagepunkte ausreichten, um ihm eine offizielle Trennung von mir zu ermöglichen. Der eine war natürlich sein früheres Verhältnis mit meiner Schwester Mary, das den Vorwurf einer zu engen verwandtschaftlichen Beziehung rechtfertigte. Daran hatte er vor Jahren bereits gedacht, als er sich wegen eines Dispenses an den Papst in Rom gewandt hatte. Jetzt hätte er deswegen keinen Papst mehr benötigt; der gefällige Cranmer hätte alles Notwendige veranlaßt.

Aber Henry war nicht daran interessiert, alte Skandalgeschichten aufzurühren, die ihn in ein wenig schmeichelhaftes Licht rückten. Also hatte ich den ›Fall Mary‹ als kaum geeignete Methode verworfen. Dann war da noch ein anderer Grund – mein angeblicher Ehevertrag mit Northumberland. Das war ein Argument, dem ich große Aussicht auf Erfolg eingeräumt hatte. Der König hätte sich darauf berufen können, daß ich aufgrund eines Ehegelöbnisses an Henry Percy gebunden und seine Ehe mit mir daher nicht rechtskräftig gewesen sei. Das wäre zweifellos die überzeugendste Methode gewesen, wenn die Frage nicht schon einmal aufgeworfen worden wäre – und damals hatte Henry alles getan, um das Verfahren niederzuschlagen. Damals hatte er mich leidenschaftlich begehrt. Jetzt wollte er mich ebenso leidenschaftlich gern loswerden.

Ich hätte mir nicht träumen lassen, daß er sogar den Tod als mögliche Lösung seines Problems in Erwägung ziehen würde.

Andererseits – warum eigentlich nicht? Das wäre mit Sicherheit auch Katharines Schicksal gewesen, wenn sie nicht mächtige königliche Verwandte gehabt hätte. Solche Trümpfe konnte ich nicht vorweisen. Meine Verwandten verdankten die Macht, die sie besaßen, mir... und zum Teil natürlich auch Mary.

Wenn also weder Mary noch Northumberland geeignete Anklagepunkte abgaben, blieb nur noch eine Alternative.

Ich hatte mir schon oft Gedanken darüber gemacht, wie Menschen wohl zumute sein mochte, die dem Tod ins Auge sahen.

Sir Thomas More. Fisher. Jenen Mönchen, die sich geweigert hatten, den Supremat-Eid abzulegen. »Sie wirbelt unsere Köpfe wie Bälle durch die Luft, aber es wird nicht mehr lange dauern und ihr eigener Kopf wird denselben Tanz tanzen.« More hatte das gesagt. Er muß ein Prophet gewesen sein. Er hatte den König genauso gut gekannt wie ich. Er hatte sich keine Illusionen gemacht über seine niederträchtige, selbstsüchtige Natur, seine Unbeirrbarkeit im Verfolgen seiner Ziele und seine Bereitschaft, über Leichen zu gehen, wenn Gegner auftauchten, die seine Pläne zu vereiteln drohten. Er hatte das berühmte Gewissen kennengelernt, daß Henry plagte, wenn er es für passend hielt, von ihm geplagt zu werden. Und zur Zeit machte es ihm zu schaffen! Er war von einer Zauberin behext worden. Er hatte seine erste Frau verstoßen – nun, da für ihn keine Gefahr mehr bestand, sie wieder zu sich nehmen zu müssen, konnte er es sich leisten, ihrer mit Zärtlichkeit zu gedenken – und zu dieser Abscheulichkeit hatte er sich nur deshalb hinreißen lassen, weil er einer Hexe zum Opfer gefallen war. Wie leicht konnte das einem Mann passieren, ohne daß ihn selbst irgendwelche Schuld traf! Doch nun hatte Gott ihm die Augen geöffnet. Nun sah er deutlich, welchen Weg er einschlagen mußte. Gott hatte ihm Jane Seymour geschickt, um ihm zu sagen, daß der Himmel ihm sein Wohlwollen schenken würde, wenn er sich von dem bösen Zauber befreite, der ihn gebannt hatte, und dieses sanfte, einfache Mädchen zur Frau nähme. Dann bekäme er endlich eine Reihe Söhne. Gott war dabei, ihm den richtigen Weg zu weisen, und wie bereits zuvor war das Werkzeug, dessen Gott sich bediente, Cromwell, dem es gelungen war, dem jungen Musikanten die Wahrheit zu entlocken. Nun war endlich erwiesen, daß die Königin ihn betrogen hatte, und zwar mit Männern, die er für seine Freunde gehalten hatte.

Ich konnte mir lebhaft vorstellen, wie er sich die Argumente zurechtlegte, mit denen er sich vor Gott zu rechtfertigen gedachte. Was mich immer wieder in Erstaunen versetzte, war die Tatsache, daß er sich einbildete, den Allmächtigen täuschen zu können, wie er sich einredete, seine Höflinge täuschen zu können. Seine Höflinge waren gezwungen, so zu tun, als glaubten sie ihm; Gott war es nicht.

Als ich aufstand, schrieb ich ihm einen Brief und als Absender gab ich ›die Dame im Tower‹ an.

»... Falls Ihr bereits beschlossen habt, daß nicht nur mein Tod, sondern niederträchtige Verleumdung Euch in den Genuß Eures ersehnten Glücks bringen soll, dann bitte ich Gott, er möge Euch Eure große Sünde verzeihen...«

Ich mußte so lachen! Ich konnte mir ausmalen, wie er bei der Lektüre dieser Zeilen kreidebleich würde. Ich wünschte ihm, daß ihm gehörig der Schreck in die Glieder fahren möge. Ich hoffte, der Brief werde der Eigengesetzlichkeit seines erbärmlichen Gewissens zum Durchbruch verhelfen und eine Entwicklung in Gang bringen, die sich Henrys Kontrolle entzöge.

Welche Erinnerungen er wohl mit dem Gedanken an mich verband? Ich war überzeugt davon, daß er oft an mich dachte. Stellte er sich dann wohl den Garten in Hever vor? Oder dachte er an die Nacht, als ich in meinem Nachtgewand aus schwarzer Seide zum ersten Mal zu ihm gekommen war? Dachte er an meine Krönung?

Oder war ich für ihn die ›Dame im Tower‹?

Es war der 10. Mai und erst acht Tage her, daß ich verhaftet worden war. Mir erschienen diese acht Tage wie Jahre.

Das Große Schwurgericht zu Westminster hatte inzwischen Anklage erhoben gegen ›Lady Anne, Königin von England; George Boleyn, Viscount Rochford; Sir Henry Norris, Erster Königlicher Kammerherr; Sir Francis Weston und William Brereton, Königliche Kammerherren; und Mark Smeaton, Musiker von niederer Geburt und aufgrund seines Talents zum Königlichen Kammerdiener ernannt‹.

George und ich sollten am 16. Mai vor Gericht gestellt werden; die Verhandlung gegen die anderen war auf den 12. des Monats festgesetzt.

Ich wartete auf das Urteil... Ich wußte, daß Henry mich loswerden wollte, aber ich konnte mir nicht vorstellen, daß er ohne jedes Mitgefühl gegen seine Freunde vorgehen würde. Er mußte sich doch darüber im klaren sein, daß sie unschuldig waren. Oder war es möglich, daß sein Wunsch, mich loszuwerden, so groß war, daß er sich nicht scheute, über Leichen zu gehen, um dieses Ziel zu erreichen?

Der Ausgang jener Verhandlung war empörend – aber ich hatte nichts anderes erwartet. Man hatte nichts unversucht gelassen, alle Angeklagten dazu zu bringen, ein Schuldgeständnis abzulegen. Doch keiner von ihnen war dazu bereit, mit Ausnahme von Mark. Obwohl er gelogen hatte, um seine Haut zu retten, und mich mit dieser Lüge in Lebensgefahr gebracht hatte, konnte ich ihm verzeihen. Ich wußte ja, wie zart und wenig robust er war. Ich konnte mir gut vorstellen, wie er unter den unerträglichen Folterqualen zusammengebrochen war. Man hatte seinen Körper vollständig zermalmt und seinen Geist verwirrt, und als seine Peiniger ihm dann versprachen, ihn freizulassen, wenn er ein Schuldbekenntnis unterschriebe, unterschrieb der Junge. Der arme, törichte Mark! Er hatte seine Ehre und seinen Stolz aufs Spiel gesetzt, in der Hoffnung, sein

Leben zu retten. Er war zu unerfahren, um zu wissen, daß man ihm niemals erlaubt hätte, mit dem Leben davonzukommen; er hatte sich ganz umsonst durch seinen Meineid um sein Seelenheil gebracht. Er wurde zum Tod am Galgen verurteilt. Welch ein trauriges Ende für einen jungen Mann, dessen Herz für die Musik schlug; er hatte geglaubt, durch sie ein Leben in Armut gegen ein angenehmes Leben bei Hofe eingetauscht zu haben – und hatte sich in Wirklichkeit nur den Tod eingehandelt.

Ich wollte zu ihm, ihn trösten und ihn bitten, mich anzuschauen, um mich dann selbst davon überzeugen, ob er weiterhin auf seinen Lügen beharrte. Natürlich wollte man mir das nicht gestatten. Mark hätte seine Aussage widerrufen und die Wahrheit gesagt, wenn er mir persönlich gegenübergestanden hätte – und das wußten meine Ankläger so gut wie ich.

Welch ein trauriges Ende für einen jungen Mann.

Norris, Weston und Brereton widerstanden dem Druck, der auf sie ausgeübt wurde, um ihnen ein Schuldgeständnis zu entlocken, und verteidigten mannhaft ihre Unschuld. Henry hatte Norris immer sehr nahegestanden und ließ ihm ausrichten, daß er bereit wäre, ihm das Leben zu schenken, wenn er zugäbe, mit mir Ehebruch begangen zu haben. Norris antwortete ihm darauf, daß er lieber tausend Tode sterben werde, als die Königin eines Vergehens zu bezichtigen, dessen sie sich seiner festen Überzeugung nach nicht schuldig gemacht habe. Mary Wyatt berichtete mir, der König sei, als er diese Antwort erhalten habe, so verärgert darüber gewesen, daß sein alter Freund es abgelehnt hatte, die nach ihm ausgestreckte rettende Hand zu ergreifen, daß er vor Wut ausgerufen habe: »Dann hängt ihn doch auf! Hängt ihn auf!«

Die arme Mary Wyatt war sehr beunruhigt. Thomas hatte sich bisher unauffällig im Hintergrund gehalten, aber er rechnete stündlich damit, zu Norris und den anderen in den Tower gesperrt zu werden. Noch war sein Name im Zusammenhang mit der Anklage nicht genannt worden – aber allen war er gegenwärtig.

Am 16. Mai wurden George und ich vor Gericht gestellt,

und zu diesem Zweck wurde die große Halle des Tower in einen Gerichtssaal verwandelt.

George wurde als erster vorgeladen. Ich wartete zitternd vor Angst auf den Ausgang der Vernehmung; nach dem niederschmetternden Ergebnis der vorausgegangenen Gerichtsverhandlung war ich auf das Schlimmste gefaßt.

George verteidigte sich offenbar so geschickt, daß diejenigen, die über ihn zu Gericht saßen, eine Zeitlang befürchtet haben müssen, daß es für sie schwierig werden könne, zu dem Urteilsspruch zu gelangen, den der König wünschte.

Ich glaube, selbst unsere erbittertsten Feinde waren entsetzt, als Jane Rochford vortrat, um gegen ihren Mann auszusagen. Wie sehr sie mich doch gehaßt haben muß! Ich wußte, daß sie George leidenschaftlich geliebt hatte, aber die Gleichgültigkeit, die er stets für sie empfunden hatte, hatte diese Liebe in Haß umschlagen lassen; ihr Haß galt vor allem mir, denn ihr war bekannt, welch tiefe geschwisterliche Zuneigung meinen Bruder und mich verband.

Ihr Vorwurf, wir hätten uns des Inzests schuldig gemacht, war so absurd, daß ihr zu seiner Erhärtung zwangsläufig jeder vernünftige Beweis fehlte. So konnte sie nur vorbringen, wir gingen übertrieben liebevoll miteinander um und mein Bruder sei offensichtlich nur auf Gelegenheiten aus, in meiner Nähe zu sein. Sie habe ihn einmal in meinem Schlafzimmer angetroffen, als ich im Bett gelegen hätte. Er habe sich über das Bett gebeugt und mich geküßt – das habe sie genau gesehen, als sie das Zimmer betreten habe.

Alle Anwesenden können nur Verachtung für sie empfunden haben, aber sie besaßen nicht den Mut, dem König die Stirn zu bieten. Er wollte nur eins – mich gründlich in den Schmutz ziehen. Erst wenn allgemein geglaubt würde, daß mein Bruder und außer ihm die anderen Angeklagten meine Liebhaber gewesen seien, könnte er das beruhigende Gefühl haben, bei dem Bemühen, mich so schnell und zuverlässig wie möglich aus dem Weg zu räumen, das Recht auf seiner Seite zu haben. Wenn es gelänge zu beweisen, daß das mir zugedachte Schicksal eine wohlverdiente Strafe wäre, würde dieser Beweis sein Gewissen erheblich erleichtern; und das

Gewissen des Königs verlangte nach Erleichterung – um welchen Preis auch immer. Alle Angehörigen des Gerichts wußten das.

Sie wußten auch, daß ihre Zukunft von der Gunst des Königs abhing.

Also wurde George für schuldig erklärt.

Sobald er die Halle verlassen hatte, wurde ich mit den Damen meines Gefolges in den Gerichtssaal gebracht. Lady Kingston war auch dabei. Sir William geleitete mich bis vor die Richterbank.

Ich war selbst überrascht, wie ruhig ich war. Ich hatte fast das Gefühl, neben mit zu stehen und meinen Auftritt als unbeteiligter Zuschauer zu verfolgen. Ich wußte, daß man mich verurteilen würde, denn ich kannte ja Henry. Hatte ich nicht all die Jahre aus nächster Nähe miterlebt, wie sehr er sich bemüht hatte, Katharine loszuwerden? Der Ausgang der Verhandlung stand also bereits fest. Eigentlich war es reine Zeitverschwendung, eine gerichtliche Untersuchung durchzuführen, wenn der Urteilsspruch eine längst beschlossene Sache war.

Ich erklärte, des Verbrechens nicht schuldig zu sein, dessen man mich anklagte, und nahm auf dem Stuhl Platz, der für mich bereitgestellt worden war. Dann hörte ich mir an, was man als Beweismaterial gegen mich zusammengetragen hatte – all die Bemerkungen, die ich angeblich gemacht hatte und die mich nun überführen sollten. Es war alles so banal, so offensichtlich erfunden. Ich verteidigte mich gegen alle Anschuldigungen, was mir nicht weiter schwerfiel, da es sich ausnahmslos um schamlose Lügen handelte. Dabei merkte ich deutlich, wie einige der versammelten Angehörigen des Hochadels sich zunehmend unbehaglich fühlten. Sie glaubten mir.

Rein logisch betrachtet blieb ihnen in der Tat auch kaum etwas anderes übrig.

Von den dreiundfünfzig Pairs des Königreichs waren sechsundzwanzig für den Prozeß ausgewählt worden. Sie waren die Lord-Richter und ihnen stand der Herzog von Norfolk als Vorsitzender des Gerichts vor. Ich zweifelte nicht daran, daß er und mein Erzfeind, der Herzog von Suffolk, dafür sorgen würden, daß der König den Urteilsspruch bekäme, den er benötigte.

Auch Northumberland würde als einer der bedeutendsten Pairs des Landes mit Sicherheit dem Gericht angehören. Ich fragte mich, was für ein Gefühl es wohl sein mochte, ihn nach so vielen Jahren wiederzusehen. Ich hatte gehört, er habe sich sehr verändert. Das Scheitern seiner Ehe und sein unglückliches Leben hatten zweifellos ihre Spuren hinterlassen. Und nun sollte er einer von denen sein, die gekommen waren, um über mich zu richten. Wie seltsam würde es wohl sein, ihm jetzt vor Gericht gegenüberzustehen und dabei an jene Jahre zurückzudenken, als er und ich uns heimlich getroffen hatten, als er im Gefolge Wolseys an den königlichen Hof gekommen war und ich mich aus der Hofhaltung der Königin und von meinen Pflichten dort fortgestohlen hatte, um mit ihm zusammen zu sein.

Aber ich sah ihn nicht unter den Paris.

Ich sagte zu Kingston: »Ist Mylord von Northumberland nicht hier?«

Kingston murmelte: »Er ist zwar hier..., aber er ist plötzlich krank geworden. Er war gezwungen, sich zurückzuziehen.«

Ich mußte lächeln. Er brachte es also nicht übers Herz, sich der Situation zu stellen. Er konnte sich nicht überwinden, dort aufzutreten und mich zu verurteilen. Der gute Henry Percy! Wie er inzwischen wohl über mich denken mochte? Zumindest schien er sich noch gut genug an mich zu erinnern, um es abzulehnen, über mich zu Gericht zu sitzen.

Die Ruhe, die über mich gekommen war, jene merkwürdige Teilnahmslosigkeit kam mir jetzt zugute. Sie ermöglichte es mir, auf die Fragen der Richter genau einzugehen und ihnen solche Antworten zu geben, die sie Mühe hatten zu widerlegen.

Sie hatten zweifellos erwartet, ich würde in Hysterie ausbrechen, was ihre Aufgabe wesentlich erleichtert hätte; entsprechend irritiert waren sie, mich so kühl und distanziert, so ungewöhnlich ruhig anzutreffen.

Wäre es bei dieser Verhandlung gerecht zugegangen, ich

wäre nicht verurteilt worden – dabei war ein einstimmiger Beschluß gar nicht einmal erforderlich; es genügte eine Stimmenmehrheit. Alle meine Mitangeklagten – mit Ausnahme von Mark – hatten die gegen sie erhobenen Anschuldigungen nachdrücklich zurückgewiesen. Reichte die Zeugenaussage eines armen, gefolterten Jungen denn tatsächlich aus, um mich zu verurteilen?

Norfolk und Suffolk sorgten dafür, daß sie ausreichte.

Dann verkündete Norfolk das Urteil. Ich sollte sterben – ob auf dem Scheiterhaufen oder auf dem Schafott, sollte der König entscheiden.

Ich war wie betäubt und konnte mich lange Zeit gar nicht aus der Erstarrung lösen.

Ich faltete die Hände, hob die Augen zum Himmel und betete: »O Vater, o Schöpfer, der du der Weg, die Wahrheit und das Leben bist, du weißt, ob ich es verdient habe zu sterben.«

Dann wandte ich mich meinen Richtern zu. »Mylords«, sagte ich zu ihnen, »es liegt mir fern zu behaupten, Euer Urteilsspruch sei ungerecht, und ich bin auch nicht so anmaßend, mir einzubilden, meine Argumente könnten sich gegen Eure Überzeugungen durchsetzen. Ich bin sogar bereit zu glauben, daß Ihr für das, was Ihr getan habt, hinreichende Gründe gehabt habt; allerdings können diese Gründe mit der Beweisführung dieses Prozesses nichts zu tun gehabt haben, denn ich habe mich keines der Vergehen schuldig gemacht, die Ihr mir zur Last legt.«

Ich merkte, daß viele von ihnen beschämt waren, und ich hatte das Gefühl, daß sich einige noch lange an meine Worte erinnern würden.

Dann versicherte ich ihnen, daß ich dem König niemals untreu gewesen sei, wenn ich auch zugeben müsse, ihm gegenüber nicht immer die Demut und Dankbarkeit bewiesen zu haben, die ich ihm dafür schuldete, daß er mich mit so hohen Würden und Ehren bedacht habe. Ich sagte ihnen, daß ich den Tod nicht fürchtete, da ich auf Gott vertraute, der mich sicher leiten werde. Abschließend fügte ich noch hinzu, daß ich mir im klaren darüber sei, daß meine Worte nichts an meiner Lage ändern würden, daß ich sie aber dennoch hervorbrächte, um meine Tugend und meine Ehre noch einmal nachdrücklich zu beschwören.

»Was meinen Bruder und die anderen zu unrecht Verurteilten betrifft, so würde ich gerne mehrmals sterben, wenn ich sie dadurch retten könnte. Da ich ihr Todesurteil jedoch als Ausdruck des könglichen Willens hinnehmen muß, werde ich ihnen bereitwillig und in der tröstlichen Gewißheit in den Tod folgen, in Ewigkeit mit ihnen in Frieden und Freude vereint zu sein.«

Nach dieser kurzen Ansprache drehte ich mich um und ging.

Cranmer suchte mich auf. Der König hatte ihn geschickt, damit er mir die Beichte abnehme. Ich empfand seinen Besuch als sehr tröstlich.

Er flehte mich an, nicht zu verzweifeln. Es sei durchaus möglich, daß das Todesurteil aufgehoben würde. Er ließ durchblicken, daß man mir möglicherweise gestatten werde, das Land zu verlassen. Ich solle eventuell nach Antwerpen gebracht werden, wo ich für den Rest meines Lebens in Frieden würde leben können. Ich beschäftigte mich seit langem mit religiösen Fragen und war für geistige Dinge aufgeschlossen; ich las gern, interessierte mich für Musik und entwickelte wachsendes Verständnis für die neue Religion der reformierten Kirche. Ich würde daher dem Hofleben niemals nachtrauern. Mir war inzwischen klargeworden, wie leer das Leben bei Hofe war. Ich wollte auch Henry niemals wiedersehen. Aber einen Menschen gab es, an den ich unentwegt denken mußte – meine Tochter. Was würde nun aus ihr? Wer würde sich um sie kümmern? Was würde aus einem Kind, dessen Mutter in Ungnade gefallen und verbrannt oder enthauptet oder als Dirne gebrandmarkt worden war?

Wußte die Kleine überhaupt, was mit mir geschehen war? Sie fragte sich sicher bereits, warum ich so lange nicht zu ihr gekommen war. Sie war schließlich aufgeweckt und steckte voller kindlicher Neugier. Zum Glück konnte ich Lady Bryan vertrauen. Sie liebte das Kind und war eine herzensgute und vernünftige Frau. Wie hatte ich mir nur wünschen können zu sterben, wo doch Elizabeth da war und meine Hilfe brauchte!

Wenn man mir erlaubte, mein Kind nach Antwerpen mitzunehmen, dann könnten wir dort vielleicht zusammen ein einfaches, unauffälliges Leben führen... wie irgendeine Mutter mit ihrer Tochter.

Schon bald sollte ich erkennen, was wirklich hinter dieser Hoffnung steckte und warum sie mir vorgegaukelt worden war.

Bereits am nächsten Tag erhielt ich eine Vorladung, in Lambeth zu erscheinen, um gewisse Fragen bezüglich der Gültigkeit meiner Ehe mit dem König zu beantworten.

Mein Schicksal wurde dem Katharines immer ähnlicher – außer natürlich, daß sie als Tante des Kaisers nicht zum Tode verurteilt werden konnte.

In einer Kapelle in Cranmers Haus in Lambeth wurde ich Cranmer und einigen anderen Herren vorgeführt, die mich drängten zu gestehen, daß in der Tat ein schriftlicher Ehevertrag zwischen Henry Percy und mir geschlossen worden sei, bevor ich den König geheiratet hätte. Cranmer hatte angedeutet, daß ich durch ein Geständnis nicht nur mein eigenes Leben retten und mit meiner Tochter das Land verlassen könne, sondern auch meine Mitangeklagten vor der Hinrichtung bewahren würde.

Was konnte ich anderes tun, als das Vorhandensein eines Ehevertrags zu bestätigen? Es sei tatsächlich von einer Heirat die Rede gewesen, gab ich zu; wenn der König nicht eingeschritten wäre und uns getrennt hätte, hätten wir geheiratet und all das, was ich jetzt durchmachte, wäre mir erspart geblieben.

Aber hinterher hat man immer gut reden. Ich gestand jedenfalls. Und Cranmer erklärte die Ehe zwischen dem König und mir für null und nichtig.

Danach war mir ein wenig wohler. Das Gefühl, von der Realität völlig losgelöst zu sein, legte sich allmählich. Ich war wieder in der Lage, Pläne zu machen. Wenn ich gar nicht mit dem König verheiratet gewesen war, konnte der Ehebruch, den man mir vorwarf, auch nicht als Verrat bezeichnet werden. Meine Freunde wären frei. Ich wäre frei. Meine bloße

Existenz würde zwar immer noch als lästig angesehen werden, aber wenn ich erst einmal das Land verlassen hätte, würde man mich schnell vergessen.

In jener Nacht schlief ich etwas besser.

Wie konnte ich nur so töricht sein? Offenbar kannte ich meinen Mann noch immer nicht.

Das Leben anderer bedeutete ihm gar nichts. All diese jungen Männer, die seine Freunde gewesen waren, die mit ihm gescherzt und gelacht und gefeiert und gejagt hatten, bedeuteten ihm nichts, und sofern ihr Tod ihn seinem Ziel näher bringen konnte, hatte er nicht die geringsten Bedenken, sie aus dem Weg zu räumen.

Welch ein schrecklicher Tag! Der deprimierendste meines Lebens.

Auf dem Tower-Hügel war ein Schafott errichtet worden.

Mein Bruder mußte als erster dort hinauf – mein geliebter Bruder, der mir so viel bedeutet hatte, dem ich als einzigem Menschen auf der ganzen Welt vorbehaltlos vertraut hatte.

Er soll gefaßt und überaus tapfer gestorben sein.

Dann der arme Francis Weston. Seine Familie war untröstlich. Seine Frau und seine Mutter flehten den König an, sein Leben zu schonen; sie waren reich und boten hunderttausend Kronen für sein Leben. Henry wies das Angebot zurück.

Und auch Weston und mit ihm Norris und Brereton fielen der Axt zum Opfer.

Mark Smeaton wurde gehängt.

Ich hatte gehofft, er werde sein Schuldbekenntnis angesichts des Todes widerrufen.

»Hat er mich entlastet?« fragte ich.

Man sagte mir, er habe es nicht getan.

»Seine Seele wird dafür büßen, daß er einen Meineid geschworen hat«, sagte ich.

Mary Wyatt legte ihre Hand auf meine Schulter, und als ich zu ihr aufblickte, sah ich, wie Tränen über ihre Wangen liefen.

»Wein doch nicht, Mary«, tröstete ich sie. »Mein Bruder

und die anderen sind ganz sicher schon bei dem großen König und ich folge ihnen morgen.«

Wenn der Tod nahe ist, denkt man unwillkürlich über die Vergangenheit nach, und die Erinnerungen, die einem dann am meisten zu schaffen machen, sind die Taten, die man bereut.

Ich wünschte, ich wäre ein besserer Mensch gewesen. Wie töricht mein Handeln immer wieder gewesen war, konnte ich nun deutlich erkennen. Allerdings war ich mir nicht sicher, inwieweit, wenn ich mich anders verhalten hätte, dieses Handeln mein Schicksal hätte ändern können. Ich hatte es schließlich mit einem Mann zu tun, den die grenzenlose Macht, die er besaß, verdorben hatte, mit einem verrohten, selbstsüchtigen Mann, einem Ungeheuer in Menschengestalt, einem Mörder.

Ich hatte ihn in Wirklichkeit nie gewollt. Er hatte sich mir aufgedrängt. Ich gebe jedoch zu, daß ich in Prunk und Macht verliebt war. Ich hatte gierig nach Dingen die Hand ausgestreckt, die ich für die größten Preise hielt, die es im Leben zu gewinnen gab, denn ich war geblendet gewesen vom Glanz all dessen, was mir zu Füßen gelegt worden war. Ich war in Versuchung geführt worden, ähnlich wie Christus von Satan, aber ich war nicht so einsichtig gewesen, den Verlockungen zu widerstehen.

Und ich hatte viele grausame Dinge getan. Ich hatte Katharine gehaßt. Ich hatte Prinzessin Mary gehaßt. Sicher, sie waren mir nicht gerade freundschaftlich gesinnt gewesen. Aber wie sollten sie auch, wo sie doch in mir den Eindringling sahen, der daran schuld war, daß sie ihrer Rechte beraubt wurden?

Ich hätte zu Mary freundlicher sein können. Wie sehr ich das Mädchen doch verabscheut hatte! Ich hatte sie demütigen wollen. Ich wollte sie aus dem Weg räumen, weil ich ihre Stellung und ihre Privilegien für meine Tochter sichern wollte.

Ich bat Lady Kingston, zu mir zu kommen.

Ich forderte sie auf, Platz zu nehmen, aber sie zögerte. Für sie war ich noch immer die Königin, und der Stuhl, den ich ihr anbot, war mein Stuhl, auf dem sonst niemand außer mir saß.

Ich sagte zu ihr: »Ich habe keinen Titel mehr. Ich bin zum Tode verurteilt. Der einzige Wunsch, den ich jetzt noch habe, ist, mein Gewissen zu erleichtern.«

Ich zwang sie schließlich, Platz zu nehmen, und kniete vor ihr nieder. Dann bat ich sie – sozusagen vor Gott und seinen Engeln als Zeugen –, in meinem Auftrag Prinzessin Mary aufzusuchen, vor ihr niederzuknien, so wie ich jetzt vor ihr kniete, und sie zu bitten, mir das Unrecht zu verzeihen, das ich ihr angetan hatte.

»Erst wenn das geschehen ist«, gestand ich ihr, »kann mein Gewissen zur Ruhe kommen.«

Sie versprach, meinen Auftrag auszuführen, und ich vertraute ihr, denn Lady Kingston war eine gute Frau.

Dies ist mein letzter Tag auf Erden. Morgen schon werde ich nicht mehr sein. Ich bin neunundzwanzig Jahre alt. Zu jung, um zu sterben.

Ich habe meinen geliebten Bruder verloren. Ich werde mein Kind nie wiedersehen. Ich bete für meine Tochter und habe Lady Bryan ans Herz gelegt, für sie zu sorgen. Ihr wird die richtige Antwort einfallen, wenn Elizabeth fragt, warum ich nicht mehr zu ihr komme.

Ein Schwert ist eingetroffen – eigens für mich. Es ist aus Frankreich gekommen. Ich wollte die Axt nicht. Es ist ein letztes Zugeständnis des Königs.

Kingston suchte mich auf.

Ich sagte zu ihm: »Wie ich höre, soll ich erst morgen vormittag sterben. Das ist bedauerlich. Ich hatte gehofft, jetzt schon alles überstanden zu haben und von allem Schmerz befreit zu sein.«

»Der Schmerz ist sehr gering, Madam«, versicherte er mir. »Es dauerte nur einen kurzen Augenblick. Der Henker ist sehr gut.«

Ich umfaßte mit den Händen meinen Hals und lachte. »Und außerdem habe ich einen ganz schlanken Hals«, sagte ich.

Er wandte sich ab.

Ich glaube, die Gefaßtheit, mit der ich meinem Tod entgegensah, rührte ihn.

Ich überlegte, ob ich den Wunsch äußern sollte, Elizabeth noch einmal zu sehen. Würde man mir diese Bitte gewähren? Ich hatte meine Zweifel. Henrys Antwort auf diese Frage stand sicher längst fest. Was sollte ich auch zu ihr sagen? Wie sagt man einem Kind für immer Lebewohl? »Mein Liebling, ich werde dich nie wiedersehen. Morgen werde ich geköpft. Dein Vater hat mich in seiner überwältigenden Herzensgüte vor dem schrecklichen Tod auf dem Scheiterhaufen bewahrt. Er ist so freundlich, sich damit zu begnügen, daß mir mit einem sehr schönen Schwert, das eigens zu diesem Zweck aus Frankreich hergeschickt worden ist, der Kopf abgeschlagen wird.«

Jetzt überkam mich wieder die Hysterie.

Nein, ich durfte Elizabeth nicht wiedersehen. Ich konnte mich auf Lady Bryan verlassen.

Dann schrieb ich einen Brief – nicht an den König persönlich, aber der König sollte ihn zu sehen bekommen. Ich würde Mary bitten, ihn einem der Königlichen Kammerherren auszuhändigen:

»Empfehlt mich Seiner Majestät und laßt den König wissen, daß der Eifer, mit dem er mir zu immer höheren Würden verholfen hat, wahrhaft unermüdlich war. Aus einer unbedeutenden Angehörigen des einfachen Landadels hat er eine Marquess gemacht. Aus einer Marquess hat er dann eine Königin gemacht. Und nun, da er keinen noch höheren Ehrentitel zu vergeben hat, schenkt er mir als Preis für meine Unschuld die Märtyrerkrone.«

Ich hoffte, diese Worte würden seinem elenden Gewissen einen schönen Schock versetzen. Ich hoffte, sie würden solchen Eindruck auf ihn machen, daß er außerstande wäre, sie mit einem Achselzucken abzutun. Ich hoffte, sie würden ihn noch lange verfolgen.

Es gab Augenblick, in denen ich mir mehr als alles andere wünschte, ich könnte ihn noch einmal sehen. Ich wollte ihm ins Gesicht sagen, was ich von ihm dachte, und ihn wissen lassen, daß ich längst durchschaut hatte, daß seine Freundlichkeit nur Fassade war – obwohl von Freundlichkeit im

Laufe der Zeit immer weniger zu spüren gewesen war. Er sollte wissen, daß der rauhe, aber herzliche König Hal* als Henry der Allmächtige, Henry, das selbstsüchtige Ungeheuer, Henry der Mörder, entlarvt war.

Im Grunde verachtete ich ihn mehr als ich ihn haßte. Er würde in die Geschichte eingehen als der König, der aus purer sinnlicher Begierde und mit Hilfe falscher Beschuldigungen die Frau verstoßen hatte, die ihm zwanzig Jahre lang eine treue Ehefrau gewesen war, und, nachdem ihm das gelungen war, seine zweite Frau ermorden ließ. Ich fragte mich, welches Schicksal wohl die dritte erwarten mochte... und die vierte... und die fünfte...

Aber ich durfte mich nicht aufregen.

Ich mußte mich darauf vorbereiten, von dieser Welt Abschied zu nehmen.

Wie immer würde ich mich sorgfältig zurechtmachen. Ich wollte bis zum Schluß elegant gekleidet sein. Ich würde mich für ein Kleid aus schwarzem Damast mit weißem Schulterkragen entscheiden und eine prachtvoll verzierte Haube tragen, unter der farblich abgestimmte, enganliegende Zierkappen zum Vorschein kämen.

Ich würde ganz ruhig sein.

Wenn mein Tod nicht die Trennung von Elizabeth bedeutete, sähe ich ihm sogar mit dankbarer Freude entgegen. Um nichts in der Welt möchte ich das letzte Jahr meines Lebens noch einmal erleben.

Vielleicht wird man mich nicht vergessen, sondern als die Königin in Erinnerung behalten, die ermordet wurde, weil sie jemandem im Weg stand, der die Macht besaß, alle Menschen, die ihm lästig waren, gesetzwidrig und grausam umzubringen.

Ich bin an jenem Abend nicht zu Bett gegangen. Wozu auch?

Ab morgen würde ich keinen Schlaf mehr benötigen. Mich überkam plötzlich das Bedürfnis, meine Gefühle in Worte zu fassen.

* Als Kosename gebräuchliche Kurzform des Namens *Henry*. (Anm. d. Übers.)

»Tod, wiege mich in Schlaf«, schrieb ich,
»gönn mir verdiente Rast.
Befreie meine Seele von
des Lebens Müh' und Last.«

Die Uhren haben soeben Mitternacht geschlagen. Ein neuer Tag ist angebrochen.

Nun werden sie bald kommen, um mich zu dem Rasen zu geleiten, der mein Richtplatz sein wird. Bevor dieser Tag sich seinem Ende zuneigt, wird mein Leben nur noch Erinnerung sein.